中国网络文学年鉴

（2016）

欧阳友权◎主编

中国文联出版社
http://www.clapnet.cn

图书在版编目(CIP)数据

中国网络文学年鉴.2016/欧阳友权主编.—北京:
中国文联出版社,2017.8
ISBN 978-7-5190-2945-6

Ⅰ.①中… Ⅱ.①欧… Ⅲ.①网络文学-中国-
2016-年鉴 Ⅳ.①I207.999-54

中国版本图书馆CIP数据核字(2017)第216810号

中国网络文学年鉴(2016)

作　　者:欧阳友权

出 版 人:朱　庆
终 审 人:朱彦玲　　复 审 人:王　军
责任编辑:刘　旭　　责任校对:傅泉泽
封面设计:人文在线　　责任印制:陈　晨

出版发行:中国文联出版社
地　　址:北京市朝阳区农展馆南里10号,100125
电　　话:010-85923043(咨询)85923000(编务)85923020(邮购)
传　　真:010-85923000(总编室),010-85923020(发行部)
网　　址:http://www.clapnet.cn　http://www.claplus.cn
E-mail:clap@clapnet.cn　liux@clapnet.cn

印　　刷:北京市金星印务有限公司
装　　订:北京市金星印务有限公司
法律顾问:北京天驰君泰律师事务所徐波律师
本书如有破损、缺页、装订错误,请与本社联系调换

开　　本:787×1092　　1/16
字　　数:401千字　　印　　张:24.5
版　　次:2017年8月第1版　　印　　次:2017年8月第1次印刷
书　　号:ISBN 978-7-5190-2945-6
定　　价:85.00元

年鉴编委会

目 录

第一章　年度综述

2016年，我国网络文学保持了快速增长的势头，日渐成为社会主义文艺的重要组成部分，呈现出健康、繁荣、积极向上的良好格局。据《第39次中国互联网络发展状况统计报告》显示，截至2016年年底，网络网民规模达7.31亿人，互联网普及率53.2%，网络文学用户规模达到3.33亿人，较2015年年底增加3645万人，全年新增4299万人，占网民总体的45.6%，其中手机网络文学用户3.04亿人，较2015年增加4469万人，占手机网民的43.7%，新增文学网站百余家，文学网站日更新总字数达2亿汉字，文学网页平均日浏览量达15亿次，年市场产值破5000亿元。这说明网络文学已经在数量、阅读人群和大众文化影响力上成为我国文学发展的主流，创作类型化、大众化，文学研究自觉化、组织化，产业运营融合化、规制化趋势越发明显。国家出台一系列版权保护及产业支持政策，政府举办各种推介活动，进一步优化了网络文学发展环境，激发了网络文学创作和改编的热情。网络作家阵营壮大，类型文学依然火爆，幻想与现实题材的网络作品异军突起，网络文学改编剧屡创收视、票房佳话，二次元类网络文学崭露头角。网络文学的文化产业运营在政府的规范下走出野蛮化生长状态，网络文学市场的格局日渐清晰，“一超多强”竞争格局逐渐形成；与此同时，随着资本的整合和运营经验的积累，网络文学与电影业、动漫业的多元联动日益频繁，生态化、全产业链化的运营方式逐渐成熟，网络文学IP成为文化资本市场的淘金地。网络文学IP改编市场精品频出，网络文学原版图书借机搭上IP改编的顺风车火了一把。在政策、技术、市场等多方力量的激荡中，2016年网络文学构建了蔚为壮观的生态图景。

一、总貌描述

1. 网络文学得到高度重视，“大力发展网络文艺”成为全社会共识

2016年网络文学界全面贯彻落实习近平在文艺工作座谈会上的讲话，把网

络文学当作社会主义文艺事业的重要一翼来抓，坚持以人民为中心的创作导向，形成了良好的网络文学发展环境。习近平在讲话中针对网络文艺指出："互联网技术和新媒体改变了文艺形态，催生了一大批新的文艺类型，也带来文艺观念和文艺实践的深刻变化。由于文字数码化、书籍图像化、阅读网络化等发展，文艺乃至社会文化面临着重大变革。要适应形势发展，抓好网络文艺创作生产，加强正面引导力度。……我们要扩大工作覆盖面，延伸联系手臂，用全新的眼光看待他们，用全新的政策和方法团结、吸引他们，引导他们成为繁荣社会主义文艺的有生力量。"从中央到地方，从网络文学创作者到管理者、经营者和广大读者，都在积极贯彻落实习近平重要讲话精神，我国的网络文学业态和生态均有了明显改善，这是2016年网络文学最重要的工作和最显著的变化。2016年11月30日，习近平在中国文联十大、中国作协九大开幕式上的讲话中强调，文运同国运相牵，文脉同国脉相连。广大文艺工作者要坚持以人民为中心的创作导向，坚持为人民服务、为社会主义服务，坚持百花齐放、百家争鸣，坚持创造性转化、创新性发展，高擎民族精神火炬，吹响时代前进号角，把艺术理想融入党和人民事业之中，做到胸中有大义、心里有人民、肩头有责任、笔下有乾坤，推出更多反映时代呼声、展现人民奋斗、振奋民族精神、陶冶高尚情操的优秀作品，努力筑就中华民族伟大复兴时代的文艺高峰，对全国网络文学界起到极大的鼓舞作用，成为网络文学工作者的行动指南，并必将对网络文学产生积极的深远影响。

2015年9月，中共中央下发《关于繁荣发展社会主义文艺的意见》，明确了"大力发展网络文艺"的方针，从意识形态的高度确立了网络文学的身份，标志着网络文学名正言顺地进入中国主流文艺的"百花园"，被纳入文艺发展的顶层设计中，并逐渐上升成为各级文艺部门引导、推动发展的重点。在中央不断释放出大力发展网络文艺、繁荣网络文学的信号的背景下，2015年11月中国作协网络文学委员会应运而生。为了更好地组织化、系统化地引导网络文学创作坚持先进文化走向，优化创作环境，激发网络文学创作活力，浙江、上海、广东、安徽、江苏、四川等十多个省市相继成立了网络作家协会，广西、江苏、河北、山东、福建等省区级作协纷纷成立了网络文学协会或网络文学专业委员会。2016年4月16日，中国作协网络文学委员会在中南大学揭牌成立了网络文学研究基地，同年12月13日，中国作协牵手地方作协和阅文集团在上海挂牌成立了"中国作协网络文学委员会上海研究培训基地"，由阅文集团、掌阅、铁血读书等多家网络文学机构选派24名学员参加的基地首期网络文学高级研修班正式开班，以“文企联合”的合作机制，引导网络文学生产，繁荣网络文学创作。

2. 发展生态优化，形成了“一超多强”的市场格局

2016年是网络文学版权的重点监管年，也是网络文学发展的重点引导年。鉴于网络文学抄袭严重、盗版猖獗的状况，各级监管部门相继出台了一系列版权政策，监管网络文学的创作、运营行为，引导网络文学行业加强自律，优化了网络文学的发展环境。2016年，国家版权局、国家互联网信息办公室、公安部等部门相继下发了《关于开展打击网络侵权盗版“剑网2016”专项行动的通知》《关于加强网络文学作品版权管理的通知》等一系列文件，通过开展“剑网行动”、建立网络文学作品版权监管“黑白名单”制度、划分网络服务商为内容作品提供商及传播平台提供商等方式，对网络文学侵权盗版、APP侵权盗版、网络广告联盟等开展专项整治等活动，理清网络文学市场的各方责任，打击网络盗版行为，维护有关权利人的合法权益，净化网络版权生态环境。在政府的严格监管下，2015年5月23日，百度宣布对盗版侵权的网络文学内容进行整顿，暂时关停所有文学类贴吧。在UC网盘、新浪微盘和金山快盘相继关闭后，10月，360为防止非法利用云盘进行侵权盗版的行为，宣布下线个人云盘服务。伴随着版权监管的加强，网络文学运营商及网络服务商“自律”的步伐也在加快。2016年9月，“网络文学版权保护研讨会”召开，阅文、掌阅、起点中文、阿里文学、咪咕数字传媒等33家单位共同发起成立“中国网络文学版权联盟”。坚持“先授权、后使用”的原则，自觉维护网络文学版权所有者的权利，促进网络文学行业健康发展，逐渐成为网络文学业内共识。

随着政策红利的日益显现，网络文学产业市场表现强劲，用户规模进一步扩大。在各种利好因素作用下，网络文学成为文化产业市场中创意最为活跃、内容更新最快的产业门类。在网络文学运营市场领域，产业资本整合加速，并逐渐形成了“一超多强”的格局。2016年，阅文集团以20亿美元的估值成为唯一一家进入“2016年中国独角兽企业估值榜”前三十的网络文学企业，其估值较2015年上涨33%，成为网络文学市场当之无愧的市场王者。① 阅文集团囊括了“起点中文网”“创世中文网”“小说阅读网”“潇湘

① 《中国独角兽企业估值榜》，《中国科技信息》2016年第14期。

书院”等多家网络文学运营平台，占据了网络文学内容、渠道和运营资源的优势，其月度覆盖人数排名、作品储备、原创作者数量均远远领先于其他网络文学运营商。在PC端，阅文集团在数字阅读整体渠道的占有率优势明显，旗下“创世中文网”“起点中文网”和“晋江文学城（50%股权）”的月度覆盖人数占比均超过10%。①“掌阅文学”“百度文学”（完美世界）、“阿里文学”“豆瓣阅读”“网易云阅读”及“咪咕阅读”等也不甘示弱，成为网络文学市场极具竞争力的“诸强”。②“一超多强”的市场格局的形成将进一步影响着网络文学市场资源的配置和效率的提升，成为扩大网络文学影响力，推动网络文学改编创作的重要力量。

3. 跨界运营模式渐趋成熟，产业联动助力IP变现

2016年，网络文学跨界运营的模式日渐成熟，优质网络文学IP作为内容生态圈的源头活水，打通了内容的生产、孵化、运营、分发的各个环节，将网络文学业与影视业、游戏业、动漫业、出版业链接起来，形成了产业链闭环。一个基于网络文学IP的多元协同合作、有机共赢的产业生态圈已经形成。阅文集团率先实行“IP共营合伙人制”模式，加速布局产业链下游，建立与下游厂商的合作机制，向多元运营、长线开发的“内容连接2.0时代”迈进。百度文学引入完美世界战略投资，借助完美世界影视和游戏开发优势，在文学、IP版权、影游投资等方面寻求深度开发。阿里文学寻求内容开发的新突破，加盟“T计划”，与阿里影业、阿里游戏、阿里云等平台联手，借助网文IP、资金、流量优势助力影游开发，引发生态协同效应。

在文影、影游、文漫等产业多元联动下，网络文学IP变现加速。在大众荧屏，网络文学IP改编剧形成了垄断荧屏之势，《亲爱的翻译官》《欢乐颂》《微微一笑很倾城》《诛仙·青云志》《九州·天空城》《老九门》等一系列具有广泛影响力的影视剧纷纷涌现。《老九门》同名手游上线不到两周，便吸引数百万用户使用，付费率超过12%，远高于同类产品。在电影市场，改编自网络文学的作品《盗墓笔记》《从你的全世界路过》分别斩获了10亿元和8亿元的票房佳绩。原著图书搭上多元联动的顺风车着实火了一把。2016年，网剧《余罪》点击量60亿次，与此同时，同门网络小说攻占各大图书排行

① 艾瑞咨询：《2016年度数据发布集合报告》，http：//report. iresearch. cn/report/201701/2889. shtml，2017年1月19日查询。

② 邵燕君：《媒介融合背景下的“主流化”与“多样化”》，《文艺报》2016年11月18日。

榜，电子书累计销售额突破100万元，刷新了纪录。多元联动效应已然成为影响纸质图书和电子图书销售的重要力量。

4. 作品海量巨制，幻想与现实题材成作品主打

网络作品数量庞大，体量惊人。作为网络文学阵营霸主的阅文集团作品总储量达1000万部，原创小说覆盖行业90%以上。① 旗下的起点中文网作品累计300万部，红袖添香作品192万部，榕树下作品236万部。此外，晋江文学城作品超100万部，17K小说网作品97万余部，纵横中文网作品49.5万部。其中，字数达200万以上的小说，起点中文网2891部，纵横中文网2178部，17K小说网653部，红袖添香86部，晋江文学城55部。篇幅1000万字以上的小说，起点中文网19部，纵横中文网12部，17K小说网3部。② 文学网站日更新量突破1.5亿字。近10年发表的原创网络文学作品远高于传统文学过去60年所印刷的作品总和。③

在这些网络作品中，幻想类小说的数量与体量最为庞大，它包括玄幻、仙侠、奇幻、修真、武侠、科幻等类型，仅起点中文网就有幻想类小说近100万部，《将夜》《我欲封天》《儒道至圣》《雪鹰领主》《一念永恒》《弑天刃》等都是2016年最火热的作品。其次，现实类小说在2016年关注度颇高。《美人为馅》《余罪》《我有特殊沟通技巧》等悬疑小说与《莫负寒夏》《听说你喜欢我》《美食供应商》等职场小说大放异彩，阅文集团举办现实主义题材网络原创文学征文大赛，《复兴之路》《二胎囧爸》《相声大师》等大量根植于现实的小说广受好评。

5. 网络文学研究阵容呈集群化趋势，理论聚焦成果丰富

2016年度，网络文学理论批评升温趋势明显，团队式分工合作的良性互动研究机制开始建立，研究队伍间的合作日益密切，网络文学研究阵容实现了由学者个体的孤军奋战到研究团队通力合作的蜕变，呈现出地域集群化特点，收获了丰硕的理论成果。湖南、广东、贵州、四川、山东、浙江等省陆续涌现出地方性学术集群，其中有以中南大学网络文学研究基地为中心的湘

---

① 阅文集团官网，http://www.yuewen.com/index.html#&brand，2016年12月23日查询。

② 笔者查询全国十大文学网站作品数据库统计后获取的数据，文学网站包括起点中文网、17K小说网、纵横中文网、晋江文学城、红袖添香、潇湘书院、榕树下、小说阅读网、幻剑书盟、逐浪网，2016年12月25日查询。

③ 尹来：《广东"大神"级网络作家》，南方都市报，2015年12月18日。

军阵营，以中国作协、中国文联、北京大学中文系为团队的“京派”阵营，以山东师范大学网络文学研究中心为依托的鲁军阵营，以广东网络文学院为中心的粤军阵营，以浙江省网络文学创作与研究中心为依托的浙军阵营，以贵州网络文学学会为中心的黔军阵营，以西南科技大学网络文学研究阵地为中心的川军阵营，以福建省作协网络文学专业委员会为代表的闽军阵营，还有以各大高校、研究院为依托的众多地方性网络文学学术团体。2016 年，在“网络文学”相关的科研立项课题中，有国家社科基金项目 9 项，教育部人文社科研究项目 1 项，各省级社科基金及重点课题 11 项。① 我国首次在网络文学研究领域设置国家级重大项目，以中南大学欧阳友权教授为首席专家的研究团队，会同中国社科院、中国作协、山东师范大学网络文学研究中心相关专家申报的课题“我国网络文学评价体系的理论与实践研究”获得国家社科基金重大项目。山东大学谭好哲教授的《网络文艺发展研究》获国家社科基金艺术学重点项目。2016 年，网络文学理论著述丰赡，《网络文学符号学研究》（王小英著，中国社会科学出版社，2016 年 1 月）、《中国当代网络文学研究》（胡淑琴、杨萍萍、阮丽著，吉林出版集团有限责任公司，2016 年 2 月）、《网络文学（第二版）》（梅红主编，西南交通大学出版社，2016 年 4 月）、《华语网络文学研究》（夏烈主编，湖北教育出版社，2016 年 8 月）等 10 余部学术著作、教材、论文集出版。中国知网数据库 2016 年发表与“网络文学”主题相关的文献 1348 篇，其中期刊论文 679 篇，硕博论文 131 篇，会议论文 8 篇，报纸文章 206 篇。② 网络文学研究由早年间的概念之争、特征之辩、传播探析、价值判断等基础研究向网络文学评价体系构建、网络文学经典化、主流化、产业化、类型文学、热门作家作品和网络文学动向等纵深研究拓进。

二、年度热点

1. 网络作家进入作协主席团，8 位网络作家当选全委会委员

2016 年 12 月 3 日中国文学艺术界联合会第十次全国代表大会、中国作家协会第九次全国代表大会在北京闭幕，此次会议有多达 28 位网络作家成为中

---

① 数据来源：中国高校人文社会科学信息网，http：//www. sinoss. net/xiangmu/，中国知网科研项目数据库，http：//projects. cnki. net/，2017 年 2 月 8 日查询。

② 数据来源：中国知网数据库，http：//kns. cnki. net/kns/brief/default_ result. aspx，2017 年 2 月 9 日查询。

国作协九大代表，在选举产生的210位全国委员会委员中，有唐家三少、天蚕土豆、血红、蒋胜男、耳根、天下尘埃、阿菩、跳舞共8位网络作家当选，创历史新高。唐家三少当选中国作协主席团委员，这是网络作家首次进入中国作协主席团。近年来随着网络文学的影响力扩大，国家对网络文艺的重视和与引导不断加强，网络文学逐渐为主流文艺界认可，网络作家开始全面登堂入室，进入主流文学界的核心层。

2. 版权保护成业内外共识，网络文学行业自律步伐加快

2016年7月12日，5部门联合启动了历时5个月的“剑网2016”专项整治行动，通过开展包括网络文学在内的专项治理，集中查办网络侵权盗版案件，加强对版权运营网站及网盘企业的监管，完善预警工作机制，以遏制侵权盗版现象，规范网络版权秩序，净化网络版权环境。在此背景下，网络行业加快了自律脚步，7月20日50余家网络文学运营商发布了“网络文学行业自律倡议书”。9月由国家版权局牵头，中国版权协会主办了“网络文学版权保护研讨会”，包括阅文集团、掌阅科技在内的30余家单位参加了会议，会议上国家版权局就发布《关于加强网络文学作品版权管理的通知》向各界征求了意见，11月国家版权局正式下发了《通知》，国家对网络文学版权作品的版权监管全面升级。

(1)《关于加强网络文学作品版权管理的通知》发布

加强对网络文学的版权保护是近几年政府版权监管工作的重点。2016年11月11日，在“剑网”行动取得了阶段性成果后，为进一步加强对网络文学作品的版权管理，国家版权局发布了《关于加强网络文学作品版权管理的通知》(以下简称《通知》)。《通知》将网络服务商以“直接提供文学作品”和“传播文学作品提供相关网络服务”标准划分为两类，明确了服务商在版权管理方面的主体责任和相关义务，提出建立“黑白名单”制度的举措以强化对网络文学作品版权监管，并要求服务商“建立侵权处理机制、版权投诉机制、通知删除机制和上传审核机制”。[①]《通知》的出台表明了政府将进一步保护网络文学权利人的合法权利，规范网络文学行业的版权秩序的决心。网络文学作品版权监管“黑白名单”制度的推行将对规范网络文学运营商行

---

① 《关于加强网络文学作品版权管理的通知》，http://www.gapp.gov.cn/sapprft/contents/6588/308186.shtml。

为，以及网络文学版权使用传播的长效机制的建立产生巨大的影响。

（2）网络文学行业签署自律倡议书

2016年7月20日，中国作协与中国音像与数字出版协会共同举行“网络文学行业自律倡议书”新闻发布会，中国作协、国家新闻出版广电总局领导，以及网络文学行业代表出席了会议。会议上，起点中文文学网、掌阅文化、创世中文网、晋江文学网等50余家网络文学网站代表共同签署并发布了《网络文学行业自律倡议书》，提出坚持版权保护观念，抵制侵权盗版，坚持依法经营，努力营造良好发展环境等多项倡议。《网络文学行业自律倡议书》的发布是基于坚持把社会效益和社会价值放在首位的新要求，是网络文学坚持以人民为中心的创作导向的内在需要，它标志着新形势下版权保护成为网络文学行业内外的共识，展示了网络文学行业加强自律的决心。

3. 网络文学IP火热，改编剧创播放量新高

2016年网络文学IP改编全面井喷，网络文学IP改编涉及影视、网剧、游戏、动漫、舞台剧等多个领域。网络剧成为网络文学IP改编最火热的领域，据艺恩对2016年1月1日至9月8日的数据统计显示，在“2016年网络自制剧播放量TOP10”中有《老九门》《太子妃升职记》《最好的我们》（网文原名《流水混账》）、《余罪》等9部作品改编自网络文学。[①] 在影视改编领域，改编自网络文学IP的电影《盗墓笔记》《从你的全世界路过》票房总收入进入内地总票房排名TOP15。[②] 据统计，目前网络文学IP改编成的网剧题材广泛，共涉及近30种题材类别，其中悬疑类、爱情类、古装类、都市类最受消费者青睐，《余罪》《鬼吹灯之精绝古城》《画江湖之不良人》的口碑颇好。而影响力颇大的热门IP如《老九门》《诛仙·青云志》《花千骨》《盗墓笔记》《不良人》等均改编成了手游，并获得不错的市场表现。

（1）《老九门》创自制网剧点击量纪录

在经历了2015年“IP元年”之后，“网络文学IP”依然是2016年网络文学最火爆的关键词。2016年，改编自南派三叔《盗墓笔记》系列的电视剧《老九门》开播3个月单平台播放量突破百亿，创全网史上自制剧播放量新高，成为当之无愧的网文IP改编剧王者。《老九门》通过精细化制作和多元

① 艺恩大数据平台：《2015—2016年中国网络自制剧市场白皮书》，2016年10月。

② 艺恩电影数据库，http：//www. cbooo. cn/year？year＝2016，2017年1月20日查询。

化营销推动 IP 开发升级，开启了“网文小说 + 自制网剧 + 番外 + 手游”的全新经营模式，创造了微博主话题总阅读量突破 50 亿、4 部番外作品播放量破 1.5 亿、同名手游上线 3 天用户激增超 100 万等成绩，其开发的成功对未来“网络文学 IP”的深度开发具有重要借鉴意义。

(2)《余罪》IP 封神年度口碑网剧

随着互联网泛娱乐产业链的不断延伸，网络文学 IP 的影视作品改编进入高速发展期，改编剧的体量和规模迅速膨胀。一些改编剧低下的质量日益受人诟病，有一些改编剧陷入赢了票房失了口碑的尴尬中。但同时一些改编精品也得到了业内与受众的好评，2016 年 5 月，改编自常书欣同名小说的自制剧《余罪》上线播放，在获取高播放量的同时，在豆瓣口碑榜上分数一路走高，曾一度突破 9.0 分，最终以 8.2 分的成绩收官，位列年度豆瓣评分最高的国产电视剧榜第 5 位。凭借良好的口碑，《余罪》在金骨朵网络影视盛典中获“最佳网络剧”的称号。值得一提的是，《余罪》IP 并非是拥有大量粉丝群体的强 IP，第一季的拍摄成本也不高，但是改编团队借助原文本的张力，精心制作，让整个剧情浓郁紧张、张力十足。《余罪》获取了市场与口碑双丰收，证明了粗制滥造并非网文 IP 改编剧的代名词，改编剧也可以出精品。

(3)《择天记》续写“超级 IP”神话

由阅文集团旗下的“超级 IP”《择天记》改编的古装玄幻电视剧在敦煌顺利杀青，并于 2017 年暑期登陆湖南卫视续写“超级 IP”神话。网络小说《择天记》是白金作家猫腻的作品，曾于 2014 年发表于创世中文网，目前已累积获取数亿点击量。《择天记》IP 经历了从小说到动画、影视、游戏、舞台剧等多种形式的开发，其改编的动画第一季点击量便破亿，是一个已经经历市场洗礼和用户验证的优质 IP。由于多年的经营，《择天记》IP 不断增容，所承载的内容也不断深化，影响人群也不断扩大，形成了高黏度、高付费率的粉丝群体。电视剧《择天记》未播先火，其网络关注度不断攀升。《择天记》的电视剧改编是阅文集团基于优质网文 IP，整合网络文学、影视、游戏等资源，打造全新“生态共营”的 IP 系统的活动之一。阅文集团通过连接产业链上下游企业共创“超级 IP”，“超级 IP”续写神话。

4. 排行榜为创作提供“标杆”，助推网络创作精品化和主流化

在 2016 年至 2017 年年初，国家新闻出版广电总局、中国作协、阅文集团、北大网络文学研究团队等团体，发布了“中国网络小说排行榜”“优秀网络文学原创作品（榜单）”“福布斯·中国原创文学风云榜”“年度男频，女频十佳作品榜”“网络文学‘好看榜’”等一系列的网络文学榜单，为网络文学创作提供“标杆”，政府、文学组织团体、网络文学企业、网络文学研究团体纷纷参与到网络文学榜单活动的评选及发布活动中，助推网络创作精品化和主流化。

（1）中国作协网络文学委员会继续发布中国网络小说排行榜

2016 年 9 月 13 日，中国网络小说排行榜半年榜揭晓，热门作品《余罪》《我欲封天》《择天记》《将夜》等上榜。该榜单评选活动由中国作协网络文学委员会主办，以习近平同志在文艺工作座谈会上的讲话精神和《中共中央关于繁荣发展社会主义文艺的意见》为指导，参评作品经过网站推荐和专家审核，最终经过资深专家组成的评选团队的研读、讨论和投票后选出兼具网络性与文学性的已完结、未完结作品各 10 部。中国网络小说排行榜分半年榜、年榜两个榜单，是由作协牵头、专家介入、读者和网络文学运营者参与，引导和规范网络创作的又一重大活动，是学院派力量进入网络文学现场，引导网络文学创作行为，实践探索网络文学评价体系一项新的尝试。

2017 年 3 月 16 日，由中国作协网络文学委员会主办、中国作家网承办的 2016 年中国网络小说排行榜年榜发布会在北京举行。《男儿行》《云胡不喜》《雪中悍刀行》等 10 部作品入选已完结作品榜，《乱世宏图》《血歌行》《一寸山河》等 10 部作品入选未完结作品榜。中国网络小说排行榜以引导创作、引导作家、引导读者为初心，秉持“作协定位、全局视野、大众审美、网络特质”的原则，注重网络作品的正能量，注重思想导向和社会效益，力图反映网络文学发展的全貌，建立具有网络文学特质的评价体系。

（2）国家新闻出版广电总局发布“优秀网络文学原创作品”推介名单

2017 年 1 月，国家新闻出版广电总局发布“2016 年优秀网络文学原创作品”推介名单，《南方有乔木》《一世之尊》《百年家书》《大荒洼》等 18 部作品入围推介榜。“优秀网络文学原创作品推介活动”是国家新闻出版广电总局组织开展的一项以繁荣社会文艺，引导兼具思想性、艺术性和观赏性的网络文学作品创作生产为主要目的的文学作品推介活动，是国家行政部门介入网络文学生产与传播的重要活动。活动坚持社会效益和社会价值为主，社会效益与经济市场效应相统一的原则，站在主流价值的立场指导网络文学创作，借助学界力量遴选、推介优秀网络文学原创作品，引导着网络文学在主流化进程中的思想价值走向。

（3）2016 年度中国最具价值的网络原创文学作品榜单揭晓

2017 年 1 月 10 日，被誉为"IP 界的奥斯卡"的"福布斯·中国原创文学风云榜"颁奖盛典举行，阅文集团揭晓了 2016 年度中国最具价值的网络原创文学作品榜单，"忘语"的仙侠小说《玄界之门》、苏小暖的都市言情小说《邪王追妻》分列男性、女性作品榜榜首，"天蚕土豆"的《武动乾坤》获"年度最具改编潜力作品奖"。《老九门》《微微一笑很倾城》及《全职法师》分别摘得"年度原创最佳网络剧改编奖""年度原创最佳电视剧改编奖""年度原创最佳动画改编奖"。随着全产业开发链的构建，网络文学的内容要素已融入中国文化产业上下游当中，如今，网络文学不仅成为中国主流文学形态之一，而且日益成为中国主流的文化产业形态之一。

（4）"中国网络小说好看榜（2016—2017 年度榜）"发布

2017 年 1 月，由中国文艺评论家协会网络文艺委员会、光明网文艺评论编辑室、中国青年出版社新青年读物工作室联合打造，庄庸和安迪斯晨风联袂主持，粉丝评论家参与评选的"中国网络小说好看榜（2016—2017 年度榜）"发布。该年度榜包含了"大神榜""新锐榜"两大板块，共发布了 20 部作品及相关"粉丝评榜评"。榜评以草根粉丝的角度，从独家的立场、理念，以通俗的语言及网络化的文体表达，对发布的作品进行了评论。

（5）"年度男频，女频十佳作品榜"发布

2017 年 1 月，北大网络文学研究团队发布了"2016 年度男频十佳作品榜"和"2016 年度十佳作品榜"。起点中文网共有《赘婿》《十州风云志》《惊悚乐园》等 8 部作品入围"年度男频作品榜"。《慕南枝》《千秋》《袁先生总是不开心》《打火机与公主裙》等 10 部作品荣登"年度女频作品榜"。

5. 各大机构发布网络文学调研报告，把脉网络文学

（1）清华大学发布《2016 中国 IP 产业报告》

近年来，网络文学产业与影视产业、动漫产业、游戏产业的互动日益增多，网络文学 IP 日益成为影视、动漫、游戏改编市场的宠儿，学界对网络文学 IP 的关注与日俱增。2016 年 9 月 13 日，清华大学发布《2016 中国 IP 产业报告》，通过构建 IP 影响力模型，对影视项目 IP 进行分析评估，发现网络小说成为影视项目 IP 最重要的资源。报告显示，61 部网络小说入围"中国超级 IP－TOP100 影响力榜单"，占比 61%。其中南派三叔的《盗墓笔记》以总分 80.5 分的成绩位列排行榜第 2 位，成为最有影响力的网络文学 IP。

（2）网易云阅读发布《2016 网络文学原创作者生存报告》

随着网络文学行业的发展及商业模式的成熟，网络文学原创作者规模不断扩大。网络文学创作群体的生活状况与工作状况引发了研究机构的关注。2016 年 3 月，网易云阅读以调查问卷的形式对 30 个省市，1000 多名网络文学网站原创作者的生存状况进行了调研，并于 4 月发布《2016 网络文学原创作者生存报告》。报告显示，在网络文学原创作者中，男性作者高达七成，80 后、90 后是创作主力，大多作者在进行网络创作的同时还从事其他工作。尽管八成的创作者认为自己的创作工作会影响身体健康，但大部分作者认为网络文学创作是可以从事一生的职业。

（3）艾瑞咨询发布《2016 年中国网络文学行业研究报告》

近年来，互联网第三方机构对网络文学行业的关注日益密切，艾瑞咨询、易观国际、速途研究院、企鹅智酷等对网络文学 IP 价值、移动阅读市场、网络文学版权保护等问题发布了一系列报告。2016 年 3 月，艾瑞咨询《2016 年中国网络文学行业研究报告》发布。作为艾瑞咨询关于网络文学行业第二份年度报告，该报告基于对互联网大数据的分析，对网络文学行业的发展动态、现状及趋势，企业状况，用户行为等进行了解读，为把握网络文学行业脉搏、提升网络文学行业服务质量、提高行业内广告营销效率起到了良好的参照借鉴作用。

6. 网络文学海外传播开始升温

网络文学进击海外文化市场，在全球市场掀起热浪成为 2016 年网络文学的又一大热点事件。其实，早在 2011 年，国内网络文学运营商“晋江文学”就成功将网络文学版权输出到越南市场，而英文版《盗墓笔记》2011 年在亚马逊上架。2016 年，“Wuxia World”的火爆将网络文学海外传播推向了新的高峰。目前已有数百部网络文学作品被译为英、日、韩、越等多国文字传播到越南、泰国、新加坡、日本、美国、英国等多个国家。在互联网上，传播网络文学的海外网站有上百家，其中大多以小微规模的文学综合网站或文学论坛形式出现，影响力较大的是“Wuxia World”和“Gravity Tales”两家英文翻译文学网站及俄文网络文学翻译站“Rulate”，在“spcnet. tv”和“lightnovels. world”论坛中也有大量网络文学译作发布。“Wuxia World”是目前影响力最大的海外网络文学传播站点，该网站由美籍华裔赖静平创建于 2014 年，不到两年便发展成为日综合浏览量达 370 万次，日独立访客超过 24 万人，全球网站点击率排行榜位列第 1500 的大站。[①] 网站完整地发布了包括《盘龙》

① alexa 网站数据信息，http：//www. alexa. com/siteinfo/Wuxia World. com，2016 年 12 月 24 日查询。

《光之子》《七星龙王》《英雄不累》《天涯明月刀》《星辰变》在内的6部网络小说译作，还有22部网络小说正在更新中。题材主要集中于玄幻和仙侠两类，内容以浅显易读的小白文为主。另一大网站“Gravity Tales”，目前日综合浏览量达125万人次左右，全球点击率排名曾高居第3859位。[①] 除玄幻、仙侠题材外，“Gravity Tales”还发布了以《疯巫妖的实验日志》《全职高手》《斩龙》为代表的游戏竞技类小说，以《我真是大明星》为代表的都市言情小说，以《颤栗世界》为代表的科幻小说，及以《一代军师》为代表的架空历史小说，其题材涵盖量更广。有中国网友还贴出了老外喜爱的十大作品——《逆天邪神》《妖神记》《我欲封天》《莽荒纪》《真武世界》《召唤万岁》《三界独尊》《巫界术士》《修罗武神》《天珠变》。互联网上自发翻译、在线阅读，读者追更、互动、评论，出现粉丝社区，意味着网络文学已经为我国文化生态的输出开启了一扇新的大门。中国文化输出，过去更多的是通过文学奖、图书展、电影节、版权输出等主流渠道，而这一次的“网文出海”，意味着中国流行文化开始走进欧美、日韩、南亚、俄罗斯，乃至非洲老百姓的日常生活，有人甚至把中国的网络文学与美国好莱坞大片、日本动漫、韩国电视剧并称为当下“世界四大文化奇观”。这说明，中国的IP不只是熊猫、姚明、阿里、腾讯、华为，更应该有中国文化，毕竟文化输出才是大国实力，是文化软实力的重要标志。

“Wuxia World”和“Gravity Tales”主要通过义务翻译、读者捐助和付费网页广告发布等方式来维持运营，而大部分海外网络文学网站尚未找到合理的商业运营模式，因此无法长期保持作品更新。由于缺乏专业翻译团队，网络文学海外翻译的质量参差不齐。“Gravity Tales”网站将《九鼎记》译成“九个大锅”（*The Nine Cauldrons*），在“Gravity Tales”及“spcnet. tv”武侠论坛中，甚至有译者直接将部分网络小说的标题翻译成拼音，如 *Zhan Long*（《斩龙》）、*Man Huang Feng Bao*（《蛮荒风暴》）、*Zhu Xian*（《诛仙》）等。莫言文学能够走出国门，摘取诺贝尔文学奖，担当莫言作品翻译的英文译者葛浩文、法文译者诺埃·杜特莱、俄文译者叶果夫功不可没。因此，在网络文学走出国门之后，如何建立起高质量的翻译机制，如何按照国外读者的阅读喜好，在忠实原作精神的基础上，信、雅、达翻译成符合国外消费者口味的作品，如何避免因翻译质量低下而毁掉一部优秀作品是网络文学海外传播过程中亟须解决的问题。此外，由于输出市场的环境的复杂性和版权海外输

① alexa 网站数据信息，http：//www. alexa. com/siteinfo/Gravity Tales. com，2016年12月24日查询。

出代理机制的缺乏，网络文学在海外还存在版权归属混乱、侵权盗版的现象。随着网络文学海外影响力的扩大，版权问题的影响将扩大到网络文学译介后的出版及影游改编等领域，如何在有利于网络文学传播的同时，保护网络文学的版权，也是困扰网络文学海外传播的问题。对于这些问题，各方也在积极探索中。2016 年 12 月，起点中文网与“Wuxia World”就未来十年的中国网络文学在美国的翻译及电子出版达成合作协议，中国网络文学向合作共赢、规范化输出的方向又迈出了坚实的一步。中国的网络文学植根于中国的文化之中，集互联网内外丰富的文化因素于一身，饱含了中青年一代赛博空间写手最丰富的元气，形成了丰富的题材、多样的类型、娱乐性的阅读体验，因此，能够在全球范围内找到大量的读者群体，在全球流行文化输出的竞争格局中获取一席之地。今年火爆的网络文学海外传播足以证明网络文学拥有着成为世界主流文艺的潜力，如何在网络文学走出去之后“讲好中国故事”，普及中国价值，从而增强中国的文化软实力是未来网络文学要思考的问题。

三、作家作品

数百万网络作家、上千万部网络作品、几亿人次网络读者打造了网络文学现象级奇观。2016 年，中央高度重视网络文艺的发展，网络文学主流化进入快车道，各级政府加大对网络文学创作和文学网站的扶持力度。网络作家群地域性崛起，一批网络作家入驻中国作协，各省市作协陆续成立专门管理机构。在近几年“净网行动”“剑网行动”阵痛之下，网络文学拨开云雾，展露峻朗的山河景色，“三观不正”的标签被涤荡一空，版权管理日趋规范化。各大文学榜单在“海量神话”中披沙拣金，封神之作从欲望沟壑中走出，显示出精英文学气派。类型文学仍然占据主流市场，玄幻、仙侠创作火热，现实题材关注度空前高涨。在影视、ACGN 多元联动效应下，网络文学破壁出击，进入改编爆发期。

1. 网络作家阵营不断壮大

网络写手基数发生了飞跃式增长，网络签约作家已超越 250 万人。① 北京、上海、广州、深圳是全国网络文学重镇，广东、江苏、浙江、四川、湖南、山东等网络作家群呈地域性崛起现象。盛大文学曾举办“寻找中国 100 座文学之城”活动，在网络写手聚集最多的 385 座城市中进行评选，上海、

① 荀超：《中国网络作协将成立，250 万写手“有组织”》，中国新闻网，http：//news. xinhuanet. com/yzyd/culture/20140729/c_ 1111839897. htm，2016 年 12 月 28 日查询。

北京、广州、深圳连续两届蝉联前四名。[①] 这几大城市聚集了起点中文网、创世中文网等多家大型知名原创文学网站，许多业界“大神”都在此定居。广东、江苏、浙江是网络写手人数排名前三的网络文学创作大省。其中广东是最早兴起网络文学的省份之一，早年走出了慕容雪村、天下霸唱、当年明月等大神，又新涌现出丛林狼、阿菩、求无欲等实力作家，网络写手有近 14 万人，比较活跃人数约 3000 人。[②] 江苏是大神诞生最多之地，聚集了跳舞、忘语、无罪、天下归元、我吃西红柿、骁骑校、顾漫等重量级大神，重点签约网络作家有 1000 余人，其中阅文集团的白金写手江苏约占 1/5。[③] 浙江网络文学近年来发展迅猛，齐集了南派三叔、流潋紫、沧月、曹三公子、燕垒生、烽火戏诸侯、发飙的蜗牛、蒋胜男、阿耐等高人气网络作家，而且《盗墓笔记》《老九门》《芈月传》《欢乐颂》等作品在影视改编上收获颇丰，优厚的作家待遇也招揽新一批作家加盟，制造了网络文学的“浙江现象”。文学川军、湘军、鲁军实力不容小觑。四川既有像天蚕土豆这样居于外地的顶级大神，也有爱潜水的乌贼、海宴、林海听涛等本土作家，还有周小平等知名网络时评人，《大主宰》荣登年度热搜 IP 榜首，《一世之尊》《冠军之心》入选年度中国网络小说排行榜，《琅琊榜》《华胥引》《藏地密码》《冒牌大英雄》等热门 IP 持续发力。湖南拥有血红、梦入神机、天下尘埃、蝴蝶蓝、丁墨、皇甫奇、愤怒的香蕉、菜刀姓李、罗霸道、贼眉鼠眼、妖夜、流浪的军刀等一批优秀网络作家，进入中国作协重点管理名单的湖南网络作家占了近 40 人，《全职高手》《赘婿》《莫负寒夏》《人皇纪》等作品均入选中国网络小说半年榜。今年新入榜中国作协会员的 29 位网络作家中山东占有 6 人，骷髅精灵、风凌天下、三戒大师、减肥专家、高楼大厦、最后的卫道士、冷海隐士、飞天等皆出自山东。此外，新疆、云南以及吉林延边、贵州黔南和黔东南、湖南湘西、四川凉山等少数民族省区的网络作家群扩大，朝鲜族、维吾尔族、布依族、苗族、侗族、彝族、傣族等也形成了数量可观的网络文学作家群。

在网络文学创作阵营壮大的同时，许多优秀的网络作家也向金字塔的塔尖进发，纷纷入驻中国作协。中国作协副主席何建明说，中国作协每年至少会举办 10 次网站联络会，以吸收优秀的网络作家。近 5 年来中国作协发展会

---

① 起点中文网·寻找中国 100 座文学之城，http：//wwwploy. qidian. com/ploy/LitCity/LitCity. aspx，2016 年 12 月 28 日查询。

② 吴波：《网络文学为何这边风景独好》，《广州日报》，2016 年 10 月 4 日。

③ 高利平：《江苏省网络作家协会正式成立 80 后陈彬当选主席》，新华网江苏频道，http：//www. js. xinhuanet. com/2016 -06/27/c_ 1119114539. htm，2016 年 12 月 28 日查询。

员 2553 名，其中网络作家和自由撰稿人等新兴文学群体占 13%。① 在 2016 年中国作协公布的 454 名新会员名单中，蒋胜男、梦入洪荒、三戒大师、千幻冰云、老草吃嫩牛等 29 位网络作家入选，创历史新高。在第九次全国作代会上，唐家三少当选中国作协主席团委员，唐家三少、天蚕土豆、血红、蒋胜男、耳根、天下尘埃、阿菩、跳舞 8 位网络作家当选全委会委员，实现了历史性突破。在各级省市作家协会的推动下，继浙江、上海、广东、安徽、四川之后，今年重庆市网络作家协会、江苏省网络作家协会、吉林省作家协会网络文学委员会、河北省网络作家协会、山东省作家协会网络文学创作委员会相继成立，网络文学不仅获得了主流文坛的认可，而且成为其中不可分割的一部分。

2. 类型小说占据网络文学主流

在各大文学网站，类型文学雄踞大半江山，创作局面繁盛。全国排名前 100 的文学网站，文学类型多达 58 类，它们分别是：玄幻、奇幻、仙侠、武侠、游戏、竞技、都市、言情、军事、历史、科幻、惊悚、魔幻、修真、黑道、耽美、同人、太空、灵异、推理、悬疑、侦探、探险、盗墓、末世、丧尸、异形、机甲、校园、青春、商场、官场、职场、豪门、乡土、纪实、知青、海外、图文、女尊、女强、百合、美男、宫斗、宅斗、权谋、传奇、动漫、影视、真人、重生、异能、穿越、架空、女生、童话、轻小说、二次元。② 在这些类别中，幻想与现实题材占领今年网络文学的主流。

---

① 中国新闻网，《作协现有万余名会员，网络作家和自由撰稿人等占 13%》，2016 年 11 月 28 日。

② 网络小说类型统计的 100 家网站分别是，起点中文网、17K 小说网、纵横中文网、晋江文学城、小说阅读网、笔趣阁、潇湘书院、豆瓣读书、新浪读书、顶点小说、墨坛文学、起点女生网、书包网、逐浪网、红袖添香、言情小说吧、凤凰读书、飞卢中文网、腾讯读书、看书网、搜狐读书、超星网、磨铁中文网、书香电子书、六九中文网、散文吧、TXT 小说下载网站、散文网、全本小说网、找小说网、起点文学网、TXT 小说网、烟雨红尘、短文学网、中国文学论坛、半壁江中文网、文章阅读网、塔读文学网、落秋中文网、卡努努、E 书吧、榕树下、就爱读书网、派派小说论坛、请看小说网、3G 书城、搜娱中文网、轻之国度、凤鸣轩、天天小说网、龙的天空、九九文章网、九月网、一千零一页小说网、新笔下文学、读客网、飞库网、58 小说网、浩扬电子书城、冰火中文网、爱 TXT 电子书论坛、书生读吧、书书网、114 中文网、翠微居小说网、33 小说网、幻剑书盟、亲亲小说网、汉王书城、言情小说大全、天下书盟网、八月居、爱读屋、豆豆小说阅读网、之梦 TXT 电子书、博看网、八一中文网、伍九文学、白鹿书院、字节社、好心情网、美文网、畅想听吧、轻小说文库、中国文学网、阿巴达小说下载网、一流小说、江苏发行网、雨后池塘、一起写网、四月天言情小说网、内在空间、世纪文学、读读窝小说网、超星读书、电子书下载、9789 文学网、耽美中文网、无限小说网、飞翔下载。

（1）玄幻、仙侠拔得头筹

在幻想类作品中，玄幻、仙侠封神之作众多。一方面，以“升级”著称的异世争霸文、古典仙侠文等依旧刷爆各大文学网站排行榜。另一方面，一批具有传统人文色彩的作品向纯文学的圣殿进发。在“求仙”“称王”之路中，爱潜水的乌贼的《一世之尊》（起点中文网）、我吃西红柿的《雪鹰领主》（起点中文网）、耳根的《我欲封天》《一念永恒》（起点中文网）、小刀锋利的《弑天刃》（起点中文网）都是2016年度精品力作。在《一世之尊》中，从现代穿越而来的孟奇成为少林寺出家弟子，他在修炼中摸爬滚打，最终脱离六道轮回战胜各族英杰。该小说的创新在于将武侠、玄幻两种类型融合，由武侠向洪荒推进，并加入力量升级模式，在故事文本中展现玄幻类型史的演变。《雪鹰领主》的主角雪鹰年幼时与父母分离，一路历险，杀兽、战魔、斩神无数，并拜师血刃神帝，最终成为五方帝君。这是我吃西红柿继《盘龙》之后西方奇幻流的又一力作，在升级体系中创造性地加入了“星辰”“超凡”境界与东方式的感悟提升，完善了奇幻流创作的短缺。《我欲封天》讲述了一个平凡少年进入修真界后的崛起过程。书生孟浩早年父母失踪，科举三年均落榜，误打误撞被人带到靠山宗做杂役，在门派法宝中得到神秘铜镜，从此踏入封天之路的修行中。从文化底蕴与人文情怀方面来考量，猫腻的《将夜》《择天记》（起点中文网）、徐公子胜治的《太上章》（起点中文网）、烽火戏诸侯的《雪中悍刀行》（纵横中文网）、永恒之火的《儒道至圣》（起点中文网）、知秋的《十州风云志》（起点中文网）等一批深耕之作不仅可问鼎网络巅峰，还可迈入主流文学神坛与经典匹敌。猫腻是今年唯一一个有两部作品同时入选中国网络文学半年榜的作家。其中，《将夜》的主角宁缺原本是宣威将军府门房的儿子，将军府被判满门抄斩，他不甘心做少爷的替死鬼而出逃，从死人堆中捡到桑桑做自己的侍女，从此开启了一段玄奇曲折的故事。宁缺与桑桑从相依为命到相爱相杀，在跌宕起伏间将中国传统文化信仰与精神展露。此外还有化身成月的夫子、修炼“灰眼”的隆庆皇子、自创浩然之气的轲浩然等许多角色都有深刻寓意。而另一作品《择天记》通过少年孤儿陈长生的成长历程诉说了一个关于选择的故事，这部小说延续了猫腻一贯以来的人文情怀与哲学意味，同时漫画、影视、游戏的IP开发也为小说积累了大量人气。《儒道至圣》充分诠释了儒家的入世精神。主角方运穿越到圣元大陆，凭借脑中“奇书天地”数据库将古典文学信手拈来，在一个以才华学养著称的国度大展身手。这部作品的突破在于将“才气”引入玄幻升级体系，诗词文章可以灭军杀敌，抵御蛮族、妖族入侵，这是对以功法、技法为王的“升级流”的一次颠覆与革新。《太上章》是徐公子胜治继人、鬼、神、惊、天、地七部曲后的又一力作，他将“文以载道”一以贯之，在反类型化中体现对上古神话的思考。《雪中悍刀行》格局宏大，底色苍凉，一个纨绔子弟觉醒后在江湖、庙堂、战场的挣扎中带刀行走，拚上北凉32万人性命镇守国门坚守自己的立场与价值观。这些作品通过以爽文写情怀，赢得了市场与文学的双重肯定。

（2）现实题材大放异彩

现实题材创作大潮涌动，青青绿萝裙的《我有特殊沟通技巧》（晋江文学城）、常书欣的《余罪》（创世中文网）、丁墨的《莫负寒夏》（云起书院）、吉祥夜的《听说你喜欢我》（红袖添香）、红九的《别怕我真心》（晋江文学城）、会做菜的猫的《美食供应商》（起点中文网）、尝谕的《我真是大明星》（起点中文网）、睡觉会变白的《文艺时代》（起点中文网）、水千澈的《重生之国民男神》（潇湘书院）、齐橙的《材料帝国》（起点中文网）等职场文直击刑侦、商场、医护、餐饮、科技、娱乐等各个行业，或揭露社会生存现状，或展现职业精神与大爱，或温情诉说生活琐碎，或添加幻想元素，以现代生活为背景绘就五彩缤纷的人生。阅文集团举办网络原创文学现实主义题材征文大赛征集到近6000部小说，Wanglong的《复兴之路》、唐四方的《相声大师》、李云开的《二胎囧爸》、争斤论两花花帽的《我的1979》等大量根植于现实的小说颇受读者追捧。《莫负寒夏》将情感的波澜渗透于商战风云的尔虞我诈、钩心斗角中，林莫臣与木寒夏这种霸道总裁与灰姑娘式的恋爱颇受读者喜爱。《听说你喜欢我》以医学生宁至谦和阮流筝的爱情为主线书写医生职业经历。《别怕我真心》是一个有关抗争与历练、奋斗与成长的故事。农村女孩黎语萁凭着体魄、智慧和毅力进入城市打拼，最终成长为一个独当一面的精英女性。有的小说带有异术超能元素和“系统流”特色，主角可以随时随地开金手指①，例如《我有特殊沟通技巧》中的沟通异能，《美食供应商》里的厨神系统，《我是大明星》里的游戏系统，主角可以借此一路披荆斩棘，实现人生的理想与抱负。《我有特殊沟通技巧》的女主角杨绵绵父母双亡，母亲故友的儿子荆楚在同一城市当刑警。杨绵绵拥有与物品进行对话的特异功能，她多次以身涉险，巧妙地帮助荆楚破获重大案件，两人的感情在日渐频繁的交往中升温，最终走入婚姻的殿堂。“甜宠”“投喂”爱情模式调和了凶案侦查的紧张悬疑气氛，女主角的特异功能为现实世界开拓想象空间，作品张弛有度，富有新意。

现实题材的另一类分支竞技文以续写友谊、信任、奋斗的热血传奇积攒人气，蝴蝶蓝的《全职高手》（起点中文网）、林海听涛的《冠军之心》（起点中文网）、何堪的《上垒吧》（晋江文学城）等在电子竞技、足球竞技、女子竞技中极具代表性。《全职高手》采用“王者归来”的英雄模式，拥有10年游戏经验的网游高手叶修惨遭职业俱乐部解约的同时，他在“荣耀”游戏中的斗神账号也被回收。他流落至一个网吧当起了网管并重新拾起游戏，在“荣耀”新建的第十区开始了重返巅峰之路。这部电子竞技小说自2011年2月首发以来关注度颇高，众星拱月的人物设置手法不仅凸显了叶修的个人魅力，而且塑造了苏沐橙、陈果、唐柔、包荣兴、乔一帆等一批网络电子竞技玩家群像，每个职业玩家各有特色，展现了热血、拼搏、奋进的团队精神。小说没有设置爱情线，读者自行脑补各种CP并衍生出许多同人、番外作品。林海听涛是叱咤网文绿茵场的领军人物，有长达11年的足球题材创作经历。《冠军之心》讲述了从未经过专业训练的高中生周易在一次足球比赛真人秀中脱颖而出后，他被教练选拔赴欧洲参赛，从此走上了通往足球梦的奋斗征程。异术超能设定将小说的bug修复，主角在梦境中拥有神奇系统帮助他进行大量训练。《上垒吧》一改男子体育竞技风，展现了棒球女将的风采。由于职业棒球规则中不接受女球员，捕手梁夏以哥哥“魏冬”的身份女扮男装混入球队曾帮助球队连续三届夺得冠军，而在第四届总决赛后她被揭穿性别作假，

① 金手指：网络游戏用语，应用到网络小说中指帮助主角逃脱危险，取得宝物、资源等各类属性的事物或能力，例如神秘的功法、寻宝图，随身物品中寄居的魂灵、神兽或资源生产空间，超常的智商、记忆、异能等。

球队所有荣誉归零。她在背负一身骂名被迫离队后拒绝了其他职业俱乐部的高薪幕后工作，也不愿屈从“男棒女垒”的传统改打垒球，最终凭借执着的精神组建了一支女子球队再次回到赛场，不仅与职业男子球队进行了精彩对决，而且也收获了自己的真爱。这部女性竞技小说视角独特，男女的性别区隔、理智与情感的矛盾抉择为小说带来诸多亮点。

（3）历史、军事题材精品力作迭出

在历史、军事小说里，书写家国命运、改变历史、保家卫国、建功立业成为作品表达的主题。其中，重生小说势头强劲，架空历史成为惯用桥段，希行的《君九龄》（起点女生网）、吱吱的《慕南枝》（起点女生网）等女性向重生文不再拘泥于个体情感，显示出超越性别的宏大视野。穿越小说有所降温，子与2的《大宋的智慧》（起点中文网）、匂宫出梦的《花与剑与法兰西》（起点中文网）颇具代表性。《君九龄》《慕南枝》均以复仇、改变命运为主线，女主角没有沉浸于自怨自艾的泥潭，而是掀起朝堂风云，格局大气。《君九龄》是继《木兰无长兄》后“网络女性主义”又一力作。主角楚九龄重生后在君蓁蓁体内苏醒，在与宁家解除婚约、帮助方家查找幕后真凶、重开九龄堂行医济世、带领青山军抗金救国等一系列事件中开启了凶险的皇室复仇之路。从楚九龄到君蓁蓁再到君九龄的身份转变，一个花木兰式的女英雄形象跃然纸上。在《慕南枝》中，太后姜宪被年幼的皇帝用毒药杀害，重生后她看清了宫廷的阴谋，不再嫁给皇帝做一个傀儡皇后，而是步步为营，巧妙平衡各方权势，运用智慧改变历史与自身命运。小说不同于一般的宫斗和宅斗文，朝野皇权的抉择与斗争、对于人内心隐秘情感的探寻都扩大了小说的创作格局与视野。男性向重生文涌现出愤怒的香蕉的《赘婿》（起点中文网）、石章鱼的《医统江山》（起点中文网）、皇甫奇的《人皇纪》（17K小说网）等杰出作品，主角重生后或是身份低微的赘婿，或是奸臣之子，或是普通百姓，或是将门之后，他们在商贾、行医、沙场、官途一展身手，从不同角度抒写了男人权谋与抱负的英雄梦。历史传奇小说不乏佳作，牛凳的《奋斗在盛唐》（看书网）讲述了酒坊二少爷崔耕从一场昏睡3个月的荒唐大梦中醒来后，改掉往日纨绔子弟的习性，利用梦中的许多现代谋略与知识走上夺回家产、入仕当官的逆袭之路。军事小说以军旅和战争两类题材最为突出，其中特种兵系列、抗战系列小说人气颇高。丛林狼的《最强兵王》(起点中文网)、沛玲骏锋的《天生特种兵》(逐浪网)、幸运特快的《世界特种部队始祖》(铁血网)等从特种兵艰苦的军事训练和演习、执行危险任务、应对各种突发事件中展现军人风采，各种惊险刺激的故事令读者热血沸腾。在纪实文中，烨夫以成长为主题的《军旅长歌》(铁血网)是近年来难得的佳作。在战争题材中，最后的卫道者的《中日战争——第三次世界大战》(铁血网)、为爱好裸奔的《血色家园》(铁血网)、骨头渣子的《烽烟狼卷》(铁血网)、蓝莲花的《铁血雄鹰》(铁血网)、坦克兵的《浴血抗战》(铁血网)、中悦的《石油咽喉保卫战》(铁血网)、风卷红旗的《永不解密》(铁血网)等从历史、现代、未来不同时段着眼，以抗日战争、军事冲突、石油资源、谍战情报等各个角度书写战争，其传奇色彩、爱国精神、悬疑风格颇受读者追捧，其中《中日战争——第三次世界大战》点击量近2亿次，创下了军事小说的点击神话。

3. 影视改编捧红网络小说原著

2016年网络文学的影视改编迎来了新一轮高峰。《欢乐颂》《亲爱的翻译官》《微微一笑很倾城》《鬼吹灯之精绝古城》等一批影视剧红遍荧屏的同时，小说原著也再次受到热捧。网络自制剧发展日趋成熟，爱奇艺、腾讯、搜狐、优酷、乐视等纷纷发力网络文学，《老九门》《太子妃升职记》《余罪》《法医秦明》《如果蜗牛有爱情》《美人为馅》《最好的我们》《九州·天空城》《重生之名流巨星》等一张张金名片使小说人气爆棚，《校花的贴身高手》《极品家丁》《人生若如初相见》《陈二狗的妖孽人生》原著聚集的粉丝效应迎来超高的网络播放率。

影视改编剧中，现实题材依旧占领主流。悬疑剧异军突起，刮起刑侦、盗墓两股热风；生活剧中口碑佳片涌现，都市职场与青春校园题材接连霸屏。《余罪》作为年度刑侦力作爆红网络，小说创作在2016年完结，同名影视改编作品收获好口碑，完美地发挥了IP叠加效应。小说根据真实案件改编，在一场特殊的警校学生选拔中，带有流氓痞气的余罪成为警局中意的卧底人选，从此他进入了一环环惊险而又富有挑战的卧底生涯。和以往的人物塑造不同，余罪脱离了高大全式人格，叛逆气质不仅使作品更“吸睛”，而且更接地气。《法医秦明》改编自秦明的小说《第十一根手指》，该小说曾荣获2015年首届网络文学双年奖。由秦明、李大宝、林涛组成的铁三角从法医视角破获一桩又一桩奇案，网络的热播使小说人气指数飙升。丁墨是2016年最为火热的女作家之一。继《他来了，请闭眼》年初收官后，她的两部小说同名改编剧《如果蜗牛有爱情》《美人为馅》将探案与谈情双线并行，甜宠悬疑风、犯罪心理推导形成了她独特的创作亮点。帅气高冷的男主角与颜值智商爆表的女主角作为高能CP档吸引大批原著党。除了刑侦剧之外，盗墓剧也盛行网络，《老九门》电视剧改编自南派三叔同名小说，讲述长沙九门盗墓家族秘密往事，以抗战与探墓混搭的悬疑爱国风制造网络播放率100亿的神话，《盗墓笔记》《鬼吹灯之精绝古城》等电影凭借小说原著人气以及奇谲诡异色彩在市场上取得战绩。在生活剧中，《欢乐颂》《亲爱的翻译官》《微微一笑很倾城》《最好的我们》等作品的热播给小说原著带来回温。《欢乐颂》讲述了居住在22楼5个性格迥异的女孩在职场、爱情、家庭、生活中发生的故事。海归高管的身世之谜、富二代的家产纷争、物质女背后的辛酸家境、小职员的办公室恋情、职场新人的考验筛选等一系列故事让女孩们的友情在矛盾与和解中升温，是一部不折不扣的女性成长指南。在电视剧播出后，小说原著的点击率翻倍增长。《亲爱的翻译官》对原著做了不少剧情改动，使作品更符合大众市场，小说中涉及翻译领域的篇幅适当裁剪，并增加了爱情戏份，电视剧改编一方面引发了小说阅读的二次热潮，另一方面也促使不为人知的翻译圈生活走进大众视野。反映青春校园时光的“小清新”剧也取得佳绩，顾漫的《微微一笑很倾城》改编电影与电视剧将校园风云人物肖奈与系花贝微微将网游奇缘与现实爱情同步演绎。八月长安的《流水混账》网络改编剧《最好的我们》以怀旧的笔触再现了余淮、耿耿、蒋年年、徐延亮、简单等高中生青春美好的同窗情谊。

在古装改编剧中，历史剧数量虽在整体上有所减少，但也出现了《寂寞空庭春欲晚》《秀丽江山之长歌行》《锦绣未央》等精良之作。《锦绣未央》反白莲花式女主角设置和跌宕起伏的剧情使该剧收视飙升，唐嫣与罗晋戏里戏外的热恋以及原著《庶女有毒》的“抄袭门”事件都将作品引入舆论顶端，各方因素的推动加剧了原著的火爆。玄幻剧《诛仙·青云志》《九州·天空城》《蜀山战纪之剑侠传奇》《仙剑云之凡》《半妖倾城》等如雨后春笋，但巅峰之作甚少。《诛仙·青云志》凭借超级IP效应造势，却没能超越2015年《花千骨》创下的辉煌战绩，先网后台播放模式和周播剧模式让一大批粉丝回归为原著党。首部冲击荧幕的九州系列作品《九州·天空城》凭借主角反英雄主义设置和“美瞳”“V领”“辣台词”的魔性剧风成为亮点，但剧情反转简单粗暴，情节铺垫的过度删减也使观众转向更为充实的原著。此外，还有《择天记》《如懿传》《三生三世十里桃花》《九州·海上牧云记》《醉玲珑》《最后的王公》等影视剧未播先热，宣传造势已为原著吸引大批读者围观。

四、理论批评与活动

2016年网络文学理论批评中研究热点不断，文学活动五彩纷呈。其中，关于网络文学评价体系构建的研究话题最为火热，学术界不仅召开了全国性学术会议，而且与该热点相关的一批国家级、省部级科研项目立项，许多专家学者发表了相关论文和著作。网络文学的精品化、主流化研究的关注度持续增加，网络文学产业化以及类型文学研究火热，越来越多的学者开始走进文学现场，展开热门作家作品评论。国家级网络文学基地挂牌，各类网络文学学术研讨会、论坛、峰会、创作及评论大赛声势如火如荼，网络文学产业、官方、民间、学术机构等各方组织都颁布了各项年度作品人气榜单，90后新兴创作势力崛起。

1. 研究热点

(1) 网络文学评价体系构建

网络文学评价体系的构建是近年来网络文学研究领域的重点问题，一批国家级、省部级科研项目立项，许多专家学者纷纷就评价体系这一论题著书立说、阐明观点。2016年度中，在科研项目立项方面，中南大学欧阳友权教授的《我国网络文学评价体系的理论与实践研究》获国家社科基金重大项目，山东大学谭好哲教授的《网络文艺发展研究》获国家社科基金艺术学重点项目，中南大学刘新少博士的《文学网站社会责任评价体系构建研究》获湖南省社科基金基地项目，衡阳师范学院任美衡教授的《网络文学评价体系建构研究》获湖南省社科基金一般项目。在理论著作方面，张立主编的《网络文学发展现状及其评价体系研究》（中国书籍出版社，2016 年 3 月）梳理了网络文学的发展历程及其评价现状，探讨了建立评价体系的必要性与可行性，并就网络文学评价维度、业务需求及方法选择进行了细致考量，为网络文学的阅读选择、内容监管、创作质量、优化选题等方面提供了借鉴；庄庸、王秀庭的《网络文学评论评价体系构建：从“顶层设计”到“基层创新”》（福建教育出版社，2016 年 9 月）是谭好哲主持的 2016 年国家社科基金艺术学重点项目《网络文艺发展研究》的阶段性研究成果。它从国家战略的高度与网络文艺创作的实践出发，对网络文学的发展阶段、评论困境、理论路径、时代潮流、评论家群体以及具体作品等方面对网络文学评论评价体系的构建进行了专题性研究。唐迎欣主编的《网络文学及其批评研究》（人民日报出版社，2016 年 6 月）具有媒介性视域特色，它将网络文学批评的运作方式、创作过程、传播与接受放诸媒体之上，宏观视角与微观分析结合，对当下媒体化时代的文学发展具有启发意义。在论文及报纸评论发表方面，针对网络文学批评领域，欧阳友权、禹建湘、曾繁亭、欧阳婷、吴英文等学者就批评史建构、批评的困境与选择、批评标准的多维性、批评的学术梳理、批评主体的衍变、批评的修辞术等各个视角进行了深入而细致的学理阐述，南帆、陈定家、夏烈、蒲波、吴月玲、王迅就网络文学批评的发声、存在问题、学理支柱、批评与审美标准、批评的分层与细化提出的论点较为深刻。庄庸、桫椤、杨洋、胡近、姜太军、李文浩等对网络文艺的“进场”问题、批评功能、历史意义、时代使命、意识形态及其引领策略等方面颇有学术见地；针对网络文学创作质量问题，严佳乐、杨海平认为亟须建立网络文学质量评价指标体系进行研究，徐志武从外部性理论视角出发，提出的作品质量提升策略具有可行性和可操作性。

（2）网络文学精品化、主流化

从“草根庶出”到主流文坛，网络文学的精品化、主流化趋势日渐鲜明。关于网络文学“经典化”的话题讨论延续至今依旧火热。邵燕君主编的《网络文学经典解读》（北京大学出版社，2016年3月）采用“学者粉丝”的研究立场选取了今何在的《悟空传》、烟雨江南的《亵渎》、梦入神机的《佛本是道》、天蚕土豆的《斗破苍穹》、南派三叔的《盗墓笔记》、月关的《回到明朝当王爷》、小桥老树的《侯卫东官场笔记》、桐华的《步步惊心》、流潋紫的《后宫·甄嬛传》、辛夷坞的《致我们终将腐朽的青春》、风弄的《凤于九天》等作品作为案例，以文本精读的方法剖析网络文学网络性、类型性、经典性的形成，探索网络文学从流行到经典的主流化路径。石娟对网络小说性质及经典化路径进行了探讨①，周波、吴晋娜就网络文学经典化中的问题②以及如何成就更多经典提出了自己的看法③。徐岱论述了网络文学的去“经典化”写作④。欧阳友权的《“茅奖”视野中的网络文学》、汪代明和赵明的《茅盾文学奖，何时颁给网络文学》、欧阳婷的《“茅奖”与网络文学发展路向》等系列论文从茅盾文学奖的视野中探讨了网络文学与经典文学之间的关系。在网络文学“主流化”问题探讨中，马季、夏烈、饶翔、林慧频都肯定了网络文学“主流化”趋势，马季认为网络文学的主流化带来了新格局⑤，夏烈认为网络文学共同体正在形成⑥，饶翔提出自律是网络文学主流化的必由之路⑦。邵燕君的《从乌托邦到异托邦——网络文学“爽文学观”对精英文学观的“他者化”》、黎杨全和李璐的《网络小说的快感生产：“爽点”“代入感”与文学的新变》、陈定家的《网络“悦读”的合理性及其局限》等论文对网络文学“悦耳悦目”的快感写作评论富有学理价值。在网络文学与主流文学关系研究上，周志雄将网络小说纳入通俗文学版图⑧，金涛、康锦涛指出了网络文学与传统文学的错位⑨，刘照丁认为要推动网络文学与传统文学相知

① 石娟：《草稿化与媒介转移：网络小说性质及经典化路径之探讨》，《小说评论》，2016年第2期。

② 周波：《关于网络文学经典化问题的思考》，《东岳论丛》，2016年第1期。

③ 吴晋娜：《网络文学如何成就更多经典》，《光明日报》，2016年12月2日。

④ 徐岱：《去“经典化”的网络写作》，《浙江社会科学》，2016年第1期。

⑤ 马季：《网络文艺的主流化与新格局》，中国文艺评论，2016年第6期。

⑥ 夏烈：《网络文学共同体正在形成》，《人民日报》，2016年11月29日。

⑦ 饶翔：《自律是网络文学主流化的必由之路》，《光明日报》，2016年7月28日。

⑧ 周志雄：《通俗文学版图中的网络小说》，《文艺争鸣》，2016年第11期。

⑨ 金涛、康锦涛：《共生还是寄生——网络文学与传统文学的错位》，《语文学刊》（外语教育教学），2016年第1期。

相融[①]，李春青探讨了互联网时代“文艺”与“人民”之间的关系[②]，陈崎嵘指出网络作家要树立正确的历史观和创作观[③]。汤哲声的《网络小说入史与中国当代文学史价值取向思考》，陈定家的《如何撰写网络文学史的几点思考》等是网络文学入史问题研究中的代表性论文。

（3）网络文学的文化产业研究

在网络文学的文化产业研究领域，杨有楠、汤俏等人追本溯源，从文学主体本身出发进行了深度的思考，杨有楠从文学到生意的转变历程中考察了产业经营模式下网络文学的本体[④]，汤俏忧虑网络文学与商业“联姻”会影响网络文学的发展以及文学主体性问题[⑤]。谢波认为网络文学生产要达到数字化、商业化与文学化的平衡[⑥]。“IP”是网络文学产业研究的热词，这一年度围绕 IP 涌现出马季的《IP 的实质：网络文学知识产权漫议》、向勇和白晓晴的《场域共振：网络文学 IP 价值的跨界开发策略》、张琴的《“IP 热”创造网络文学全产业链模式的探索》、茅硕的《泛娱乐时代全 IP 产业的发展趋势》等论文。在网络文学出版与发行研究中，张屹、陈信凌、齐亚丽、董子铭、刘肖、包晓光、闫伟华、徐静对出版内容创新、出版物的偏失与应对思路、产业融合、出版追求、出版的外部性及其内部化、构建网络文学出版评价体系及推荐系统提出了独到见解。

（4）网络类型小说研究

网络类型小说占据了网络文学主流市场，邵燕君、乌兰其木格、王巳龙、肖映萱、薛静、刘琳、王侃等青年学者和学术新力量围绕网络女性文学主题，在性别变革、女性历史书写、耽美小说、穿越重生小说、言情小说等角度发力，发表了系列论文。许苗苗以穿越小说为研究点论述了网络文学如何实现

---

① 刘照丁：《推动网络文学与传统文学相知相融》，《中国艺术报》，2016 年 10 月 20 日。

② 李春青：《互联网时代的“文艺”与“人民”之关系》，《河南社会科学》，2016 年第 3 期。

③ 陈崎嵘：《网络作家要树立正确的历史观和创作观》，《文艺报》，2016 年 12 月 30 日。

④ 杨有楠：《从文学到生意——产业化经营模式下网络文学的本体考察》，《文艺评论》，2016 年第 5 期。

⑤ 汤俏：《网络文学发展与文学主体性问题——网络文学与商业“联姻”之忧》，当代文坛，2016 年第 5 期。

⑥ 谢波：《网络文学生产：数字化、商业化与文学化的平衡》，《中国图书评论》，2016 年第 2 期。

内在规范[①]，周志强从写作伦理角度出发分析了官场小说极端的艺术与欲望的政治。[②] 刘辉、刘润泽探讨了网络言情小说中的“金手指”元素[③]。周志雄的《兴盛的网络武侠玄幻小说》、陈玉蛟的《包容与糅杂：创新中的网络武侠小说》、黄群英的《虚幻时空的奇异世界——论玄幻小说的叙事特质》就网络玄幻、武侠等类型从不同侧面进行深刻剖析。吕周聚、马春光聚焦网络诗歌热现象，从观念变革、自媒体视角抓住了网络诗歌兴起背后的核心要义。

（5）热门作家作品和网络文学动向研究

2016年度，许多专家学者深入文学现场，热门作家作品评论中涌现不少佳作，如欧阳友权的《网络小说的叙事维度与艺术可能——评缪娟的〈翻译官〉》、马季的《〈芈月传〉：网络文本与传统文本的同构》、庄庸的《从少女之“心”到女“王”天下——蒋胜男〈芈月传〉“小儿女大历史”的书写冒险》、陈风和陈定家的《隐匿的写作：〈图雅的涂鸦〉》及其文学史意义》等。诸葛俊元、王雪、胡影怡、韩君燕等人从不同角度解读了《你转身，我下楼》《流血的仕途》《花千骨》《后宫·甄嬛传》《斗罗大陆》等作品。在网络文学动向研究中，媒介性与新媒体文学研究领域聚集了欧阳友权、黄鸣奋、单小曦、陈定家、胡友峰、霍忠义、胡海迪、白云、鲍远福、韩啸等一批专家学者，欧阳友权的《媒介文艺学的数字化探寻》、单小曦的《从后现代主义到“数字现代主义”——新媒介文学文化逻辑问题研究反思与新探》、胡友峰的《电子媒介时代文学的“消费”问题》《电子媒介时代文学的生产方式》、黄鸣奋的《口袋妖怪：新媒体与艺术形态的变革》、霍忠义的《微博小说的定义、发展及审美特征》、鲍远福的《新媒体文本表意论：从语图关系到“语图间性”》等论文从学理架构、文学的生产与消费、新媒体形态与表意等方面做了深刻阐述，颇具代表性。与此同时，影视改编研究也掀起热潮，荆桂英、聂婷、张颖、毛德胜、聂欣悦、马辉、邵将、袁月明、李霞、王晓丹等从影

① 许苗苗：《“穿越”到“穿越指南”：网络文学如何实现内在规范》，《探索与争鸣》，2016年第3期。

② 周志强：《极端的艺术与欲望的政治——网络官场小说的写作伦理》，《河南社会科学》，2016年第9期。

③ 刘辉、刘润泽：《论网络言情小说中的“金手指”元素》，《大众文艺》，2016年第6期。

视改编现状、受众审美分析、改编剧叙事特征和策略，以及《何以笙箫默》《欢乐颂》《琅琊榜》具体作品影视转化等方面进行了宏观解析和微观论述。

2. 文学活动

（1）中国作协在北戴河举办了网络文学工作交流会

2016 年 6 月，中国作协在北戴河举办了网络文学工作交流会。各省市作协相关负责人和全国网络文学重点园地工作联席会全体成员单位 60 余人与会，坦诚交流，共同探讨网络文学工作的新动向和新举措。年度内，中国作家协会和各省市作家协会等相关文学组织，为网络文学的进一步健康发展做了一系列扎扎实实的工作。

（2）中国作协网络文学研究基地挂牌

2016 年网络文学领域有两大国家级文学基地挂牌。2016 年 4 月，中国首家国家级网络文学研究基地落户中南大学。中国作家协会网络文学委员会、湖南省作家协会、中南大学三方联合设立的“中国作家协会网络文学委员会中南大学研究基地”于中南大学举办了签约暨揭牌仪式。欧阳友权教授担任基地主任和首席专家，他带领的中南大学网络文学研究团队是中国最早进入网络文学研究领域的学术群体。此前，中国文艺理论学会网络文学研究会、湖南省网络文学研究会、湖南省网络文学研究基地等均已在中南大学落户。2016 年 12 月 23 日，由中国作协网络文学委员会、上海市作协、上海大学中国创意写作中心、阅文集团共同创办的“中国作协网络文学委员会上海研究培训基地”在上海大学挂牌。与此同时，培训基地首届网络文学高级研修班开班，旨在培养与探索网络作家的创新思维和写作路径，由阅文集团、翼书网、17K 小说网、铁血网、云起书院、掌阅等各大网络文学网站和机构选派的 24 名网络作家参与了培训。

（3）全国性网络文学学术研讨会

2016 年举办的全国性网络文学研讨会主要分为两大类型，一类是以全国网络文学研究会“网络文学评价体系构建”学术研讨会、“新媒介文化文艺批评与理论建设”学术研讨会等为代表的学术研究会，另一类是《翻译官》《网络英雄传Ⅰ：艾尔斯巨岩之约》等网络作品的研讨会。2016 年 6 月 20 日，由中国作协网络文学委员会、广东网络作家协会和蔷薇书院网站联合主办的《翻译官》作品研讨会在北京举办。白烨、欧阳友权、梁鸿鹰、李朝全、肖惊鸿、刘晔原、马季、邵燕君、夏烈、庄庸、周志雄、桫椤、西篱等专家、学者、评论家就该作品点评讨论，认为小说成功地将青春、奋斗、坚守等主题融入曲折的故事中，是网络女性题材创作中难得的佳作。8 月 12 日至 14 日，中国文艺理论学会网络文学研究会 2016 年学术年会暨“网络文学评价体系构建”学术研讨会在湖南怀化学院召开。此次会议由中国文艺理论学会网络文学研究会、中国文联文艺评论中心、湖南省文联联合主办，《文艺理论研究》编辑部、湖南省文艺评论家协会协办，中国作协网络文学委员会、中南大学研究基地与怀化学院联合承办，吸引了全国在网络文学研究领域具有代表性的 100 余名专家、学者参会。11 月 11 日至 13 日，中国中外文艺理论学会新媒介文论分会第四届年会暨“新媒介文化文艺批评与理论建设”学术研讨会在杭州召开。会议由中国中外文艺理论学会新媒介文论分会、杭州师范大学人文学院等联合主办，120 多名专家、学者聚焦新媒介文论与美学建设、新媒介“粉丝现象”和“泛娱乐化”研究、微文化研究、新媒介文艺产业化研究、IP 热研究、新媒介文艺理论与批评研究及建设等相关论题进行积极交流与讨论。

（4）网络文学论坛与峰会

在网络文学论坛与峰会中，2016 年中国数字阅读大会——网络文学峰会、第二届中国网络文学论坛、广东网络文学“金盘工程”峰会、天津首届全国网络作家创作论坛、全球化时代网络文艺传播论坛等活动热烈，精彩纷呈。2016 年 4 月 14 日，中国数字阅读大会——网络文学峰会在杭州举行，700 多位业界人士就全版权运营、粉丝经济、网络文学、在线教育、数字阅读产业发展等热题进行了探讨，会上还发布了中国数字阅读城市指数排行榜，颁布“悦读中国”四大年度奖项，成立青少年绿色数字阅读联盟，发布数字阅读企业战略合作项目，并启动 2016 悦读中国年。广东是网络文学创作大省，2016 年 9 月 25 日，第二届中国网络文学论坛在广东佛山举办，论坛由中国作协主办，广东省作协承办，会议上发布全国性网络评论新刊《网络文学评论》，在佛山市南海区设立广东网络文学基地，并与 14 家大型文学网站达成合作。11

月23日至26日，广东网络文学“金盘工程”峰会在佛山举办。130余位专家、学者和网络作家齐聚一堂，就网络文学发展中的许多问题进行了深入探讨。峰会期间还举办了广东网络作家高级研修班、广东网络文学作品研讨会，同时也成立了佛山市南海区网络作家协会。

（5）网络文学创作、评论大赛活动

近年来网络文学创作大赛如火如荼，本年度涌现出阅文集团网络原创文学现实主义题材征文大赛，中国第三届网络文学大奖赛（山东）、第五届“潇湘杯”网络文学大赛（湖南）、第二届广西网络文学大赛、第二届滇云网络文学大赛（云南）、重庆市网络文学征文大赛、微博“微小说大赛”等创作型大赛，首届网络文艺评论大赛也拉开了帷幕。其中阅文集团“网络原创文学现实主义题材征文大赛”由旗下创世中文网、起点中文网、起点女生网、云起书院、起点文学网联合主办，比赛声势浩大，历时1年多时间收到参赛作品近6000部。在激烈的角逐下，Wanglong的《复兴之路》获特等奖，唐四方的《相声大师》获一等奖，李开云的《二胎囧爸》、争斤论两花花帽的《我的1979》获二等奖，中秋月明的《草根石布衣》等10部作品获优胜奖。中国第三届网络文学大奖赛由《山东文学》《齐鲁晚报》、大众网共同主办，比赛历时7个月，共收到17709部参赛作品，大赛设置小说奖、散文奖、诗歌组诗奖、网络人气奖等奖项，其中长篇小说陈琢瑾的《石库门》、刘伊的《睡城》获得评委一致好评，因得票相同，并列分享20万元的特等奖。《爱情不流浪》等8部作品获小说奖，《捕蛇人》等5部作品获散文奖、《太平广记》等5部作品获诗歌组诗奖、《情殇宋金》等8部作品获网络人气奖。首届网络文艺评论大赛由中国文艺评论家协会青年委员会、中国文艺评论家协会网络文艺委员会、中国当代文学研究会新媒体文学委员会、中国文艺理论学会网络文学研究会等单位主办，中国文艺评论网、山东师范大学网络文学研究中心、爱读文学网等单位承办，大赛获得了全国各大高校与科研机构、文艺界、媒体的关注，历时近6个月，收到446篇参赛作品，从草根文学爱好者、高中生、本科生、硕士生、文艺评论家、高校教授、博导，均有作者参赛。最终，苏勇（江西师范大学文学院副教授）的《历史、民族与英雄的别样书写：评现实主义力作〈遍地狼烟〉》、李盛涛（滨州学院副教授）的《〈弹痕〉：一部颠覆传统军事小说叙事的网络文本》获一等奖，唐小祥（中国人民大学博士生）的《既无所欢，何乐可颂——评阿耐的〈欢乐颂〉》、杨俊蕾（复旦大学博士生导师）的《重绘文学与现实的渐近线——从网络原创小说〈余罪〉反思真实书写问题》、禹建湘（中南大学博士生导师）和黄惟琦（中南大学硕士生）的《〈微微一笑很倾城〉"畅销"与"经典"的距离》获二等奖，李莉（湖北民族学院教授）的《论网络小说对中国当代文学之贡献——以〈明朝那些事儿〉为例》、程海威（中南大学讲师）的《史学视野下的回眸：〈第一次的亲密接触〉之意义与局限》、孙敏（山东师范大学硕士生）的《"青春写作"的仙侠小说——评〈花千骨〉》、石立燕（山东师范大学讲师）的《"他者"的生存景观：阿耐小说中的女性书写》、陈立群（华南师范大学副教授）的《〈新宋〉：新启蒙知识分子的"大国"设计》获三等奖。"潇湘杯"网络微文学大赛、中国网络诗赛、首届中国网络爱情诗文大赛、首届华语网络诗歌大赛、海峡两岸网络原创文学大赛、中国网络诗歌大会第五届颁奖大会等各种赛事，让网络文学成为年度重要的社会文化热点。

（6）各大网络文学人气榜单出炉

在2016年年末与2017年年初之际，2016年福布斯·中国原创文学风云榜、阅文集团2016年网络文学年度榜样、阅文2016年度十大畅销小说榜单、百度2016年十大热搜小说榜单、中国网络小说"好看榜"、北京大学网络文学研究论坛2016年度推荐榜等各大人气榜单出炉。2016年福布斯·中国原创文学风云榜忘语的《玄界之门》、苏小暖的《邪王追妻》分别夺得男频女频作品头筹。风云榜前10作品涵盖玄幻、仙侠、历史、都市、言情等大类，上榜作家既有老牌的白金作家如忘语、耳根、小刀锋利等，也有孑与2、会做菜的猫等新晋大神。此前阅文集团公布的2016年网络文学年度榜样也颇具影响力，风轻扬的《凌天战尊》、二目的《放开那个女巫》等12部作品被封为网络文学十二天王。这些封王之作不仅是各个类型文学中的销量王、人气王、新人王，而且还是开拓者、复兴者、佼佼者。除了阅文、百度等发布的市场风向标，中国网络小说"好看榜"在网文"土著"圈中名气较大，它由中国文艺评论家协会网络文艺委员会、光明网文艺评论编辑室、中国青年出版社新青年读物工作室联合打造，庄庸和安迪斯晨风担纲主持工作，祈祷君的

《木兰无长兄》、国王陛下的《此前有座灵剑山》等20部作品入围，许多资深粉丝、网络评论家荐评。

五、局限与趋势

1. 网络文学发展趋势

(1) 移动端成必争之地，阅读入口将进一步多元化

随着移动互联网打通了PC、手机、平板、电子书设备的内容渠道，我国网络文学用户向移动端迁移的趋势仍将持续。当前，阿里借助旗下“书旗小说”“淘宝阅读”等品牌化移动端口继续领跑移动端市场；“掌阅文学”不甘示弱，通过“iReader”占据移动端优势与“诸强”抗争；阅文集团继续整合“QQ阅读”“起点读书”等资源，利用海量内容优势，依托微信平台的关系链推出“微信读书”，抢占平板、手机客户端。在未来较长的时间内，移动端仍将是网络文学运营商的必争之地。

在网络文学阅读入口端，随着网络文学内容的爆炸增长，扩充了读者的可阅读范围，智能移动设备的广泛应用拉动了“碎片化”的阅读消费、激发了网络文学用户的个人化阅读需求。“起点中文网”“红袖添香”“潇湘书院”均开通了微信公众号，借助微信客户端来传播网络文学已成为一种新常态。2016年6月，非传统网络文学阅读端新浪微博借力唐家三少、南派三叔、张小娴等网络名写手，举办微博“微小说大赛”，不到两个月便吸引1.7万余篇作品参赛，作品累计阅读量突破1.8亿人次。网络文学阅读入口进一步多元化的趋势仍然明显。未来非传统文学平台将借助平台优势吸引网络文学用户，成为网络文学重要分发渠道。

(2) 网络文学IP热或降温，精品化运营、理性开发将成主流

2016年5月30日，豆瓣“影视改编”栏目上线，豆瓣开始正式涉足网络小说IP的孵化和运营业务。豆瓣在栏目页面上声明，将开始发布“受读者欢迎的、有改编潜力的豆瓣阅读原创作品，邀请影视行业的专业人士一起参与作品的影视改编”。在短短一个月的时间内，就有超过130名职业编剧和近200家影视公司表达了合作意向，而豆瓣先期发布的作品，已有多部获得报

价。“豆瓣事件”是2016年网络文学IP市场的一个缩影，在经历“IP元年”之后，网络文学IP市场依然群雄逐鹿。网络文学IP的价格水涨船高，跟风投资的现象严重。抢IP，囤IP成了普遍现象，定价体系混乱、同质题材扎堆、消费者审美疲劳等市场问题日渐凸显。随着电影《盗梦笔记》口碑的声名狼藉，《爵迹》的票房败北，仅依靠粉丝力量缺乏充实内容支撑的“IP+明星”的粗劣改编模式已经无法满足新的消费需要。

在国外，漫威、迪士尼的IP都是经过长期运营，从IP采购到原著改编、人物形象润色，到影视作品拍摄、后期制作、播出推向市场等都经过系统运作，经历较长周期。IP改编的本质是内容的“二次生产”，其成功的核心在于不断延展创新，而当前资本主导的网络文学IP改编业日渐脱离IP内容本身。在经历了粗放式开发所导致的市场失败后，市场对网络文学IP的追捧将逐渐回归理性，并开始意识到网络文学IP并非一本万利，粉丝热情无法替代IP内容的沉淀，资本炒作无法延伸IP生命力，回归内容创新，进行精耕细作，才能真正避免“改一部，毁一部”的尴尬局面。

（3）二次元类网络文学作品蓄势待发，网络文学或迎来轻文“小时代”

以漫画、动画、游戏为最初载体的二次元文化借助互联网的传播力在网络世界中不断渗透，影响着网民的消费选择。“互联网用户群当中二次元用户逐年攀升，2016年11月已达到2.82亿，预计2017年会呈现高速增长，用户将达到3.8亿。”① 而随着看动漫、玩游戏的80后、90后一代成为网络文学的主流消费者，二次元文化影响力向网络文学世界的扩散也便顺理成章，并开始影响着网络文学的情节内容和题材类型。因此，网络文学想要赢得市场，就必须要糅合二次元文化元素，生成新的内容形式，给受众新奇的阅读体验，来满足日益挑剔的二次元用户。二次元文化的流行激发了用户对网络文学的二次元文化元素的消费，带动了“同人、耽美、百合、轻小说”等网络文学门类的发展②。资本市场借助二次元的文化力顺势而为，国内二次元类网络文学作品蓄势待发。“中文在线”拟以总计5亿元巨资，布局ACG生态链。传

① 马季：《网络文学迎来变革黄金期》，《人民日报海外版》，2016年12月15日。

② 刘小源：《我们仍未知道那些开在网络上的花的名字——来自二次元的网络文学》，《南方文坛》，2016年第1期。

统网络文学运营商利用海量的二次元 IP 内容资源，孵化开发动漫、游戏、听书、纸质出版物等产品的路径日渐清晰。

在二次元消费兴起的背景下，长期沉积于“ACGN”产业末端的轻小说开始崭露头角。2015 年，主打二次元文学内容的“轻文轻小说”内容社区应运而生，通过营造二次元氛围，借助 UGC 模式吸引网民进行内容创作，每月盘活了逾六位数字活跃用户，日创作内容量突破数十万字。2016 年 2 月，来自“轻文轻小说”的二次元类型作品《一派之长为老不尊!》达成众筹目标，为国产原创轻小文学翻开新的篇章。国内二次元文化市场也完成了从引进到原创的二级跳。随着对侵权盗版行为的打击，原本活跃于论坛和百度贴吧的二次元网文圈不断向商业网络文学平台转移，不断扩大的用户群体，加剧了产业扩容的现实要求。伴随着二次元消费的热潮和网络媒介，特别是移动互联媒介加速发展的趋势，未来文化资本市场将继续介入二次元类网络文学，推动整个二次元类网络文学产业的扩容和发展，加速二次元类网络文学创作专业人才群聚，加快二次元类网络文学的生产。

2. 网络文学局限分析

(1) 作品商业化加剧、同质化严重

有别于以艺术价值作为价值本体的传统，网络文学是“产业化”的文学本体，“注重文学作为文化产业的商业价值，看重一个作品在传播中的市场考量消费者的价值首肯”，其存在之初便是写手对“利”的追逐。① 对于作为文化生产的产业化本体，商业化是网络文学发展的催化剂，促进网络文学的海量创作，然而对于作为追求精神价值和艺术审美的艺术生产的文学来说，商业化又是网络文学同质化、媚俗化的罪魁祸首。网络文学创作难逃商业化的掣肘。创作者想要获取更高的收入，就必须得到市场的认可，就不得不关注作品字数、阅读量、版权转让情况，随着创作者在求量不求质的商业化道路上不断迷失，网络文学作品在创作之中便被贴上了商业标签，其内容“灌水”、行文拖沓、文字累赘、“小白文”泛滥成灾的现象也便屡见不鲜了。2016 年，在起点中文网的完结小说榜上，《从零开始》《修神外传》《煮酒点

① 欧阳友权：《网络文学批评史的建构逻辑》，《求是学刊》，2016 年第 3 期。

江山》字数均突破1500万的大关，其中“雷云风暴”的《从零开始》连续更新共11年之久，总字数超过2018万，成为“起点中文网”年度最长小说。网络文学过度商业化的另一个恶果便是内容生产的同质化。类型化创作是网络文学成熟化的标志，然而在追逐市场效益的商业机制驱动下，工业化的生产方式大大压缩了作家主体性空间，一旦某类题材火爆起来，创作者为迎合消费者的口味，在商业机制下便失去了创作的自主性，跟风创作，从而导致同类别作品数量疯涨，作品题材趋同，内容大同小异，特色不足。考虑读者审美喜好的创作本无可厚非，然而当无限膨胀的商业化欲求吞噬了网络文学个人化表达和自我内心书写的天性的时候，遵照工业化流程的类型化写作便成为网络文学经典化的最大绊脚石。

（2）网络文学市场内容生产、运营呈垄断化趋势，中小网站生存艰难

在国家对侵权盗版行为的打击不断升级的背景下，原本依赖于侵权转载的个人站点相继关闭，而中小型原创文学网站，由于作品体量小、签约作家不多、内容生产能力不足，访问流量锐减，用户流失严重。在数字阅读市场，越来越多的用户“向拥有版权内容的企业集中”①，中小网站的生存越发艰难。这种状况在网络文学市场“一超多强”的格局下进一步加剧。巨无霸阅文集团利用其资源、资本优势，大量网罗创作人才、培养新人，不断抬高写手身价。仅2016年，阅文集团向写手发放稿酬数额接近10亿元，旗下写手年收入过百万的已超百人，数量同比增长了近三倍。② 随着写手收入的水涨船高，中小网站签约知名写手的路径几乎被堵死，而那些草根写手在获取一定的知名度之后，为获取更优厚的稿酬和版权转让提成，选择了与更大的网站合作。因此，中小网站生产优质内容越发困难，在“内容为王”和赢者通吃的网络文学市场中，中小网站很难与大型网站竞争。以阅文集团为例，阅文集团网罗了近400万名内容创作者，储备了原创作品1000万余部，行业占比约90%，作品覆盖200余种种类，牢牢掌握了国内网络文学内容生产及储备

---

① 艾瑞咨询：《2016年度数据发布集合报告》，http：//report. iresearch. cn/report/201701/2889. shtml，2017年1月19日查询。

② 陶力：《IP价格上涨近五成 阅文集团掘金海外市场》，21世纪经济报道，2017年1月12日。http：//news. xinhuanet. com/yzyd/culture/20140729/c_ 1111839897. htm。

的话语权。① 在网络文学 IP 改编市场，阅文集团垄断性优势明显，在艾瑞咨询发布的“2016 年网络文学小说改编影视排名 TOP10”中，《诛仙·青云志》《余罪》《欢乐颂》《老九门》等绝大多数精品改编剧原著均来自阅文集团。在手游改编市场，阅文集团同样具有压倒性优势，几乎垄断了“2016 年网络文学 IP 改编手游排名 TOP10”的内容源。阅文集团还成功向泰国、越南、日本、韩国等亚洲市场及欧美等文化发达地区进行了版权海外输出。中小网站内容运营的市场空间不断被挤压，在巨无霸的内容垄断的夹缝中艰难生存。

（3）批评范式亟待完善

当网络文学遭遇将本求利的资本，网络文学的功能和形态便在文化工业的流水线上走向了与文化工业的形式和内容的融合之路。伴随着数字技术的发展，影视、动漫、游戏向网络文学持续渗透，网络文学的边界在不断位移，文类暧昧，品式模糊的“亚文学”涌现，新的文学变体拓展着网络文学的疆域。当今，网络文学作为通俗文学已被纳入了文学的范畴，然而其枝叶却在超越一以贯之、亘古不变的文学体例范畴。在文学的发展历程中，批评范式总是滞后于文学门类发展的，网络文学也不例外。学院派在网络文学的汹涌大潮冲垮了传统的文学发表机制的堤坝、直面大众读者之后，才从网上阅读开始进入“网络文学场”，综合传统文学批评及新媒体文学批评的方法，回应文学现实，构建网络文学批评体系。然而，面对着网络文学的疆域向产业领域的拓展，单纯地借助学院派力量介入网络文学的艺术审美创作领域，研究网络文本的精神性与美学性，建构相对空白的网络文学批评的理论地带，理清网络文学的门类派系分割标准是不足以实现对网络文学的全面批评的。在融入了现代通俗娱乐文化体系之后，亟须一股新的批评力量从产业化的角度对网络文学介入影视、漫画、游戏等产业领域的现象进行批评，以完善现有的网络文学的批评范式。

（4）版权保护任重道远

网络文学的抄袭问题由来已久，由于缺乏论文查重这种技术手段的应用，

---

① 《国内首份原创文学风云榜发布》，人民网，http：//sh. people. com. cn/n2/2016/0106 /c134768 - 27482341. html，2016 年 1 月 6 日。

版权人的利益时刻处于危险之中，而侵权作品往往能在网络上堂而皇之地传播。在互联平台上，以数字编码为载体的网络文学复制、存储便利，因此，抄袭的作品往往传播迅速且影响恶劣。2016 年热播的电视剧《锦绣未央》的原著被曝抄袭 200 多本小说，这将网络文学版权问题再一次推向了风口浪尖。影视网文圈纷纷发声，声讨抄袭行为，甚至有编剧发起众筹帮助被侵权人起诉。无独有偶，2015 年《花千骨》也曾深陷抄袭门，但最终不了了之。由于网络文学侵权对象难确定、侵权责任难划分、诉讼程序烦琐、维权渠道不畅通、电子举证难度大等问题，受害人往往很难以一己之力通过有效的诉讼维权手段遏制侵权行为，维护自身权益，而维权本身还要付出大量的时间成本和高昂的经济代价，而在另一方面仅通过政府管理和行业自律并不能杜绝网络侵权行为。事实上，在版权保护领域，版权保护的法律法规与数字技术是可以密切互补的，当单纯的制度手段已不足以维护版权所有人权利、打击侵权行为时，利用技术手段来填补制度手段的不足是破解网络版权保护问题行之有效的方法。《锦绣未央》事件展现了影视网文圈抵制抄袭行为、净化版权环境的决心，同时也暴露了当前网络著作版权保护机制的缺陷。如何破解技术难题、畅通网络侵权诉讼渠道、健全版权保护相关法律机制，建立政府管理、行业自律、权利人监督的三方联动机制是未来网络著作权保护过程中亟须解决的问题。

（欧阳友权、贺予飞、邓祯　执笔）

第二章 文学网站

一、文学网站现状

1. 文学网站的规模和水平

文学网站是专门传播与发布文学信息的网络节点，是文学在网络虚拟空间的集散地，也是网络文学的具体载体。2017 年 1 月，CNNIC（中国互联网络信息中心）发布《第 39 次中国互联网络发展状况统计报告》，报告指出截至 2016 年 12 月，网络文学用户规模已达 33319 万，网民使用率达 45.6%，全年增长率 12.3%，其中手机网络文学用户规模达 30377 万，网民使用率 43.7%，全年增长 17.2%。同时根据艾瑞咨询出品的《中国网络文学行业研究报告 2016》，该报告指出从 2015 年 12 月各网络文学企业 PC 端和移动端阅读总覆盖人数上来看，阅文集团以超过 6000 万的阅读总覆盖人数位列第一，掌阅、阿里文学分居二、三位。其中 PC 端表现最为抢眼的是创世中文网、起点中文网和晋江文学城，而移动端掌阅书城、QQ 阅读、书旗小说则遥遥领先其他移动端平台。艾瑞咨询发布的《年度数据发布集合报告 2016 年》中指出，从艾瑞 iUserTracker 的中国数字阅读行业 PC 端月度覆盖人数可以看出，创世中文网、起点中文网和晋江文学城的月度覆盖人数占比均超过 10%，成为 PC 端数字阅读行业第一梯队。17K 小说网、纵横中文网与潇湘书院的月度覆盖人数占比在 3% ~10%，成为第二梯队。起点女生网、网易云阅读、红袖添香、新浪读书、言情小说吧、小说阅读网等成为第三梯队。从整体可以看出，阅文集团旗下有多家网站上榜，其在 PC 端数字阅读整体渠道的占有率稳居行业第一，遥遥领先其他平台。而移动端阅文集团旗下 QQ 阅读、掌阅 iReader 与阿里文学旗下书旗小说以超过 8% 的 APP 月度覆盖人数占比稳坐第一梯队。百度阅读、搜狗阅读、多看阅读、起点读书与熊猫看书月度覆盖人数占比在 2% ~8%，为第二梯队。网易云阅读、纵横小说、当当读书、晋江小说阅读、潇湘书院、京东阅读则位列第三梯队。而速途研究院发布的《2016 年 Q3 移动阅读市场报告》则指出 2016 年第三季度移动阅读市场份额 QQ 阅读第一，占比 31.53%；掌阅 iReader 占 29.46%，排在第二位；剩余 40% 的份额则被包括塔读文学、书旗小说、多看阅读、爱阅读、起点读书、宜搜小说、熊猫看书、网易云阅读等瓜分。

类型小说依然是网络文学、特别是网络小说的主流，位居前列的文学网站大多都是类型小说网站，据笔者调查统计，网络类型小说前 100 家的网站分别是：起点中文网、17K 小说网、纵横中文网、晋江文学城、小说阅读网、笔趣阁、潇湘书院、豆瓣读书、新浪读书、顶点小说、墨坛文学、起点女生网、书包网、逐浪网、红袖添香、言情小说吧、凤凰读书、飞卢中文网、腾讯读书、看书网、搜狐读书、超星网、磨铁中文网、书香电子书、六九中文网、散文吧、TXT 小说下载网站、散文网、全本小说网、找小说网、起点文学网、TXT 小说网、烟雨红尘、短文学网、中国文学论坛、半壁江中文网、文章阅读网、塔读文学网、落秋中文网、卡努努、E 书吧、榕树下、就爱读书网、派派小说论坛、请看小说网、3G 书城、搜娱中文网、轻之国度、凤鸣轩、天天小说网、龙的天空、九九文章网、九月网、一千零一页小说网、新笔下文学、读客网、飞库网、58 小说网、浩扬电子书城、冰火中文网、爱 TXT 电子书论坛、书生读吧、书书网、114 中文网、翠微居小说网、33 小说网、幻剑书盟、亲亲小说网、汉王书城、言情小说大全、天下书盟网、八月居、爱读屋、豆豆小说阅读网、之梦 TXT 电子书、博看网、八一中文网、伍九文学、白鹿书院、字节社、好心情网、美文网、畅想听吧、轻小说文库、中国文学网、阿巴达小说下载网、一流小说、江苏发行网、雨后池塘、一起写网、四月天言情小说网、内在空间、世纪文学、读读窝小说网、超星读书、电子书下载、9789 文学网、耽美中文网、无限小说网、飞翔下载。

2. 大型网站的引领作用明显

网络文学网站中的大型网站是指原创作品总量、签约写手数量、覆盖人数、总点击量、资本运营数额巨大等综合考量下的文学网站。其中以阅文集团为例，在 2016 年年末腾讯十八周年大型嘉年华活动上，阅文集团披露其拥有作品总数已达 1000 万部，覆盖 200 多种内容品类，产品覆盖 PC、移动、音频、电纸书等数字阅读全场景，可达 6 亿用户，培养了包括唐家三少、猫腻等网络原创顶尖作家在内的 400 万名创作者。可以说以阅文集团旗下网站为代表的大型网站既是网络文学发展的潮头尖兵，又是引动网络文学时代大潮的信风浪引。2016 年，大型网站从多方面为网络文学发展带来巨大影响。

（1）IP 开发持续火热，大型网站的商业模式发挥了引领作用

自 2015 年起，“IP”这一词便始终与网络文学同频出现在公众视野中。IP，英语“Intellectual Property”的缩写，直译为“知识产权”。IP 的形式可以多种多样，既可以是一个完整的故事，也可以是一个概念、一个形象甚至一句话；IP 可以用在多种领域，音乐、戏剧、电影、电视、动漫、游戏……但不管形式如何，一个具备市场价值的 IP 一定是拥有一定知名度、有潜在变现能力的东西①。

泛文娱 IP 生态构建，全版权跨界深度运营，成为 2016 年各大龙头网络文学网站的焦点。2016 年各大型网站一改以往“一锤子买卖”的网络文学 IP 开发模式，转而向一部作品多维开发，力争在动漫、影视、游戏等下游市场实现全版权运营，尽可能地衍生一部网络文学作品的商业价值。无论是阅文集团提出的“内容连接 2.0”，还是阿里巴巴设立的“大文娱板块”，无一不是各个大型网站布局以网络文学为核心的深度文化产业生态。根据艺恩智库数据显示，截至 2016 年 12 月 18 日，网络剧累计上线 755 部，2016 年网络剧播放量排名 TOP10 流量达到 378 亿，其中第一位和第二位的《老九门》和《余罪》两部剧共创造播放量 200 亿，在 TOP10 中流量占比达到 53%，而这两部网络剧皆来自网络文学 IP 改编。艾瑞咨询公布的 2016 年网络文学 IP 改编电视剧排名中，前十中如《诛仙·青云志》《欢乐颂》《微微一笑很倾城》《亲爱的翻译官》等无一不是大型网站深耕 IP 商业模式转变的力证。不单单是影视方面，第二届“福布斯·中国原创文学风云榜”颁奖盛典上阅文集团吴文辉公布，“2016 年阅文自制 IP 动画多达 7 部，其中《择天记》动画片第一季以破亿的点击收官，第二季开播首日付费点击超 200 万，开创全网 VIP 观看历史纪录。”《择天记》亦实现了在网络文学作品连载期间动漫、电视剧、游戏等同步上线经营的优良范例，为网络文学 IP 深度运营打下了坚实的基础。阅文集团罗立在 WISE·2016 年独角兽峰会上声称，整个网络文学行业规模从 2013 年的 62 亿元，预计到 2018 年会有 166 亿元。这个巨大的增幅正是来源于大型网站引领的网络文学全版权运营下的深度 IP 生态开发，通过以优质网

① 张贺：《IP 热为何如此流行》，《人民日报》，2015 年 5 月 21 日。

络文学作品内容与打造网络文学写手明星双管齐下的运作为源头，以原著读者为基础向外辐射，向下整合动漫、电影、电视、广播等“泛文娱”产业资源，最终实现一部优秀的网络文学作品的市场价值最大化，实现整个文化产业链的共赢。

（2）大型网站倡导的现实题材创作对网络文学发展产生积极影响

对于熟悉网络文学的读者而言，包括都市、军事、校园等类型在内的现实题材一直都是网络文学的重要组成部分。但就社会影响而言，现实题材网络作品的影响往往不及虚拟幻想类型的作品。如何提升现实题材网络作品的文学影响力，成为各大文学网站的重要命题。2015 年 9 月由上海市新闻出版局指导，阅文集团旗下多家知名中文阅读网站主办的跨年度重磅主题征文——网络原创文学现实主义题材征文大赛，2016 年 12 月该项赛事正式收官。在收官典礼上，阅文集团杨晨指出，2016 年阅文集团旗下现实主义题材的增幅超过 100%，大赛无疑是助推器，经过一年多时间的评选，共征集参赛作品近 6000 部，题材多样、风格多元，既展现了“小时代”的暗涌潜流，也有“大时代”的激荡风云，创造出了这个时代鲜活而动人的艺术典型。从 6000 部参赛作品中脱颖而出的这批获奖作品让外界感到惊喜，这些作品涵盖了改革历程、社会热点、生活变迁、优秀文化等多个领域，作者年龄也呈现出大跨度的特征，以获得特等奖的网络文学都市类型作家 Wanglong 的《复兴之路》为例，小说讲述了大型国企红星集团在困顿中改革、迎来复兴的故事，生动精彩地描写了一个陷入重重发展困境的国有企业寻求振兴的艰辛与努力，以文学的方式为“大时代”留下精彩注解。一大批充满生活和时代气息的优秀作品在该项赛事的推动下不断涌现，如聚焦社会热点的《二胎囧爸》、书写个人奋斗的《草根石布衣》、传承传统文化的《相声大师》等作品，吸引着读者和行业的关注。上海市新闻出版局局长徐炯因此表示：现实主义题材的写作正在帮助网络文学打破套路化、模式化的症结，注入更新鲜、生动的能量，拓展更广阔的发展空间。起点中文网李晓亮认为，真正出色的现实题材作品，永远无法替代。因为它们来自生活，来自读者最熟悉的时代，来自读者最深的共鸣。

不仅限于创作引导，大型网站对网络作家而言更是实现其现实价值的重要保障。2016 年 4 月，网易云阅读发布了《2016 网络文学原创作者生存报告》。该报告指出，70% 的作者都是白天上班，空余时间从事创作工作。他们之中绝大部分都与各大网络文学平台正式签约，能够享受到正规的平台福利和版权保护，其中，阅文、掌阅、网易云阅读占据作者心目中最好的网文平台前三甲。该报告中还指出，发展机会与稿酬是网文作者选择写作平台最为看重的要素。艾瑞咨询发布的《网文江湖群英谱——中国网络文学作者洞察报告 2016 年》指出，在该报告针对起点中文网、创世中文网、红袖添香等阅文集团旗下原创文学网站的签约作者进行调研中，共收取有效作者样本 1060 个。调研中超过半数的签约作者表示现在的写作平台会向他们提供与其他作者互相交流的机会，使作者与作者间可以交流写作技巧、相互推广。其中平台为 1 ~4 星作者提供更多的互相交流机会与写作指导，为 5 星作者提供更多的宣传自身机会。对现有平台满意的签约作者占比达到 70%。写手最希望平台对页面、字体、作者后台等技术方面进行优化与改进，并且渴望得到更多的写作指导。数据显示，2016 年阅文集团旗下作者月入 10 万的人数已超百人，同比增长 3 倍。以旗下文学品牌云起书院为例，月入过万的作者达到 35%，大幅领跑业内。明星作家们更是充分发挥了自己的价值，最新的中国网络作家富豪榜显示，阅文旗下作家占 TOP15 榜单的 80%，更是一举横扫榜单前五。阅文集团发放的 10 亿元稿酬让更多优秀写手获得了自我价值的认同感，也获得了实实在在的“黄金屋”。更新打卡、涨粉打赏、榜单排名，在阅文集团网文写手们的眼中，这些“网文日常”不仅仅是对自己写作能力的肯定，更已成了实实在在的收入显示。

（3）大型网站的网络小说率先实现域外传播，奏响了中国文化输出的序曲

目前，中国在全球流行文化输出的竞争格局中，能与美国的好莱坞、日本的动漫、韩国的电视剧有一拼之力的，只有中国的网络小说。早在 2010 年，以起点中文网为代表的大型网站便开始深耕东南亚市场，阅文集团将网络文学输出韩国、日本等地，如与韩国第一大门户网 NAVER 合作发布网文，与韩国重要电子出版内容商韩国内容社结成战略合作伙伴，《从前有座灵剑山》《全职高手》等 IP 输出日本，大型网站逐步开始引领网络文学从中国走向世界。晋江文学城自 2011 年签订了第一份越南文版权合同以来，至今已向越南输出 200 多部作品的版权。事实上，在北美，自发翻译和分享中国网络小说的社区和网站，有上百家之多，Wuxia world（wuxia world. com）是其中最大的一家。创办两年时间，Wuxia world 在北美 Alexa 排名前 1500 名，总点击量超过了 5 亿，日均访问人数稳定为 50 万以上，读者来自全球 100 多个国

家和地区，北美读者约占总数的 1/3。在 Novel Updates 这个提供亚洲翻译连载指南的导航网站上，出自起点中文网的网络小说就有 150 部。但是在 2016 年之前，我国网络文学的大部分作品在海外走红并非是倚靠正规版权的商业运作，而是处于一种“灰色地带”的民间行为。这一现象在 2016 年年末得到改变。Wuxia world 宣布已经与起点中文网签署了 10 年的翻译和电子出版合作协议，让译制网文从纯粹的民间行为，转而成为中华当代文化的对外输出。

网络文学作家、中国作协全国委员会委员唐家三少在接受采访时谈及，在数字文化发展方面，国外的文化运营商大多停留在设想中，而我国网络文学发展已远远领先于部分国家，以起点中文网为代表的文学网站业已开始了自己文化输出的道路。习近平同志在中国文联十大、中国作协九大开幕式上的讲话指出：“我们要坚持不忘本来、吸收外来、面向未来，在继承中转化，在学习中超越，创作更多体现中华文化精髓、反映中国人审美追求、传播当代中国价值观念、又符合世界进步潮流的优秀作品，让我国文艺以鲜明的中国特色、中国风格、中国气派屹立于世。”大型网站引领的网络文学海外市场的开拓，既是彰显国家软实力的有力举措，又是国家政策“一带一路”的一大体现，同时还为将中国网络文学推向世界舞台的中心奠定了敦实的基础。

（4）大型网站倡导正版阅读，保护原创，助力网络维权打击盗版

早在 2016 年两会期间，32 位政协委员的提案认为，近年来，随着互联网和移动通信技术的飞速发展，各类作品开始转向更为广阔的网络平台，得到更为快速、广泛的传播，并催生了新兴的数字创意产业蓬勃发展，但相关知识产权保护问题也日益突出。日渐猖獗的网络盗版不仅损害了作者以及网络经营者的直接利益，更使侵权盗版行为蔓延扩大，给整个数字文化创意产业带来不可估量的损害。网络侵权盗版对于《著作权法》的肆意践踏，将对全社会的法制环境造成很大破坏，其危害不可小觑。根据艾瑞咨询发布的《中国网络文学版权保护白皮书 2015》指出，其中 PC 端 2015 年针对盗版网络文学用户的调研数据，论坛贴吧、下载站、网盘和盗版网络文学网站观看小说的比例均超过 50%，是较为严重的盗版网络文学渠道。而移动端 2015 年对盗版网络文学用户的调研，下载 TXT、浏览器搜索的使用比例高于 45%，是较为严重的盗版渠道，同时值得注意的是，整个移动端网络文学盗版渠道呈分散化状态，最低的微信/QQ 群分享也有 34.5% 的使用率，盗版打击难度相对增高。

2016年1月6日，阅文集团在上海推出2015年原创文学风云榜，并携手知名作家和合作伙伴，在现场成立“阅文集团正版联盟”，宣告要通过法律手段将原创文学行业的盗版情形打击到底。2017年1月10日，在第二届“福布斯·中国原创文学风云榜”颁奖盛典上，阅文集团公布了自“正版联盟”成立后打击网络文学盗版所取得的成绩：2016年3月，原“小说下载阅读器”中的全部盗版内容下架；4月，UC浏览器、“书旗小说”停止书架盗版；5月，面对百余起民事诉讼，以及“对盗版SAY NO”大规模作家维权行动的声讨，百度关闭了贴吧，开始清查和下架盗版；7月，“追书神器”开始正版化。网络盗版一直是网络文学的阿克琉斯之踵，由于技术手段的易于复制和国内网民的版权意识淡薄，网络盗版一直是文学网站的天敌。这一点上，大型网站的自我维权是2016年网络文学的巨大转变，旨在为网络文学的正当权益保驾护航，为培养更优质的网络文学作品提供一片纯净优渥的土壤。

3. 中小网站的生存状况

网络文学市场上所占份额较低，且具有独立性（独立经营、自负盈亏），未被大型网站、公司、集团收购或控股的文学网站。如不可能世界小说网、飞库网、磨铁中文网、黑岩网等就属于中小文学网站。据易观智库发布的《中国网络文学市场年度综合报告2016》中指出，2015年度网络文学网站用户覆盖率起点中文网、17K小说网、创世中文网、晋江文学城四家大型网站便占据了网络文学75.4%的用户，中小型网站中只有飞卢小说网以8.3%的用户覆盖率居于第五位。截至2016年11月，艾瑞PC指数的文学网站月度覆盖人数的排名和与艾瑞APP指数中电子阅读月度独立设备亦鲜见中小型网站居于前列。但是据中国新闻出版报统计，2016年上半年仅活跃在北京的20人以下的网络文学出版企业近千家。可以说在网络文学市场的长尾中，大型网站居于头部占据了市场的绝大多数份额，但中小型网站组成了长长的尾部，在大型网站的夹缝中艰难生存。2016年各大型文学网站积极转换商业模式，建构产业生态模式时，虽有部分产业经营成熟的中小型网站砥砺前行，但是绝大多数中小型文学网站则面临市场份额不断被挤压，经营模式单一，人才流失等生存窘境。又兼中小文学网站数量较多且发展良莠不齐，盗版文学网站的屡禁不止，对中小型文学网站的发展乃至整个网络文学的发展皆造成了一定的不良影响。

（1）生存空间狭小

早在2015年，中国新闻出版网便刊文称，在市场自由竞争的机制下，大型文学网站希望通过兼并其他中小文学网站，以扩大自身规模，丰富作品类型，吸纳不同读者群，争取更大的市场份额，产生更高的效益。同时随着 IP 的大热，越来越多处于产业链下游的互联网服务提供商，进一步意识到版权资源所能带来的丰厚收益，为了提高在产业链中的地位，实现从乙方到甲方的身份转变，大型文学网站着手建立自己的版权资源，签约培养旗下作者，转型内容提供商，直接挤压中小文学网站的生存空间。而传统上游内容提供商为了巩固自身市场地位，则开发阅读服务应用，逐步向产业链下游渗透。在商业模式方面，2016 年阅文集团、阿里文学、百度文学等大型网站以内容产业为核心，持续打造 IP 产业链条，构建全媒体文化产业生态，不断壮大网络文学市场。但是这样动辄上亿的商业行为，中小型文学网站往往由于其自身用户与资金规模较小、优质作品和明星写手较少等原因，无法复制这一商业模式，这使中小型文学网站举步维艰。并且在人才资源方面，艾瑞咨询发布的《网文江湖群英谱——中国网络文学作者洞察报告 2016 年》，2016 年网文作者超过 140 万人，但是 2016 年第十届网络作家富豪榜的前 10 位，却无一名中小型文学网站的写手上榜，这无疑为中小文学网站的作家们的未来蒙上一层阴影。

（2）以变革求生存

目前绝大多数中小型文学网站暂时还未驶入产业化经营的快车道，仍然倚靠“付费阅读 + 广告收入”这样的商业模式进行经营，与大型网站完备的产业链相形见绌。中小型文学网站在行业的发展中步履蹒跚，但是也有许多网站通过分众定位、特色发展站稳了自己的脚跟。截至 2016 年 12 月，“飞卢中文网”一举杀入站长之家的小说网站排行榜第 8 名，“不可能的世界”小说网通过自己年轻、二次元的定位亦在文学网站中大放异彩，“黑岩网”联合阿里文学推出“IP 联合开发”战略，则为中小型文学网站“单打独斗”的商业模式提供了新的选择。这些都是 2016 年中小型文学网站面对新的市场形势做出的变化，这些举措为避免文学网站同质化发展、创建新型文学网站经营模式、扩大网络文学社会影响力做出了积极的努力。

（3）打击盗版任重道远

中小型文学网站的一大问题在于其良莠不齐、鱼龙混杂的产业环境，由于自身资源有效，面对大型网站的市场挤压，在中小型文学网站中，一直不乏存在通过盗版其他网站的作品来增加自己网站的浏览量这样的不法行为。

艾瑞咨询发布的《中国网络文学版权保护白皮书2015》中指出，仅2014年盗版网络文学如果全部按照正版计价，PC端付费阅读收入损失将达到43.2亿元，移动端付费阅读收入损失达34.5亿元，合计77.7亿元。针对这一现象，国家相关部门亦是重拳出击。2016年国家版权局、国家网信办、工信部、公安部联合召开的“剑网2016”专项行动总结会宣布，在专项行动期间，各地共查处行政案件514件，行政罚款467万元，移送司法机关33件，涉案金额2亿元，关闭网站290家。中小型文学网站盗版现象在2016年仍然较为猖獗。盗版问题不仅仅戕害的是网络作家写手的利益，更是文学网站的利益，网络盗版挫伤的不只是网络文学创作者的写作激情，更是对网络文学市场的毁灭性打击，这一点无论是中小型文学网站还是大型网站都应秉持零容忍的态度。

二、重要文学网站举隅

1. PC端专业文学网站

起点中文网（www. qidian. com）：创立于2002年5月，是国内最大的原创文学网站，隶属于国内最大的数字内容综合平台——阅文集团旗下。2003年10月，起点中文网首创“在线收费阅读”服务，成为真正意义上的网络文学赢利模式的先锋之一，就此奠定了原创文学的行业基础。此后，起点又率先推出了作家福利、文学交互、内容发掘推广、版权管理等机制和体系，为原创文学的发展注入了巨大活力，有力推动了中国文学原创事业的发展。目前，原创网络文学行业从基本模式、行业标准到工作制度，以及许多互动功能均由起点中文网创立并主导。

晋江文学城（www. jjwxc. net）：创立于2003年8月，原名晋江原创网，是福建省晋江市的一家文学网站，2010年2月晋江原创网正式更名为晋江文学城。晋江文学城以建设全球最大女性文学基地为宗旨，经过多年发展，已经成功成为内地最大的女性文学基地之一，吸引了众多女性文学写手与读者，截止到2016年9月，晋江文学城日均页面浏览量超过1亿，注册用户1600万，日均登录固定用户220万。

创世中文网（chuangshi. qq. com）：成立于2013年，是由阅文集团精心打造的，集阅读、创作、互动社区、版权运营于一体的全开放网络文学平台。创世中文网拥有业界最为资深的编辑和运营团队，团队成员最长从业时间超过10年，是目前中国网络文学从核心商业模式、行业标准到具体通用功能的主要创造者。依托阅文集团，基于团队经验和影响力以及旗下大批知名网络作家，创世中文网全力推进网络文学泛娱乐运营、用户阅读和互动体验、原创扶持力度的全面升级，努力将网络文学推向一个全新时代，力图成为网络文学强势崛起的新锐力量和行业格局的主要变革者。

17K小说网（www. 17k. com）：创建于2006年，隶属于中文在线数字出版股份有限公司旗下，是集创作、阅读等服务于一体的知名文学网站。17K小说网以“让每个人都享受创作的乐趣”为使命，以“成就与共赢”为价值观，目前已拥有网络作者超过80万，知名作家2000余人，出版机构500余家，日均访问量4000万。

纵横中文网（www. zongheng. com）：成立于2008年9月，是百度文学旗下的大型中文原创阅读网站，坚持原创精品的建站理念，致力于本土优秀文化的传承、革鼎、激扬与全球化扩展，力求打造最具主流影响力与商业价值的综合文化平台，扶助并引导大师级作者与史诗级作品的产生，推动中华文化软力量的崛兴。纵横中文网拥有“纵横中文”“纵横动漫”等诸多优秀品牌与资源，深入贯穿线上阅读，线下出版、动漫改编、游戏改编、影视改编等整条文化产业链。经过多年努力，纵横中文网取得了显著的成绩，书库存量超过16万部，日独立IP超过260万，PV超过6000万，是国内一流的中文原创文学类专业网站。

红袖添香（www. hongxiu. com）：创办于1999年，是全球领先的女性文学数字版权运营商之一，现隶属于阅文集团。红袖添香为用户提供涵盖小说、散文、杂文、诗歌、歌词、剧本、日记等体裁的高品质创作和阅读服务，在言情、职场小说等女性文学写作及出版领域具有巨大影响力。红袖添香在数字内容版权运营及行业技术方面，一直保持业界领先地位，拥有技术领先的在线阅读、创作、投稿、签约、互动、稿酬结算系统，通过付费阅读、移动阅读、实体图书出版、影视版权输出等多形态文化产品打造立体化版权运营。

潇湘书院（www. xxsy. net）：始建于2001年，是最早发展女生网络原创文学的网站之一，也是最早实行女生原创文学付费的网站之一，现隶属于阅文集团旗下。经过多年的辛勤耕耘，潇湘书院已发展成国内领先的女生原创网站，用户数量与日俱增，访问流量在国内文学类网站中名列前茅。潇湘书院一直以做中国最好的女生原创网站为目标，立志为广大的原创作者提供一个公平、公正、健康的文学发展平台。

榕树下（www. rongshuxia. com）：是国内历史最悠久、最具品牌的文学类网站，创办于 1997 年，现为阅文集团旗下品牌。“榕树下”曾使无数爱好文学的普通人好梦成真，并凝聚了一批在华语文学界极具影响力的作家，如韩寒、慕容雪村、宁财神、李寻欢、安妮宝贝、邢育森、蔡骏、今何在、郭敬明……2009 年年底，“榕树下”宣布改版上线之后，在原来的原创文学网站基础上，转型为一个传播文学、文化评论及原创写作的权威综合人文媒体，并定位于华语文学领域的垂直门户。“榕树下”将着眼于整个文化市场，立足于各领域优秀文化产品，致力于化解各种文化产品间的障碍，为用户和版权方提供文化服务，全力搭建一个高密度文化平台。

天下书盟（www. fbook. net）：筹备于 2002 年，正式成立于 2003 年 3 月。天下书盟文化发展有限公司创始人为蔡雷平先生。2003 年 1 月网站筹备组邀 1365 名网络作家组成“中华写手同盟”，开启社区网站（www. smen. net）进行试运营。2003 年 3 月“中华写手同盟网”更名为“天下书盟网”，正式开通原创文学主站“天下书盟（www. smen. net）”。天下书盟文化发展有限公司专注于运营文学版权，为电子付费阅读、线下出版、电影、游戏、动画等提供有版权的内容。

逐浪网（www. zhulang. com）：成立于 2003 年 10 月，前身为国内著名的文学站点——文学殿堂。2009 年 11 月，空中网全资收购逐浪网，并将逐浪网积累多年的丰富小说资源提供给日益壮大的手机阅读群体。逐浪网是空中网旗下集阅读、创作于一体的原创文学平台，以丰富的优质内容，充分结合移动终端的阅读特性，为广大用户提供精彩的数字阅读服务。逐浪网拥有业界资深的编辑和运营团队，内容主要包括玄幻小说、都市情感、修真武侠、军事历史等类小说，签约有数万部优秀小说的版权、数十万部授权小说库及大批优秀专注的作者。逐浪网拥有 1500 多万注册会员，并仍在高速增长中。

小说阅读网（www. readnovel. com）：成立于 2004 年 5 月，现隶属于阅文集团。成立之初，就以其独特的风格和丰富的内容受到广大文学小说爱好者的推崇。小说阅读网是国内优质文学版权运营商，网站拥有海量原创作品、签约作家、签约编剧及用户群，开通 VIP 系统以来，打造出数部点击过亿的超人气签约作品，迅速创下单部作品点击逾 2 亿、单章订阅超 3 万、月稿酬收入过 6 万元等各项辉煌纪录，缔造出白金高薪网络作家十多人，月薪过万作家150多人。网站按内容分为“女生版”“男生版”和“校园版”三个分站，主要提供海量言情类女性文学、青春校园及仙侠玄幻类男性文学作品。

看书网（www.kanshu.com）：成立于2004年，是人民网旗下的大型原创文学门户，看书网以打造原创文学精品，为华语网络文学在文化传承、文学创作和创新上发挥核心价值为目标。该网站是一家专注于数字阅读的公司，以互联网阅读，无线阅读为业务核心，力求打造最具影响力和商业价值的文化平台、汇聚和培养最优秀的作者和作品，并以专业、高效和分享精神在业界赢得尊重和赞誉。

言情小说吧（www.xs8.cn）：成立于2005年，属于阅文集团旗下品牌。从建立之初至今，一直秉承着为用户提供优质的言情小说阅读体验平台，打造全球华语言情小说阅读基地的理念，在网络文学界走出了一条专业化的独特发展道路。言情小说吧拥有人气超高的论坛、方便快捷的网游以及站内家园等，给用户提供读书、休闲、娱乐的多方位体验。

飞库网（www.feiku.com）：于2005年下半年正式从个人网站向商业化网站转型，2007年10月，飞库网启动“网络原创文学发展计划”，这标志着飞库加入原创文学网站大军。改版后的飞库网以繁荣网络文学市场为己任，以为读者营造良好网上阅读环境提供更多高质量精品书为使命，以为创作者提供更大发展空间更好创作平台为宗旨。并与鲜网、信昌、上砚、河图、说频、飞象、暖流、春风文艺、朝华等多家出版机构建立了良好的合作关系，2008—2010年推出了《九阳至尊》《流氓大亨》《最后一个流氓》《行尸天下》《黑道太子》等颇具影响力的实体书，为网络文学和实体书出版行业搭建了一个顺畅的桥梁。

飞卢中文网（www.faloo.com）：成立于2006年3月，成立之初，就以其独特的风格和丰富的内容，受到广大文学小说爱好者的推崇，靠广大会员的自发推荐、口碑相传，现已发展成为中文阅读领域中的佼佼者。该网站拥有超过500万的注册用户，每天1000万次的页面浏览量，每天50万的独立访客，已有驻站作者15万人，每月新增原创作者1万人，全面覆盖12大类，41种作品类别，8万余部热门长篇小说，每日更新字数1000万。

半壁江中文网（www.banbijian.com）：成立于2008年，隶属于北京精典博维文化传媒有限公司。以传播国内文学小说和文化行业新闻资讯为向导，以提供大量原创阅读内容为优势，以引领生活、职场、旅游、时尚的资讯内容为平台的大型文化行业门户网站，中国第一家，也是最大的文化行业门户网站。半壁江中文网是国内一家定位为文化门户的大型中文门户网站，包括半壁江传媒网、半壁江时尚网、半壁江文学网、半壁江作家网、半壁江读书网、半壁江小说频道（明月阁原创小说网）、半壁江笑话网和半壁江中文论坛七大核心频道或网站，是具备传统纯文学和公益性质的大型中文网站，在中国文学小说和文化行业，特别是网络文学小说行业具备强大的品牌影响力和普遍的知名度，是行业内著名的网络文学俱乐部的发起站之一。

汉王书城（www. hwebook. cn）：是汉王集团为自己推出的电纸书（电子书）产品提供的免费网上图书资源下载网站，上面提供了数万种图书，报纸等资源，分免费下载和收费下载。网站下设首页、账号管理、图书、报纸等多个子频道，有新闻汇编、今日报纸、参考消息、环球新报、羊城晚报等多家知名媒体合作。

起点女生网（www. qdmm. com）：成立于2009年11月，其前身是“起点女生频道”，致力于对女性网络原创文学及作者的培养和挖掘。起点女生网依托起点中文网的成熟运作机制，成功实现了女性网络原创文学的商业化发展模式。起点女生网首创阶梯型写作全勤制度，在针对知名作者进行全方位宣传和包装的同时，兼顾对新晋作者的培养。无论是知名作者还是新人写手，均享有签约作者的专属人身保险计划、VIP作品基本福利计划、分类优秀作品奖励计划、小众类型作品的扶持计划等。在起点女生网丰富多样的福利设置吸引下，培养激励了众多优秀作者，使网站内容呈现出个性鲜明、百花齐放的良好发展趋势。版权运作方面，起点女生网的海量女性题材小说成为影视改编剧的剧本摇篮。现如今，起点女生网囊括了《步步惊心》《搜索》《毒胭脂》等多部热门影视剧的原著小说版权。起点女生网依托领先的电子原创阅读平台，在未来将继续引入移动阅读、实体出版、影视改编等多元拓展渠道，建立海量版权交易库，形成一个集版权运作、原创阅读为一体的综合性女性原创文化品牌。

红薯网（www. hongshu. com）：创建于2009年12月，是集创作、阅读、作品加工、IP运营为一体的中文小说阅读综合平台。目前红薯网全球alexa排名一万名左右，中文网站排名一千名以内。PC端、WAP站、APP每日流量超过50万，PV超过1000万。除了自有网站外，红薯网还积极拓展第三方渠道，目前与包括掌阅、移动、百度等近30家平台进行合作，月均全渠道销售额超过800万元。红薯网目前已经成为众多作者创作的首选，每月有超过2000本作品在红薯连载。

磨铁中文网（www. motie. com）：是北京磨铁数盟信息技术有限公司旗下的社交化阅读平台群。2010年12月由沈浩波、漆峻泓等人创立于北京，致力于向用户提供集“微博、博客、阅读和写作”四位一体的图书类网站。“磨铁”二字含义在于“以铁磨铁，磨出刃来”，以展示“与文化死磕”的经营理念。磨铁中文网平台群包含面向PC网站www. motie. com、移动互联网motie. cn，及面向APP市场的客户端。

3G书城（www. 3gsc. com. cn）：隶属于广州市久邦数码科技有限公司旗下网站，始创于2005年，2010年8月3G书城隆重推出网站，推出“移动+互联=自由自在的阅读”新口号，打造移动阅读新格局，至此3G书城成为3G门户的独立运营大型阅读集群平台和大型原创文学网站。

塔读文学（www. tadu. com）：正式上线于2010年7月12日，是北京易天新动网络科技有限公司在无线阅读领域发力的基础平台，是手机无线互联网原创文学先锋。塔读文学精选海量精品小说，汇集各种经典读物，其中都市、穿越、玄幻、历史、武侠、灵异、军事题材等小说深受读者喜爱。塔读文学现已展开全平台运营包括电脑读书、手机读书、客户端应用等，服务已覆盖7000多款终端，是国内最受手机阅读用户喜爱的无线阅读服务商之一。塔读文学隶属于天音通信集团，亦是在新华社管理和指导下健康成长的无线阅读平台，为读者、作者、内容合作商创造了一个共赢共荣的阅读乐园。

蔷薇书院（www. qwsy. com）：于2010年12月24日上线，是一家专注发掘女性言情作品创作与阅读的原创文学网站，隶属于广州优聚信息科技有限公司。作品类型主要有都市、古代、玄幻、穿越四大类。开站运营以来，蔷薇书院注重累积的同时不忘探索创新的发展模式，获得了各界的关注和好评。

大佳网（www. dajianet. com）：是由中国出版集团创办于2011年5月，中版集团数字传媒有限公司负责建设，联合全国出版发行集团和大型出版机构，聚合全国出版资源，共同建设一个公益性和商业性相结合的中国数字出版第一门户网站。大佳网强调读者至上，提供优质的资讯和图书内容，利用新技术手段开创互动分享的全新阅读体验，采用读者喜闻乐见的形式满足市场需求；开放出版社自助宣传与自主经营的平台，实现正版图书网络同步发布，以开放的心态打造一个全产业链的数字出版第一平台。

旗峰天下（www. qifeng. com）：成立于2012年1月1日，是东莞市永正电子图书科技有限公司的文学原创平台，网站集创作、阅读、下载、版权输出为一体，网站由男频、女频、经典三个大频道构成，覆盖玄幻奇幻、武侠仙侠、现代都市、历史军事、网游竞技、科幻灵异、古代言情、都市言情、穿越幻想、浪漫青春、文学小说、人文社科、经管励志、生活行业十四个子分类，致力于打造综合类文学原创阅读平台。

天涯文学网（book. tianya. cn）：成立于2012年1月18日，从原天涯论坛中独立而出，启用独立域名。从建站起，天涯原创文学一直以中国文学在网络世界中塑造全新、全面的形象，深入发展视为己任，致力于在中国文学这片纯净土地上焕发勃勃生机而不懈地努力。在栏目设置上，涵盖了小说、散文、杂文、诗歌、日记等体裁，是目前中文网络创作体裁最全面的文学网站之一。并以其清新典雅的页面设计、纯净唯美的文化气质在同类网站里独树一帜，力求营造以文会友的新天地，为纯净文学网站树立典范。长期致力于原创文学作者的挖掘与培养工作，并以推动中国文学原创事业为发展宗旨。

风起中文网（www. fqzww. com）：于2012年8月8日上线试运营，是由安徽漂牛网络科技有限公司投资的一家大型网络文学数字版权运营商，该网站管理团队专业，服务器先进，刚起步即成为地方政府支持的文化产业项目。国内大型文学互动网站的核心栏目与功能，风起中文网均已具备。在提供各类型小说、散文、诗歌在线创作与阅读服务的基础上，还特设了大学生专区、微电影剧本创作选稿基地、风起文学书架、21世纪汉语诗库等独家板块。

黑岩网（黑岩阅读）（www. heiyan. com）：建立于2013年4月，是北京黑岩信息技术有限公司旗下的原创文学网站，旨在为所有喜爱文学的人提供最新锐、最便捷的网络阅读和写作平台。在内容上重视提供高品质的服务，拥有悬疑、历史、社会、军事、玄幻、奇幻、仙侠、武侠、科幻、游戏、同人等一批优秀的作品储备。除内容建设外，从程序功能和页面设计上追求完善完美，雍容华贵的页面设计和连续无广告的阅读模式，保证了读者最佳的阅读体验。现阶段黑岩网重点吸引和发展偏男性读者口味的网络文学创作，提供更多读者与作者之间的互动，以此巩固和探索新的发展模式。不仅如此，在未来黑岩将发展包括无线、出版、语音、漫画等发展渠道，偏女性和传统的文学作品也将成为内容的重要组成部分。

趣阅小说网（www. quyuewang. cn）：成立于2013年8月，是掌阅文学旗下专业女频网络文学网站，拥有最专业的核心内容团队，以引领原创文学潮流为目标，以推动网络文学健康发展为己任，致力于打造集多媒体阅读、实体出版、影视、漫画、游戏等为一体的文学平台，为作者提供广阔的文学舞台、为读者提供多元化、多类型、多内容的丰富阅读空间。趣阅中文网致力于网络原创作者培养及作品推广，挖掘符合移动阅读要求的精品原创作品，开发作品的出版、漫画、动漫、有声、影视、游戏等衍生版权和周边产品，以网络文学为源头，打造明星作家和明星作品。

创别书城（www. chuangbie. com）：创立于2014年1月1日，是由北京恺兴文化传媒有限公司开设的网络文学原创和云阅读平台。创别书城倡导一种内容、多种媒体、同步出版的全媒体出版模式，一个账号、多个终端、同步阅读的社交化阅读模式。主要为用户提供社交化云阅读平台服务，让用户能够随时随地进行阅读。同时创别书城确立了“内容＋平台＋终端＋应用＋渠道”的五环战略。

甜悦读（www. sweetread. net）：于2014年2月在上海鼎甜科技有限公司注资下成立的国内文学市场先锋阅读品牌。甜悦读由行业内资深内容运营团队组成，背靠强大资本进行有效战略方向布局，目前核心主体为互联网（PC）、移动互联网（无线WAP＋APP）综合的数字阅读、出版业务，提出了“让阅读来点滋味”的口号。该公司主体阅读业务已建立一条“精品版权资源引入——线上版权价值运营（包括海外）——线下版权拓展（包括海外）——下游版权形态自主或合作开发”完整的新运行生态机制，使作品版权得到最大程度的价值。

掌阅文化（yc. ireader. com. cn）：成立于2015年4月，是北京掌阅科技有限公司旗下全资大型原创小说网，拥有最专业的核心内容团队，以引领原创文学潮流为目标，以推动网络文学健康发展为己任，致力于打造集多媒体阅读、实体出版、影视、漫画、游戏等为一体的文学平台，为作者提供广阔的文学舞台，为读者提供多元化、多类型、多内容的丰富阅读空间。掌阅文化致力于网络原创作者培养及作品推广，挖掘符合移动阅读要求的精品原创作品，开发作品的出版、漫画、动漫、有声、影视、游戏等衍生版权和周边产品，以网络文学为源头，打造明星作家和明星作品。

作客文学网（www. zuok. com. cn）：成立于2014年，是杭州悦蓝网络科技有限公司旗下的大型原创阅读平台。网站坚持精品原创阅读的理念，致力于本土作者的挖掘与培养，集创作、阅读、版权运营为一体，打造开放、诚信、便捷的中国原创文学综合阅读平台。聚焦自身专业资源，打造作者名气，专注无线阅读，致力于优秀作者的包装推广，挖掘新人，扶持作家，创造优质的成长环境。

不可能的世界小说网（www. 8kana. com）：组建于 2015 年之初，是一家以阅读为核心内容的综合娱乐平台。有别于传统网络文学书站，不可能的世界定位年轻化阅读，以“浪漫主义”“想象力”为思想，希望能够给用户带来有价值、有感悟的阅读内容。不可能的世界拒绝传统网文中的大量糟粕元素，坚决抵制三观不正、虚构价值观、暴戾、扭曲类的内容以及以此为基础设计的“爽点”。不可能的世界希望作者在作品中释放对这个世界的善意，无论在怎样光怪陆离的虚构社会里，善良与信念都不会被丑恶同化，这样的作品才会充满朝气。不可能的世界欣赏日本“JUMP 风”动漫的设定，每一个人物都有血有肉、有梦想、有努力、有热血、有潇洒、有痛苦，他们为了守护战斗、为了伙伴战斗，但不会为了施虐、打脸和大道无情战斗；不可能的世界欣赏“轻小说”的诸多脑洞，想象力永远和趣味性、质量成正比。

阿里文学：阿里巴巴移动事业群 2015 年 4 月宣布正式推出新业务阿里巴巴文学（简称阿里文学）。阿里文学将与书旗小说、UC 书城组成阿里移动事业群移动阅读业务的主要部分。阿里文学（www. aliwx. com. cn）为阿里巴巴文学官方网站及原创 PC 站，是网站对外发布信息、驻站和签约作者进行集中创作及展示作品的地方，系阿里巴巴集团旗下的顶级互联网文化娱乐品牌，主要业务以内容生产、合作引入以及版权产业链的双向衍生为主。阿里文学将依托内容生产，从数字内容阅读、数字内容传播、版权衍生、粉丝经济等多个角度出发，建立跟文学产业相关的开放生态。阿里文学鼓励多样化的创作风格，致力于建立多维度的作品评价体系，不论长篇作品、中短篇作品均能通过阿里文学找到相应的庞大读者群。

盛世阅读网（www. s4yd. com）：创建于 2016 年，是重庆盛世悦文网络文化有限责任公司旗下的大型原创青春文学门户，励志成为国内一流的青春原创文学类专业网站。盛世阅读网坚持打造原创文学精品，为华语网络文学在文化传承、文学创作和创新上发挥核心价值。盛世阅读网声称其使命是为每位作者的文字创作提供全方位的服务，并致力于将作品推广到所有的平台、媒体，使每部作品能够得以发光、发亮。

神起中文网（shenqi. quyuewang. cn）：成立于2016年5月，是掌阅文学旗下专业男频网络文学网站，重视提供高品质的服务，拥有最专业的、最热情活力的编辑团队，收稿内容涵盖悬疑、历史、都市、军事、玄幻、奇幻、仙侠、科幻、游戏……一切热门或冷门的优秀作品。以掌阅iReader为平台渠道，咪咕阅读、阿里阅读、爱奇艺阅读、百度文学等几十家大型渠道合作推广，与奥飞动漫、天神互动、万合天宜、米粒影业等国内几十家顶尖平台达成深度战略合作，专业的IP运营团队，将为每一部潜力作品量身打造包括繁简体出版、听书、漫画、影视、游戏等发展渠道。

爱读文学网（www. aiduwenxue. com）：爱读文学网下设首页、书库、排行、全本、论坛、充值、作者专区、里下河文学流派、芳草地校园文学原创等子栏目，囊括了社会人生、青春校园、都市言情、历史传奇、玄幻魔法、武侠修真、军事科技、穿越架空、科幻灵异、同人动漫、台港地区华人、诗歌散文等类型文学作品。爱读文学网作为中国作家协会“全国网络文学重点园地工作联席会议”列席单位之一，成功策划创办过全国首家少年文学院——昆山少年文学院（昆山市人民政府2009年批准实施的政府文化工程项目）；于2015年5月与三江学院联合创设了全国首家“网络文学编辑与写作”本科专业。

2. 移动阅读APP

掌阅iReader（www. zhangyue. com）：创立于2008年9月，是掌阅科技旗下的一款专注于手机阅读领域的经典阅读软件。支持ebk3/txt/umd/epub/chm/pdf全主流阅读格式。功能强大，个性时尚，界面简约，与各大出版社进行深度战略合作，拥有广阔的图书资源。从软件发布伊始，团队与用户一路相伴，不断地调整及淬炼，使掌阅逐渐蜕变成拥有绝佳用户口碑的阅读神器，令用户在阅读体验中不断获得至尊级殿堂服务。掌阅科技声称今后将继续致力于缔造正版阅读享受，撷精华退糟粕，竭诚提供贴心服务，为用户点亮高品位文化生活。现已经成为Android平台阅读第一品牌，电子市场软件下载前十名中唯一的一款阅读软件。保持平均每月发布一个新版本，下载数超过百万次。掌阅支持手势翻页，有多种翻页特效，支持书签，全屏，自定义看书文字与背景，白天与夜间看书模式，自定义缩放，自定义看书时的屏幕亮度，备份看书历史，自定义编码等。

QQ阅读（book. qq. com）：最早始于WAP版QQ书城的QQ阅读，早在前智能手机年代就积累了大量用户基础。有着优良用户体验和海量原创作品的QQ阅读早已覆盖IOS、Android等主流移动设备，是目前市面上最受用户欢迎的移动读书软件之一。2013年腾讯文学正式对接拥有5.5亿月活的手机QQ。在手机QQ中会加入“QQ阅读中心”，主打社交轻阅读，并宣布知名作家莫言成为首个入驻作者。QQ阅读作品总量近1000万部，50大类型全覆盖，作者更是多达400万人，2016年用户总量突破1000万人，在未来移动阅读市场QQ阅读将继续发力。

书旗免费小说（t. shuqi. com）：阿里文学旗下的一款内容以免费小说书旗网为基础的在线阅读器，除了拥有传统阅读器的书籍同步阅读、全自动书签、自动保存阅读历史、点击翻页、全屏文字搜索定位、自动预读、同步更新等功能外，更有离线书包、增强书签以及资讯论坛等扩展内容，还可以阅读SD卡中txt/umd/epub内容，使阅读更丰富、更自由。

熊猫看书——小说电子书听书离线下载阅读器（xm. 91. com）：熊猫看书是百度文学旗下的手机看书客户端，集合了纵横中文网、17K中文在线、晋江、3G书城、黑岩等多家原创小说网站的小说电子书，汇集《寂寞空庭春欲晚》同名小说、改编成电视剧《青云志》的小说《诛仙》等热门影视剧题材小说，号称小说爱好者必备的读书看书追书神器。

网易云阅读（yuedu. 163. com）：2011年11月上线，是网易旗下全方位数字出版平台，阅读器覆盖IOS、Android、Windows等主流平台，完美适配六大终端，致力于为用户提供优秀且富有乐趣的阅读作品。涵盖图书、小说、资讯等丰富内容，60万册海量图书汇聚成国内最大移动书城，强力打造新书独家首发基地，易中天、余秋雨等名家新作抢先看，热门影视剧原著阅读基地，《花千骨》《琅琊榜》等原著小说同步追。优质IP孵化基地，集结更俗、张君宝、冬雪晚晴、温瑞安等数千名知名网络文学作家和上万部原创作品，挖掘和孵化新生代内容资源和创作力量，全力打造原生IP的影视化、游戏化等全版权生态战略。截止到2016年9月，网易云阅读用户数已突破1亿，致力于打造令全民爱上阅读的全能型移动阅读应用。

豆瓣阅读（read. douban. com）：2012年上线，是豆瓣旗下优秀数字作品的阅读、出版平台，提供个人作者原创作品和出版社精品电子书，支持Web，iPhone，iPad，Android多设备的同步阅读，支持批注、画线、分享、讨论。豆瓣阅读拥有8000多部独家授权作品，数万种经过精细排版的正版授权图书电子书，近3000个原创专栏和连载，涉及情感、文化、理财、心理、科幻、历史、悬疑等多种主题，包含大量免费文章，另支持国内主流期刊杂志电子版，以及知乎周刊、虹膜、简书周刊等互联网精选优质内容。

多看阅读（www. duokan. com）：隶属于多看科技，该公司成立于2010年2月，现属于小米公司旗下。该公司声称以“多看书、多看电视、追求极致用户体验”为宗旨，以最佳的软硬件设计技术为基础，紧紧抓住用户读书和看电视的强烈需求，以新型互联网开发模式和推广模式，多看阅读享受精品阅读资源，提供多达上万种图书，在阅读的同时，用户可以对图书进行云备份，随时随地享受多看阅读体验。多看阅读软件中新增了原创频道，最新鲜的阅读，满足更多用户。多看阅读支持txt/epub阅读格式。依托其10年专业排版积累以及其强大的图书编辑团队，使读者拥有超越纸书的良好阅读体验。

咪咕阅读（www. cmread. com/u/index）：系咪咕数字传媒有限公司开发的一款集阅读、互动等多种功能于一体的阅读器手机软件。咪咕数字传媒有限公司（Migu Digital Media Co. Ltd.，简称咪咕数媒）挂牌成立于2015年4月20日，隶属于咪咕文化科技有限公司，其前身中国移动手机阅读基地于2009年年初在中国移动浙江公司启动建设，2010年5月正式推出手机阅读业务。2011年，中国移动与原新闻出版总署签署了战略合作备忘录，实现了与国家政策平台的进一步对接。2013年12月，中国移动发布商业主品牌“和”，手机阅读业务更名为和阅读。2015年4月，中国移动手机阅读基地正式挂牌转型成为咪咕数字传媒有限公司，2015年10月，“和阅读”正式更名为“咪咕阅读”。截至2015年，咪咕阅读平台已累计汇聚超过了50万册精品正版图书内容，涵盖出版图书、原创小说、杂志、听书等多种内容形态。

懒人听书（www. lrts. me）：由深圳市懒人在线科技有限公司研发并运营的移动音频APP，公司成立于2012年，现属于阅文集团旗下专注移动互联网有声数字领域，立足移动音频行业，为用户提供所需的书籍节目以及有声数字交流服务等高品质内容。懒人听书声称，上线至今懒人听书始终坚持产品第一、用户至上，不断优化产品，丰富平台资源，形成多项行业优势，业已成为移动音频行业第一品牌。懒人听书仅用3年时间用户突破2亿规模，渗透率、启动频次、在线时长等核心考核数据领跑行业。据易观智库权威数据，懒人听书长期稳居百强APP之列，并逐步上升，亦是移动音频行业唯一进入TOP100的品牌，并荣获“2015易观之星”等奖项。2015年，懒人听书与阅文集团达成战略合作，并成为阅文旗下所有资源最大的音频出口，拥有目前80%网络文学的有声改编权，确保了平台优秀资源的持续输出。

快看小说（www. kkyd. cn）：中企瑞铭科技（北京）有限公司出品的一款阅读软件。该APP号称全方位听书看书专用神器，专注网络小说，300万册精品图书，每周2000+新书上架，男频女频应有尽有，全网图书免费畅读，海量小说，完全免费，无限量下载，绿色清新无广告。

爱阅读（www. readingjoy. com）：爱阅读（北京）科技有限公司开发的一款阅读类软件。支持epub/txt/pdf/umd主流阅读格式。提倡个性化阅读，自定义阅读板式，支持换字体功能。该软件拥有专业的排版设计，最完美的图文混排，强大的书架管理功能可以支持万本图书随身携带，并与各大出版社进行深度战略合作，拥有广阔图书资源。

3. 门户网站的文学频道

新浪读书（book. sina. com. cn）：创立于2002年，是我国最早的门户网站的文学频道，其隶属于新浪网站。新浪读书下设原创、书评、书摘、资讯、好书榜、专题、动漫、今日热点等频道，而其中原创频道中包含男生分类、女生分类、出版分类三个板块，涵盖了都市校园、奇幻玄幻、科幻末世、穿越重生、浪漫青春、流行小说、时尚生活等数个网络文学类型创作门类，是多元化与多样化的门户网站文学平台。

搜狐读书（book. sohu. com）：搜狐网站的一个子频道，旨在为读者阅读服务，丰富网友文化生活，其立足于“更好的阅读”。搜狐读书频道于2004年8月上线，是门户网站中较早开设读书频道的网站。搜狐读书下设连载、资讯、书评、书见风云、访谈、读书会、图集、好书榜、原创、专题汇总等子栏目，为网民提供优质深度的阅读平台。

凤凰读书（book. ifeng. com）：2008年正式上线，是凤凰新媒体公司下三大主要平台之一，综合门户凤凰网的子频道。凤凰读书定位在“以高尚的人文阅读品位，引领全球精品阅读”，下设图书库、书讯、书评、凤凰副刊、专题、行业新闻、译栈、作文、影视文学、剧本库、开卷八分钟等子栏目，另有畅销书单、热门文章、凤凰好书榜等榜单。凤凰读书不仅积极向广大用户提供海量读书内容以及个性化书评文摘，同时还坚持深入探讨和研究文史、政治等学科领域的相关精深话题。

新华悦读（www. xinhuanet. com/book）：2013年1月11日正式上线，新

华悦读是新华网联合中文在线共同开发的数字阅读平台，也是新华网首次推出的面向数字阅读和移动阅读市场的专业平台，是新华网旗下的子频道。新华悦读以“思想点亮中国，阅读温暖人生”为理念，定位于严肃阅读、品质阅读与经典阅读，下设新书首发式、读家对话、悦读汇、书影、号外、影响力书榜等子栏目，期冀为读者展示更多的网络阅读资源。

铁血读书（book. tiexue. net）：创建于2001年，是铁血网下辖的读书频道，是国内最大的军事小说互动平台，铁血读书频道建站之初即以军事类原创网络小说轰动互联网，产生过《夜色》《兵王》等一大批脍炙人口的作品，在军事类网络小说的发展过程中具有里程碑式的意义，是中国原创军文的摇篮。铁血读书现有原创、图书、书库、排行榜、VIP专区、作者专区等子栏目，其中原创栏目下有军事小说、历史小说、玄幻、仙侠、都市、情感、推理、悬疑、中短篇小说、新书、完本等子栏目。另有编辑推荐排行榜和名家访谈等子频道。

360小说网（xiaoshuo. 360. cn）：360导航旗下的文学网站，集合多家小说网站作品，首发小说新章节免费小说阅读。下设热门小说、有声小说、原创小说、我要写书等数个子频道，并分别有男频女频的推荐榜单，为读者提供便利的阅读体验。

4. 诗歌网站

中国诗歌网（www. zgshige. com）：2015年6月18日，由中国作家协会、中国作家出版集团主办的中国诗歌网上线。中国诗歌网分电脑端、手机端、客户端三个端口，其中客户端将于6月底正式开放下载，是目前中国第一款整合写诗、读诗、听诗等多项功能于一体的诗歌类客户端。设有“每日好诗”“读典”“听诗”“诗影中国”等多个频道，推送文字、音频、视频、摄影、绘画等多种类型产品。其中，“每日好诗”主导网友优秀原创作品推送，甄选诗歌时新旧体诗并重；周一到周五被推送到首页“每日好诗”板块的作品，每首都将获得中国诗歌网支付的500元稿酬，是中国迄今为止日均支付稿酬最高的原创诗歌平台。

中华诗词网（www. zhsc. net）：创立于2003年，2015年中国出版集团中版文化传播有限公司与“中华诗词网”正式签订转让协议，将“中华诗词网”及其所属的“中华诗词论坛”收并为“诗词中国”品牌旗下，强强联手打造中国最全的古诗词资讯社交平台，共同致力于以传统诗文为核心的中华优秀传统文化的普及和传播。该网站注册诗友超过19万人，论坛主要栏目90个，义务管理人员超过900人。网站覆盖了全球各地的华人诗词爱好者。日发帖2万篇以上，一般同时在线3000人左右，日点击量平均35万次。多家省级诗词学会和众多的诗社团体在这里开设了自己的专栏。其中关东诗阵、辽宁诗词、燕赵风骨、深圳诗词学会等栏目发展迅猛，潜力巨大，受到了诗词界的广泛关注。

中国诗歌学会网（www. zgsgxh. com）：是中国诗歌学会的官方网站，中国诗歌学会是1994年由中国作家协会申报，经中国共产党中央委员会宣传部批准成立，在中华人民共和国民政部登记注册的全国性国家一级社团，是全国性的学术团体，是诗人、诗歌理论家、诗歌编辑家、诗歌翻译家和诗学教育工作者自愿结合的社会团体，是非营利性的社会组织。旨在贯彻党的文艺方针，广泛团结全国诗人和各界人士，进行国内外学术交流，传播创作信息，培养文学新人，为繁荣社会主义诗歌而开展多样的学术活动。

中华诗词网校（www. zhscwx. com）：创办于2011年3月，国内首家旧体诗词研习主题网站。中华诗词网校致力于中国古典诗词传承与普及推广工作，并长期坚持为广大诗词爱好者免费提供公益教学服务。网校现开设了诗词、散曲、楹联三大类的辅导课程，雄厚的师资力量、先进的课件技术、严谨的教学作风和良好的教学口碑吸引了互联网上众多的诗词爱好者慕名前来学习，数千计的学员在中华诗词网校辅导下顺利实现独立创作格律诗词的目标。

诗生活网（www. poemlife. com）：由莱耳、小西、白玉苦瓜、桑克于2000年2月28日创建。诗生活是中国互联网诗歌网站的先行者，第一个拥有自己独立的域名和空间，第一家拥有专业的服务器，设计了第一个基于Web页面专业的新诗论坛、翻译论坛和儿童诗论坛，第一家向诗人开放的专业的自助式专栏，建立了第一家网络诗歌通讯社、第一家网络诗歌书店等。目前诗生活网包括诗通社、专栏、诗观点文库、诗歌专题、社区等板块，拥有汉语诗歌网站中最专业、最严格、数量最多的诗人、评论家及翻译专栏。目前有20多位来自世界各地的汉语诗人及诗歌爱好者在为网站志愿服务。诗生活为先锋诗刊《阵地》《小杂志》《翼》等友情制作并提供了网络版空间，并为数个诗歌团体提供友情论坛。

诗词在线（www. chinapoesy. com 或 www. 52shici. cn）：创建于2007年8月16日，诗词在线网站开通，当时的目的是方便查找诗词，2008年9月5日分享诗集上线，成为原创诗歌中心。诗词在线将开放、原创、共享、交流视为其追求，提供免费的个性化二级域名，还提供古今中外诗词。诗词在线将提供丰富的中国古代诗词、近代诗词、现代诗词、国外诗词；同时建立起诗词爱好者沟通的桥梁，努力打造中国最好的诗词社区。

华夏微型诗（www. huaxiawxs. com）：华夏微型诗论坛成立于 2015 年 10 月，系华夏微型诗协会主办的一个专门从事微型诗创作、研究和交流的平台，主办有大型诗刊《华夏微型诗》，下设门户、论坛两大子网页，论坛中下设动态微博、特别关注、微诗前台、微型诗实力展示、微诗生活、华夏微型诗协会专区等子栏目。

中国小诗（www. chwsw. com/portal. php）：2009 年 10 月上线，先后成立中国小诗协会，创办《中国小诗》杂志，下设首页、论坛、家园、导读、小诗馆、协会、赛事、更多精彩、十佳诗人、APP 等子栏目。现拥有 33398 名会员，历史最多在线诗人 1364 名。

中诗网（www. yzs. com）：首页设立中诗报道、影音频道、中诗图书、文人书画、中国诗人、中诗论坛、诗歌万里行等子栏目。其中论坛设立中诗广场、中国诗歌、文学部落、中诗大赛、诗人天地等子栏目。论坛共拥有会员 108322 名，最高历史在线诗人 10365 名诗人。

中国诗歌流派网（www. zgsglp. com/portal. php）：2011 年 10 月，在“1986 中国现代诗群体大展”25 周年到来之际，部分诗人、诗评家、艺术家聚会合肥，纪念这一中国当代诗歌史上具有重要意义的事件，并宣布中国诗歌流派网正式上线，首页下设论坛、流派群组、诗歌周刊、民族博览、诗集会展、会员沙龙、关于我们等。论坛下设作品、专题、站务、动态等子栏目，拥有会员 221777 名，历史最高在线会员 28511 名。

微诗中国（wschina. cf/portal. php）：微诗中国论坛，主机位于香港地区，使用两个顶级域名，其中英文域 www. wschina. cf 为主，中文域名微诗中国 . cf 为辅，同时以微诗中国 . 全球中文 . tk 此二级域名为永久转址服务，一个以社区为基础的专业建站平台，将论坛（BBS）、社交网络（SNS）、门户（Portal）、群组（Group）、开放平台（Open Platform）等应用充分融合于一体的“一站式”服务网站平台。首页下设诗歌殿堂、期刊、论坛、个人空间、帮助。管理团队、微诗中国分站等子栏目。自 2016 年 7 月 17 日起，“微诗中国”论坛正式改制成为“新诗路”附属的论坛基地。

5. 散文网站

中国散文网（www. sanwen. net）：始建于 2006 年，是北方联合传媒有限公司推出的公益性散文文学交流平台，是一个以散文为主题的短文学文章阅读网站。内含有各种经典好文章，爱情散文，诗歌散文，优美哲理抒情散文，经典短文等。

散文吧（www. sanwen8. cn）：隶属青岛广易通网络科技有限公司，2009 年上线。是一个以原创散文为特色的在线诗歌散文文章网站。有各种经典散文诗歌文章，爱情散文，哲理散文，伤感散文在线等，下设散文、诗歌、杂文、随笔、小小说等子频道。

散文在线（sanwenzx. com）：成立于2008 年9 月，属于杭州众书文化创意有限公司属下的文学网站，网站是以原创散文为主的散文精选阅读平台，内容包括抒情散文，爱情散文，伤感散文，经典散文，哲理散文，散文诗等优美散文。目前网站注册会员有 4 万多人，每天的人数有 2 万多人，每天的阅读点击量达 16 万人次。散文在线是散文、诗歌、论文、短篇小说，其他文体都有的文学网站。

九九文章网（www. jj59. com）：是提供各类好文章美文，爱情小说故事，散文诗歌等在线免费欣赏阅读的网站，网站成立于2008 年3 月 22 日。九九文章网下设文章、故事、散文、诗歌、日记、小说等子频道，是一个专业的绿色文学在线阅读网站，致力于打造网络绿色健康文学阅读环境。

6. 文学机构网站

中国作家网（www. chinawriter. com. cn）：创办于 2002 年，是由中国作家协会（以下简称作协）主办的作协官方网站。作为作协的官方网站，中国作家网秉承作协宗旨，主要承担向外介绍、宣传作协，发布作协近期重要活动、文坛重要讯息，向读者推荐优秀作品等任务，以推动中国文学健康发展。中国作家网下设机构、新闻、阅读、评论、访谈、公告、公报、通知等多个频道，涵盖了作协的组成、功能、重要活动介绍、重要奖项的设立与中国文学发展的最新动态等，其中还包括了作家、作品推荐、作品阅读和相关评论等内容，并且中国作家网专门为网络文学开设专栏引领时代文学前进。

作家在线（www. zuojiachubanshe. com）：作家在线创办于 2011 年 7 月，作家在线是由中国作家出版集团主办、作家出版社承办运营的文学门户网站，是以作家为核心服务对象的专业文学网站，旨在为所有写作者提供数字化出版平台。网站将充分发挥利用中国作家出版集团各单位的人才优势和内容资源，全力创造网络文学的精品门户，打造网络时代的文学旗舰。下设首页、文坛资讯、在线阅读、连线作家、创作投稿、书库、图片、视频、群组等子栏目。为广大读者、文学新人、著名作家等提供阅读写作空间和互动交流平台。作家在线网站能够提供传统图书的增值服务，形成数字出版的开放自主平台，塑造完善的数字出版业务，成长为高品位、权威性的文学门户网站，引领文学发展潮流。

浙江省网络作家网（www. zjwlzx. org）：是浙江省网络作家协会的官方网站，浙江省网络作协是全国第一家由网络文学创作、评论、编辑和组织工作者自愿结合的省级协会组织，2014 年 1 月 7 日正式宣告成立。麦家聘任为名誉主席，曹启文当选主席。夏烈、流潋紫、傅晨舟、沧月、曹三公子、烽火戏诸侯、天蚕土豆、陆琪、燕垒生、蒋胜男当选为副主席。浙江省网络作家网以图文滚动形式全面报道网络文学信息，以浙江文坛浙江网络作家为要，下设协会信息、热点关注、书库、精品推荐、会员、名家访谈、排行榜、评吧等频道，为以浙江省网络文学为原点的全国网络文学创作与阅读服务。

上海作家网（www. shzuojia. cn）：是上海市作协的官方网站，其下设上海市网络作协子频道，包含组织机构、会员辞典、作协动态、文学信息、会员服务、文学期刊、权益保障等子频道。上海网络作家协会是由上海网络作家自愿组成的专业性的非营利性社会团体法人，成立于 2014 年 7 月 3 日，业务主管单位为上海市作家协会。会长陈村，副会长孙甘露、血红、骷髅精灵、蔡骏和洛水，秘书长臧建民，副秘书长汪海英和王若虚。网络作家协会首批会员共有 75 人，来自上海市十多个文学网站。

广东作家网（www. gdzuoxie. com）：创办于 2003 年，由广东省作协主办，是广东省作协的官方网站。广东作家网主要负责发布广东省作协动态公告、广东省作协重大活动，刊登国内外文学新闻以及评论家文章，发布广东省作家的文学作品等。下设新闻、机构、专题、视频、公告等频道，其中专题一栏特设网络文学频道，展现广东省网络文学乃至全国网络文学最新发展动态。

四川作家网（www. sczjw. gov. cn）：是四川省作协的官方网站，下设作协机构、文坛动态、文学工作、会员管理、文学天地、作家访谈、会员单位、文学社团、作家书画、文学评奖、创作研究、巴金文学院、四川文学、星星诗刊当代文坛、作家交流、网络文学、媒体关注等子频道。其中网络文学频道为四川省网络作协信息聚合地，四川省网络作家协会成立于 2015 年 6 月 10 日，首批入会网络作家 165 人。四川省网络作协聘任阿来为名誉主席，选举周小平为主席，邓子强为常务副主席，天蚕土豆、庹政、夜神翼、雨阳、周冰等为副主席。

湖南作家网（www. frguo. com）：是湖南省作协的官方网站，该网站创办于 2005 年，下设文学资讯、湖南作协、网站公告、网络文学、文学学会、名家讲堂、文学奖项、潇湘诗词、机关党建、作家动态、作家访谈、精品力作、新书快递、文学馆藏、研讨会、文学阅读、文学课、作家博客、文艺论坛等子频道。湖南作家网立足湖南，服务作家，以“展示名家力作、扶持新人新作”为己任，持续为网络文学发展不断贡献自己的力量。

（李树　执笔）

第三章　活跃作家

一、网络作家总体描述

1. 网络写作群体

网络写作拥有一个巨大的群体，据初步统计，目前阅文集团旗下拥有约400万名作者，占我国网络写作的半壁江山。据此，我国网络写作群体数量接近千万。这些作者的平均年龄为28岁，这意味着90后已经成为这个群体中最大的一部分。实际的统计数字表明，目前网络文学活跃作家中，90后占到了78%。可以说，如今90后已经成为网文创作的中坚力量，扛起了网络文学的大旗。

据艾瑞对16家文学平台的监测，这些作者中，顶级作者（大神作者）9.8%，普通作者23.2%，入门作者50.1%，还没摸到门径的作者16.9%。从作者的性别来看，男性作者占绝对优势，约为68%，女性约为32%。其中，男频网站的作者有88%是男性，但女性仍有12%；而女频网站的作者几乎全是女性，为97.4%，只有极少的男性在女频写作。从作者的地域分布来看，竞争压力小、消费水平相对较低的二、三线城市作者的比例相较生活节奏快、工作强度高的一线发达城市北、上、广、深有明显优势，作者占比均超过55%。在所有省份中，广东省的网文作者比例最高，为12.1%，其次是江苏、浙江，分别为7.9%、6.8%，因此，网文作者主要集中在东部人口稠密的经济发达地区。从婚姻状况来看，由于未婚人士有更多的个人空间，时间支配相对更自由，因此所占比例更高，为58.1%。从学历来看，网文作者教育程度以本科为主，占比达到65.8%。

近年来，随着网络文学越来越热，网络写作成为一个热门的职业。艾瑞的调查发现，笔龄在1~3年的网文作者占比最高，达到26%。笔龄在5年内的签约作者占比超六成。而写作的初衷大多从作家梦开始，特别是女性作者；

而男性作者中，除作家梦外，还有部分是因为满足感和经济报酬；也就是说大部分女性作者的写作动力更为纯粹。

从写作内容来看，男性作者首选幻想与职场，而女性作者首选言情。从选择的平台来看，大部分作者看重的是平台的读者流量、知名度与收入福利等因素。其中平台的读者量更是以58.5%的占比居首位。此外，作品的曝光机会及平台本身所具有的知名度也很受作者看重。这是很多作者集中在阅文集团特别是起点中文网的主要原因。

由于没有受过专业训练或入门较浅，大部分作者希望写作平台能够向他们提供与其他作者互相交流的机会，使作者与其他作者之间可以交流写作技巧、相互推广。与传统写作不同，网络平台的写作者，一般会与读者进行交流。大部分的作者都在书评区与读者交流；有些较为有名的作者会建立粉丝QQ群，与粉丝深度交流；还有些作者，特别是年轻的作者，会在自己的微博、微信、百度贴吧等地与读者交流。

2. 网络签约作家

网络签约作家是指与文学网站签有写作合约的作者。每个网站的签约方式可能有所不同，但基本模式是：网络作者先在某网站注册，即申请一个ID，申请成功后，该作者即可以在该网站发表作品了。但此时该作者还不是签约作者。当该作者在此网站写了一段时间后，觉得写得不错，也有一定人气，可以向网站申请签约，网站经过考察，觉得该作者符合他们的条件，就会同意签约。还有就是该作者的作品确实不错，上传后即获得读者的认可，人气迅速积累，网站注意到了该作者的写作实力，就会主动邀请该作者签约。

作者与网站签约后就成为该网站的签约作者，签约作者的好处是可以获得一定的报酬（报酬的多少根据作品受欢迎的程度来定），网站会主动推荐你的作品。但有好处就会有约束，签约作者最根本的约束是你必须每天写多少字！一般的字数要求在3000~8000之间，只能多不能少。遇有特殊情况要向读者请假。简单地说，就是不签约，你自己写就是，没人管你（内容敏感除外），也没人推广你，没人给你付报酬，你自生自灭、自娱自乐。签了约，你就必须老老实实写，每天要完成规定的任务，也能得到一定的报酬，或许还能成就大名。

据艾瑞对16家文学平台的监测，2016年1月—10月，累计网络文学作者数量为142.4万人。这个数量应该就是签约作者。艾瑞监测的这16家文学网站是我国目前的主流文学站点，占有网络文学市场的绝大多数份额，也是签约作者最多的一些网站，而据速途研究院的数据，目前95%的签约作者属于阅文集团，百度文学占3.6%，其他只占1.4%。那么，签约作者的数量则应该与142.4万的数量差不多，在150万左右。但据广电总局的统计，2015年年底我国的网络文学签约作者大约为250万，2016年的数据没有公布，笔者估计在280万左右。150万与280万还是有较大差距的，笔者偏向认为280万应该是一个比较靠谱的数字。

3. 网络文学大神

网络文学大神是指在网络写作中知名度很高、人气非常旺盛，已经有了一定成就的网络作者或作家。有时也称“顶级”作者、“白金”作家，还有的称为“五星级”写手。成为大神没有固定的标准，但一般要求至少完成一部广受追捧的作品。

纵观网络文学近30年的历史，很多的“大神”在网文空间闪烁，最著名的有“中原五白”：天蚕土豆、梦入神机、辰东、我吃西红柿、唐家三少，即这5个最著名的白金级作家。他们是当今网文界最耀眼的顶级作家。他们的作品还没有动手，只要公布一个题目，即有千万的粉丝响应。还有网文界的所谓“十八主神”：猫腻、耳根、蝴蝶蓝、烟雨江南、打眼、烽火戏诸侯、忘语、血红、骷髅精灵、方想、柳下挥、无罪、月关、跳舞、鱼人二代、鹅是老五、流浪的蛤蟆、风凌天下（另有中国移动评选的“十二主神”之说，即唐家三少、我吃西红柿、辰东、猫腻、梦入神机、烽火戏诸侯、天蚕土豆、风凌天下、方想、酒徒、柳下挥、月关）。这些人的作品在网上广受追捧，几乎是作品一出，订者云集。他们是网络文学的旗帜，也是网络文学的最大受益者，年收入动辄千万元，其中唐家三少2015年的收入超过1亿元。

另还有一些远古大神：萧潜、萧鼎、树下野狐、禹岩、说不得大师、静官、云天空、玄雨、瑞根、张君宝、六道、徐公子胜治、江南、墨武、老猪等。这些人在过往的网络文学写作中，写出了令读者荡气回肠，广受好评，被人追捧的作品。

其他被称为大神的还有：zhttty、发飙的蜗牛、更俗、傲无常、石章鱼、孑与2、不信天上掉馅饼、七十二编、愤怒的香蕉、逆苍天、火星引力、录事参军、失落叶、苍天白鹤、高楼大厦、林海听涛、骁骑校、剑游太虚、蚕茧里的牛、乱世狂刀、缘分、卷土、爱潜水的乌贼、辰机唐红豆、减肥专家、cuslaa、三戒大师、纯银耳坠等。他们的作品虽没有像“中原五白”“十八主神”等广受追捧，但也是人气旺盛，作品一出，观者蜂拥。这些人出道比前面的大神迟，有的非常努力，其成就已追上甚至超过了前面的大神。

另外，由橙瓜网主办，天翼阅读、重庆市武隆作家协会协办的第二届网文之王评选活动自2017年1月13日开始第一阶段的专家投票提名，天蚕土豆最终夺得“网文之王”称号，唐家三少、辰东、善良的蜜蜂、耳根、梦入神机获“五大至尊”称号，“十二主神”获得者是：我吃西红柿、忘语、烽火戏诸侯、风青阳、鱼人二代、风凌天下、月关、了了一生、厌笔萧生、猫腻、妖夜、爱潜水的乌贼。入围百强大神的名单是：净无痕、逆苍天、跃千愁、鹅是老五、烟雨江南、失落叶、月如火、萧鼎、柳下挥、跳舞、梁不凡、发飙的蜗牛、九灯和善、纯情犀利哥、天下霸唱、陨落星辰、蝴蝶蓝、玄雨、血红、六道、方想、无罪、尝谕、徐公子胜治、孑与2、我本纯洁、静夜寄思、石章鱼、烈焰滔滔、火星引力、常书欣、太一生水、愤怒的香蕉、心在流浪、丛林狼、骷髅精灵、永恒之火、打眼、小刀锋利、朽木可雕、极品妖孽、何常在、银河九天、大肚鱼、皇甫奇、禹枫、张君宝、酒徒、苍天白鹤、骠骑、流浪的蛤蟆、观棋、傲天无痕、狂奔的蜗牛、石三、乱世狂刀、卷土、一丝不苟、缘分0、墨武、风圣大鹏、更俗、七十二编、云天空、天使奥斯卡、贼眉鼠眼、庄毕凡、雾外江山、管平潮、寂寞剑客、静官、断桥残雪、录事参军、雨魔、善水、墨大先生、流浪的军刀、蔡晋、番茄、暗魔师、天涯明月等。

网络大神在网文界确实是“神”一般的存在，他们获取了网络文学的绝大部分收益，他们的“神作”让他们过着“神仙”般的日子，而众多的一般的网文作者只能在生存线上拼搏，有的只能沦为网络“蚁工”。但现实就是如此残酷，这是大众传媒时代“马太效应”的结果，也是文化产业的一般特性——赢者通吃，你没“成神”就只能“捡渣”。

4. 网络作家的生存状况

据速途统计，我国2016年的网络文学市场规模约为90亿元，如果这90亿元不算网站的运行，全部分给签约作者，按280万作者算，每人可得3200

元；即使按150万作者算，每人也只有6000元。其实，这中间的大部分被大神们拿走，一般网络作者收入之少不言自明。很多人称网络作者为文字“打工者”，实际，他们的收入比打工者差远了。他们如果只靠打这个文字工，是很难生存的。

据网易云阅读《2016网络文学原创作者生存报告》：70%的作者都是白天上班，空余时间从事创作工作。85后和90后的年轻群体成为当下网文创作的主力军，单身人士占了网文作者的半数以上。也就是说绝大多数网络作者，目前还只是将网络写作当作自己的业余爱好，没有将之作为自己的职业。所以，只有累死的网络作者，没有饿死的网络作者。

码字创作是一门辛苦活儿，调查显示，网文作者的平均日更字数保持在5000～10000字的规模，超过半数的作者每天都会花数小时的时间进行写作，甚至有近一成的作者每天写作时间长达8小时以上。因为他们中大部分为业余，熬夜就成为常态，有时写作不顺，通宵达旦也难免。因此，八成作者认为写作影响了身体健康，有六成人坦承写作影响了日常的社交生活。

当然，任何一个行业有混得坏的，也有混得好的。网易云阅读的调查还显示：近20%的作者可以通过码字获得平均上万元的月收入，其中15%的作者最高可以收获2万～3万元以上的收益。这个收入基本可以养家糊口了。

另据阅文集团总裁吴文辉表示，目前阅文集团平台上写手最高年收入已经超过1亿元，2016年，阅文集团向旗下作家发放稿酬近10亿。旗下年收入过百万的作家已经超过100位，其中新人作家比率高达50%。

尽管大部分人生活惨淡，依然有越来越多的写作爱好者因为热爱踏上网文写作的道路，超过半数的作者认为网文创作是可以从事一生的职业，对行业的发展前景表示了乐观和极高的期待。对于未来的职业发展规划，受到当下IP影视化和游戏化的大势所趋，越来越多的网文作者希望自己的作品影视化、游戏化、卡通化，并且半数人表示希望自己有机会能尝试担任编剧。

二、网络作家史实

网络文学出现的时间虽然不长，但写作人数众多，有的如长虹贯日，分外明亮，有的则如恒河之沙，默默无闻。人们在考察或研究时，往往按其出现的年代进行大致的划分，一般分为早期网络（2003年前）写手、网络文学开拓期（2003—2008）作家、网络文学类型化期（2008年后）作家。

1. 早期网络写手

1994 年中国接入互联网，但这时的中国互联网还只是极少数人的应用。而此前的 1991 年，华文第一家电子周刊《华夏文摘》在美国创刊，有一个叫少君（钱建军）的在上面发表了一篇小说《奋斗与平等》，拉开了华文网络文学的序幕。从 1991 年到 2000 年的 10 年间，少君在北美各类华文电子期刊、BBS 上共发表了 100 多篇文学作品，是华文网络文学的真正鼻祖。

1995 年大陆的网络文学开始萌芽，中文网络诗刊《橄榄树》在该年的 3 月出现，创办人是诗人诗阳、鲁鸣。年底出现了另一网络文学刊物《花招》。这一年的 8 月，清华大学的水木清华开设 BBS 论坛，国内原创网络文学正式萌芽。1997 年 11 月 2 日凌晨，一篇《大连金州没有眼泪》的帖子在中国足球失败丧失亚洲杯出线权后的几小时内发出并迅速传遍网络。他的作者是中国 IT 传奇人物，足球爱好者老榕。网络发泄情感的巨大威力第一次在中国显现。1997 年 11 月"榕树下"正式注册。1998 年 3 月台湾地区蔡智恒的网络小说《第一次的亲密接触》风靡整个华文网络，掀起华文原创网络文学的小高潮。

其时，大陆的安妮宝贝、黑可可、邢育森、李寻欢、俞白眉等聚集于"榕树下"，招兵买马，高谈阔论、指点文学，把"榕树下"弄得像模像样，声名鹊起，掀起了大陆网络文学第一次高潮。这些人现被视为网络文学最早的写手，是当时网文界的名人。其中邢育森、李寻欢、宁财神被称为网络文学的"三驾马车"，他们三人加上安妮宝贝被称为网络界"四大写手"。现在这些人基本离开了网文界，安妮宝贝虽继续写作，但已经不在网络上发表她的文字。邢育森、李寻欢等都转型从事别的事业，基本不再写作。

2000 年，今何在的《悟空传》在互联网的冬天里像一把火，烧遍了整个网络。2002 年慕容雪村的《成都，今夜请将我遗忘》，使这把火更旺。其间蓝晶、可蕊、尚爱兰、江南、燕垒生、老猪、云中君、王小山、西门大官人、十年砍柴、木子美、竹影青瞳等一批有灵性的写手在网上非常活跃，写出了自己的精彩。这些人有的还继续写作，有的已不知所踪，有的转行做别的去了，只在网络中留下他们淡淡的剪影。

早期的这些写手，写作出自性灵，功利性较小，因此，作品短小精悍，充满灵性，今天回过头去看，仍然是网络文学的精品，甚至有的是难以超越的精品。所以，在网络文学中，虽然斯人已远去，但江湖的传说仍在继续。

2. 开拓期的网络作家

2003年，幻剑书盟开始试行收费的VIP制，写手可获得报酬，读者需要对某些章节付费。网络写作成为可以养家糊口的职业。开创性的类型化作品开始出现，类型模仿正式开始。像《诛仙》《鬼吹灯》《盗墓笔记》《韦帅望的江湖》《明朝那些事儿》《新宋》《窃明》《九州缥缈录》《尘缘》《致我们即将逝去的青春》等一大批类型化的巨著涌现于网络，带来了网络文学的繁荣，也使网络文学无论在数量上还是阅读上都远超传统文学。此一段时间内的写手我们称为开拓期的作家。

第三代写手中不乏大才，他们写的许多作品虽然因类型化而虚幻，但不得不佩服他们天马行空的想象、横溢的才华与激情四射的热血，像萧鼎、天下霸唱、南派三叔、玄雨等。还有当年明月、灰熊猫、雪夜冰河、阿越、曹三公子、月关等对历史的雄阔把握与理解也不得不叹为观止。赵赶驴、三十等人幽默轻松的文笔，桐华、金子、辛夷坞等女性作家的爱情笔墨都可圈可点。

前面提到的大神很多都是在这一时期强势崛起，像唐家三少、猫腻、流浪的蛤蟆、辰东、梦入神机、酒徒等。短短的历史已经证明，他们在类型文学上确有了不得的天分。有的作家，如猫腻，成为文学大师也有可能。

其他代表性作家还有：天使奥斯卡、刺血、纷舞妖姬、金寻者、卷土、骷髅精灵、晴川、崔曼莉、流潋紫、禹岩、格子里的夜晚、兰帝魅晨、跳舞、无罪、烟雨江南、燕垒生、青斗、叶听雨、徐公子胜治等。

3. 网络类型小说作家

2008年后，网络文学的类型化已基本完成。一是各类型模式基本成型，每种类型都出现了代表性的鸿篇巨制，成为后来者的模仿对象；二是各类型内部在不断分化、细化，使类型更为丰富和发达，形成中国文学史上从来没有过的高度繁荣的类型文学大观；其体系之全，其数量之巨，世界文学史上也从来没有过。可以说中国的网络文学作者创造了世界奇迹，也创造出地球上从未有过的文学繁荣。

这一时期的网络文学写手或作家，大部分在第三代写手开拓出的类型化道路上飞奔。他们中的许多人非常年轻，大学即开始炮制大量作品；有的不年轻，甚至无所事事，但终于摸到了类型的门路，开始文字产品的制作。当然其中也有部分写手开创出了新的类型，有的对原有类型进行深化和创新。

他们中有的已经成神，有的在成神的道路上不断前进，还有的刚刚进入这一领域，没有摸到门径。其中代表性的作家有：苍天白鹤、我吃西红柿、骁骑校、打眼、方想、高楼大厦、柳下挥、七十二编、胜己、天蚕土豆、天籁纸鸢、忘语、天下归元、涅槃灰、纯银耳坠、宁芯、烽火戏诸侯、黛咪咪、浅绿、12 乖乖、蘑菇、鱼人二代、紫月君等，难以尽举。

三、年度活跃作家①

1. 幻想类网络作家

边寻，男，本名钟再群，1978 年出生于广西东兰。读过一年初中，多年在广东打工。主要在自己的新浪博客中发表作品。2006 年诗歌获“第三届手机文学原创争霸赛”优秀奖，收入《e 拇指文学选粹》；其后诗歌分别入选 2007 年、2008 年燕赵诗刊《优秀诗歌范本》，2008 年《威海诗歌》，2009 年在《佛山文艺》《民工诗报》《江门文艺》《诗潮》等发表诗歌，此后诗歌、散文、小说持续发力，并在《广西文学》《诗歌月刊》《绿风》等杂志发表。长篇奇幻小说《蟀侠》，入选国家新闻出版广电总局 2016 年度推介的 18 部优秀网络文学原创作品；2016 年在《广西文学》第 2 期发表组诗《给春天让路》，第 8 期发表中篇小说《猛兽》。

步征，男，1981 年 8 月 3 日生于山东济南，2001 年毕业于山东财经大学财政金融系。阅文集团签约作家，仙医流名家，对故事剧情、节奏掌控炉火纯青。唯一的作品《龙皇武神》仍在连载中，属都市玄幻修真力作，剑走偏锋，文笔、情节都极具精品气质。在首发平台起点中文网有非常好的成绩，点击量过 500 万、推荐票近百万、最高单日销售近 5 万元。更长期位于中国移动和阅读畅销榜 TOP100，创下 2.5 亿的惊人点击量。在阅文集团主办的第二届“福布斯·中国原创文学风云榜”2016 年度最受欢迎男生作品 TOP10 中位列第八。目前影视、游戏、动漫版权均在运作中。

辰东，原名杨振东，北京人，生于 1982 年，起点中文网白金作者，中国作协会员，毕业于中国石油大学。辰东是网文界最著名的大神之一，名列

---

① 作者排序不分先后，仅以英语字母为序。

“中原五白”和网络写手“十二主神”，其影响力不言而喻，作品一出，读者云集。从2012年起，每年名列网络作家富豪榜前10名。2005年开始网络写作，第一部网络小说《不死不灭》。后以《神墓》一文扬名立万，开创了太古战争流。其后的《遮天》和《完美世界》亦同样广受欢迎，其小说长期名列百度中文小说榜前10名和Google中文网络小说榜前10名，广受海内外读者喜爱。作品还有《长生界》，目前正连载《圣墟》。2016年11月《完美世界》荣登“2016中国泛娱乐指数盛典”中国IP价值榜—网络文学榜TOP10榜首。辰东善于在作品中设置悬念，被读者们称为“坑神”，而其个人口号——生命不息，挖坑不辍——更是体现了“坑神”的特性。同时，其行文超脱不羁，热血，能够最大限度地调动读者的兴趣和想象力，满足读者的心理需求，亦庄亦谐，让人欲罢不能，受到广大读者的喜爱，所以很多书迷又称其为辰神、辰东大神、东哥、装逼东、辰水水以及热血辰等。因他是北京人，被某些书迷赞为“燕京才子”。

鹅是老五，本名白全明，男，1975年生于安徽宣城，起点中文网签约作家，获得起点大神之光称号。主要作品有《纨绔疯子》《星舞九神》《最强弃少》《造化之门》。其中《最强弃少》（现更名《三生道诀》）获得2013年度起点中文网双冠王，2013年度起点中文网最受欢迎作品和起点都市类最佳作品奖。《造化之门》获2015年福布斯·中国原创文学风云榜第二名。2016年6月16日开始创作连载第五本网络小说《不朽凡人》，在网络上获得极高的点击量和关注度，作品荣膺多牛传媒主办的2016第七届互联网牛耳奖“互联网年度最佳原创内容”奖项。《不朽凡人》虽还在连载中，但影视版权和游戏版权已在洽谈中了。

耳根，男，原名刘勇，黑龙江牡丹江人。起点中文白金作家，中国作协第九届全委会委员。所著作品有《天逆》《仙逆》《求魔》《我欲封天》，目前正连载《一念永恒》。耳根的《仙逆》以其独特的情节构思在仙侠类型中独树一帜，崛起为大神级人物。其后的《求魔》与《我欲封天》同样获得巨大成功，其中《我欲封天》在2015年度福布斯中国原创文学风云榜中摘得桂冠；而其连载中的作品《一念永恒》在2016年度福布斯·中国原创文学风云榜中位列第三，并名列2016百度十大热搜作品之中。两部作品连续两年获奖，写作实力获得高度肯定。耳根以其绝好的人品和独特的文风在仙侠小说界独树一帜，成为仙侠小说中的独特风景，为众多读者所喜爱。

方想，原名陈艾阳，男，85后，江西九江人，2006年毕业于中国民航学院材料化学专业。网络文学大神之一，曾从起点转至纵横中文网，后又回归起点。主要作品有《星风》《师士传说》《卡徒》《修真世界》《不败战神》等。其作品以庞大丰富的想象和干净简洁的文笔为人称道，受到千万粉丝的狂热喜爱，成为网络文学界众人瞩目的“大神”，入选中国移动与阅读评选的“2015年首届网文之王十二主神”。作品《卡徒》被誉为“中国新幻想小说发展绕不过的一座大山”。2016年福布斯·中国原创文学风云榜中，方想凭借作品《五行天》荣登总榜单第七位。

Fresh果果，又叫果果，原名江晨舟，女，土家族，籍贯湖南凤凰，1986年6月出生于贵州铜仁；2005年毕业于中国传媒大学，超人气新兴小说作家。代表作品有《花千骨》《脱骨香》《琉璃般若花》等。2009年凭《花千骨》一文成功晋级最受欢迎的女性作者之一，2015年因《花千骨》电视剧的爆红，小说点击率迅速增加。2016年12月11日起开始在个人微博“Fresh果果”、微信公众号“果果很圆”等网络平台更新新作《暗世曲之星海蔷薇》，目前在连载中。

飞天鱼，男，原名张伟，1990年出生，四川遂宁人，创世中文网签约作者，阅文集团大神作家，网络文学知名玄幻作家，起点中文网星创奖冠军，next idea玄幻征文优秀作者。2015年7月3日玄幻修真类小说《万古神帝》在创世中文网首发，起点中文网、腾讯文学、QQ阅读等同步更新，很快进入热销榜第一位，开书一年总点击破亿，版权价值评估超过800万，平台均订超过3万，拥有300万读者，用户收藏突破300万，全渠道日销售近3.4万，创阅文男生作品销售纪录，一举成为网络大神写手。在2016年度阅文平台十大畅销网络小说男生榜单中位列第七名，2016年度阅文集团网络文学“十二天王”之一，被评为2016网络文学年度榜样“90后玄幻新人王”。

风青阳，本名张伟煊，男，1991年9月出生于广东汕尾市海丰县，毕业于湖北工业大学，中文在线旗下网站17K小说网签约作者，中国作协会员。已完成作品《玄帝》。正创作连载《龙血战神》《吞天记》。2012年9月14日《龙血战神》连载至今，小说点击过亿，获千万粉丝追捧，改编的同名游戏已于2015年5月上线，是国家新闻出版广电总局“2016年优秀网络文学原创作品”18部推介作品之一。《吞天记》自2015年10月19日首发于17K小说网，新书连载不到一个月时即获得点击、新书、打榜多榜榜首，2016年广州百田信息科技有限公司以 1 亿价格拍得《吞天记》授权，准备打造精品手游。

管平潮，本名张凤翔，男，1977 年出生，江苏南通人，知名畅销作家，著名仙侠作家，中国作协、浙江省作协会员，浙江省网络作家协会副主席，硕博分别毕业于中国科技大学、日本国立情报学研究所复合科学系。主要作品有《仙剑奇侠传》《仙剑问情》《九州牧云录》《血歌行》等。2016 年管平潮监制《西游神魔诀》同名小说全网首发，开启连载。处女作《仙剑问情》网络原名《仙路烟尘》，在起点中文网一经连载便受千万粉丝追捧，奉为中国古典仙侠小说开山之作之一，并在当年中国作家协会指导的“网络文学十年点评活动”中，进入分类 30 强。2015 年，经过一年多的精心构思筹备，管平潮与中国移动旗下的咪咕阅读独家合作，重磅推出东方仙侠小说《血歌行》，文学功底深厚，情节新颖奇巧，一经连载便反响热烈，入选国家新闻出版广电总局“2016 年优秀网络文学原创作品”推介的 18 部作品之一。

烽火戏诸侯，原名陈政华，男，1986 年 11 月 8 日出生，浙江淳安人，就读于浙江工商大学，肄业。2012 年曾参加鲁迅文学院作家培训班，现为纵横中文网签约作家。2014 年 1 月开始担任浙江省网络作家协会副主席。2015 年 1 月，荣登首届中国网文之王“十二主神”。2005 年开始在起点中文发表作品，迅速火遍网络，大学肄业后成为专职网络写手。烽火戏诸侯的作品很多，但完结的作品不多，很多处于断更状态。完结的作品有《极品公子》《陈二狗的妖孽人生》《父亲母亲，我是你们的儿子》（散文诗）、《百合诗经水晶》（作者自传）、《宗教裁判所》《老子是癞蛤蟆》等，断更的作品有《一世枭雄》（极品公子续集）、《黑道之天下》《六道轮回》《逍遥游之问鼎天下》《中华足球帝国风云录》《魔鬼启示录》《天神下凡》《守山犬》等。《雪中悍刀行》2012 年开始连载，2016 年 8 月才完结，2015 年年底该作品荣获浙江首届网络文学双年奖之银奖。

皇甫奇，男，原名夏云，1985 年出生于湖南省攸县。原起点中文网白金作家，现是中文在线旗下 17K 小说网签约作家。著有小说：《飞升之后》《无上真魔》《大周皇族》《神座》《帝御山河》等。正在 17K 小说网火热连载《人皇纪》，该作品荣获中国作协 2016 年网络文学优秀作品半年榜未完结作品第六。

减肥专家，原名张宁，男，山东菏泽人，1983 年生。纵横网小说作家，主要作品有《殁世奇侠》《幽冥仙途》《问镜》等。目前新书《星辰之主》正火热连载中。作品不多，但每本的人气都不错。《问镜》入选广电总局与移动咪咕阅读2016推荐的18部作品。

孑与2，男，本名云宏，甘肃白银人。起点中文网新晋大神级作家。中国作协会员。处女作《唐砖》于2012年9月16日在起点中文网发布，此书刚一上架，就以轻松、幽默的风格和深厚的历史功底给历史小说带来颠覆性的突破，点击量过千万，日搜索量超过20000，凭借半部《唐砖》跻身最具人气的大神级作家行列。其后创作了《大宋的智慧》，正连载的小说是《银狐》。2015年11月2日，凭借《唐砖》获浙江省第一届网络文学双年奖铜奖。2016年《大宋的智慧》居中国作协网络文学优秀作品完结榜第六；其新作《银狐》获2016网络原创文学风云榜男生榜第十。三部作品三次获奖，在网络文学界所仅见，其写作实力毋庸置疑。

刘十八，男，上海人。阅文集团知名作者，灵异类名家，近年在探险盗墓小说中异军突起。曾经任职公务员，年轻时混迹社会各行各业，丰富的竞技造就其对古董文玩方面的不凡阅历，对考古知识有深入的了解。2015年9月开始连载的《最后一个摸金校尉》开创了盗墓探险类小说的崭新篇章，终结了《鬼吹灯》《盗墓笔记》两书一骑绝尘，无人能继的荒芜时代，是灵异文新视野的开始，并且获得了起点中文网2016年灵异作品月票累积排行榜第二名的成绩。该年他入选阅文集团年度榜样12人。

流浪的蛤蟆，真名王超，男，江苏南京人，1975年出生，环艺设计专业毕业。曾为起点中文白金作者，后于2011年2月携作品《焚天》正式加入纵横中文网，并同时与鼎铭中文网有无线签约，现在又回到起点中文。流浪的蛤蟆于2005年开始写作《魔幻星际》，最早发表于MSN读书频道，后移至起点中文，成长迅速，很快成长为白金作家。他的作品较多也较杂，仙侠类的作品有:《天鹏纵横》《时空妖灵》《大猿王》《仙葫》《焚天》《赤城》《一剑下昆仑》《天问》《再演洪荒》等；玄幻类的作品有:《天地战魂》《恶魔岛》《龙神诀》等；科幻类作品有:《魔幻星际》《电子竞技联盟》《母皇》等；游戏类作品有《蜀山》；奇幻类作品有《魔导武装》；武侠类作品有《四海》《乔峰大兄》《葵花大师兄》；异能类《鬼神无双》。除此以外，还包括一部评论文集——《蛤蟆王子故事集》。《仙葫》进入2010年起点首届金键盘奖评选十佳名单。本人还在2011年红袖添香举办的首届华语幻想小说大赛担任评委；受邀参加纵横中文网三周年庆祝活动。最新的作品有《一剑飞仙》，连载于起点中文。流浪的蛤蟆多才多艺，作品涉及广泛，受众面广，人气很高，被网友推举为网文界的十八主神之一。但目前精力没放在写作上，更多从事网络游戏去了。

猫腻，原名晓峰，曾用笔名北洋鼠，备用笔名乐俊。1977 年生，湖北夷陵人，现居大庆（据起点作者信息）。曾就读于四川大学，因散漫懒惰荒废学业而被开除。现为起点中文网白金作家。坊间读者昵称其为“猫大”“猫叔”。猫腻 2003 年开始网络写作，《映秀十年事》是他的处女作，连载于起点。该作奠定了他作品的整体风格和类型基调，从此在文坛开始崭露头角。成名作《朱雀记》2005 年开始在起点连载，大受追捧，2007 年获得该年度“新浪原创文学奖玄幻类金奖”和“新浪第四届原创文学大赛奇幻武侠奖金奖”两个大奖。2007 年《庆余年》开始在起点中文网上连载，引起巨大反响，被冠为“史上最权谋小说”。2009 年 4 月开始连载玄幻小说《间客》，2011 年完结，反响也非常不错，荣膺起点首届金键盘奖年度作品。2011 年 8 月，最新心血之作《将夜》在起点中文连载，2015 年完结。该书获得首届网络文学双年奖大奖；又在中国作协网络文学 2016 年年度榜半年榜中名列榜首。2014 年 12 月开始在起点连载《择天记》，新书一出，即获巨大反响，目前还在连载中，已成为 2016 年最火网络小说之一。该书在 2016 中国作协网络文学半年榜中荣登未完结小说榜首。同一年度中，两部作品同登榜首，可能唯猫腻能之。猫腻文字风格细腻，架构有序，情节跌宕，内涵深刻，是最有实力的网络文学作家之一。

南派三叔，真名徐磊，男，80 后（1982 年 2 月 20 日），浙江嘉兴人，毕业于浙江树人大学。著名网络文学作家。《盗墓笔记》系列在起点中文推出后，立即获得空前的人气，长期在点击率排行榜上居高不下。而小说的实体书也已卖出将近 1200 万册，堪称最赚钱的小说之一。目前盗墓系列被改编成了影视、游戏、漫画等形式，并与美国派拉蒙公司签订了改编协议。继《盗墓笔记》之后，南派三叔陆续推出和出版了：《大漠苍狼》系列、《怒江之战》系列、《藏海花》系列、《沙海》系列、《黄河鬼棺》系列（三叔仅创作前八万字）等作品。2013 年曾宣布封笔，但 2014 年因版权纠纷再次露面，并成立杭州南派投资管理有限公司，专业从事 IP 生态运营开发业务，现已启动《盗墓笔记》《老九门》等 IP 大计划。2015 年微博开更《老九门》和《勇者大冒险》。

逆苍天，真名丁新齐，男，江苏扬州人，80后。原起点A级签约作家，现转战纵横中文网。逆苍天最初的职业是程序员，每晚利用一两个小时码字，2007年不顾家人反对，辞职成为全职作家。2007年靠写作，逆苍天赚了10万元。从此走向职业写作之路。完成的作品有《无极魔道》《大魔王》《十方天士》《杀神》《灵域》等。其中《灵域》曾进入百度风云榜前10，使其成为网文大神之一。最新作品《万域之王》正在连载之中。逆苍天是玄幻小说的代表性作家之一，想象力丰富，可读性极强，连贯性突出，情节紧凑。

MS芙子，女，腾讯文学签约作家，阅文集团旗下云起书院名人堂作者。2012年开始从事网络写作，成为一名兼职网络写手，擅长玄幻言情类创作，所著小说多凭细腻流畅的文风和新奇巧妙的设计收获众多粉丝。主要作品有《天才魔妃》《神医狂妃：天才召唤师》《最强弃仙》《重生空间种田》《无限军路》《重生名媛我最大》。其中，《重生空间种田》首发起点女生网，一经推出，人气火爆。借力而上，又一力作《神医狂妃：天才召唤师》以65万次的收藏显示其居高不下的人气。2015年5月上架，目前仍在连载中的幻想言情类小说新作《神医弃女：鬼帝的驭兽狂妃》反响热烈，已高达近百万的收藏，且在原创风云排行榜中稳居前列，好评如潮。在阅文集团推出的国内首份原创文学IP价值的综合盘点榜单“福布斯·中国原创文学风云榜”2016年度最受欢迎女生作品TOP10中位列第七。

唐家三少，男，北京人，原名张威，1981年生，河北政法大学毕业。起点白金作家，80后明星网络作家中的“光之子”，“中国作家富豪榜网络作家之王”，连续多年名列网络作家富豪榜榜首，中国网文界最大的“神”。2010年，加入了北京作家协会，2011年11月，当选中国作家协会全国委员会委员，成为中国作协最高权力机构的第一位网络作家。2004年开始网络写作生涯，题材变化多样，包括奇幻、玄幻、仙侠、异世界等类型。他的写作题材规范化、情节模式化、人物脸谱化，文字朴素中带有力量，作品有《光之子》《狂神》《善良的死神》《惟我独仙》《空速星痕》《冰火魔厨》《生肖守护神》《琴帝》《斗罗大陆》《酒神》《天珠变》《神印王座》《斗罗大陆Ⅱ绝世唐门》《斗罗大陆Ⅲ龙王传说》。另有爱情自传体小说《为了你，我愿意热爱整个世界》。2012年4月，盛大文学为唐家三少申请了吉尼斯世界纪录，当时他就已经连续100个月“不断更”。同年11月30日唐家三少自己写的一篇感谢读者的文章中透露，按照word计数，他用近9年的时间，写了13部作品2690万字，出版了简体中文版图书124本，繁体中文版图书436本。他已连续9年平均每天写8000多字。唐家三少的确是真正领悟了“快”和“长”的真谛的作者，他能满足读者渴求不间断阅读小说的心理，他被网友称为“网络时代的赛车手舒马特”。

天蚕土豆，原名李虎，男，1989年12月出生，四川德阳人。现为起点超人气白金作家，新生代网络作家代表人物，中国网文界的“大神”之一，现为浙江省网络作家协会副主席。2008年天蚕土豆凭借处女作《魔兽剑圣异界纵横》一炮而红，跻身人气顶尖写手之列，被誉为2009年网络小说人气王。2009年创作的《斗破苍穹》更是获得在起点中文网高达1.3亿多的点击率。该书从发布起，就稳居各类小说排行榜第一；当年进入百度搜索关键字前10名；中国移动的手机阅读排行榜第一名，点击量达到13亿次。该作品还被国内顶级网游开发商兼运营商搜狐畅游买断游戏改编权。新书《武动乾坤》一经发布，创起点小说正文零字数上百万点击的纪录，10个月点击超过3200万，再次席卷起点各大榜单。曾在2012年稳居百度搜索风云榜小说榜第一名，热门搜索前十名。前三册出版后，销量立马突破15万册。目前正在连载的作品《大主宰》，又名列2016百度热搜作品第一名。《斗破苍穹》和《大主宰》已经是网络IP的最大热门，已经成为名副其实的摇钱树，多次被改编。现在，他的下一本书连大纲都没有就已经有人上门预订了，因为天蚕土豆就意味着人气和影响力。天蚕土豆写得慢，作品不多，但每本都有超高人气，实在是网文界的一个奇迹。

天下霸唱，原名张牧野，男，1978年出生，天津人，著名网络作家。现为向上影业首席内容官。美国《时代周刊》曾评论说：《鬼吹灯》丰富饱满的想象力，成为它最让人刮目相看的地方。早期与朋友开了一金融投资公司，自称为哄女朋友开始写《鬼吹灯》。至今共出版十多部作品，分别是《鬼吹灯》系列、《谜踪之国》系列、《迷航昆仑墟》（又名《阴森一夏》）、《贼猫》《死亡循环》系列、《我的邻居是妖怪》《凶宅猛鬼》《鬼不语》《墨客》《无终仙境》《摸金校尉之九幽将军》《金棺陵兽》《河神·鬼水怪谈》等。现致力于网文IP运作，以改编影视为主。其中《鬼吹灯》改编的电影已有两部于2016年上映：分别是《九层妖楼》与《精绝古城》。另有《牧野诡事》也在运作之中。

天下归元，原名卢菁，别名桂圆，女，江苏镇江人。现为中国作家协会会员，江苏省网络作家协会副主席。潇湘书院专栏作者，A 级签约作家。其作品《扶摇皇后》获由中国当代文学研究会女性文学委员会主办、冰心文学馆协办的“2011 年度优秀女性文学”奖、“2011 优秀女性文学新人奖”以及“2012 年镇江市政府文艺奖”。2012 年，中国作协第一次网络文学研讨会在北京举行，《扶摇皇后》为五部入选作品之一。2011 年，《帝凰》获潇湘书院 10 年经典第一；2012 年、2013 年，连续获潇湘书院非凡成就奖，2014 年获潇湘书院“非凡之星”奖。《凤倾天阑》2015 年获浙江第一届网络文学双年奖优秀奖。她至今已完成《燕倾天下》《帝凰》《扶摇皇后》《凰权》《千金笑》《凤倾天阑》《女帝本色》共 1000 多万字的作品，都已签约陆续出版。其中《扶摇皇后》《凰权》上市先后荣登当当网青春文学畅销新书榜首。她的作品正陆续改编为电影和电视剧，其中《凰权》已经筹备开拍。

忘语，原名丁凌滔，男，1976 年 10 月出生，江苏省徐州市人。毕业于无锡机械制造学校，后自学完成大学法律专业，现为起点白金作家之一。2008 年开始写《凡人修仙传》，大获成功，凭借这一部书跻身起点众大神之一，开创了“凡人流”小说。其后这部作品被改编为网页游戏，在网络上风行。2013 年开始写第二部作品《魔天记》，这部书进一步增长了忘语的人气，并给他带来了财运，这部作品也改编为手游，并拍成微电影。2015 年年底开始连载新书《玄界之门》，这本书在 2016 年进入百度十大热搜作品，人气之旺不言而喻。忘语作品不多，但每部作品都非常成功，走的是少而精的路子。

我吃西红柿，男，原名朱洪志，网友亲切称其为“番茄”，1987 年生于江苏宝应，苏州大学数学系 2005 级学生，在校两年多时间发表了 600 多万字的网络小说，大三上学期退学从事专职写作，现已出版 2000 多万字的小说。起点中文网白金作家，多次荣登胡润作家财富排行榜，网文界最大的“大神”之一，名列中原五白。主要作品有《星峰传说》《九鼎记》《盘龙》《星辰变》《寸芒》《吞噬星空》《莽荒纪》《雪鹰领主》等。他的小说通俗易懂，想象奇特，为众多网友所喜爱，多次在起点中文荣登榜首。《盘龙》在 13 个月创造了 8000 万的点击和 50 万的收藏。小说《星辰变》《盘龙》等作品完本后更是在网络小说界上涌现了大量的后传与跟风之作，引起一系列官司。网传有“小说不读《星辰变》，就称书虫也枉然”的美誉，体现了“网文之王者”不可动摇的地位。这两部小说还被改编为网络游戏，为玩家所钟爱。新书《雪鹰领主》位列百度 2016 年十大热搜小说第三名，人气依旧经久不衰。

萧鼎，男，原名张戬，1976 年出生，福州仓山人，曾是幻剑书盟的首席签约作者。2010 年 1 月被选为福州作家协会理事。网络文学最知名作家之一。其作品《诛仙》不仅是他的代表作，也是仙侠修真小说的代表作之一，被网友誉为“后金庸时代武侠经典”，与《飘渺之旅》《小兵传奇》号称网络三大奇书。2002 年起开始从事网络写作。2003 年在台湾地区出版了《暗黑之路》。2003 开始在幻剑书盟连载《诛仙》，大受网友欢迎。当时，起点中文网、幻剑书盟、龙的天空等大型文学网站纷纷转载，点击率很快突破 3000 万大关，且以每天 200 万条的速度递增。同年台湾地区开始出版该书。2005 年，《诛仙》排名百度十大网络玄幻小说第一位，在“百度 2005 中国风云录”活动中，《诛仙》被授予风云小说奖，“诛仙吧”也成为百度文学类的第一吧。2007 年 4 月，《诛仙》改编的同名网络游戏面世；2016 年《诛仙》改编的影视剧《青云志》风靡整个中国电视荧屏。2016 年度福布斯中国原创文学风云榜，萧鼎凭借新作《天影》荣登总榜单第四位。他的作品还有《悲剧》系列、《宇宙的蝴蝶》《矮人之塔》（未完成）、《叛逆》《诛仙前传》《诛仙Ⅱ》《轮回》（未完成）、《终极游戏》《戮仙》等。

妖夜，原名黄雄，1984 年 10 月 21 日出生，湖南郴州临武人，别称老妖、妖大。知名网络小说作家，中国作家协会成员，腾讯文学签约作家，中网协重点联络成员。2011 年 10 月开始网络文学创作，签约塔读文学网，第一部作品《兽破苍穹》迅速蹿红，奠定其在塔读文学网玄幻第一人的地位。该书连载期间一直占据各大榜单前五名，完结后点击量多达 2 亿。其后创作了《妖者为王》，该书打破塔读文学网多个纪录；2014 年 5 月，携新书《焚天之怒》强势入驻创世中文网，该书被改编为网络游戏。2016 年 4 月 15 日，新书《不灭龙帝》开始连载。2015 年，妖夜荣登第 10 届网络作家富豪榜第十二名。

夜南听风，男，江苏连云港人，起点中文网新生代作家。2016 年开始在网络上发表作品——二次元衍生同人小说《火影之最强震遁》，连载于起点网。2016 年 9 月该书获得了书友月点击榜第十二名，并在同月被收录入精品频道。该作品同时也以 84 万总点击量和 27311 月票数的成绩成为起点 2016 年全年二次元作品月票累积榜第一名。本人入选阅文集团 2016 年度榜样 12 人。

永恒之火，男，黑龙江人，现居北京东城区，曾用笔名永恒火，起点中文网 A 级签约作家，粉丝称其为火大。大概于 2014 年开始网络写作，首部作品《逍遥房东》连载于三七中文网。第二部作品《儒道至圣》连载于起点，该书使他踏上了成神之路。《儒道至圣》一书发表后在起点上获得了9.1的评分，让读者感受到了作者深厚的写作功力，用紧凑的故事节奏让读者始终处于舒爽的状态。该书在中国作协2016年网络文学优秀作品推荐榜半年榜中列未完成小说第二名。

月关，男，原名魏立军，自号李观鱼，梦游居士，1972年出生于山东平原，现居辽宁沈阳。高中毕业后就学金融，曾为银行高级主管，2011年辞职专职写作。现为起点中文网白金作家，中国作协会员，网文界大神之一。2009年其作品《回到明朝当王爷》进入“网络文学十年盘点”十大精品终审环节，获得人气第六，但未能进入十佳作品。该作品使月关再次进入2016网络作家富豪榜前10。2011—2012年，月关连续两届分别获得起点中文网金键盘奖年度作家和年度作品两项冠军。2013年，获得中国移动手机阅读基地和阅读榜中榜网络文学新作奖及“全民奥斯卡”创新网络文学奖。月关的书在台湾地区、香港地区也有极高的人气，长期位列借阅榜前列。作品还有《颠覆笑傲江湖》《一路彩虹》《成神》《大争之世》《步步生莲》《锦衣夜行》《醉枕江山》等。现在连载的作品有《夜天子》，入选广电总局网络文学2016年推荐的18部作品。

2. 现实类网络作家

尝谕，本名常煜，男，1985年10月13日生于北京，毕业于北京工商大学。阅文集团签约大神作家，擅长熟女都市类题材小说。2008年正式出道，在起点中文网先后创作四部作品，后跳槽创世中文网，现两网站均归于阅文集团旗下。写作风格特别是描写市井小人物有神来之笔，其动作或神态栩栩如生，写出了女人的思想，更突出了女人活泼开朗、冰冷严肃的性格。著有《重活了》《重生之玩物人生》《市长大人》《权财》。新书《我真是大明星》2014年5月15日起首发于创世中文网，目前还在连载中。在阅文集团主办的“2016福布斯·中国原创文学风云榜”最受欢迎男生作品TOP10中，位列第二。

常书欣，本名常舒欣，男，1975年出生，山西沁水人，知名网络原创文学作者，山西网络文学院首批“在线作家”，擅长创作都市类作品。国内警匪、刑侦类题材代表作家，每一部作品都受到专业警察的建议和指点。主要作品有《红男绿女》《香色倾城》《超级大忽悠》《余罪》《黑锅》《第三重人格》《危险搭档》《商海谍影》等，大部分都已签约影视改编。代表作《余罪》在国内掀起阅读狂潮，制造了前所未有的文化现象，被誉为近年来原创小说中最亮眼的口碑之作，获得2016年度华语原创小说最受欢迎作品奖、最受欢迎影视原著小说奖。中国作协2016年将此书列为半年榜中的十大作品。全新力作《黑锅：我和罪犯玩命的日子》于2016年9月由江苏人民出版社出版上市，其同名影视剧已杀青，将于2017年3月与全国观众见面。由中国民主法制出版社出版的最新作品《对弈》于2017年首发上市。

赤色星尘，本名张煦刚，男，1989年1月24日出生，毕业于上海理工大学，阅文集团旗下创世中文网军事作家，上海市网络作家协会会员，NextIdea获奖者，2014年星创奖冠军。代表作《最强特种兵之龙刺》仍在连载中。作品情节跌宕起伏、扣人心弦，是一本情节与文笔俱佳的军事小说，2014年连载以来成绩斐然，堪称网络军事小说经典。总订阅破3000万。2016年阅文军事频道年度盘点中位列年度总销售第二名。荣获2016年度阅文集团“十二天王”之一的称号，被评为2016年网络文学年度榜样特种军文新强者。

纯银耳坠，原名王立军，男，1988年6月17日出生于河北保定。大专肄业。2010年参加鲁迅文学院网络培训班，2011年加入保定市作家协会，2012年入选河北作家协会。曾为17K小说网签约作者，现为酷匠网签约作家。2009年10月底，一篇名为《哥也混过 哥也爱过 现在哥也低调》的帖子发布在百度“魔兽世界吧”，很快帖子受到了广大网友的热捧，一个月点击量超过2000万，成为百度贴吧2009年第一神帖，2011年点击量达到6000万，其作者纯银耳坠被网友们亲昵地称呼为“六哥”。2009年12月，该帖签约17K小说网，同时更名为《一起混过的日子》，该帖在17K小说网的点击到2011年时亦超过5300万，曾获17K小说网新书点击榜第一，17K小说网总点击榜第一。作者的第二部作品为《哥几个，走着》，实是《一起混过的日子》续集，2011年7月开始上传，该书亦在17K小说网获得多项第一，一年内点击量突破1亿，目前的点击量是1.5亿，于2012年完结。其作品还有《我们是兄弟》《辉煌岁月》，目前正连载《狼与兄弟》，连载第一天就火爆酷匠网，登上全站各类榜单。纯银耳坠的作品点击量奇高，除校园题材易吸引年轻网民外，其作品情感热血，语言朴实感人。

打眼，真名汤勇，70后，江苏徐州人，现居广东东莞，起点中文网白金作家。2005年开始在网上看小说，被其迷住，经常通宵达旦。2009年开始尝试自己写作，选择了热门的科幻，成绩平淡，没有引起关注。反思科幻非自己所长，而自己爱好收藏，有些积累，而近年收藏大热，但文学反应却是平平，遂起心为之。第一篇为《黄金瞳》，2010 年 6 月 25 日开始在起点中文网连载。上架不久即受到读者热捧，点击直线上升。2012 年 3 月开始在起点中文网开始连载《天才相师》，继续受到热捧，并助其登上作家富豪榜，2015 年 11 月，该书获浙江首届网络文学双年奖优秀作品奖。其后写了《宝鉴》，目前正连载《神藏》。打眼的作品应和了近几年的收藏热，作品对收藏界的各种伎俩以及门道都有一些涉及，深受蠢蠢欲动而又有心无力的一些爱好者喜爱。

丁墨，又称“老墨”“黑土”，女，毕业于北京大学，全职作家、编剧，曾是晋江文学城驻站作家，现为创世中文网超人气作家，荣获 2016 年度华语原创小说最受欢迎作者奖之一。作品构思巧妙大胆，以独特的甜宠悬爱风格自成一脉，开创了全新的言情小说模式。代表作品有《如果蜗牛有爱情》《他来了，请闭眼》《慈悲城》《美人为馅》《独家占有》《他与月光为邻》《你和我的倾城时光》等，已出版作品 10 余部，并有多部作品输出影视版权。其中《他来了，请闭眼》《美人为馅》都已拍成影视剧并顺利播出。2016 年更新完成都市作品《他来了请闭眼之暗粼》《暮山见忘集之客从何处来》，职场作品《莫负寒夏》，穿越作品《江山不悔》，并于 2016 年 12 月开始连载新作《暮色降临时》。她的代表作《如果蜗牛有爱情》获得 2016 年度华语原创小说最受欢迎影视原著小说奖，同名影视剧也在 2016 年播出，在“2016 福布斯·中国原创文学风云榜”的 2016 年度原创作品改编奖项中摘得“2016 年度原创最佳电视剧改编奖”。

风之烛，本名宋海锋，男，中学历史教师，喜爱军事文学。擅长军事抗战科幻类作品创作，作品首发于铁血读书网，著有《喋血特密》《诺言》《回家的路》《锋刺》《1938 年，历史的抉择》。《锋刺》入选国家新闻出版广电总局“2016 年优秀网络文学原创作品”18 部原创网络文学推介作品。以《喋血特密》参加纪念长征胜利 80 周年征文（长篇），以《回家的路》参加纪念长征胜利 80 周年征文（短篇）。

公子衍，女，1987 年 6 月 22 日出生，腾讯文学签约作家，阅文集团旗下云起书院最具人气作家，对美好的爱情抱有最深切的期待，擅长写宠中带虐的现代言情小说，风格诙谐幽默中不乏清新甜美，且塑造的人物有极其鲜明的个性，对读者有一种独特的吸引力。主要作品有《豪门霸爱：龙少的甜心妻》《亿万契约：杠上钻石老公》《娱乐大亨的秘宠：甜心小呆妻》《Hello，继承者》等。2016 年 9 月 19 日发布新书《隐婚神秘影帝：娇妻，来 pk!》，目前仍在连载中。《Hello，继承者》在阅文集团推出的国内首份原创文学 IP 价值的综合盘点榜单“2016 福布斯·中国原创文学风云榜”年度最受欢迎女生作品 TOP10 中位列第九。

顾漫，女，1981 年 10 月 21 日出生于江苏宜兴，晋江原创网的驻站作家，曾经是《仙度瑞拉》杂志编辑。其写作风格大多较为温馨轻快，充满青春气息。以笔名“泥泥妈”专写耽美。因为写作很慢而被称为“乌龟漫”。2005 年以《何以笙箫默》一举成名，后又写了《微微一笑很倾城》《杉杉来吃》《骄阳似我（上)》。由《杉杉来吃》《何以笙箫默》改编成的电视剧《杉杉来了》《何以笙箫默》播出后广受好评，收视口碑双收。同名改编电视剧《微微一笑很倾城》已于 2016 年 8 月 22 日在江苏卫视开播，同名电影《微微一笑很倾城》也已于 2016 年 8 月 12 日上映。2010 年凭《微微一笑很倾城》荣获第三届中国网络文学节最佳作者；2016 年入选“2015 年当当年度影响力作家”青春成长作家榜。顾漫近年作品不多，但前几年的作品被重新发掘改编，印证了一句话“是金子总会发光”。

莞尔 wr，女，重庆万州人，起点女生网签约古代言情白金作家。2009 年左右开始在起点中文网写文，主要作品有《重生女配》《田园闺事》《炮灰攻略》等。其中，《炮灰攻略》故事情节紧凑，内容扣人心弦，是一部故事文字俱佳的网络小说，长期占据原创风云榜。2016 年 3 月 24 日新书《长嫡》更是长期占据销售榜及原创风云榜两大榜单，在阅文集团推出的国内首份原创文学 IP 价值的综合盘点榜单“2016 福布斯·中国原创文学风云榜”年度最受欢迎女生作品 TOP10 中位列第十。

过关斩将，男，山东临沂人，起点中文网签约作家，一鸣惊人的体育写作新人，全能竞技开创者。在阅文集团十二天王暨 2016 年网络文学年度榜样中被评为“体育新旗帜”，原创文学榜新人榜第三名，并成功入选年度榜样。代表作品《全能运动员》在创作 3 万字时收到签约短信，凭借独特的题材和模式打开了体育类别另一扇大门，打破传统体育文学的路子，拓宽剧情，走前所未有的全能流，并且成功地带出了一波体育潮流，上架首周高订破万，均订超过 8000，稳居体育畅销榜第一名，在 2016 年登上了三江频道推荐榜、起点首页的强力推荐榜、起点首页热点封面推荐榜，被收录入精品频道，是2016年最受欢迎的体育畅销书。

红九，女，东北人，编剧、网络知名作家，晋江有专栏“我笑故我在”。著有近现代爱情作品《我们住在一起》《你好毒》《咱俩不熟》、(出版名《初恋猛于虎》)、《我的青春你的城》《爱我就要说出来》（原名《咱俩没戏》）、《旧欢如梦》等，古代爱情作品《莫道未撩君心醉》《爆笑东施》《如嫣，如烟》等。多部作品已签约影视版权，其中《我们住在一起》于2015年筹拍放映。2016年更新完结作品《别怕我真心》《我不是随便的人》《从未如此喜欢你》（2016年江苏凤凰文艺出版社出版），作品《我一定要得到你》《思难收》《别想拿钱搞定我》《我不会随便动心》目前仍在更新连载中。《别怕我真心》获中国作协2016年网络文学半年榜未完结作品榜第十。

会做菜的猫，起点中文网签约新作家。2016年开始处女作《美食供应商》，该作品出现后创造很多奇迹，其点击量、推荐量均飞快增长，更新才80万字的小说推荐量近200万，让所有人惊诧不已。起点是一个造神的地方，可能一个新的大神正在崛起。本人入选阅文集团2016年度榜样12人。作品《美食供应商》入选“2016年福布斯网络原创文学风云榜”第九。

吉祥夜，红袖添香的签约作家。2009年进入红袖，尝试自己写作，凭借《漓宫挽歌：药引皇妃》和《婚心计Ⅰ：神秘老公不见面》成为红袖的钻级作者。主要作品除以上两部外，还有《老师，爱情天天向上》《总裁的冒牌新娘》《金缕恨：冲喜弃妃》《雪銮清歌：王妃吉祥》《乱世离歌：克夫新娘》《婚心计Ⅱ：前妻赖上门》《一念路向北》《京城三少Ⅰ：夏未晚良辰安好》《京城三少Ⅱ：扑倒长官大人》《京城三少Ⅲ：腹黑律师太危险》《凤栖龙榻》《两两相望，两两相忘》《雨雪未期：连少，等我长大》《夏未晚良辰安好》《一路上有你，律师老公太危险》《在遗忘的时光里重逢》《有风自南》《江山祭·王爷，别来无恙》《听说你喜欢我》等。是一个非常活跃，非常勤奋的作家。其中《听说你喜欢我》荣获中国作协2016年网络文学优秀作品半年榜未完结作品第五。

金朵儿，女，出生于1985年端午节，江西赣南会昌客家人。知名儿童文学作家、畅销书作家，榕树下热门女作家。拥有10年一线教育经验，热衷于关心、帮助山区留守儿童等公益事业，是孩子心目中的“爱心姐姐”“心灵导师”，家长眼中的“魅力老师”。著有系列童书《小贝卡奇遇记》（10册），

《虹朵朵的梦》（10 册）。另出版畅销书《可不可以，你也恰好喜欢我》《你的时光灿若繁花》《纹在疼痛上的阳光碎片》等，有“暖情小天后”之美称。她提倡回归原生态田园生活，提倡多亲近大自然，提倡环保，她希望大家少开车，作品先后获“榕树下”十佳儿童文学作品奖、最佳童话奖、最具潜力作品奖。作品《小飞鱼蓝笛》入选广电总局与咪咕阅读推荐的 2016 年网络文学 18 部优秀作品。

九灯和善，男，江西上饶广丰县人。90 后新生代代表作家，作品有《超品相师》《踏破天骄》（断更）。现为起点中文网签约作家。《超品相师》2014 年 1 月 22 日首发于起点网，目前更新共计 826.49 万字，随着章节的不断更新，2014 年 9 月 15 日被收录进精品频道，自 2015 年 6 月开始，该书 10 次挤进月票榜前十。2015 年、2016 年，九灯和善连续两年参加了在上海举办的福布斯中国原创文学风云榜颁奖盛典，并在 2015 年凭借《超品相师》获得男生榜第六名的成绩。2016 年《超品相师》进入百度十大热搜作品，其热度可见一斑。会不会崛起一位新的超级大神，我们拭目以待。

酒徒，本名蒙虎，男，1974 年出生，内蒙赤峰人。毕业于东南大学动力工程系。毕业后在北京从事电力设备调试工作多年。中文在线旗下 17K 小说网知名签约作家，中国作家协会会员，首届网络文学联赛导师，人送外号“老酒”。现居澳大利亚墨尔本。2000 年，发表处女作《秦》，开始涉入网络文学。2003 年，推出另一架空历史小说《明》，红透网络文学世界，一书成名。被誉为“架空历史小说的开山鼻祖”。2006 年，推出另一历史小说《指南录》，大热，奠定网络著名写手地位。2007 年下半年呕心力作《家园》凭借其高超的艺术性和质量水准豪取 4 项网络文学大奖，被戏称“拿奖拿到手软的大神”。该书已经签约影视公司，即将搬上荧屏。该书的繁体中文版曾创下台湾地区金石堂、诚品、博客来三大连锁书店畅销排行榜三榜齐上的傲人销售纪录。该书除了在汉语文化圈风行外，名气还远播国外，被翻译成泰文等多种外语。使其成为中国第一部被翻译成外文出版的网络小说。酒徒凭借该部小说进一步奠定了他在架空历史小说领域无可替代的重要地位，并名利双收。由于该书的成功，酒徒 2008 年荣获“2008 年原创网络文学评选 10 大优秀作品奖”，同年荣获中国国际版权博览会“最具商业价值原创网络文学奖”，该年 4 月成为首届“中国网络原创作家风云榜”获奖作家。2009 年 4 月，再次成为“中国网络原创作家风云榜”“中国文学畅销书作家实力榜”

获奖作家，2009 年 6 月，荣获“网络文学十年盘点十佳人气作品”“网络文学十年盘点十佳优秀作品”两项大奖，并被十年盘点组委会推荐加入中国作家协会。2010 年，酒徒加入中国作家协会，成为中国作协会员。随着《家园》的巨大成功，“隋唐三部曲”的后两部顺利推出，第二部名《开国功贼》，第三部名《盛唐烟云》。作品延续了前作风格，同样受到读者热捧。2012 年，推出历史传奇神作《烽烟尽处》，首次涉足民国故事和抗日战争，该作品在 2015 年 11 月获第一届网络文学双年奖铜奖。另一作品《男儿行》入选广电总局与咪咕读书 2016 年推荐的 18 部作品，并入选中国作协 2016 年网络文学年度排行榜。

李润，原名李光辉，男，山西大同人，现居北京，80 后新锐作者。就职于国内某 4A 广告公司任资深创意总监。李润最开始为人所熟知的身份是 80 后新生代词人，曾为柯以敏的《人生若只如初见》、张娜拉的《谢谢你给我的幸福》、彭钧的《致我们终将逝去的青春》等歌曲进行歌词创作，仅用两年时间便在当代原创乐坛获得了一席之地。2013 年创作 80 后残酷青春纪实文学《我等不到世界变老》。随后受到了广大天涯网友的疯狂追捧，获得了百万的点击量，编辑称其“颠覆九把刀的才情”。2014 年 1 月，该书被儒意欣欣看中，并于同年 6 月出版实体书。目前新作《如果当初》仍在潜心创作中。另一作品《我心缅怀旧时光》入选广电总局与中国移动咪咕读书 2016 推荐的十八大作品。

林海听涛，男，原名张林韬，毕业于中国科技大学。四川成都人。著名网络体育竞技文学作者，是公认的起点竞技小说第一人，被称为中文足球小说的旗帜。四川省网络作家协会第一届理事会常务理事。2003 年 3 月，在起点中文网上贴出了处女作《我踢球你在意吗》，随后创作了《我们是冠军》《冠军教父》等作品。成功塑造了托尼·唐恩这个个性鲜明的角色，令读者印象深刻。2014 年加盟创世中文网，开始连载足球竞技小说《冠军之光》。2015 年 6 月当选为四川省网络作家协会第一届理事会常务理事。2015 年在起点中文网连载足球竞技小说《冠军之心》。该书在 2016 年获得起点中文网月票累积排行榜竞技类第一名。2016 年该书入选中国作协网络文学年度榜半年榜未完结作品榜第九名。林海听涛坚持足球题材创作近 14 年，笔下作品长期高居各大文学网站排行榜前列，百度搜索 TOP50，是当之无愧的中国足球小说第一人。

柳下挥，原名黄卫，男，汉族，海南海口人，曾用笔名“坐怀不乱”。著名网络大神级写手，入选中国移动的网络文学十二大主神，都市 YD（淫荡）流代表人物之一。“坐怀不乱”是在幻剑书盟写书的时候所用的名字，转到起点中文网后改名为柳下挥。现为纵横中文网 A 级签约写手。2007 年柳下挥在起点连载《市长千金爱上我》，该书出现后立即受到热烈欢迎，少男少女们赞不绝口，被视为《和空姐同居的日子》之后的又一纯爱经典。其后，他写了一系列同样都市爱情的小说《邻家有女初长成》（被屏蔽而没有完结）、《爱你我就骚扰你》《近身保镖》等作品。其中《近身保镖》长期位于百度风云榜小说类第五名。他在纵横中文网创作了《天才医生》《火爆天王》和《终极教师》。其中《天才医生》与《终极教师》深得游戏改编者的喜爱。现在连载的小说是《逆鳞》。柳下挥在网文界名气很大，人气也很旺，其作品轻松幽默，特别对女性形象有独到把握，但其作品没有得到主流界的大奖。

美味罗宋汤，起点中文网签约作家。代表作有《大国医》《大明金主》等书籍。2012 年处女作《月球驾驶员》在起点网上首发。同年 10 月 28 日登上三江频道推荐，不到一个月的时间又因收获了 1 万张推荐票，登上了起点首页的强力推荐榜。《金鳞开》自 2013 年发表开始，便广受好评，短短一个月后便连续登上了三江频道推荐和起点首页强力推荐榜。2015 年开始创作历史小说《大明金主》，该书更是获得了起点首页热点封面推荐，并获得了 2016 年 4 月书友月点击榜第十四名，被收录入精品频道。2016 年开始创作的《大国医》目前尚未完结，但自发表以来的 9 个月中，5 次成功挤进书友月点击榜前十五。并且凭借 234 万的总点击量和 8942 的总月票数在 2016 全年历史作品月票累积排行榜中获得了第三十三名。该年他入选阅文集团 2016 年度榜样 12 人。

缪娟，女，本名纪媛媛，80 年代出生在沈阳，现居阿尔卑斯山谷小城，原为专业法语翻译。其作品主要有：《翻译官》《掮客》《迷情太平洋》《堕落天使》《我的波赛冬》《丹尼海格》《智斗》《将军与玫瑰》《浮生若梦 1：最后的王公》等。其成名作校园青春小说《翻译官》风靡多家文学网站，2006 年 10 月由人民文学出版社出版，2011 年 8 月由江苏文艺出版社再版。2011 年由凌霄剧团出品同名广播剧《翻译官》，2015 年改编为电视剧《亲爱的翻译官》，该剧由杨幂、黄轩主演，于 2016 年 5 月 24 日在湖南卫视首播，取得了不菲的收视成绩，也让缪娟这个名字被更多人知道。《最后的王公》入选中国作协2016网络小说半年榜完结作品榜，名列第五。

牛凳，原名杨万勇，福建漳州人，91熊猫看书签约作家。2012年开始网上写作，首发《再造天庭》发表于起点网，但至今未完结；其后在起点还写了《回到大宋当王爷》《奋斗在初唐》，也都没有完结。2014年在91熊猫看书上发布了《调教大唐》，该书人气很高，受到读者的热捧，现在写了300多万字，好像也没有完结。其后写了《艳遇高手》，首次尝试都市风格的转型作品。2015年《奋斗在盛唐》在看书网首发，该书进一步提升了作者的人气和知名度，还被改编为同名广播剧播出。2016年9月13日，由中国作协网络文学委员会主办、中国作家网承办的2016年度中国网络小说排行榜半年榜揭晓，《奋斗在盛唐》获得未完结作品第八名的好成绩。

Priest，女，晋江文学城大神级耽美作者，毕业于上海交通大学。出版作品笔名为牧牧，被粉丝称为“皮皮”“PP”“小甜甜”“女神”。作品多正剧向，语言诙谐幽默，行文流畅，风格大气，善于构建各种各样正常或不正常的世界观；能够把对于人生哲理的探究和情节较和谐地融为一体。代表作品《天涯客》《镇魂》《大哥》《杀破狼》《有匪》《山河表里》《过门》等。2016年出版作品较多，北京联合出版社出版作品《大英雄时代》（原名：《女汉子》）、《脱轨》，上海人民美术出版社出版作品《大哥（全两册）》，湖南文艺出版社出版作品《有匪（全2册）》。《有匪》是“北京大学网络文学研究论坛”2016年度推荐榜女频作品之一，入选中国作协2016年网络文学半年榜已完结十大作品。2016年6月15日开始在晋江文学城等平台更新原创纯爱小说《默读》，于2017年1月8日完结。

齐橙，男，北京人，1969年1月1日出生，现居北京东城区，1988毕业于中国人民大学，工业经济学博士，现任北京师范大学副教授，起点中文网知名作家。业余时间创作了网络小说《工业霸主》《材料帝国》《江东突击营》《大明地师》等作品。2010年，历史小说《江东突击营》在起点中文首发，成绩平平。次年写作的《工业霸主》，便登上起点首页强力推荐、热点封面推荐和三江频道推荐。2013年的《大明地师》，2014年的《材料帝国》2016年的《砺剑繁华》，齐橙几乎以一年一本的稳健速度步步封神。每一本书都能收获起点的强力推荐和三江频道推荐。其中《砺剑繁华》在起点上评分高达9.9分。《材料帝国》入选广电总局与咪咕读书2016年推荐的18部作品。目前新作《大国重工》正在连载中。

苏小暖，女，腾讯亿万人气白金作家。浙江温州人。因其文笔流畅，构思精巧，擅长写大框架作品，能在故事中启示人生，传递正能量，让粉丝认识人性中的真善美，被粉丝亲切称呼为小暖姐。2013 年 4 月，苏小暖开始在腾讯发表第一部作品《邪王追妻：废材逆天小姐》，该书又名《误惹妖孽王爷：废材逆天四小姐》，此后便很快占据各大排行榜首，2014 年 2 月由江苏文艺出版社出版，改名《一世倾城》。首部作品就几乎红透整个网络，出乎了苏小暖的意料，也震惊了编辑。因为处女作发表后大受欢迎，苏小暖辞去了工作，进行专职创作，此后又陆续创作了《三世毒妃》《一纸婚书》《月染风华》等作品。在中国知名网络作家榜中排名第 26 名。2017 年 1 月 10 日，苏小暖的成名作《邪王追妻：废材逆天小姐》凭借 28 万多张月票，高出第二名近 10 万票的巨大优势获得"2016 福布斯·中国原创文学风云榜"女生榜第一名。

唐四方，原名唐天福，男，1993 年出生，浙江杭州人。2016 年开始在起点中文网上连载《相声大师》，本人并非专业相声演员，但却是资深相声听众。唐四方的都市功底扎实，对相声行业了解通透，以轻松幽默的文风描写了 20 世纪 80 年代至 21 世纪，相声行业几十年的兴衰史。唐四方的《相声大师》网络小说中第一部单纯写相声的小说，探索了网络小说的一个新题材领域。2016 年 8 月 22 日，该书被起点录入精品频道。《相声大师》获得了起点 2016 年全年职场作品月票累积排行榜第五名。

桐华，原名任海燕，女，1980 年出生于陕西汉中，浙江省作协会员，言情小说作家。毕业于北京大学光华管理学院。毕业后在深圳中国银行从事金融分析工作，后赴美国加利福尼亚州攻读财经类专业硕士，现与丈夫定居纽约。以《步步惊心》闻名文坛，现自己成立工作室，主要从事电视剧策划和编剧。桐华于 2005 年 5 月开始在"晋江原创网"上发表穿越小说《步步惊心》，该书是 2011 年最火爆的书之一，入选 2011 年新京报年度图书排行榜·小说榜，入选 2011 年亚马逊中国读者选择奖，获 2012 年金南方网络评选特别奖，获 2013 年首届西湖类型文学双年奖铜奖等，不胜枚举。2012 年，由该书改编的电视连续剧在湖南卫视上映，引发收视狂潮。桐华也由此誉满天下。该作品还被上海话剧艺术中心改编为同名话剧，2013 年更是被青年编剧钱珏改编为越剧。其后连续创作了《大漠谣》《云中歌》《最美的时光》（原名

《被时光掩埋的秘密》)、《那些回不去的年少时光》《曾许诺》《长相思》等作品。其创作以言情为主，有人将其与藤萍、匪我思存、寐语者并称为内地文坛新言情小说“四小天后”，桐华被封为燃情天后，赞其文笔“平淡入笔、逐层深入、戳人心痛，她的爱情会燃烧”。目前《大漠谣》《云中歌》《最美的时光》已播出，《长相思》的电视剧也在拍摄中。2016 年其策划的电视剧《放弃我，抓紧我》在湖南卫视上映，收视率较高。

土豆爱西红柿，新生代网络小说写手。言情小说吧专栏作者。主要作品有《重生之第一宠妃》《十月围城，总裁喜得一窝三宝》《剩女大婚：首席总裁的宠儿》《先婚晚爱，最佳模范老公》《一嫁再嫁，家有国民好老公》《非常暖婚，我的超级英雄》。其中《非常暖婚，我的超级英雄》入选广电总局与咪咕读书 2016 年推荐的 18 部作品。土豆爱西红柿的作品充满正能量，但其标题艳俗，具有网络文学的典型特征。

西子雅，广西人民出版社旗下网站麦林文学网作家。西子雅作品非常少，仅仅只有一部《暮生荆棘》发表在麦林文学网上，但是这本书质量很高。作品以商战为题材，书写了主人公对爱情、婚姻、理想和命运的美好想象和不懈追求。西子雅的作品文风清新，语言运用流畅自如，细节设置生动饱满，极具现代气质内核。2016 年经麦林文学网选送，参与申报了国家新闻出版广电总局“2016 年优秀网络文学原创作品推荐活动”，在 2017 年 1 月 19 日下午公布的推荐名单中仅有 18 部作品，《暮生荆棘》成功入选。

希行，起点中文女生网驻站大神，出生在黑龙江乌苏里江，现居河北邢台。2009 年 3 月，希行在起点女生网首发了自己的处女作《有女不凡》，开始了自己的创作生涯。2010 年，希行成为起点女生网的高级 VIP 会员用户，陆续创作了《回到古代当兽医》《名门医女》《药结同心》《重生之药香》《古代地主婆》《娇娘医经》《诛砂》《君九龄》8 部作品。其中《名门医女》成为全国网络文学重点园地联席会议重点扶持项目和中国梦主题创作扶持项目。《诛砂》2016 年 1 月荣获 2015 年度“福布斯 · 中国原创文学风云榜之女生作品 TOP10”第六名。《君九龄》获得起点 2016 年全年女频作品月票累积排行榜第二名，荣获 2015 年度“福布斯 · 中国原创文学风云榜之女生作品 TOP10”第二名。

鲜橙，女，1980 年出生，天蝎座，河北人，现居北京。晋江原创网络作家，在晋江文学城上有专栏鲜橙多多。2007 年开始网络创作，主要作品有《惜取眼前人》《和亲公主》《淑女本色》《谁是谁的谁》《阿麦从军》《太子妃升职记》《江北女匪》《公主下嫁记》《你的距离》《只为那一刻与你相见》《未来》（正在连载）。鲜橙的作品影视改编率相当高，如《淑女本色》《谁是谁的谁》《太子妃升职记》等，说明其作品故事构架好，画面感强。2016 年由鲜橙同名小说《太子妃升职记》改编网络剧荣登 2016 中国泛娱乐指数盛典“中国网生内容榜——网络剧榜 TOP10”。

小狐濡尾，女，晋江文学网作家，专栏名“千岁忧”。2012 年开始创作。已完成的作品有《四夷译字传奇》《囚在湖中的大少爷》《南方有乔木》《女官》等，正在连载的小说有《春风不渡》《以眼泪，以沉默》《月澹千门》等。她的多部小说已签约影视和游戏改编。2017 年 1 月 19 日，由国家新闻出版广电总局主办，咪咕阅读、新华网承办的“2016 年优秀网络文学原创作品推介”发布会上，公布了 18 部推荐作品，小狐濡尾的《南方有乔木》入选，该书改编而成的影视剧已经开始筹拍，有望在 2017 年于卫视台播出。

辛夷坞，女，原名蒋春玲。1981 年生，广西桂林人，2004 年毕业于广西大学电气工程学院。后曾供职于某电力国企（现已辞职），起点中文网的专栏作家，现签约北京儒意欣欣文化发展有限公司。在 2008 年网络文学年度盛典中获人气提名。2012 年被《中国图书商报》评为“2012 十大网络女作家”。《应许之日》2015 年获浙江首届网络文学双年榜优秀作品奖。小说《我们》入选广电总局推荐的网络文学 2016 年 18 部作品。主要作品有《致我们终将逝去的青春》《原来你还在这里》《蚀心者》《晨昏》《山月不知心底事》《许我向你看》《我在回忆里等你》《浮世浮城》《我们》等，其中一些作品正逐步改编为影视作品，影响在进一步扩大。

叶非夜，原名孔子叶，粉丝称其为叶子。1991 年 2 月 17 日出生在中国河北。本科学习计算机专业。2012 年毕业后第一部作品无疾而终，直到第二部作品才让她收获了 1500 元稿费，同时收获了写作的坚定信念。此后几部作品让叶非夜逐渐受到网友的热捧。近几年的成绩更是极其抢眼，人称腾讯文学言情天后。2014 年腾讯文学金键盘奖中，叶非夜被评为最受欢迎女作者冠军，作品《高冷男神住隔壁：错吻 55 次》获得金键盘奖女性小说冠军。2015 年福布斯年度风云榜评选中被评为年度人气作者冠军。其他作品还有《国民老公带回家：偷吻55次》《金主的横刀夺爱：抢来的新娘》《亿万继承者的独家妻：爱住不放》《萌物遇上高富帅：101次抢婚》《豪门盛宠：神秘总裁娇蛮妻》《皇上，请废我：错为帝王妻》《我就不下嫁：离婚，请签字》《帝王绝宠：不做帝王妃》《后宫三千我最大：煞到帝王心》《绝世王妃》等。2016年福布斯中国原创文学风云榜评选中，叶非夜凭借《隔墙有男神》和《傲娇男神住我家》，成为所有作家中唯一拥有两部新作同时上榜的作家。

英霆，男，本名刘英亭。铁血读书网作家。鲁迅文学院第五届网络作家班学员。著有长篇小说《暗斗》《追杀》《闯王图》《揭秘科特》《大荒洼》等，诗集《光辉的囚徒》，曾荣获首届山东省青年作家文学奖，首届东营市黄河口文艺奖等奖项。长篇小说《暗斗》于2009年便开始创作，2011年入选中国作家协会重点作品扶持项目，这本书从动笔到出版，历时八载，数易其稿，几经波折，终于在2017年1月由中国文史出版社出版发行，与读者见面。2017年1月19日，由国家新闻出版广电总局组织开展的“2016年优秀网络文学原创作品推荐活动”公布了18部推荐作品名单，英霆凭借《大荒洼》位列其中。

禹岩，男，武汉大学毕业，现居于南京，IT工程师。网络超人气写手之一。禹岩只完成了两部作品，一部是《都市良人行》，这本书反映一般。后又写了《极品家丁》，这本书在2008年就完成了，并成为当时最火爆的网文之一。其后禹岩一直没有作品问世。2016年华策克顿集团旗下上海剧芯文化、泰洋川禾文化传媒、优酷等将其拍成电视剧，并在11月开始播放，再次引发了家丁热，使禹岩的作品再次放到了读者面前。

张嘉佳，男，1980年6月22日出生，江苏南通人，毕业于南京大学。毕业后的张嘉佳做过杂志主笔、电视编导等。2005年出版了自己的首部长篇小说《几乎成了英雄》，2011年凭借《刀见笑》获得第48届台湾电影金马奖最佳改编剧本提名。2013年7月起，张嘉佳在微博上发表33篇睡前小故事，讲述了33个平凡人的生活情感故事，这个系列的微博被转发超200万次，超4亿人次阅读；同年11月，这些故事结集成书《从你的全世界路过》出版。书籍上市后连续两周位居当当网、亚马逊网和京东网的图书总榜冠军位置，该书一年销售超过400万册，创下单本小说历史纪录，并入选第五届中国图书势力榜文学类十大好书。2014年7月21日出版《让我留在你身边》，预售当天夺得预售榜单第一名，半年销量突破80万册。2015年编剧及监制电影《从你的全世界路过》，2016年年底，张嘉佳自编自导的电影《摆渡人》在贺岁档和观众见面。

吱吱，女，湖北仙桃人，现居武汉。起点中文网女频超人气白金作家。2008年开始在起点上进行创作，著有作品《庶女攻略》《好事多磨》《穿越以和为贵》《花开锦绣》《九重紫》《慕南枝》等。2012年浙江文艺出版社出版了其代表作《庶女攻略》，目前克顿传媒有意将该书改编为电视剧。2016年，吱吱凭借《慕南枝》登上起点2016年全年女频作品月票累积排行榜第四名，并获中国作协2016年网络文学优秀作品半年榜未完榜第二名。

周浩晖，男，1977年出生于江苏省扬州市，后考入清华大学，获清华大学环境科学与工程系硕士学位，曾任教于华北科技学院环境工程系。尤擅悬疑小说，其中以"刑警罗飞"系列独步悬疑江湖，被称为"中国的东野圭吾"。2003年硕士毕业后，见同事喜欢看悬疑小说，他认为自己写得更好，于是开始了自己的创作，第一篇《套子里的人》贴在水木清华的BBS上，反响非常强烈。开始利用闲暇时间创作，受到欢迎后，开始潜心创作，更新在其博客上，皆获得不小的成功，其中以"刑警罗飞"系列最具代表性。作品主要有短篇：《床下》《致命的遗嘱》《禁屋》《溺死者》《意外事故》《套子里的人》《黑暗中的女孩》《剑·箭》《密码》《悖论》《雨城故事》等。美食短篇有《西施笑》《味绝天下》《拆烩鲢鱼头》《三吃三套鸭》《狮王争霸》《欢喜霸王脸》《醉虾》《惜鳞鱼》等。中篇《烟花三月》（又名《斗宴》）、《原罪系列之承诺》《原罪系列之惩罚》《生死翡翠湖》等。长篇有"刑警罗飞"系列之《凶画》《鬼望坡》《恐怖谷》（《摄魂谷之雅库玛的诅咒》）、《死亡通知单之一插翅难飞》《死亡通知单之二宿命》《死亡通知单之三离别曲》《邪恶催眠师》《邪恶催眠师二》《邪恶催眠师三》等。在2005年网络BBS原创推理小说大赛中，以罗飞系列第一篇长篇小说《凶画》获得第一名。2014年，由作品《死亡通知单》改编而成的网络剧《暗黑者》在腾讯视频上映。2015年11月2日，凭借《死亡通知单》获浙江省第一届网络文学双年奖铜奖。

3. 综合类网络作家

爱潜水的乌贼，男，四川成都人，网称大贼娘，1985年2月出生，起点

A级签约作家。作品有《灭运图录》(原名是《成仙途》)、《奥术神座》《一世之尊》，现在正连载《武道宗师》。《奥术神座》2015年11月获浙江首届网络文学双年奖优秀奖；《一世之尊》列中国作协网络小说2016年度半年榜推荐作品。乌贼完成三部作品，两部获奖，其写作实力可见一斑。他的作品其构架和逻辑性比一般作品强，看起来较为顺畅和舒坦，为众多网络读者喜欢，也容易被传统文学界接受。

蚕茧里的牛，男，山东威海人，原笔名薛定谔牛，生于1986年1月5日，毕业于华南理工大学软件工程，起点中文网A级签约作家。著有《魔兽多塔之异世风云》《神偷化身》《武极天下》，目前正连载《真武世界》。蚕茧里的牛作品广受网络读者欢迎，有一种读就停不下来的魅力，其点击量和收藏量都比较大；但是作品比较粗糙，坑比较多。

苍天白鹤，真名陆晓宁，男，汉族，浙江宁波人，1975年出生。起点中文网白金作者，后转创世中文，现又转回起点。2007年前，苍天白鹤是某高级宾馆的一名厨师，但喜欢在网上看小说，看得多了，就开始自己摆弄。2007年3月，他开始写自己的第一本小说《苍天霸血》，两个月后上架。他的第二本书是《梦幻王》，第三本和第四本都是科幻小说，分别名《星际之亡灵帝国》《异界之光脑威龙》。2009年12月，白鹤开始创作《武神》，这是一本东方仙侠小说。这部作品在起点连载后，点击率一路飙升，最终成为2010年起点中文网点击推荐之王，使白鹤真正晋身起点大神之列。这书也使他的收入大幅增长，进入网络作家富豪榜。后来他写了《战天》《造神》《无敌唤灵》，都没有超过《武神》，现在正连载《棋祖》。

二目，男，1985年12月24日出生，湖南长沙人，毕业于中南林业科技大学，起点中文网签约作家，文笔较为老练，构思非常精巧。2016年3月29日开始创作连载史诗奇幻作品《放开那个女巫》，首发于起点中文网，目前仍在连载中，是一部充分体现了知识决定命运的奇幻异界工业革命种田文，作者作为一名参与过高铁枢纽建设的建筑工程师，对建筑方面的知识有着专业的研究，能够将自己的专业知识融入小说中去，工业发展与女巫魔法的结合，创造出了一个极具创意的魔法国度。这部作品作为二目的处女作，上架以来从未跌落24小时热销榜首页，一直位列热销榜前十，全渠道近1亿次阅读，订阅破5万，在十二天王暨2016年网络文学年度榜样中被评为“奇幻人气王”，原创文学榜奇幻类男频冠军榜获得者。作品不仅在国内火，在国外人气也很高。

二十二刀流，女，江苏无锡人，腾讯文学签约作家，阅文集团签约作家，江苏省网络作家协会成员，无锡市网络作家协会理事，90后青春美少女作家。科幻品类的特色新神，作品全渠道日销过万，被评为2016年网络文学年度榜样科幻新女王。2014年进入网文界，代表作《末世大回炉》，自2015年5月25日网络上架，成绩斐然，不仅在书城销售火爆，同时在起点中文网拿到了同期限免最好的成绩，远超同期作品，是一本不折不扣全渠道、全平台通吃的作品，已经成为网文科幻类别的经典力作。本人入选阅文集团年度榜样12人。

愤怒的香蕉，本名曾登科，男，出生于1985年5月16日，湖南人，又名“爆炸的榴莲”“神奇的果冻”，网文界惯称香蕉，阅文集团大神作家，网文圈中罕见立志“写名著”的作家，“苦更”作家——更新极慢且不稳定，但粉丝众多且很忠诚。素有妙笔生花的美誉，擅长生活和感情描写，笔法纯熟，文章细腻温馨。主要作品《异域求生日记》《隐杀》《异化》《赘婿》。自2011年连载至今的架空历史小说《赘婿》创造了一个商业和口碑上的奇迹，被读者视为当下最具文学性的网络小说之一，历史类网文的集大成者，超越了类型文学和精英文学的楚河汉界。荣获2016年度起点男频十佳作品之一，“北京大学网络文学研究论坛”2016年度推荐榜男频作品之一。

疯丢子，本名祝敏绮，女，杭州人，毕业于四川外语学院德语专业，晋江文学城的签约写手，杭州市作协会员，90后明星作者，写作风格多样，文笔幽默，题材广泛，尤其擅长科幻和战争历史题材，有“冷门奇才”的称号。主要作品有《战起1938》《百年家书》《生化！星际外援》《同学两亿岁》《美食江湖不思议》《颤抖吧，ET!》等。2016年连载作品《吾生之地》《刺客之怒》反响热烈。《战起1938》入围2015年茅盾文学奖，2016年获“2015中国网络文学年度好作品”优秀奖。《百年家书》是国家新闻出版广电总局“2016年优秀网络文学原创作品”推介的18部作品之一。

高楼大厦，原名曹毅，曾用进步青年为笔名，男，80后，山东淄博人。前起点中文网白金作家，后转创世中文网签约作家，现又回起点。前期作品在台湾地区影响较大，是台湾地区幻武小说销量第一人。2009年鲁迅文学院第一届网络作家进修班学员，同年加入山东省作协。2011 年，作为中国青年80 后作家代表，参加中国作协青年作家汶川生活体验及采风活动。2013 年，高楼大厦加入中国作协。前期作品有《混混忽悠在异大陆》《钢铁惊龙》《僵尸医生》《极限杀戮》《兵人》《貌似高手在异界》等，主要在台湾地区市场销售。2009 年 6 月 30 日开始在起点连载《寂灭天骄》，大受肯定，晋升为起点中文网白金级签约作家。2010 年创作《叱咤风云》，网络点击超过 4000 万，在台湾地区更是创年销量 30 万册冠军的佳绩，被各大出版社誉为玄幻小说写作教科书。其作品还有《天地龙魂》《武帝》等，目前有作品在起点连载，名《绝世天君》。高楼大厦的作品都不是很长，几十万到百来万字之间，这是他与其他网络大神作家不同的地方。

更俗，男，原名张年平，江苏南通人，1979 年 3 月 11 日出生，毕业于南京理工大学化工学院，原起点中文网白金写手。2010 年与梦入神机等人出走起点，改投纵横中文网，现为纵横中文网签约作家。更俗文笔优美流畅，主要作品有《山河英雄志》《神之血裔》《中州乱世录》《官商》《重生之官路商途》《枭臣》《官场之风流人生》（后更名为《重生之钢铁大亨》）、《大荒蛮神》等，2016 年 5 月开始连载《踏天无痕》，颇受读者欢迎。

郝景芳，女，1984 年生于天津，毕业于清华大学，《东方文化周刊》专栏撰稿人，现任职于中国发展研究基金会，从事宏观经济研究工作。代表作品《流浪苍穹》《孤独深处》《去远方》《流浪玛厄斯》《星旅人》《回到卡戎》《时光里的欧洲》等。曾以《谷神的飞翔》荣获 2007 年首届九州奖暨第二届“原创之星”征文大赛一等奖，以《祖母家的夏天》荣获 2007 年《科幻世界》科幻小说银河奖读者提名奖。作品《北京折叠》中，以科幻作品的恢宏想象表达对现实世界的关切，击中了当下中国社会的痛点，2016 年 8 月 21 日，中国科幻作家郝景芳凭短篇小说《北京折叠》获得第 74 届雨果奖，这是继刘慈欣的《三体》之后我国作家第二次获得该奖项，自此，郝景芳的名字开始进入公众视线，并获得《人物》年度新锐作家。

何常在，男，河北人，著名作家，中国作家协会会员，河北省作家协会会员，《读者》杂志社首批签约作家，兼具网络作家和实体书畅销作家的身份，北京好景常在文化传媒有限公司 CEO。网络代表作有《人间仙路》《命师》《官神》《官运》等。2016 年 4 月，与唐家三少、鱼人二代一起获得了

“全民阅读节——第十届作家榜”年度网络作家金奖，在2016年第十届网络作家富豪榜上，何常在以1120万的版税收入位居第14位。

蝴蝶蓝，本名王冬，男，籍贯湖南湘潭，1983年11月9日生，起点中文网签约作者，阅文集团白金作家，北京作协成员，网络原创游戏类小说代表写手。2014年起点年度金键盘最佳作者。主要作品有《独闯天涯》《星照不宣》《网游之近战法师》《全职高手》《网游之江湖任务行》等。代表作《全职高手》在网文圈和同人圈人气很高，被无数读者推崇，图书作品持续出版，同名游戏、动漫影视作品也即将改编上市，是网络文学史上第一部千盟级作品。2015年年末出版社正式推出日文小说版，同年8月，推出首部PV，在日本网络上有一定讨论。目前更新的作品《天醒之路》人气很高，2015年4月1日获得起点月票榜第一名，2015年6月4日登上了起点首页热点封面推荐，2016年12月1日获得了书评活跃度榜（2016年11月）第八名。

蒋胜男，女，70后，温州人。温州市艺术研究所戏剧编剧，国家二级编剧、作家，晋江原创网开山驻站作者，2014年起担任浙江省网络作家协会副主席。代表作《芈月传》《凤霸九天》《铁血胭脂》等。蒋胜男是最早的网络作家之一。1999—2000年，即于清韵书院连载《魔刀风云》及其续集《玉手乾坤》等长篇小说，发表《秦可卿之死》《东方不败回忆录》等中短篇文章。2001年，于新浪网连载《血衣蝴蝶》等长篇小说。2002年，于榕树下发表《妲己之死》《狐仙》等中短篇小说。于后花园文学论坛开始连载《鹰王》《紫星传奇》《凤霸九天》（原名《大宋女主刘娥》）等长篇小说。2003年，晋江文学网成立，受邀成为驻站专栏作家，并开始渐渐将创作主力移至晋江文学网，于当年发表及连载作品有：《洛阳三姝》《紫星传奇之京城除奸》《上官婉儿》《花蕊夫人》《西施入吴》等作品。晋江网第一篇VIP文即蒋胜男的《凤霸九天》。其后陆续创作了《历史是怎么炼成的》《太太时代》《芈月传》等众多作品。2016年9月由天启文化等举办的“第十届作家榜全民阅读节暨文化盛典颁奖礼”在北京中国电影导演中心举行，《芈月传》荣登作家榜金榜，获年度最具商业价值作品奖。2016年3月《芈月传》入选广电总局推荐的“2015年优秀网络文学原创作品”。

卷土，原名陈圣夫，曾用笔名张德坤、成熟梨，男，四川成都人，80后，毕业于第三军医大学。起点中文白金写手。2004年12月陈圣夫开始以张德坤为笔名在起点连载《入侵脑细胞》；2005 年 10 月开始连载《大话红楼梦》，他的第三部作品是《邪之左手》，2007 年 6 月开始连载；2008 年 5 月开始连载《逆封神》，这些作品都反应平淡。2008 年 9 月底，作者以成熟梨（后改为现在的卷土）为笔名开始连载《王牌进化》（最初名《梦魇世界》），这是一本时空穿梭的无限流小说，并有网游公司购买了该作品改编权，改编为游戏。此作品被认为将无限流文学推上了一个新的高峰。在此基础上，卷土 2011 年 9 月开始《最终进化》，反响也非常不错。2013 年开始写《天择》，2016 年完结，人气还是不退。现在连载的新书是《最后一个使徒》。卷土是新无限流的代表，人气在《王牌进化》后一直较高，但没有获得一个大奖。在 UP2016 腾讯互动娱乐年度发布会上，卷土成为执笔《地下城与勇士》职业文学小说的最终人选。

骷髅精灵，原名王小磊，男，山东烟台人，1982 年 7 月 13 日出生，现居上海，2004 年毕业于华东政法大学经济法系。起点中文网白金作家。2014 年 7 月开始担任上海网络作家协会副会长。2004 年开始写作，第一本小说《猛龙过江》，网络点击 2000 多万，当然百度贴吧文学类第一吧，是网游类小说的扛鼎之作，此作掀起了网游小说风潮。2005 年年末开始创作魔幻小说《海王祭》，在港台地区出版，当年为港台地区畅销书，累计销量十多万册。2006 年创作的科幻小说《机动风暴》，网络点击超过 2000 万，港台地区出版后成为玄幻小说畅销冠军，累计销量 40 多万册，开创了新派科幻机甲流。该书还作为 2009 年鲁迅文学院第一届网络作家班课堂研讨作品。此后连续三部小说《界王》《武装风暴》《雄霸天下》均蝉联港台地区玄幻小说畅销冠军，港台地区玄幻小说近十年的总冠军。其中《武装风暴》改编成同名热门网络游戏，《雄霸天下》改编为同名漫画。其后有《圣堂》《星战风暴》，人气都很高，2016 年开始连载的作品有《斗战狂潮》，已经在起点获得极高人气。骷髅精灵连续九年入选盛大文学年度作家峰会，也是仅有的一位参加了创办以来所有年度峰会的作家。作为网络作家代表，骷髅精灵多次被各大文学研究机构和团体选中进修：包括 2007—2009 年上海社科院网络作家班，2009 年鲁迅文学院作家进修班等。2011 年，骷髅精灵作为中国青年作家代表，参加中国作协青年作家汶川生活体验及采风活动。

兰帝魅晨，男，又名兰依水，暗魅，原名余毅，生于 1982 年前后，现居广东省深圳市。2004 年 7 月 20 日开始在起点中文网发表作品，名《兰帝魅晨系列之天堂瞬间》，其后又写了《兰帝魅晨系列之新月永恒》《兰帝魅晨系列之断续》。这三部作品的反映一般。2005 年 8 月开始写《高手寂寞》，此作品反响很大，也成为其代表作。此后，他作品接连不断，到目前已写了 13 部，大约 1200 万字。包括《真相堕落》《兰帝魅晨系列之饮》《暂命名》《机械末日》《王》《情与血》《惊仙》《读心高手在都市》《高手寂寞 2》《我即天意》等。兰帝魅晨非常努力，也写了很多作品，但一直没有大红。2015 年他将作品《心兵》在“不可能的世界”连载，2016 年《过去的今》也在此连载，可能希望改变自己的命运，结果如何，有待观察。兰帝魅晨小说中主人公大都身负绝技，性格冷傲，比较其他人通篇 YY 的作品，他的小说实是为中国网络小说一朵难得的奇葩。可能正因为此，他的读者不爆，他的经济收入也有限。

乱，原名余虹，英文名 LuaN，福建福州人。阅文旗下创世中文网旗下网络电子竞技小说最具人气的签约作家，LOL 电竞代表作《英雄联盟之谁与争锋》的作者。他本人也凭借这本书的巨大人气一举成名，成为 2013 年创世中文网最佳新人。本人是英雄联盟玩家，2013 年受腾讯游戏嘉年华邀请，以特邀嘉宾的身份出席并参加活动，成为 TGC 首位受邀的游戏电竞小说作家嘉宾。2014 年 12 月 18 日，第八届中国网络作家富豪榜震撼发布，乱以 1300 万元版税收入位居富豪榜第八位。2015 年 5 月开始创作《全职法师》，目前正在连载中，该小说也获得了起点 2016 年全年玄幻作品月票累积排行榜第十五名。

罗晓，原名丁道兵，男，1977 年出生，湖北恩施人。初中毕业后在发电厂工作，2007 年写作了第一本书。罗晓作品众多，已创作 1000 多万字，出版作品几十部，在大陆和台湾地区销量超过百万册。代表作有《超级黄金左手》《摸金传人》《纪委书记》等。成名作《超级黄金左手》是罗晓第一本鉴宝类小说，2010 年首发在起点中文网，发表后广受好评，很快便有编辑签约，上架成绩很好，总点击量过亿。这之后罗晓辗转多个平台，纵横、塔读，现在来到了与自己属性最契合的 17K 小说网。其新作《大宝鉴》入选广电总局与咪咕阅读 2016 年推荐的 18 部作品。2016 年经网站推荐，参加了中国鲁迅文学院对网络文学作家开放的培训班。

梦入神机，本名王钟，男，1984 年出生，湖南桃源人。曾是全国少年棋手（象棋），战绩一般，改从文，其“梦入神机”笔名即来自棋谱。曾为起点中文网白金作家，后与烽火戏诸侯等人改投纵横中文网，现为纵横中文网策划总监、董事长。“中原五白之一”，开创了“洪荒流”，奠基了“国术流”，是网络人气少有的大神作家。2006 年开始在起点中文连载《佛本是道》，大获成功，起点的评语是“独自扛起 2006 年仙侠小说的大旗”。此作标志着年仅 22 岁的梦入神机的正式崛起，并进入顶级网络写手行列。他的作品还有《黑山老妖》《龙蛇演义》《阳神》《圣王》《星河大帝》等。现在连载的作品有《拳镇山河》和《龙符》。梦入神机的小说不是最流行的 YY 种马作品，所以，有人评价它是沙漠里的一片绿洲。其实他的作品是另一种 YY，一种无上成功的 YY。当然，网络小说中的大部分作品都有 YY 的毛病。它应该是年轻人的一种通病，血气方刚，需要这样的 YY 来激励自己，为自己鼓劲，汲取前进的动力。

莫默，男，1981 年出生于湖南邵阳隆回，曾任《新心跳》悬疑杂志主编，2005 年开始成为职业作家，迄今为止已经在《花火》《心跳》《飞魔幻》等十数家杂志发表作品超过百万字，题材涉及悬疑推理、武侠等。2006 年 4 月 16 日，莫默在起点中文网注册成为起点作家，现在起点网上有 7 部作品，分别为《仙界修仙》《御兽修仙》《异世之小小法师》《仙鼎》《异世之珠宝加工师》《唐门高手在异世》《武炼巅峰》，累积作品 2000 多万字。为阅文集团大神作家，网络文学知名玄幻作家。莫默将自己家乡的滩头镇和祝家村经常以滩头古镇和祝家庄写进他的文字里。其代表作品《武炼巅峰》在百度搜索前 50 名，并在起点 2016 年全年玄幻作品月票累积排行榜第二十三名。

穆丹枫，女，腾讯签约作家，原创大神级 VIP 作者。在全国各地都有广泛的粉丝群，粉丝们自称为枫叶，并亲切称呼穆丹枫为“木木”。穆丹枫目前已完结作品 12 部，其中 9 部上市出版。分别为《彼岸花开为君倾》《步步惊华》《毒妃妖娆》《驱魔王妃》《以蛊服人：娃娃王妃》《娘子不像话：妖孽殿下来敲门》《转世成魔》《倚天舞》（有些出版名与网载文有异）等。最新作品《毒步天下：特工神医小兽妃》于 2016 年完结，获得起点 2016 年全年女频作品月票累积排行榜第 8 名。入选福布斯 2016 网络文学风云榜女生榜前 10。

青青绿罗裙，女，晋江文学网作家，影视领域新锐作家，在晋江文学网上开设有专栏——绿裙子。2013 年 8 月 26 日开始在晋江发表她的第一篇架空历史类小说《亲卿爱卿》，该书现仍在连载中。同年又陆续发表了另外两本原创言情小说《复制品》等。2014 年同样发表并完结了三本原创言情小说《离魂记》《竹马使用手册》《柴米油盐诗酒花》等。同时还发布了自己迄今为止唯一一篇衍生言情小说——火影同人小说《上善若水》。目前还在连载的作品还有《真实副本》《修仙之风月》。2015 年 4 月 6 日开始了《我有特殊的沟通技巧》的创作，该书于 2016 年晋江第三届作者大会现场签约影视及动漫，单项版权均过百万，目前该项目已经启动，成为 2017 年最值得期待的影视改编作品之一。该书还获得中国作协 2016 年网络小说排行榜半年榜已完结作品第十名。

失落叶，男，原名丁宗磊，1983 年 9 月 21 日出生，江苏淮安人。笔名失落叶、一叶知秋、叶子，毕业于南京信息工程大学数学系。2007 年签约 17K 小说网，成为网游频道核心作者之一，17K 小说网的网文大神，擅长数据网游小说创作。主要作品有《极品菜鸟》《网游之盗版神话》《网游之纵横天下》《网游之天下无双》《斩龙》《炼神领域》《剑舞》《都市邪剑仙》《小蜜万岁》《斗神》等。在 2012 年中国网络作家实力排行榜，获得第八名的成绩，这不是失落叶首次获奖，早在 2008 年，中国首届“中国网络文学作家风云榜”的评选中，失落叶便凭借《网游之盗版神话》入选。2016 年开始创作最新玄幻力作《剑王传说》。

跳舞，男，原名陈彬，曾用名小五，1981 年出生，江苏南京人氏，起点中文网白金作家。2011 年加入作家协会；2016 年，跳舞当选江苏省网络作家协会主席。跳舞是最具号召力的网络作家之一，也是最为成功的网络职业作家之一。最先的作品是《轻剑风流》，一本玄幻小说，写了十来万字，写不下去，扑街了。不久，开始写《欲望中的城市》，这是一本都市传奇作品，写完了，反响不错，奠定了跳舞的写手地位。接下来，再接再厉，都市传奇作品《嬉皮笑脸》也完成了。接下来的几年里，他完成了《变脸武士》《邪气凛然》《至尊无赖》《恶魔法则》《天王》《欲望空间》等一系列作品。作品订阅数从最先的几十到后面的上万，完成了从生手到大神的成长转变，并长期名列起点月票榜榜首。2009 年年底，跳舞开始写《猎国》，这部作品在网上一直拖到 2013 年 3 月才完成，但台湾地区的河图文化出版公司，大陆的太白文艺早就出版了实体书。该书的出版在两岸受到欢迎，使跳舞的收入登上一个新台阶。同时该书也被改编为网络游戏，进一步扩大了他作品的影响力。后又完成了《天骄无双》，2015 年 4 月开始连载小说《天启之门》，并凭此打入 2016 年网络作家富豪榜前 10。

无罪，本名王辉，男，1979 年 9 月 12 日生于江苏省无锡市，2001 年毕业于中南大学应用物理与热能工程系。曾是锅炉设计工程师，电厂副厂长。2004 年开始网络写作，2009 年辞职，现为网络专职作家，纵横中文网签约作家，网络写手中的顶级大神之一。已完结的作品有《SC 之彼岸花》《流氓高手》《神仙职员》《国产零零发》《扬眉》《流氓高手Ⅱ》《罗浮》《通天之路》《仙魔变》《冰火破坏神》《檀修》，还在更新的作品有《剑王朝》《仙侠世界》。无罪写作很努力，作品较多，很长时间居纵横中文的人气榜首。他是中国网游小说竞技第一人；《罗浮》被称为玄幻小说的百科全书；《流氓高手》《罗浮》《仙魔变》一直是网友阅读热门；《冰火破坏神》《剑王朝》《仙侠世界》则是游戏改编者的最爱。但有所遗憾的是无罪没有获过大奖。

萧舒，起点中文网作家，山东济南人。起点上粉丝超过 18 万。萧舒 2003 年便成为起点中文网高级 VIP 会员，2005 年，萧舒开始在起点网上进行创作，并发表了第一部作品《金庸世界里的道士》，自此奠定了萧舒颇有古韵的浓郁武侠风的文风。萧舒的第二部作品《异世为僧》2012 年 3 月 12 日被收录进起点精品频道。2016 年创作的新书《白袍总管》成为其在起点上的又一力作，在各种榜单中名列前茅。2016 年 5 月 9 日收录进精品频道，并获得起点 2016 年全年武侠作品月票累积排行榜第一名。本人入选 2016 年阅文集团年度榜样 12 人。

小刀锋利，男，黑龙江牡丹江人，起点中文白金级签约作家。2007 年小刀锋利在起点上首发处女作《超级猎人》，开始了自己封神之路。2009 年，他放弃了原本的玄幻风格，完成自己唯一一部职场小说《重生之商途》，但是随后又回归了自己擅长的玄幻题材：《唯我独尊》《战神变》《傲剑天穹》等，仍旧是读者所熟悉的小刀锋利的磅礴大气。最新作品《弑天刃》2015 年开始在起点中文首发连载，15 次进入月票榜、书评活跃度榜等榜单，并获得 2016 年全年玄幻作品月票累积排行榜第二名，同时荣获“2016 年福布斯 · 中国原创文学风云榜”男生榜第 6 名。

血红，原名刘炜（自称猪头），曾用笔名 ricewhu，男，苗族，1979 年生于湖南常德，现居于上海。肄业于武汉大学计算机系。当今网络文学玄幻领域极具人气的作家，起点白金签约作家，网文界超级大神之一。最早（2004）晋身年薪100万级的网络写手。上海网络作家协会副会长，中国作协第九届全委会委员。他第一部完成的作品是《我就是流氓》，这是一本28万多字的网络“短篇”，很对读者的胃口，广受追捧。在此情况下，他又写了三部续集，分别是《流氓之风云再起》《流花剑录卷》《龙战星野》。流氓系列奠定了血红在网络界的写作地位，也为他赚得了第一桶金。他成为最早晋身年薪100万级的网络写手。接下来的两年时间里，他改用现在的笔名“血红”，他完成了《升龙道》《邪风曲》和《神魔》三部重要的作品。2006年，血红从起点转战17K文学网，重写了《林克》，创作了《逆龙道》《巫颂》等作品。可能17K的环境并不适合血红，2009年血红重回起点。在起点又创作了《人途》《天元》《逍行纪》《邪龙道》《偷天》《光明纪元》《三界血歌》《戮仙之城》等多部小说。现在连载的小说是《巫神纪》。血红是网络作家中的超级大神之一，人气一直很旺，作品也不少。近年来可能行政性工作较多，虽还在努力写作，但影响力有所下降，也没有获什么大奖。

烟雨江南，原名丘晓华，男，毕业于复旦大学，后进入新华社。数年后旅英留学，取得硕士学位后回国发展，加入北京一家特大型投资公司。目前任职于国内某知名金融机构。纵横中文网签约作者，中国作家协会会员。在2008年的“网络文学十年盘点”活动中，烟雨江南独得两个大奖，一是“十佳人气作品奖”（《亵渎》第一），二是“十佳优秀作品奖”（《尘缘》）。2003年开始写作，主要作品有《亵渎》《尘缘》《狩魔手记》《罪恶之城》等，新作《永夜君王》进入百度2016年十大热搜作品。烟雨江南的作品，不是很多，但部部经典，号称经典制造者。其中的《尘缘》2016年还带着烟雨江南冲进网络作家富豪榜的第6位，经典的魅力经久不衰。他是网络作家中最具实力也是最认真写作者之一。

鱼人二代，本名林晗，男，1983年出生，黑龙江哈尔滨人。起点中文网白金作家，中国移动手机阅读基地畅销名家，网文界十八主神之一。2006年年底，鱼人二代开始在起点连载自己的第一本小说《重生追美记》（后改名为《很纯很暧昧前传》）。该书很对读者胃口，很受欢迎。第二本书《很纯很暧昧》。历时将近5年完成，680万字。该书登陆移动手机阅读平台后，短时间内冲上点击榜、鲜花榜、人气榜第一名。第三本小说《校花的贴身高手》更是广受追捧，目前正在改编为影视剧。另有作品《极品修真强少》，目前连载的作品是《总裁校花赖上我》。鱼人二代的作品幽默风趣，写作时间拉得很长，充满了男性的意淫，所以人气奇高。

4. 不同文体代表性网络作家

岸芷汀兰，女，诗歌、散文作家，红袖添香专栏作家。网络文集有《岸芷汀兰》。

白川，红袖添香知名散文、诗歌作家，著有《沉默的死火山》。

冰黛儿，红袖添香知名散文作家，著有《冰黛儿随笔》

陈忠村，男，原名陈忠强，1975 年生，安徽萧县孙庄人。中国人民大学硕士、同济大学美学博士、国家一级美术师。1991 年年初中毕业在家务农后学习美术，1992 年开始用笔名陈忠村发表诗歌，作者善于丹青与设计，作品多次获奖，诗歌被翻译成英文等广泛传播。出版有《短夜》《城市的暂居者——一位诗歌圣徒的温度》等 7 部诗歌集，作品先后荣获安徽省文学奖、鲁藜诗歌奖、当代艺术创新金奖、2007 上海书展“十大优秀文艺新书”、（2001—2011）中国网络诗歌十佳诗人等奖项。虽是老牌网络诗人，但近年来依然活跃。

简心，红袖添香专栏作家、版主，散文、诗歌皆有。有网络文集《简心心记》。

枯荷雨声，女，出生于四川成都。曾以青丝秀挽在网络上发表文章。一个行走在文字之间的女性，以散文著称。她是天涯，新浪，红袖，网易等各大论坛的著名作者，在各类报纸刊物发表文章数百篇，其散文诗《心事成荷》被广为转载流传，《没有旗袍的年代》《梦回乌镇》《夜的凤凰》等散文更获得了无数读者喜爱。此外，她还著有人文随笔《林徽因：三个男子成就的美丽》《陆小曼：一个被严重误读的绝世红颜》《张爱玲：那朵尘埃里开出的花朵》等。她的文笔清逸俊雅，风格唯美，有极深的文学素养和深刻的剖析能力，思想深邃而有极强的感染力。

冷晰子，她的文字真挚，令人感动，直面人生。她的代表性作品有《子锋，你要记得》《俗世的幸福》《如果爱，请深爱》《青花》《如果来生，还能

让我们做父女》

路来森，职业是教师。有人评论他的作品字里行间，透露出的总是对生活的热爱，对人性的赞美，这是他以透明的情感去感受生活、感动生活，而这些正是他的作品最可爱之处。《蒹葭苍苍》《老风箱》《枣树枣树》等作品中，拟人、借物喻人已炉火纯青，再将故事置于叙述的语境中，读起来不再枯燥，而是有了以前作品所缺乏的情趣。

落日惊鸿，男，栖居北京，诗歌、散文作家，红袖添香专栏作家。他著有网络文集《鸿之恋》。

美丽的水妖，广东江门人。生于1976年秋，网络、杂志知名女性作者，有诗集《水妖的歌唱》。其短篇小说代表作有《利比里亚，心伤到此为止》《谁是爱的救世主》《夜曲》等，长篇小说《爱是寂寞撒的谎》《假如爱，是种苦难》《懒得结婚》等。

梦兰品雅，中国网络诗歌前沿诗人，情诗缠绵悱恻，温婉冷艳，先后任好心情文学网诗歌编辑和诗歌报现代诗论坛版主，红袖诗歌论坛版主。《止水年华》在新浪论坛创造过单首诗点击过万的纪录。此外还著有《兰生门》《天魔噬》《紫月香花传奇》《铸剑传说》等长篇小说。

明青，2009年首次进行散文创作，随后常现于百度散文贴吧，以“明青散文”为网名，现为“青年诗文吧”吧主，曾任“散文吧”小吧主、“文学吧”小吧主，散文与杂文皆有涉猎，亦有文章散见于杂志。作品素以“淡雅性”“思想性”为许多散文爱好者称道：“作者的心很宏博细腻，道德感很强，文字更是优美。”《灵动飘摇》《秋枫深绪》《谈谈“卖春”的年轻文坛》等作品为人称道。

欧阳杏蓬，游走在城市与乡村的农民工写手，写过散文、小说、行业论文及诗歌。近年来，一直坚持散文写作，并且获得了部分读者的喜爱。代表作品有《生命里的黄水寺》《乡村六月雨》《天高路晴》《老房子》《那些繁华里最坚硬的部分》《冬日下午的城市》《灯晃眼》等一批作品，描写简洁细腻，叙述铺排层次分明，感性与理性糅合，引人入境。

宋长征，网络上非常活跃的乡土散文写手，产量和质量都较高。他的文字沉稳，质朴的话语，平淡的描述，但却分明让人感受到其内心的隐痛。代表性作品有《一个人的灯火》《香附子的纠缠》《有一种成长不开花》《还有谁藏在光阴后面》《住进一粒粮》《到处有人说到牛》《趟过小河是故乡》《唉！猪这一家子》《有树的村庄》等。

湘楚平民，他的作品没有一般文人的铺陈，语言简洁，直奔主题，坦坦荡荡，光明磊落，不藏私不媚俗的表达，获得了网络读者的支持。代表作品有《金秋的礼物》《遭受冤屈的故事》《芙蓉路上的邂逅》《歉疚》《无法归还的借款》等作品。

叶萱，女，1980 年出生，山东省作家协会会员，红袖添香专栏作家。已出版《纸婚》《纸婚 2：求子记》《别离歌》《十年花开》《你在我的左手边》《学会忽略学会忘记》《同桌的距离有多远》等书，其中《同桌的距离有多远》获“2007 年度冰心儿童图书奖”，《纸婚》获当当网“2009 年度十大网友最爱阅读的书”，据其改编的电视剧将由江苏广电投资拍摄。另有网络作品文集《叶萱的后花园》

余继聪，写作中规中矩，他的散文不能忘却的仍然是乡村，他用他清新而又感伤的文笔，抒写了一个诗意的乡村世界。代表性作品有《炊烟的味道》《乡村民歌手》《我的只剩下半个的村庄》《乡村昙花》等。

月隐寒霜，当代诗人，词人。号怜幽公子、活死人、倚酒醉栏人。常用网络 ID 月隐寒霜、张丹枫、怜幽公子、倚酒醉栏人等，现代、古今体诗词文赋皆擅，另著有赋 10 余篇。有集《弹剑狂歌》《怜幽》等。

（聂庆璞　执笔）

第四章　热门作品

一、网络作品概观

1. 类型小说成网络作品主打

网络文学以小说数量为最多，影响也最大，而在网络小说中，类型小说成为网络作品的主要文类。阅文集团各网站就汇聚了网络小说超过1000万部，旗下的起点中文网作品累计超过300万部，红袖添香作品有192万部，榕树下作品有236万部。此外，晋江文学城作品有200万部，小说阅读网作品有180万部，17K小说网作品有97万余部，纵横中文网有作品49.5万部，数量十分惊人，其中绝大多数都是类型小说。类型小说有着通俗化、娱乐性的特点，便于网络读者的市场细分。2016年，在3亿多网络文学用户中，逾80%的人通过网络这一途径来阅读类型小说。目前各大门户网站对类型小说的分类有多种，常见的分类方式可细分至60余种。类型小说题材丰富，大多篇幅很长，其宏大奇幻的故事背景、多样化的叙事方式和跌宕起伏的情节设置，为网络文学读者带来不一样的阅读体验。

2016年，网络文学网站类型小说数量增长迅猛，一些热门小说的点击率屡破纪录，其中以唐家三少、天蚕土豆和猫腻等人为代表的“大神”写手继续盘踞网络类型小说热搜和点击率排行前列，高产和粉丝效应是“大神”写手占据网络文学排行榜制高点的两大利器。

2016年是网络文学IP改编的爆发之年，类型小说的IP改编在激活网络文学产业链的同时，也带来了经典网络作品的复热，被改编成网络热播剧的网络小说《法医秦明》《如果蜗牛有爱情》和《鬼吹灯之精绝古城》等，因为网络剧的热播和高人气，带来了文学作品订阅的二次高峰，网站点击率和阅读量激增。

（1）网络小说类型众多，作品题材多样

当下的网络类型小说常见的类型有：玄幻、奇幻、仙侠、武侠、游戏、竞技、都市、言情、军事、历史、科幻、惊悚、魔幻、修真、黑道、耽美、同人、太空、灵异、推理、悬疑、侦探、探险、盗墓、末世、丧尸、异形、机甲、校园、青春、商场、官场、职场、豪门、乡土、纪实、知青、海外、图文、女尊、女强、百合、美男、宫斗、宅斗、权谋、传奇、动漫、影视、真人、重生、异能、穿越、架空、女生、童话、轻小说等，其中，玄幻、奇幻、仙侠、武侠、游戏、竞技、都市、言情、军事、历史、科幻、惊悚这 12 种类型已成为各大网站分类中出现频率最高、作品数量最多、分类应用最广泛的类型。同一种类型中，不同作品的创作具体题材也可能是多种多样的，由此形成了类型小说的丰富多彩。

（2）大神级作家的作品霸屏各大排名

在网络小说作者群体中，具有较高知名度的作者通常被称为“大神”，从 2015 年起，随着网络小说的版权开发理念兴起，大神级写手作品的关注度又有新的提升。在 2015—2106 年，以唐家三少、猫腻和丁墨为代表的大神级作家以好口碑、高产量和不间断的更新，在各类网络文学排行榜上持续领先。

在中国作协《2016 年度中国网络小说排行榜》中，猫腻以《将夜》和《择天记》两次上榜。《择天记》是猫腻于腾讯文学首发的一部东方玄幻小说，总点击率突破百万人次，被 180 万人次推荐阅读，网络人气阅读数量逾 2000 万人次，该小说同时入选了“首届网络文学双年奖”和“中国 IP 价值榜—网络文学榜 TOP10”。唐家三少以奇幻玄幻小说《光之子》和青春爱情小说《为了你我愿意热爱整个世界》继续霸屏。后者是一部以唐家三少自身故事改编的自传式爱情故事，在 2016 年获得了较高的讨论度，目前该小说已被改编成电视剧并投入前期制作。言情小说家丁墨的悬疑爱情小说《他来了，请闭眼》《如果蜗牛有爱情》和《美人为馅》被改编成网络剧，它们分别首播于搜狐、腾讯和爱奇艺，丁墨因此成为 2015—2016 年度最具 IP 价值的网络言情小说作家之一，获得了高的曝光率和讨论度，其中截至 2016 年年底，《他来了，请闭眼》在视频门户网站搜狐视频里获得了 1.9 亿人次的播放率。

（3）玄幻、仙侠类作品热度不减，现实类题材开始增多

据统计，2016 年玄幻、仙侠类作品依然是增长最快的小说文类，约占原创网络类型小说的 60%。例如，截至 2017 年 2 月 6 日，腾讯集团旗下的创世中文网共上架网络小说 121709 部，在 2016 年到 2017 年 2 月 6 日上架的 75717 部作品中，玄幻类作品 25737 部，仙侠类作品 6010 部，占全年新作品上架数

量的42%。阅文集团旗下的起点中文网目前上架小说2179085部，其中占比较大的类型有：玄幻类小说553324部，奇幻类小说114366部，仙侠类小说194571部，武侠类小说30030部，科幻类小说11195部，都市类小说299620部，职场类小说20147部，军事类小说17400部，二次元文学71176部，女生网563536部。

2016年，随着《余罪》《亲爱的翻译官》《微微一笑很倾城》等网络小说改编的电视剧的热播，以及《材料帝国》《相声大师》《复兴之路》等作品的“网红”，现实题材的网络小说出现增长趋势，精品力作开始增多，这与网络文学大环境的改善、网络作家和文学网站社会责任感的不断增强有直接关系。

（4）IP改编带来网络小说名作复热

2016年在网络文学领域里，IP被一再提起。网络类型小说在近两年里逐渐完成从高点击率的文学作品向复合性文化产品产业链条的转身，以爱奇艺、搜狐和腾讯等为代表的视频门户网站介入网络文学作品的IP开发，实现自身从内容传播者向内容生产商的转换，2016年网络剧《老九门》播放次数超过100亿次，一批网络IP改编的影视作品引领了大众娱乐市场，由此带来了经典网络小说的二次阅读热潮，热播网剧《法医秦明》改编自知名网络作家秦明的悬疑推理类小说《第十一根手指》，于2016年10月13日起在搜狐视频上线，同年11月入选“2016年中国泛娱乐指数盛典‘中国网生内容榜——网络剧榜TOP10’”，《法医秦明》的IP改编带来了原版小说《第十一根手指》的复热，其网络搜索量激增60%以上。《鬼吹灯之精绝古城》《亲爱的翻译官》《伪装者》《斗破苍穹》《锦绣未央》《如果蜗牛有爱情》《美人为馅》《三生三世十里桃花》等网剧的热播，均带来网络小说经典的重温热潮。以刑侦言情小说《如果蜗牛有爱情》为例，自同名电视剧在腾讯视频热播后，该小说的网络阅读和下载人次突破千万，有效读者评论超过20万篇。

2. 网络散文佳作迭现

散文创作讲究形散神聚，意境深邃和语言优美，要求有清晰的意境描述和谋篇布局能力。网络散文以叙事散文、抒情散文和议论散文较为常见。在网络文学兴起之初，各类散文体裁都以网络论坛作为根据地发布或者分享文学作品。如今，网络散文在网络上的发布特点表现为发布分享和评赏结合，不同于类型小说有奖励机制的留言模式，网络散文的读者互动更多的是一种文学技艺的相互切磋。在百度贴吧“散文吧”里，截止到2016年年底，共有

148162 名用户关注了“散文吧”，共发帖 1106718 篇。散文吧是网络散文创作圈里比较受欢迎的发表平台，该网站对网络散文进行细致分类，共设 19 个专题，以方便文学爱好者进行投稿和阅读。除了散文之外，该网站还有杂文、诗歌等体裁形式。

除一些散文贴吧外，比较受欢迎的网络散文网站还有中华散文网、经典散文网、散文阅读网以及文章阅读网等。值得注意的是，在新浪微博和豆瓣网这类社交平台上，因为其发布的便捷性和低门槛性，散文的发布和分享显得更接地气。以豆瓣网为例，该网设有小组和同城活动板块，目前比较活跃的散文小组分为两种，第一种以原创和发布欣赏为主，如“午后散文”“我爱散文”和“原创小说、散文随笔”等小组；第二种散文小组以分享为主，主要分享一些知名作家的散文随笔和网络上的优美文章，其中以“散文读者”“林清玄的散文”和“春醪～梁遇春的散文世界”比较活跃。

为了丰富散文创作和发掘优秀散文，2016 年度各文学社团和社会组织联合组织的散文大赛逾 20 种，其中比较有影响力的有：“中外诗歌散文邀请赛”“‘相约北京’全国文学艺术大奖赛”“‘潇湘杯’网络微文学大赛”，以及“‘大漠旗果杯’网络文学散文·诗歌大赛”等，各种比赛涌现的散文佳作众多。例如，2016 年，由大众网、《山东文学》《齐鲁晚报》联合主办的中国第三届网络文学大奖赛设置了散文奖，获奖散文作品有《捕蛇人》《邢小俊十章》《醉令迷书》《爹》《坊中一日》5 部。目前，热门的网络散文发表和阅读网站有经典散文网、散文在线、散文阅读网、中国散文网和散文网等；线上比较活跃的网络散文家如杜方清、周蓉蓉、郭映辉、张勇、邢慧广、韩玲、慧君、管丽香等。湖南省作家协会举办的第五届“潇湘杯”网络微文学大赛，获奖散文作品 6 篇，其中，范诚的《乡愁是一滴泪》获一等奖，彭承忠的《皮渡河》、江轲平的《鱼之咏叹》获二等奖，黄标的《人·树·狗》、张玉萍的《一棵树的姿势》、甘正气的《资江小记》获三等奖。

3. 网络诗歌“圈内化”持续发力

网络诗歌是网络文学的一个重要分支，网络诗歌呈现出“圈内化”现象。所谓“圈内化”是指因共同审美情趣和诗歌信仰而结识的诗人聚集形成一个较为固定的交流圈，他们通过网络相互交流，彼此应和，并形成“圈内”和“圈外”或线上和线下截然不同的诗歌发展格局。自 1999 年中国第一家中文诗歌网站“界限”创站以来，各类专业的华文诗歌网站、论坛、博客及自媒体如雨后春笋般涌现，互联网已成为诗歌创作的第一现场。诗评家陈仲义在《网络诗坛大扫描》中认为，“估测全国诗歌站点超过300个”，“每个站点（排除重复的）平均每天发诗量20首左右，以此推算，全国年产量不低于200万首。这个数字，是《全唐诗》的40倍，也是纸介诗歌年产量的40倍。”① 自从1999年关于“知识分子写作”和“民间创作”的争论以来，一些缺少话语权的非主流化诗歌“流民”开始寻找自我表达的渠道和权力，互联网的出现成为诗歌“流民”创作和发表的最佳渠道。与此同时，诗歌界掀起了一场以“低贱化”写作为表征的诗歌话语革命。如所谓下半身写作（沈浩波）、垃圾写作（老头子）、低诗歌（龙峻、花枪）、后政治诗写作（杨春光）、荒诞写作（祁国）、民生写作（蒋品超）、废话写作（杨黎）、灌水写作（蓝蝴蝶紫丁香）、反蚀主义（丁友星）、俗世此在写作（小王子）、类型写作（张小云）、物写作（舒非苏）、智性写作（鲁西狂徒）、地缘写作（梦亦非）、回归写作（野航）、存在写作（陶春）、非诗主义（白马黑马）、感动写作（海啸、马知遥）、草根写作（李少君）、完整性写作（世宾）等，各种写作倡导与理念，大相径庭，互不谦让。② 开放和包容给诗歌创作提供了广泛的自由，也带来网络诗歌作品整体质量下降的隐忧。

值得注意的是，早期网络诗歌泥沙俱下的情况如今已得到较大改善，以中国诗歌网、九派诗歌网、雅歌诗歌网、中国网络诗歌网和华夏微型诗论坛为代表的一批网络诗歌网站，逐步共同建立起了中国网络诗歌新的秩序。“圈内化”的现象在诗歌圈得到了良性发展，各大诗歌发布平台逐步走向全媒体发布，纷纷利用微信、微博等方式宣传和推广网络诗歌，其中以中国诗歌网的微信公众号最为活跃。

此外，中国网络诗歌协会利用自有中国网络诗歌网向网络诗人广泛征稿，有偿刊登，并将优秀作品刊登在自办诗歌双月刊《中国刊》中。该网站的诗歌类型多样，如现代诗、旧体诗、散文诗和外文诗译文等，作品数量和质量皆可圈可点。截止到2017年1月15日，中国网络诗歌网共发布现代诗125951首，旧体诗55880首，散文诗4111篇，通过主题诗歌比赛选拔作品

---

① 陈仲义：《网络诗坛大扫描》，百度贴吧：http://tieba.baidu.com/p/131300635，2016年2月13日查询。

② 寒山石：《关于网络诗歌的几个问题》，中国作家网：http://www.chinawriter.com.cn/yc/2010/2010-07-16/39418.shtml，2016年2月13日查询。

7196 篇，外文诗译文 206 篇，每周新诗更新量稳定，有活跃作者百余人次。

另外，2016 年各地举办了多种网络诗文大赛，让网络诗歌创作呈现出蒸蒸日上的势头。例如：

第五届“潇湘杯”网络微文学大赛。比赛于 2016 年 6 月 28 日启动，到 2017 年 2 月 3 日揭晓。参赛作品体裁为微小说、微散文、微诗歌、微剧本 5 种。大赛共收到 4135 篇参赛稿件，其中微小说 1065 篇，微散文 1216 篇，微诗歌 1456 首，微剧本 368 部，其中有罗诗斌的《老屋》等 6 篇微诗歌获奖。

第 17 期中国网络散文诗赛。由《散文诗》杂志社和中国诗歌流派网共同主办的中国网络散文诗赛第 17 期比赛结果于 2016 年 12 月 5 日揭晓。风雨断肠人的《南方以南，我的故乡正嗷嗷待哺》获得冠军，奎奎的《落叶的温度》、浮山雨的《浮桥弄》获得亚军，王全安的《留守》（三章）、谢新政的《外省》、小月兰心的《秋思》和星空下的蟾的《古寺，借你的名字写一场雪》获季军，获奖作品在《散文诗》杂志和《诗歌周刊》发表。

首届中国网络爱情诗文大赛。2016 年 11 月 11 日首届中国网络爱情诗文大赛获奖名单揭晓，该大赛由人人论坛、人人文学网、中国网络作家协会和中国诗歌春晚组委会主办，评选以网络投票和评委投票相结合，网络投票占 60%，评委占 40%，有 4 个奖项、37 人获奖。

首届华语网络诗歌大赛。2016 年 10 月 1 日—26 日，由中国诗歌流派网、《诗潮》杂志社、国际汉语诗歌协会联合举办首届华语网络诗歌大赛，邀请了 21 位活跃于当今诗坛的诗人、批评家组成终审评委会，最终评选出冠军 1 名，亚军 2 名，季军 3 名。

第二届海峡两岸网络原创文学大赛。2016 年 11 月 8 日，第二届海峡两岸网络原创文学大赛入围名单公布，该大赛主题为“品味青春，感悟人生；绽放青春，放飞梦想”。征文时间为 2016 年 3 月 21 日至 7 月 30 日，共收到 2446 部参赛作品，从中选出了优秀小说 300 部、散文 100 部进入复评阶段。

中国诗歌网杯“美丽河北，名村古镇”网络诗歌大奖赛。由河北省委宣传部、河北省互联网信息办公室主办的中国诗歌网杯“美丽河北，名村古镇”网络诗歌大奖赛于 2016 年 10 月在石家庄市举行隆重颁奖仪式。大赛共收到 4300 余位诗人的 11800 首新诗、散文诗和古体诗作品，产生获奖作品 83 件，超过 100 位诗人在《诗选刊》发表作品，300 件优秀作品收入《作品选》。

中国网络诗歌学会第五届颁奖大会。2016 年 12 月 16—18 日，由中国网络诗歌学会主办，由河北省网络作家协会协办，由河南元盛建设集团有限公司承办的中国网络诗歌学会2016年会暨中国网络诗歌第五届颁奖大会在河南省郑州市召开，大会颁发了“中国网络诗歌2016年度大奖”“《中国诗》2016年度诗星”“中国网络诗歌2016年度诗星”“中国网络诗歌2016年度特别优秀编辑”“中国网络诗歌2016年度优秀编辑”“2016梨花春诗歌之星”“中国网络诗歌2016年度诗意生活奖”“《中国诗》2016年度优秀签约诗人”“中国网络诗歌2016年度最佳诗歌奖”“中国网络诗歌2016年度优秀诗人奖”“中国网络诗歌2016年度新锐诗人奖”“中国网络诗歌2016年度诗歌探索奖”等奖项。

4. 原创网剧与IP改编共荣

网剧指专为互联网创作，通过网络进行播放的网络连续剧。网剧的播放媒介为一切可以接入网络的电子设备。从2014年的“自制元年”到2016年的“井喷之年”，我国网剧正以爆炸式的方式增长。最早的热播网络剧为2009年优酷公司出品的《嘻哈四重奏》，经过不到8年的时间，2016年通过各大视频门户网站播放的网络剧超过了200部，和2015年的75部上线网络剧相比，增长了30%。2016年中国网络剧产量总时长超过12万分钟，同比增长196%。截止到2017年1月底，我国可搜索到的网剧数量为17381部。

2016年网络付费剧出现大幅增长，2015年，全网共播出36部付费网络剧，2016年的付费网络剧达到了239部，全网播放次数总量近百亿次，网络剧的付费内容时代正式到来。腾讯视频、搜狐视频、爱奇艺及乐视为代表的主流视频门户网站进入了网络剧付费观看的兴起之年，付费观看获得的经济效益和全民关注度颇为可观。以腾讯视频为例，2016年年底在腾讯视频首播的《鬼吹灯之精绝古城》改编自天下霸唱的同名悬疑小说，截止到2017年2月6日（全网大结局免费观看开启前），该网剧的点击率已突破37.3亿人次。网络剧与IP改编的结合模式，带来了一次全民观看习惯的大颠覆。

二、年度热门作品举隅

1. 网络小说年度榜单

2016年发布的网络文学榜单较多，既有政府榜单，也有学术机构和民间的榜单。在此整理出年度内有较大影响力和社会认可度的几个榜单。

（1）中国作家协会榜单

2016年9月13日，由中国作协网络文学委员会主办，中国作家网承办的

2016 年度中国网络小说排行榜半年榜揭晓。选篇来自起点中文网、创世中文网、起点女生网、云起书院、潇湘书院、小说阅读网、红袖添香、榕树下、中文在线、晋江文学城、看书网、铁血网、红薯中文网、网易云阅读、创别书城、塔读文学、蔷薇书院、长江中文网、爱读文学网、晨星盛世、云阅文学网、掌阅文化、旗峰天下 23 家网站报送的 199 部作品，5 名专家推荐的 15 部作品（其中 7 部作品重合）。榜单由中国作协副主席、网络文学委员会主任陈崎嵘及欧阳友权、胡殷红、叶梅、李朝全、徐可、张柠、何平、刘琼、肖惊鸿、周志雄、邵燕君、夏烈、王冰、王祥、桫椤、庄庸、刘颋、马季 19 位专家学者对参选作品进行了严格审读和认真讨论后，集中发表评审意见并投票得出。

2016 年度中国网络小说排行榜半年榜①（已完结作品）

（以得票多少为序，得票相同者以首发时间先后为序）

序号	作品名称	作者	首发日期	所属网站
1	《将夜》	猫腻	2011 年 8 月 15 日	起点中文网
2	《余罪》	常书欣	2013 年 8 月 19 日	创世中文网
2	《我欲封天》	耳根	2014 年 3 月 1 日	起点中文网
4	《全职高手》	蝴蝶蓝	2011 年 2 月 28 日	起点中文网
5	《最后的王公》	缪娟	2012 年 3 月 16 日	蔷薇书院
5	《大宋的智慧》	孑与 2	2014 年 1 月 9 日	起点中文网
7	《一世之尊》	爱潜水的乌贼	2014 年 8 月 16 日	起点中文网
7	《有匪》	priest	2015 年 11 月 15 日	晋江文学城
9	《莫负寒夏》	丁墨	2015 年 11 月 1 日	云起书院
10	《我有特殊沟通技巧》	青青绿萝裙	2015 年 4 月 6 日	晋江文学城
注：本榜单中已完结作品榜为 2011 年至 2016 年在网络上首发且已完结的作品。				

① 资料来源：中国作家网，http：//www. chinawriter. com. cn/n1/2016/0913/c404023 - 28712895. html，2016 年 12 月 9 日查询。

2016 年度中国网络小说排行榜半年榜（未完结作品）

（以得票多少为序，得票相同者以首发时间先后为序）

序号	作品名称	作者	首发日期	所属网站
1	《择天记》	猫腻	2014 年 5 月 28 日	创世中文网
2	《慕南枝》	吱吱	2016 年 3 月 28 日	起点女生网
3	《儒道至圣》	永恒之火	2014 年 5 月 12 日	起点中文网
3	《雪鹰领主》	我吃西红柿	2015 年 6 月 14 日	起点中文网
5	《听说你喜欢我》	吉祥夜	2015 年 12 月 16 日	红袖添香
6	《人皇纪》	皇甫奇	2016 年 7 月 4 日	中文在线
7	《君九龄》	希行	2015 年 12 月 30 日	起点女生网
8	《奋斗在盛唐》	牛凳	2015 年 12 月 16 日	看书网
9	《冠军之心》	林海听涛	2015 年 10 月 18 日	起点中文网
10	《别怕我真心》	红九	2016 年 5 月 9 日	晋江文学城
注：本榜单中未完结作品榜为 2014 年至 2016 年在网络上首发且仍在连载的作品。				

2017 年 3 月 16 日，由中国作协网络文学委员会主办、中国作家网承办的 2016 年中国网络小说排行榜年榜发布会在北京举行。此次评选工作于 2016 年 12 月 26 日启动，采用网站推荐和专家推荐相结合的方法，共征集作品 224 部，包括 30 余家网站报送的 213 部作品，5 名专家推荐的 14 部作品（其中 3 部作品重合）。经过两个多月的初评、终评，评委对所有作品进行了严格审读和充分讨论，最终现场投票确定 20 部上榜作品，其中，已完结作品榜为 2011 年至 2016 年在网络上首发且已完结的作品，未完结作品榜为 2014 年至 2016 年在网络上首发且仍在连载的作品。

2016 年中国网络小说排行榜年榜①（已完结作品）

（以得票多少为序，得票相同者以首发时间先后为序）

序号	作品名称	作者	首发日期	推荐网站
1	《男儿行》	酒徒	2014 年 6 月 17 日	中文在线

① 资料来源：中国作家网：http：//www.chinawriter.com.cn/n1/2016/0913/c404023－28712895.html，2017 年 3 月 16 日查询。

续表

序号	作品名称	作者	首发日期	推荐网站
2	《云胡不喜》	尼卡	2012 年 10 月 22 日	红袖添香
3	《雪中悍刀行》	烽火戏诸侯	2012 年 6 月 29 日	百度文学
4	《不朽剑神》	雪满弓刀	2013 年 12 月 17 日	创世中文网
5	《青帝》	荆柯守	2013 年 8 月 1 日	创世中文网
6	《君九龄》	希行	2015 年 12 月 30 日	起点女生网
7	《打火机与公主裙》	Twentine	2016 年 4 月 16 日	晋江文学城
8	《大宝鉴》	罗晓	2014 年 11 月 11 日	中文在线
9	《十州风云志》	知秋	2012 年 11 月 16 日	起点中文网
10	《你好消防员》	舞清影 521	2015 年 9 月 25 日	小说阅读网

2016 年中国网络小说排行榜年榜（未完结作品）

（以得票多少为序，得票相同者以首发时间先后为序）

序号	作品名称	作者	首发日期	推荐网站
1	《乱世宏图》	酒徒	2016 年 1 月 1 日	中文在线
2	《血歌行》	管平潮	2015 年 9 月 14 日	咪咕阅读
3	《一寸山河》	作家李珂	2015 年 9 月 30 日	铁血网
4	《银狐》	孑与 2	2015 年 11 月 19 日	起点中文网
5	《龙符》	梦入神机	2015 年 12 月 31 日	百度文学
6	《相声大师》	唐四方	2016 年 6 月 6 日	起点中文网
7	《山海经·瀛图纪》	半鱼磐	2016 年 7 月 15 日	咪咕阅读
8	《生物骇客》	巷晨虞	2016 年 3 月 10 日	百度文学
9	《时光与你共眠》	临渊鱼儿	2016 年 9 月 8 日	晋江文学城
10	《斗战狂潮》	骷髅精灵	2016 年 8 月 1 日	起点中文网

（2）国家广电总局优秀作品推介名单

为深入贯彻习近平同志在文艺工作座谈会上的重要讲话精神和《中共中央关于繁荣发展社会主义文艺的意见》，加快落实《关于推动网络文学健康发展的指导意见》提出的任务、措施，国家新闻出版广电总局在“年度优秀网络文学原创作品推介活动”中公布了作品名单。

①国家广电总局“2015 年优秀网络文学原创作品推介活动”作品名单

国家新闻出版广电总局于2015年10月下发了《关于开展2015年优秀网络文学原创作品推介活动的通知》。截至申报结束，共收到13个省（自治区、直辖市）34家网站报送的323部作品。经初审、复评、终审等程序，最终于2016年3月28日遴选出《烽烟尽处》《芈月传》等21部作品。

“2015年优秀网络文学原创作品推介活动”作品名单①

序号	作品名称	作者	首发日期	所属网站
1	《烽烟尽处》	酒徒	2012年7月7日	17K小说网
2	《芈月传》	蒋胜男	2015年10月13日	腾讯读书
3	《匹夫的逆袭》	骁骑校	2013年5月11日	17K小说网
4	《回到过去变成猫》	陈词懒调	2013年10月9日	起点中文网
5	《日头日头照着我》	唐慧琴	2016年3月25日	苍穹看书网
6	《网络英雄传Ⅰ艾尔斯巨岩之约》	郭羽、刘波	未知	咪咕阅读
7	《萧家媳妇》	肖炳正	2009年5月15日	中文书刊网
8	《宁子墨那代人》	苏诗桂	2015年6月18日	麦林文学网
9	《星星亮晶晶》	天下尘埃	2015年4月2日	大佳网
10	《郭公传奇》	邱德昌	未知	中文书刊网
11	《黄道周》	林跃奇	未知	中文书刊网
12	《青果青》	古筝	2015年5月11日	大佳网
13	《宝贝，向前冲》	三月王屋	2014年3月5日	大佳网
14	《因为相爱才上演》	携爱再漂流	2015年8月1日	掌阅小说网
15	《两个人的婚姻，七个人的饭桌》	宁国涛	2015年7月1日	半壁江中文网
16	《装修毁了我十四年婚姻》	小如的爱情	2014年10月28日	天涯文学
17	《莽荒纪》	我吃西红柿	2012年12月15日	起点中文网
18	《斗罗大陆Ⅱ绝世唐门》	唐家三少	2012年11月12日	起点中文网

① 资料来源：国家新闻出版广电总局，http://www.gapp.gov.cn/news/1663/289905.shtml，2016年12月9日查询。

续表

序号	作品名称	作者	首发日期	所属网站
19	《不朽神瞳》	凤舞天下	2014年2月20日	红薯网
20	《忘川》	沧月	无	咪咕阅读
21	《古瓷谜云》	笑谈天涯	2014年5月4日	半壁江中文网

②国家广电总局“2016年优秀网络文学原创作品推介活动”作品名单

继2015年之后，总局再次向公众推介2016年优秀网络文学原创作品。2017年1月19日公布了作品名单。在12个省（区、市）41家网站选送的285部作品中，经专家严格评审，最终遴选出《南方有乔木》《大荒洼》等18部原创佳作向社会推介。相较2015年，2016年申报参与的网站更多，作品主题更侧重现实类题材。

国家广电总局“2016年优秀网络文学原创作品推介活动”作品名单

序号	作品名称	作者	所属网站
1	《南方有乔木》	小狐濡尾	晋江文学城
2	《大荒洼》	英霆	铁血网
3	《锋刺》	宋海锋	铁血网
4	《百年家书》	疯丢子	晋江文学城
5	《材料帝国》	齐橙	起点中文网
6	《小飞鱼蓝笛》	金朵儿	榕树下
7	《我心缅怀旧时光》	李润	麦林文学网
8	《非常暖婚，我的超级英雄》	土豆爱西红柿	红袖添香
9	《我们》	辛夷坞	咪咕阅读
10	《暮生荆棘》	西子雅	麦林文学网
11	《蟀侠》	边寻	麦林文学网
12	《男儿行》	酒徒	17K小说网
13	《夜天子》	月关	起点中文网
14	《血歌行：学府风雷》	管平潮	咪咕阅读
15	《问镜》	减肥专家	纵横中文网
16	《大宝鉴》	罗晓	17K小说网
17	《一世之尊》	爱潜水的乌贼	起点中文网
18	《龙血战神》	风青阳	17K小说网

（3）中国网络小说“好看榜”①

由中国文艺评论家协会网络文艺委员会、光明网文艺评论编辑室、中国青年出版社新青年读物工作室联合策划，特邀庄庸和安迪斯晨风共同主持的“中国网络小说好看榜”于2016年12月24日开始每日定期发布一本“好看”的网络小说。本榜单数据收集截止到2017年1月24日。

年度“脑洞”炸裂小说：《末日世界》，作者：须尾俱全；

年度视觉系类仙侠小说《拔魔》，作者：冰临神下；

年度“真实系”修真小说《修真门派掌门路》，作者：齐可休；

年度惊魂系小说《七根凶简》，作者：尾鱼；

年度文艺系小说《文艺时代》，作者：睡觉会变白；

年度活色生香纯情系武侠《有匪》，作者：priest；

年度热血系科幻小说之《修真四万年》，作者：卧牛真人；

年度“混搭系”玄幻小说《雪中悍刀行》，作者：烽火戏诸侯；

年度“吐槽系”网游小说《惊悚乐园》，作者：三天两觉；

年度网络娱乐文《制霸好莱坞》，作者：御井烹香；

年度“谋略系”小说《宰执天下》，作者：cuslaa（昵称哥斯拉、小怪兽）；

年度“理想系”历史穿越小说《木兰无长兄》，作者：绞刑架下的祈祷（又名祈祷君）；

年度“神经流”仙侠小说《从前有个灵剑山》，作者：国王陛下；

年度“求知系”小说《走进修仙》，作者：吾道长不孤；

年度“寻道系”玄幻小说《十州风云志》，作者：知秋；

年度“青春系”都市小说《美女赢家》，作者：灵宇；

年度“工业系”穿越小说《临高启明》，作者：吹牛；

年度“甜萌系”纯爱小说《魔道祖师》，作者：墨香铜臭；

年度奇幻系异界小说《放开那个女巫》，作者：二目；

年度“癫狂系”女主修仙小说《师姐的剑》，作者：吃书虫子；

十七年网文青春经典《悟空传》，作者：今何在（曾雨）；

经典仙侠小说《诛仙》，作者：萧鼎；

经典光与暗的二元对立小说《亵渎》，作者：烟雨江南；

---

① 资料来源：微信公众号《网络文艺日报》，微信号：wlwyrb，2017年1月25日查询。

经典穿越权谋小说《庆余年》，作者：猫腻；

经典灵异小说《无心法师》，作者：尼罗；

经典历史纯爱小说《长安古意》，作者：掠水惊鸿；

经典甜萌都市小说《都市妖奇谈》，作者：压路机女王。

最后，发布了 2016—2017 年度榜，其中大神榜 TOP10，新锐榜 TOP10，它们分别是：

大神榜 TOP10：《雪中悍刀行》《十州风云志》《有匪》《制霸好莱坞》《从前有个灵剑山》《惊悚乐园》《宰执天下》《木兰无长兄》《拔魔》《七根凶简》。

新锐榜 TOP10：《走进修仙》《魔道祖师》《末日乐园》《临高启明》《文艺时代》《美女赢家》《师姐的剑》《修真门派掌门路》《放开那个女巫》《修真四万年》。

（4）网络文学双年奖

2015 年 11 月 2 日，首届网络文学双年奖颁奖典礼在宁波慈溪举行。网络文学双年奖是由浙江省网络作家协会、宁波市网络作家协会、慈溪市网络作家协会联合承办的面向全球华语网络文学界的评奖活动，是全国乃至华语世界网络文学的权威奖项。该奖每两年颁发一次，评选作品为颁奖前两年度华语发表和出版的网络文学作品。

首届网络文学双年奖获奖名单①

一、金奖作品（1 部）

《将夜》作者：猫腻

二、银奖作品（3 部）

《琅琊榜》作者：海宴

《听雪楼之忘川》作者：沧月

《雪中悍刀行》作者：烽火戏诸侯

三、铜奖作品（6 部）

《烽烟尽处》作者：酒徒

《匹夫的逆袭》作者：骁骑校

《时间之墟》作者：宝树

① 资料来源：人民网浙江频道，http：//zj. people. com. cn/n/2015/1102/c228592 - 26996547. html，2016 年 12 月 9 日查询。

《死亡通知单》作者：周浩晖

《长相思》作者：桐华

《唐砖》作者：孑与2

四、优秀奖作品（15部）

《奥术神座》作者：爱潜水的乌贼

《应许之日》作者：辛夷坞

《南下打工记》作者：米周

《大唐明月》作者：蓝云舒

《凤倾天阑》作者：天下归元

《裸生：生娃这件小事》作者：唐欣恬

《女王乔安》作者：张晓晗

《殷商玛雅征服史》作者：马伯庸

《天才相师》作者：打眼

《茅山传人》作者：赵公明

《仙魔变》作者：无罪

《秘密调查师：黄雀》作者：永城

《第十一根手指》作者：秦明

《世界上所有童话都是写给大人看的》作者：陈谌

《季警官的无厘头推理事件簿》作者：亮亮

（5）北大网络文学研究论坛年度推荐榜①

“作为学院派，我们是内怀精英立场的，”北京大学副教授邵燕君说，“学院榜立足于专业性和民间性，以文学性为旨归，以此与更注重价值观引导功能的各政府机构官方榜、更注重商业价值的各种商业榜区分。”2017年1月10日，北京网络文学研究论坛通过官方微信公众号“媒介台”和官方微博发布网络文学2016年度推荐榜。

女频榜单中排前10的作品分别是：

吱吱《慕南枝》，所属起点女生网；

梦溪石《千秋》，所属晋江文学城；

徐徐图之《袁先生总是不开心》，所属晋江文学城；

① 资料来源：北大网络文学论坛官方微博，http：//weibo.com/ttarticle/p/show？id=2309404062485463323685，2017年1月11日查询。

霜华月明《我们微笑着说》，所属云起书院；

Twentine《打火机与公主裙》，所属晋江文学城；

须尾俱全《末日乐园》，所属起点女生网；

琅俨《我有四个巨星前任》，所属晋江文学城；

水千澈《重生之国民男神》，所属潇湘书院；

拉棉花糖的兔子《天庭出版集团》，所属晋江文学城；

priest《有匪》所属晋江文学城。

男频榜单中排前10的作品分别是：

愤怒的香蕉《赘婿》，所属起点中文网；

知秋《十州风云志》，所属起点中文网；

三天两觉《惊悚乐园》，所属起点中文网；

睡觉会变白《文艺时代》，所属起点中文网；

匂宫出梦《花与剑与法兰西》，所属起点中文网；

风卷红旗《永不解密》，所属铁血网；

卧牛真人《修真四万年》，所属起点中文网；

饥饿2006《无限道武者路》，所属起点中文网；

徐公子胜治《太上章》，所属起点中文网；

烽火戏诸侯《雪中悍刀行》，所属纵横中文网。

（6）中国第三届网络文学大奖赛获奖名单

2016年12月30日，由大众网、山东文学、齐鲁晚报联合主办的中国第三届网络文学大奖赛获奖名单公布。获特别大奖的作品是陈琢瑾的《石库门》、刘伊的《睡城》；4部长篇小说《爱情不流浪》《国泽情殇》《金陵警察》《晴川》，2部中篇小说《普希金时代》和《雪吟江湖梦》，2部短篇小说《小酒馆》和《尴尬的季节》荣获小说奖；《情殇宋金》《她吊死在村支书家的大门上》《莲花劫》和《钢琴少年》4部小说以高获选票荣获网络人气小说奖，另公布散文、诗歌奖各5个。

（7）2016年网络文学作品推介

中国作家协会中国作家网副主编马季于2017年1月18日在光明网发布2016年度文化盘点系列——网络文化。该文认为，类型化是网络文学的基本特征，网络文学以此来确认自己的受众群体、体现自身的粉丝效应，现根据不同类型推介本年度各网站发布的重点作品。

2016 年网络文学作品推介①

类型	作品	作者	发布网站
玄幻类	《择天记》	猫腻	创世中文网
	《雪鹰领主》	我吃西红柿	起点中文网
	《碎星物语》	罗森	17K 小说网
	《万域之王》	逆苍天	纵横中文网
仙侠类	《玄界之门》	忘语	起点中文网
	《雪中悍刀行》	烽火戏诸侯	纵横中文网
	《血歌行》	管平潮	咪咕阅读
	《万古仙穹》	观棋	17K 小说网
历史类	《乱世宏图》	酒徒	17K 小说网
	《银狐》	孑与 2	起点中文网
都市类	《大地产商》	更俗	网易云阅读
	《穿越者》	骁骑校	17K 小说网
	《听说你喜欢我》	吉祥夜	红袖添香
	《清洁工马淑珍的故事》	熊二的秘密	蔷薇书院
言情类	《美人为馅》	丁墨	云起书院
	《君九龄》	希行	起点女生网
	《唯愿此生不负你》	姒锦	潇湘书院
	《别怕我真心》	红九	晋江文学城
	《陆少的暖婚新妻》	唐玉	花语女生网
重生类	《慕南枝》	吱吱	起点女生网
	《医妃独步天下》	承九	掌阅文化
	《永不解密》	风卷红旗	铁血网
军事类	《最强兵王》	丛林狼	创世中文网
	《雷霆反击》（原名《国家意志》）	野狼獾	铁血网
	《诛日之战汉武天下》	蒂梵儿	铁血网
	《最强狂兵》	烈焰滔滔	纵横中文网

① 资料来源：光明网，http：//wenyi. gmw. cn/2017 - 01/18/content_ 23502583. htm，2017 年 1 月 25 日查询。

续表

类型	作品	作者	发布网站
武侠类	《一世之尊》	爱潜水的乌贼	起点中文网
	《有匪》	priest	晋江文学城
	《侠行天下》	zhttty	起点中文网
	《白袍总管》	萧舒	起点中文网
竞技类	《上垒吧》	何堪	晋江文学城
	《光影高手》	文舟	"不可能的世界"小说网
穿越类	《萌妻食神》	紫伊 281	云起书院
	《长姐难为》	长白山的雪	云起书院
科幻类	《地球纪元》	彩虹之门	起点中文网

（8）阅文集团发布网络文学年度榜样"十二天王"

2016 年 12 月 10 日，阅文集团整理旗下所有文学网站上作品的排名情况，发布了 2016 网络文学年度榜样——网络文学"十二天王"，分别是：

"玄幻销售王"风轻扬，代表小说《凌天战尊》；

"奇幻人气王"二目，代表小说《放开那个女巫》；

"90 后玄幻新人王"飞天鱼，代表小说《万古神帝》；

"起点最强新人"会做菜的猫，代表作《美食供应商》；

"新一代探险掌门人"刘十八，代表小说《最后一个摸金校尉》；

"现代修真首座"流水曲觞，代表小说《修真狂少在校园》；

"体育新旗帜"过关斩将，代表作《全能运动员》；

"科幻新女王"二十二刀流，代表小说《末世大回炉》；

"武侠复兴者"萧舒，代表小说《白袍总管》；

"古典中医第一人"美味罗宋汤，代表小说《大国医》；

"特种军文新强者"赤色星尘，代表小说《龙刺》；

"90 后二次元新势力"叶南听风，代表小说《火影之最强震遁》。

（9）福布斯·中国原创文学风云榜

由阅文集团与福布斯中文版联合发布的"福布斯·中国原创文学风云榜"于 2017 年 1 月 10 日揭晓。经过一年时间的作家创作连载和粉丝月票角逐，最终忘语的《玄界之门》和苏小暖的《邪王追妻》分别拔得男女生作品头筹。男生作品和女生作品总榜前 10 的作品及作者分别是：

2016 年度福布斯·中国原创文学风云榜

排名	男生作品总榜		女生作品总榜	
	作品名称	作者	作品名称	作者
1	《玄界之门》	忘语	《邪王追妻》	苏小暖
2	《我真是大明星》	尝谕	《君九龄》	希行
2	《一念永恒》	耳根	《隔墙有男神》	叶非夜
4	《天影》	萧鼎	《慕南枝》	吱吱
5	《雪鹰领主》	我吃西红柿	《绝世神医》	夜北
6	《弑天刃》	小刀锋利	《傲娇男神住我家》	叶非夜
7	《五行天》	方想	《神医弃女》	MS 芙子
7	《龙皇武神》	步征	《毒步天下》	穆丹枫
9	《美食供应商》	会做菜的猫	《Hello，继承者》	公子衍
10	《银狐》	孑与 2	《长嫡》	莞尔 wr
注：榜单作品仅包括起点中文网、创世中文网、起点女生网、云起书院所有上架销售作品（不含出版类作品）。				

（10）艾瑞网络小说榜

艾瑞咨询网根据文学、动漫、游戏等 IP 表现，百度、贴吧、微博等公开数据，以及专家访谈综合评估，发布 2017 年最具改编动画潜力的网络小说排行榜和 2017 年最具影视化潜力网络小说排行榜。

①艾瑞最具改编动画潜力的网络小说排行榜①

近年来，在泛娱乐 IP 衍生的行业大趋势下，网文与二次元、动漫的结合日渐紧密，相互衍生不断丰富。艾瑞网数据显示，网络文学改编动漫将极有可能成为我国动漫重要的新生力量，推动动漫产业快速发展。2016 年 12 月 12 日，艾瑞发布 2017 年最具改编动画潜力的小说排行榜。

① 资料来源：艾瑞咨询网，http：//www. iresearch. com. cn/view/265928. html，2016 年 12 月 12 日查询。

2017 年最具改编动画潜力的网络小说排行榜

排名	作品	作者	类型	所属网站	附注
1	《全职高手》	蝴蝶蓝	游戏竞技	起点中文网	二次元领域最红小说
2	《花千骨》	Fresh 果果	武侠仙侠	晋江文学城	2015 年泛娱乐 IP 影游联动代表作
3	《盗墓笔记》	南派三叔	悬疑探险	起点中文网	盗墓派经典之作，已经在影游出版等多个领域获得成功
4	《斗破苍穹》	天蚕土豆	玄幻奇幻	起点中文网	起点白金作家天蚕土豆的巅峰之作
5	《遮天》	辰东	武侠仙侠	起点中文网	“坑神”辰东的仙侠力作
6	《大主宰》	天蚕土豆	玄幻奇幻	起点中文网	玄幻小说史诗级巨作
7	《斩龙》	失落叶	游戏竞技	17K 小说网	文风幽默、融合战争、网游、修炼多个元素
8	《校花的贴身高手》	鱼人二代	都市现实	起点中文网	“校花”系列开山之作
9	《太子妃升职记》	鲜橙	古代言情	晋江文学城	衍生网络剧获得极大成功
10	《完美世界》	辰东	玄幻奇幻	起点中文网	小说曾更长期占据百度小说风云榜第一名

②艾瑞最具影视化潜力网络小说排行榜①

网络文学是影视剧重要的内容来源，影视化也成为网络文学衍生的首选方向。网络小说改编影视早有先例，过去的两年更是多屏热播，文漫影游联动佳绩不断。《花千骨》《盗墓笔记》《青云志》《微微一笑很倾城》等多部影视作品的成功，保证了未来网络小说影视化的无限潜力。综合网络文学 IP 的文学、动漫、游戏等作品表现，艾瑞网于 2017 年 1 月 20 日发布 2017 年最具影视化潜力的网络小说排行榜。

① 资料来源：艾瑞网，http://report.iresearch.cn/content/2017/01/266632.shtml，2017 年 1 月 25 日查询。

2017 年最具影视化潜力的网络小说排行榜

排名	作品	作者	类型	所属网站	附注
1	《择天记》	猫腻	玄幻奇幻	创世中文网	粉丝基础庞大，动画改编初获成功，大卡司助阵的电视剧深受观众期待
2	《后宫·如懿传》	流潋紫	古代言情	掌阅	《甄嬛传》续篇，流潋紫潜心 5 年巨作
3	《三生三世十里桃花》	唐七公子	古代言情	17K 小说网	唐七公子的成名之作，实体书畅销 500 万余册
4	《大主宰》	天蚕土豆	玄幻奇幻	起点中文网	玄幻小说史诗级巨作
5	《遮天》	辰东	武侠仙侠	起点中文网	“坑神”辰东的仙侠力作
6	《斗破苍穹》	天蚕土豆	玄幻奇幻	起点中文网	起点白金作家天蚕土豆的巅峰之作
7	《莽荒纪》	我吃西红柿	武侠仙侠	起点中文网	大神级最佳我吃西红柿的最新力作
8	《娥媚》	峨嵋	古代言情	起点中文网	起点女生网最具人气作者峨嵋的代表作
9	《蔓蔓青萝》	桩桩	古代言情	晋江文学城	穿越类经典，畅销作家桩桩的代表作
10	《完美世界》	辰东	玄幻奇幻	起点中文网	小说曾更长期占据百度小说风云榜第一名

（11）百度年度十大热搜小说榜

2016 年 12 月 2 日，百度发布了“2016 年沸点国人搜索详细榜单”。在“年度文娱榜”中，《大主宰》《完美世界》《雪鹰领主》《龙王传说》《武炼巅峰》《择天记》《一念永恒》《玄界之门》《超品相师》和《永夜君王》被评为年度十大热搜小说榜。

（12）网络文学 IP 类榜单

①中国网络文学 IP 价值榜

2016 年，经由网文 IP 改编的影视游戏动漫产品，继续以高市场份额引发高热度。2016 年 11 月 29 日，“2016 中国泛娱乐指数盛典”颁奖典礼在北京举行。本次盛典产生《完美世界》《微微一笑很倾城》《最好的我们》《盗墓笔记》《诛仙》《择天记》《三生三世十里桃花》《斗破苍穹》《大主宰》和《太子妃升职记》10部作品荣获中国网络文学IP价值榜①（该榜单通过艺恩智库以及相关平台的公开数据计算排名得出）。

②中国原创文学风云榜

在2017年1月10日晚揭晓的“福布斯·中国原创文学风云榜”中，“年度原创最佳电影改编奖”由《微微一笑很倾城》摘得，“年度原创最佳电视剧改编奖”由《如果蜗牛有爱情》摘得，“年度原创最佳网络剧改编奖”花落《老九门》，“年度原创最佳动画改编奖”得主为《全职法师》，“年度原创最佳游戏改编奖”为《雪鹰领主》，“年度最具改编潜力作品奖”授予白金作家天蚕土豆的作品《武动乾坤》。

③中国超级IP—TOP100影响力榜单

由清华大学《传媒蓝皮书》课题组编撰的《2016中国IP产业报告》于2016年9月13日在北京公布。报告选取目前已公开的IP影视项目，通过数据分析模型，对IP的影响力进行评估，并推出了“中国超级IP—TOP100影响力榜单”，而在榜单中，网络小说占61部。

中国超级IP—TOP100排行榜网络小说61部榜单②

序号	IP	原著作者	原著类型	总分
1	《盗墓笔记》	南派三叔	恐怖冒险	80.05
2	《斗破苍穹》	天蚕土豆	玄幻奇幻	71.08
3	《凡人修仙传》	忘语	仙侠神话	50.28
4	《橙红年代》	骁骑校	青春爱情	47.38
5	《SCI谜底案集》	耳雅	悬疑推理	44.97
6	《超级兵王》	步千帆	军事战争	42.11
7	《农家乐小老板》	柴米油盐	青春爱情	41.51
8	《鬼吹灯》	天下霸唱	恐怖冒险	40.79

① 资料来源：中国网，http：//photo. china. com. cn/news/2016 - 11/30/content_ 39818601. htm，2016年12月9日查询。

② 资料来源：搜狐新闻，http：//mt. sohu. com/20160916/n468534158. shtml，2016年12月9日查询。

续表

序号	IP	原著作者	原著类型	总分
9	《遮天》	辰东	仙侠神话	40.62
10	《武动乾坤》	天蚕土豆	玄幻奇幻	37.98
11	《快穿之打脸狂魔》	风流书呆	玄幻奇幻	33.10
12	《大主宰》	天蚕土豆	玄幻奇幻	30.53
13	《星辰变》	我吃西红柿	仙侠神话	30.04
14	《11 处特工皇妃》	潇湘冬儿	古装历史	28.54
15	《穿越沦为暴君的小妾》	月斜影清	古装历史	27.17
16	《相见欢》	非天夜翔	古装历史	26.36
17	《欢乐颂》	阿耐	青春爱情	24.52
18	《极品家丁》	禹岩	古装历史	23.81
19	《剑王朝》	无罪	仙侠神话	21.67
20	《回到明朝当王爷》	月关	古装历史	20.64
21	《翻译官》	缪娟	青春爱情	20.57
22	《罪爱安格尔》	耳雅	悬疑推理	19.14
23	《步步生莲》	月关	古装历史	19.03
24	《我欲封天》	耳根	仙侠神话	19.02
25	《锦衣夜行》	月关	古装历史	18.36
26	《步步惊心》	桐华	古装历史	18.28
27	《仙侠世界》	无罪	仙侠神话	17.92
28	《择天记》	猫腻	玄幻奇幻	17.15
29	《山河表里》	priest	青春爱情	16.94
30	《微微一笑很倾城》	顾漫	青春爱情	16.62
31	《天王》	跳舞	玄幻奇幻	16.03
32	《三生三世十里桃花》	唐七公子	仙侠神话	15.78
33	《唐砖》	孑与2	古装历史	15.59
34	《全职高手》	蝴蝶蓝	竞技体育	15.55
35	《武极天下》	蚕茧里的牛	玄幻奇幻	15.46

续表

序号	IP	原著作者	原著类型	总分
36	《很纯很暧昧》	鱼人二代	青春爱情	15.43
37	《你知道风从哪个方向来》	玖月晞	青春爱情	14.68
38	《镇魂》	priest	玄幻奇幻	14.65
39	《灵域》	逆苍天	玄幻奇幻	14.00
40	《悟空传》	今何在	仙侠神话	13.92
41	《沙海》	南派三叔	恐怖冒险	13.87
42	《尘缘》	烟雨江南	仙侠神话	13.81
43	《光子子》	唐家三少	玄幻奇幻	12.65
44	《为了你，我愿意热爱整个世界》	唐家三少	青春爱情	12.35
45	《少年的你，如此美丽》	玖月晞	青春爱情	11.49
46	《蛮荒记、搜神记》	树下野狐	仙侠神话	11.35
47	《夜天子》	月关	古装历史	11.22
48	《爆笑宠妃：爷我等你休妻》	梵缺	古装历史	11.10
49	《亲爱的阿基米德》	玖月晞	悬疑推理	10.88
50	《第一次亲密接触》	痞子蔡	青春爱情	10.78
51	《小南风》	玖月晞	青春爱情	10.47
52	《发个微信去天庭》	台灯下的节奏	仙侠神话	10.33
53	《大泼猴》	甲鱼不是龟	仙侠神话	10.31
54	《神游》	徐公子胜治	仙侠神话	10.19
55	《沉香如屑》	苏寞	仙侠神话	10.08
56	《结爱·异客逢欢》	施定柔	玄幻奇幻	9.95
57	《我家徒弟又挂了》	尤前	仙侠神话	9.83
58	《将军在上》	橘花散里	古装历史	9.61
59	《紫川》	老猪	玄幻奇幻	9.59
60	《如果蜗牛有爱情》	丁墨	悬疑推理	9.50
61	《橘生淮南·暗恋》	八月长安	青春爱情	9.49

2. 年度代表作管窥

（1）年度网络小说代表作100部

参考中国作家协会、中国新闻出版广电总局、阅文集团等发布的网络小说的排行榜、优秀作品推介、百度搜索榜等，以此考察作品的价值和在2016年度的影响力，并以作品的首字母为序，整理出2016年度网络小说的代表作100部以供参考：

《爱情不流浪》，作者粥公馆，青春爱情类小说，2014年6月24日于晋江文学城首发。作为中国版的《一间自己的房间》，本书讲述了毕业后，一群年轻人在感情里，在职场里的摸爬滚打，更有在人间烟火里虐心的人生求索故事。

《傲娇男神住我家》，全名《傲娇男神住我家：99次说爱你》，叶非夜所创作的一部总裁豪门小说，2015年11月10日在起点女生网首发，已完结。

《别怕我真心》，作者红九的一部青春爱情小说，2016年5月9日首发于晋江文学城，由“青春篇：丑小鸭·所有的遇见”“青春—都市篇：蜕变·长腿哥哥的守护”“都市篇：再回首·别怕我真心”三部分构成，小说讲述一个乡下少女进城后从黑不溜秋的丫头片子脱胎换骨变成充满魅力的迷人大闺女的积极向上励志正能量的故事。

《超品相师》，作者九灯和善，2014年1月23日首发，是连载于起点中文网的一部玄幻小说，全书讲述都市青年获诸葛玄学传承，测红颜、晓风水的故事。

《长嫡》，莞尔wr所著的古装历史类小说，2016年3月24日在起点女生网首发。

《重生之国民男神》，水千澈首发于潇湘书院的穿越架空小说，讲述了前生司凰被至亲控制陷害，贵为连冠影帝，却死无葬身之地，女扮男装意外重生后，再回起点，获得古怪传承的故事。

《打火机与公主裙》，晋江文学城签约作者Twentine所著的一篇现代言情小说，分为“荒草园”“长明灯”上下两部，2016年4月17日首发，已完结。

《斗破苍穹》，一部发表在起点中文网的爱情玄幻小说，同时也是起点白金作家天蚕土豆的巅峰之作。小说讲述了天才少年萧炎在创造了家族空前绝后的修炼纪录后突然成了废人，种种打击接踵而至。就在他即将绝望的时候，一缕灵魂从他手上的戒指里浮现，一扇全新的大门在面前开启，经过艰苦修炼最终成就辉煌的故事。2016 年 11 月，《斗破苍穹》荣登 2016 年中国泛娱乐指数盛典“中国网络文学 IP 价值榜”。

《盗墓笔记》系列，南派三叔悬疑探险的代表作，堪称近年来的经典之作，获得百万读者狂热追捧。南派三叔也凭此作名满天下，跻身中国超级畅销书作家行列。首发于起点中文网，是盗墓派经典之作，已经在影游出版等多个领域获得成功，其前传《老九门》获“年度原创最佳网络剧改编奖”。

《毒步天下》，全称《毒步天下：特工神医小兽妃》，作家穆丹枫所著的一部穿越架空的类型小说。2015 年 8 月 25 日在起点女生网首发，现已完结。讲述一名医毒双绝的王牌特工穿越成一个废材小萝莉的故事。

《大主宰》，2013 年 7 月 1 日首发于起点中文网，天蚕土豆的第四本小说，被誉为玄幻小说史诗级巨作。2016 年 11 月，《大主宰》荣登 2016 中国泛娱乐指数盛典“中国 IP 价值榜—网络文学榜 TOP10”。

《大宋的智慧》，是作者孑与 2 的古装历史小说，2014 年 1 月 9 日在起点中文网首发，现已完结。小说讲述为师之道，说的是生存智慧，讲的是人间温情，道的是兄弟情义，表的是温恭谦良，讲述了一个不一样的大宋，不一样的人间百态。

《凡人修仙传》，2007 年 3 月 30 日开始连载于起点中文网的一部仙侠修真小说，作者是忘语。小说讲述了一个普通的山村穷小子，偶然之下，跨入一个江湖小门派，虽然资质平庸，但依靠自身努力和合理算计最后修炼成仙的故事。该小说位居中国超级 IP 影响力榜单前三的位置。

《烽烟尽处》，17K 小说网络知名作家酒徒于 2012 年 7 月 7 日开始创作的一部历史传奇小说，现已完结。小说从一个写实的历史框架来展开人物的命运，将个人命运与宏大历史事件紧密交织，人物形象真实可感，气度开阔。

《放开那个女巫》，是作者二目笔下的玄幻奇幻小说，首发于起点中文网，被誉为“奇幻人气王”。小说讲述主人公程岩原以为穿越到了欧洲中世纪，成为一位光荣的王子，但这世界似乎跟自己想的不太一样，女巫真实存在，而且还真具有魔力。

《奋斗在盛唐》，作者牛凳创作的古装历史小说，2015 年 12 月 16 日在看书网首发，现已完结。讲述一个远在长安数千里之外的泉州城中、家道中落的崔氏家族弟子崔耕从一场荒唐大梦中醒来，奋斗在盛唐时期的故事。

《国泽情殇》，作者方苑（原名方胜香），获中国第三届网络文学长篇小说奖。

《钢琴少年》，作者向诗力，获中国第三届网络文学网络人气小说奖。

《尴尬的季节》，作者舒位峰，获中国第三届网络文学短篇小说奖。

《隔墙有男神》，全称为《隔墙有男神：强行相爱100天》是作者叶非夜创作的青春爱情小说，2016年7月28日在起点女生网首发。

《冠军之心》，作者临海听涛，2015年10月18日在起点中文网连载的足球竞技小说。现为浙江卫视真人秀《绿茵继承者》授权小说。

《Hello，继承者》，作者公子衍，2015年10月14日在起点女生网首发的青春爱情类小说，讲述了一个杀伐果断、冷血无情的帝豪集团继承者对其妻宠爱入骨的故事。

《欢乐颂》，阿耐创作的青春爱情小说，主要讲述了各自携带往事和憧憬的5位女性先后住进欢乐颂小区22楼，彼此间发生的交集和一波三折的故事，改编的同名电视剧已在2016年热播。

《花千骨》，作者Fresh果果，2008年12月31日首发于晋江文学城，是一部武侠仙侠类小说，也是2015年泛娱乐IP影游联动代表作，讲述少女花千骨与长留上仙白子画之间关于责任、成长、取舍的纯爱虐恋。

《花与剑与法兰西》，是一部以19世纪中期西方历史为题材的历史类网络小说，作者匂宫出梦，于2014年1月14日在起点中文网首发，讲述了一位穿越者来到法兰西，以其勇气和智慧，不畏艰难，不惧坎坷，最终达到荣光彼岸的故事。

《金陵警察》，作者易卓奇，该小说获中国第三届网络文学长篇小说奖。

《绝世神医》，全名《绝世神医：腹黑大小姐》，作者夜北，穿越架空类小说，2015年6月6日在腾讯文学网首发，现已完结。讲述一个24世纪神医，穿越成为王府人人喊打的大小姐的故事。

《惊悚乐园》，三天两觉创作的虚拟网游类小说，2013年1月31日首发于起点中文网，小说讲述以主人公封不觉为主角的一群人物，通过一个名为惊悚乐园的超越维度的游戏在自己的生命中诞生与常人生活轨道垂直的新轨道，且在这条路上追寻真理的故事。

《君九龄》，起点大神作家希行的最新作品，2015年12月30日连载于起点女生网，是一部古代言情小说，讲述了一位前太子次女原名楚九龄的九龄公主，死后在吊死明志的君蓁蓁身上重生，重生后复仇的故事。

《将夜》，大神作家猫腻于2011年8月15日连载在起点中文网的一部玄幻小说，现已完结，小说讲述的是一段可歌可泣可笑可爱的草根崛起史，一个物质要求宁滥毋缺的开朗少年行。

《龙皇武神》，作者步征，发表于起点中文网，原名《纨绔仙医》，是一部都市异术超能类小说，2012年12月15日首发，在2015年5月25日停更，2016年3月30日改名重新开始更新。

《莲花劫》，作者刘新德，获中国第三届网络文学网络人气小说奖。

《琅琊榜》，海宴著，架空历史类年度网络最佳小说，2006年11月25日首发于起点中文网，并持续占据榜首，小说通过主人公梅长苏的视角书写了一幕幕惊心动魄的权谋之斗，宫廷内外，无数谜团交织在刀光血影中，讲述了一个尔虞我诈的故事。

《凌天战尊》，2014年8月5日发布在起点中文网，风轻扬所著，是一部东方玄幻小说，获阅文集团“2016年度玄幻销售王”称号。

《龙王传说》，起点白金作家唐家三少所著，2016年1月10日首发于起点中文网，是一部玄幻奇幻类小说，也是《斗罗大陆》系列的第三部，内容承接《神界传说》，讲述继《绝世唐门》一万年后的斗罗大陆生活。

《美食供应商》，会做菜的猫所著的一部都市生活小说，2016年7月17日正式上传，目前正在起点中文网火热连载中。

《末日乐园》，是一部连载在起点女生网的末世无限流小说，2014年10月15日首发，作者是起点中文网作家须尾俱全。

《芈月传》(初稿题为《大秦宣太后》)，为作家、编剧蒋胜男的古装历史原创小说，电子书由腾讯文学独家首发，小说主要讲述秦宣太后的传奇一生，剧情跌宕起伏。

《莫负寒夏》，知名网络作家丁墨创作的商战言情小说，言情为主，剧情为辅，故事情节有甜有虐，于2015年11月1日连载于云起书院，现已完结。

《慕南枝》，作者吱吱，2016年3月28日首发起点女生网，是一部关于宫闱宅斗的小说。

《普希金时代》，作者邱贵平，获中国第三届网络文学中篇小说奖。

《情殇宋金》，作者陈代平，获中国第三届网络文学网络人气小说奖。

《晴川》，作者李世许，获中国第三届网络文学长篇小说奖。

《千秋》，梦溪石创作的玄幻奇幻类小说，2015 年 10 月起连载于晋江文学城，2016 年 3 月完结。

《全职法师》，一部连载在起点中文网的玄幻小说，作者是乱，该小说获“年度原创最佳动画改编奖”。

《全能运动员》，过关斩将所著的体育竞技类小说，2015 年 12 月 14 日首发于起点中文网，获阅文集团“体育新旗帜”称号。

《全职高手》，一部游戏竞技类小说，作者为蝴蝶蓝，2011 年 2 月 28 日连载于起点中文网，现已完结，被称为二次元领域最红小说，讲述了网游顶尖高手叶修，遭到俱乐部的驱逐，最后在荣耀新开的第十区重新投入了游戏，重返巅峰之路的故事。

《日头日头照着我》，是作者唐慧琴所著的都市生活类小说，2016 年 3 月 25 日首发于苍穹看书网。

《儒道至圣》，永恒之火所著的一部东方玄幻小说，2014 年 5 月 12 日正式上传，目前正在起点中文网火热连载中。

《如果蜗牛有爱情》，作家丁墨所著的都市言情小说，首发于晋江文学城，改编的同名作品获“年度原创最佳电视剧改编奖”。小说讲述高冷刑警队长季白在与警界新人许诩的合作中，逐渐产生好感，遗憾的是这个天才少女在情感上有如“蜗牛”一样慢半拍的故事。

《人皇纪》，作者皇甫奇，原名夏云，2016 年 7 月 4 日首发于中文在线旗下 17K 小说网，是一部玄幻奇幻类小说。

《三生三世十里桃花》，作者唐七（原笔名：唐七公子）创作经典玄幻爱情小说，“三生三世”系列第一部，主要讲述上古神话里的前世今生，青丘帝姬白浅和九重天太子夜华的三生爱恨、三世纠葛的故事。该书 2009 年正式出版，因 IP 改编而复热。2016 年 11 月，该作品荣登 2016 中国泛娱乐指数盛典“中国 IP 价值榜—网络文学榜 TOP10”。

《神医弃女》，全名为《神医弃女：鬼帝的驭兽狂妃》，作者 MS 芙子，连载于起点中文网，属于玄幻类作品。

《石库门》，作者陈琢瑾笔下的都市生活类小说，首发于爱读文学网，荣获中国第三届网络文学大奖赛特别大奖，讲述的是充满沧桑历史感的上海生活，记录时代变迁下石库门里四代人的故事。

《睡城》，作者刘伊笔下的都市生活类小说，首发于爱读文学网，荣获中国第三届网络文学大奖赛特别大奖。

《十州风云志》，曾真（知秋）创作的东方玄幻类网络小说，2012 年 11 月 16 日在起点中文网首发。

《弑天刃》，2015 年 8 月 21 日在起点中文网开始连载的东方玄幻类小说，作者小刀锋利。

《她吊死在村支书家的大门上》，作者田润明创作的都市生活类小说，在凯迪社区首发，该作品荣获中国第三届网络文学短篇小说奖。

《太子妃升职记》，首发在晋江文学城的古代言情小说，作者鲜橙，小说讲述为了弥补工作失误，司命星君将现代男人张鹏的灵魂偷偷从地府带出，附身到“落水身亡”的南夏太子妃张芃芃身上的故事。衍生网络剧获得极大成功，于 2016 年 11 月，《太子妃升职记》荣登 2016 年中国泛娱乐指数盛典“中国 IP 价值榜—网络文学榜 TOP10”。

《听说你喜欢我》，吉祥夜创作的青春爱情类网络小说，2015 年 12 月 16 日发表于红袖添香网。讲述了一对神经外科夫妇破镜重圆的故事。本书入选 2016 年中国作家协会重点作品扶持项目。

《天庭出版集团》，作者为拉棉花糖的兔子，是一部耽美小说，2016 年 2 月 14 日起在晋江文学城连载，现已完结。

《太上章》，徐公子胜治所著的一部东方玄幻小说，2014 年 5 月 21 日在起点中文网首发，讲述一个人神妖魔共处相争，巫祝仙修万法纷呈的故事。

《唐砖》，孑与 2 创作的历史穿越类小说，2012 年 9 月 17 日连载于起点中文网，现已完结。讲述主人公云烨回到唐初贞观年间，作为大唐贵族的他面临种种考验，过着混合那个时代那个事儿的生活。《唐砖》同名小说实体书第一部《唐砖 1：土豆有妖气》已经出版上市，第二部《唐砖 2：蝗虫这盘菜》即将面市。

《天影》，著名的网络作家萧鼎于 2016 年 8 月 20 日首发在起点中文网的一部仙侠小说，本书是由《戮仙》完结以来，是作者从纵横中文网转至起点中文网的首本长篇小说。

《微微一笑很倾城》，顾漫创作，2008 年 8 月起连载于晋江文学城，2009 年 11 月正文完结。小说讲述了女主人公被一个男人抛弃，这一事件轰动了这个游戏里的所有人，女主人公站在桥上，被误为抢亲。后来男主人公向女主人公表白，在现实中遇到后二人相爱的故事。该书荣获“年度原创最佳电影改编奖”。

《无限道武者路》，2009 年 5 月 25 日在起点中文网连载的武侠类网络小说，作者是饥饿 2006。小说讲述了一个实战国术巅峰的格斗教练的故事。

《我有特殊沟通技巧》，作者轻轻绿萝裙所著的青春爱情类小说，2015 年 4 月 6 日连载于晋江文学城，现已完结。

《我有四个巨星前任》，作家琅邪俨所著的一部关于成长和竞技的热血小说，2015 年 3 月 2 日在晋江文学城独家连载，2016 年 2 月 2 日完结。

《武炼巅峰》，作者莫默所著的玄幻奇幻类小说，2012 年 10 月 17 日首发在起点中文网。

《我真是大明星》，创世中文网和起点中文网同时签约发表的一部都市网络小说，2014 年 5 月 15 日首发，作者尝谕，主要讲述了原本的世界因一款神秘游戏而改变，凭借这款游戏的帮助，主人公从一个小小的播音主持人做起一步步变成大明星的故事。

《我们微笑着说》，霜华月明所著的青春爱情类小说，2016 年 1 月 20 日首发于云起书院。

《文艺时代》，网络写手睡觉会变白创作的娱乐明星类小说，2014 年 7 月 2 日首发于起点中文网，现已完结。小说主要讲述了一个无知的小人物重生之后走向大荧幕的平凡而又文艺的故事。

《完美世界》，起点白金作家辰东的一部玄幻奇幻类小说，2013 年 8 月 15 日首发，现已完结。小说曾长期占据百度小说风云榜第一名。

《五行天》，网络著名作家方想创作的网络小说，2015 年 10 月 31 日发表于起点中文网。

《武动乾坤》，作者是起点白金作家天蚕土豆，2011 年 7 月 18 日连载于起点中文网，是一部东方玄幻小说，现已完结。小说讲述了大炎王朝天都郡炎城青阳镇落魄的林氏子弟林动在山洞间偶然捡到一块神秘的石符而走上逆袭之路的故事。该小说荣获“年度最具改编潜力作品奖”。

《万古神帝》，2015 年 7 月 3 日开始连载在创世中文网的玄幻修真类小说，作者是飞天鱼。被阅文集团誉为“90 后玄幻新人王”。

《我欲封天》，作者耳根，2014 年 3 月 1 日连载于起点中文网的古典仙侠小说，已完结。作为古典小说之中的代表之作，作品创下了惊人的成绩，奠定了耳根在网络小说行业中的白金作家地位。作品主要讲述了书生孟浩，步入修真界，一步步追寻人生大愿的封天之路的故事。

《邪王追妻》，全称《邪王追妻：废材逆天小姐》，是苏小暖创作的穿越架空类小说，首发于腾讯文学，小说主要讲述了现代杀手苏落穿越到架空时代后的历险故事。

《玄界之门》，作者忘语所著的玄幻奇幻类小说，2015 年 12 月 25 日首发在起点中文网上，该小说荣登“2016 福布斯 · 中国原创文学风云榜”男生作品榜首。

《修真四万年》，是卧牛真人所著的科幻小说，2015 年 3 月 16 日首发在起点中文网。是一部以奇特的科学技术与现代修真体系相结合的小说，叙述了一个不一样的修真世界。

《小酒馆》，作者乔土，该小说荣获中国第三届网络文学短篇小说奖。

《雪中悍刀行》，是 2012 年 6 月 29 日连载于纵横中文网的一部玄侠类小说，作者烽火戏诸侯。该小说讲述一个庙堂权争与刀剑交错的时代，一个暗潮涌动粉墨登场的江湖，曾荣获首届网络文学双年奖之银奖。

《雪吟江湖梦》，作者烟云墨雨飞，该小说荣获中国第三届网络文学中篇小说奖。

《修真狂少在校园》，作者流水曲觞所著的仙侠神话类小说，2016 年 3 月 14 日连载于起点中文网，现已完结，被誉为“现代修真首座”。

《雪鹰领主》，2015 年 6 月 14 日连载于起点中文网，是一部异界大陆类小说，作者是我吃西红柿。这是一部异世界题材的小说，有别于传统的东方和西方玄幻，是东方玄幻小说的实力等级制和西方玄幻小说的元素合成，该小说荣获“年度原创最佳游戏改编奖”。

《袁先生总是不开心》，作者为徐徐图之，是一部首发于晋江文学城的耽美同人类小说。

《永夜君王》，烟雨江南所著玄幻小说，2014 年 3 月 1 日在纵横中文网连载，小说讲述千夜自困苦中崛起，自此一个人，一把枪，行在永夜与黎明之间，却走出一段传奇的故事。

《一念永恒》，是著名网络作家耳根继《仙逆》《求魔》《我欲封天》之后第四本网络仿古仙侠小说，2016 年 4 月 27 日首发在起点中文网，该小说写作的风格不同于前作，更加活泼生动，作品以时间线索贯穿全文，讲述白家后人白小纯寻仙问道的艰难之旅。

《永不解密》，作者风卷红旗所著的军事战争类小说，2015 年 3 月 3 日连载于铁血网。

《一世之尊》，是网络作家爱潜水的乌贼所著东方玄幻修真类网络小说，2014 年 8 月 16 日在起点中文网首发，2016 年 6 月 28 日完结。

《银狐》，作者孑与 2 所著的古装历史类小说，2015 年 11 月 19 日连载在起点中文网上，小说讲述的是一个现代人穿越重生回宋朝，在规则社会里报恩，带领家族争霸以及在边陲野地里建立自己王国的故事。

《有匪》，priest 创作的仙侠神话类小说，2015 年 11 月 15 日起连载于晋江文学城，2016 年 5 月完结。

《余罪》，常书欣所著的都市类小说，2013 年 5 月 29 日连载于创世中文网，小说已完结。小说主要讲述警校学生余罪因特殊选拔而进入生活与社会矛盾中，之后成为卧底遇到惊险事件的故事，小说曾上中国作协网络小说排行榜，小说改编的同名电视剧影响广泛。

《赘婿》，2011 年 5 月 24 日首发于起点中文网，是一部穿越架空类网络小说，作者为愤怒的香蕉，主要讲述主角以现代金融界巨头的身份回到了古代，进入一个商贾之家最没地位的赘婿身体后，涉及一系列家国天下事的故事。

《最好的我们》，八月长安创作的青春爱情类小说，以怀旧的笔触讲述了意外进入振华高中的普通学生耿耿和“学霸”余淮成为同桌，他们共同成长，经历分离又重逢的一系列故事。

《诛仙》，萧鼎写作的古典仙侠小说，最早连载于幻剑书盟，荣登“2016 中国泛娱乐指数盛典”中国网络文学 IP 价值榜。

《最后的王公》，作者缪娟，2012 年 3 月 16 日开始连载于蔷薇书院，现已完结。

《遮天》，辰东创作的一部仙侠小说，首发于起点中文网，作品以九龙拉棺为引子，带出一个庞大的洪荒世界。被称为“坑神”辰东的仙侠力作。

《最后一个摸金校尉》，刘十八所著的悬疑推理类小说，2015 年 8 月 28 日连载于起点中文网，被誉为“新一代探险掌门人”。

《择天记》，2014 年 5 月 28 日在腾讯文学连载，是著名网文作家猫腻加盟腾讯文学后的首部作品。讲述了 14 岁少年孤儿陈长生为改变自身命运，求一线生机，怀揣一纸婚约入帝都，与各方强者周旋成长的故事。2016 年被翻拍成奇幻电视剧《择天记》，登入 2016 中国泛娱乐指数盛典“中国网络文学 IP

价值榜”，同时，该小说入选2016年中国作协网络小说排行榜半年榜，位列榜首。

（2）网络诗歌

2016年10月27日，由中国诗歌流派网、《诗潮》杂志社、国际汉语诗歌协会联合举办的首届“华语网络诗歌大赛”年度总决赛揭晓，易心易意的《麻雀纪事》荣获冠军，灵鹫的《盆地中心的愉悦》、圣歆的《鸟和巢穴的依存关系论》共同荣获亚军，钱松子的《到一只琥珀里收声》、山东石棉的《线球》、韦箫的《忆旧》荣获季军。①

2016年12月11日，由人人文学网、人人论坛、中国网络作家协会、中国诗歌春晚组委会联合主办，大家传媒、诗词之友、人人书画网、海淀区作家协会、中国网络文学节组委会协办的“首届中国网络爱情诗文大奖赛”颁奖典礼在北京于家大院举行，大奖赛诗歌奖获奖作品有：蓝帆（原名刘燕）的《爱意悄然》（组诗）荣获一等奖；赵传昌的《搬运七月的时光》（组诗）和许星的《爱情物语》（组诗）荣获二等奖；三等奖由一米阳光的《我只是在等春风》、苦艾的《如歌岁月，情殇七夕》（组诗）和桃花居雪的《一生有你》摘得。同时于金圣的《梦醒时分》（组诗）和李丽的《今夜，预定了你——情人节写给年轻人》获大赛的网络诗歌奖。大奖赛的优秀奖由以下5部作品获得：勍申的《期盼》、张敬梓的《春天里，我有多么地幸福》（组诗）、楚红城的《虚室生白》——赠潘然、冯喆的《到七夕这一站》、文光剑气（原名徐文光）的《点击爱情》。②

2016年12月30日，由《山东文学》《齐鲁晚报》、大众网联合主办的山东省第三届网络文学大奖赛获奖名单公布，按照终评委的投票结果，评选出20个奖项。其中，木易沉香的《太平广记》、伊岸的《让痛苦像只黑猫退回黑夜》、李家庆的《露骨的水》、包容冰的《用零除以娑婆世界》、许晓宇的《绿色的孩子》（均为组诗）获得20个奖项中的诗歌组诗奖；获“网络人气诗歌”的作品是《那群野狗》（莫如鹊）和《我自轻狂凭谁说》（向诗力）。

（3）散文名帖

在中国第三届网络文学大奖赛中，晓寒的《捕蛇人》、邢小俊的《邢小俊

① 来源：中国诗歌流派网，http：//www.zgsglp.com/thread－545608－1－1.html，2016年12月9日查询。

② 来源：人人文学网，http：//www.renrenwenxue.com/html/wenxuezaixian/wenxuezixun/15225.html，2016年12月12日查询。

十章》、九真的《醉令迷书》、向笔群的《爹》、郭永江的《坊中一日》5篇散文荣获散文奖，网络人气散文由田润明（原名张建国）的《一个大写的文人——白桦》和马星辉的《无语的母亲河》摘得。

首届中国网络爱情诗文大奖赛中，王童的《雨中的女人》获散文奖一等奖，高士杰的《我是你的荷》（散文组章）和冷雪独行的《风音柳韵四月天》获散文奖二等奖，文竹的《静夜，四季期许花开斐然》、醉雨谢飞花的《青春梗上，那些盛开的娉婷》和涛涛的《宁静的清晨带着愉悦的心在散步》，三篇散文获散文奖三等奖，大奖赛的网络散文奖和优秀奖分别由刘燕的《红豆：爱的誓言》和孤云的影子的《相濡以沫》获得。①

（4）网剧集锦

2016年收获超高关注度和话题度的网剧在“2016中国泛娱乐指数盛典”获“中国网生内容榜—网络剧榜前10的作品是：《法医秦明》（改编自秦明的《第十一根手指》）、《最好的我们》（改编自八月长安的同名小说）、《余罪》（改编自常书欣的同名小说）、《太子妃升职记》（改编自鲜橙的同名小说）、《超少年密码》（改编自呆橘儿的同名小说）、《九州天空城》（改编自唐缺的同名小说）、《十宗罪》（改编自蜘蛛的同名小说）、《一起同过窗》《重生之名流巨星》（改编自青罗扇子的同名小说）、《老九门》（改编自南派三叔的同名小说）。

除上述10部网剧代表作外，参考各大网剧播出平台与百度搜索榜，2016年度的高点击率网剧还有：《示铃录》（改编自尾鱼所著小说《怨气撞铃》）、《都市妖奇谈》（由可蕊所著同名小说改编）、《女总裁的贴身高手》（改编自笑笑星儿的同名小说）、《烟袋斜街10号》（剑走偏锋同名小说改编）、《我的朋友陈白露小姐》（改编自海棠的同名小说）、《贴身校花》（改编自带玉小说《我的贴身校花》）、《半妖倾城》（墨白千九的同名小说改编）、《逆光源》（根据赵铭原创耽美小说《不一样》改编）、《遇见王沥川》（改编自施定柔的小说《沥川往事》）、《青云志》（由萧鼎小说《诛仙》改编）、《鬼吹灯之精绝古城》（改编自天下霸唱所著同名小说）、《美人为馅》（改编自丁墨的同名小说）、《心理罪第二季》（改编自雷米的同名系列小说）、《我喜欢你，你知道吗?》（我和你的同名小说改编而来）、《识汝不识丁》（改编自酥油饼的同

① 来源：人人文学网，http：//www. renrenwenxue. com/html/wenxuezaixian/wenxuezixun/15223. html，2016年12月12日查询。

名小说）等。

三、网络作品短板与趋势

1. 网络作品的局限性

就目前的情况来看，网络作品的局限性主要体现在以下三方面：

（1）价值取向狭隘，有的作品缺少人文承担感

网络文学属于精神产品，应该具备精神产品所必需的基本特点、内在品质、人文态度、审美指向。许多网络作品过分追逐游戏性和娱乐性，常常制造一些不符合人物性格，违背合理性的故事噱头，在不同场景中的故事构成和人物行为大量重复，使作品丧失了精神产品必须具备的力度与厚度。例如“二次元”审美的兴起与流行，导致一些作者利用呆萌化、少女化、拟人化的手段，软化了现实世界的运行法则，带有强烈的游戏感和青春乌托邦色彩。“二次元”审美中的世界带有超验性，人物往往带有“萌属性”，因为这个虚拟世界慰藉了他们的心灵，完全摆脱了现实中的主流价值观，离开了现实社会中的种种矛盾和愁困，使新的一代人大都陶醉于“二次元”审美的世界里难以自拔。

（2）作品文字冗长，艺术创新不足

类型化小说占据网络作品的半壁江山，但众多类型小说表现出“注水写作”越拉越长的倾向，日进万字的高产和动辄数百万字的篇幅，还有系列长篇的连锁性惊人容量，把类型小说创作拉入批量生产的文化工业槽模中，技术复制成为创造精品力作的障碍，“技术的艺术性”已然是网络写作的利器，但“艺术的技术化”却可能成为网络作品艺术追求的借口。

有许多网络作品写得粗制滥造，语言文本浅俗化，与传统文学作品相比，从总体上看，其艺术质量还有较大差距。创作者仓促就章，未能充分展现艺术创新的执着追求，很多作品开始几万字写得比较认真，到后面越写越差，虎头蛇尾，明显缺少持久性，以至作品结构凌乱、散漫、随意，缺少整体构思。网络创作需要校正和修补写作模式化的“重复短板”，为作品拓展更为宽阔的创新路径。

（3）商业利益驱动，功利遮蔽审美

一些网络写手迎合用户娱乐至上的快感体验，谄媚趣味欣赏，创作态度不够严谨。由于在线写作的即时更新、读写互动等特点，特别是商业化运作

的特性，网络写作中的猎奇猎艳心理、注水重复、凌空蹈虚等现象在许多作品中都有体现。有很多网络作家其实并不愿意每天大篇幅更新，但为了在网络上站稳脚跟又不得不拼命去做，“速度写作”一味追求产量，形成了网络作品特别是网络小说数量与质量的巨大落差。

由于有些作者文化底蕴欠缺，又缺少对社会的责任和对生活的感悟与思考，使他们的作品有大量对生活的发现，有非常生动、鲜活的细节描写，但却缺少对生活的提炼和概括，很显然，这是艺术修养不足、缺少文化底蕴深厚积淀的结果。并且，为了吸引读者眼球，文学网站倡导“更新为王”，使网络作家的精品意识十分薄弱，即便那些产生重要影响的作品，也是草珠混杂、沙金交织。

2. 网络创作的发展趋势

（1）现实类题材作品开始增多，文学作品与 IP 生态互融互通

经过近两年的网络文学市场大规模的并购和重组，网络作品已开始形成较为清晰的市场格局，IP 生态逐渐形成，版权意识逐步走向正轨。积极的市场发展态势是网络文学创作的“培养皿”，为网络文学的向上发展提供了养分充足的土壤。在我国网络文学 IP 概念未普及前，现实类题材的网络小说质量鱼龙混杂，网络作家为了博取点击率，往往剧情设计狗血、胡编乱造，有的作品情节描述低俗化，受到了传统文坛的抵触和批评。由于网络作家的稿酬与点击率直接挂钩，读者的心理期望能够在一定程度上影响剧情发展，这也导致网络创作一味迎合市场，缺少积极引导。

2015 年习近平在文艺工作座谈会讲话以后，中共中央出台了《关于繁荣发展社会主义文艺的意见》，国家广电总局、中国作家协会积极倡导“以人民为中心”的创作导向，这使 2016 年的网络创作现实类题材有较明显增加。由于现实题材的 IP 优势，改编成网络剧的难度较低，剧作制作和 IP 衍生产品开发的成本和收益之间利润空间更大，在一定程度上促进了现实题材创作，也推动了网络作品与 IP 生态的互融互通。如今，网络作家主动迎合读者的心理期望依旧存在，网络类型小说的作品质量依旧参差不齐，然而随着 IP 产业链条带来的巨大经济效益，促使网络作家在创作现实类题材的网络类型小说之始，便有意识地向 IP 开发靠拢，带动了现实类题材小说的整体精品化趋势。

网络文学作品与 IP 生态是一种互融互通的关系，两者相互依存，共同发展。目前网络文学作品和 IP 改编的关系存在单向性，即网络文学作品是 IP 源

头，衍生发展成整个知识产权链条。随着 IP 产业生态的不断成熟，运营成功的 IP 案例可以在诸如电影、漫画、游戏及小说间进行媒介形式的转化，未来的经典 IP 产生了可观的商业价值后，将会得到资本的二次投入，优质网络文学品牌化形成后或将带来网络文学作品的再次续作。

（2）以产品带动产业，网络文学成为文化产业链的源头

我国的网络文学产业已从单一文化产品走向全方位的文化生态。网络文学从最初的底层文学的活力增长，经过整理和再创造的过程，逐渐建立起了庞大的体系和类型。在急剧变化的网络文学领域，网络创作的反类型化特点开始出现，许多网络作者不再拘泥于某一类型化小说的创作套路，而是将文字的巨大想象功能发挥出来，构建出更宏大的故事体系，设置出更富戏剧性的故事脉络，描绘出多种娱乐性的丰富情节。以目前网络文学作品居高不下的人气和广泛的社会讨论度来看，广大读者对网络文学的热情将只增不减。2016 年是 IP 改编的繁盛之年，网络作品以文学产品盘活文学生态，激活了以网络文学作品为核心的 IP 产业链，创造了效益可观的市场效应。网络文学已成为网络文化产业的重要源头，随着高人气作品的不断出现，版权收购案例屡屡刷新纪录，网络文学作品已经为文化产业市场注入了巨大的活力，以网络文学为核心的产业链以及其所延伸的周边产业，正在发展中不断成长壮大。

（3）从阅读体验平面化走向多维感知的可能性

读屏时代的科技发展日新月异，人类的视觉获取不再仅限于平面化的视觉浏览，开始走向多感知性的操作性阅读体验。2016 年被称作“VR 元年”，其对网络文学发展带来了深远影响。VR（Virtual Reality）指一种可以创建和体验虚拟世界的计算机仿真系统，随着“VR”技术的深入发展与应用，人们的阅读模式可能发生颠覆性变化，因为这种虚拟现实技术能创造崭新的三维全感阅读体验。传统的阅读方式是一种二维阅读，即通过书或者电子屏幕阅读文字，用人类大脑的想象力和代入感，学习并体会文中含义，以此提升自己的知识水平和素质修养。而 VR 技术可以让二维的平面读物变成一个三维立体世界，甚至让读者“走入”其中，与书中的人与物发生互动，从而全方位地调动视觉、听觉、嗅觉、触觉等感官，这种接触式“阅读”将给读者带来一种“真实”的亲身体验和超乎寻常的“穿越”乐趣，更易于加深印象和提升理解力。网络类型小说的题材多样，宏大的叙事结构和百转迂回的故事情节较为适合向三维阅读模式转化，未来技术的可操作性得到普遍实现，网络

作品的交互性阅读方式的出现将指日可待。

（4）网络作品海外受追捧，网络文学成为中国文化输出的主力军

2016年年底，有关于“中国网文在欧洲受追捧”的新闻在网络上引发关注，散落在全球各地的华文翻译组织走入公众视野。目前在网络上比较活跃的中国网络文学翻译组织逾20个，主要成员为世界各地的华裔和汉语学习者，其中以北美地区和东南亚地区最为活跃。这些网络小说翻译组织大多有自己的独立站址，并进行定期的译文发布和更新，在这些组织中规模最大的网络文学翻译组织是Wuxiaworld。Wuxiaworld由美籍华裔开办，开站两年时间里已上架中国网络文学作品30余部（包括已更新和正在更新的），日浏览量达到350万人次，在全球网站排名为1500名左右。除了热门网络小说的译文更新外，Wuxiaworld还专设板块介绍中国传统文化和传授中文学习经验。在文学阅读和中文学习中，Wuxiaworld实现了“中国性”魅力的展示和中国文化的输出。

2016年年底，Wuxiaworld与起点中文网展开合作，签署十年翻译和电子出版的协议，初步达成20部热门作品的合作意向。至此，起点文学的正版授权划开了中国网络文学对外文化输出的时代。网络文学在国外市场的广受追捧，是中国文化输出迈出的关键性一步，以目前网络文学译文在国外读者心中口碑一片大好的局势，以及目前网络文学在海内外所取得的广泛关注度和高讨论度来看，网络文学已成为中国文化输出的主力军。

（游兴莹、王寓之　执笔）

第五章　理论与批评

2016年是网络文学大发展大繁荣的一年，网络文学的产业化如火如荼，网络文学的影响力不断提升，受到了社会各界的瞩目，甚至走出国门，受到了世界的热捧。继2015年11月底中国作家协会网络文学委员会成立之后，2016年两家国家级网络文学研究基地在中南大学和上海大学先后成立，各地网络文学委员会和网络文学研究基地也纷纷建立，网络文学主流化进入快车道，网络文学理论与批评研究受到了社会越来越多的关注，主流媒体和学术期刊对网络文学的关注达到了空前的程度。如何构建网络文学理论与批评的框架和体系，是近些年来学界不断提及并不断进行学术探讨和研究的一个重大理论问题。随着网络文学研究队伍的壮大和理论研究的深入，网络文学研究加快了步伐，成果丰硕。

一、年度学术期刊论文

1. 总貌描述

学术期刊作为学术研究成果发表的主要阵地，其论文刊载的数量和质量是判断某一领域学术研究水平的重要依据。自网络文学诞生以来，已经走过17年的历史，网络文学研究也紧随其后，相伴而行。

据统计，2016年有125家刊物刊发了网络文学理论与批评论文共245篇，与往年相比，无论是刊载网络文学研究的期刊数量还是发表的论文数量都有很大提升。另外，网络文学研究的专业队伍不断壮大，欧阳友权、马季、邵燕君、单小曦、禹建湘、陈定家、周志雄等知名学者活跃在2016年网络文学研究前沿阵地，是网络文学领域研究的先锋和中坚力量，为网络文学理论与批评的研究开辟了前进的道路。

在网络文学期刊论文的数量上，网络文学理论与批评的论文总体上呈现逐年增长的趋势。相关期刊论文的数量从最初的寥寥可数到2016年的蔚为大观，并且在高层次期刊发表的数量也不断增多，显示了网络文学近些年的研究取得了不俗的成绩。在网络文学期刊论文的研究方向上，网络文学在研究领域进一步拓宽，网络文学作为文学的本质基本上已经不再有争议，网络文学与传统文学的边界进一步模糊。2016 年网络文学期刊论文的热点主要集中在三个方面。首先，探索网络文学批评体系的建立。网络文学的持续繁荣发展亟须理论批评指导，2016 年网络文学批评研究多有从批评体系着手，如《网络文学批评的困境与选择》（欧阳友权《中州学刊》2016 年 12 期）、《网络文学批评史的建构逻辑》（欧阳友权《求是学刊》2016 年 03 期）、《网络文学批评标准的多维性》（禹建湘《求是学刊》2016 年 03 期）、《网络文学批评主体的衍变》（曾繁亭《小说评论》2016 年 05 期）、《网络文学批评的修辞术》（吴英文《小说评论》2016 年 05 期）、《网络文学批评的学术梳理》（欧阳婷《求是学刊》2016 年 03 期）等，对我国网络文学批评体系建设进行了深入探讨，影响广泛。其次，探讨网络文学与传统文学的融合关系。随着网络文学被社会认可和接纳，网络文学从隐学向显学转变，网络文学主流化已是大势所趋，《“茅奖”视野中的网络文学》（欧阳友权《小说评论》2016 年 01 期）、《网络文艺的主流化与新格局》（马季《中国文艺评论》2016 年 06 期）、《网络小说入史与中国当代文学史价值取向的思考》（汤哲声《小说评论》2016 年 02 期）等，探讨了网络文学主流化的问题。最后，研究网络文学产业化现象。IP 热的持续使网络小说的改编、网络文学版权问题等依然是社会关注的热点，论文《网络文学产业化研究综述》（欧阳文风，都鹏飞《云梦学刊》2016 年 02 期）、《IP 的实质：网络文学知识产权漫议》（马季《文艺争鸣》2016 年 11 期）等都在关注网络文学产业化问题。

在学术期刊上，2016 年发表网络文学研究的学术期刊从国家刊物到地方刊物，从核心刊物到普通刊物，从文学刊物到非文学刊物，涉及的刊物数量规模较大，比往年有增长，2016 年达到 100 多家。网络文学研究呈现出一片大好、遍地开花的形势。具体发表网络文学理论与批评的期刊有《小说评论》《名作欣赏》《当代文坛》《大众文艺》《文艺争鸣》《求是学刊》《探索与争鸣》《创作与评论》《云梦学刊》《北方文学》《安徽文学》《文艺理论研究》《东吴学术》《人民论坛》《南方文坛》《文艺评论》《武陵学刊》《红旗文稿》《艺术广角》《中国现代文学研究丛刊》《现代传播》《中州学刊》《浙江社会科学》《清华大学学报》《怀化学院学报》《淮阴师范学院学报》《湖北工程学院学报》《海南大学学报》《宜宾学院学报》《绵阳师范学院学报》《温州大学学报》《湘潭大学学报》《西南科技大学学报》《海南师范大学学报》《赤峰学院学报》等。从数量规模上看，大学学报在刊登网络文学论文上充当了重要的角色，表明网络文学研究论文受到大学学报的认可和欢迎。并且专业文学期刊和非专业文学期刊都在发表网络文学研究上做出了贡献，越来越多的研究者将文学研究的目光投向网络文学。

另外，论文的质量与期刊的级别有显著的关联，期刊的级别越高，尤其是核心期刊，论文的质量也相对较好。优质的期刊更受知名网络文学研究学者的关注，刊载的论文质量更高。2016 年发表网络文学理论与批评论文较突出的代表性学术期刊有：

（1）《小说评论》

《小说评论》是由陕西省作家协会主办，全国唯一一家专门从事小说研究、评论的刊物，多年来，以鲜明的当代性、信息性、现实性、学术性，兼容并蓄，雅俗共赏等特色获得了广泛好评。2016 年《小说评论》共刊载网络文学研究论文 13 篇，是刊载网络文学研究最多的核心期刊，是网络文学研究的主要阵地。

（2）《中国现代文学研究丛刊》

《中国现代文学研究丛刊》是中国现代文学研究会会刊。主管单位是中国作家协会，主办单位是中国现代文学馆，并与中国现代文学研究会合编。《丛刊》创刊于 1979 年 11 月，是全国唯一的中国现代文学研究的专门性学术刊物，代表着本学科领域的最新与最高研究水平。《丛刊》注重论文的学术性、科学性和当代性，鼓励独创性见解，热情扶持新生力量。2016 年《中国现代文学研究丛刊》刊载《网络时代的文学》（李敬泽，邵燕君，陈晓明，2016 年 08 期）、《从乌托邦到异托邦——网络文学“爽文学观”对精英文学观的“他者化”》（邵燕君，2016 年 08 期）、《“女性向”网络文学的性别实验——以耽美小说为例》（肖映萱，2016 年 08 期）等多篇网络文学研究论文。

（3）《文艺争鸣》

《文艺争鸣》杂志系中华人民共和国文化部主管，国家级艺术类核心期刊，是为全国各大、专院校（艺术院系）、艺术类中专师生和热爱艺术的各界人士提供信息、服务和交流的大型权威学术期刊。2016 年刊载网络文学研究论文《网络文学创作症候分析》（刘迎新，2016 年 07 期）、《〈红楼梦〉网络同人小说与文学经典》（罗鹏，2016 年 11 期）等数篇。

（4）《南方文坛》

《南方文坛》由广西文联主办，为国内外公开发行的文艺理论和批评期刊，被誉为“中国文坛的批评重镇”。2016 年刊载《再见“美丰仪”与“腐女文化”的逆袭——一场静悄悄发生的性别革命》（邵燕君，2016 年 02 期）等论文数篇。

（5）《名作欣赏》

《名作欣赏》杂志是由名作欣赏杂志社编辑出版的全国唯一的以鉴赏中外古今文学名著为内容的大型期刊，是鉴赏中外古今优秀文学作品的名牌期刊。2016 年刊载《好的网络文学标准能否穿透时代精神》（肖映萱，周明全，2016 年 28 期）、《让历史告诉未来——简析寻根小说与穿越小说的异同》（包宇超，2016 年 06 期）等 7 篇网络文学研究学术论文，备受网络文学研究者的青睐。

（6）《当代文坛》

《当代文坛》是由四川省作家协会主办的双月刊，系西南地区第一家专业文学评论杂志，密切关注中国当代文学创作和文坛动向，以其纯正的品位，深邃的内涵，平易的面貌赢得了广大作家、批评家、专业文学爱好者的厚爱，成为梳理和了解中国当代文学创作与文学思潮的重要媒体。设有名家论坛、理论探索、创作研究、小说面面观、作家与作品、批评与阐释等栏目，为网络小说研究论文的发表提供了重要平台。

（7）《求是学刊》

《求是学刊》是黑龙江大学主办的双月刊哲学社会科学学报，全国中文核心期刊，中国人文社科核心期刊。该刊通过定期或不定期开设的专题栏目，提出新的选题，以此来捕捉、挖掘学术热点，突出学术前沿，使学刊占有了当代学术审视的制高点。网络文学作为我国文学界迅速崛起的新力量，日益受到《求是学刊》等核心期刊的高度重视。

（8）《大众文艺》

《大众文艺》是经国家新闻出版总署批准的，由河北省文化厅主管，河北省群众艺术馆主办的文艺类学术期刊。坚持“二为”方针，坚持面向基层、面向大众，刊登内容健康向上的、群众喜闻乐见的通俗文艺作品。2016 年发表了《论网络言情小说中的“金手指”元素》（刘辉，刘润泽，2016 年 06

期)、《女性向网络流行文学中的涉藏元素——以晋江原创网为例》（王巳龙，2016 年 18 期）等论文数篇。

(9)《创作与评论》

《创作与评论》系湖南省唯一的创作与评论并重的大型文艺期刊。湖南省作为我国网络文学研究最早和最主要的省份之一，这里活跃着一批知名的网络文学研究学者，网络文学研究学术氛围浓厚，使该刊的网络文学研究稿源丰富，《创作与评论》是我国中部网络文学理论与批评重要阵地。

(10)《怀化学院学报》

《怀化学院学报》是怀化学院于 2007 年创办的综合性学术期刊，遴选刊发了大量有所创新、有所突破、立论科学、论证充分、学术价值高和现实意义重大的文章，发挥了作为地方性大学学术期刊其引领学术思潮和学术导向的作用。近年来《怀化学院学报》高度重视网络文学研究，值得注意的是 2016 年学术年会暨“网络文学评价体系构建”学术研讨会在湖南怀化学院召开，使《怀化学院学报》刊发了数量可观的网络文学研究高水准论文。

从整体上看，网络文学研究的形势欣欣向荣。但是，在庞大的期刊和论文基数下，也同样存在很多问题，主要表现在网络文学研究论文数量庞大和优质论文数量相对较少的问题，专门刊登网络文学的期刊数量屈指可数，网络文学研究期刊队伍建设依旧任重而道远。

在研究学者方面，网络文学研究主体身份差异大，分布广泛，从教授到学生，从学术领域到非学术领域，身份差异大，研究水平参差不齐。网络文学领域知名学者的研究更加反映当前网络文学发展的风向，2016 年发表较有影响的网络文学研究论文的代表性学者有：

欧阳友权，文学博士，中南大学文学院教授，博士生导师，中国文艺理论学会网络文学研究会会长，中国作协网络文学研究基地主任兼首席专家，中国作协网络文学委员会副主任，国家教学名师，全国模范教师。自 1998 年开始，率先在国内组建团队开展网络文学与新媒体文化研究，成果丰硕，研究成果在全国有广泛影响，被视为中国网络文学研究的开拓者和领军人物。在 2016 年，欧阳友权发表了《网络文学批评的困境与选择》（《中州学刊》2016 年 12 期)、《“茅奖”视野中的网络文学》(《小说评论》2016 年 01 期)、《媒介文艺学的数字化探寻》(《文艺理论研究》2016 年 05 期)、《网络小说的叙事维度与艺术可能》（《小说评论》2016 年 05 期)、《打开网络文学迷宫的锁钥在哪里》（《人民论坛》2016 年 24 期）、《网络文学批评史的建构逻辑》（《求是学刊》2016 年 03 期）等多篇学术论文。

黄鸣奋，厦门大学人文学院中文系教授，博士生导师。自 20 世纪 90 年代中期开始从事数字媒体艺术理论研究。发表论文百余篇，2016 年发表《口袋妖怪：新媒体与艺术形态的变革》（《文艺争鸣》2016 年 11 期）等论文。

陈定家，文学博士，中国社会科学院研究生院教授。主持科研项目有“网络时代的文学生产与消费”（2004 年度中国社科院重大课题）等，参与多项国家与省部级科研课题。出版专著《比特之境：网络时代的文学生产研究》（中国社会科学出版社，2011）等。2016 年发表了《网络“悦读”的合理性及其局限》（《湘潭大学学报（哲学社会科学版）》2016 年 01 期）、《网络超文本与互文性的诗学阐释》（《温州大学学报（社会科学版）》2016 年 03 期）、《如何撰写网络文学史的几点思考》（《文艺争鸣》2016 年 08 期）等多篇期刊文章。

马季，中国作家网副主编，中国作家协会会员。出版的专著有《读屏时代的写作：网络文学 10 年史》（中国工人出版社，2008）、《网络文学透视与备忘》（中国社会科学出版社，2010）等。2016 年发表《〈芈月传〉：网络文本与传统文本的同构》（《南方文坛》2016 年 03 期）、《网络文艺的主流化与新格局》（《中国文艺评论》2016 年 06 期）、《IP 的实质：网络文学知识产权漫议》（《文艺争鸣》2016 年 11 期）等学术论文。

单小曦，文学博士，杭州师范大学人文学院教授，主持的项目有“当代艺术生产力的多维构成与动态建构”（2009 年度教育部人文社科基金项目）、“当代数字媒介场中的文学生产方式变革研究”（2010 年度国家社科基金项目）等，出版专著有《媒介与文学：媒介文艺学引论》（商务印书馆，2015）等，2016 年发表《从后现代主义到“数字现代主义”——新媒介文学文化逻辑问题研究反思与新探》（浙江社会科学，2016）等学术论文。

周志雄，文学博士，山东师范大学教授，博士生导师，在《文学评论》《人民日报》《文艺评论》等期刊报纸上发表文章百余篇。出版了《新世纪网络文学的侧面》等书籍。2016 年发表了《通俗文学版图中的网络小说》（《文艺争鸣》2016 年 11 期）、《兴盛的网络武侠玄幻小说》（《小说评论》2016 年 03 期）等论文。

禹建湘，文学博士、博士后，中南大学文学院教授，博士生导师，全国网络文学研究会副会长，中南大学“网络文学”省级精品课和“新媒体文学”省级优秀教学团队的主讲教师。主持国家级社科基金和省部级社科基金10余项，在《文学评论》等刊物发表学术论文数十篇。2016年发表了《网络文学批评标准的多维性》(《求是学刊》2016年03期) 等相关论文。

邵燕君，北京大学中文系副教授，全国网络文学研究会副会长。2009年开始转向网络文学研究，发表网络文学研究论文数十篇。撰写的著作有《网络时代的文学引渡》(广西师范大学出版社，2015)、《网络文学经典解读》(北京大学出版社，2016) 等。2016年发表了《网络文学对传统文学的冲击研究——以〈后宫·甄嬛传〉为例》(《名作欣赏》2016年03期)、《从乌托邦到异托邦——网络文学“爽文学观”对精英文学观的“他者化”》(《中国现代文学研究丛刊》2016年08期) 等期刊论文。

曾繁亭，文学博士，中南大学文学院教授，博士生导师，全国网络文学研究会副秘书长。主持的项目有“网络文学写作属性考辨”(2011年度湖南省社科基金项目) 等。已出版著作《网络文学写手论》(中国社会科学出版社，2011) 等。发表的论文有《签约写手：暧昧的身形与尴尬的身份》(《学习与探索》2010年02期) 等。2016年发表《网络文学批评主体的衍变》(《小说评论》2016年05期) 等论文。

欧阳文风，文学博士，博士后，中南大学教授，全国网络文学研究会秘书长。主持过“短信文学的学理形态研究”(2011年度中南大学人文社科杰出人才专项资助项目) 等课题。出版的相关著作有《短信文学论》(中国社会科学出版社，2011)、《博客文学论》(中国文史出版社，2007) 等，并发表相关论文数十篇。2016年发表《网络文学产业化研究综述》(《云梦学刊》2016年02期) 等论文。

此外，一些其他研究领域的知名学者在2016年也先后发表网络文学相关的学术论文。如南开大学文学院教授周志强发表《极端的艺术与欲望的政治——网络官场小说的写作伦理》(《河南社会科学》2016年09期) 一文，浙江大学文科资深教授徐岱发表了《去“经典化”的网络写作》(《浙江社会科学》2016年01期) 一文等，这些文科领域的知名学者在2016年涉足网络文学，一方面在网络文学研究方面留下足迹，而另一方面他们是否会持续关注这一领域则是未知数。作为新兴的朝阳领域，网络文学研究的巨大空间无疑吸引着越来越多的学者关注，网络文学研究越来越受到学界的重视。下面列举的年度百篇论文的作者，都是网络文学理论批评研究的代表。

2. 代表性论文（100 篇）

①欧阳友权，“茅奖”视野中的网络文学，小说评论，2016 年 01 期。

②汪代明，赵明，茅盾文学奖，何时颁给网络文学，小说评论，2016 年 01 期。

③欧阳婷，“茅奖”与网络文学发展路向，小说评论，2016 年 01 期。

④徐岱，去“经典化”的网络写作，浙江社会科学，2016 年 01 期。

⑤周波，关于网络文学经典化问题的思考，东岳论丛，2016 年 01 期。

⑥吴玉婷，社会文化视角下网络文学解析，中华文化论坛，2016 年 01 期。

⑦张玉玉，科学技术哲学视域下网络文学的发展，文化学刊，2016 年 01 期。

⑧葛思思，试论自媒体时代下网络小说的经典化，文学教育（上），2016 年 01 期。

⑨陈定家，网络“悦读”的合理性及其局限，湘潭大学学报（哲学社会科学版），2016 年 01 期。

⑩田晓丽，互联网时代的类社会互动：中国网络文学的社会学分析，清华大学学报（哲学社会科学版），2016 年 01 期。

⑪金涛，康锦涛，共生还是寄生——网络文学与传统文学的错位，语文学刊（外语教育教学），2016 年 01 期。

⑫谢波，网络文学生产：数字化、商业化与文学化的平衡，中国图书评论，2016 年 02 期。

⑬王涛，试论网络媒介影响下文学创作中主体间性的生成——以“80 后”创作中的身体修辞变化为例，当代文坛，2016 年 02 期。

⑭汤哲声，网络小说入史与中国当代文学史价值取向的思考，小说评论，2016 年 02 期。

⑮石娟，草稿化与媒介转移：网络小说性质及经典化路径之探讨，小说评论，2016 年 02 期。

⑯欧阳文风，都鹏飞，网络文学产业化研究综述，云梦学刊，2016 年 02 期。

⑰李卫东，王敏芝，杜林，网络文学审美特性的网络基因转换，当代文

坛，2016年02期。

⑱霍忠义，微博小说的定义、发展及审美特征，中州学刊，2016年02期。

⑲邵燕君，再见“美丰仪”与“腐女文化”的逆袭——一场静悄悄发生的性别革命，南方文坛，2016年02期。

⑳蔚蓝，新的文艺增长热点与社会价值观的建构——对中国当下文艺创作现象的一种透视，创作与评论，2016年02期。

㉑王涛，试论网络媒介影响下文学创作中主体间性的生成——以“80后”创作中的身体修辞变化为例，当代文坛，2016年02期。

㉒陈定家，大数据时代“微批评”的文化表征——以“微评莫言”的“网络事实”为中心，社会科学辑刊，2016年02期。

㉓孙士聪，《文学笔记》的阿多诺——“奥斯维辛之后”的诗学与网络文学，学术界，2016年02期。

㉔任俊华，试论都市网络小说的三大流派，名作欣赏，2016年03期。

㉕胡友峰，论“微时代”的“微文学”，温州大学学报（社会科学版），2016年03期。

㉖陈玉蛟，包容与糅杂：创新中的网络武侠小说，小说评论，2016年03期。

㉗周志雄，兴盛的网络武侠玄幻小说，小说评论，2016年03期。

㉘吕周聚，论网络诗歌的观念变革，山东社会科学，2016年03期。

㉙韩君燕，网络文学对传统文学的冲击研究——以《后宫·甄嬛传》为例，名作欣赏，2016年03期。

㉚李春青，互联网时代的“文艺”与“人民”之关系，河南社会科学，2016年03期。

㉛胡春铮，原创网络文学发展刍议，学术交流，2016年03期。

㉜丁乐，网络文学在新形势下的经典化出路，文学教育（上），2016年03期。

㉝欧阳友权，网络文学批评史的建构逻辑，求是学刊，2016年03期。

㉞禹建湘，网络文学批评标准的多维性，求是学刊，2016年03期。

㉟欧阳婷，网络文学批评的学术梳理，求是学刊，2016年03期。

㊱龚自强，新媒体语境下的当下文学：变动、危机及前景，东吴学术，

2016 年 03 期。

㊲马季，《芈月传》：网络文本与传统文本的同构，南方文坛，2016 年 03 期。

㊳许苗苗，从“穿越”到“穿越指南”：网络文学如何实现内在规范，探索与争鸣，2016 年 03 期。

㊴陈定家，网络超文本与互文性的诗学阐释，温州大学学报（社会科学版），2016 年 03 期。

㊵张邦卫，从“审美”到“审丑”——媒体化语境中新世纪文学的美学问题，温州大学学报（社会科学版），2016 年 03 期。

㊶陈风，陈定家，隐匿的写作：《图雅的涂鸦》及其文学史意义，武陵学刊，2016 年 03 期。

㊷鲍远福，新媒体文本表意论：从语图关系到“语图间性”，内蒙古社会科学（汉文版），2016 年 03 期。

㊸向娟，在喧嚣中寂寞前行——2015 年湖南网络文学创作综述，创作与评论，2016 年 04 期。

㊹徐红艳，网络小说隐喻解读，小说评论，2016 年 04 期。

㊺钟丽茜，新媒体时代文学的跨界异变及未来走势，文学评论，2016 年 04 期。

㊻吴国如，涂苏琴，新世纪网络文学非理性创作特征论，小说评论，2016 年 04 期。

㊼黄鸣奋，新媒体凝视着我们——新媒体带给文艺评论的三大变化，艺术广角，2016 年 04 期。

㊽欧阳友权，网络小说的叙事维度与艺术可能，小说评论，2016 年 05 期。

㊾曾繁亭，网络文学批评主体的衍变，小说评论，2016 年 05 期。

㊿吴英文，网络文学批评的修辞术，小说评论，2016 年 05 期。

51欧阳友权，媒介文艺学的数字化探寻，文艺理论研究，2016 年 05 期。

52杨有楠，从文学到生意——产业化经营模式下网络文学的本体考察，文艺评论，2016 年 05 期。

53汤俏，网络文学发展与文学主体性问题——网络文学与商业“联姻”之忧，当代文坛，2016 年 05 期。

㊹刘芳喜，文学性·碎片化·分享主义平台：微信的技术文化哲学分析，江海学刊，2016 年 05 期。

㊺马季，网络文艺的主流化与新格局，中国文艺评论，2016 年 06 期。

㊻胡友峰，电子媒介时代文学的生产方式，浙江社会科学，2016 年 06 期。

㊼乌兰其木格，论网络文学中的女性历史书写——以蒋胜男《芈月传》为中心，当代文坛，2016 年 06 期。

㊽陈积银，智慧传播时代的网络文艺传播机制，甘肃社会科学，2016 年 06 期。

㊾陈定家，网络文学理论与批评现存问题及其应对策略，阅江学刊，2016 年 06 期。

㊿杨洋，胡近，网络文艺的意识形态属性及其引领策略，中州学刊，2016 年 06 期。

61刘辉，刘润泽，论网络言情小说中的“金手指”元素，大众文艺，2016 年 06 期。

62吉云飞，“征服北美，走向世界”：老外为什么爱看中国网络小说？文艺理论与批评，2016 年 06 期。

63刘琳，她们的言说——论新世纪网络女性小说中的历史写作，创作与评论，2016 年 06 期。

64包宇超，让历史告诉未来——简析寻根小说与穿越小说的异同，名作欣赏，2016 年 06 期。

65姜太军，李文浩，“人民的”批评标准与网络文学批评，湖南科技大学学报（社会科学版），2016 年 06 期。

66单小曦，从后现代主义到“数字现代主义”——新媒介文学文化逻辑问题研究反思与新探，浙江社会科学，2016 年 06 期。

67孙书文，建构良性网络文学批评论纲，百家评论，2016 年 06 期。

68刘迎新，网络文学创作症候分析，文艺争鸣，2016 年 07 期。

69柯艾，浅析网络文学中的后女权主义，文学教育（上），2016 年 08 期。

70陈定家，如何撰写网络文学史的几点思考，文艺争鸣，2016 年 08 期。

71邵燕君，从乌托邦到异托邦——网络文学“爽文学观”对精英文学观的“他者化”，中国现代文学研究丛刊，2016 年 08 期。

⑫薛静，穿越——重生小说中的现代价值——以希行小说为例，中国现代文学研究丛刊，2016 年 08 期。

⑬王雪，网络文学对民间文学的征用——以《流血的仕途》为例，中国现代文学研究丛刊，2016 年 08 期。

⑭李敬泽，邵燕君，陈晓明，网络时代的文学，中国现代文学研究丛刊，2016 年 08 期。

⑮肖映萱，“女性向”网络文学的性别实验——以耽美小说为例，中国现代文学研究丛刊，2016 年 08 期。

⑯赖敏，媒介文艺学的学理建构，中国图书评论，2016 年 08 期。

⑰胡海迪，网络文艺微评论：媒介融合与文体意识的建立，中国文艺评论，2016 年 08 期。

⑱陈定家，我国网络文学的学科开创——评欧阳友权的网络文学研究，创作与评论，2016 年 08 期。

⑲谭伟平，论网络文学的现状与发展趋势，怀化学院学报，2016 年 09 期。

⑳林慧频，从“草根庶出”到主流认可，安徽文学（下半月），2016 年 09 期。

㉑王梓涵，罗宗宇，“晋江文学城”女性文学网站探析，怀化学院学报，2016 年 09 期。

㉒周志强，极端的艺术与欲望的政治——网络官场小说的写作伦理，河南社会科学，2016 年 09 期。

㉓胡疆锋，珀耳修斯的“隐形盔”和“盾牌”：试析网络文学的现实品格，河南社会科学，2016 年 09 期。

㉔黄发有，网络文学研究的挑战与启示，文艺争鸣，2016 年 11 期。

㉕周志雄，通俗文学版图中的网络小说，文艺争鸣，2016 年 11 期。

㉖马季，IP 的实质：网络文学知识产权漫议，文艺争鸣，2016 年 11 期。

㉗罗鹏，《红楼梦》网络同人小说与文学经典，文艺争鸣，2016 年 11 期。

㉘黄鸣奋，口袋妖怪：新媒体与艺术形态的变革，文艺争鸣，2016 年 11 期。

⑧⑨苗思露，笔随心动，意为情至——网络文学作者心态浅析，安徽文学（下半月），2016 年 11 期。

⑨⓪杜书瀛，口语文学・书写文学・网络文学，文艺争鸣，2016 年 12 期。

⑨①欧阳友权，网络文学批评的困境与选择，中州学刊，2016 年 12 期。

⑨②孙书文，建构良性网络文学批评论纲，百家评论，2016 年 06 期。

⑨③邹毅，对跨越媒介的剧网文艺现状与网络文学源头的思考，艺术教育，2016 年 12 期。

⑨④肖宁，尤达，改编经典改变一切——网络文学艺术中孙悟空形象的颠覆，大众文艺，2016 年 16 期。

⑨⑤王巳龙，女性向网络流行文学中的涉藏元素——以晋江原创网为例，大众文艺，2016 年 18 期。

⑨⑥刘琳，王侃，性别视域下的爱情书写——新世纪网络女性写作浅探，名作欣赏，2016 年 22 期。

⑨⑦庄庸，从少女之“心”到女“王”天下——蒋胜男《芈月传》“小儿女大历史”的书写冒险，名作欣赏，2016 年 22 期。

⑨⑧欧阳友权，打开网络文学迷宫的锁钥在哪里，人民论坛，2016 年 24 期。

⑨⑨诸葛俊元，陪他一段——读台湾网络小说家敷米浆《你转身，我下楼》及其他，名作欣赏，2016 年 25 期。

⑩⓪肖映萱，周明全，好的网络文学标准能否穿透时代精神，名作欣赏，2016 年 28 期。

二、年度报纸文章

1. 总貌描述

报纸的报道程度反映了一个社会对于某一种社会现象的关注程度。与往年相比，2016 年关于网络文学事件报道和学术评论的报纸文章数量攀升，这是网络文学主流化过程中所经历的必然现象。

据统计，2016 年有近 75 家报纸媒体发表网络文学报道和理论与批评的文章近 293 篇，数量较往年有巨大增长。其中发表网络文学研究文章的知名学者有欧阳友权、陈崎嵘、陈定家、马季、邵燕君、单小曦、周志雄、夏烈、张柠、舒晋瑜等。其中如舒晋瑜发表的《网络上那些秘不示人的写手》（《中华读书报》2016年3月23日)、《网络文学评价体系构建出路何在?》(《中华读书报》2016年9月5日）等文章，夏烈2016年在《人民日报》《光明日报》《文艺报》等报纸上发表大量网络文学相关的文章，如《网络文艺批评的三个学理支柱》(《光明日报》2016年9月3日)、《网络文学共同体正在形成》(《人民日报》2016年11月29日）等，都产生了较好影响。

2016年具体涉及网络文学报道和理论与批评的报纸刊物有：《文艺报》《文学报》《文汇报》《社会科学报》《中国文化报》《中国社会科学报》《中国艺术报》《中华读书报》《中国教育报》《北京青年报》《中国科学报》《人民日报》《光明日报》《新华日报》《吉林日报》《工人日报》《湖南日报》《太原日报》《陕西日报》《解放日报》《重庆日报》《河北日报》《安徽日报》《浙江日报》《黑龙江日报》《南方日报》《温州日报》《天津日报》《海南日报》《大连日报》《广州日报》等文学专业报纸、综合性报纸等各种类型。在此重点介绍几种年度刊发网络文学理论与批评文章的报纸：

《光明日报》，中共中央机关报之一，是由中宣部直接领导的大型、全国性的官方新闻媒体之一，中央宣传部代管的中央党报。《光明日报》近些年对网络文学的相关报道增多，网络文学评论的文章屡登《光明日报》，网络文学得到了主流媒体的关注和认可。2016年《光明日报》刊发了《网络文学应发挥新媒体优势》（欧阳友权，2016年11月26日)、《网络文学也要有高峰》(欧阳友权，2016年12月21日）等网络文学报道及文学评论数十篇，主流媒体对网络文学的重视，对网络文学的发展和研究产生了广泛的影响。

《文艺报》，中国作家协会主办的全国第六大名报，新中国的文艺风云均与《文艺报》有着密切关系，历史奠定了《文艺报》在中国文艺界的影响和权威地位，其是展示名家风采，纵览文学艺术新潮，让世界了解中国文艺界的主要窗口之一。2016年《文艺报》刊发了《网络文学主流化及其前景》(马季，2016年5月6日)、《关于文学未来的一种预测》(欧阳友权，2016年8月19日）等20多篇文章，是对网络文学评论最多的权威报纸。

《中华读书报》，由新闻出版署、光明日报社和中国出版工作者协会主办。1994年7月创刊以来以其高雅的文化品位、大量的读书出版信息，生动活泼的界面风格，在各界读者中受到好评，文章频繁被各报刊转载，是一张颇具影响的文学类报纸。2016年《中华读书报》刊发了《如何看待文化产业与当代文学创作的关系》(丁帆，2016年12月23日)、《网络文学评价体系构建出路何在?》（舒晋瑜，2016 年 9 月 5 日）等多篇文章，在网络文学评论方面有较广泛的影响。

《文学报》，创刊于 1981 年 4 月，是我国文坛、报坛第一张大型综合性专业文学报纸。《文学报》的办报宗旨是迅速报道国内外重大文坛信息，评介作家精品力作，扶持文学新人，开展文学批评，繁荣文学创作。网络文学作为我国文坛当前最亮丽的风景，受到了《文学报》的关注和重视。2016 年刊发了《研究网络文学就是研究当代文学》（邵燕君，2016 年 2 月 25 日）、《底层网络作家的守与弃》（袁跃兴，2016 年 6 月 2 日）等多篇文章。

《文汇报》，由中共上海市委直接领导，在国内外具有广泛影响的大型综合性日报。2016 年刊发了《别把网络文学做细做窄》（许旸，2016 年 4 月 12 日）、《我们在谈文学，他们在谈 IP》（何平，2016 年 6 月 10 日）等多篇文章。

在网络文学报纸文章发表方面，欧阳友权、马季、陈定家、黄鸣奋、单小曦、禹建湘、邵燕君等知名学者除了在期刊论文上有所建树，同样发表了大量学术性报纸文章。除此之外，有不少新闻工作者或学者的研究成果主要发表在报纸上，影响较大。代表性人物有舒晋瑜、夏烈等。

2. 代表性报纸文章（100 篇）

①马季，2015 年：网络文学纵深发展谋新局，光明日报，2016 年 1 月 4 日。

②杨早，网络文学的繁盛和荒凉，人民日报，2016 年 1 月 5 日。

③张柠，建构中国文学格局的“新常态”，文艺报，2016 年 1 月 6 日。

④邢霞，网络文学已成主流?，社会科学报，2016 年 1 月 7 日。

⑤吉云飞，《剑王朝》：东方玄幻落地生根，文学报，2016 年 1 月 7 日。

⑥周倩，“互联网 +”文学，还是文学的“互联网 +”?，工人日报，2016 年 1 月 11 日。

⑦吴月玲，融通传统经典和网络文艺的评价体系，中国艺术报，2016 年 1 月 15 日。

⑧刘杨，改编时代的网络小说路在何方?，文学报，2016 年 1 月 21 日。

⑨马兵，移动互联媒介视野下的微信文学及其可能，文艺报，2016 年 1 月 22 日。

⑩艾翔，新的载体需要文学新的定位，文艺报，2016 年 1 月 22 日。

⑪王鹏程，到处是水哪一滴可以喝呢，文艺报，2016 年 1 月 22 日。

⑫王迅，批评的分层与细化，文艺报，2016 年 1 月 22 日。

⑬杨晓帆，媒介即现实：为时代“赋形”的文学，文艺报，2016 年 1 月 22 日。

⑭邵燕君，吉云飞，肖映萱，2015 年网络文学：顺势而为与内力所趋，文艺报，2016 年 2 月 19 日。

⑮杨早，“IP 热”背后：网络文学的商业逻辑，团结报，2016 年 2 月 20 日。

⑯邵燕君，研究网络文学就是研究当代文学，文学报，2016 年 2 月 25 日。

⑰陈定家，媒介作为文学“要素”的合理性，中国社会科学报，2016 年 3 月 7 日。

⑱马兵，移动互联媒介视野下的微信文学，太原日报，2016 年 3 月 16 日。

⑲舒晋瑜，网络上那些秘不示人的写手，中华读书报，2016 年 3 月 23 日。

⑳郝雨，李如冰，全媒体时代文学的精神突围，文艺报，2016 年 3 月 28 日。

㉑许旸，别把网络文学做细做窄，文汇报，2016 年 4 月 12 日。

㉒陈龙，女性网络小说为何这么火?，南方日报，2016 年 4 月 21 日。

㉓贺予飞，再现网络文学发展的立体图景，中国艺术报，2016 年 4 月 25 日。

㉔刘小源，两种视野下的网络文学“经典化”，光明日报，2016 年 4 月 25 日。

㉕欧阳友权，媒介文艺学的理论开拓，人民日报，2016 年 4 月 26 日。

㉖萧惊鸿，网络文学与传统文学殊途同归，光明日报，2016 年 5 月 2 日。

㉗肖欣，网络文学要有标杆和底线，湖南日报，2016 年 5 月 6 日。

㉘马季，网络文学主流化及其前景，文艺报，2016 年 5 月 6 日。

㉙郑海鸥，网络文艺呼唤天朗气清，人民日报，2016 年 5 月 11 日。

㉚胡友峰，如何建构媒介时代的文学理论——评单小曦《媒介与文学——媒介文艺学引论》，文艺报，2016 年 5 月 20 日。

㉛王艳丽，“互联网+”时代重塑女性主义文学批评，中国社会科学报，2016年5月30日。

㉜向志强，高雪，网络文艺不会取代传统文艺，光明日报，2016年5月30日。

㉝岳中，网络文学亟须法律“施肥”，中国文化报，2016年6月3日。

㉞何平，我们在谈文学，他们在谈IP，文汇报，2016年6月10日。

㉟李树，疏瀹源流，开启新声，中国艺术报，2016年6月20日。

㊱单小曦，中国当代纯文学的网络化道路，中国社会科学报，2016年6月20日。

㊲夏琪，特殊的文化出版体制造就了中国网络文学，中华读书报，2016年6月22日。

㊳黄玮，网络文学，拓展人的自我想象，解放日报，2016年6月25日。

㊴程海威，欧阳友权《网络文学研究成果集成》：“集成”网络文学的学术资源，文艺报，2016年6月29日。

㊵肖惊鸿，缪娟网络小说《翻译官》：谁的青春不梦想，文艺报，2016年6月29日。

㊶时世平，求解网络文学批评之困，天津日报，2016年6月29日。

㊷桫椤，回到本体看网文，文学报，2016年6月30日。

㊸乌兰其木格，爱情与青春的奏鸣曲——读长篇小说《翻译官》，光明日报，2016年7月4日。

㊹赵毅衡，又一个轮回在开始，中华读书报，2016年7月4日。

㊺禾刀，被网络改写的文化基因密码，文学报，2016年7月7日。

㊻单小曦，评点批评的当代“回归”与反思，光明日报，2016年7月11日。

㊼温新红，在文化输出上，中国有网络文学，中国科学报，2016年7月11日。

㊽韩思琪，缪娟《翻译官》：网络时代的“亦舒”言情，文艺报，2016年7月14日。

㊾江枫，《欢乐颂》：尝试关注现实的“肥皂泡”，文艺报，2016年7月14日。

㊿杨雅莲，张钘伟，何丽娜，网络文学不应成为IP附属品，中国新闻出

版广电报，2016 年 7 月 15 日。

㉛饶翔，自律是网络文学主流化的必由之路，光明日报，2016 年 7 月 28 日。

㉜聂倩薇，网络文艺：瞻望与畅想，中国艺术报，2016 年 8 月 5 日。

㉝唐红丽，段丹洁，促进网络文艺健康有序发展，中国社会科学报，2016 年 8 月 12 日。

㉞部晓文，网络文学繁荣可期，人民政协报，2016 年 8 月 17 日。

㉟欧阳友权，关于文学未来的一种预测，文艺报，2016 年 8 月 19 日。

㊱欧阳婷，网络文学评价体系构建刻不容缓，中国艺术报，2016 年 8 月 29 日。

㊲庄庸，网络文艺评论需“进场”，光明日报，2016 年 8 月 29 日。

㊳乌兰其木格，从秋瑾到芈月：女性历史叙事中的性别建构，文艺报，2016 年 8 月 31 日。

㊴马季，网络文学现实情怀逐步增强，人民日报海外版，2016 年 9 月 3 日。

㊵夏烈，网络文艺批评的三个学理支柱，光明日报，2016 年 9 月 3 日。

㊶舒晋瑜，网络文学评价体系构建出路何在?，中华读书报，2016 年 9 月 5 日。

㊷吴学安，设一个网络文学奖需要“洪荒之力”，羊城晚报，2016 年 9 月 5 日。

㊸包晓光，网络文学应为书香社会传递正能量，中国教育报，2016 年 9 月 8 日。

㊹夏烈，网络文艺评论的审美标准，团结报，2016 年 9 月 10 日。

㊺蒲波，网络文艺与时代审美，中国艺术报，2016 年 9 月 12 日。

㊻刘皓明，谈谈数字化书写，文汇报，2016 年 9 月 14 日。

㊼陈崎嵘，网络作家应当从长征中汲取什么，文艺报，2016 年 9 月 14 日。

㊽周志强，网络官商小说：市侩主义的写作伦理，文学报，2016 年 9 月 15 日。

㊾金赫楠，网络言情小说二三事，文艺报，2016 年 9 月 19 日。

㊿茅硕，网络文学：前行在于理念创新，中国新闻出版广电报，2016 年 9 月 22 日。

⑦夏烈，展示多元发展倡扬精品气象，文艺报，2016 年 10 月 13 日。

⑫桫椤，网络文艺，做“先锋”也当“卫士”，光明日报，2016 年 10 月 13 日。

⑬吉云飞，“穿越救亡流”与“历史研究范”——历史穿越小说如何对话历史，文学报，2016 年 10 月 14 日。

⑭刘照丁，推动网络文学与传统文学相知相融，中国艺术报，2016 年 10 月 20 日。

⑮王敏，有价值的 IP 与 IP 改编，文艺报，2016 年 10 月 24 日。

⑯夏烈，迈向 2.0 版本的网络文学与影视业——影视业背景下的网络文学境遇与趋势，文艺报，2016 年 10 月 24 日。

⑰南帆，文学批评拿什么对“网络文学 +”发声?，文艺报，2016 年 10 月 28 日。

⑱吉云飞，老外也爱中国网络小说，人民日报海外版，2016 年 10 月 31 日。

⑲何平，网络文学的文化自觉何以可能，光明日报，2016 年 11 月 7 日。

⑳桫椤，网络激发类型文学新能量，光明日报，2016 年 11 月 7 日。

㉑周志雄，网络文学与当代现实生活，光明日报，2016 年 11 月 7 日。

㉒王梓涵，罗宗宇，多维视角看女性网络文学，文学报，2016 年 11 月 10 日。

㉓邵燕君，媒介融合背景下的“主流化”与“多样化”，文艺报，2016 年 11 月 18 日。

㉔何亦聪，我看网络文学近 20 年的发展变化，文艺报，2016 年 11 月 23 日。

㉕欧阳友权，网络文学应发挥新媒体优势，光明日报，2016 年 11 月 26 日。

㉖欧阳友权，网络文学的“大格局”和“小世界”，光明日报，2016 年 11 月 27 日。

㉗夏烈，网络文学共同体正在形成，人民日报，2016 年 11 月 29 日。

㉘李政葳，网络文学困局如何破，光明日报，2016 年 12 月 1 日。

㉙王坤宁，李婧璇，网络文学价值重塑融合发展是趋势，中国新闻出版广电报，2016 年 12 月 1 日。

㉚吴晋娜，网络文学如何成就更多经典，光明日报，2016 年 12 月 2 日。

⑨许旸，现实主义书写让网络文学更有生命力，文汇报，2016年12月6日。

⑨朱蒂尼，网络文学给写作带来丰富灵感，光明日报，2016年12月7日。

⑨庄庸，莫忽视“网生代”的核心需求，文艺报，2016年12月14日。

⑨马季，网络文学迎来变革黄金期，人民日报海外版，2016年12月15日。

⑨薛世君，网络文学或落入“精英通吃”的窠臼，广州日报，2016年12月16日。

⑨欧阳友权，网络文学也要有高峰，光明日报，2016年12月21日。

⑨丁帆，如何看待文化产业与当代文学创作的关系，中华读书报，2016年12月23日。

⑨孙佳山，网络文艺创新的历史意义与时代使命，文艺报，2016年12月23日。

⑨许旸，网络历史题材创作要远离肤浅低俗，文汇报，2016年12月25日。

⑩陈崎嵘，网络作家要树立正确的历史观和创作观，文艺报，2016年12月30日。

三、年度理论批评著作

1. 著作清单

①《网络文学符号学研究》，王小英，中国社会科学出版社，2016年1月。

②《网络文学发展现状及其评价体系研究》，张立，介晶，高宁，梁楠楠，中国书籍出版社，2016年3月。

③《网络文学（第二版）》，梅红，西南交通大学出版社，2016年4月。

④《网络文学经典解读》，邵燕君，北京大学出版社，2016年3月。

⑤《中国年度网络文学（男频卷、女频卷）》，邵燕君，庄庸，漓江出版社，2016年5月。

⑥《网络文学及其批评研究》，唐迎欣，人民日报出版社，2016年6月。

⑦《华语网络文学研究》，夏烈，湖北教育出版社，2016年8月。

⑧《网络时代的文学书写》，张邦卫等，中国社会科学出版社，2016年8月。

⑨《数字阅读与文学接受研究》，周斌，中华工商联合出版社，2016 年 8 月。

⑩《网络文学研究—第二辑》，周志雄，山东人民出版社，2016 年 12 月。

2. 论著评介

论著 1：《网络文学研究成果集成》，欧阳友权，中国文联出版社，2015 年 9 月。

书评：张若玉：察源清流积学储宝——评欧阳友权《网络文学研究成果集成》，云梦学刊，2016 年 06 期；程海威：欧阳友权《网络文学研究成果集成》，"集成"网络文学的学术资源，文艺报，2016 年 6 月 29 日。

论著 2：《中国网络文学编年史》，欧阳友权、袁星洁，中国文联出版社，2015 年 10 月。

书评：贺予飞：再现网络文学发展的立体图景——读欧阳友权、袁星洁《中国网络文学编年史》，中国艺术报，2016 年 4 月 25 日；李树：疏瀹源流，开启新声——评《中国网络文学编年史》，中国艺术报，2016 年 6 月 20 日。

论著 3：《媒介与文学：媒介文艺学引论》，单小曦，商务印书馆，2015 年 11 月。

书评：陈丽虹、黄鸣奋：新媒介时代的文艺学范式变革——评单小曦《媒介与文学——媒介文艺学引论》，廊坊师范学院学报（社会科学版），2016 年 02 期；赖敏：媒介文艺学的学理建构，中国图书评论，2016 年 08 期；欧阳友权：媒介文艺学的理论开拓，人民日报，2016 年 4 月 26 日；胡友峰：如何建构媒介时代的文学理论——评单小曦《媒介与文学——媒介文艺学引论》，文艺报，2016 年 5 月 20 日。

论著 4：《网络小说的生态性文学图景》，李盛涛，中国社会科学出版社，2014 年 10 月。

书评：耿宝强：文学学术知识分子的本分——读李盛涛教授《网络小说的生态性文学图景》，现代语文（学术综合版），2016 年 03 期。

论著 5：《网络文学符号学研究》，王小英，中国社会科学出版社，2016 年 1 月。

书评：陆正兰：当网络文学遇到符号学：评王小英《网络文学符号学研究》，符号与传媒，2016 年 02 期。

四、年度网络文学科研项目

1. 国家级项目

（1）2016 年国家社科基金项目：

①我国网络文学评价体系的理论与实践研究，欧阳友权，重大项目，中南大学，16ZDA193。

②网络文学社群的正能量传播研究，张屹，一般项目，闽南师范大学，16BZW007。

③国民“文学生活”数字化转型研究，孙宁，一般项目，东北师范大学，16BZW020。

④新媒体与当代文学的批评实践研究，刘巍，一般项目，辽宁大学，16BZW030。

⑤伦理批评视阈下转型期中国小说的商业叙事研究，杨虹，一般项目，湖南商学院，16BZW113。

⑥网络小说读者群体研究，周兴杰，西部项目，贵州财经大学，16XZW006。

⑦网络文学“新文类”的形式创新及其审美嬗变研究，韩模永，青年项目，东北财经大学，16CZW003。

⑧蒙古文网络文学研究，亮月，一般项目，内蒙古社科院，16BZW181。

（2）2016 年度国家社科基金艺术学项目

网络文艺发展研究，谭好哲，重点项目，山东大学，16AA002。

2. 部级项目

（1）2016 年度教育部人文社会科学研究青年基金项目

新世纪中国诗歌现象整体性研究，罗麒，天津师范大学，16YJC751020。

（2）2016 年国家新闻出版广电总局新闻出版重点项目

网络文学网站社会效益评价体系研究，欧阳友权，中南大学。

（3）2016 年度国家新闻出版广电总局广播影视部级社科研究项目

网络小说改编的电影研究，周夏，中国电影艺术研究中心。

3. 省级项目

（1）2016 年湖南省社科基金年度项目

①文学网站社会责任评价体系构建研究，刘新少，基地项目，中南大学。

②网络文学评价体系建构研究，任美衡，一般项目，衡阳师范学院。

③微信时代的汉语新诗研究，潘桂林，一般项目，怀化学院。

④网络文艺育德问题研究，关洁，一般项目，湖南科技大学。

（2）2016 年江苏省社科基金年度项目

①新世纪江苏小说研究（2000—2015），施军，重点项目，淮阴师范学院，16ZWA003。

②当代中国文学研究的第三空间，秦烨，青年项目，苏州大学，16ZWC004。

（3）2016 年度安徽高校人文社会科学研究项目

新媒体背景下网络“‘微’文体”研究，贾成南，重点项目，黄山学院，SK2016A0881。

（4）2016 年四川省社科规划基地项目

①网络文学中的传统思想演变，李澜澜，四川网络文学发展研究中心，SC16E099。

②网络小说的中医文化研究，赵荣，四川网络文学发展研究中心，SC16E100。

（5）2016 年度辽宁省哲学社会科学规划基金项目

新历史小说的价值建构与价值缺失，王平，一般项目，辽宁师范大学文学院，L16BZW009。

（6）2016—2017 年度山西省社科联重点课题研究项目

山西网络文学写作生态研究，刘芳坤，山西大学，SSKLZDKT2016032。

（苗雪宁　执笔）

第六章　网络文学的文化产业

一、网络文学的线上产业

1999 年“痞子蔡”的网络长篇小说《第一次亲密接触》的爆红，标志着网络文学的扬帆起航，借助互联网平台，网络文学如雨后春笋般涌现出来，使文学走下了阳春白雪的神坛，网络文学的文化产业也取得了巨大的飞跃。2016 年 9 月，在广东佛山召开的“第二届中国网络文学论坛”发布的数据显示，目前中国的网络文学签约作者人数已经达到百万量级，每年更新的字数超过 600 亿字，网络文学用户已超过 3 亿人，在 2015 年中国网络文学市场规模已经达到 70 亿元的情况下，2016 年中国的网文市场再创新高，约为 90 亿元。① 网络文学的文化市场规模不断扩大，其盈利模式也越发多样化，在线付费阅读、打赏功能、网络广告、IP 改编、线下出版等多方向发展实现了作者、平台的多重收益。

1. 付费阅读为主要盈利方式

(1) 付费阅读每千字 1 ~ 8 分不等，包月服务每月 8 ~ 12 元不等

付费阅读制度在网络文学中主要体现在网络小说这一文学体裁。2003 年 10 月，起点中文网首次开启 VIP 付费阅读制度，即在免费阅读一定的章节、作品已经达到了一定的点击量时，用户需要充值成为 VIP 会员才可以继续阅读作品的付费章节，一般来说，每千字的阅读将收费 1 ~ 5 分钱。自此，VIP 付费阅读制逐渐普遍化，如今已成为网络文学平台主要的商业模式之一。到 2016 年，部分网络文学网站收费如下：

---

① 中华人民共和国财政部：《文化产业信息周报》2016 年第 36 期。

①起点中文网、起点女生网

等级	普通用户	普通会员	高级会员	初级 VIP	高级 VIP
升级条件	/	一次性 充值 1 元	12 个自然月内 消费满 199 元	12 个自然月内 消费满 1200 元	12 个自然月内 消费满 3600 元
付费标准	5 分/千字	5 分/千字	5 分/千字	4 分/千字	3 分/千字

②QQ 阅读、创世中文网、云起书院

实行千字付费阅读制，根据等级不同订阅价格不同。升级累计按照过往 12 个月动态计算，以下表格中单位均为书币，1 书币 =0.01 元。

等级	VIP1	VIP2	VIP3	VIP4	VIP5	VIP6	VIP7	VIP8	VIP9
累计消费	任意	6000	18000	36000	72000	128000	240000	480000	960000
订阅价格	5	5	5	5	4	4	3	3	3

（注：升级累计按照过往 12 个月动态计算，表格中单位均为书币，1 书币 =0.01 元）

③纵横中文网

等级	VIP1	VIP2	VIP3	VIP4	VIP5
累计消费	充值	50 元	500 元	5000 元	50000 元
订阅价格	5 分/千字	3 分/千字	3 分/千字	3 分/千字	3 分/千字

④小说阅读网

阅读币与人民币兑换比例和充值方式有关，网银、支付宝、财付通，1 元兑换 100 阅读币；手机充值卡充值 100 元获得 8500 阅读币；手机短信充值 30 元获得 1200 阅读币；Q 币卡充值 10 元获得 800 阅读币。

官方付费定价标准为：3 阅读币/千字，由作者自主定价的作品，价格在 3 ~10 个阅读币/千字不等，不足千字部分不计费。

⑤17K 小说网

根据充值数额不同分为 17 个 VIP 等级，根据等级不同每千字收费 3 ~5 分钱不等，也可使用包月服务，任意阅读 VIP 章节。

包月时长	1 个月	3 个月	6 个月	1 年
收费	19.9 元	39 元	66 元	108 元
续包	19.9 元/月	15 元/月	12 元/月	9 月/月

⑥潇湘书院

根据粉丝值的不同分为10个等级，根据等级不同每千字收费3～5分钱不等；可单本购买电子书，书籍价格为1～5元不等；也可使用包月服务，任意阅读VIP章节。

包月时长	1个月	3个月	6个月	12个月	24个月
收费	15元	40元	70元	120元	200元

⑦晋江文学城

部分VIP作品更新完结后经过筛选会被收录到完结包月库中，即VIP作品阅读权限高于完结包月库作品，包月又分为“3元5本”和“15元通读”两种。每千字阅读收费价格如下：

等级	消费用户	普通用户	初级VIP用户	高级VIP用户
升级条件	在晋江网注册或登录的用户	单笔充值3000晋江币/15天累计消费1500晋江币	单笔充值10000晋江币/30天累计消费3000晋江币	365天内累计消费120000晋江币
普通章节价格	5分/千字	5分/千字	4分/千字	3分/千字
最新章节价格	10分/千字	5分/千字	4分/千字	3分/千字
VIP和霸王票折扣	无	无	有机会获打折卡	有机会获打折卡

（注：根据不同方式充值所收取的手续费不同，1晋江币＝0.01元）

⑧榕树下

包月时长	1个月	3个月	6个月	12个月	24个月
收费	1000金叶	2400金叶	4200金叶	7200金叶	12000金叶

（注：1金叶＝0.01元）

⑨塔读文学

普通书籍每千字阅读消耗3塔豆（1塔豆＝0.01元），部分书籍为版权方自主定价，每千字阅读消耗3～6塔豆不等；由于充值渠道的不同，塔豆与人民币之间的兑换比例会进行适当调整。

⑩红袖添香

暂停包月制度，实行千字付费制度，具体如下：

<table>
<tr><td colspan="2">等级</td><td>普通 VIP</td><td>初级 VIP</td><td>高级 VIP</td><td>至尊 VIP</td></tr>
<tr><td rowspan="2">升级条件</td><td>人民币形式</td><td>/</td><td>/</td><td>缴纳 30 元，不获得红袖币</td><td>缴纳 50 元，不获得红袖币</td></tr>
<tr><td>红袖币形式</td><td>充值满 5000 红袖币</td><td>单次充值 5000 红袖币以上</td><td>扣除 3000 红袖币</td><td>扣除 5000 红袖币</td></tr>
<tr><td rowspan="2">收费</td><td>普通 VIP 章节</td><td>4 分/千字</td><td>4 分/千字</td><td>2 分/千字</td><td>2 分/千字</td></tr>
<tr><td>一品红文</td><td>5 分/千字</td><td>4 分/千字</td><td>3 分/千字</td><td>3 分/千字</td></tr>
</table>

⑪蔷薇书院

等级	初级 VIP 会员	高级 VIP 会员	粉钻用户
升级条件	一次性充值 10 元以上	一次性充值 50 元以上	一次性充值 365 元以上
收费	4 分/每千字	3 分/每千字	3 分/每千字

⑫红薯中文网

会员类型	红薯小说 VIP 章节	红薯 A 级小说 VIP 章节	红薯 S 级小说 VIP 章节
初级 VIP 会员	4 红薯币/千字	5 红薯币/千字	6 红薯币/千字
中级 VIP 会员	3 红薯币/千字	4 红薯币/千字	5 红薯币/千字
高级 VIP 会员	2 红薯币/千字	3 红薯币/千字	4 红薯币/千字

（注：1 红薯币 =0.01 元）

⑬网易云阅读

根据书籍性质的不同，有三种购买方式：

整本购买：对于整本购买的书，只需购买一次，之后即可阅读该本书的所有章节内容；

按章购买：支持按章购买的作品，在购买时，可选择按卷/章分批次购买；按章购买的作品，以千字计价，根据作者定价，3 ~8 分钱每千字不等；

自动订阅：还在连载更新中的作品，支持自动订阅购买。在阅读该作品新章节时，会自动购买并可直接阅读；如果账户余额不足，则依然需要充值购买。

⑭飞卢小说网

等级	普通会员	初级 VIP	高级 VIP	星级 VIP
升级条件	注册即可	账户余额满 30 元/消费满 30 元	账户余额满 100 元/消费满 100 元	账户余额满 365 元/消费满 365 元
收费	5 点/千字	3 点/千字	2.5 点/千字	2 点/千字

（注：1 点 =0.01 元）

⑮香网

VIP 章节统一 4 香币/千字，根据充值方式不同，人民币与香币的兑换比例不同，支付宝充值渠道下，1 香币 =0.01 元。

⑯3G 书城

VIP 作品收费章节的消费价格为 0.03 元/千字（3 点谷粒/千字）。

⑰言情小说吧

等级	体验会员	初级会员	高级会员
升级条件	使用小说吧会员卡充值	充值小说币	扣除 5000 个小说币
收费	0.04 元/千字	0.03 元/千字	0.02 元/千字

⑱磨铁中文网

等级	VIP0	VIP1	VIP2	VIP3	VIP4	VIP5
积分条件	1～999	1k～4999	5k～19999	20k～99999	100k～199999	200k 以上
收费/千字	5 磨铁币	5 磨铁币	5 磨铁币	4 磨铁币	4 磨铁币	3 磨铁币

（注：1 磨铁币 =0.01 元）

⑲联通沃阅读

一般情况下，出版全本图书前 3 章免费，第 4 章开始收费，原创连载图书前 20 章免费，第 21 章开始收费，按章收费中，1T 值 =0.2 元，100 阅点 =1 元，可通过签到、充值获得阅点。包月制度中，用短信订购发送命令，有 3 元包专区包月（专区内书籍免费阅读）、5 月高级图书包月（每月可选 8 本全本或部分连载完结图书）、5 月高级杂志包（《读者》等杂志 20 本阅读）和 5 月原创酷听包月（有声小说 200 本随心听）。

值得一提的是，2015 年腾讯文学以 50 亿元的价格鲸吞盛大文学，阅文集团横空出世，结束了百度、腾讯、盛大三足鼎立的局面，起点中文网、创世中文网、红袖添香、榕树下等网文品牌在阅文集团的整合，使阅文集团占据了中国大半个网络文学市场，速途研究院在 2016 年 6 月发布的《中国网络文学行业研究报告》就显示，阅文集团在 2015 年网络文学 PC 端阅读渠道中占比 83%，移动 DAU（Daily Active User）占比 35.86%，其巨头地位无可撼动，阅文集团制定的付费制度在 2016 年也几乎成为整个行业的标准。

（2）少数网络作家收入过千万，大多数作者在金字塔底端求温饱

2014 年下半年开始，网络文学作品改编影视的版权价格由十几万元迅速上升到百万元，甚至千万元，然而，即使如此，版权改编的收入只是网络文学市场当中较小的一部分，阅文集团 CEO 吴文辉曾透露，版权收入只占阅文集团盈利的十分之一，付费阅读仍然是网络文学集团收入的主要手段。① 17K 小说网总编辑刘英也坦承，付费阅读仍然是网络文学的主流收入。② 2016 年，网络文学内容仍然不仅是 IP 改编泛娱乐产业的基础和源头，更是企业盈利、实现稳定发展的主要模式。

2016 年，对于用户付费带来的收益，网络平台和网站的签约作者通过买断或分成的方式“分羹”，而网络文学用户的飞速增长不仅为文学网站，也为作者带来了巨大收益。不断扩大的网络文学用户群体“滋养”了年收入超过百万、千万甚至亿元的“网络文学大神”，2016 年 3 月 25 日大星文化联合华西都市报、封面新闻发布了第十届中国网络作家富豪榜（详情见表 6－1－1），从榜单中可以发现，年收入过千万元的网络作家共有 15 个，其中笔名为“唐家三少”的网络作家第四次蝉联冠军，以 1.1 亿元的版税收入（版税：个人所得税法中的稿酬所得个人所得税）荣登榜首，天蚕土豆、辰东分别以 4600 万、3800 万的版税收入紧随其后。

---

① 陶力：《IP 收入仅占 10%，阅文集团力拓文学产业链》，《21 世纪经济报道》2016 年 6 月 6 日。

② 谢晨星：《网络文学的金钱江湖》，《深圳商报》2014 年 3 月 19 日。

表6-1-1 第十届网络作家富豪榜

排名	作家	版税（元）	年龄（岁）	经典代表作	所属集团
1	唐家三少	11000万	34	《斗罗大陆》	阅文集团
2	天蚕土豆	4600万	26	《大主宰》	阅文集团
3	辰东	3800万	34	《完美世界》	阅文集团
4	骷髅精灵	2800万	34	《星战风暴》	阅文集团
5	高楼大厦	2100万	35	《叱咤风云》	阅文集团
6	烟雨江南	2000万	41	《尘缘》	百度文学
7	跳舞	1600万	34	《天启之门》	阅文集团
8	月关	1500万	43	《回到明朝当王爷》	阅文集团
9	烽火戏诸侯	1450万	29	《雪中悍刀行》	百度文学
10	流浪的蛤蟆	1420万	40	《龙神诀》	阅文集团
11	方想	1300万	30	《修真世界》	阅文集团
12	妖夜	1150万	31	《焚天之怒》	阅文集团
13	无罪	1125万	36	《仙魔变》	百度文学
14	何常在	1120万	39	《问鼎》	阅文集团
15	鱼人二代	1000万	32	《校花的贴身高手》	阅文集团

（注：2016年6月20日有消息爆出百度文学已被完美世界收购，但未正式宣布，故表格中仍使用“百度文学”）

同样需要看到的是，依靠网络小说致富，成为百万、千万富豪的毕竟是少数，大多数网络作家在高压力下仍然挣扎在温饱线上。几千万个网络作家中，每月收入上万元的不到3%。网络作家的收入主要和订阅率有关，网站还会要求订阅率过低的作者停更，重新写一部。2016年就有媒体报道，有的作家日更6000字，订阅分成却只有不到500元，还要吃着网站的“低保”，接受网站每月一两千元的补助。①

（3）高订阅率之后，内容为王，坚持为本

在网络文学的发展中，2016年网络文学制胜的法宝仍然是“更新不间断、

① 陈柯羽：《揭网络作家生存现状：每天写6000字小说还得吃低保》，《重庆晚报》2016年5月3日。

内容优质”。一般网站和作者签约时都会要求作者使用固定的频率更新固定的字数，比如“日更三千”，有写手就曾谈到过断更的可怕后果：“超过一周不来更新，收藏的数字会直线下降，那月榜、季榜、年榜就都不要想了，下降得太厉害，还可能被解约”。像唐家三少这个排名第一的网络写手，仍坚持日更7000字，并且曾保持着86个月不断更的纪录。

优质的内容也使网络文学的作者与读者之间建立起非常大的黏性，加之内容在全国的市场中独有，那么就会使网络文学品牌拥有绝大的流量。速途研究院在2016年12月发布的《2016年Q3移动阅读市场报告》中显示，QQ阅读的移动阅读市场份额占比31.53%，强势坐稳第一把交椅，这与其天然的内容优势密不可分，2016年忘语的《玄界之门》、尝谕的《我真是大明星》、苏小暖的《邪王追妻：废材逆天小姐》、耳根的《一念永恒》……坐拥全国最大的网络原创基地，自称麾下有400万名创作者、1000万部储备作品，阅文集团占据了巨大的流量入口。

(4) 网络文学遭盗版掣肘，一年被盗上百亿元

根据艾瑞咨询2016年6月发布的《2016年中国网络新媒体用户研究报告》显示，49.4%的新媒体用户已经产生过对数字内容的付费行为或有付费意愿，比2014年上涨了近20%。媒体用户付费习惯的养成带动了网络文学付费阅读市场的发展，尽管如此，盗版侵权给网络文学付费阅读市场带来的损失还是令人瞠目。2016年年初，艾瑞咨询发布的《2015年中国网络文学版权保护白皮书》显示，2014年全年，通过BBS/贴吧/论坛、专业化盗版网络文学站点、文档分享平台、P2P下载和网盘模式等，盗版文学至少使PC端网络文学蒙受了43.2亿元的损失，而通过搜索引擎转码、浏览器聚合和移动APP的模式，盗版使移动端的损失达34.5亿元，两者相加，仅仅付费阅读的损失就达到了惊人的75.7亿元。然而，盗版对网络文学行业带来的损害远不止于此，衍生产品的产值损失约21.8亿元，盗版给网络文学带来的损失一年竟可达100亿元。

2016年，网络文学依旧是盗版的重灾区。有关数据显示，大型网络文学网站作品的“被盗率”已接近100%。网上形成了一批专门的“手打团”，正版文学一出来后，他们在几秒到几十秒之内就能将内容手打发布出来，再由负责搜索引擎优化的人员进行推广，读者搜索作品时可看到盗版几乎紧随正版网文之后。时间上的接近、获得方式上的简单，使不少网络文学付费用户

选择阅读盗版。用户的访问带来了流量，盗版网站利用流量建设网站，从而做广告、弹窗和友情链接。据媒体报道，根据站长工具抽样中等规模的盗文网站，其日均IP为8万左右，仅广告与弹窗的月收益就已超13万元，加上友情链接带来的收益，保守估计，一家中型盗文网站的年收益可达180万元。而盗文网站的成本非常低廉，租服务器的费用每月仅仅只需要几百元，除去人力费，一个盗文网站每月的净利润可达到15万元。①

2016年，移动端盗版阅读APP也在不断增多。应用商店的运营商一般默认APP运营商获得了版权认可，所以盗版网文可以不经审查直接上架，当被正版网络文学运营商投诉之后其才会被下架，然而，用户如果已经将盗版文学下载到智能设备中，即使在下架之后还可以进行阅读甚至传播，加之投诉处理的时间周期较长，侵权成本低廉，一些盗版站点频频更换阵地，这使正版网络文学维权难上加难。

2. 打赏创生“粉丝经济”

(1) 拥趸者：用“真金白银”向作者表达喜爱之感

“打赏”道具起源于起点中文网，如今为了满足读者粉丝对偶像作者的追求，大多数文学网站都开通了打赏功能体系，读者可以直接为自己喜爱的作者每次打赏1～10000元不等的金额。而对于这些打赏金，网站和作者会按照比例进行分配，一般是网站和作者五五分、四六分或三七分等。2016年，用户愿意用来打赏的金额每月不超过100元。艾瑞咨询在2016年3月发布的《2016年中国网络文学行业研究报告》中的调查显示，有37.5%的网络文学用户曾经使用过打赏功能，整体来说，用户每个月用来打赏的钱会低于订阅付费的数额。

网络打赏道具的出现不仅增加了作者的收入，也为读者和作者之间提供了更多互动交流的机会。相比于网站广告的强制式用户体验和网络付费阅读强制式消费方式，用户使用打赏功能完全自愿，虽然每月平均下来用户打赏金额不足百元，但是2016年网络文学用户基数庞大，带来的经济利益十分可观。同时，狂热的粉丝中还出现了一些令人震惊的打赏金额，打赏金的上限不断刷新，所以不少网站将目标放在培养粉丝特别是高黏度和高忠诚度的粉丝上面，比如吴文辉就认为粉丝经济最核心的还是在于培养“忠粉”，“真正

① 卢扬、徐芝蕙：《投入几百块，盗版网站每月净利15万元》，《北京商报》2016年6月7日。

的忠粉，除了愿意买书之外还愿意打赏他（作者），10 元、100 元、1000 元，甚至是一百万，一辆宝马”。① 在此，就不得不提到月票制度。

月票制度是网络文学存在的一种奖赏制度，读者可以将获得的月票投给自己喜爱的作者，月票榜单上位置高的作者不仅可以获得更多的现金奖励，而且可以增加作品被曝光的机会。获得月票的方式一般有三种：保底月票、付费阅读消费及打赏，保底月票和用户等级有关，每月最多三张；而一般的网络文学读者在付费阅读方面每千字只需要 1 ~ 3 分钱，读者通过这个途径得到的月票有限；而打赏则可无限制获得月票，以阅文集团旗下起点中文网为例，每打赏 10000 起点币则默认赠送 1 张月票，而百度文学每打赏 500 纵横币可以获得 1 张捧场月票，消费 5000 纵横币则可获得 10 + 1 张纵横票，依此类推。为了支持自己喜爱的作者冲上榜首，不时出现一些惊人的打赏金额。2013 年 8 月，一名 24 岁，网名为“人品贱格”的网友为梦入神机的作品《星河大帝》打榜时和网友斗气，狂掷一亿纵横币（人民币 100 万元），成为网络文学粉丝打赏中的第一个“百万盟主”；仅仅不到六个月后，唐家三少更新完网文后呼吁粉丝为冲上排行榜做冲锋时，一名网名为“zxingli”的 60 岁网友连续为唐家三少打赏 10 次，每次 1000 万起点币，总额折合人民币 100 万元，而打赏的理由则是“为了连续 10 年的不断更”。2016 年，虽然没有再次出现价值百万的打赏金额，但是以起点中文网为例，打赏日榜中 1000 元的每天也有三四个。2016 年 4 月，耳根在起点中文网公布书名和封面后 1 小时，就有 143 位粉丝累计打赏 14 万余元。

（2）聚沙成塔，打赏可占收益三成

作为“任性消费”，打赏功能带来的巨大收益令人咋舌。阅文集团发布了 2016 年月票年度榜单男性作品榜（详见表 6 - 1 - 2）和女性作品榜（详见表 6 - 1 - 3），《玄界之门》在 2016 年获得近 40 万张月票，萧鼎的《天影》仅 10 月获得的月票就有 91188 张。女性作品榜的月票表现虽不那么激烈，但是月票榜单中最高的作品也得到了 28 万张月票（详情见表 6 - 1 - 3）。尽管相比于付费阅读和广告收入，打赏带来的收益并不那么稳定，但不可否认的是，打赏已经占据了文学网站盈利份额中相当的一部分，17K 小说网总编辑刘英就曾在 2014 年表示，17K 的打赏收入已经超过站内总收入的 30%。每个月一

① 《阅文集团力推“生态共营”，六亿粉丝定义 IP 商业 2.0 时代》，http://www.donews.com/net/201606/2929936.shtm，2016 年 6 月 9 日查询。

般维持在30%～40%，有的月份甚至达到50%。①

表6－1－2　2016年阅文集团月票年度榜男性作品榜（单位：票）

序号	作品名称	作者	月票数
1	《玄界之门》	忘语	397589
2	《我真是大明星》	尝谕	376418
3	《一念永恒》	耳根	233980
4	《天影》	萧鼎	217494
5	《雪鹰领主》	我吃西红柿	210150
6	《弑天刃》	小刀锋利	176927
7	《五行天》	方想	172913
8	《龙皇武神》	步征	164257
9	《美食供应商》	会做菜的猫	153136
10	《银狐》	孑与2	147014
11	《重生之都市修仙》	十里剑神	146967
12	《斗战狂潮》	骷髅精灵	136794
13	《巫神纪》	血红	131180
14	《不朽凡人》	鹅是老五	128455
15	《龙王传说》	唐家三少	127699

（注：若作品得票在当月榜单500强之外，则当月票数不计）

表6－1－3　2016年阅文集团月票年度榜女性作品榜（单位：票）

排名	作品	作者	月票数
1	《邪王追妻：废材逆天小姐》	苏小暖	281474
2	《君九龄》	希行	198306
3	《隔墙有男神：强行相爱100天》	叶非夜	125943
4	《慕南枝》	吱吱	102206

① 肖家鑫：《网络文学成资本宠儿，2013年市场收入规模达46.3亿元》，《人民日报》2014年2月21日。

续表

排名	作品	作者	月票数
5	《绝世神医：腹黑大小姐》	夜北	101572
6	《傲娇男神住我家：99 次说爱你》	叶非夜	94145
7	《神医弃女：鬼帝的驭兽狂妃》	MS 芙子	77136
8	《毒步天下：特工神医小兽妃》	穆丹枫	68503
9	《Hello，继承者》	公子衍	58398
10	《长嫡》	莞尔 wr	51521

（注：若作品得票在当月榜单500强之外，则当月票数不计）

月票排行榜可以粗略地反映出一部网络文学作品或者说某个作家在打赏方面获得的收益，实实在在的粉丝打赏榜更直观。在起点中文网粉丝打赏榜中，排名第一、昵称为“烟灰黯然跌落”已累计打赏近 181 万，他自曝是《我欲封天》的粉丝，打赏的原因是“喜欢作者的文笔，喜欢作者笔下人物给我所带来的触动，我愿意相信这样一本书值得我这样去付出”。如此“任性”的行为在网络文学中并不少见，截止到 2016 年 12 月 31 日，在起点中文网，打赏累计超过 100 万的有 5 人，超过 10 万的目前就有 53 人（详情见表 6－1－4）。

表 6－1－4　起点中文网打赏粉丝榜前十

排名	粉丝昵称	累积打赏（起点币）	约合人民币（元）
1	烟灰黯然跌落	180683876	181 万
2	Fning	171552640	172 万
3	涳谷－茗杺	129585764	130 万
4	诸神承诺的永远	110400175	110 万
5	zxingli	110000000	110 万
6	karlking	86009549	86 万
7	凤舞云梦	80002764	80 万
8	贺兰山的魂	76457444	76 万
9	紫月亮 1970	65025475	65 万
10	龍吟月	53052794	53 万

(3)“忠粉”的多与少

打赏金额“任性”但是却不“随意”，在原创文学网站中，并非所有的网络文学读者都如此“挥金如土”，也并非所有的作品都能得到巨额打赏，只有几个表现出色的文学网站中的文学作品才能获得高额的打赏收入，对于一些市场份额表现并不特别突出的文学网站或者订阅率不高的作品来说，网络打赏带来的收益就相对受到限制，这是因为打赏毕竟是粉丝经济下的产物，要养成有一定狂热程度或群体规模的“忠粉”，一般的小说并不容易做到。

以小说阅读网的打赏总榜和月榜来看（详情见表6-1-5、表6-1-6），该网站所有作品中，打赏收益最多的作品《冷少情深不负》被打赏20568元，全站打赏总金额超过10000元的作品有5部。2016年12月的打赏榜月榜中，最高的作品《帝少独爱小逆妻》的打赏收益为143248阅读币，相当于不到1500元，而第二名的《攻妻不备》打赏收益为700多元，月超过200元打赏金额的作品仅有6部，大部分文学作品的打赏收益少得可怜。事实上，有些流量小的原创文学网站甚至没有什么打赏收益。

表6-1-5 小说阅读网（女生榜）作品打赏榜总榜

序号	书名	作者	月打赏榜（阅读币）	约合人民币（元）
1	《冷少情深不负》	谜糖	2056849	20568
2	《亿万老婆买一送一》	安知晓	1156139	11561
3	《国民男神爱上我》	安知晓	1152858	11529
4	《总裁的替身前妻》	安知晓	1136715	11367
5	《傲妃，风华无双》	默雅	1003637	10036
6	《首席的独宠新娘》	韩降雪	704209	7042
7	《魔妃太难追》	默雅	682088	6821
8	《隐婚总裁》	五枂	665308	6653
9	《妃来横祸》	江小湖	656007	6560
10	《一品呆萌妻》	等风的雨儿	585442	5854

表 6-1-6 小说阅读网（女生榜）作品打赏榜月榜（2016 年 12 月）

序号	书名	作者	月打赏榜（阅读币）	约合人民币（元）
1	《帝少独爱小逆妻》	汀笠翘	143248	1432
2	《攻妻不备》	五枂	72000	720
3	《殿下我只是你的护卫》	厚皮爷	68947	689
4	《虐心首席的小小妻》	子禅	66000	660
5	《未来少女》	厚皮爷	46913	469
5	《绝宠小萌妃》	等风的雨儿	32437	324
6	《绝色冷妃斗邪皇》	厚皮爷	24078	240

（注：100 阅读币 =1 元）

（4）打赏中的乱象

网络打赏道具紧密联系了读者和作者的关系，但是也带来相当多的问题。为了打榜斗气而非理性消费，通过非法手段买榜、刷榜等现象比比皆是，更有人借打赏道具从事非法活动，如 2015 年 12 月就爆出不少热门炒股小说涉嫌非法荐股：作者“涨停板”涉嫌依托作品《超级散户》收取打赏会员费 170.7 万元，作者“骑牛”涉嫌依托《至尊散户》收取打赏会员费 86.7 万元，《股仙》的作者“李家大儿”则涉嫌收取打赏会员费 42.7 万元。

除此之外，在微博和微信开通打赏功能后，也出现了不少骗赏或引起争议的事件，如 2015 年 8 月杨某某在“天津港爆炸”事故后假装受害者家属，在微博发布虚假内容，获得 3856 笔共计 96000 多元的“打赏”，2016 年 11 月 30 日开始在微信爆发并不断发酵的“罗尔事件”中的卖文打赏募捐也引起了广泛争议，在社会上造成了不良影响。

3. 文学网站广告收益不均

（1）垂直文学网站广告规模有所减少

艾瑞咨询发布的《2016 年中国网络广告行业年度检测报告》显示，2015 年，中国整体网络广告市场规模为 2093.7 亿元，同比增长 36.0%，达到新的量级。网络广告是互联网行业的主要盈利模式，尽管网络广告行业一路高歌猛进地发展，但是对如今的网络文学集团来说，网络广告发展却没有如此迅猛，在规模上甚至有所减少。

2016 年，部分文学网站的广告有所减少。在 PC 端，网络文学网站属于垂直行业网站，根据艾瑞的数据，2015 年垂直行业网站的网络广告份额仅占比 8.0%，较 2014 年下降了 1.3% 的市场份额，并且继续呈下滑趋势，预计 2016 年垂直门户网站市场占比为 7.2%，到 2018 年将降至 6.1%；在移动端，尽管 2015 年移动端的广告市场规模高达 901.3 亿元，远远高于网络广告市场的增速，但是网络文学的客户端也未投放过多广告，这是因为，不管是在 PC 端还是移动端，网络文学站点都以将网络文学作品推介给读者为主要目的，留给其他广告的空间十分有限；其次，网络广告带来视觉上的杂乱，过多的广告会影响读者对网站的印象，加之以小说为主的网络文学中，付费阅读已经成为其主要的盈利模式，提供良好的用户体验相比之下显得更为重要。起点中文网就曾在 2015 年 4 月发布《打造优质阅读环境，起点中文网去掉小广告》的公告，声称“应该尊重读者，尊重阅读，不因广告业务的高额收益而影响阅读体验”，决定“对起点中文网站内各个页面的广告，分批进行大规模的调整与裁撤”。2016 年 5 月，起点网再次发出公告进行广告清理：“对网站进行彻底的广告梳理，全力减少广告对阅读的干扰，让阅读更纯粹！”起点中文网认为：“只要能赢得书友的支持，广告损失就是值得的！”

（2）收费文学网站以游戏广告为主

即使如此，网络文学平台还是积累了大量的客户群，他们带来的庞大的流量所能产生的收益仍然令网站运营者和广告商们无法完全抛弃。在覆盖人数方面，根据艾瑞咨询发布的《2016 年中国网络文学行业研究报告》，2015 年 12 月，网络文学 PC 端的月度覆盖人数和移动端覆盖人数分别为 1.41 亿、1.48 亿人；在月度浏览时间上，移动端高达 8.03 亿小时，PC 端为 6.41 亿小时。具体的文学网站流量数据也成为广告商们投放广告的参考标准，艾瑞咨询发布的垂直网络文学网站的数据显示，2016 年 1—9 月垂直文学网站日覆盖人数分别为 990.4 万、918.2 万、1053.2 万、906.4 万、929 万、916.7 万、911 万、991.3 万、1032.3 万、994.3 万人。以《2016 年 9 月垂直文学网站行业数据》为例，起点中文网、晋江原创网、17K 小说网的日均覆盖人数分别为 151 万、139 万、58 万人，分列榜单第一、二、三名，纵横文学网、中国散文网、散文吧和潇湘书院均超过了 30 万人，起点女生网、有妖气和吾读小说网均超过了 10 万人（以上数据详情见表 6-1-7）。数据还显示，2016 年 9 月，垂直文学网站有效浏览时间达 1.7 亿小时。潇湘书院、起点中文网、我听评书网分别占据前三位（详情见表 6-1-8）。艾瑞网分析称，网络文学网站在人均月度有效浏览时间要远高于其他网络服务网站。所以，在网络文学客户端口处，依然不可避免地存在广告的身影。

表6－1－7　2016年9月垂直文学网站日均覆盖人数排名

排名	网站	日均覆盖人数/万人	日均网民到达率/%
1	起点中文网	151	0.6%
2	晋江原创网	139	0.6%
3	17K小说网	58	0.2%
4	纵横中文网	54	0.2%
5	中国散文网	40	0.2%
6	散文吧	32	0.1%
7	潇湘书院	30	0.1%
8	起点女生网	28	0.1%
9	有妖气	19	0.1%
10	吾读小说网	15	0.1%

表6－1－8　2016年9月垂直文学网站有效浏览时间排名

排名	网站	月度有效浏览时间/万小时	月度有效浏览时间比例/%
1	潇湘书院	1589	9.5%
2	起点中文网	1447	8.7%
3	我听评书网	1233	7.4%
4	晋江原创网	909	5.4%
5	吾读小说网	586	3.5%
6	纵横中文网	490	2.9%
7	17K小说网	424	2.5%
8	有妖气	284	1.7%
9	品书网	219	1.3%
10	就爱网	191	1.1%

网络文学中的广告有3种形式，即网站广告、营销合作和WAP平台应用。网络文学当中的广告包括常规硬广告、书目广告、富媒体广告、音频小说和个性模板5种形式。营销合作包括关键字搜索营销合作、商家定制活动

合作、SNS用户病毒营销合作等。WAP平台应用则主要是通过无线网络和手机即时浏览网站上的所有内容，在其中插入广告以获取广告收入，位置主要集中在网站封面、弹窗、客户端APP开屏、页面横幅等。

从发布广告的主体来看，有网络文学运营平台和广告投放商两个。在网络文学网站，网络小说网站的广告类型基本为其平台的自推广告，一般是本站作品推荐（在此不做讨论）和集团活动外推，其余的大部分广告都是网络游戏的广告，这其中有相当一部分与该文学网站的网络小说有关，画面大都比较精美。起点中文网中，除“网游”“手游”网站超链接按钮外，集团活动有阅文集团的月票风云榜广告，游戏广告包含三侠五义之五鼠闹东京、莽荒纪2.0：掌控宇宙、人鱼传说和剑侠情缘在内4则页游广告，其中前两者属于起点游戏。当然，也有些网络小说网站的广告比较传统、单一，如晋江原创文学网的弹窗广告是大数据技术下淘宝网、京东网的商品广告，一般是根据用户平时浏览的网站和搜索的内容推荐。网络文学网站广告的内容变化较快，数量基本不变。

（3）非收费文学网站广告多且杂乱

在网络散文、诗歌网站，付费阅读制度缺乏存在的条件，广告成为维持运营的主要方式，这些网站的广告数目繁多，种类繁杂，制作相对简陋，主要是搜索引擎广告，同样依托大数据技术的背景，文字广告、图片广告、富媒体广告等不一而足。2016年12月31日，实时浏览中国散文网，一级页面中含有“范伟打天下”的富媒体广告。随便点开一篇散文，二级页面下竟有31条广告，其中有包含范伟打天下（网游）、传奇（网游）、纪念币制作、三级分销模式等15条图片广告，有包含“零食品牌排行榜、云服务器推荐、中国贡茶、如何自学编程、天津港进口车报价、UI培训机构哪个好、网络作家收入”等16条文字超链接广告。这些广告的排版比较随便，形式单一，成片出现，大部分是依托大数据、根据用户的搜索习惯来进行推荐。

对于影视剧特别青睐的植入性广告，虽然目前在网络文学中尚未明确地出现，但是有人提议在网络文学作品中植入广告，认为植入性广告代入感强、淡化了广告特征、记忆持久，效果好。然而也有人认为，用户已经对文章内容付费，还要再被迫看广告十分不合理，所以关于植入广告是否应当存在于网络文学作品中的争议较大。

总体来说，2016年，网络文学的线上产业的主要盈利模式在十几年前付费阅读制度形成时基本就已形成，加之打赏和广告，三者依然是网络文学的线上产业的主要内容。需要说明的是，有人提出无线收益也应被列为网络文学的盈利方式之一，其是指网络文学网站中的小说进入中国移动阅读书库、联通沃阅读等平台进行销售获得无线稿酬的盈利方式，虽然这种渠道盈利能力表现良好，但用户在通过此渠道阅读小说时一般是通过阅读字数收费或包月收费，与付费阅读制度并无实质上的差别，两者都是通过付费获取内容的方式，故无线收益应当属于网络文学中阅读付费的收益方式。

随着粉丝经济的到来，IP 的重要性愈加凸显，线下出版和影视游戏改编的作品也屡创佳绩，但是网络文学的线上产业的重要性不应当被忽视，毕竟线上产业依旧是网络文学盈利的主要方式，不论何种方式的产业延伸，网络文学的核心——内容，依旧是付费阅读、流量和粉丝经济的源头，网络文学线上产业的表现一直都是评估产业延伸价值的重要参考标准。

二、网络文学的线下出版

1. 网络文学线下出版历程

纸质图书是传统文学的象征，网络文学属于通俗文学，是一种不同于传统纸质书的新型文学存在方式，但从其诞生之日起，网络文学就与线下出版结下了不解之缘，甚至期冀通过出版成纸质书来提高作品的知名度和影响力，网络写手也期待通过这种方式实现身份的华丽转变。

台湾地区是我国网络文学线下出版的发源地。1995 年 BBS 论坛在台湾地区兴起，吸引越来越多的网络写手在 BBS 论坛上创作网络文学作品。1998 年蔡智恒（痞子蔡）创作了一部名为《第一次的亲密接触》的网络小说，将人们带入了网络文学的世界，迎来第一波阅读狂潮。此小说在网络上仅仅爆火几个月之后，繁体字图书就在港台地区出版，发行量超过 30 万册。1999 年 11 月简体版在大陆出版，发行量超过 50 万册。《第一次的亲密接触》成为我国网络文学发展史上的一个里程碑，开启网络文学线下出版的先河。

从此之后，各大出版社开始意识到网络文学身上潜藏着的巨大的经济价值，到目前为止，凡是出版过文学图书的出版社都出版过网络文学作品。

进入 21 世纪，随着互联网技术的发展，网络文学呈现出爆炸式增长的趋势，从最初的言情类发展到穿越类、奇幻类、科幻类、武侠类、恐怖类、推理类、职场类等 10 余种分类。与此同时，一旦作品在网络上稍有名气，就会走线下出版之路，因此网络文学线下出版的速度也突飞猛进，截止到2015年，网络文学线下出版的图书有5000多部。

2006年3月，天下霸唱在网络上发表盗墓类玄幻小说《鬼吹灯》，此书出版后在小说市场上极受追捧，线下出版量达到数千万册。被新浪网誉为“后金庸武侠圣经”的玄幻类小说《诛仙》初期的出版销售量逼近200万册。起点白金级作者天蚕土豆的《斗破苍穹》实体书总销量超过200万册，同样出自天蚕土豆之手的《武动乾坤1》上市一周就需加印30000册。2013年，天蚕土豆、八月长安、铁钟三位网络人气作家陆续亮相上海书展，为其网络小说线下出版的新书发布会站台，这一现象成为当年上海书展一道亮丽的风景线。

经过10余年的发展，线下出版已经成为网络文学产业链中必不可少的一环，网络文学作品也跻身出版社文学类作品的主流出版物。但近些年来，网络文学逐渐成为最大的IP来源，导致曾经带领网络文学向其他产业发展的线下出版的情况不尽理想。正如北京磨铁图书有限公司第一编辑中心总经理南北所言：“相比前两年，网络文学的实体出版要低落了。”以唐家三少为例，2012年至2015年，唐家三少连续4年高居中国网络作家富豪榜第一名，版税依次为3300万元、2650万元、5000万元和11000万元，4年收入超过两亿元，这笔钱几乎全部靠贩卖版权获得，其中收入最高的是来自影视剧。天下霸唱也透露，假设他的1部网络小说线下出版后能挣20元钱，当进行版权贩卖之后就能赚100元钱，图书版税收入只占影视等改编收入的1/5。

2. 年度线下出版总貌

综观国内各大网络文学网站，每个网站对网络文学作品的分类不尽相同，经过整理，2016年网络文学作品主要有：玄幻类、奇幻类、武侠类、仙侠类、都市类、军事类、历史类、游戏类、科幻类、悬疑类、灵异类、言情类、耽美类、魔幻类、穿越类、架空类等多种类别，其中各个类别也会有相互重叠。

2016年由网络文学作品转化出版的图书有434部，数量最多的是言情类，共195部，占比为45%，包括军旅爱情类、都市言情类、古代言情类、推理言情类、网络爱情类、校园言情类和神话言情类，其中都市言情类105部、古代言情类84部、推理言情类2部、军旅爱情类1部、网络爱情类1部、校园言情类1部、神话言情类1部；排名第二位的是玄幻类，共71部，占比为16%；第三位的是悬疑类，共40部，占比为9%；其次是都市类，共23部，占比为5%；之后是仙侠类共17部，占比为4%；其余类别数量较少，例如架空类9部，军事类、穿越类各8部；游戏类、灵异类各7部；魔幻类6部；耽美类、奇幻类各4部；武侠类3部；历史类、推理类、科幻类各1部。除将网络文学作品直接线下出版成书之外，2016年共有29部作品改编成漫画进行出版，主要以系列的形式面世，例如《全职高手》系列4部、《择天记》（漫画版）2部、《武动乾坤》（漫画版）2部、《盘龙》（漫画版）4部、《斗罗大陆》（漫画版）2部、《将夜》（漫画版）2部、《极品家丁》（漫画版）3部、《X－龙时代》（漫画版）2部、《从前有座灵剑山》（漫画版）2部、《斗破苍穹·药老传奇》（漫画版）4部、《有狐：给我来个小和尚》1部、《开封奇谈1～4珍藏套装》1部。线下出版的各类型网络文学作品所占总数的比例情况如下图，总体来说类型比较单一，以言情类为主，如图6－2－1所示。

图6-2-1　2016年线下出版的网络文学作品各类型所占比例分布图

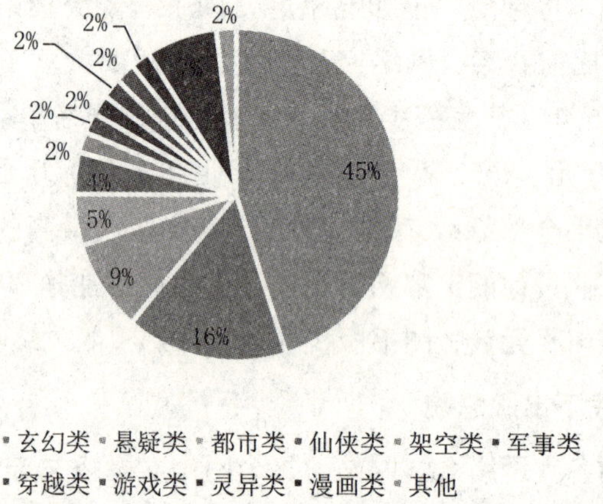

目前，纸质图书主要在实体书店和网络购物平台上进行销售。据开卷网2015年统计数据可知，网络购书优势明显，呈现“三足鼎立”（京东、天猫、当当）的姿态。在第三方图书购物平台中，当当网占据线上市场份额的50%以上，图书订单转化率高达25%，鉴于当当网在网络图书市场上的优势，分析2016年网络文学作品线下出版后的网上市场销售情况，仅以当当网数据为参考（统计数据截止到2015年12月15日）。

2016年1到12月每月各出版新书数量分别是48部、14部、50部、49部、58部、45部、26部、35部、35部、34部、25部、15部。经统计与计算，荣登1月新书热销TOP500的图书有26部；荣登2月新书热销榜TOP500

的图书有3部；进入3月新书热销榜TOP500的图书有14部；荣登4月新书热销榜TOP500的图书有14部；荣登5月新书热销榜TOP500的图书有8部；荣登6月新书热销榜TOP500的图书有9部；荣登7月新书热销榜TOP500的图书有6部；荣登8月新书热销榜TOP500的图书有9部；荣登9月新书热销榜TOP500的图书有8部；荣登10月新书热销榜TOP500的图书有12部；荣登11月新书热销榜TOP500的图书有9部；荣登12月新书热销榜TOP500的图书有9部；荣登新书热销榜的图书占当月新出版图书的比例分别是54%、21%、28%、29%、14%、20%、23%、26%、23%、35%、36%和60%。其中，12月出版并荣登新书热卖榜TOP500的图书占当月出版新书的比例最高为60%，5月最低为14%，全年平均比例为31%。具体如图6－2－2所示。

图6-2-2　2016年每月出版新书数及荣登当月新书热卖榜TOP500的比例图

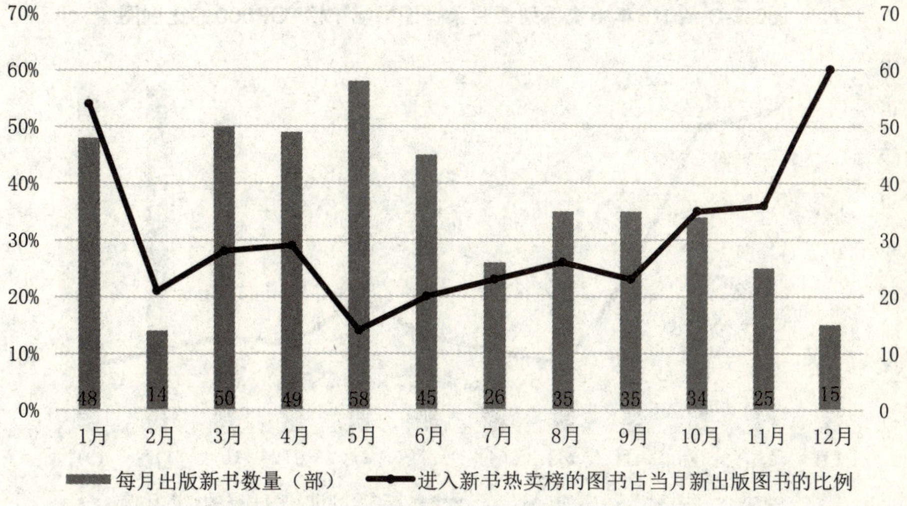

当当网新书热卖榜体现的是图书刚上市时的市场表现，图书畅销榜则反映图书全年的销售情况。网络文学作品线下出版后的图书在当当网上被分为青春文学系列和小说系列，小说系列76部，1月到12月新出版的数量分别为13部、1部、3部、6部、10部、4部、8部、5部、7部、13部、5部、1部。小说系列中进入2月小说畅销榜TOP500的图书有6部，占比为43%；荣登3月小说畅销榜TOP500的图书有7部，占比为41%；荣登4月小说畅销榜TOP500的图书有5部，占比为22%；荣登5月小说畅销榜TOP500的图书有

3 部，占比为 9%；荣登 6 月小说畅销榜 TOP500 的图书有 4 部，占比为 11%；荣登 7 月小说畅销榜 TOP500 的图书有 6 部，占比为 13%；荣登 8 月小说畅销榜 TOP500 的图书有 9 部，占比为 18%；荣登 9 月小说畅销榜 TOP500 的图书有 7 部，占比为 12%；荣登 10 月小说畅销榜 TOP500 的图书有 9 部，占比为 13%；荣登 11 月小说畅销榜 TOP500 的图书有 8 部，占比为 11%；荣登 12 月小说畅销榜 TOP500 的图书有 7 部，占比为 9%。表现突出的是《鬼吹灯》系列以及《余罪》丛书系列，多月荣登畅销榜且表现不俗，如《鬼吹灯全集》进入 2016 年 2 月小说畅销榜第 15 位，获得 99.6% 的推荐指数；《余罪》借着网剧的火热势头，已上市的 5 部原著小说携手横扫各大网站榜单，一时出现“屠榜”盛况，大卖 100 万册。在“亚马逊电子书榜单”上也可以看到，《余罪 1》一度拿下总榜第一，其余 4 部同时杀进前 60 名。

图6-2-3　2016年小说系列每月荣登图书畅销榜TOP500的比例图

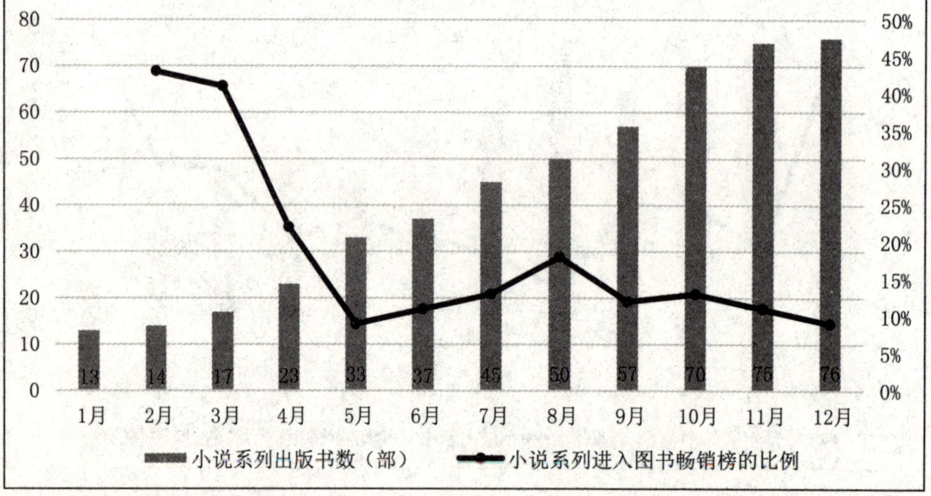

青春文学系列共 329 部，1 月到 12 月分别新出版 30 部、12 部、44 部、41 部、47 部、36 部、18 部、24 部、24 部、20 部、20 部、13 部。荣登 2 月青春文学畅销榜 TOP500 的图书有 8 部，占比为 19%，排名最高的是位于第 64 位的《红尘渡》，获 99.1% 推荐，《独家宠爱（全二册）》排名最低为 327 位。2 月进入畅销榜的图书总体排名较靠后，没有销量比较突出的图书，如表 6－2－1 所示。

表 6-2-1　线下出版网络文学作品在当当网 2016 年 2 月青春文学类畅销榜排名

书名	排名
《红尘渡》	第 64 位
《原来一直都深爱》（全二册）	第 101 位
《军装下的绕指柔》	第 141 位
《半城风月套装》（全二册）	第 142 位
《徐徐念之：完结篇》	第 148 位
《随情所欲》	第 246 位
《凰权》	第 299 位
《独家宠爱》（全二册）	第 327 位

如表 6-2-2，荣登 3 月青春文学畅销榜 TOP500 的图书有 16 部，占比为 19%，玄幻类作品《斗罗大陆 3 · 龙王传说 1》高居第 6 位。《红尘渡》《原来一直都深爱》（全二册）继续荣登畅销榜。

表 6-2-2　线下出版网络文学作品在当当网 2016 年 3 月青春文学类畅销榜排名（前 200）

书名	排名
《斗罗大陆 3 · 龙王传说 1》	第 6 位
《蜜汁炖鱿鱼》	第 33 位
《原来一直都深爱》（全二册）	第 60 位
《红尘渡》	第 113 位
《寂寞空庭春欲晚》（十周年影视典藏版）	第 126 位
《女帝本色 2 帝王谋》	第 194 位

如表 6-2-3，荣登 4 月青春文学畅销榜 TOP500 的图书有 22 部，占比为 17%，《蜜汁炖鱿鱼》排名最高，列居第 44 位。玄幻类作品《斗罗大陆 3 · 龙王传说 1》由上月第 6 位跌至第 45 位，但依然稳居畅销榜前列。

表 6－2－3　线下出版网络文学作品在当当网 2016 年 4 月青春文学类畅销榜排名（前 200）

书名	排名
《蜜汁炖鱿鱼》	第 44 位
《斗罗大陆 3·龙王传说 1》	第 45 位
《原来一直都深爱》（全二册）	第 65 位
《奥汀的祝福》（全二册）（君子以泽 2016 年经典复刻版）	第 104 位
《别那么骄傲 2 致灿烂的你》	第 146 位
《你有多美好　只有我知道》	第 166 位
《木兰无长兄 1》	第 181 位
《军装下的绕指柔》	第 187 位

如表 6－2－4，荣登 5 月青春文学畅销榜 TOP500 的图书有 32 部，占比为 18%。《斗罗大陆 3·龙王传说 2》和《斗罗大陆 3·龙王传说 1》分别位居畅销榜第 21 和 22 位。

表 6－2－4　线下出版网络文学作品在当当网 2016 年 5 月青春文学类畅销榜排名（前 200）

书名	排名
《斗罗大陆 3·龙王传说 2》	第 21 位
《斗罗大陆 3·龙王传说 1》	第 22 位
《一生一世，黑白影画》	第 37 位
《蜜汁炖鱿鱼》	第 63 位
《十五年等待候鸟》	第 64 位
《亲爱的阿基米德》	第 107 位
《原来一直都深爱》（全二册）	第 124 位
《我和你差之微毫的世界》	第 165 位
《奥汀的祝福》（全二册）（君子以泽 2016 年经典复刻版）	第 168 位
《刹那星光》	第 180 位
《浪花一朵朵》	第 194 位

如表6-2-5，荣登6月青春文学畅销榜TOP500的图书有47部，占比为22%。由于刘涛、蒋欣主演的都市电视剧《欢乐颂》的热播，也带动出版后原著销售量的上升，高居畅销榜第7位，且仅一个月线上线下共销售10万册。《斗罗大陆·龙王传说》系列紧跟其后。同时，从排名来看，《蜜汁炖鱿鱼》从3月开始一直畅销至今。

表6-2-5　线下出版网络文学作品在当当网2016年6月青春文学类畅销榜排名（前100）

书名	排名
《欢乐颂》（典藏版）	第7位
《斗罗大陆3·龙王传说3》	第24位
《斗罗大陆3·龙王传说1》	第27位
《错过世界遇到你》	第37位
《凤囚凰》	第57位
《一生一世，黑白影画》	第72位
《蜜汁炖鱿鱼》	第73位
《君子有九思（全二册）》	第89位
《顾盼生辉》	第95位

如表6-2-6，荣登7月青春文学畅销榜TOP500的图书有50部，占比为22%。与6月相似，《斗罗大陆·龙王传说》系列和《欢乐颂》依旧畅销。

表6-2-6　线下出版网络文学作品在当当网2016年7月青春文学类畅销榜排名（前100）

书名	排名
《斗罗大陆3·龙王传说1》	第12位
《斗罗大陆3·龙王传说4》	第16位
《斗罗大陆3·龙王传说3》	第17位
《欢乐颂》（典藏版）	第20位
《斗罗大陆3·龙王传说2》	第22位
《四幕戏·起》	第24位
《凤囚凰》	第68位
《当爱情遇上科学家》	第74位
《桃花债》	第83位
《一生一世，黑白影画》	第98位

如表6-2-7，荣登8月青春文学畅销榜TOP500的图书有64部，占比为26%。上月位居第24位的《四幕戏·起》跳至第15位，《斗罗大陆·龙王传说》系列和《欢乐颂》表现不俗。

表6-2-7 线下出版网络文学作品在当当网2016年8月青春文学类畅销榜排名（前100）

书名	排名
《四幕戏·起》	第15位
《莫负寒夏》（全二册）	第22位
《斗罗大陆3·龙王传说5》	第27位
《欢乐颂》（典藏版）	第30位
《斗罗大陆3·龙王传说4》	第34位
《斗罗大陆3·龙王传说2》	第41位
《斗罗大陆3·龙王传说1》	第42位
《唯愿此生不负你》（全二册）	第46位
《斗罗大陆3·龙王传说3》	第58位
《错过世界遇到你》	第69位
《当爱情遇上科学家》	第82位
《亲爱的阿基米德》	第89位

如表6-2-8，荣登9月青春文学畅销榜TOP500的图书有67部，占比为24%。本月高居第13位的《悟空传》，是上市十五周年的纪念版，到目前为止已畅销加印高达47次，是图书界的一个奇迹，本次加印主要为电影《悟空传》造势。位居第18位的是《诛仙》（典藏版），同时，《斗罗大陆·龙王传说》系列畅销不断，上个月畅销的《莫负寒夏》表现稳定。

表6-2-8 线下出版网络文学作品在当当网2016年9月青春文学类畅销榜排名（前100）

书名	排名
《悟空传》	第13位
《斗罗大陆3·龙王传说6》	第17位
《诛仙》（典藏版套装）（全六册）	第18位

续表

书名	排名
《斗罗大陆3·龙王传说2》	第24位
《莫负寒夏》(全二册)	第32位
《斗罗大陆3·龙王传说3》	第34位
《斗罗大陆3·龙王传说1》	第36位
《斗罗大陆3·龙王传说5》	第40位
《我的曼达林》	第44位
《斗罗大陆3·龙王传说4》	第47位
《亲爱的阿基米德》	第51位
《四幕戏·起》	第63位
《欢乐颂》(典藏版)	第82位
《错过世界遇到你》	第79位
《蜜汁炖鱿鱼》	第94位

如表6-2-9，荣登10月青春文学畅销榜TOP500的图书有71部，占比为24%。和《欢乐颂》畅销原因相同，《如果蜗牛有爱情》(典藏版)飙升至第4位。《斗罗大陆·龙王传说》系列共有6部上榜，且均位于畅销榜前100名，表现突出。

表6-2-9 线下出版网络文学作品在当当网2016年10月青春文学类畅销榜排名(前100)

书名	排名
《如果蜗牛有爱情》(典藏版)	第4位
《莫负寒夏》(全二册)	第23位
《悟空传》	第37位
《四幕戏·起》	第45位
《斗罗大陆3·龙王传说7》	第46位
《枭宠》(全二册)	第52位
《忍冬》	第58位

续表

书名	排名
《斗罗大陆3·龙王传说5》	第59位
《斗罗大陆3·龙王传说2》	第64位
《亲爱的阿基米德》	第70位
《斗罗大陆3·龙王传说6》	第72位
《斗罗大陆3·龙王传说3》	第82位
《斗罗大陆3·龙王传说4》	第87位
《红尘渡》	第89位
《错过世界遇到你》	第91位
《诛仙》（典藏版套装）（全六册）	第92位
《我就喜欢这样的你》	第94位
《蜜汁炖鱿鱼》	第96位

如表6－2－10，荣登11月青春文学畅销榜TOP500的图书有78部，占比为25%。《如果蜗牛有爱情》（典藏版）由上月第4位跃居至第2位，为全年排名最高位；《悟空传》《莫负寒夏》《斗罗大陆·龙王传说》系列稳居畅销榜前列。

表6－2－10　线下出版网络文学作品在当当网2016年11月青春文学类畅销榜排名（前100）

书名	排名
《如果蜗牛有爱情》（典藏版）	第2位
《悟空传》	第8位
《莫负寒夏》（全二册）	第13位
《斗罗大陆3·龙王传说8》	第17位
《斗罗大陆3·龙王传说7》	第28位
《斗罗大陆3·龙王传说1》	第40位
《斗罗大陆3·龙王传说5》	第46位
《好想和你在一起》（上、下册）	第48位
《亲爱的阿基米德》	第57位
《斗罗大陆3·龙王传说6》	第62位

续表

书名	排名
《斗罗大陆3·龙王传说3》	第63位
《枭宠》（全二册）	第64位
《凤囚凰》	第65位
《斗罗大陆3·龙王传说2》	第66位
《斗罗大陆3·龙王传说4》	第67位
《错过世界遇到你》	第68位
《四幕戏·起》	第72位
《诛仙》（典藏版套装）（全六册）	第73位
《匣心记》（全四册）	第95位
《我的曼达林》	第97位

如表6-2-11，荣登12月青春文学畅销榜TOP500的图书有82部，占比为25%。《斗罗大陆3·龙王传说》系列共有15部荣登畅销榜TOP500，有9部荣登畅销榜TOP100。《悟空传》连续4个月占据畅销榜前列。《如果蜗牛有爱情》（典藏版）、《欢乐颂》（典藏版）同样表现突出。

表6-2-11　线下出版网络文学作品在当当网2016年12月青春文学类畅销榜排名（前100）

书名	排名
《好想和你在一起》（上下册）	第5位
《悟空传》	第12位
《如果蜗牛有爱情》（典藏版）	第14位
《莫负寒夏》（全二册）	第26位
《斗罗大陆3·龙王传说7》	第32位
《亲爱的阿基米德》	第35位
《斗罗大陆3·龙王传说6》	第37位
《斗罗大陆3·龙王传说10》	第40位
《斗罗大陆3·龙王传说4》	第41位
《亲爱的弗洛伊德》	第44位

续表

书名	排名
《蜜汁炖鱿鱼》	第 47 位
《凤囚凰》	第 52 位
《斗罗大陆 3 · 龙王传说 3》	第 53 位
《四幕戏 · 起》	第 61 位
《斗罗大陆 3 · 龙王传说 1》	第 71 位
《枭宠》（全二册）	第 72 位
《有匪 1：少年游》	第 79 位
《斗罗大陆 3 · 龙王传说 5》	第 82 位
《欢乐颂》（典藏版）	第 87 位
《斗罗大陆 3 · 龙王传说 9》	第 88 位
《斗罗大陆 3 · 龙王传说 8》	第 93 位
《我的曼达林》	第 95 位
《江山不悔》（全二册）	第 99 位

图6-2-4　2016年青春文学系列每月荣登图书畅销榜TOP500的比例图

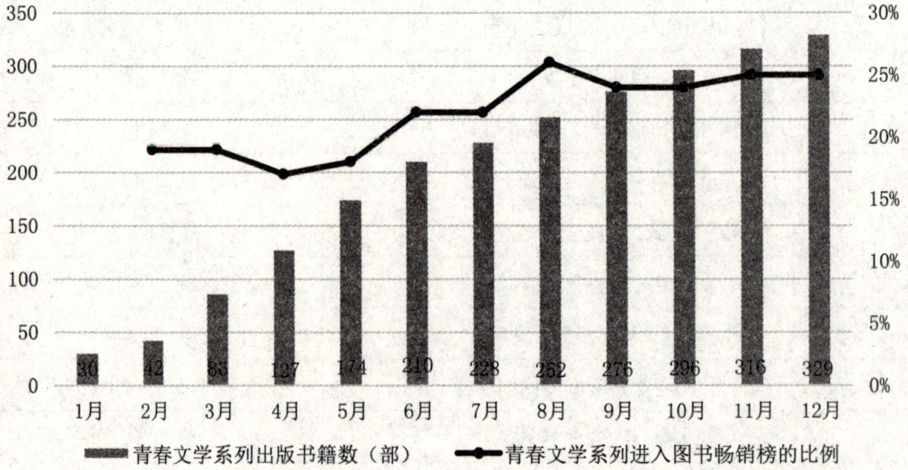

通过对当当网2016年各月新书热卖榜和图书畅销榜的分析可知，线下出版的网络文学作品进入新书热卖榜的比例为31%，进入图书畅销榜的比例为20%。由于电视剧和网剧的热播，《欢乐颂》《如果蜗牛有爱情》《余罪》系列丛书销售量稳居前列，同时《斗罗大陆·龙王传说》系列连续11个月进入图书畅销榜前10位。

实体店销售情况参考开卷数据网每月提供的畅销书排行榜，此排行榜基于开卷“全国图书零售市场观测系统”产生，监控动销品种达十万种，监控总码洋上亿元，因此具有很强的代表性、连续性和中立性。

近年来影视剧导演越来越注重从网络文学作品中掘取金矿，而通过对各期虚构类榜单的分析，可以很容易地看出，影视剧的成功改编对原著销售同样有着异乎寻常的推动力。例如，2016年5月全国【虚构类】畅销书排行中，《欢乐颂》（典藏版）位居第24位；6月全国【虚构类】畅销书排行中，新版《翻译官》小说自上市以来销量一路走高，创下首印20万册的纪录，顺利上榜，排名第22位；11月全国【虚构类】畅销书排行榜中，《如果蜗牛有爱情》（典藏版）位居第24位。

除此之外，系列丛书也成为消费者购买频率最高的一类图书，“斗罗大陆”系列连续两个月都有新作进入虚构类畅销榜，作为一部网络连载小说的实体版，“斗罗大陆”系列的实体书保持着极高的出版频率，通常可以达到一月一本，这使该作始终不会离开大众的视野，对增加读者黏性有非常明显的效果。《斗罗大陆3·龙王传说9》列居10月和11月全国【虚构类】畅销书排行榜第29位；《斗罗大陆3·龙王传说10》列居12月全国【虚构类】畅销书排行榜第16位。

结合当当网和开卷数据网的数据，可见线上和线下销售情况表现基本一致，影视剧的热播带动原著的销量上升，系列丛书表现不凡，其余类型的网络文学作品线下出版后市场表现一般。

接下来拟根据相关数据，计算网络文学作品线下出版后作家盈利情况。一般情况下，出版图书作家获得稿酬占定价的8%，以唐家三少今年新出版的《斗罗大陆3·龙王传说》系列为例，共出版10部，平均售价16元，《斗罗大陆2·绝世唐门》图书上市以来，累计销售1000多万册，第三部估计与此类似，如此计算盈利1000万册×16元/册×8%＝1280万元，如以唐家三少2015年总收入1.1亿元为基准（今年预计更多），最畅销的《斗罗大陆·龙王传说》系列丛书盈利，仅占总收入的12%，比例较低，唐家三少已是如此，其他作家情况可想而知。可见网络文学作品线下出版后盈利情况一般，线下出版在整个网络文学作品产业链中处于劣势。

3. 年度线下出版名录

网络文学的线下出版主要是出版网络小说。据初步统计，2016 年我国共出版网络小说434 部，名录如下：

表 6－2－12　2016 年度线下出版名录

编号	书名	出版日期	出版社	类型
1	《鬼吹灯 8 巫峡棺山》	2016 年 1 月	青岛出版社	小说 > 悬疑类
2	《鬼吹灯 7 怒晴湘西》	2016 年 1 月	青岛出版社	小说 > 悬疑类
3	《鬼吹灯 6 南海归墟》	2016 年 1 月	青岛出版社	小说 > 悬疑类
4	《鬼吹灯 5 黄皮子坟》	2016 年 1 月	青岛出版社	小说 > 悬疑类
5	《鬼吹灯 4 昆仑神宫》	2016 年 1 月	青岛出版社	小说 > 悬疑类
6	《鬼吹灯 3 云南虫谷》	2016 年 1 月	青岛出版社	小说 > 悬疑类
7	《鬼吹灯 2 龙岭迷窟》	2016 年 1 月	青岛出版社	小说 > 悬疑类
8	《鬼吹灯 1 精绝古城》	2016 年 1 月	青岛出版社	小说 > 悬疑类
9	《宝鉴 7》	2016 年 1 月	文心出版社	小说 > 都市类
10	《余罪 2》	2016 年 1 月	海南出版社	小说 > 都市类
11	《鬼吹灯全集》（套装共八册）	2016 年 1 月	青岛出版社	小说 > 悬疑类
12	《大宗师》	2016 年 1 月	百花洲文艺出版社	小说 > 悬疑类
13	《病毒》	2016 年 1 月	作家出版社	小说 > 悬疑类
14	《全职高手 COSPLAY 集：决意江湖》	2016 年 1 月	羊城晚报出版社	动漫 > 幽默
15	《全职高手 COSPLAY 集：百炼荣耀》	2016 年 1 月	羊城晚报出版社	动漫 > 幽默
16	《择天记 1》（漫画版）	2016 年 1 月	吉林美术出版社	动漫 > 幽默
17	《择天记 2》（漫画版）	2016 年 1 月	吉林美术出版社	动漫 > 幽默
18	《武动乾坤 3》（漫画版）	2016 年 1 月	湖南少儿出版社	动漫 > 幽默

续表

编号	书名	出版日期	出版社	类型
19	《心甘情愿》	2016 年 1 月	中国言实出版社	青春文学 > 现代言情
20	《校花的贴身高手 1 ~ 5》	2016 年 1 月	太白文艺出版社	青春文学 > 都市类
21	《制霸好莱坞》	2016 年 1 月	现代出版社	青春文学 > 现代言情
22	《他站在夏花绚烂里》	2016 年 1 月	百花洲文艺出版社	青春文学 > 现代言情
23	《浪花一朵朵》	2016 年 1 月	青岛出版社	青春文学 > 现代言情
24	《斗罗大陆 3 龙王传说 1》	2016 年 1 月	湖南少年儿童出版社	青春文学 > 玄幻类
25	《将夜 08》	2016 年 1 月	新世纪出版社	青春文学 > 玄幻类
26	《造化之门 3 ~ 4》（全二册）	2016 年 1 月	二十一世纪出版社	青春文学 > 仙侠类
27	《春眠不觉晓》	2016 年 1 月	江苏文艺出版社	青春文学 > 古代言情
28	《萌主有命 2》	2016 年 1 月	江苏文艺出版社	青春文学 > 架空历史
29	《斩龙 8 黄金时代》	2016 年 1 月	广东旅游出版社	青春文学 > 游戏类
30	《暮春之令》（全二册）	2016 年 1 月	北京时代华文书局	青春文学 > 古代言情
31	《王妃很忙》	2016 年 1 月	中国文联出版社	青春文学 > 古代言情
32	《兔子压倒窝边草》	2016 年 1 月	安徽人民出版社	青春文学 > 现代言情
33	《豪门长媳》	2016 年 1 月	江苏文艺出版社	青春文学 > 现代言情
34	《红尘渡》	2016 年 1 月	江苏文艺出版社	青春文学 > 古代言情
35	《原来一直都深爱》（全二册）	2016 年 1 月	江苏文艺出版社	青春文学 > 现代言情
36	《军装下的绕指柔》	2016 年 1 月	现代出版社	青春文学 > 军事类
37	《半城风月套装》（全二册）	2016 年 1 月	百花洲文艺出版社	青春文学 > 古代言情
38	《徐徐念之：完结篇》	2016 年 1 月	江苏文艺出版社	青春文学 > 现代言情
39	《随情所欲》	2016 年 1 月	青岛出版社	青春文学 > 现代言情
40	《凰权》	2016 年 1 月	江苏文艺出版社	青春文学 > 古代言情
41	《独家宠爱（全二册）》	2016 年 1 月	江苏文艺出版社	青春文学 > 现代言情
42	《蜜汁炖鱿鱼》	2016 年 1 月	百花洲文艺出版社	青春文学 > 现代言情

续表

编号	书名	出版日期	出版社	类型
43	《女帝本色2帝王谋》	2016年1月	江苏文艺出版社	青春文学>古代言情
44	《酌风流》	2016年1月	中国华侨出版公司	青春文学>古代言情
45	《有种后宫叫德妃5》	2016年1月	北京联合出版公司	青春文学>古代言情
46	《许念，这一次我不会放手》	2016年1月	花山文艺出版社	青春文学>现代言情
47	《总裁会变身》	2016年1月	中国文联出版社	青春文学>现代言情
48	《夺嫡·囚凤卷》	2016年1月	百花洲文艺出版社	青春文学>古代言情
49	《最强特种兵4》	2016年2月	北京联合出版公司	小说>军事类
50	《盘龙15》	2016年2月	新世纪出版社	动漫>幽默
51	《六十章蜜方》（全二册）	2016年2月	百花洲文艺出版社	青春文学>古代言情
52	《亲爱的阿基米德》	2016年2月	宁夏人民出版社	青春文学>推理言情
53	《崔大人驾到》	2016年2月	江苏文艺出版社	青春文学>古代言情
54	《木兰无长兄1》	2016年2月	百花洲文艺出版社	青春文学>古代言情
55	《寂寞空庭春欲晚》（十周年影视典藏版）	2016年2月	江苏文艺出版社	青春文学>古代言情
56	《超维幻界之惊悚乐园4》	2016年2月	长江出版社	青春文学>悬疑类
57	《大英雄时代》	2016年2月	京华出版社	青春文学>古代言情
58	《就是要你说爱我》	2016年2月	花山文艺出版社有限责任公司	青春文学>现代言情
59	《十五年等待候鸟》	2016年2月	中国广播影视出版社	青春文学>现代言情
60	《我和你差之微毫的世界》	2016年2月	青岛出版社	青春文学>现代言情
61	《总裁的独宠1》	2016年2月	古吴轩出版社	青春文学>现代言情
62	《太傅大人要冷静》	2016年2月	贵州人民出版社	青春文学>都市言情
63	《斗罗大陆2绝世唐门大画集》	2016年3月	湖南少年儿童出版社	动漫>幽默
64	《将夜9》	2016年3月	新世纪出版社	动漫>幽默
65	《武动乾坤4》（漫画版）	2016年3月	湖南少儿出版社	动漫>幽默

续表

编号	书名	出版日期	出版社	类型
66	《神藏 1》	2016 年 3 月	中国民主法制出版社	小说 > 魔幻类
67	《奇货 3》	2016 年 3 月	中国友谊出版公司	小说 > 悬疑类
68	《风油精小姐和香奈儿先生》	2016 年 3 月	中国友谊出版公司	小说 > 现代言情
69	《一代闲君》	2016 年 3 月	江苏文艺出版社	青春文学 > 古代言情
70	《天下最二》	2016 年 3 月	中国文联出版社	青春文学 > 古代言情
71	《总有人治得了你》	2016 年 3 月	青岛出版社	青春文学 > 现代言情
72	《背着将军上战场》	2016 年 3 月	百花洲文艺出版社	青春文学 > 古代言情
73	《东风恶》	2016 年 3 月	江苏文艺出版社	青春文学 > 古代言情
74	《无间红颜之袖手天下》（上、下册）	2016 年 3 月	新世界出版社	青春文学 > 古代言情
75	《绝世风华》（上、中、下册）	2016 年 3 月	新世界出版社	青春文学 > 古代言情
76	《斗罗大陆 3 龙王传说 2》	2016 年 3 月	湖南少年儿童出版社	青春文学 > 玄幻类
77	《斗罗大陆 2 绝世唐门》（小说全套 1 ~ 26 册）	2016 年 3 月	湖南少年儿童出版社	青春文学 > 玄幻类
78	《大宋的智慧 1》	2016 年 3 月	广东旅游出版社	青春文学 > 穿越类
79	《天使离开的夏天》	2016 年 3 月	贵州人民出版社	青春文学 > 现代言情
80	《造化之门 1 守护家人 - 2 学院风云》（全二册）	2016 年 3 月	二十一世纪出版社	青春文学 > 仙侠类
81	《斗破苍穹全集第一辑》（套装 1 ~ 15 册，升级典藏版，全集共 30 册）	2016 年 3 月	青岛出版社	青春文学 > 玄幻类
82	《斗破苍穹 6 炼药师大会》	2016 年 3 月	青岛出版社	青春文学 > 玄幻类
83	《斗破苍穹 7 大战云岚宗》	2016 年 3 月	青岛出版社	青春文学 > 玄幻类
84	《斗破苍穹 8 逃亡之路》	2016 年 3 月	青岛出版社	青春文学 > 玄幻类
85	《斗破苍穹 9 迦南学院》	2016 年 3 月	青岛出版社	青春文学 > 玄幻类
86	《斗破苍穹 10 天焚炼气塔》	2016 年 3 月	青岛出版社	青春文学 > 玄幻类

续表

编号	书名	出版日期	出版社	类型
87	《斗破苍穹 11 强榜交锋》	2016 年 3 月	青岛出版社	青春文学 > 玄幻类
88	《斗破苍穹 12 陨落心炎》	2016 年 3 月	青岛出版社	青春文学 > 玄幻类
89	《斗破苍穹 13 绝处逢生》	2016 年 3 月	青岛出版社	青春文学 > 玄幻类
90	《斗破苍穹 14 斗宗大战》	2016 年 3 月	青岛出版社	青春文学 > 玄幻类
91	《斗破苍穹 15 加玛风云》	2016 年 3 月	青岛出版社	青春文学 > 玄幻类
92	《斗破苍穹之大主宰 18》	2016 年 3 月	湖南人民出版社	青春文学 > 玄幻类
93	《不败战神 9》	2016 年 3 月	陕西人民出版社	青春文学 > 玄幻类
94	《错过世界遇到你》	2016 年 3 月	百花洲文艺出版社	青春文学 > 都市类
95	《一生一世笑苍穹 1 天曜风起》	2016 年 3 月	青岛出版社	青春文学 > 古代言情
96	《别那么骄傲 2 致灿烂的你》	2016 年 3 月	花山文艺出版社	青春文学 > 现代言情
97	《危宫惊梦》（全二册）	2016 年 3 月	百花洲文艺出版社	青春文学 > 古代言情
98	《思美人》（全二册）	2016 年 3 月	青岛出版社	青春文学 > 古代言情
99	《木兰无长兄 2》	2016 年 3 月	百花洲文艺出版社	青春文学 > 古代言情
100	《超维幻界之惊悚乐园 5》	2016 年 3 月	长江出版社	青春文学 > 游戏类
101	《奥汀的祝福》（全二册）（君子以泽 2016 年经典复刻版）	2016 年 3 月	湖南文艺出版社	青春文学 > 神话言情
102	《猫先生的蛋糕坊》	2016 年 3 月	黑龙江美术出版社	青春文学 > 架空类
103	《天火大道 13》	2016 年 3 月	湖南少年儿童出版社	青春文学 > 玄幻类
104	《杀青》	2016 年 3 月	中国华侨出版社	青春文学 > 悬疑类
105	《画骨香》	2016 年 3 月	百花洲文艺出版社	青春文学 > 古代言情
106	《刹那星光》	2016 年 3 月	山东画报出版社	青春文学 > 现代言情
107	《盛世医妃》	2016 年 3 月	青岛出版社	青春文学 > 古代言情
108	《时光不矜持》	2016 年 3 月	江苏文艺出版社	青春文学 > 现代言情
109	《忍冬》	2016 年 3 月	青岛出版社	青春文学 > 现代言情

续表

编号	书名	出版日期	出版社	类型
110	《奢侈》	2016年3月	江苏文艺出版社	青春文学 > 都市言情
111	《你再这样，我就报警了!》	2016年3月	安徽人民出版社	青春文学 > 现代言情
112	《别那么骄傲》（套装共二册）	2016年3月	花山文艺出版社	青春文学 > 现代言情
113	《宝鉴1~7合集》	2016年4月	HarperCollins UK	小说 > 都市类
114	《王牌利刃1初露锋芒》	2016年4月	北京联合出版公司	小说 > 军事类
115	《余罪3》	2016年4月	海南出版社	小说 > 都市类
116	《七夜》	2016年4月	北京联合出版公司	小说 > 悬疑类
117	《大宗师2：听弦算沙》	2016年4月	百花洲文艺出版社	小说 > 悬疑类
118	《最漫长的那一夜》（第2季）	2016年4月	浙江文艺出版社	小说 > 悬疑类
119	《极品家丁第二季1》（漫画版）	2016年4月	群言出版社	动漫 > 幽默
120	《盘龙16》	2016年4月	新世纪出版社	动漫 > 幽默
121	《凤囚凰》	2016年4月	四川文艺出版社	青春文学 > 穿越类
122	《格格不入》（全二册）	2016年4月	青岛出版社	青春文学 > 现代言情
123	《一生一世，黑白影画》	2016年4月	江苏文艺出版社	青春文学 > 现代言情
124	《没有来生》	2016年4月	世界知识出版社	青春文学 > 耽美类
125	《心悦君兮》	2016年4月	贵州人民出版社	青春文学 > 现代言情
126	《名门嫡妃》	2016年4月	古吴轩出版社	青春文学 > 古代言情
127	《金玉王朝1（夺玉上）》	2016年4月	上海人民美术出版社	青春文学 > 耽美类
128	《卿本妖娆》	2016年4月	百花文艺出版社	青春文学 > 古代言情
129	《斗罗大陆3龙王传说3》	2016年4月	湖南少年儿童出版社	青春文学 > 玄幻类
130	《斗罗大陆3龙王传说4》	2016年4月	湖南少年儿童出版社	青春文学 > 玄幻类
131	《斗罗大陆》（精装典藏版）12	2016年4月	湖南少年儿童出版社	青春文学 > 玄幻类

续表

编号	书名	出版日期	出版社	类型
132	《大宋的智慧 2》	2016 年 4 月	广东旅游出版社	青春文学 > 穿越类
133	《大宋的智慧 3》	2016 年 4 月	广东旅游出版社	青春文学 > 穿越类
134	《完美世界 10》	2016 年 4 月	山东画报出版社	青春文学 > 玄幻类
135	《造化之门》(全套 1 ~ 5)	2016 年 4 月	二十一世纪出版社	小说 > 仙侠类
136	《黄金渔场》	2016 年 4 月	世界知识出版社	青春文学 > 都市类
137	《欢乐颂》(典藏版)	2016 年 4 月	四川文艺出版社	青春文学 > 现代言情
138	《灵域 7 ~ 8》	2016 年 4 月	二十一世纪出版社集团	青春文学 > 玄幻类
139	《斗破苍穹 1 莫欺少年穷》	2016 年 4 月	青岛出版社	青春文学 > 玄幻类
140	《斗破苍穹 2 修炼之路》	2016 年 4 月	青岛出版社	青春文学 > 玄幻类
141	《斗破苍穹 3 寻找异火》	2016 年 4 月	青岛出版社	青春文学 > 玄幻类
142	《斗破苍穹 4 吞噬异火》	2016 年 4 月	青岛出版社	青春文学 > 玄幻类
143	《斗破苍穹 5 佛怒火莲》	2016 年 4 月	青岛出版社	青春文学 > 玄幻类
144	《江山美人谋》(典藏版，共二册)	2016 年 4 月	百花洲文艺出版社	青春文学 > 古代言情
145	《雪中悍刀行 12》	2016 年 4 月	江苏文艺出版社	青春文学 > 玄幻类
146	《醉枕江山 1》	2016 年 4 月	天津人民出版社	青春文学 > 古代言情
147	《醉枕江山 2》	2016 年 4 月	天津人民出版社	青春文学 > 古代言情
148	《风鸣大陆④漫漫征途》	2016 年 4 月	知识出版社	青春文学 > 玄幻类
149	《魅君心》	2016 年 4 月	百花文艺出版社	青春文学 > 古代言情
150	《木兰无长兄 3》	2016 年 4 月	百花洲文艺出版社	青春文学 > 古代言情
151	《超维幻界之惊悚乐园 6》	2016 年 4 月	长江出版社	青春文学 > 悬疑类
152	《大哥》	2016 年 4 月	上海人民美术出版社	青春文学 > 现代言情
153	《天火大道小说 1 ~ 6 册》(共 6 本)	2016 年 4 月	湖南少年儿童出版社	青春文学 > 玄幻类
154	《天火大道小说 1 ~ 13 册》(共 13 本)	2016 年 4 月	湖南少年儿童出版社	青春文学 > 玄幻类

续表

编号	书名	出版日期	出版社	类型
155	《恋爱这件小事》	2016年4月	百花洲文艺出版社	青春文学 > 现代言情
156	《考古手记》	2016年4月	长江文艺出版社	青春文学 > 耽美类
157	《犹记斐然》	2016年4月	中国文联出版社	青春文学 > 耽美类
158	《我要我们一直爱下去》(上、中、下册)	2016年4月	青岛出版社	青春文学 > 现代言情
159	《问药》	2016年4月	中国致公出版社	青春文学 > 玄幻类
160	《骄娇无双》	2016年4月	百花洲文艺出版社	青春文学 > 古代言情
161	《你有多美好，只有我知道》	2016年4月	贵州人民出版社	青春文学 > 现代言情
162	《余罪4》	2016年5月	海南出版社	小说 > 都市类
163	《奇货4》	2016年5月	中国友谊出版公司	小说 > 悬疑类
164	《秘藏》(1~8套装)	2016年5月	广东人民出版社	小说 > 灵异类
165	《秘藏8尘埃落定》	2016年5月	广东人民出版社	小说 > 灵异类
166	《秘藏7红尘炼心》	2016年5月	广东人民出版社	小说 > 灵异类
167	《对手》	2016年5月	二十一世纪出版社	小说 > 都市言情
168	《对手2》	2016年5月	二十一世纪出版社	小说 > 都市言情
169	《王牌利刃2峥嵘岁月》	2016年5月	北京联合出版公司	小说 > 军事类
170	《王牌利刃3谁与争锋》	2016年5月	北京联合出版公司	小说 > 军事类
171	《王牌利刃1~3》(共3册)	2016年5月	北京联合出版公司	小说 > 军事类
172	《盘龙17》	2016年5月	新世纪出版社	动漫 > 幽默
173	《校花的贴身高手1~8》	2016年5月	太白文艺出版社	青春文学 > 都市类
174	《校花的贴身高手1~9》	2016年5月	太白文艺出版社	青春文学 > 都市类
175	《名门医女》	2016年5月	重庆出版社	青春文学 > 穿越类
176	《余生有你才安好》	2016年5月	江苏文艺出版社	青春文学 > 现代言情
177	《闫小姐不嫁了》	2016年5月	江苏文艺出版社	青春文学 > 都市言情

续表

编号	书名	出版日期	出版社	类型
178	《开封志怪》（全三册）	2016年5月	青岛出版社	青春文学 > 古代言情
179	《鲜满宫堂》	2016年5月	羊城晚报出版社	青春文学 > 穿越类
180	《平生不晚》	2016年5月	江苏文艺出版社	青春文学 > 现代言情
181	《君子有九思（全二册）》	2016年5月	江苏文艺出版社	青春文学 > 现代言情
182	《孤王寡女1千字引》（上、下册）	2016年5月	青岛出版社	青春文学 > 古代言情
183	《斗罗大陆》（精装典藏版）13	2016年5月	湖南少年儿童出版社	青春文学 > 玄幻类
184	《完美世界11》	2016年5月	山东画报出版社	青春文学 > 玄幻类
185	《完美世界12》	2016年5月	山东画报出版社	青春文学 > 玄幻类
186	《斗破苍穹全集第二辑》（套装16~30册，升级典藏版，全集共30册）	2016年5月	青岛出版社	青春文学 > 玄幻类
187	《斗破苍穹16重归黑角域》	2016年5月	青岛出版社	青春文学 > 玄幻类
188	《斗破苍穹17三千焱炎火》	2016年5月	青岛出版社	青春文学 > 玄幻类
189	《斗破苍穹18备战中州》	2016年5月	青岛出版社	青春文学 > 玄幻类
190	《斗破苍穹19名扬北域》	2016年5月	青岛出版社	青春文学 > 玄幻类
191	《斗破苍穹20再见药老》	2016年5月	青岛出版社	青春文学 > 玄幻类
192	《斗破苍穹21勇闯中域》	2016年5月	青岛出版社	青春文学 > 玄幻类
193	《斗破苍穹22决战丹会》	2016年5月	青岛出版社	青春文学 > 玄幻类
194	《斗破苍穹23解救药老》	2016年5月	青岛出版社	青春文学 > 玄幻类
195	《斗破苍穹24重振星陨阁》	2016年5月	青岛出版社	青春文学 > 玄幻类
196	《斗破苍穹25天墓历练》	2016年5月	青岛出版社	青春文学 > 玄幻类
197	《斗破苍穹26天府联盟》	2016年5月	青岛出版社	青春文学 > 玄幻类
198	《斗破苍穹27星界大战》	2016年5月	青岛出版社	青春文学 > 玄幻类
199	《斗破苍穹28净莲妖火》	2016年5月	青岛出版社	青春文学 > 玄幻类
200	《斗破苍穹29决战在即》	2016年5月	青岛出版社	青春文学 > 玄幻类

续表

编号	书名	出版日期	出版社	类型
201	《斗破苍穹 30 大结局：双帝之战》	2016 年 5 月	青岛出版社	青春文学 > 玄幻类
202	《斗破苍穹之大主宰 19》	2016 年 5 月	湖南人民出版社	青春文学 > 玄幻类
203	《一生一世笑苍穹 2 女扮男装》（上、下册）	2016 年 5 月	青岛出版社	青春文学 > 古代言情
204	《刚刚好的你》	2016 年 5 月	百花洲文艺出版社	青春文学 > 现代言情
205	《四幕戏 · 起》	2016 年 5 月	湖南文艺出版社	青春文学 > 现代言情
206	《朝暮不相迟》	2016 年 5 月	群言出版社	青春文学 > 现代言情
207	《当爱情遇上科学家》	2016 年 5 月	青岛出版社	青春文学 > 古代言情
208	《有种后宫叫德妃 6》	2016 年 5 月	北京联合出版公司	青春文学 > 古代言情
209	《杀青大结局》	2016 年 5 月	中国华侨出版社	青春文学 > 悬疑类
210	《总裁的独宠》（结局篇）	2016 年 5 月	古吴轩出版社	青春文学 > 现代言情
211	《顾盼生辉》	2016 年 5 月	百花洲文艺出版社	青春文学 > 现代言情
212	《万里江山不如你》	2016 年 5 月	江苏文艺出版社	青春文学 > 古代言情
213	《碧云》	2016 年 5 月	百花洲文艺出版社	青春文学 > 古代言情
214	《豪门绝恋：半路新娘》	2016 年 5 月	现代出版社	青春文学 > 网络言情
215	《唯愿此生不负你》（全二册）	2016 年 5 月	青岛出版社	青春文学 > 军旅爱情
216	《京门风月 3 箭雨皇都》	2016 年 5 月	江苏文艺出版社	青春文学 > 古代言情
217	《凤凰错 1 宁弃天下换卿心》	2016 年 5 月	青岛出版社	青春文学 > 古代言情
218	《凤歇瑶台》	2016 年 5 月	百花文艺出版社	青春文学 > 古代言情
219	《白龙物语》	2016 年 5 月	天津人民出版社	青春文学 > 奇幻类
220	《余罪 5》	2016 年 6 月	海南出版社	小说 > 都市类
221	《摸金传人》	2016 年 6 月	台海出版社	小说 > 灵异类
222	《灵魂引渡人》	2016 年 6 月	山东文艺出版社	小说 > 悬疑类
223	《翻译官》	2016 年 6 月	江苏文艺出版社	小说 > 现代言情

续表

编号	书名	出版日期	出版社	类型
224	《极品家丁第二季2》（漫画版）	2016年6月	群言出版社	动漫>幽默
225	《X－龙时代9》（漫画版）	2016年6月	沈阳出版社	动漫>幽默
226	《将夜10》	2016年6月	新世纪出版社	动漫>幽默
227	《斗破苍穹药老传奇》7	2016年6月	长江出版社	动漫>幽默
228	《斗破苍穹药老传奇》6	2016年6月	长江出版社	动漫>幽默
229	《驭灵女盗》	2016年6月	现代出版社	青春文学>仙侠类
230	《校花的贴身高手8驭龙剿枭》	2016年6月	华龄出版社	青春文学>都市类
231	《校花的贴身高手7残图再现》	2016年6月	华龄出版社	青春文学>都市类
232	《从拂晓而至的你》	2016年6月	百花洲文艺出版社	青春文学>悬疑类
233	《与时光擦肩而过》（全两册）	2016年6月	百花洲文艺出版社	青春文学>现代言情
234	《念念不忘》	2016年6月	江苏文艺出版社	青春文学>现代言情
235	《美人娇》（上、下册）	2016年6月	青岛出版社	青春文学>古代言情
236	《潜鳞1》	2016年6月	长江出版社	青春文学>玄幻类
237	《七月流火，八月为后》	2016年6月	江苏文艺出版社	青春文学>架空类
238	《以宠为名》	2016年6月	青岛出版社	青春文学>现代言情
239	《恋着多欢喜》	2016年6月	江苏文艺出版社	青春文学>现代言情
240	《护心》（全二册）	2016年6月	百花洲文艺出版社	青春文学>架空类
241	《青春制暖》	2016年6月	九州出版社	青春文学>现代言情
242	《心悦君兮2》	2016年6月	贵州人民出版社	青春文学>现代言情
243	《斗罗大陆3龙王传说5》	2016年6月	湖南少年儿童出版社	青春文学>玄幻类
244	《全职高手24荣耀之巅》	2016年6月	长江少年儿童出版社	青春文学>游戏类
245	《莫负寒夏》（全二册）	2016年6月	百花洲文艺出版社	青春文学>都市言情
246	《天赐良缘》（上、中、下册）	2016年6月	青岛出版社	青春文学>古代言情

续表

编号	书名	出版日期	出版社	类型
247	《金陵春》（套装全六册）	2016 年 6 月	浙江文艺出版社	青春文学 > 古代言情
248	《灵域 1 ~ 10》	2016 年 6 月	二十一世纪出版社集团	青春文学 > 玄幻类
249	《阳神》全套 13 本	2016 年 6 月	宁波出版社	青春文学 > 奇幻类
250	《雪中悍刀行 13》	2016 年 6 月	江苏文艺出版社	青春文学 > 奇幻类
251	《悟空传》	2016 年 6 月	北京联合出版公司	青春文学 > 玄幻类
252	《诛仙 5》（典藏版）	2016 年 6 月	中国华侨出版社	青春文学 > 仙侠类
253	《超维幻界之惊悚乐园 7》	2016 年 6 月	长江出版社	青春文学 > 悬疑类
254	《我们在一起，等于全世界》	2016 年 6 月	江苏文艺出版社	青春文学 > 现代言情
255	《全世界只有一个你》	2016 年 6 月	百花洲文艺出版社	青春文学 > 现代言情
256	《一品医女》	2016 年 6 月	重庆出版社	青春文学 > 古代言情
257	《踮起脚尖来爱你》（上、下册）	2016 年 6 月	青岛出版社	青春文学 > 现代言情
258	《帝医风华 1 妙手乾坤倾天下》（上、下册）	2016 年 6 月	青岛出版社	青春文学 > 古代言情
259	《总裁的隐婚新娘》（上、中、下册）	2016 年 6 月	青岛出版社	青春文学 > 都市言情
260	《后来我们会怎样》（上、下册）	2016 年 6 月	青岛出版社	青春文学 > 现代言情
261	《燕倾天下 · 白金纪念版》（上、中、下册）	2016 年 6 月	青岛出版社	青春文学 > 古代言情
262	《竹马，又名蓝颜》	2016 年 6 月	湖南人民出版社	青春文学 > 现代言情
263	《当垆醉妃》（全二册）	2016 年 6 月	百花洲文艺出版社	青春文学 > 古代言情
264	《时间替我告诉你》（共二册）	2016 年 6 月	中国华侨出版社	青春文学 > 现代言情
265	《大唐忍者秘史》（全三册）	2016 年 7 月	东方出版社	小说 > 魔幻类
266	《大耍儿之西城风云》	2016 年 7 月	中国文联出版社	小说 > 历史类
267	《奇货》（1 ~ 5 共 5 册）	2016 年 7 月	中国友谊出版公司	小说 > 悬疑类

续表

编号	书名	出版日期	出版社	类型
268	《奇货 5》	2016 年 7 月	中国友谊出版公司	小说 > 悬疑类
269	《不败战神 10》	2016 年 7 月	陕西人民出版社	小说 > 魔幻类
270	《摸金传人 2》	2016 年 7 月	台海出版社	小说 > 灵异类
271	《诡案罪 7》	2016 年 7 月	群言出版社	小说 > 悬疑类
272	《大宗师 3：赤焰螟蛉》	2016 年 7 月	百花洲文艺出版社	小说 > 悬疑类
273	《夺嫡》京华卷	2016 年 7 月	江苏文艺出版社	青春文学 > 古代言情
274	《斗罗大陆 3 龙王传说 6》	2016 年 7 月	湖南少年儿童出版社	青春文学 > 玄幻类
275	《全职高手 1 被驱逐的高手》	2016 年 7 月	羊城晚报出版社	青春文学 > 游戏类
276	《完美世界 13》	2016 年 7 月	山东画报出版社	青春文学 > 玄幻类
277	《诛仙》（典藏版套装）（全六册）	2016 年 7 月	中国华侨出版公司	青春文学 > 仙侠类
278	《诛仙》（典藏版）	2016 年 7 月	中国华侨出版社	青春文学 > 仙侠类
279	《诛仙 2》（典藏版）	2016 年 7 月	中国华侨出版社	青春文学 > 仙侠类
280	《诛仙 3》（典藏版）	2016 年 7 月	中国华侨出版社	青春文学 > 仙侠类
281	《诛仙 4》（典藏版）	2016 年 7 月	中国华侨出版社	青春文学 > 仙侠类
282	《诛仙大结局》（典藏版）	2016 年 7 月	中国华侨出版社	青春文学 > 仙侠类
283	《桃花债》	2016 年 7 月	中国文联出版社	青春文学 > 古代言情
284	《木兰无长兄 4》	2016 年 7 月	百花洲文艺出版社	青春文学 > 古代言情
285	《凝爱成珠》	2016 年 7 月	百花洲文艺出版社	青春文学 > 现代言情
286	《豪门长媳：一念倾臣》（大结局）	2016 年 7 月	台海出版社	青春文学 > 现代言情
287	《超维幻界之惊悚乐园 8》	2016 年 7 月	长江出版社	青春文学 > 悬疑类
288	《捕惑君心》	2016 年 7 月	青岛出版社	青春文学 > 古代言情
289	《君生我已老》	2016 年 7 月	百花洲文艺出版社	青春文学 > 现代言情
290	《时光里的不为人知》	2016 年 7 月	江苏文艺出版社	青春文学 > 现代言情

续表

编号	书名	出版日期	出版社	类型
291	《余罪 6》	2016 年 8 月	海南出版社	小说 > 都市类
292	《余罪：我的刑侦笔记（第一季）》（套装合集）全套 5 本	2016 年 8 月	海南出版社	小说 > 都市类
293	《摸金传人 3 活葬古墓》	2016 年 8 月	台海出版社	小说 > 灵异类
294	《摸金传人 123 册》（共三册）	2016 年 8 月	时代文艺出版社	小说 > 灵异类
295	《判罪者》	2016 年 8 月	民主与建设出版社	小说 > 推理类
296	《斗罗大陆 3 龙王传说 1》（漫画版）	2016 年 8 月	浙江人民美术出版社	动漫 > 幽默
297	《全职高手 2 副本制霸》	2016 年 8 月	羊城晚报出版社	动漫 > 幽默
298	《极品家丁第二季 3》（漫画版）	2016 年 8 月	浙江人民美术出版社	动漫 > 幽默
299	《X－龙时代 10》（漫画版）	2016 年 8 月	沈阳出版社	动漫 > 幽默
300	《有狐：给我来个小和尚》	2016 年 8 月	中国友谊出版公司	动漫 > 幽默
301	《盘龙 18》	2016 年 8 月	新世纪出版社	动漫 > 幽默
302	《江山美人谋：终章（典藏版）》（共两册）	2016 年 8 月	百花洲文艺出版社	青春文学 > 古代言情
303	《潜鳞 2》	2016 年 8 月	长江出版社	青春文学 > 玄幻类
304	《从未如此喜欢你》	2016 年 8 月	江苏文艺出版社	青春文学 > 现代言情
305	《江湖有小蝉》	2016 年 8 月	花山文艺出版社	青春文学 > 现代言情
306	《听说你命里缺我》	2016 年 8 月	贵州人民出版社	青春文学 > 现代言情
307	《我就喜欢这样的你》	2016 年 8 月	青岛出版社	青春文学 > 现代言情
308	《檐前雨》	2016 年 8 月	江苏文艺出版社	青春文学 > 现代言情
309	《阿南》	2016 年 8 月	漓江出版社	青春文学 > 现代言情
310	《招摇》（全二册）	2016 年 8 月	湖南文艺出版社	青春文学 > 仙侠类
311	《君不离》	2016 年 8 月	江苏文艺出版社	青春文学 > 古代言情

续表

编号	书名	出版日期	出版社	类型
312	《斗罗大陆3龙王传说7》	2016年8月	湖南少年儿童出版社	青春文学 > 玄幻类
313	《斗罗大陆3龙王传说1~5册套装》（共5本）	2016年8月	湖南少年儿童出版社	青春文学 > 玄幻类
314	《斗罗大陆3龙王传说1~6册套装》（共6本）	2016年8月	湖南少年儿童出版社	青春文学 > 玄幻类
315	《斗罗大陆（精装典藏版）14》	2016年8月	湖南少年儿童出版社	青春文学 > 玄幻类
316	《斗破苍穹之大主宰20》	2016年8月	湖南人民出版社	青春文学 > 玄幻类
317	《九阙凤华：壹》	2016年8月	百花洲文艺出版社	青春文学 > 古代言情
318	《木兰无长兄5》	2016年8月	百花洲文艺出版社	青春文学 > 古代言情
319	《超维幻界之惊悚乐园9》	2016年8月	长江出版社	青春文学 > 悬疑类
320	《我的曼达林》	2016年8月	江苏文艺出版社	青春文学 > 都市言情
321	《有种后宫叫德妃：大结局》	2016年8月	北京联合出版公司	青春文学 > 古代言情
322	《惑国：傀儡王妃》（全二册）	2016年8月	百花洲文艺出版社	青春文学 > 古代言情
323	《半城烟沙》（全二册）	2016年8月	青岛出版社	青春文学 > 古代言情
324	《余生太长，你太难忘》	2016年8月	青岛出版社	青春文学 > 现代言情
325	《我曾这样深切爱过你》	2016年8月	青岛出版社	青春文学 > 现代言情
326	《神藏2》	2016年9月	中国民主法制出版社	小说 > 魔幻类
327	《祸到请付款》	2016年9月	花城出版社	小说 > 悬疑类
328	《地底世界之雾隐占婆》	2016年9月	北京联合出版公司	小说 > 悬疑类
329	《迷航昆仑墟伏魔篇》	2016年9月	中国文联出版社	小说 > 魔幻类
330	《奇货》（1~6共6册）	2016年9月	中国友谊出版公司	小说 > 悬疑类
331	《奇货6》	2016年9月	中国友谊出版公司	小说 > 悬疑类
332	《黑锅》	2016年9月	江苏人民出版社	小说 > 悬疑类
333	《从前有座灵剑山1》	2016年9月	长江出版社	动漫 > 幽默

续表

编号	书名	出版日期	出版社	类型
334	《从前有座灵剑山》2	2016年9月	长江出版社	动漫>幽默
335	《斗破苍穹药老传奇》9	2016年9月	长江出版社	动漫>幽默
336	《斗破苍穹药老传奇》8	2016年9月	长江出版社	动漫>幽默
337	《校花的贴身高手9 风起云涌》	2016年9月	华龄出版社	青春文学>都市类
338	《余生有你才安好2》	2016年9月	江苏文艺出版社	青春文学>现代言情
339	《少年的你，如此美丽》	2016年9月	百花洲文艺出版社	青春文学>现代言情
340	《夜旅人》	2016年9月	百花洲文艺出版社	青春文学>穿越类
341	《半城》	2016年9月	江苏文艺出版社	青春文学>现代言情
342	《时光与你有染》	2016年9月	青岛出版社	青春文学>现代言情
343	《经年留影》	2016年9月	青岛出版社	青春文学>校园言情
344	《斗罗大陆3 龙王传说8》	2016年9月	湖南少年儿童出版社	青春文学>玄幻类
345	《斗罗大陆3 龙王传说9》	2016年9月	湖南少年儿童出版社	青春文学>玄幻类
346	《全职高手3 黄金攻略》	2016年9月	羊城晚报出版社	青春文学>游戏类
347	《如果蜗牛有爱情》（典藏版）	2016年9月	百花洲文艺出版社	青春文学>都市言情
348	《枭宠》（全二册）	2016年9月	百花洲文艺出版社	青春文学>都市言情
349	《锦衣夜行》	2016年9月	中国友谊出版公司	青春文学>架空类
350	《大风刮过玄幻套装》（龙缘+如意蛋+皇叔）	2016年9月	新世界出版社	青春文学>玄幻类
351	《亲爱的陌生人》（全二册）	2016年9月	北京联合出版公司	青春文学>现代言情
352	《超维幻界之惊悚乐园11》	2016年9月	长江出版社	青春文学>悬疑类
353	《超维幻界之惊悚乐园10》	2016年9月	长江出版社	青春文学>悬疑类
354	《投捕情缘》	2016年9月	百花文艺出版社	青春文学>现代言情
355	《唯我心》	2016年9月	广东旅游出版社	青春文学>古代言情
356	《好想和你在一起》（上、下册）	2016年9月	百花洲文艺出版社	青春文学>现代言情

续表

编号	书名	出版日期	出版社	类型
357	《匣心记》（全四册）	2016 年 9 月	江苏文艺出版社	青春文学 > 古代言情
358	《你是我唯一的星光》	2016 年 9 月	青岛出版社	青春文学 > 现代言情
359	《天下之将门庶女》（上、中、下册）	2016 年 9 月	青岛出版社	青春文学 > 古代言情
360	《不负时光不负你》（上、下册）	2016 年 9 月	青岛出版社	青春文学 > 现代言情
361	《王牌利刃 4 超级战兵》	2016 年 10 月	北京联合出版公司	小说 > 军事类
362	《王牌利刃》（共四册）	2016 年 10 月	北京联合出版公司	小说 > 军事类
363	【签名版】《余罪：我的刑侦笔记（第一季）》全套 5 本	2016 年 10 月	海南出版社	小说 > 都市类
364	《造化之门 6 重振剑宗》	2016 年 10 月	二十一世纪出版社	小说 > 仙侠类
365	《造化之门全套 1 ~6》	2016 年 10 月	二十一世纪出版社	小说 > 仙侠类
366	《灵域 11》	2016 年 10 月	二十一世纪出版社	小说 > 武侠类
367	《灵域 1 ~11》	2016 年 10 月	二十一世纪出版社	小说 > 武侠类
368	《仙路争锋 1》	2016 年 10 月	二十一世纪出版社	小说 > 仙侠类
369	《仙路争锋 2》	2016 年 10 月	二十一世纪出版社	小说 > 仙侠类
370	《贩罪四部曲》	2016 年 10 月	江苏文艺出版社	小说 > 科幻类
371	【签名版】《仇敌》（全二册）	2016 年 10 月	中国文联出版社	小说 > 都市类
372	《仇敌（1）》（人太贱）	2016 年 10 月	中国文联出版社	小说 > 都市类
373	《仇敌（2）》（钱太多）	2016 年 10 月	中国文联出版社	小说 > 都市类
374	《全职高手 4 全明星周末》	2016 年 10 月	羊城晚报出版社	动漫 > 幽默
375	《风透湘帘花满庭》（第一卷、第二卷）	2016 年 10 月	接力出版社	青春文学 > 古代言情
376	《将门嫡女之定乾坤》（上、下册）	2016 年 10 月	青岛出版社	青春文学 > 古代言情
377	《假偶天成》	2016 年 10 月	江苏文艺出版社	青春文学 > 现代言情

续表

编号	书名	出版日期	出版社	类型
378	《我喜欢你很久了》	2016年10月	百花洲文艺出版社	青春文学 > 现代言情
379	《千秋》	2016年10月	长江文艺出版社	青春文学 > 架空类
380	《寒冬之心》	2016年10月	贵州人民出版社	青春文学 > 现代言情
381	《生途》	2016年10月	青岛出版社	青春文学 > 现代言情
382	《斗罗大陆3龙王传说10》	2016年10月	湖南少年儿童出版社	青春文学 > 玄幻类
383	《我欲封天5+4+3+2+1》5册	2016年10月	二十一世纪出版社集团	青春文学 > 仙侠类
384	《丁墨“甜宠悬爱”系列套装》（亲笔签名版）莫负寒夏+枭宠+你和我的倾城时光	2016年10月	百花洲文艺出版社	青春文学 > 都市言情
385	《亲爱的弗洛伊德》	2016年10月	百花洲文艺出版社	青春文学 > 推理言情
386	《芈月传》（蒋胜男亲笔签名版，典藏套装全六册）	2016年10月	浙江文艺出版社	青春文学 > 历史类
387	《公子莫慌》	2016年10月	漓江出版社	青春文学 > 古代言情
388	《江山不悔》（全二册）	2016年10月	百花洲文艺出版社	青春文学 > 古代言情
389	《送你一座不孤城》	2016年10月	青岛出版社	青春文学 > 现代言情
390	《凤鸣宫阙》（全三册）	2016年10月	青岛出版社	青春文学 > 古代言情
391	《素手倾天》（全三册）	2016年10月	金城出版社	青春文学 > 古代言情
392	《爆萌宠妃》（全三册）	2016年10月	青岛出版社	青春文学 > 古代言情
393	《良臣难为》	2016年10月	百花洲文艺出版社有限责任公司	青春文学 > 古代言情
394	《不期而遇的温暖》	2016年10月	百花洲文艺出版社	青春文学 > 现代言情
395	《余罪7》	2016年11月	海南出版社	小说 > 都市类
396	《摸金玦之鬼门天师》	2016年11月	中国文联出版社	小说 > 悬疑类
397	《造化之门7荣登城主》	2016年11月	二十一世纪出版社	小说 > 武侠类
398	《仙路争锋3》	2016年11月	二十一世纪出版社	小说 > 魔幻类

续表

编号	书名	出版日期	出版社	类型
399	《大宗师4：楚人七剑》	2016年11月	百花洲文艺出版社	小说>悬疑类
400	《校花的贴身高手10金刚拳王》	2016年11月	华龄出版社	青春文学>都市类
401	《校花的贴身高手1~10》	2016年11月	华龄出版社	青春文学>都市类
402	《糖心蜜意》	2016年11月	江苏文艺出版社	青春文学>现代言情
403	《偏偏骄纵》（全二册）	2016年11月	江苏文艺出版社	青春文学>古代言情
404	《南风解我意》	2016年11月	花山文艺出版社	青春文学>现代言情
405	《我的熊猫城主》	2016年11月	江苏文艺出版社	青春文学>架空类
406	《汀南丝雨》	2016年11月	江苏文艺出版社	青春文学>现代言情
407	《有匪1：少年游》	2016年11月	湖南文艺出版社	青春文学>古代言情
408	《恋着多欢喜2》	2016年11月	江苏文艺出版社	青春文学>现代言情
409	《偏偏娇纵》（全二册）	2016年11月	江苏文艺出版社	青春文学>古代言情
410	《全职高手5毁人不倦》	2016年11月	羊城晚报出版社	青春文学>游戏类
411	《锦衣夜行2》	2016年11月	中国友谊出版公司	青春文学>架空类
412	《谁知后来，我会那么爱你》	2016年11月	北京联合出版公司	青春文学>现代言情
413	《香初上舞》	2016年11月	百花洲文艺出版社	青春文学>古代言情
414	《醉玲珑》（十年珍藏版）	2016年11月	浙江文艺出版社	青春文学>穿越类
415	《木兰无长兄7》	2016年11月	百花洲文艺出版社	青春文学>古代言情
416	《超维幻界之惊悚乐园12》	2016年11月	长江出版社	青春文学>悬疑类
417	《嫡谋》	2016年11月	江苏文艺出版社	青春文学>古代言情
418	《倾君心之墨染千城》	2016年11月	新世界出版社	青春文学>古代言情
419	《蔷薇航班》	2016年11月	花山文艺出版社	青春文学>现代言情
420	《女配是学霸》	2016年12月	贵州人民出版社	青春文学>现代言情
421	《黛色正浓》（上、下册）	2016年12月	青岛出版社	青春文学>现代言情
422	《寂静深处有人家》	2016年12月	百花洲文艺出版社	青春文学>古代言情

续表

编号	书名	出版日期	出版社	类型
423	《南有嘉鱼》（上、下册）	2016 年 12 月	青岛出版社	青春文学 > 现代言情
424	《忽然你走来》	2016 年 12 月	广东旅游出版社	青春文学 > 现代言情
425	《病娇乱投医》	2016 年 12 月	江苏文艺出版社	青春文学 > 现代言情
426	《将军有喜》（上、下册）	2016 年 12 月	现代出版社	青春文学 > 古代言情
427	《全职高手 6 流地徽章》	2016 年 12 月	羊城晚报出版社	青春文学 > 游戏类
428	《完美世界 9》	2016 年 12 月	山东画报出版社	青春文学 > 玄幻类
429	《斗罗大陆 3 龙王传说 11》	2016 年 12 月	湖南少年儿童出版社	青春文学 > 玄幻类
430	《醉流年》	2016 年 12 月	百花洲文艺出版社	青春文学 > 古代言情
431	《只因从来都深爱》	2016 年 12 月	青岛出版社	青春文学 > 现代言情
432	《脱轨》	2016 年 12 月	北京联合出版公司	青春文学 > 架空
433	《地底世界之楼兰妖耳》	2016 年 12 月	北京联合出版公司	小说 > 悬疑类
434	《开封奇谈 1 ~4 珍藏套装》	2016 年 12 月	沈阳出版社	动漫 > 幽默

三、网络文学的文化产业链

1. 产业链结构形态

自 2013 年腾讯文学成立并致力于打造“内容”“产品”与“版权”三大专业团队，开启了泛娱乐产业战略布局，到 2014 年百度文学试图打造网络文学产业链，再到 IP 大爆发的 2015 年，阿里文学成立，腾讯文学与盛大文学联合成立阅文集团，掌阅文学成立，前几者联合 2000 年成立的中文在线，组成了我国网络文学产业链的核心中端，引领着以网络文学为主流 IP 的泛娱乐产业发展潮流。

2015 年 1 月 21 日，中文在线在深圳证券交易所创业板上市并于同年 9 月成立中文在线集团，旗下网站有书香中国、17K 小说网、中文书城、爱看书网、汤圆创作。来自 Analysys 易观智库于 2016 年 7 月 15 日发布的调查数据显示，其原创作品达 60 万种，驻站网络作者 60 万，签约名家及畅销书作家 2000 余人，与 600 余家版权机构合作，旗下汤圆创作组建了覆盖 3000 多所院校的校园文学联盟、覆盖 240 座城市的中国校园漫画家俱乐部，通过自有渠道及合作渠道共同打造高质 IP。百度文学旗下业务主要有其在 2013 年以 1.915 亿元收购的纵横中文网原创阅读，另有百度书城、91 熊猫看书等无线阅读应用，并利用百度贴吧、视频、音乐、游戏与 91 无线等百度内部资源，完善相关衍生运作。2016 年 6 月 20 日，完美世界科技有限公司以 10 亿元将百度文学纳入旗下，收回了 3 年前其出售给百度的纵横中文网。阿里巴巴集团创办的阿里文学主打版权合作，其合作商达 150 多家，包括塔读文学、新浪阅读、微博有书、咪咕阅读、天翼阅读、中文在线、纵横中文网、博集天卷、中国出版集团等。阿里文学试图打破付费阅读的网络文学商业模式，通过开发与合作 IP 衍生来获利。阅文集团以 20 亿美元估值进入独角兽企业 TOP30，旗下的起点中文网、创世中文网、小说阅读网、潇湘书院、红袖添香、云起书院、榕树下、QQ 阅读、中智博文、华文天下等平台基本占据了国内最大的原创网络文学市场，同时开发在懒人听书、天方听书网等平台上播出的音频产品，纸质书出版发行方面有华文天下、中智博文、聚石文华，其不仅仅止于网络文学 IP 的授权，也积极参与 IP 衍生产品的设计制作等。掌阅文学是掌阅科技旗下的网络原创文学品牌，涉足内容生产与版权运营等，旗下有掌阅文化、红薯网、杭州趣阅等原创文学网站，其计划未来将投入 10 亿元，旨在打造出高质量的原创精品，同时积极开发 IP 与影视游戏平台。2016 年 7 月掌阅科技连同多家企业、出版社等创办了全国范围的文学创作大赛，助力掌阅文学的发展。

网络文学 IP 是产业链的上游源头也是核心，从最原始的文字出版版权，到如今的多版权甚至全版权开发与运营，行业规模从百万级起步的版权授权发展到几十亿，网络文学产业真正步入了一个高速发展的鼎盛时期。2015 年中国网络作家富豪榜第一名唐家三少的版权收入达到了 1.1 亿元，其在 2012 年的版税收入不到 2000 万元，榜上前 10 名网络作家的版权收入均在千万元以上。与国外相比而言，国内对 IP 市场的价值挖掘重视属于起步较晚的，如美国在 20 世纪 90 年代已有许多作品改编的例子，其不仅收获巨额商业价值，也实现了文化输出，因此中国网络文学产业链的强盛不仅是满足国内消费者需求的客观趋势，也是增强中国文化输出实力的有力助益，值得国家大力支持与推进网络文学产业的发展。

网络文学产业链的下游是 IP 衍生品的开发与制作，主要是以网络小说为原型的 IP 改编，改编以影视剧为最主要形式，影视剧包括电视剧、网络剧、电影，其次是动漫、游戏，其中动漫包括连载漫画、动画片连续剧，此外还有话剧、舞台剧、音乐、有声读物等延伸产品，影响力巨大的还有创建主题公园的衍生形式。国内最早的网络文学改编的影视剧当属2000年上映的改编自痞子蔡同名小说的电影《第一次亲密接触》，紧接着2004年该小说又被改编成同名电视剧，首播于广东电视公共频道。2011年的《裸婚时代》《步步惊心》《甄嬛传》等深受欢迎的电视连续剧，2014年脍炙人口的《古剑奇谭》《匆匆那年》以及2015年的《花千骨》《琅琊榜》《芈月传》等，无一例外均改编自网络小说，标示着网络文学IP影视剧衍生的真正元年，其中的《古剑奇谭》《花千骨》《琅琊榜》还被改编成游戏、动漫等，形成单一作品多向衍生的价值链。以年度收视亚军《花千骨》为例，改编自《花千骨》的游戏半年总流水超8.5亿元，单月流水最高达2亿元。据估计《花千骨》衍生品产值超20亿元。[①] 2015年改编自网络小说的电视连续剧（含网络剧）超过20部，2016年则将近40部，而已知的2016年在筹拍计划中并将于2017年播出的电视连续剧（含网络剧）超过80部。电影改编的数量相对较少，算上2000年的《第一次亲密接触》，近5年内改编自网络小说的电影约有21部，已知的2016年在筹拍并将于2017年上映的有近15部。尽管电视剧改编的数量与电影改编的数量相比差距较大，但从数字中仍然可以看出无论电视改编还是电影改编的发展都在近两年包括2016年，以及未来的2017年势如破竹，网络文学IP的影视衍生力量巨大。

2. 网络作品影视剧改编

网络文学改编成影视剧的收视效果如何，可以参考如下一些数据排行：

在2015年的福布斯·中国原创文学风云榜中，《琅琊榜》（原著作者：海宴）获得了年度原创最佳电视剧改编奖，《何以笙箫默》《花千骨》《芈月传》获得入围；年度最佳网络剧改编是《盗墓笔记》（原著作者：南派三叔），《无心法师》《校花的贴身高手》《纳妾记》获得入围。iVideoTracker—2015年6月在线视频媒体覆盖人数前10的电视剧中有4部改编自网络小说，包揽前4名：排名第一的是《花千骨》，覆盖人数10651万人；《盗墓笔记》排名第二，覆盖人数4748万人，《抓住彩虹的男人》排名第三，覆盖人数4469万人；《两生花》排名第四，覆盖人数4237万人。2015年8月TOP10电视剧中有4部改编自网络小说，《花千骨》覆盖人数15993万人，《旋风少女》覆盖

① 曹衍真：《唐家三少过亿版税背后，网络文学产业链将走向何方》，http://biz.265g.com/media/200347.html，2016年11月24日查询。

人数 3943 万人，《盗墓笔记》覆盖人数 3440 万人，《纳妾记》覆盖人数 2716 万人。

2016 年的福布斯 · 中国原创文学风云榜中《如果蜗牛有爱情》（原著作者：丁墨）获得了年度原创最佳电视剧改编奖，《老九门》（原著作者：南派三叔）获得了年度原创最佳网络剧改编奖。来自 Vlinkage—专业娱乐数据和营销顾问的数据，2016 年收视率前 10 的电视剧中有 3 部改编自网络小说：排名第一的《亲爱的翻译官》收视率 2.048%；排名第五的《锦绣未央》收视率 1.483%；排名第八的《女医明妃传》收视率 1.296%。2016 年上半年 IP 电视剧 TOP10 中有 5 部改编自网络文学作品，其中《欢乐颂》《亲爱的翻译官》《女医明妃传》包揽前三，《寂寞空庭春欲晚》《最好的我们》分列第 7、第 9 名。① 截止到 2016 年 12 月 27 日，来自 Vlinkage 公布的电视剧网络播放排行前 10 中改编自网络小说的《鬼吹灯》排名第二，播放量 30872 万次；《极品家丁》排名第三，播放量 12669 万次；《锦绣未央》排名第五，播放量 8970 万次。“2016 中国泛娱乐指数盛典”中国网生内容榜—网络剧榜 TOP10 中有 6 部网络剧改编自网络文学作品，分别是《老九门》《余罪》《十宗罪》《最好的我们》《法医秦明》《太子妃升职记》。

2015 年福布斯 · 中国原创文学风云榜年度原创最佳电影改编为《寻龙诀》（原著作者：天下霸唱），入围作品有《九层妖塔》《何以笙箫默》《左耳》，而 2016 年的《微微一笑很倾城》（原著作者：顾漫）获得了福布斯 · 中国原创文学风云榜年度原创电影改编奖。来自中国票房网的统计数据显示，2016 年度票房排行前 20 的电影中，改编自网络作家南派三叔的同名小说的《盗墓笔记》总票房 100441 万元，排名第八；改编自张嘉佳的同名小说《从你的全世界路过》总票房 81420 万元，排名第十四。此外上映于 2016 年 12 月 23 日、改编自张嘉佳的《从你的全世界路过》的《摆渡人》截止到同年 12 月 28 日累计票房 33773 万元。2015 年度票房排行前 20 的电影中，《寻龙诀》票房收入 137392 万元，总排名第七，《九层妖塔》总票房 68293 万元，排名第十六，两部电影均改编自网络作家天下霸唱的《鬼吹灯》系列小说。此外还有 2014 年排名第十三的《匆匆那年》总票房 58162 万元，2013 年排名第三的《致我们终将逝去的青春》总票房 71910 万元，均获得较高的票房收入。表 6 - 3 - 1 收录了主要的电视剧及电影改编作品：

① 艾瑞咨询，2016 中国泛娱乐 IP 价值研究报告，http://www.askci.com/news/chanye/20160818/10212154823.shtml，2016 年 08 月 16 日查询。

表6－3－1　网络文学电视剧改编名录（92部）

电视剧名称	原作品名称	原作品作者	首播时间	出品公司	播出平台
《第一次亲密接触》	《第一次亲密接触》	痞子蔡	2004.07.28	不详	广东电视公共频道、爱奇艺、PPTV、乐视
《会有天使替我爱你》	《会有天使替我爱你》	明晓溪	2006.08.25	深圳鸿如影视有限公司	山东卫视
《爱情两好三坏》	《爱情两好三坏》	九把刀	2007.10.14	不详	台湾民视、卫视中文台
《美人心计》	《朱央·沉浮》	瞬间倾城	2010.03.15	紫骏影视传媒集团、东阳欢娱影视文化有限公司、于正工作室	上海电视剧频道、安徽卫视、山东卫视、河南卫视、东南卫视、深圳卫视
《和空姐一起的日子》	《和空姐同居的日子》	三十	2010.03.26	深圳广电集团深广传媒有限公司、北京紫禁城信都影视公司	优酷、土豆
《泡沫之夏》	《泡沫之夏》	明晓溪	2010.08.27	上海电影（集团）有限公司、北京东王文化发展有限公司、当然娱乐股份有限公司	湖南卫视、优酷、土豆、搜狐、爱奇艺、乐视、PPTV
《来不及说我爱你》	《碧瓷沉》	匪我思存	2010.08.30	北京光彩世纪文化艺术有限公司、湖南电广传媒节目分公司	湖北经视、浙江卫视、央视八套、爱奇艺
《我是特种兵》	《最后一颗子弹留给我》	刘猛	2011.01.14	中央电视台、北京小马奔腾	央视一套
《宫》	《宫锁心玉》	于正	2011.01.31	湖南经视文化传播有限公司、东阳欢娱	湖南卫视、爱奇艺、芒果TV、乐视

续表

电视剧名称	原作品名称	原作品作者	首播时间	出品公司	播出平台
《裸婚时代》	《裸婚——80后的新结婚时代》	唐欣恬	2011. 06. 03	北京光彩世纪文化艺术有限公司、湖南电广传媒节目分公司	四川影视文艺频道、山东电视影视频道、江苏卫视、深圳卫视、福建卫视、央视一套
《步步惊心》	《步步惊心》	桐华	2011. 09. 10	上海唐人电影制作有限公司、湖南卫视	湖南卫视、芒果TV、优酷、乐视
《倾世皇妃》	《倾世皇妃》	慕容湮儿	2011. 09. 30	林心如工作室、湖南广播电视台	湖南卫视、优酷、PPTV
《千山暮雪》	《千山暮雪》	匪我思存	2011. 10. 22	浙江梦幻星生园影视文化有限公司	湖南卫视、芒果TV、优酷、乐视
《甄嬛传》	《后宫·甄嬛传》	流潋紫	2011. 11. 17	北京电视艺术中心	安徽卫视、东方卫视、乐视、优酷
《搜神记》	《古代神话》	佚名	2012. 06. 19	宏文泰信影业有限公司、IBO、北京大唐辉煌传媒有限公司	四川公共频道
《门第》	《门第》	连谏	2013. 01. 26	四川省文采文化传播有限公司	北京影视频道、安徽卫视、河南卫视、深圳卫视、四川卫视、山东卫视
《小儿难养》	《小儿难养》	宗昊	2013. 02. 06	中央电视台、湖南广播电视台、北京金逸盛典文化传播有限责任公司	湖南卫视、央视八套、爱奇艺、乐视
《盛夏晚晴天》	《盛夏晚晴天》	柳晨枫	2013. 02. 15	欢瑞世纪影视传媒股份有限公司、深圳美亚文化传媒有限公司	湖南经视、江苏卫视、安徽卫视、暴风

续表

电视剧名称	原作品名称	原作品作者	首播时间	出品公司	播出平台
《失恋33天》	《失恋33天》	鲍鲸鲸	2013.08.08	北京金盛信马影视文化有限公司、北京华美时空文化传播有限公司	济南电视台影视频道
《千金归来》	《重生豪门千金》	十三春	2013.10.30	上海克顿影视有限责任公司、北京四海兄弟影视文化有限公司	东方卫视、芒果TV、优酷、腾讯、乐视
《最美的时光》	《被时光掩埋的秘密》	桐华	2013.11.20	浙江梦幻星生园影视文化有限公司、湖南卫视	湖南卫视、爱奇艺、优酷、乐视
《战长沙》	《战长沙》	却却	2014.03.08	山东电影电视剧制作中心	上海电视剧频道、央视八套、湖南卫视
《暗黑者》	《死亡通知单》	周浩晖	2014.06.10	慈文传媒集团、腾讯视频	腾讯视频
《相爱十年》	《天空向左，深圳向右》	慕容雪村	2014.06.23	深圳广播电影电视集团深广传媒有限公司、新丽传媒股份有限公司、湖南广播电视台	湖南卫视、芒果TV、优酷、爱奇艺
《谢文东》	《坏蛋是怎样炼成的》	六道	2014.07.01	天虹世纪影视文化传播北京有限公司、北京领石文化传播有限公司	优酷、土豆、腾讯、PPTV、迅雷看看
《古剑奇谭》	《古剑奇谭·琴心剑魄》	某树宁昼	2014.07.02	欢瑞世纪影视传媒股份有限公司、光线传播有限公司、中国国际电视总公司、中国广播电影电视节目交易中心、上海烛龙信息科技有限公司	湖南卫视、腾讯、乐视、搜狐、暴风

续表

电视剧名称	原作品名称	原作品作者	首播时间	出品公司	播出平台
《杉杉来了》	《杉杉来吃》	顾漫	2014.07.08	上海剧酷文化传播有限公司	江苏卫视、山东卫视、东南卫视、东方卫视、陕西卫视、广西卫视、爱奇艺、搜狐、PPTV、迅雷、腾讯、风行
《匆匆那年》	《匆匆那年》	九夜茴	2014.08.04	搜狐视频（暨“天津金狐文化有限公司”，下同）	搜狐视频
《格子间女人》	《格子间女人》	舒仪	2014.09.02	完美世界（北京）影视文化有限公司、北京希世纪影视文化发展有限公司、广东蓝色火焰文化传媒有限公司	南宁都市生活频道
《风中奇缘》	《大漠谣》	桐华	2014.10.01	上海唐人电影制作有限公司、上海尚世影业有限公司	湖南卫视、腾讯、搜狐、爱奇艺
《何以笙箫默》	《何以笙箫默》	顾漫	2015.01.10	上海剧酷文化传播有限公司	江苏卫视、上海东方卫视、爱奇艺、腾讯、优酷、土豆、乐视、搜狐、PPTV、央视网
《长大》	《长大》	zhuzhu6p	2015.01.29	上海尚世影业有限公司、北京华美时空文化传播有限公司、上海东霈文化传播有限公司、深圳市腾讯计算机系统有限公司	东方卫视、天津卫视、腾讯、乐视、爱奇艺、搜狐、PPTV

续表

电视剧名称	原作品名称	原作品作者	首播时间	出品公司	播出平台
《锦绣缘华丽冒险》	《锦绣缘》	念一	2015. 03. 03	上海泓霆影业有限公司、黄晓明工作室	湖南卫视、腾讯、爱奇艺、乐视、搜狐、优酷、土豆、PPTV、芒果 TV、迅雷
《我的美女老师》	《我的美女老师》	黑夜 de 白羊	2015. 03. 07	爱奇艺、王马影视传媒有限公司	爱奇艺
《执念师》	《执念师》	PPTV 聚力、慈文传媒、视骊制作	2015. 03. 16	PPTV 聚力、慈文传媒、视骊制作	PPTV、搜狐视频
《心理罪》	《心理罪》	雷米	2015. 05. 08	爱奇艺、凤凰联动影业	爱奇艺
《抓住彩虹的男人》	《裂锦》	匪我思存	2015. 05. 26	浙江梦幻星生园影视文化有限公司	浙江卫视、东方卫视、芒果 TV、爱奇艺、优酷
《花千骨》	《花千骨》	fresh 果果	2015. 06. 09	慈文影视传播有限公司	湖南卫视、爱奇艺、腾讯视频、搜狐、优酷、土豆
《两生花》	《岁月是朵两生花》	唐七公子	2015. 06. 12	上影寰亚、九州梦工厂、上海电影、银润传媒	浙江卫视、江苏卫视、爱奇艺、搜狐、腾讯、优酷、乐视
《仙剑客栈》	《仙剑客栈》	大宇资讯股份有限公司	2015. 06. 16	亿奇娱乐、优酷	优酷
《盗墓笔记》	《盗墓笔记》	南派三叔	2015. 06. 21	欢瑞世纪影视传媒股份有限公司	爱奇艺
《无心法师》	《无心法师》	尼罗	2015. 07. 06	搜狐视频、上海唐人电影制作有限公司	搜狐视频、东方卫视

续表

电视剧名称	原作品名称	原作品作者	首播时间	出品公司	播出平台
《旋风少女》	《旋风百草》	明晓溪	2015.07.07	湖南卫视	湖南卫视、芒果TV
《华胥引之绝爱之城》	《华胥引》	唐七公子	2015.07.09	慈文传媒集团、天津滨海国际影业有限公司	江西卫视、四川卫视、腾讯视频
《黑白无双》	《黑白无双》	于彦舒	2015.07.09	娃娃鱼动画工作室	腾讯视频、优酷网、斗鱼TV、bilibili、AcFun
《纳妾记》	《纳妾记》	沐铁	2015.07.09	上海聚力传媒技术有限公司、东阳华海时代影业传媒有限公司	PPTV
《校花的贴身高手》	《校花的贴身高手》	鱼人二代	2015.08.10	爱奇艺、世像文化、沃影传媒	爱奇艺
《明若晓溪》	《明若晓溪》	明晓溪	2015.09.08	可米国际影视、八大电视台、浙江华策影视股份有限公司	湖南卫视、爱奇艺、芒果TV
《大汉情缘之云中歌》	《云中歌》	桐华	2015.09.13	东阳星瑞、东阳欢娱、经视文化	湖南卫视
《琅琊榜》	《琅琊榜》	海晏	2015.09.19	山东影视、儒意影业、和颂天地影视、圣基影业、正午阳光影业	北京卫视、东方卫视、腾讯视频、爱奇艺、优酷网、土豆网、搜狐视频、乐视网
《他来了，请闭眼》	《他来了，请闭眼》	丁墨	2015.10.15	搜狐视频、山东影视集团、上海尚世影业有限公司、东阳正午阳光影视有限公司	搜狐视频、东方卫视
《终极教师》	《终极教师》	柳下挥	2015.10.30	响巢看看、唐德影视、艾腾文化	迅雷看看、优酷、响巢看看

续表

电视剧名称	原作品名称	原作品作者	首播时间	出品公司	播出平台
《芈月传》	《芈月传》	蒋胜男	2015. 11. 30	东阳市花儿影视、儒意欣欣影业、星格拉影视	乐视视频、腾讯视频、东方卫视、北京卫视
《长在面包树上的女人》	《面包树上的女人》	张小娴	2015. 12. 01	上海鑫海影视制作有限公司	深圳卫视、CCTV8、优酷、土豆、爱奇艺、腾讯视频
《太子妃升职记》	《太子妃升职记》	鲜橙	2015. 12. 13	北京乐漾影视传媒有限公司	乐视网、bilibili
《苏染染追夫记》	《苏染染追夫记》	云葭	2016. 01. 17	北京壹加传媒有限公司	乐视网
《寂寞空庭春欲晚》	《寂寞空庭春欲晚》	匪我思存	2016. 02. 01	上海柠萌影视传媒有限公司、上海柠萌悦心影视传媒有限公司、浙江梦幻星生园影视文化有限公司	浙江卫视、深圳卫视、优酷、土豆、乐视、腾讯、爱奇艺、搜狐、芒果TV
《班淑传奇》	《女傅：班淑传奇》	张巍	2016. 02. 08	中央电视台、东阳星瑞影视文化传媒有限公司、东阳欢娱影视文化有限公司、湖南经视文化传播有限公司	CCTV8、腾讯视频
《女医明妃传》	《女医·明妃传》	张巍	2016. 02. 13	新丽传媒股份有限公司、天津唐人影视股份有限公司	江苏卫视、东方卫视、优酷、土豆、爱奇艺、腾讯视频、乐视、搜狐视频
《示铃录》	《怨气撞铃》	尾鱼	2016. 02. 25	搜狐视频、慈文传媒集团	搜狐视频
《最好的我们》	《最好的我们》	八月长安	2016. 04. 08	北京爱奇艺科技有限公司	爱奇艺

续表

电视剧名称	原作品名称	原作品作者	首播时间	出品公司	播出平台
《我是杜拉拉》(《杜拉拉大结局》)	《杜拉拉升职记》第四部	李可	2016.04.16	上海好剧影视有限公司	江苏卫视、腾讯、爱奇艺
《欢乐颂》	《欢乐颂》	阿耐	2016.04.18	东阳正午阳光影视有限公司、山东影视制作有限公司	东方卫视、浙江卫视、搜狐视频、腾讯视频、爱奇艺、乐视网、优酷、土豆
《余罪》	《余罪》	常书欣	2016.05.23	爱奇艺、新丽传媒股份有限公司、大连天神娱乐集团股份有限公司	爱奇艺
《亲爱的翻译官》	《翻译官》	缪娟	2016.05.24	剧芯文化、乐视网、嘉行传媒	湖南卫视、乐视视频、芒果 TV
《烟袋斜街10号》	《烟袋斜街10号》	剑走偏锋	2016.05.31	北京金文色彩文化传媒有限公司	微博视频台
《我的朋友陈白露小姐》	《我的朋友陈白露小姐》	海棠	2016.06.07	爱奇艺和喜天影视	爱奇艺
《怒江之战》	《怒江之战》	南派三叔	2016.06.17	浙江华策影视股份有限公司	腾讯视频
《贴身校花》	《我的贴身校花》	带玉	2016.06.27	搜狐视频、上海丝芭影视有限公司、上海天涌影视传媒有限公司	搜狐视频
《老九门》	《老九门》	南派三叔	2016.07.04	慈文传媒、爱奇艺、南派投资、国奥影业、乐道互娱	东方卫视、爱奇艺
《致青春》	《致我们终将逝去的青春》	辛夷坞	2016.07.11	上海尚世影业有限公司、华视娱乐投资集团股份有限公司、慈文传媒集团旗下东阳紫风影视制作有限公司	优酷、土豆、东方卫视、安徽卫视、北京卫视

续表

电视剧名称	原作品名称	原作品作者	首播时间	出品公司	播出平台
《秀丽江山之长歌行》	《秀丽江山》	李歆	2016.07.21	上海剧合影视文化有限公司、林心如影视文化工作室	江苏卫视、爱奇艺、腾讯视频、乐视、搜狐视频
《遇见王沥川》	《沥川往事》	施定柔	2016.07.22	上海拓乐影视文化传媒有限公司	乐视、安徽卫视
《十宗罪》	《十宗罪》系列	蜘蛛	2016.07.27	优酷、北京百盟影视策划有限公司	优酷、土豆
《青云志》	《诛仙》	萧鼎	2016.07.31	欢瑞世纪影视传媒股份有限公司	湖南卫视、芒果TV、腾讯视频、优酷、土豆网
《微微一笑很倾城》	《微微一笑很倾城》	顾漫	2016.08.22	上海剧酷文化传播有限公司	江苏卫视、东方卫视、优酷网、土豆网
《女娲成长日记》	《女娲成长日记》	凌舞水袖	2016.08.22	阅文集团、腾讯视频、神鱼影视	腾讯视频
《错生》	《错生的瞳孔》	王泡小泡	2016.08.31	北京华谊兄弟聚星文化有限公司和北京仰望天空影视文化传媒有限公司	微博视频台、Star-TV和响巢看看
《识汝不识丁》	《识汝不识丁》	酥油饼	2016.09.12	北京世纪鲲鹏国际传媒、北京光线传媒股份有限公司、天津璀璨鲲鹏文化传媒、北京鹏程映画影视传媒	优酷
《别那么骄傲》	《别那么骄傲》	随侯珠	2016.09.19	优酷、湖南芒果娱乐有限公司	优酷视频
《画江湖之不良人》	《画江湖之不良人》	一伤二十八	2016.09.21	爱奇艺、北京壹酷文化传媒有限公司、北京若森数字科技有限公司	爱奇艺

续表

电视剧名称	原作品名称	原作品作者	首播时间	出品公司	播出平台
《我喜欢你，你知道吗》	《我喜欢你，你知道吗》	我和你	2016.09.29	上海聚力传媒技术有限公司	PPTV
《我不是妖怪》	《我不是妖怪》	皇堂燕	2016.10.07	爱奇艺、上海耀客文化传媒有限公司	爱奇艺
《陈二狗的妖孽人生》	《陈二狗的妖孽人生》	烽火戏诸侯	2016.10.10	腾讯视频、上海浮生若梦有限公司	腾讯视频
《法医秦明》	《第十一根手指》	秦明	2016.10.13	搜狐视频、博集天卷	搜狐视频
《美人为馅》	《美人为馅》	丁墨	2016.10.24	北京爱奇艺科技有限公司	爱奇艺
《如果蜗牛有爱情》	《如果蜗牛有爱情》	丁墨	2016.10.24	企鹅影业、东阳正午阳光影视有限公司	东方卫视、腾讯视频
《锦绣未央》	《锦绣未央》	秦简	2016.11.11	克顿影视、丰璟传媒、乐华娱乐	东方卫视、北京卫视、爱奇艺、腾讯视频、优酷、土豆
《兰陵王妃》	《兰陵王妃》	杨千紫	2016.11.13	东阳欣尚新影视文化传播有限公司	湖南卫视、芒果TV
《器灵》	《器灵：百炼》	秋风清	2016.11.16	搜狐视频、北京亿奇娱乐影视文化有限公司	搜狐视频
《极品家丁》	《极品家丁》	禹岩	2016.11.28	华策克顿集团旗下上海剧芯文化、北京泰洋川禾文化传媒有限公司、优酷	优酷视频
《鬼吹灯之精绝古城》	《鬼吹灯之精绝古城》	天下霸唱	2016.12.19	企鹅影业、梦想者电影、正午阳光影业	腾讯视频

注：播出平台中第一个频道或网络视频端为首播平台，播出平台只有网络视频端的为网络剧。

表6-3-2　网络小说改编电影名录（20部）

电影名称	原作品名称	原作品作者	首映时间	出品公司
《恋爱前规则》	《和空姐同居的日子》	三十	2009.11.03	北京新表现影视文化传播有限公司
《那些年，我们一起追的女孩》	《那些年，我们一起追的女孩》	九把刀	2011.08.19	群星瑞智艺能有限公司
《失恋33天》	《失恋33天》	鲍鲸鲸	2011.11.08	完美世界影视文化有限公司
《搜索》	《请你原谅我》	文雨	2012.07.06	新丽传媒、21世纪盛凯影业
《凶间雪山》	《相信谁》	（不详）	2012.12.21	福建恒业电影，上海凯羿影视
《金箍棒传奇》	《嘻游记》	王冰	2012.12.29	无锡光年动漫文化有限公司
《致我们终将逝去的青春》	《致我们终将逝去的青春》	辛夷坞	2013.04.26	华视影视投资有限公司、中国电影股份有限公司
《匆匆那年》	《匆匆那年》	九夜茴	2014.12.05	北京小马奔腾影业有限公司
《密道追踪之阴兵虎符》	《密道追踪》	蛇从革	2014.12.05	云文（北京）影业投资有限责任公司
《何以笙箫默》	《何以笙箫默》	顾漫	2015.04.30	乐视影业（北京）有限公司
《新步步惊心》	《步步惊心》	桐华	2015.08.07	华视影视投资（北京）有限公司出品、世纪长龙影视有限公司
《九层妖塔》	《吹灯传说之精绝古城》	天下霸唱	2015.09.30	中国电影股份有限公司北京电影制片分公司、梦想者电影（北京）有限公司、乐视影业
《寻龙诀》	《鬼吹灯Ⅱ之南海归墟》《鬼吹灯Ⅱ之怒晴湘西》《鬼吹灯Ⅱ之巫峡棺山》《鬼吹灯之牧野诡事》	天下霸唱	2015.12.18	万达影业、华谊兄弟、光线影业、亚太未来影视、浙江蓝巨星
《第三种爱情》	《第三种爱情》	自由行走	2015.09.25	华视影视投资（北京）有限公司

续表

电影名称	原作品名称	原作品作者	首映时间	出品公司
《盗墓笔记》	《盗墓笔记》	南派三叔	2016.08.05	上海电影（集团）有限公司、乐视影业（北京）有限公司、南派泛娱有限公司
《微微一笑很倾城》	《微微一笑很倾城》	顾漫	2016.08.12	上海剧酷文化传播有限公司、华策影业（天津）有限公司
《七月与安生》	《七月与安生》	安妮宝贝	2016.09.14	极客影业、嘉映影业、我们制作有限公司、阿里巴巴影业集团有限公司
《从你的全世界路过》	《从你的全世界路过》	张嘉佳	2016.09.29	北京光线影业有限公司、天津磨铁娱乐有限公司、天津橙子映像传媒有限公司
《异性合租的往事》	《异性合租的往事》	王亚奇	2016.10.21	上海皓望文化传播有限公司、浙江华彰影视文化传播股份有限公司、北京绘影星光文化传媒有限公司
《摆渡人》	《从你的全世界路过》	张嘉佳	2016.12.23	阿里影业、泽东电影、和和影业、联瑞影业

注：含仅在网络平台放映的电影。

3. 网络作品动漫改编

2015 年的福布斯·中国原创文学风云榜中年度原创最佳动画改编作品为《择天记》（原著作者：猫腻），入围作品有《莽荒纪》《择天记》《灵域》；2016 年的福布斯·中国原创文学风云榜中年度原创最佳动画改编作品为《全职法师》（原著作者：乱）。国内网络文学改编动漫作品起步较晚，改编作品相对较少。根据艾瑞互娱《中国二次元行业报告》，2015 年中国二次元用户达到 2.19 亿人，到 2017 年将超过 3 亿人。网络文学 IP 开发动漫衍生作品既有市场，更有动力。例如《择天记》的成功离不开阅文集团斥资 5000 万元倾力打造。截止到 2015 年 9 月底，《择天记》动画片在腾讯视频共获得 2700 万次播放。作为国内第一部由网络小说改编的动画作品《莽荒纪》在 2016 年中连续三个季度进入爱奇艺播放量排行榜前 10，播放量接近 3 亿人次。改编自人气网络同名小说《从前有座剑灵山》将于 2017 年继续推出第二季，该动画由腾讯联合株式会社 Studio DEEN 出品，Studio DEEN 是日本著名的动画制作公司，其制作的动画作品如《哆啦 A 梦》《乱马》《万有引力》等在国内拥有很高的知名度，可见 IP 衍生开发商对 IP 价值的肯定与重视。表 6－3－3 收录了主要的动漫改编作品。

表 6－3－3　网络文学动漫改编名录（19 部）

作品名称	原作品名称	原作品作者	载播时间	相关信息	类型
《莽荒纪》	《莽荒纪》	我吃西红柿	2015. 04. 04	由骅威·深圳市第一波网络科技有限公司制作，连载于爱奇艺、腾讯视频、优酷网	动画
《择天记》	《择天记》	猫腻	2015. 07. 15	由上海福煦影视文化投资有限公司制作，连载于腾讯视频	动画
《灵域》	《灵域》	逆苍天	2015. 10. 22	动画制作：绘梦动画，连载于爱奇艺	动画
《从前有座灵剑山》	《从前有座灵剑山》	国王陛下	2016. 01. 08	动画制作：Studio DEEN，网络播放：腾讯视频、优酷网、乐视网、爱奇艺、PPTV	动画
《女娲成长日记》	《女娲成长日记》	凌舞水袖	2016. 04. 12	腾讯视频、阅文集团共同出品，视美精典制作，播放于腾讯视频	动画
《全职法师》	《全职法师》	乱	2016. 09. 02	由上海福煦影视文化投资有限公司制作，连载于腾讯视频	动画
《国民老公带回家》	《国民老公带回家》	叶非夜	2016. 10. 03	腾讯视频、阅文集团共同出品，视美精典制作，播放于腾讯视频	动画
《绝世唐门》	《绝世唐门》	唐家三少	2014. 01. 05	《绝世唐门》漫画创作组制作，连载于《神漫》杂志	漫画
《花千骨》	《花千骨》	fresh 果果	2014. 01. 15	漫画作者：大歪、尾大地猫猫，连载于《飒漫画》	漫画

续表

作品名称	原作品名称	原作品作者	载播时间	相关信息	类型
《从前有座灵剑山》	《从前有座灵剑山》	国王陛下	2014.08.08	漫画作者：鲜漫动漫，连载于腾讯动漫，2016 年 9 月由长江出版社出版漫工厂丛书系列，曾获第五届星漫奖最佳少年漫提名	漫画
《一世之尊》	《一世之尊》	爱潜水的乌贼	2015.05	漫画作者：肖宽，连载于《知音漫客》	漫画
《全职高手》	《全职高手》	蝴蝶蓝	2015.09.10	漫画作者常盘勇者，连载于上海童石网络科技有限公司旗下的漫画软件大角虫漫画	漫画
《完美世界》	《完美世界》	辰东	2015	连载于《神漫》杂志	漫画
《国民老公带回家》	《国民老公带回家》	叶非夜	2015	三幅动漫制作，连载于腾讯动漫	漫画
《武动乾坤》	《武动乾坤》	天蚕土豆	2016.01	漫画作者：绿光，连载于《神漫》杂志	漫画
《鬼吹灯》	《鬼吹灯》	天下霸唱	2016.12	由惊奇工场制作出品，作画：董绍华，连载于咪咕动漫	漫画
《超品相师》	《超品相师》	九灯和善	2016	由翔通动漫制作	漫画
《傲世九重天》	《傲世九重天》	风凌天下	不详	坏心眼工作室，连载于《漫王》杂志	漫画
《恶魔法则》	《恶魔法则》	跳舞	不详	作画：知更鸟，出品：北京神居动漫科技有限公司	漫画

4. 网络作品游戏改编

2015 年福布斯 · 中国原创文学风云榜年度最佳游戏改编作品为《莽荒纪》（原著作者：我吃西红柿），入围作品还有《武极天下》《九天星辰诀》《大主宰》；2016 年福布斯 · 中国原创文学风云榜年度最佳游戏改编作品为《雪鹰领主》（原著作者：我吃西红柿）。另据艾瑞咨询《2016 年中国网络文学行业研究报告》的统计数据显示，改编自风凌天下同名小说的网络游戏

《傲世九重天》月流水达到3000万元；《莽荒纪2》上线首日流水破200万元；《苍穹变》（天蚕土豆《斗破苍穹》）上线3日流水破4000万元，月流水破亿元；《大主宰》（天蚕土豆《大主宰》）首日付费充值超过1015万元，DAU超130万元；《熹妃传》（解语《清宫熹妃传》）IOS畅销榜TOP20~50维持时间超5个月；《花千骨》（Fresh果果《花千骨》）首月月流水近2亿元。mGameTracker-2016年1—6月中国移动游戏IP改编网络游戏曝光指数TOP10中《花千骨》排名第八。网络文学IP双向联动的衍生开发有助于包括原生内容和衍生产品在内的产品拓展市场，发挥粉丝经济效应的价值作用。除了《花千骨》取得骄人成绩外，由南派三叔同名小说改编的手游《老九门》入榜2016年7月20日"苹果App Store中国区游戏畅销榜TOP10"，其改编的电视剧也深受欢迎。2016年中国移动游戏市场规模逐步增长，达到912.7亿元，占网络游戏市场总规模39.2%，预测IP改编游戏开始更为注重开发移动端游戏。表6-3-4收录了主要的游戏改编作品。

表6-3-4　网络文学游戏改编名录（65部）

游戏	原作品名称	原作品作者	上线时间	开发商	发行商	游戏平台
《诛仙》	《诛仙》	萧鼎	2007.04.05	完美世界（北京）网络技术有限公司	完美世界（北京）网络技术有限公司	PC端
《诛仙2》	《诛仙》	萧鼎	2009.09.22	完美世界（北京）网络技术有限公司	完美世界（北京）网络技术有限公司	PC端
《鬼吹灯OL》	《鬼吹灯》	天下霸唱	2009.10.19	上海游趣网络科技有限公司	上海游趣网络科技有限公司	PC端
《兽血沸腾》	《兽血沸腾》	静官	2010.01.15	广州市百游汇数码网络科技有限公司	广州市百游汇数码网络科技有限公司	PC端
《恶魔法则》	《恶魔法则》	跳舞	2010.03.16	空中网	空中网	PC端
《古剑奇谭：琴心剑魄今何在》	《山海经》	佚名	2010.07.10	上海烛龙信息科技有限公司	北京网元圣唐娱乐科技有限公司	PC端

续表

游戏	原作品名称	原作品作者	上线时间	开发商	发行商	游戏平台
《凡人修仙传 OL》	《凡人修仙传》	忘语	2010	广州市百游汇数码网络科技有限公司杭州研发中心	广州市百游汇数码网络科技有限公司	PC 端
《新兽血沸腾》	《兽血沸腾》	静官	2011.04.08	广州市百游汇数码网络科技有限公司	广州市百游汇数码网络科技有限公司	PC 端
《仙逆》	《仙逆》	耳根	2011.07.30	重庆祥维科技发展有限公司	页游科技	PC 端
《佣兵天下》	《佣兵天下》	说不得大师	2011.09.21	蓝港在线	蓝港在线	PC 端
《星辰变 OL》	《星辰变》	我吃西红柿	2011.09.29	盛大游戏有限公司	盛大游戏有限公司	PC 端
《盘龙 OL》	《盘龙》	我吃西红柿	2013.05	盛大游戏	盛大游戏	PC 端
《斗破苍穹 OL》	《斗破苍穹》	天蚕土豆	2013.07.12	搜狐畅游	搜狐畅游	PC 端
《古剑奇谭二：永夜初晗凝碧天》	《山海经》	佚名	2013.08.18	上海烛龙信息科技有限公司	北京网元圣唐娱乐科技有限公司	PC 端
《诛仙 3》	《诛仙》	萧鼎	2013.10.08	完美世界（北京）网络技术有限公司	完美世界（北京）网络技术有限公司	PC 端
《我欲封天》	《我欲封天》	耳根	2013.10.12	盛大游戏	广州狼旗网络科技股份有限公司	PC 端
《神墓 OL》	《神墓》	辰东	2013.10.17	边城游侠	边城游侠	PC 端
《圣王》	《圣王》	梦入神机	2013	完美世界（北京）网络技术有限公司	完美世界（北京）网络技术有限公司	PC 端

续表

游戏	原作品名称	原作品作者	上线时间	开发商	发行商	游戏平台
《苍穹变》	《斗破苍穹》	天蚕土豆	2013	北京天神互动科技有限公司	腾讯	PC 端
《斗罗大陆》	《斗罗大陆》《斗罗大陆 2》《斗罗大陆神界传说》	唐家三少	2014. 08	EJOY 简悦公司	不详	PC 端
《绝世唐门》	《绝世唐门》	唐家三少	2014. 10. 10	上海毅强网络科技有限公司	游族网络股份有限公司	PC 端
《择天记》	《择天记》	猫腻	2014. 11. 07	上海巨人网络科技有限公司	上海巨人网络科技有限公司	PC 端
《武动乾坤》	《武动乾坤》	天蚕土豆	2014	北京天神互动科技有限公司	北京天神互动科技有限公司	PC 端
《九天星辰诀》	《九天星辰诀》	漠风	2015. 02. 05	不详	趣游时代（北京）科技有限公司	PC 端
《莽荒纪》	《莽荒纪》	我吃西红柿	2015. 04	深圳市风云互动网络科技有限公司	乐都网，动网先锋，51 游戏，哥们网，4399 游戏，东北虎娱乐平台	PC 端
《灵域》	《灵域》	逆苍天	2015. 06	厦门精深联合科技有限公司	9377 游戏、PPS 游戏	PC 端
《琅琊榜》	《琅琊榜》	海晏	2015. 07. 20	成都朋万科技有限公司	三七互娱旗下·安徽尚趣玩网络科技有限公司	PC 端
《花千骨》	《花千骨》	fresh 果果	2015	上海君游网络科技有限公司	腾讯互动娱乐	PC 端
《武极天下》	《武极天下》	蚕茧里的牛	2016. 03. 18	趣游时代（北京）科技有限公司	不详	PC 端

续表

游戏	原作品名称	原作品作者	上线时间	开发商	发行商	游戏平台
《雪鹰领主》	《雪鹰领主》	我吃西红柿	2016. 05. 19	深圳市第一波网络科技有限公司、深圳市风云互动网络科技有限公司	三七互娱旗下·上海硬通网络科技有限公司	PC 端
《盗墓笔记》	《盗墓笔记》	南派三叔	2016. 06. 13	游族网络股份有限公司	游族网络股份有限公司	PC 端
《弑神传说》	《弑神传说》	神优雅	2016. 12	上海靖堂网络科技有限公司	玩我吧游戏	PC 端
《佣兵天下》	《佣兵天下》	说不得大师	2013. 10. 18	LOCOJOY	卓越游戏	移动端
《绝世天府》	《绝世天府》	天蚕土豆	2103	XIAOJUN ZENG	不详	移动端
《凌天传说》	《凌天传说》	风凌天下	2014. 08. 05	深圳木屋网络	深圳第一波网络科技	移动端
《盗墓笔记》	《盗墓笔记》	南派三叔	2014. 12. 17	深圳市漫神网络技术有限公司	上海悠玩网络科技有限公司	移动端
《武动乾坤》	《武动乾坤》	天蚕土豆	2014	上海骏梦网络科技有限公司	北京触控科技有限公司	移动端
《莽荒纪》	《莽荒纪》	我吃西红柿	2014	深圳市第一波网络科技有限公司	深圳市第一波网络科技有限公司	移动端
《魔天记》	《魔天记》	忘语	2015. 05. 06	上海方寸信息科技有限公司	网易游戏	移动端
《仙逆》	《仙逆》	耳根	2015. 05. 26	上海扬讯计算机科技股份有限公司	上海扬讯计算机科技股份有限公司	移动端
《大主宰》	《大主宰》	天蚕土豆	2015. 05. 28	上海游唐网络技术有限公司	上海巨人移动科技有限公司	移动端

续表

游戏	原作品名称	原作品作者	上线时间	开发商	发行商	游戏平台
《熹妃传》	《清宫熹妃传》	解语	2015.06.11	苏州玩友时代科技股份有限公司	苏州好玩友网络科技有限公司	移动端
《苍穹变》	《斗破苍穹》	天蚕土豆	2015.07.06	北京天神互动科技有限公司	乐逗游戏	移动端
《旋风少女》	《旋风少女》	明晓溪	2015.07.07	不详	百度移动游戏	移动端
《永夜君王》	《永夜君王》	烟雨江南	2015.07.15	不详	百度移动游戏	移动端
《阴阳代理人之逆天者》	《阴阳代理人》	暗修兰	2015.07.18	北京黑岩信息技术有限公司、阿里文学	广州爱九游信息技术有限公司	移动端
《花千骨》	《花千骨》	fresh果果	2015.07.30	成都天象互动科技有限公司	成都天象互动科技有限公司、PPS游戏	移动端
《造化之门》	《造化之门》	鹅是老五	2015.10.15	广州君海网络科技有限公司	不详	移动端
《云中歌》	《云中歌》	桐华	2015	渡口网络	渡口网络、爱奇艺	移动端
《武极天下》	《武极天下》	蚕茧里的牛	2015	巨人移动科技有限公司	不详	移动端
《完美世界3D》	《完美世界》	辰东	2016.01.09	完美世界（北京）软件科技发展有限公司	老虎游戏	移动端
《莽荒纪2》	《莽荒纪2》	我吃西红柿	2016.01.15	深圳市第一波网络科技有限公司	上海轻点网络科技有限公司	移动端
《我欲封天》	《我欲封天》	耳根	2016.01.20	北京有爱互娱科技有限公司	小米互娱	移动端
《天域苍穹》	《天域苍穹》	风凌天下	2016.03.28	不详	不详	移动端
《星战风暴》	《星战风暴》	骷髅精灵	2016.04.30	深圳市宜搜科技发展有限公司	深圳市宜搜科技发展有限公司	移动端

续表

游戏	原作品名称	原作品作者	上线时间	开发商	发行商	游戏平台
《诛仙手游》	《诛仙》	萧鼎	2016.06.02	完美世界（北京）软件科技发展有限公司	完美世界（北京）软件科技发展有限公司	移动端
《雪鹰领主》	《雪鹰领主》	我吃西红柿	2016.06.15	深圳市第一波网络科技有限公司	深圳市第一波网络科技有限公司	移动端
《绝世唐门》	《绝世唐门》	唐家三少	2016.06.29	不详	上海益玩网络科技有限公司	移动端
《校花的贴身高手》	《校花的贴身高手》	鱼人二代	2016.08.23	深圳市第一波网络科技有限公司	上海野火网络科技有限公司	移动端
《兽血再燃》	《兽血再燃》	静官	2016.10.17	大梦龙途文化传播有限公司	合乐智趣	移动端
《老九门》	《老九门》	南派三叔	2016.12.02	北京瓦力网络科技有限公司	北京瓦力网络科技有限公司、小米游戏	移动端
《天启之门》	《天启之门》	跳舞	2016.12.16	不详	胜利游戏	移动端
《灵域》	《灵域》	逆苍天	2016	西山居工作室	西山居工作室、爱奇艺	移动端
《恶魔法则》	《恶魔法则》	跳舞	2016	上海巨人移动科技有限公司	上海巨人移动科技有限公司	移动端
《斗罗大陆神界传说》	《斗罗大陆神界传说》	唐家三少	不详	完美世界（北京）网络技术有限公司	完美世界（北京）网络技术有限公司	移动端

5. 其他网文延伸产品

目前网络文学在影视、游戏、动漫改编以外的延伸产品以有声读物为最主要形式，大量网络文学作品被进一步制作成有声读物。除了制作有声读物外，延伸产品还有将原著改编为话剧、舞台剧的形式，如痞子蔡的《第一次亲密接触》被改编为话剧，2014 年 4 月 8 日于人艺实验剧场由北京人民艺术剧院演出；南派三叔的《盗墓笔记》被改编为话剧；天下霸唱的《鬼吹灯》

在2015年被改编为舞台剧。总体而言改编为话剧、舞台剧的网文IP极少。IP衍生影响力大的品牌还会生产许多周边实物产品，如《寻龙诀》热映后由官方授权生产的纪念T恤、钥匙链、棒球帽、手机壳、水杯等系列产品，《盗墓笔记》热映后由官方授权生产的纪念T恤、帆布包、笔记本、笔等系列产品。

针对延伸产品有声读物，在此综合参考懒人听书网、天方听书网、Ting56听书网、搜音客听书网等网站截止到2016年12月29日的排行，表6－3－5列出了150部。

表6－3－5　网络文学作品延伸的有声读物名录（150部）

作品	原著作者	作品	原著作者	作品	原著作者
《盗墓笔记》	南派三叔	《大周皇族》	皇甫奇	《我当算命先生那几年》	贝贝虎
《鬼吹灯》	天下霸唱	《武神》	苍天白鹤	《吞噬星空》	我吃西红柿
《诛仙》	萧鼎	《天珠变》	唐家三少	《庶女有毒》	秦简
《神墓》	辰东	《妖精进化论》	夜凰	《我的贴身校花》	带玉
《绝世唐门》	唐家三少	《兽宠若金》	草草人生	《杀神》	逆苍天
《全职高手》	蝴蝶蓝	《酒神》	唐家三少	《重生校园之商女》	吃草的老羊
《密道追踪》	蛇从革	《我就是妖怪》	张小花	《九死成神》	冰城妖玉
《我欲封天》	耳根	《死亡开端》	zhtty	《阴阳代理人》	暗·修兰
《灵域》	逆苍天	《极品修身强少》	人鱼二代	《凤囚凰》	天衣有风
《大主宰》	天蚕土豆	《灵罗戒》	夜·水寒	《天才儿子腹黑娘亲》	北藤
《极品家丁》	禹岩	《阳神》	梦入神机	《八荒武神》	张牧之
《盘龙》	我吃西红柿	《近身保镖》	柳下挥	《东北灵异档案》	爱会永恒
《斗破苍穹》	天蚕土豆	《异世之古武修魔》	南天	《凤唳九天》	晓云
《荒莽纪》	我吃西红柿	《混沌雷修》	写字板	《楚王妃》	宁儿

续表

作品	原著作者	作品	原著作者	作品	原著作者
《凡人修仙传》	忘语	《莲花宝鉴》	油炸包子	《妾本惊华》	西子情
《傲世九重天》	风凌天下	《魔法师》	韦小宝	《妖神》	我丑到灵魂深处
《星辰变》	我吃西红柿	《十方天士》	逆苍天	《凡女仙葫》	冬天的柳叶
《魔天记》	忘语	《恶魔契约书》	七级冥王	《星期五有鬼》	七麒
《天域苍穹》	风凌天下	《邪龙道》	血红	《养鬼为祸》	浮梦流年
《仙逆》	耳根	《不灭剑体》	十步行	《毒宠佣兵王妃》	猫小猫
《武神空间》	傅啸尘	《凌天传说》	风凌天下	《特种军医在都市》	耗子扛大刀
《武炼巅峰》	莫默	《都市极品风水师》	白马神	《女总裁的全能保镖》	桃子卖没了
《武极天下》	蚕茧里的牛	《寸芒》	我吃西红柿	《天才召唤师》	若雪三千
《完美世界》	辰东	《暗灵法医》	沐轶	《八零后少林方丈》	黑土冒青烟
《武林萌主》	玄色	《张三丰异界游》	写字板	《民国老兵志怪谈异》	笑看茶凉
《斗罗大陆》	唐家三少	《大内供奉在现代》	钱鬼	《致命总裁》	达西夫人
《校花的贴身高手》	鱼人二代	《善良的死神》	唐家三少	《魂武双修》	新闻工作者
《锦衣夜行》	月关	《冒牌大英雄》	七十二编	《禁忌师》	吴一仙
《九星天辰诀》	发飙的蜗牛	《生肖守护神》	唐家三少	《小寡妇惹上冷总裁》	雪娇儿
《帝尊》	宅猪	《冰火魔厨》	唐家三少	《丑女媒婆》	沼泽鸾尾
《三界血歌》	血红	《神帝》	九天九地神	《修真世界》	方想
《重生之神级败家子》	辰机唐红豆	《武墓》	孤独漂流	《至尊小农民》	曾吃
《三界独尊》	犁天	《三生道诀》	鹅是老五	《异世药王》	独悠

续表

作品	原著作者	作品	原著作者	作品	原著作者
《神纹道》	发飙的蜗牛	《帝国崛起》	断刃天涯	《东北往事之黑道风云 20 年》	孔二狗
《天醒之路》	蝴蝶蓝	《三国之生化狂人》	堂燕归来	《宝鉴》	打眼
《百炼成仙》	幻雨	《龙起南洋》	流泪的鱼 wyj	《终极猎杀》	夜十三
《裁决》	七十二编	《步步生莲》	月关	《英雄联盟之谁与争锋》	乱
《永生》	梦入神机	《驸马传》	短头发	《官途》	梦入洪荒
《帝御山河》	皇甫奇	《醉枕江山》	月关	《召唤万岁》	霞飞双颊
《惟我神尊》	傲无常	《夺名》	梧桐疏影	《武动乾坤》	幻雨
《剑道独神》	六道沉沦	《回到大明当才子》	吴老狼	《黄金瞳》	打眼
《无尽丹田》	横扫天涯	《一品公卿》	短头发	《鬼藏人》	李达
《剑道独尊》	剑游太虚	《大唐酒徒》	格鱼	《最后一个阴阳师》	三两二钱
《儒道至圣》	永恒之火	《扶摇皇后》	天下归元	《神印王座》	唐家三少
《唐门高手在异世》	莫默	《最强弃少》	鹅是老五	《七界传说》	心梦无痕
《异世医仙》	汉宝	《流氓艳遇记》	夜十三	《剩女桃花劫》	青桐城
《将夜》	猫腻	《特种兵在都市》	夜十三	《异界逍遥天尊》	狂奔的蜗牛
《很纯很暧昧》	鱼人二代	《屌丝道士》	小飞鹏	《重生之侯府贵妻》	夕颜洛
《盗天》	福川	《捡漏》	高架红绿灯	《医道官途》	石章鱼
《异世邪君》	风凌天下	《造化之门》	鹅是老五	《重生之贼行天下》	发飙的蜗牛

（禹建湘、袁丹丹、宋春亭、刘小荣　执笔）

第七章　研讨会议与社团活动

一、网络文学年度会议

1. 总体描述

据统计，2016 年度全国范围内共举办了 29 次网络文学相关研讨会议。其中，网络文学行业发展相关会议 4 次，网络文学创作相关会议 11 次，网络文学版权保护相关会议 5 次，网络文学评论及评价相关会议 3 次，网络文学作品研讨会 2 次，网络文艺传播、网络语言等其他方面相关会议 4 次。

按照会议主题和研讨内容的不同，2016 年度网络文学研讨会议具体有如下几类：

（1）网络文学行业发展相关会议

6 月 29 日　中国作协在北戴河举行网络文学工作交流会

7 月 20 日　在中国现代文学馆举行网络文学行业自律倡议书新闻发布会

9 月 25—27 日　在广东佛山南海举行第二届中国网络文学论坛

11 月 23—26 日　在广东佛山南海举办广东网络文学“金盘工程”峰会

（2）网络文学创作相关会议

3 月 10 日　天津首届全国网络作家创作论坛

6 月 22 日　辽宁中青年作家学习“讲话”精神座谈会

8 月 21 日　汕头市作协首次举行网络文学创作座谈会

8 月 27 日　广东网络文学座谈会梅州专场

8 月 28 日　广东网络文学座谈会韶关专场

8 月 31 日　广东网络文学座谈会湛江专场

9 月 8 日　网络作家重走长征路总结会

9 月 21 日　北京地区网络文学出版工作会

10月11日 陕西省网络文学创作研讨会暨“文学陕军”微信公众号发布会

12月6日 重庆市网络作家协会关于文联十代会、作协九代会讲话精神分享会

12月9日 第七十六次全国网络文学重点园地工作联席会议

（3）网络文学版权保护相关会议

4月26日 中国网络版权保护大会“网络文学版权保护”专题分会

5月31日 网络文学版权保护研讨会

8月20日 APP及广告联盟相关版权侵权问题研讨会

9月19日 网络文学版权保护研讨会

12月22日 “剑网2016”专项行动总结会

（4）网络文学评论及评价相关会议

5月23日 中国文联湖南网络文艺评论专题调研座谈会

8月12—14日 中国文艺理论学会网络文学研究会2016年年会暨“网络文学评价体系构建”学术研讨会

11月11—13日 中国中外文艺理论学会新媒介文论学会第四届年会暨“新媒介文化文艺批评与理论建设”

（5）网络文学作品研讨会

1月25日 《网络英雄传Ⅰ：艾尔斯巨岩之约》作品研讨会

6月20日 《翻译官》作品研讨会

（6）网络文艺传播、网络语言等其他方面相关会议

4月8日 全球化时代网络文艺传播论坛

5月14日 中国文化网络传播首届高峰论坛

7月27日 首届中国网络语言文明论坛

8月14日 “抵制网络低俗语言、倡导文明用语”专题座谈会

2. 年度研讨会议清单（以会议举办时间为序）

（1）1月25日《网络英雄传Ⅰ：艾尔斯巨岩之约》作品研讨会

2016年1月25日，由中国作家协会中华文学基金会、中信出版社、中国移动咪咕数字传媒有限公司共同主办的《网络英雄传Ⅰ：艾尔斯巨岩之约》作品研讨会在北京举行。

自2015年6月《网络英雄传Ⅰ：艾尔斯巨岩之约》在电子书阅读平台中国移动“咪咕阅读”上率先发布以来，阅读量已超过2亿人次。纸书版于2015年9月由中信出版社出版后，已多次再版。该书是两位成功企业家郭羽和刘波的诚意跨界之作，他们结合了自己的现实经历和人生感悟，从“互联网创业”这个时代现象切入，深刻书写了创业者在互联网创业中的得失成败以及情感纠葛，也真实呈现了现今中国社会的创业百态。

中国作家协会副主席、中华文学基金会理事长何建明，中共北京市委宣传部常务副部长王海平，中国作协创作研究部主任何向阳，作家出版社总编辑张陵，以及白烨、雷达、侯克明、应旭珺等20余位文学评论界和影视界的专家学者参加了研讨会。与会专家认为，该作是网络文学现代主义题材作品中难能可贵的佳作，在实现文学性与实用性统一的现实启示方面，生成类型题材、突破创作模式等文学作品创作方面，以及超级IP的文学作品产业链开发方面，都是毋庸置疑的成功典范，而且该书成为纸介作品后在传统读者群体中也产生了广泛的影响力，对传统文学如何摆脱当下发展瓶颈也极具参考借鉴价值。

（2）3月10日天津首届全国网络作家创作论坛

2016年3月10日，由中国作家协会网络文学委员会、鲁迅文学院、天津市作家协会与南开大学共同主办的天津首届全国网络作家创作论坛于南开大学举行，“共话网络文学的创作与发展”是本届会议的研讨主题。

中国作家协会副主席、中国网络文学委员会主任陈崎嵘、中共天津市委宣传部常务副部长赵鸿友、中国作家协会创研部研究员、全国网络文学重点园地工作联席会办公室副主任肖惊鸿、天津市作家协会党组副书记、专职副主席李彬等领导以及“鲁迅文学院第9期网络文学作家培训班”全体学员、本市优秀网络作家代表及部分南开大学师生代表等300余人参加了活动。

本次论坛由网络作家与高校师生座谈会和网络文学专题报告会两部分组成。在网络作家与高校师生座谈会上，主办单位相关负责人先后进行了发言，陈崎嵘在致辞中高度肯定了中国网络文学对形成全民阅读与全民写作社会氛围所起到的引导作用，倡导广大网络作家勇于肩负时代和社会责任；与此同时，在南开大学学生活动中心多功能厅内，网名石章鱼的作家叶勇、70后网络作家三蛊、笔名浪漫烟灰的青年作家吴书剑等6位著名网络作家与近200位南大师生相互交流的网络文学专题报告会也在顺利进行中。

(3) 4月8日全球化时代网络文艺传播论坛

2016年4月8日，由北京大学生电影节组委会、北京师范大学艺术与传媒学院和北京师范大学新媒体影像研究中心共同主办的全球化时代网络文艺传播论坛在北京举行。会议主题包括：当前网络文艺的市场现状研究、生产机制研究、传播规律研究、运营模式研究、存在问题、发展对策、国际网络文艺发展的现状及其借鉴等。

会议上，北京师范大学传媒与艺术学院院长周星发表致辞，认为网剧等新兴网络文艺主体是把握网络文艺行业发展的重要节点，能够以此更好地研究网络传播对文艺、社会及全球化的影响。中国政法大学光明新闻传播学院院长、新华社音视频部主任陆小华，《电影艺术》杂志编辑部副主任谭政等与会20余位专家学者从“网络传播节奏与文艺心理节奏的匹配”“全球化时代的网络文艺版权”“青年亚文化影像”等方面进行了精彩发言。中国文艺评论网负责人以“网络文艺的接受与创造”为主题发言，谈方兴未艾的网络文艺制作与传播，同时分析网络文艺评论工作的机遇和挑战，介绍了中国文联文艺评论中心、中国文艺评论家协会等切实加强文艺评论、大力发展网络文艺的工作举措，引发与会人员的深刻思考。会议由北师大新媒体影响研究中心主任陈晓云，甘肃省融合媒体研训基地主任、西北师大广电系主任陈积银分别担任主持。

(4) 4月26日中国网络版权保护大会“网络文学版权保护”专题分会

2016年4月26日，中国网络版权保护大会在北京盛大举行，由国家版权局版权管理司主办的“网络文学版权保护”专题分会是其重要组成部分。网络文学版权保护作为2016年“剑网”专项行动的重中之重，如何治理这一网络侵权盗版“重灾区”，引起了与会专家学者的热烈探讨。

国家新闻出版广电总局数字出版司副司长宋建新、北京知识产权法院张玲玲法官、上海市文化市场行政执法总队网络（版权）执法处处长杨勇、阅文集团副总裁侯庆辰、掌阅科技股份有限公司创始人张凌云、塔读文学副总经理、总编辑费立国、艾瑞互娱研究院院长陆玮娜、重庆大学法学院齐爱民教授等专家学者出席了论坛会议。

专题分会中还包括圆桌论坛，由腾讯法务部总经理江波主持，同时邀请了著名网络作家蛇发优雅、山东影视集团制作公司副总经理吴雪松、金诚同达律师事务所高级合伙人汪涌、起点中文网法务高级总监王峥四位嘉宾，一同讨论网络文学版权保护相关问题。

(5) 5月14日中国文化网络传播首届高峰论坛

2016年5月14日，由中国文化网络传播研究会、北京师范大学新闻传播学院共同主办的中国文化网络传播首届高峰论坛在北京举行。论坛侧重于中国网络文化建设与传播，以促进中华优秀文化的创造性转化和创新性发展，弘扬网上正能量，建设网上精神家园，引导网络文化健康发展，服务国家软实力提升为使命，旨在打造中国文化通过互联网走向世界的高端智慧平台。本次论坛以传统文化的现代传播、网络文化回顾与展望、当代中国的网络社会、“一带一路”与互联互通、网络阅读与文化传播这五方面作为议题，数十位专家分析、阐释中国网络文化的发展现状和未来，为中国文化通过互联网走向世界搭建了高层次的交流研讨平台。

国家互联网信息办公室网络新闻信息传播局局长姜军、北京师范大学党委副书记刘利、中国文化网络传播研究会副会长兼秘书长金海峰出席论坛开幕式并致辞。此外，“青少年网络素养专业委员会”在本次论坛中进行了揭牌，《中国网民数字阅读状况调查报告（2016）》也同时发布。

(6) 5月23日中国文联湖南网络文艺评论专题调研座谈会

中国文联湖南网络文艺评论专题调研座谈会于2016年5月23日在长沙召开。中国文联党组成员、副主席夏潮率中国文联文艺评论中心一行4人，与来自湖南省文联、湖南省文艺评论家协会、中南大学、湖南大学、湖南师范大学、湖南省社会科学院等单位的众多专家学者一起，共同探讨了“网络文艺评论”这一主题。

夏潮指出，互联网是国家战略，国家对于网络文艺非常重视。越来越多的人从事专业网络文艺批评写作，网络文艺评论已影响到文化特别是文艺产品的创作生产。湖南省文联党组书记、副主席夏义生认为，要动员传统文艺批评家积极参与到网络文艺批评中去；同时，建立网络文艺评论的奖励机制，评选出优秀的网络文艺评论作品和评论家，实现传统评论与网络评论的“深度融合”。

中南大学文学院教授、博士生导师欧阳友权呼吁，要尽快建立网络文艺的评价体系、话语体系和理论体系，同时凝聚广大网民、媒体批评和传统文学评论家力量，共同引导和推进网络文学评论的发展。湖南省社科文学所所长卓今认为，以学院派为主的传统文艺批评学术制度必须适应当下时代进行改革，才能积极介入网络文艺批评领域。

（7）5月31日网络文学版权保护研讨会

2016年5月31日，网络文学版权保护研讨会在北京召开。本次研讨会由中国作协作家法律服务团与网络文学委员会联合举办，针对目前网络侵权盗版现象严重的状况，特别邀请文学网站代表、网络作家与法律专家，开展深入对话，了解和掌握网络文学版权的基本情况，交流网络文学维权的经验与困惑，探讨在当前互联网环境下如何有效加强网络文学版权保护。

会议研讨了网络文学版权保护的现状，网络文学侵权盗版的形式和特点，网络文学作家维权的困惑及难点，文学网站在打击侵权盗版、保护版权方面的经验、措施和难点，并就今后如何加强网络文学版权保护工作提出意见和建议。

研讨会由中国作协创联部主任彭学明主持。中国作协作家权益保障办公室主任吕洁，中央网信办网络新闻信息传播局副处长甄澄，中宣部文艺局网络文艺处副调研员刘涛，国家版权局版权管理司原巡视员许超，最高人民法院知识产权庭原庭长蒋志培，北京浩天信和律师事务所高级合伙人马晓刚，晋江文学城副总裁、总编刘旭东，中文在线17K小说网总经理、总编辑栗洋，创世中文网"白金作家"高楼大厦，阅文集团维权部经理徐元达，中国作协创研部研究员、全国网络文学重点园地工作联席会议办公室副主任肖惊鸿，评论家马季等参加会议。

（8）6月20日《翻译官》作品研讨会

2016年6月20日，在电视剧《亲爱的翻译官》圆满结局之际，由中国作协网络文学委员会、广东网络作家协会和蔷薇书院联合主办的网络小说《翻译官》作品研讨会在中国现代文学馆举行。研讨会由中国作协副主席、网络文学委员会主任陈崎嵘主持。白烨、欧阳友权、李朝全、肖惊鸿、马季、邵燕君、夏烈、庄庸、西篱等10余位评论家与会研讨。作者缪娟和网站、电视制作、出版方代表出席研讨会。

《翻译官》由网络作家缪娟于2006年创作，讲述了家境贫寒的法语专业硕士乔菲，在翻译天才、高官之子程家阳的指导下，逐步成长为一名优秀翻译人才，并与程家阳相互扶持，最终走进婚姻殿堂的故事。小说2010年在蔷薇书院连载时获得了极高的点击率，并由多家出版单位先后签约出版。而小说改编成电视剧《亲爱的翻译官》播出后，也获得了广泛热议和好评。

与会专家认为，《翻译官》以现代的观念诠释了“灰姑娘”的故事，情节曲折，人物饱满，文笔优美，节奏恰当。小说生动诠释了人性尊严和爱情温度之间的微妙关系，同时表现了为自由抗争而成长的主题，富有积极向上的正能量，具有较好的励志作用。会议上还对比了小说《翻译官》与电视剧《亲爱的翻译官》，围绕“IP 改编”进行了热烈讨论。另外，会议上对于总结女性题材网络小说创作经验以促进网络文学经典化也进行了探讨。

(9) 6 月 22 日辽宁中青年作家学习“讲话”精神座谈会

2016 年6 月22 日，辽宁中青年作家学习“讲话”精神座谈会在辽宁文学院举行。辽宁省作家协会第十届签约作家、省内重点网络作家进行了座谈交流。辽宁作协党组成员、副主席沙宪增，辽宁文学院院长、《鸭绿江》主编王多圣出席会议。

这次座谈会是辽宁作协学习贯彻习近平同志文艺工作座谈会讲话培训研讨班的组成部分。省作协首次将传统作家与网络作家汇聚一堂，旨在推动不同创作形式的作家，从交朋友出发，彼此敞开心怀，加强交流、相互学习。座谈会上，作家纷纷发言，围绕自身的创作现状畅谈创作体会，交流对传统文学写作以及新媒体文学写作的见解和体会。网络作家希望能够向传统作家学习，加强自己的文化底蕴。签约作家们也表示，网络作家的作品，情节精彩，使读者得到阅读快感。网络文学和传统文学相互竞争、互为补充，为文学提供了丰富的生态。无论哪种创作形式的作家，都应提高自身素质，担当社会的责任。这次座谈是作家之间的精神交流和不同文化视野的沟通，对培育新一代作家的成长具有长远的意义，对两种创作形式的相互参照和融合，提出了自己的建议。

(10) 6 月 29 日中国作协网络文学工作交流会

2016 年6 月29 日，中国作协在北戴河召开网络文学工作交流会。中国作协副主席李敬泽、国家新闻出版广电总局数字出版司网络监管处副处长程晓龙、中国作协创研部副主任李朝全，全国部分省、市作协及网络作协相关负责人及全国网络文学重点园地工作联席会的代表等50 余人出席了交流会。此次会议由全国网络文学重点园地工作联席会议办公室副主任肖惊鸿主持。

会议围绕各地作协网络文学组织开展工作的具体思路和举措、如何进一步加强作协网络文学工作与文学网站的联系与合作等议题展开。李敬泽在致辞中肯定了网络文学在文化产业链中日益重要的地位，中国作协也将加强与各省市网络作协的合作共享，为网络文学创造良好的生态环境，同时也强调了中国网络文学发展应合乎社会的主流价值观。王跃文、何弘、邓子强、王忠琪、吴正峻、夏烈、周西篱等介绍了各省市网络作协的工作开展情况。会上还探讨了网络文学内容质量和版权保护的问题。程晓龙介绍说，以往网络文学的问题仍然存在，不容忽视。起点中文网主编魏来谈到，在以版权为基础的 IP 时代，反盗版需要网络文学同人和作协等作家团体的强力支持。

(11) 7 月 20 日网络文学行业自律倡议书新闻发布会

2016 年 7 月 20 日，网络文学行业自律倡议书新闻发布会在中国现代文学馆举行。中国作协副主席李敬泽、陈崎嵘出席会议。国家新闻出版广电总局数字出版司司长张毅君，中国作协创研部副主任李朝全，以及 50 余家文学网站负责人、网络作家等参加发布会。发布会由国家新闻出版广电总局数字出版司网络监管处副处长程晓龙主持。活动由中国作协网络文学委员会、中国音像与数字出版协会数字阅读工作委员会共同发起主办。

李敬泽在讲话中谈到，发布网络文学行业自律倡议书，是基于新形势下党和政府对文学发展提出的新要求，同时也是网络文学自身发展的内在需求。张毅君表达了对网络文学从业者的期望，要求网络文学从业者一是要立志做人民伟大实践和火热生活的书写者；二是要善于做融汇核心价值观，展示真善美的践行者；三是要勇于做传播优质网络文学作品的守护者；四是要坚持做网络文学发展环境的营造者。全国网络文学重点园地工作联席会办公室副主任肖惊鸿宣布了倡议书。网站代表侯庆辰、傅晨舟，网络作家代表天蚕土豆、骁骑校、红九先后发言谈到，签署倡议书之后，他们会在之后的创作过程更加注重社会主义核心价值观的指导，积极配合倡议书的落实执行。

(12) 7 月 27 日首届中国网络语言文明论坛

首届中国网络语言文明论坛于 2016 年 7 月 27 日在北京举行。本次论坛由国家互联网信息办公室网络社会工作局指导，中国文化网络传播研究会、商务印书馆、北京语言大学、千龙网共同主办。教育部语言文字信息管理司司长田立新，北京语言大学党委书记李宇明，教育部语言文字应用研究所所长张世平，中国传媒大学互联网信息研究院副院长李未柠，中国文化娱乐行业协会法人、执行会长刘金华，央广网副总编辑伍刚等来自教育界、文化界、传播界、民间社团的官员、专家和学者 120 余人出席论坛。

本次论坛以“文明网络语言共建清朗空间”为主题，立足于汇聚各界智慧，通过引发媒体关注，学界引导，各界参与，达成社会共识，最后形成国家意志，力求进一步推动中国网络语言文明，增强网络语言健康正确使用的导向意识，营造清朗的网络空间，促进文化界、社科界和互联网等领域的深入交流，构筑权威性、高层次的网络语言交流平台。通过研讨交流，与会专家学者达成如下共识：网络语言的蓬勃发展是社会进步的表现，也是语言发展的源头活水；网络语言纷繁庞杂，必须加以引导，也是可以引导的；文明网络语言为中华民族伟大复兴凝神聚气。

(13) 8月12—14日中国文艺理论学会网络文学研究会2016年年会暨“网络文学评价体系构建”学术研讨会

2016年8月12—14日，以中南大学为会长单位和秘书处单位的中国文艺理论学会网络文学研究会2016年学术年会暨“网络文学评价体系构建”学术研讨会在湖南怀化召开。本次大会由中国文艺理论学会网络文学研究会、中国文联文艺评论中心、湖南省文联联合主办，《文艺理论研究》编辑部、湖南省文艺评论家协会协办，中国作协网络文学委员会中南大学研究基地与怀化学院联合承办。

会议期间，来自全国各地的100余名专家、学者齐聚一堂，聚焦“网络文学评价体系构建”，从进入网络文学现场、解读网络文学文本、访谈网络文学作者、构建网络文学评价体系等多角度展开深入研讨，对中国网络文学研究、发展与完善积极建言献策。怀化学院党委书记谭伟平教授，湖南省文艺评论家协会主席余三定教授，教育部长江学者、华东师范大学中文系主任朱国华教授及中国文联文艺评论中心办公室王庭戡副主任先后致辞。全国网络文学研究会会长、中国作协网络文学研究基地首席专家、中南大学欧阳友权教授主持大会开幕式并做闭幕式总结发言，指出网络文学研究应当“从上网开始，从阅读出发”，关注当代文学场的变化，把握好中国网络文学的“过去、现在、未来时”，推动网络文学批评及其理论研究不断深入。会议期间，还召开了中国文艺理论学会网络文学研究会2016年理事会会议。

(14) 8月14日“抵制网络低俗语言、倡导文明用语”专题座谈会

由中宣部、中央文明办、中国记协联合举办的“抵制网络低俗语言、倡导文明用语”专题座谈会于2016年8月14日在北京召开。国家语言文字工作委员会、国家新闻出版广电总局等单位有关负责人，中央和北京市新闻单

位、网站及社会有关方面代表和学者40余人出席座谈会。中国记协、首都互联网协会在座谈会上发布《抵制网络低俗语言、倡导文明用语倡议书》，号召新闻媒体和网站负起主体责任，净化语言传播环境。

倡议书指出，新闻媒体和网站担负着引导社会、影响舆论、弘扬正气、凝聚人心的重要使命。要增强责任意识，自觉使用规范文明用语；增强底线意识，坚决抵制网络低俗语言；增强导向意识，积极主动引领公众舆论；增强阵地意识，建设高素质的新闻队伍。倡议书号召新闻媒体和网站，抵制网络低俗语言，倡导文明用语，营造积极、健康的舆论环境和社会文化氛围。

(15) 8月20日APP及广告联盟相关版权侵权问题研讨会

2016年8月20日下午，APP及广告联盟相关版权侵权问题研讨会在北京举行。会议由中国版权协会主办，《中国版权》杂志社承办，互联网视频正版化联盟协办，旨在贯彻落实“剑网2016”专项行动精神，对聚合平台、应用商店及网络广告联盟等所涉及的相关版权问题展开探讨，以此推进相关问题的解决及产业发展。

“剑网2016”专项行动列出了3项重点任务，本次研讨会则围绕其中两项进行研讨，即开展打击APP侵权盗版专项整治行动和开展规范网络广告联盟专项整治行动。会上，北京市版权局副局长王野霏以《实施“清源行动”切断网络侵权利益链》为题，向与会者详细介绍了政府执法部门为了切断网络侵权利益链所做的各项工作，以及工作中发现的问题。

与会专家对目前网络版权领域中出现的聚合平台盗链侵权、定向搜索、定向链接、定向存储等问题展开讨论，还特别指出，“剑网行动”对网络广告联盟的专项治理是非常及时、重要的，因为直接给非法网站提供经济来源的广告联盟已经成为侵权盗版的“命门”所在。大家一致认为，一定要让更多投资者明白，投资盗版是没有前途可言的。

(16) 8月21日汕头市作协首次举行网络文学创作座谈会

为顺应时代潮流，活跃汕头网络文学创作，给大家提供一个文学交流平台，汕头市作协于2016年8月21日在协华大厦文艺家之家举行网络文学创作座谈会。市作协会员和来自全市各区县的文学爱好者等30多人共聚一堂，共同探讨网络文学创作方法和经验。

座谈会上，网络作家袁选（笔名：甲鱼不是龟）首先介绍了创作经验，并与现场文学爱好者互动交流，引起强烈反响。他说，搞网络文学创作除了要有良好的文字功底外，还要勤写、乐写、快写，这样才能产生良好的社会效益和经济效益。接着，网文写手纳兰若仪、冬儿宝贝、吴靖宇等也与大家分享了写作情况和取得的成果。几位网络文学爱好者也纷纷发言，谈想法提问题，令人耳目一新，受益匪浅。

这次座谈会是汕头市作家协会成立三十多年来首次举行的网络文学创作座谈会，意义十分重大，共有十多人发言，或畅谈自己的创作经验，或请教他人的网络创作方法，互动活跃，收到了良好效果。

(17) 8 月 27 日广东网络文学座谈会梅州专场

2016 年 8 月 27 日，由广东网络作家协会、梅州市作家协会共同举办的广东网络文学座谈会梅州专场召开，梅州市作协副主席游子衿、梅州市网络文学院常务副院长邱晓玲等梅州本地作家，及采风团的网络作家等共约 50 人参加座谈，座谈会由梅州市作家协会常务副主席、客家文学院院长李凤婵，广东网络作家协会副主席、广东省作家协会创研部副主任周西篱共同主持。

周西篱介绍了广东网络作家协会的基本情况及网络文学的巨大发展潜力，鼓励网络作家们写出更多关注广东地域文化，弘扬社会主义核心价值观，彰显中国精神，讲述中国故事，传播中国声音的优秀网络文学作品。夜独醉、孟婆、狐狸先生、丘晓玲等就网络文学的创作现状、网络文学的成就及地位、网络作家及网络文学作品的价值观等议题发表了自己的看法，共同探讨网络文学的创作规律及发展前景，在质疑与对话中碰撞出思想与智慧的火花。

(18) 8 月 28 日广东网络文学座谈会韶关专场

2016 年 8 月 28 日，由广东网络作家协会、韶关市作家协会共同举办的广东网络文学座谈会韶关专场召开，韶关市乳源瑶族自治县作家协会主席陈文忠等韶关本地作家，及采风团的网络作家等近 50 人参加座谈，座谈会由韶关市作家协会主席荣笑雨，广东网络作家协会副主席、广东省作家协会创研部副主任周西篱共同主持。

经过广东网络文学座谈会梅州专场的座谈讨论，网络作家意犹未尽，在广东网络文学座谈会韶关专场进行了更深入的探讨。夜独醉、孟婆、三昧水忏、朱随等网络作家深入介绍了类型网络小说的特点，以及网络文学作家的职业特征。荣笑雨、陈文忠等传统作家就传统写作与网络写作的不同特征与在场的网络作家进行了深入的剖析与思辨。网络作家们纷纷表示，经过这次采风，增长了见闻，扩展了写作思路，刺激了写作灵感，对接下来的行程充满期待。

周西篱介绍了广东文学“十三五”规划中网络文学的部分内容，广东网络作家协会将按照省作协的工作规划和安排，积极开展网络文学活动。网络作家们备受鼓舞，也希望在作品创作、权益保护等方面更多地得到省作协的扶持和帮助。

(19) 8月31日广东网络文学座谈会湛江专场

2016年8月31日，由广东网络作家协会、湛江市作家协会共同举办的广东网络文学座谈会湛江专场召开。湛江市作家协会常务副主席梁永利，儿童文学作家陈华清，散文作家符昆光，诗人詹亚旺、李陆明、戚伟明、李满青等，湛江地区的网络作家，以及采风团的网络作家等共40多人参加了座谈。座谈会由湛江市文联党组成员、副主席黄彩玲，广东网络作家协会副主席、广东省作家协会创研部副主任周西篱共同主持。

经过梅州、韶关两个专场的座谈后，湛江专场的座谈更加深入，采风团的网络作家和湛江部分知名作家畅所欲言，分析了主流文学和网络文学各自的特点和优势，提出两种文学要互相借鉴，取长补短，共同繁荣，并依据网络文学固有的传媒特征和商业属性，提出了促进网络文学发展的意见和建议。

(20) 9月8日网络作家重走长征路总结会

2016年9月8日，网络作家重走长征路总结会在甘肃兰州举行。由中国作协副主席、网络文学委员会主任陈崎嵘带队，中国作协及各省作协的网络文学作家、国内知名文学网站代表组成的采风团69名成员出席了座谈会。

在座谈会上，作家们踊跃发言，表达对历史和现实的深沉思考，表达对今后创作的更高要求。知名网络作家红九谈到，网络作家应有“执笔正心，再创文学辉煌”的勇气和责任，传播正能量，提升网络文学读者的精神境界。网络作家还魂香说，通过这次重走长征路，她真切体会到了身上的责任和使命，并会将此次的收获和体验融入以后的创作当中，努力弘扬积极向上的正能量。

中国作协副主席陈崎嵘赞扬了作家们在此次活动中表现出的高度自觉性、积极人生观以及艰苦奋斗、团结友爱的精神，称文学的接力棒已历史地落在网络作家的肩上，网络作家要有决心创作出中国网络文学的代表之作、高峰之作、经典传世之作，以网络文学记录中华民族进步发展的足迹，为中华文化复兴和人类文化进步做出自己的贡献。

(21) 9月19日网络文学版权保护研讨会

2016年9月19日，由国家版权局指导、中国版权协会主办，《中国版权》杂志社、掌阅科技股份有限公司、阅文集团、咪咕数字传媒有限公司共同承办的网络文学版权保护研讨会顺利召开。国家版权局政策法制司司长、中国版权协会副理事长王自强，国家版权局版权管理司执法处处长赵杰如等司法、版权行政机关的执法人员以及有关著作权集体管理组织负责人、网络文学企业和部分专家学者参加了本次研讨会议。

会上，由掌阅科技股份有限公司、阅文集团、咪咕数字传媒有限公司等33家单位共同发起的中国网络文学版权联盟宣布成立，并发布《自律公约》。联盟成员在会上共同承诺：坚持网络文学正确导向，坚持社会主义核心价值观，大力弘扬主旋律，传播正能量；增强版权保护意识，坚持“先授权、后使用”的版权保护原则，切实尊重网络文学著作权人的合法权利；自觉抵制侵权盗版行为，坚决不用侵权盗版网络文学作品，不为任何侵权盗版网络文学作品提供接入、存储、搜索、链接等网络技术服务；积极配合政府部门开展网络反盗维权活动，努力营造良好的网络文学版权保护社会氛围等。

(22) 9月21日北京地区网络文学出版工作会

2016年9月21日，北京市新闻出版广电局召开北京地区网络文学出版工作会，部署网络文学作品阅评工作。

会上下发了《北京市新闻出版广电局关于开展网络文学作品阅评工作的通知》。《通知》要求，北京地区各网络文学出版服务和试点单位，要严格遵守《网络出版服务管理规定》等国家有关规定，对登载的网络文学作品彻底梳理，杜绝内容粗俗、格调低下的作品上线。北京将于10月开始组织专家进行审读和阅评，定期归纳整理阅评意见并及时反馈。各网站要根据反馈意见，切实加强管理，坚持弘扬主旋律，创作优秀作品，传播正能量，促进网络文学健康发展。北京市新闻出版广电局副局长张苏说，北京首次对网络文学作品开展阅评工作，是把握网络文学正确导向，鼓励原创，培育精品，创新网络文学管理工作的一项具体举措。

北京将进一步健全网络文学管理制度，组织开展好系列推动网络文学产业发展的活动，切实做好服务工作，努力推动网络文学“高峰”建设。

(23) 9月25—27日第二届中国网络文学论坛

2016年9月25日至27日，由中国作协主办、广东省作协承办的第二届中国网络文学论坛在广东佛山隆重举行，此次论坛将就网络文学引导管理、网络文学业界动态、网络文学理论评论等问题展开讨论。25日上午举行了论坛开幕式，中国作协党组成员、副主席、书记处书记李敬泽，中国作协副主席、网络文学委员会主任陈崎嵘，广东省政府副省长蓝佛安等中国作协和国家相关管理部门领导、广东省相关部门和佛山市委市政府、南海区委区政府领导，以及中国作协网络文学委员会成员、网络文学研究专家、网络作家等逾200人出席。

开幕式上举行了“广东网络文学新举措”发布仪式，并推出了促进广东网络文学繁荣发展的三大举措，同时也是全国三个“首次”：首次创办全国性的网络评论刊物《网络文学评论》，并聘请全国13位知名文学评论家作为刊物顾问；建立广东网络文学创作基地，首次打通从网络文学创作、编剧到拍摄的一条龙产业链条；与14家文学门户网站签订合作协议，打造全国首个网络文学展示平台。

(24) 10月11日陕西省网络文学创作研讨会暨“文学陕军”微信公众号发布会

2016年10月11日，由陕西省作协和省委网信办主办的全省首次网络文学创作研讨会暨“文学陕军”微信公众号发布会在西安召开。会上，省作协主席贾平凹公布了“文学陕军”微信公众号，并号召全社会在阅读纸质书的同时，能够拿起手机，关注陕西文学。中国作协创研部研究员肖惊鸿做了题为《中国网络文学发展情况与中国作协相关工作》的发言，腾讯公司文化总监张英做了题为《移动互联网时代的文学》的讲座。省作协党组书记黄道峻为网络文学出版服务、孵化基地成立揭牌。

(25) 11月11—13日中国中外文艺理论学会新媒介文论学会第四届年会暨“新媒介文化文艺批评与理论建设”

2016年11月12日，中国中外文艺理论学会新媒介文论学会第四届年会暨“新媒介文化文艺批评与理论建设”学术研讨会在杭州西子湖畔顺利召开。会议由中国中外文艺理论学会新媒介文论分学会、杭州师范大学人文学院、浙江省艺术学理论学会、杭州师范大学浙江省高校人文社科重点研究基地（艺术学理论）联合举办。杭州师范大学副校长陈永富出席开幕式并致辞，世界美学协会主席、中国中外文艺理论学会会长高建平致辞并做主题发言。论坛开幕式由杭州师范大学单小曦主持。

此次会议聚焦新媒介文化文艺现象，着眼于新媒介批评与理论发展，从网络文学研究、新媒介文论与美学建设以及新媒介文化与网络 IP 热研究等方面展开研讨。会议积极立足我国文艺的现状，时刻以科学发展的眼光对我国文艺的历史、现状和未来做出总结和反思。来自中国社会科学院、北京大学、浙江大学、中国人民大学、中南大学等高校和科研院所的 120 多位专家学者莅临大会。参会期间与会者们积极切磋交流心得，达成共识，将文论界诸多研究方向推向新高度，取得丰硕成果。

(26) 11 月 23—26 日广东网络文学“金盘工程”峰会

2016 年 11 月 23 日，广东网络文学“金盘工程”峰会在佛山市南海开幕，130 多位网络文学界的专家、学者和网络作家代表欢聚一堂，共同探讨网络文学的发展问题以及推进广东网络文学工作的具体实施方案。广东省作协党组成员、专职副主席杨克，省作协创研部主任、广东网络作协副主席谢石南，省作协创研部副主任、广东网络作协副主席周西篱等领导，以及中南大学教授、博士生导师欧阳友权，中国作协会员、河北作协特约研究员于忠辉，北京大学中文系副教授邵燕君，博士、中国青年出版社新青年读物工作室主任庄庸等专家学者，参加了本次峰会。会议日程包括：(1) 11 月 23 日召开了两场座谈会，上午的座谈会围绕“广东网络文学‘金盘工程’”和“广东网络文学发展及对中国网络文学的影响”两个议题展开探讨；下午的座谈会则围绕“广东网络文学‘四小虎’（广州、深圳、东莞、茂名）现象”“女性与网络文学”和“90 后的网络文学世界”三个议题展开热烈探讨；(2) 11 月 24 日，“广东网络作家高级研修班”进行授课；(3) 11 月 25 日，召开“广东网络文学作品研讨会”；(4) 11 月 26 日，继续“广东网络作家高级研修班”课程，并成立了佛山市南海区网络作家协会。

(27) 12 月 6 日重庆市网络作家协会关于文联十代会、作协九代会讲话精神分享会

2016 年 11 月 29 日至 12 月 4 日，中国文联十代会、中国作协九代会在北京召开，重庆市网络作家协会主席静夜寄思（袁锐）作为重庆市的作家代表参会，认真学习和参与讨论了习近平同志在开幕式的讲话以及相关会议章程、会议精神。12 月 6 日，重庆市网络作家协会组织召开分享会，由静夜寄思分

享中国文联十代、中国作协九代会开幕式上习近平同志的讲话精神。重庆市网络作家协会副主席韩路荣，南岸区作协主席杨金帮，九龙坡区作协蒋艳等60余人参加了会议，不仅有重庆市网络作协会员这种新兴的作家群体，更是有南岸区作协会员、九龙坡区作协会员等传统文艺工作者。

在分享会上，南岸区作协杨金帮、张大明、九龙坡区作协蒋艳、网络作家江丹丹等踊跃发言，一众文艺工作者决定立心立德，创造出通俗易懂的优秀作品给广大人民群众。这次分享会不仅仅让大家充分学习和了解习近平同志的讲话精神，同时也极大地增强了文艺工作者们的凝聚力，有利于创作出更多更优秀的作品。

(28) 12月9日第七十六次全国网络文学重点园地工作联席会议

2016年12月9日，第七十六次全国网络文学重点园地工作联席会议在北京举行。中国作协副主席李敬泽出席会议并讲话。中国作协创作研究部副主任李朝全出席会议。中国作家网、阅文集团、中文在线、作家在线、铁血网、汉王书城、晋江文学城、纵横中文网、塔读文学、网易云阅读、凤凰读书、掌阅文学、爱读文学网、3G书城、蔷薇书院、红薯网、云阅文学网等30余家网站负责人参加会议。

会议主要围绕深入学习贯彻习近平同志在中国文联十大、中国作协九大开幕式上的重要讲话精神展开。李敬泽谈到，中央高度关注和重视网络文学发展，网络文学的影响力在不断提升，我们更要认真学习贯彻落实讲话精神，认清责任，明确方向，以此作为网络文学繁荣发展的新契机。多位网站代表感慨文艺工作的重要性，由衷地感到网络文学任重道远，网络作家要牢记使命，服务人民，书写时代进步新篇章。掌阅文化谢思鹏、凤凰读书刘桥等专家则谈到了网络文学创作必须要勇于创新，抵制浮躁，奉献更多优质作品，才能适应读者不断提高的精神文化需求。

(29) 12月22日“剑网2016”专项行动总结会

2016年12月22日下午，国家版权局、国家网信办、工信部、公安部在北京联合召开“剑网2016”专项行动总结会。会议由国家版权局版权管理司司长于慈珂主持，副司长段玉萍通报“剑网2016”总体情况，国家新闻出版广电总局副局长、国家版权局副局长阎晓宏出席会议并讲话，专项治理相关负责人就做好网络执法监管工作分别发言。北京、福建、辽宁、江苏等地方版权执法部门、网络信息管理部门、通信管理部门及公安机关的代表做了经验交流。来自全国31个省（区、市）版权局及4个直辖市文化市场执法总队的相关负责人参加会议。

会议认为，通过5个月的专项治理，网络文学、影视、音乐等领域大规模侵权盗版现象基本得到遏制，版权秩序进一步规范，网络版权环境进一步净化。具体表现为5方面：一是措施有力，集中查办一批网络侵权盗版案件；二是分类监管，集中开展多个领域的专项整治；三是创新管理，进一步推进网站版权重点监管工作；四是健全体系，夯实版权执法监管基础建设；五是积极构建多元化打击侵权盗版社会共治新格局。

二、网络文学社团活动

1. 我国网络文学社团名录（以社团成立时间为序）

（1）中国当代文学研究会新媒体文学委员会

根据2006年12月底在北京召开常务理事会的决定，中国当代文学研究会调整了纪实文学委员会，于2007年新设立新媒体文学专业委员会。

（2）成都市互联网文化协会

成都市互联网文化协会（简称CACC）于2010年5月14日成立，是成都地区从事网络文化生产、服务、研究、管理以及相关技术应用开发的企事业单位、机构、团体以及个人自愿联合发起成立，经成都市社会团体登记管理机关核准登记的地方性、行业性的非营利性社会团体。协会旨在倡导并建立行业自律机制，团结网络文化机构，保障会员权益，协调会员关系，塑造行业良好形象，促进成都网络文化繁荣发展。

（3）中国文艺理论学会网络文学研究会

2013年7月26日，中国文艺理论学会网络文学研究会于西藏拉萨成立。中南大学荣膺为该研究会会长单位和秘书处单位，中南大学文学与新闻传播学院被推选为全国网络文学研究会秘书处单位，时任文学院院长、湖南省网络文学研究基地首席专家的欧阳友权教授当选为全国网络文学研究会会长。

（4）浙江省网络作家协会

浙江省网络作家协会于2014年1月7日成立，是全国第一家由网络文学创作、评论、编辑和组织工作者自愿结合的省级协会组织。麦家被聘为名誉主席，曹启文当选主席。夏烈、流潋紫、傅晨舟、沧月、曹三公子、烽火戏诸侯、天蚕土豆、陆琪、燕垒生、蒋胜男当选为副主席。

（5）宁波市网络作家协会

2014 年 3 月 17 日，宁波市网络作家协会宣告成立，它是在宁波市作家协会管理指导下，宁波网络文学创作、评论、编辑和组织工作者自愿结合的专业性二级社团组织，也是全国首家地市级网络作家协会。通过选举，市作家协会主席荣荣当选为市网络作家协会第一届主席。

（6）上海网络作家协会

上海网络作家协会于 2014 年 7 月 3 日成立，成立大会上选举产生了上海网络作家协会第一届理事会，25 人当选为理事，陈村当选为会长，孙甘露、刘炜（血红）、王小磊（骷髅精灵）、蔡骏和程铭（洛水）当选为副会长，首批会员 75 人，来自盛大文学网、创世中文网等 17 个网站。它是由上海网络作家自愿组成的专业性的非营利性社会法人团体，受上海作家协会领导。会员条件是“发表和出版过一定数量并在网络文学界有较好影响的文学作品、理论研究、翻译作品者，或从事网络文学的编辑、教学和组织工作有较显著成绩者。”

（7）广西网络文化协会

广西网络文化协会于 2014 年 8 月 7 日成立，是由广西自治区互联网信息办公室发起，由广西壮族自治区内从事网络文化信息服务的企事业单位组成的，旨在促进全区网络文化健康发展、服务经济社会建设的非营利性社会团体。

（8）安徽省网络作家协会

2015 年 3 月中旬，安徽省网络作家协会在合肥成立，旨在打造安徽作协的“青春版”，引导网络文学建立行业规范，凝聚和吸纳更多更优质的网络文学作家，为安徽文学事业新一轮发展注入活力。安徽省作协副主席、秘书长潘小平为安徽省网络作协主席，“风起中文网”为安徽省网络文学创作研究基地。作为安徽省作协的团体会员单位，它是全国作协系统继浙江、上海之后成立的第三家省级网络作协。

（9）中国文化网络传播研究会

中国文化网络传播研究会，是由国家互联网信息办公室指导成立并主管的第一个全国性社会组织，于2015 年 4 月 29 日召开成立大会，以传统文化现代应用、网络文化未来发展、中国文化海外传播、世界闻名交流互鉴为工作宗旨，并提出了“文以载道·网络天下”的口号。研究会领导层，由会长黄朴民、副会长金海峰、毛佩琦、杨青等人领头，秘书处负责具体日常工作。

(10) 广东网络作家协会

广东网络作家协会于2015年5月10日成立。成立大会选举产生了广东网络作家协会第一届领导机构，主席团主席为杨克。副主席分别由谢石南、林庭锋（宝剑锋）、周西篱（女）、贾志刚、林俊敏（阿菩）、王普宁（求无欲）、王虹虹（女）担任。

(11) 四川省网络作家协会

四川省网络作家协会于2015年6月10日在成都成立，首批165位网络作家入会，周小平当选首任协会主席，阿来当选协会名誉主席。协会旨在加大对网络文学的扶持、管理力度，团结广大网络文学爱好者、作家，开展线下创作活动，促进与传统文学作家的交流，创作更多更好的、为大众喜爱的网络文学作品，促进四川省网络文学的健康发展。

(12) 苏州市作协网络文学分会

为加强与网络作家之间的联系和交流，促进苏州网络文学健康发展，苏州市作协于2015年9月21日成立了网络文学分会。成立大会通过了该分会的《简章》，网游小说代表作家之一“失落叶”被推选为会长。作为市作协团体会员，苏州市作协网络文学分会接受市作协的管理和业务指导，履行联络、协调、服务等职能，发挥组织、引导、维权作用，团结全市广大网络文学工作者创作更多更好的网络文学作品。

(13) 中国作协网络文学委员会

2015年12月17日，中国作家协会成立中国作家协会网络文学委员会，这是中国作家协会的第九个专业委员会，其成立标志着网络文学作家、网站、批评家、学者拥有了自己的组织。委员会充分发挥平台作用，整合各方资源，推动网络文学创作和评论的发展。陈崎嵘、唐家三少、月关、吴文辉、童之磊等27人成为网络文学委员会，原中国作协副主席陈崎嵘担任网络文学委员会主任，胡殷红、陈村、欧阳友权、童之磊、吴文辉担任副主任。

(14) 广西作家协会网络文学委员会

为了团结和壮大网络文学队伍，加强管理、协调和引导、促进广西网络文学的发展繁荣，2016年3月22日，广西作家协会网络文学委员会在南宁成立，标志着广西网络文学作家拥有了自己的组织。广西网络文学委员会主任由广西作协专职副主席朱山坡兼任，副主任由网络作家卢国政、朱泽瑞、赵又仪、蒋晓平担任。该委员会采用多种形式和渠道团结联络服务网络作家，并充分发挥平台作用，整合各方资源，推动网络文学创作和评论的发展。

(15) 全国公安网络文学学会

2016 年 4 月 9 日，全国公安网络文学学会在江苏无锡成立。该学会旨在更好地为公安网络文学作家提供服务，通过丰富多彩的活动推动公安网络文学的繁荣发展。

(16) 重庆市网络作家协会

重庆市网络作家协会于 2016 年 4 月 12 日成立，是一个市级专业性社团组织，是党和政府联系重庆广大网络作家、网络文学工作者的桥梁和纽带，肩负着繁荣重庆网络文学创作，促进重庆网络文学事业发展的神圣使命和重大责任。重庆市网络作家协会接受重庆市作家协会的工作指导。张兵（小桥老树）为协会名誉主席，袁锐（静夜寄思）为协会主席，协会顾问包括张恒（zhttty）、林庭锋（宝剑锋）、侯庆辰（意者）、周运、庄秦、向林（司徒浪子）6 位，协会现有正式会员 110 名，预备会员 300 余名。

(17) 全民阅读百网联盟

2016 年 4 月 20 日，由国家新闻出版广电总局全民阅读活动领导小组办公室指导，中央和地方重点新闻网站、综合门户网站、阅读推广类网站、阅读类自媒体等机构共同参与的“全民阅读百网联盟”宣布正式成立。联盟将充分发挥网络媒体的传播功能和媒介精英的智囊作用，推进全民阅读、引导阅读风向，服务行业与读者。

(18) 温州市网络作家协会

温州市网络作家协会于 2016 年 5 月 25 日成立，首批会员有 90 多名，市文联秘书长曹凌云当选为主席。该协会旨在整合资源，培养优秀人才，鼓励推介会员作品走向市场，发现培养网络文学和创作、评论、编辑的新生力量，加强与市内外网络文学界的联系和交流，调动发挥温州网络文学工作者的积极性和创造性，为读者创作出更多更优秀的网络文学作品。

(19) 江苏省网络作家协会

2016 年 6 月 26 日，江苏省网络作家协会正式成立，80 后南京本土网络作家陈彬（笔名跳舞）当选省网络作协主席。江苏省网络作家协会的成立，意味着网络写作行业地位的提高，也为网络作家群体提供了一个相互交流，增进感情，相互切磋的平台。

（20）河南省网络文学学会

河南省网络文学学会，是在河南省作家协会管理指导下，河南网络文学创作、评论、编辑和组织工作者自愿结合的专业性文学学会，于2016年8月2日在河南郑州正式宣告成立。通过选举，中国作家协会全国委员会委员、中国文艺评论家协会理事、河南省文学院院长何弘当选为河南省网络文学学会首届会长，庚新（原名刘峰晖）当选为秘书长。

（21）无锡市作协网络文学分会

无锡市作家协会网络文学分会于2016年8月29日成立。大会选举产生了无锡作协网络文学分会首届理事会，著名无锡网络作家王辉（笔名无罪）当选为网络文学分会主席。分会的成立，为无锡众多的网络文学作家提供了一个相互交流、互动学习的广阔平台，这是在市文联领导的高度重视和直接关心下，无锡市作协的一项重大举措。

（22）成都市网络文学联盟

2016年9月4日，由成都市互联网文化协会、成都古羌科技有限公司（看书网）、博瑞集团天骄文化传播有限公司（8号平台）联合发起的成都市网络文学联盟正式启动。该联盟致力于为作家和影视公司搭建线上、线下最便捷的平台，让作家与影视公司面对面交流，让网络文学IP交易成本降低、更有效率，从而把更多优质作品推向市场。此外，在作品出版或版权方面，该联盟还可以为网络作家提供更好的保护。

（23）中国网络文学版权联盟

2016年9月19日，由掌阅科技股份有限公司、阅文集团、咪咕数字传媒有限公司等33家单位共同发起的中国网络文学版权联盟宣布成立，并发布《中国网络文学版权联盟自律公约》。《公约》指出：联盟成员应坚持“先授权、后使用”的原则，尊重网络文学著作权人的合法权利，抵制侵权盗版行为。

（24）河北省网络作家协会

为组成一支强大的网络文学冀军队伍，形成一派生机盎然的河北网络文学创作格局，2016年11月3日，河北省网络作家协会在河北省石家庄市成立。通过选举，王万举任主席，成龙（九戈龙）、苏明哲（随轻风去）、寇广平（梦入洪荒）、崔浩（何常在）、张伟（录事参军）、聂丹（聂昱冰）任副主席。河北省网络作家协会定位为省作协的职能部门和团体会员单位，暂不实行独立法人制。

(25) 山东省作家协会网络文学创作委员会

2016年12月15日，山东省作家协会网络文学创作委员会在济南正式亮相，高楼大厦（曹毅）、风凌天下（张荣会）、周志雄、飞天（徐清源）等19人为省作协网络文学创作委员会成员。山东省作协网络文学创作委员会将成为省作协和全省网络作家之间沟通联络的桥梁和纽带，对于今后省作协更好地开展各项网络文学工作具有重要意义。

2. 年度社团活动一览（按照活动开展时间顺序排列）

(1) 1月3日“首届中国网络诗人高级研修班”结业仪式

2016年1月3日，由中国作家出版集团和上海大学主办，中国诗歌网、上海大学中国创意写作中心、上海市华文创意写作中心共同承办的为期10天的“首届中国网络诗人高级研修班”在上海大学举行结业仪式。中国作家出版集团与上海大学合办此次研修班，正是响应《中共中央关于繁荣发展社会主义文艺的意见》的要求，希望培养网络多媒体背景下有实力、有潜力的新一代诗人，以实际行动落实中央精神。

中国作协副主席叶辛、中国作家出版集团管委会副主任徐忠志、上海市作协诗歌委员会主任张烨等为学员们颁发了结业证书。此次研修班采取专家讲座、学员研讨及工作坊训练相结合的方式展开教学实践活动，其中，针对网络诗歌创作首次尝试创建的全新方法体系是一大亮点，不少方法都是西方创意写作方法在中国的本土化实验。30名来自全国各地的诗人圆满完成各项学习任务，满载收获和友情踏上归途。

(2) 1月23日2015年度中国网络小说排行榜揭晓

2016年1月23日，由中国作协网络文学委员会主办、中国作家网承办的2015年度中国网络小说排行榜揭晓。《奥术神座》《回到过去变成猫》《木兰无长兄》等10部作品入选精品榜，《原始战记》《诛砂》《修真四万年》等10部作品入选新书榜。2015年第四季度中国网络小说排行榜经过网上投票、预审、专家终审等环节，也在同日从147部参选作品中选出20部上榜作品。中国网络小说排行榜重点关注弘扬社会主义核心价值观、坚持向上向善总基调、为社会提供正能量的优质网络文学原创作品，旗帜鲜明地反对“三俗”。上榜作品具有较高的文学艺术价值，兼具鲜明的网络特质。

此次年榜评选采用网站推荐和专家推荐相结合的方法，入选作品既有全国各大文学网站推荐的2015年各季度榜单作品，也有专家推荐作品。陈崎嵘、胡殷红、何向阳、徐可、欧阳友权、肖惊鸿、刘颋、马季、庄庸、桫椤、许斌、刘晓闻等20名专家学者和文学网站代表对第四季度参选作品和年榜参选作品进行了严格审读和讨论，集中发表评审意见，分析年度网络文学创作总体态势和水准，盘点网络文学行业热点，预测网络文学发展趋势，建言2016年排行榜工作。2016年中国网络小说排行榜在2017年4月启动，每半年评选一次，评选程序和评选办法将在总结工作经验、吸取评委建议的基础上进一步优化完善。

(3) 3月2—22日鲁迅文学院第九届网络文学作家培训班

2016年3月2日，鲁迅文学院第九届网络文学作家培训班开学典礼在北京举行。中国作协副主席、鲁迅文学院院长吉狄马加，中国作协副主席李敬泽、陈崎嵘，鲁迅文学院副院长王璇出席开学典礼，并与学员们合影留念。开学典礼由鲁迅文学院副院长邱华栋主持。

本届培训班为期21天，共有全国35个文学网站和单位推荐的61名学员参加。根据网络文学、网络作家的特点，结合本届培训班学员的具体情况，鲁迅文学院进行了精心筹备，力求通过多种多样的教学形式，使培训班达到最佳的学习效果。中文在线推荐的申大鹏（风圣大鹏）、榕树下推荐的荣进（三盅）、云起网推荐的彭哲（碧玉萧）等学员代表先后发言，表示将珍惜此次难得的培训机会，努力学习，充实自我，力求取得更多收获。

(4) 3月22日广西作家协会网络文学委员会成立

为了团结和壮大网络文学队伍，促进广西网络文学的发展繁荣，广西作家协会网络文学委员会于2016年3月22日在南宁成立，这标志着广西网络文学作家拥有了自己的组织。

网络文学委员会主任由广西作协专职副主席朱山坡兼任，副主任由网络作家卢国政、朱泽瑞、赵又仪、蒋晓平担任。目前活跃在全国主要文学网站的广西网络作者有数百人，有些已经成为网络文学知名作家，在全国产生较大影响。该委员会将采用多种形式和渠道团结联络服务网络作家，并充分发挥平台作用，整合各方资源，推动网络文学创作和评论的发展。

(5) 3 月 22 日广西第二届网络文学大赛正式启动

由广西自治区新闻出版广电局、自治区互联网信息办公室、广西出版传媒集团有限公司共同主办，广西网络文化协会、广西人民出版社、麦林文学网共同承办的第二届广西网络文学大赛启动仪式于2016 年3 月22 日在南宁举行。自治区互联网信息办公室主任金化伦，自治区新闻出版广电局党组书记、局长彭钢，自治区新闻出版广电局党组副书记、副局长黄著诚，广西出版传媒集团有限公司党组书记、董事长覃超等领导和嘉宾出席了大赛启动仪式。

本次大赛是2016 年“广西网络文化节”的重要活动之一。大赛贯彻落实习近平同志在文艺座谈会上的重要讲话精神，进一步鼓励推出优秀网络原创文学作品，打造“美丽南方·广西”文化品牌，展现广西精神。同时为广大文学爱好者提供创作的舞台，传播更多具有正能量的作品。

大赛评选分为初评和终评两个阶段，初评阶段为3 月 22 日至9 月 10 日，终评阶段为9 月中旬。大赛评委会主任由自治区互联网信息办公室主任金化伦，自治区新闻出版广电总局党组副书记、副局长黄著诚担任，终审评委包括田代琳（笔名东西）、田永（笔名田耳）、蒋锦璐（笔名锦璐）、邹红春（笔名千寻千寻）、彭伟成（笔名沧海鲲鹏）等国内一流文学评论家及作家。本次大赛实施有奖征文，最高奖金达2 万元；还特地设置了优秀组织奖以鼓励协办单位积极参与大赛。

(6) 4 月 7—10 日 2016 广东网络作家高级研习班

为繁荣网络文学，帮助网络作家更好地提升写作水平，在网络文学创作中大力宣传社会主义核心价值观，由广东网络作家协会和阅文集团合办的2016 广东网络作家高级研习班于4 月 7 日至10 日在广州举办。广东网络作家协会主席杨克等相关领导出席了开班仪式。广东省作家协会创研部副主任、广东网络作家协会副主席周西篱主持开班仪式。

此次研习班课程中，广东作家周西篱、广东文艺研究所副研究员易文翔以及著名网络作家先后为学员授课，内容既充分考虑网络作家们的实际需求，也针对他们的创作弱项编排一些提高性的课程。而参加此次研习班的网络作家则是由云起网、起点女生频道、创世网等各网站精心推荐，均是近期作品口碑上佳、点击率颇高的人气实力作家。此外，本次培训还倡导“支持正版，反对盗版”观念，倡导保护知识产权意识，维护作家的切身利益。

（7）4月9日全国公安网络文学学会成立

2016年4月9日，全国公安网络文学学会在江苏无锡成立。中国作协副主席、网络文学委员会主任陈崎嵘，全国公安文联副主席武和平，江苏省公安厅党委副书记左锁粉等出席学会成立仪式。来自全国各地的几十位作家、评论家与会。活动由全国公安文联秘书长张策主持。

会议分析了国内网络文学发展形势，总结了当前公安网络文学发展现状。与会者认为，公安网络文学既具有网络文学的共性特点，又兼具公安工作的特殊个性。生发于职业本身并深深植根于职业的精神内涵，使公安网络文学具备了更多的正能量和更严肃的创作态度。互联网和公安内网的呼应与共同发展，构建了公安网络文学的强大阵地和发展空间。职业的敏感性和科技的不断进步，使公安网络文学在技术层面的革新上走在前列。与会者希望学会尽快开展工作，完成机构的建立和完善，为公安网络文学作家做好服务工作，通过丰富多彩的活动推动公安网络文学的繁荣发展。

（8）4月16—24日中国作家出版集团和上海大学举办文学出版与新媒体研修班

由中国作家出版集团和上海大学共同主办的文学出版与新媒体高级研修班于2016年4月16日至24日在上海大学举行。此次专题培训是中国作家出版集团为深入学习贯彻习近平同志在文艺工作座谈会上的重要讲话和在党的新闻舆论工作座谈会上的重要讲话精神，认真落实《中共中央关于繁荣发展社会主义文艺的意见》，切实加强文学阵地建设、提高采编队伍素质的一项重要举措。中国作家出版集团所属各报刊社网的编辑骨干、新媒体负责人、出版发行负责人共32人参加学习。

为期10天的研修班，不仅有中国社科院文研所前所长董乃斌、中信出版集团总裁王斌、《收获》杂志主编程永新等分别围绕出版行业的融合发展、文学名刊与文学精神的传承、上海的城市文化等内容进行的讲授，也有网络媒体阅文集团、翼书网、阿基米德网等方面的现场观摩和出版转型案例分析，还有围绕秀英奶奶《胡麻的天空》为例开展的出版选题研讨。学习期间，学员们还到上海市中国左联纪念馆、巴金故居、上海“最美书店”钟书阁进行了参观考察。

中国作家出版集团管委会副主任徐忠志参加了开班式和结业式，并为学员颁发了结业证书。上海市作协党组副书记马文运、《文学报》总编辑陆梅、上海大学文学院党委书记竺剑等参加研修班的相关活动。

(9) 4月20日全民阅读官方网站上线 全民阅读百网联盟成立

“书香中国——全民阅读官方网站”上线仪式于2016年4月20日在北京举行。这标志着“全民阅读”倡导开展十年以来，借助新媒体的力量，首次有了面向公众的官方网络推广平台。全民阅读官方网站由国家新闻出版广电总局出版管理司和全民阅读活动领导小组办公室具体指导，新华网承建运营。网站设置了“讯”“荐”“评”“享”“听”“帮”6大板块，分别承担资讯发布、推荐阅读、思想集萃、分享经验、多媒体阅读、服务导航功能，还同期建设了多终端网络传播平台，包括手机官网、官方微博和微信公众号，共同服务于全民阅读的推广。

此外，由国家新闻出版广电总局全民阅读活动领导小组办公室指导，中央和地方重点新闻网站、综合门户网站、阅读推广类网站、阅读类自媒体等机构共同参与的“全民阅读百网联盟”也在当日宣布正式成立。联盟将充分发挥网络媒体的传播功能和媒介精英的智囊作用，推进全民阅读、引导阅读风向，服务行业与读者。

(10) 4月23日重庆市网络作家协会成立

2016年4月23日上午，重庆市网络作家协会在九龙坡区正式成立。中国作协副主席、网络文学委员会主任陈崎嵘出席成立大会。此外，九龙坡区委副书记、区长石继东也为“重庆市网络文学图书馆”“重庆市网络文学创作基地”授了牌。

重庆作为网络文学重镇，拥有网络作家4万余名，文学产值位居全国前六。为了对重庆网络作家加以引导，对他们进行专业而规范的培训，将他们的文学作品引导到一个健康良性的状态上去，重庆市网络作家协会应运而生。重庆市网络作协的成立得到了重庆市各级政府特别是九龙坡区区委、区政府的大力支持，小桥老树任名誉主席，静夜寄思任主席，顾问有阅文集团副总裁侯庆辰、阿里巴巴文学总编辑周运、中国作家协会成员向林（司徒浪子）等。

(11) 4月24日中国作协网络文学委员会中南大学研究基地成立

2016年4月24日，由中国作协网络文学委员会、湖南省作协、中南大学联合设立的“中国作家协会网络文学委员会中南大学研究基地”在中南大学揭牌，这也是中国第一家国家级网络文学研究基地。中国作协副主席陈崎嵘，湖南省作协主席王跃文、党组书记龚爱林，中南大学党委常务副书记陶立坚，共同为基地揭牌。中南大学文学院欧阳友权教授担任基地主任和首席专家。

中南大学网络文学研究团队是我国最早开展网络文学研究的学术群体。该团队1999年即涉足网络文学研究领域，2000年开始发表论文，2004年建立湖南省社科重点研究基地“网络文学研究基地”，2012年、2013年先后组建成立湖南省和全国网络文学研究会，成为这两个学会的会长单位和秘书处单位。16年来，该研究团队已出版5套网络文学研究丛书，有25位教师发表网络文学研究论文250余篇，出版该领域著作43种。

（12）5月15日三江学院首创网络文学编辑与写作本科专业

2016年5月15日，三江学院文学与新闻传播学院与中国当代文学研究会新媒体文学委员会进行了合作共建“网络文学编辑与写作”本科专业（方向）的签约仪式。作为全国高校中设立的首个网络文学编辑本科专业，该专业立足数字出版和网络文学编辑与写作技能，着力培养数字出版、移动阅读以及网络文学编辑、创意写作高级人才。2016年招生一个班30人。

合作双方商定，将在人才培养目标及专业建设上共建教学基地、实训平台以及教材开发和研究成果的转化。中国当代文学研究会新媒体文学委员会将发挥行会组织的集群效应，联合行业、企业积极为三江学院的专业建设及学生实训和创业、就业提供便利。

签约仪式后，中国当代文学研究会会长白烨、中国当代文学研究会新媒体文学委员会秘书长吴长青以及江苏籍全国知名网络作家缘分0、真邪等与会代表与三江学院师生就网络文学的行业发展及创作实践进行对话交流。

（13）5月25日温州市网络作家协会第一次会员代表大会

2016年5月25日，温州市网络作家协会召开第一次会员代表大会，这也标志着市网络作家协会正式成立，曹凌云当选市网络作协主席，市委常委、宣传部长胡剑谨出席会议并讲话。首批入会网络作家95名，其中文成籍网络作家高明辉（紫钗恨）当选市网络作协副主席，郑茹茹（茹若）、周锋（韩殇）当选市网络作协首届理事会理事。

首批会员来自各行各业、身份各异，且呈现出年轻化和高学历的特点。市网络作协将采取整合各方资源、深化引导机制、培养优秀人才、开拓服务平台、开展研究评论五方面措施，为他们营造良好的创作环境、学术环境和人才成长环境，力促广大网络文学工作者在新形势下有新作为、新贡献。

温州是中国网络文学的活跃区域。目前活跃在国内主要网络文学网站的温籍网络作家和写手有百余人，近年涌现了蒋胜男、善水等一批有影响力的网络作家，创作了一大批涵盖历史、玄幻、仙侠、穿越等当下网络文学主流类型的作品，在国内乃至海外产生了一定影响。

(14) 6 月 2—11 月 30 日全国首届网络文艺评论大赛启动

由中国文艺评论家协会青年委员会、中国当代文学研究会新媒体文学委员会、中国文艺理论学会网络文学研究会主办，中国文艺评论网、中国文学网、爱读文学网、山东师范大学网络文学研究中心、北京大学网络文学研究论坛承办的“首届网络文艺评论大赛”征文活动于 2016 年 6 月 2 日正式启动，截稿时间为 11 月 30 日。征文于 2017 年 3 月举行颁奖仪式及网络文学论坛，还将在《中国文艺评论》《创作与评论》《名作欣赏》《网络文学研究》等刊物开设专栏，刊发参赛优秀论文。

全国首届网络文艺评论大赛征文活动旨在探索网络文学评价体系的建构，促进形成网络文学创作与网络文学评论良性互动的局面。大赛由中国文联文艺评论中心副主任、中国文艺评论家协会副秘书长、中国文艺评论网总编辑周由强，中南大学文学院院长、博士生导师、中国文艺理论学会网络文学研究会会长欧阳友权，山东师范大学教授、博士生导师、山东师范大学网络文学研究中心主任周志雄和北京大学中文系副教授、中国文艺评论家协会青年工作委员会委员邵燕君牵头组建评委会。

(15) 6 月 11 日国家新闻出版广电总局启动优秀网络文学推介活动

国家新闻出版广电总局于 2016 年 6 月 11 日发出《关于开展 2016 年优秀网络文学原创作品推介活动的通知》，继续评审、遴选一批思想性、艺术性和观赏性有机统一的优秀网络文学原创作品向社会推介，旨在持续通过优秀作品的示范效应，引导网络文学推出更多追求真善美、传播正能量的精品佳作。

《通知》指出，获得国家新闻出版广电总局（原新闻出版总署）颁发的网络出版服务许可证（互联网出版许可证）、业务范围涵盖网络文学出版的网络出版服务单位均可申报，所申报作品完本时间定在 2015 年 9 月 1 日至 2016 年 7 月 31 日，要求申报参评作品要坚持以人民为中心的创作导向，要把社会效益放在首位，积极弘扬社会主义核心价值观，聚焦中国梦的时代主题，传承和弘扬中华优秀传统文化，并且作品应在题材、体裁、形式上有所创新，在观念、内容、风格上有突出特色。这是总局连续第二年开展优秀网络文学原创作品推介活动，2015 年共遴选了《烽烟尽处》《芈月传》等 21 部作品。

（16）6 月 26 日江苏省网络作家协会成立

2016 年 6 月 26 日，江苏省网络作家协会在南京成立，并召开了第一次全体会员大会。中国作协副主席、中国作协网络文学委员会主任陈崎嵘，中共江苏省委宣传部副部长蔡丽新，江苏省作协主席范小青，江苏省作协党组书记韩松林，江苏省作协副主席汪政等专家学者与会。大会选举陈彬（跳舞）为江苏省网络作家协会主席，选举丁凌滔（忘语）、马季、王辉（无罪）、卢菁（天下归元）、朱洪志（我吃西红柿）、刘晔（骁骑校）等 10 人为副主席。

江苏省网络作家协会的宗旨是团结广大网络文学工作者，坚持文艺“为人民服务、为社会主义服务”方向和“百花齐放、百家争鸣”方针，坚持以人民为中心的创作导向，传递和弘扬社会主义核心价值观，探索网络文学创作规律，提升网络文学审美价值，示范网络写作创业模式，调动网络作家积极性和创造性，引导助推更多更好的、为大众所喜闻乐见的网络文学作品，促进我省网络文学健康发展。协会成立后，将重点围绕联络、协调、服务、指导，加强网络文学理论研究和文学批评，推介作品，组织作家培训和文学采访，保护会员权益等方面开展工作。

（17）7 月 11 日全国网络短篇小说大赛启动

由天津市群众艺术馆、天涯社区联合主办的微时代全国网络短篇小说大赛于 2016 年 7 月 11 日正式启动，本次大赛也是首届天津市民艺术节“网络梦想秀青年欢乐季”的主要活动之一。大赛旨在贯彻落实“互联网 +”战略，以网络文学作为抓手，将公共文化服务融入互联网时代的当今公众的生活，为文化共享工程平台充实新鲜元素。同时，借此机会关注当代文学发展走向，挖掘具有文学天赋的青年才俊与优秀作品，推动文化产业的繁荣发展。大赛设置一等奖 1 名，奖金 1 万元；二等奖 2 名，奖金每人 5000 元；三等奖 5 名，奖金每人 2000 元；还设置了网络最佳人气奖 10 名以及参与奖 20 名。

（18）7 月 12 日河北省“坚持以人民为中心的创作导向”青年网络作家主题研修班

2016 年 7 月 12 日，由河北省作协主办的“坚持以人民为中心的创作导向”青年网络作家主题研修班在石家庄开班。2016 年年初，河北省作协在充分调研的基础上，创立了面向网络作家“坚持以人民为中心的创作导向”的引导机制，这个引导机制旨在加强对网络作家队伍的团结引导、联络协调、服务管理和自律维权工作，促进网络文学的繁荣发展。举办“坚持以人民为中心的创作导向”主题研修班，就是这个引导机制的一个重要环节。此次主题研修班集中了全省多所高校的硕士研究生、博士研究生中的网络文学作者90人，分三期连续举办，每期30人，为期12天，其间将举办专题讲座、作品分析、创作经验交流等活动。

（19）7月19日2016年中国网络小说排行榜启动

由中国作协网络文学委员会主办、中国作家网承办的2016年中国网络小说排行榜于2016年7月19日启动。大赛旨在贯彻习近平同志在文艺工作座谈会上的重要讲话精神，落实《中共中央关于繁荣发展社会主义文艺的意见》，展示网络文学创作实绩，推进网络文学繁荣发展。大赛分半年榜、年榜两个榜单，截止时间分别为当年8月10日和来年1月10日。每次评选20部作品，已完结作品和未完结作品各10部。参评作品由持有互联网出版许可证的重点文学网站和中国网络小说排行榜专家推荐委员会共同推荐，每个推荐网站每次可推荐不超过10部作品，其中包括5部已完结作品、5部未完结作品。

（20）8月2日河南省网络文学学会成立

2016年8月2日上午，河南省网络文学学会在郑州成立。通过会议选举，何弘当选为省网络文学学会会长。河南省网络学会是在省作家协会管理指导下，由该省网络文学创作、评论、编辑和组织工作者自愿结合组成的专业性文学学会。会议通过了《河南省网络文学学会章程》，按照章程，学会引导会员参与网络文明建设，强化行业自律，做有担当、有追求的网络文学作家，努力建设健康向上、规范有序、创新发展的网络文学生态环境。同时，还要探索建立网络文学创作评价体系，按照网络文学特点和规律开展创作研讨，加强文学评论，组织开展与传统作家的交流互动。

（21）8月19日咪咕万里行暨温州网络文学作家沙龙

2016年8月19日，咪咕阅读、温州市网络作家协会、温州网等联合发起了一场“温州网络文学作家沙龙”，现场邀请到包括善水、紫钗恨等一大批温州网络文学作家，探讨网络文学的大事记和爆款红文如何产生。在沙龙上，早在1999年前后就开始网络文学创作的紫钗恨谈到了网络文学发展的四个年代。温州网络作协常务副主席善水将网络文学作品分成“套路文”和“特色文”，提出要迎合大众需求才能写出受欢迎的网络文学作品。温州日报报业集团副社长、温州网总编辑张春校谈到，要结合温州网的传播优势，把网络文学挖掘好、宣传好、传播好，将温州网络文学网站打造成一个全省乃至全国有影响力的文学网站。

(22) 8月26日—9月1日“广东网络作家看粤东西北振兴发展”主题采风活动

2016年8月26日至9月1日，广东省作家协会主办的“广东网络作家看粤东西北振兴发展”主题采风活动在梅州、韶关、湛江举行。参加活动的19名网络作家均是广东网络作家协会会员，在为期一周的活动中，他们还与三地市作协的作家座谈，共话广东网络文学创作与发展前景。

在主题采风的第一站梅州，广东网络作家参观了中国客家博物馆及其分馆黄遵宪纪念馆，充分感受客家文化的魅力与底蕴。在韶关两天的活动中，网络作家们参观了云门山大觉禅寺，观赏禅寺的殿、堂、厅、楼等独特风格；景色奇崛的广东大峡谷，给长期宅在家创作的网络作家们留下了深刻的印象。在湛江，采风队员们参观了雷琼世界地质公园独特的火山湖风光，在宝钢湛江钢铁有限公司了解“钢铁是怎样炼成的”。网络作家纷纷表示，经过这次对粤东西北三地市的采风，增长了见闻，扩展了写作思路。

(23) 8月29日无锡市作协网络文学分会成立

2016年8月29日，无锡市作家协会网络文学分会成立大会召开。大会选举产生了无锡作协网络文学分会首届理事会，著名无锡网络作家王辉（笔名无罪）当选为网络文学分会主席，市作协主席黑陶参加了网络文学分会成立大会。会上还发布了《致全市网络作家的倡议书》，呼吁全市网络作家书写理想、弘扬正气，多出精品。

此次市文联、市作协筹办网络文学分会，旨在针对当前水平参差不齐、素养泥沙俱下的网络文学发展现状，进一步传递和弘扬社会主义核心价值观，探索网络文学创作规律，提升网络文学审美价值，示范网络写作创业模式，调动网络作家积极性和创造性，助推创作更多更好的、为大众所喜闻乐见的网络文学作品。

(24) 9月1日中国文字著作权协会发起“2016剑网行动·原创文字作品保护月”

2016年9月1日，由中国文字著作权协会（以下简称文著协）发起的

“2016剑网行动·原创文字作品保护月”在北京启动，活动为期一个月。该活动意在号召原创媒体机构和原创个人积极主张权益，呼吁社会公众保护正版，呼吁网络内容聚合平台等媒体尊重原创，规范互联网版权秩序。针对文字作品权利人和产业发展需要，以及网络转载、传播文字作品版权保护的难点，文著协联合东方雍和国际版权交易中心和北京版银科技公司，推出了数字授权许可技术平台“版权印”，创作者或权利人可以通过平台自主完成授权，有效解决互联网内容在网络转载使用中的侵权和维权问题，降低了版权管理和运营的门槛。

(25) 9月3—9日中国作协组织网络作家重走长征路

在纪念红军长征胜利80周年之际，2016年9月3日，中国网络作家重走长征路采风活动在江西赣州启动。采风团在赣州瑞金沙洲坝“二苏大”旧址举行了出发仪式。中国作协副主席、网络文学委员会主任陈崎嵘，江西省文联主席叶青，赣州市委宣传部常务副部长张孝忠等出席仪式并致辞。

启动仪式上，陈崎嵘向网络作家代表授旗，采风团从瑞金正式出发。采风团由陈崎嵘任团长，成员包括云宏（孑与2）、梁桂梅（还魂香）、张静（八四）、黄菲菲（连玦）、孙家良（伪戒）、宋艳红（红九）、方芳芳（墨子归）、杨万勇（牛凳）、张科祥、杨庆（温小妖）、黄志强（千幻冰云）、胡慧娟、罗丽琼、杜剑波、张丽丽、何坤南、李贤、栗洋、谢思鹏、董江波、马季、程天翔等，他们将经由四川阿坝州的雪山草地，最后到达红军会师地点甘肃会宁。江西网络作家夏言冰、浪漫烟灰、圣者晨雷、番茄、犁天、安以陌等也参加了当地的活动。

(26) 9月4日成都市网络文学联盟启动仪式暨联盟IP对接转化会

2016年9月4日，由成都市互联网文化协会、成都古羌科技有限公司（看书网）、博瑞集团天骄文化传播有限公司（8号平台）联合发起的“成都市网络文学联盟启动仪式暨联盟IP对接转化会”在成都举行。成都市网络文学联盟将为作家和影视公司搭建线上、线下最便捷的平台，让作家与影视公司面对面交流，让网络文学IP交易成本降低、更有效率，从而把更多优质作品推向市场。此外，在作品出版或版权方面，该联盟还可以为网络作家提供更好的保护。作为成都市互联网文化协会内设的工作交流机制及行业服务平台，今后成都市网络文学联盟将开展“金熊猫”网络文学年度评奖、网络作家见面签售会、网络文学专题交流会等活动，逐渐形成小型活动常规化、中型活动特色化、大型活动品牌化，扩大成都网络文学的影响，努力打响网络文化的成都品牌。

(27) 9 月 13 日 2016 年度中国网络小说排行榜半年榜揭晓

2016 年 9 月 13 日，由中国作协网络文学委员会主办、中国作家网承办的 2016 年度中国网络小说排行榜半年榜揭晓。《将夜》《余罪》《我欲封天》等 10 部作品入选已完结作品榜，《择天记》《慕南枝》《儒道至圣》等 10 部作品入选未完结作品榜。

中国网络小说排行榜旨在贯彻落实习近平同志在文艺工作座谈会上的重要讲话精神和《中共中央关于繁荣发展社会主义文艺的意见》，展示网络文学创作实绩，推进网络文学繁荣发展，扩大优秀网络文学的影响力。上榜作品具有较高的文学艺术价值，兼具鲜明的网络特质。在终评会上，中国作协副主席、网络文学委员会主任陈崎嵘及欧阳友权、叶梅、李朝全、肖惊鸿、周志雄、邵燕君、夏烈、桫椤、庄庸、刘颋、马季等 19 位专家学者对参选作品进行了严格审读和认真讨论，集中发表评审意见。同时，大家以参评作品和上榜作品为例，共同分析网络文学发展态势，深入剖析网络文学创作中的热点和倾向性问题，探讨网络文学评价体系的构建。

(28) 11 月 3 日河北省网络作家协会成立

为组成一支强大的网络文学冀军队伍，形成一派生机盎然的河北网络文学创作格局，2016 年 11 月 3 日，河北省网络作家协会在河北省石家庄市成立。省作协党组书记、副主席康振海，河北省作协主席关仁山，河北省作协副主席、党组成员王力平，省作协党组成员、副主席李延青出席成立大会。河北省网络作家协会第一次代表大会同日召开。大会讨论通过了协会章程，选举王万举任主席，成龙（九戈龙）、苏明哲（随轻风去）、寇广平（梦入洪荒）、崔浩（何常在）、张伟（录事参军）、聂丹（聂昱冰）任副主席。另外，河北省网络作家协会定位为省作协的职能部门和团体会员单位，暂不实行独立法人制。

(29) 11 月 21 日国家新闻出版广电总局启动 2016 年网络文学网站骨干编辑培训班

国家新闻出版广电总局数字出版司和人事司 11 月 21 日在上海启动了 2016 年网络文学网站主要负责人暨骨干编辑培训班，本次培训班将持续至 25

日。中国作协副主席陈崎嵘，总局数字出版司巡视员、副司长宋建新，版权管理司副司长段玉萍等分别为本期培训班授课，总局人事司副司长李宏葵做开班动员。

来自全国43家网络文学网站的80多名负责人、骨干编辑参加了培训。培训期间，学员将深入学习习近平同志在文艺工作座谈会上的重要讲话精神，进一步认识和把握当前网络文学面临的形势和任务，提高导向意识和内容把关能力。同时，通过对网络出版服务相关法律法规、网络文学知识产权保护管理和出版管理要求、内容审读与质量管理等内容的学习，引导企业建立完善内部编辑制度和作品审发机制，把创作优秀作品作为中心环节，不断推出思想性、艺术性、可读性有机统一的网络文学精品佳作。

(30) 12月8日福建省首次举办网络作家高级研修班

福建省首次网络作家高级研修班由福建省文联文艺理论研究所、福建省作家协会主办，福建文学杂志社、台港文学选刊杂志社、海峡文艺网协办，于2016年12月8日在福州举行，来自全省各地近30名网络作家参加了高研班的学习。福建省文联党组成员、书记处书记、副主席陈毅达，福建省作家协会秘书长林秀美，《台港文学选刊》执行主编赖碧强，福建文学杂志社副主编石华鹏等出席了开班仪式。

此次高研班邀请了中国青年出版社新青年读物工作室主任、中国文艺评论家协会网络文艺委员会秘书长、临沂大学特聘教授庄庸，福建省人大常委会委员、福建省出版物监测与研究中心主任、中国新闻出版研究院海峡分院执行院长何强，一级作家、文艺理论家、福建师范大学传播学院研究生导师林焱为学员们授课，就网络文学作家作品的时代机遇与挑战，网络文学出版研究漫谈，多媒体境域中的创作思路等课题展开研讨。

(31) 12月13日中国作协网络文学委员会上海研究培训基地成立

2016年12月13日，由中国作家协会网络文学委员会、上海市作家协会、上海大学中国创意写作中心、阅文集团计划共同创办的中国作协网络文学委员会上海研究培训基地在上海大学挂牌。中国作协网络文学委员会主任陈崎嵘、浙江作协党组书记臧军、上海作协党组书记王伟、上海网络作家协会会长陈村、上海大学文学院院长张勇安、阅文集团副总裁侯庆辰以及来自各地网络作家协会的代表、上海研究培训基地第一期网络文学高级研修班学员、上海大学中国创意写作中心师生代表近100人参加了挂牌仪式及高级研修班首日论坛。上海作协秘书长马文运主持仪式。

基地的成立旨在贯彻落实习近平同志在中国文联十大、中国作协九大开幕式上讲话精神，通过富有创新意义的研修班教学实践活动，探索出一套适合中国当代网络文学的创新思维的写作路径，培养有实力、有潜力的中国网络文学作家，同时，进一步加强网络文学研究，加强网文编辑的培训，以推进网络文学健康有序地发展。

上海研究培训基地第一期网络文学高级研修班也于同日开班，聚焦于历史类网络文学创作，阅文集团、17K、云起、掌阅等全国各大网络文学机构共选派24名优秀学员参加。为期一个星期的“高研班”特邀了中国作家协会、上海作协优秀作家及编辑、知名网络作家、文物鉴定家、历史学家及学者进行学术研讨、专业授课和导师传带。

(32) 12月15日第二届广西网络文学大赛颁奖

2016年12月15日，第二届广西网络文学大赛在南宁广西人民出版社举行颁奖典礼，文艺界、出版界人士齐聚一堂，共享广西网络文学发展成果的盛会。

大赛自2016年3月启动以来，文学爱好者特别是高校学子积极响应，共收到来自区内外文学爱好者的3222篇稿件，而本次大赛获奖作品切合了网络文学创作的特点，更多地考虑了当下读者的喜好，更注意文学作品中休闲娱乐的目的。大赛设有小说和散文两组奖项，以历史为基础书写汉朝薄太后传奇苍凉一生的《薄姬传》问鼎小说组一等奖。《回梦曲》《亲密陌生人》《第一书记》等分获第二、三名。而一个承载着数代人记忆，是在外游子心灵港湾的《老厅堂》夺得了散文组头魁。散文组二等奖《母亲与一坛老酒》，道出了母爱的伟大和生活的艰辛。《舌尖上的童年》《消失的夜晚》等分获第二、三名。

(33) 12月15日山东省作家协会网络文学创作委员会成立

为适应网络时代新形势，2016年12月15日，山东省作家协会网络文学创作委员会在济南正式亮相。经过向有关专家广泛征求意见和研究讨论，最终确定了高楼大厦（曹毅）、风凌天下（张荣会）、周志雄、飞天（徐清源）等19人为省作协网络文学创作委员会成员。山东省作协网络文学创作委员会的成立，是山东网络文学发展历程中的一个里程碑，它将成为省作协和全省网络作家之间沟通联络的桥梁和纽带，对于今后省作协更好地开展各项网络文学工作具有重要意义。

(34) 12 月 16 日重庆市网络作协为山区孩子送温暖

2016 年 12 月 9 日，重庆市网络作家协会走进黔江，为杉岭小学贫困留守儿童送去了温暖，此次活动得到了市作协的大力支持。黔江区杉岭小学地处崇山峻岭之中，交通闭塞，孩子们学习条件和生活环境都十分艰苦。重庆市网络作家协会了解情况后，迅速地在协会内部开展了爱心筹集活动，会员们积极响应，在短时间内便筹集了一批善款，为学校无偿捐赠了 200 床棉絮、200 床被套、200 套学习日常用品和一批体育用品，并将这批物资交到了学生们的手中。协会会员们根据自己的创作经历，为同学们讲了一堂关于文学与梦想的课，告诉同学们，不要害怕困难，要勇于坚持和追求自己的梦想。

重庆市网络作协主席袁锐表示，作为网络作家不光要用文字来影响社会，更要用自己的实际行动来温暖人心；重庆市网络作协副主席兼秘书长韩路荣表示，协会希望能通过这样的送温暖活动凝聚更多的爱心人士来服务社会、奉献爱心、传承文明。参加这次捐赠活动的还有重庆市网络作协副主席杨南、江丹丹、张小龙和协会会员赵康等人。

三、意义和局限

1. 研讨会议与社团活动对网络文学发展的意义

据统计，截止到 2016 年年底，在全国范围内共计成立了 25 个网络文学社团、协会和组织，尤其是 2016 年，各种网络作家组织和网络文学社团如雨后春笋般纷纷涌现。它们的具体职能和发展宗旨不尽相同，但均共同服务于促进网络文学繁荣发展的终极目标。众多网络文学协会成为地方网络文学相关组织机构和地方网络作家之间沟通联络的桥梁和纽带，为过去难以找到归属感的广大网络文学作家群体提供了安全依附的“港湾”。

毋庸置疑，这对于如何能够更加便捷有效地引导网络文学作家的作品创作，以及开展各项网络文学工作，具有十分重要的意义：首先，对于网络文学作家本身来说，这是对网络作家身份的一种肯定和接纳，是对网络文学作家以往不知是“文学作家”还是“文学打工仔”的尴尬身份予以明确的“正名”，如此一来将有利于提升网络作家和网络文学的社会影响力和知名度；其次，对于网络文学相关机构来说，这是为迎合当今时代新的历史潮流所进行的组织体制和机制的一种重要创新，也是网络文学由中心向边缘拓展、由高层向基层延伸所进行的职能完善的发展需要，有利于扩大相关机构服务领域和工作对象，实现网络文学工作的“全覆盖”；最后，从整个文学行业发展全局来看，这也是文学和文学工作者为适应新时代、新趋势、新技术、新对象所进行的积极有效的实践探索，反过来也有利于引导传统作家、传统文学与网络作家、网络文学之间相互借鉴，扬长避短，和谐共处，携手并进。

2016 年全年度总共举办了 29 次网络文学相关研讨会议和 34 次网络文学相关社团活动，主题丰富，各有千秋，不论是对于网络文学生产创作、版权保护、评论评价体系构建等各个相关具体环节，抑或网络文学行业整体发展，均有所涉猎。但是，各大学术研讨会议的召开，更多偏向于宏观指示和规制引导的理论归结，若要从理论落实到实践，还要借助众多丰富多彩的社团活动进行具体践行以“接地气”，才能更好地学习和发扬会议精神，才能更有效地解决实际问题，才能既统观全局又兼顾细节。因此，举行学术研讨会议和开展众多社团活动，对于网络文学而言，二者相辅相成，缺一不可，事半功倍，共促发展。

由此可见，随着网络文学的影响力日渐扩大，从地方省、市乃至全国范围内各级政府相关管理部门对于网络文学的关注度和扶持力度日益提升，相关监督和管理体制正在逐步完善，众多高等院校、研究机构和行业组织的专家学者着手于网络文学研究，网络文学从业人才培养也得到重视，网络文学行业环境日益改善，网络文学产业发展方兴未艾。

2. 研讨会议与社团活动的局限

近几年来，中国网络文学发展利好，影响力日渐扩大，不仅已经形成了中国文化生活的一道亮丽风景，而且也正在逐渐走出国门，走向世界，受到越来越多的外国读者青睐，成为世界级文化现象指日可待。

然而，与网络文学日新月异的发展进程相对而言，2016 年密集举办的研讨会议和社团活动对行业发展新问题的认识并不足够敏感，而对很多老生常谈的固有问题的反应周期也比较长，无法及时有效地拿出解决方案。虽然各地网络文学相关组织机构动作频频，但是大多会议和活动的主题和宗旨都集中于引导网络文学作品创作风格、把控网络文学作家精神走向和思想观念等泛泛而谈的方面，而对于网络文学发展中很多长期面临的实际问题，例如网络文学评价体系的构建、网络文学版权保护制度的完善、网络文学作家维权保障机制的推进、优秀网络文学作品的扶持和推广、如何推动中国网络文学“走出去”从而实现在国际市场的创收和盈利等，则表现得有些避重就轻、力不从心。

互联网的高速发展带来许多新的课题。面对新形势、新需要，网络文学相关管理部门和组织机构必须解放思想，与时俱进，感知敏感，适时而变。基于此，网络文学研讨会议和社团活动的举行和开展，还需要更进一步深入，力求切入行业发展问题的实质，如此一来，才能更加符合文学发展规律，才能更好地发挥联络、协调、服务和倡导作用，推动中国网络文学事业的发展壮大。

（曾照智　执笔）

第八章　政策法规与版权管理

一、网络文学相关政策法规梳理

（1）《习近平在文艺工作座谈会上的讲话》，2014 年 10 月 15 日；

（2）《习近平在中国文联十大、中国作协九大开幕式上的讲话》，2016 年 11 月 30 日；

（3）《中共中央关于繁荣发展社会主义文艺的意见》，2015 年 10 月；

（4）《关于推动网络文学健康发展的指导意见》，中国新闻出版广电总局，2014 年 12 月；

（5）《关于加强网络文学版权管理的通知》，国家版权局，2015 年 11 月；

（6）《中华人民共和国计算机信息网络国际联网管理暂行规定》，国务院办公厅，1996 年 2 月；

（7）《关于互联网中文域名管理的通告》，信息产业部，2000 年 11 月；

（8）《最高人民法院关于审理著作权民事纠纷案件适用法律若干问题的解释》，2002 年 10 月；

（9）《互联网著作权行政保护办法》，国家版权局，2005 年 5 月；

（10）《中华人民共和国侵权责任法》，全国人大常委会，2009 年 12 月；

（11）《中华人民共和国著作权法》，全国人大常委会，2010 年 2 月；

（12）《互联网文化管理暂行规定》，中华人民共和国文化部，2011 年 2 月；

（13）《关于进一步加强互联网上网服务营业场所管理的通知》，国务院办公厅，2011 年 4 月；

（14）《中华人民共和国著作权法实施条例》，国务院，2013 年 1 月；

（15）《最高人民法院关于审理侵害信息网络传播权民事纠纷案件适用法律若干问题的规定》，2013 年 1 月；

（16）《信息网络传播权保护条例》，国务院，2013 年 1 月；

（17）《使用文字作品支付报酬办法》，国家版权局，2014 年 9 月；

（18）《最高人民法院关于审理利用信息网络侵害人身权益民事纠纷案件适用法律若干问题的规定》，2014 年 10 月；

（19）《关于规范网络转载版权秩序的通知》，国家版权局，2015 年 4 月；

（20）《关于开展打击网络侵权盗版“剑网 2016”专项行动的通知》，国家版权局等，2016 年 6 月；

（21）《互联网视听节目服务管理规定》，国家新闻出版广电总局，2016 年 11 月。

二、网络文学版权管理

2016 年 1 月，阅文集团发起成立“正版联盟”，开启反盗版的全新征程；3 月，原“小说下载阅读器”中的全部盗版内容下架；4 月，UC 浏览器、“书旗小说”停止书架盗版；5 月，面对百余起民事诉讼，以及大规模网络作家维权行动的声讨，百度关闭了贴吧，开始清查和下架盗版；7 月，“追书神器”开始正版化。同月，网络文学版权保护研讨会召开。由掌阅文化、阅文集团、咪咕数字传媒、阿里巴巴文学、红袖添香、起点中文网等 33 家联盟成员单位共同发起的中国网络文学版权联盟宣布成立，并发布《自律公约》，为反网络文学侵权盗版进一步壮大了力量和声势，为网络文学生态环境清洁化做出了努力。年度内网络文学版权管理标志性事件有：

1. “剑网 2016”专项行动

自 2005 年起，国家版权局联合国家网信办、工信部、公安部连续 11 年开展打击网络侵权盗版“剑网行动”，针对网络文学、音乐、视频、游戏、动漫、软件等重点领域，集中强化对网络侵权盗版行为的打击力度，共查办案件 5064 起，依法关闭侵权盗版网站 2789 个，罚款人民币 1585 万元，移送司法机关追究刑事责任案件 447 件，查处了一批侵权盗版大案要案，维护了权利人的合法权益，互联网版权保护环境得到明显改善，得到了广大权利人和社会公众的充分肯定。2016 年以来，中央领导同志多次对依法加强网络空间治理、强化网络版权保护做出重要指示。国家版权局等部门经过多次研究，拟定了“剑网 2016”专项行动的工作方案。

2016 年 7 月 12 日上午，国家版权局联合国家网信办、工信部、公安部在北京召开新闻发布会，宣布正式启动“剑网 2016”专项行动。专项行动从 2016 年 7 月开始利用 5 个月的时间，要求各地版权、互联网信息内容、通信主管、公安等部门加强监测检查，突出查办案件，创新工作方法，完善工作机制，落实主体责任，加强宣传动员，完成三项重点任务：一是开展打击网络文学侵权盗版专项整治行动，加强对文学网站的版权执法监管力度，严厉打击通过网站、贴吧、微博、微信等方式未经授权非法传播网络文学作品的侵权盗版行为，规范通过浏览器、搜索引擎等方式传播文学作品的行为。二是开展打击 APP 侵权盗版专项整治行动，加强对 APP 上传者和应用程序商店的版权执法监管，加大对聚合类 APP、与网络电视棒及电视机顶盒关联的 APP 侵权盗版行为的打击力度，强化应用程序商店对提供文学、影视、音乐、新闻等作品 APP 上传者的版权监管责任。三是开展规范网络广告联盟专项整治行动，加强对网络广告联盟在版权保护方面的监督管理，推动网络广告联盟落实企业主体责任、建立版权保护工作机制，推动版权执法监管机构与网络广告联盟建立切断侵权盗版黑色经济链条的工作机制，严厉打击故意为侵权盗版提供支持的网络广告联盟。

近年来，网络文学发展迅猛，但由于网络文学作品以文字为载体，存储、复制便利，侵权盗版成本低、周期短，扩张迅速，网络文学侵权盗版问题还比较严重。特别是移动互联网、微信、微博等不断出现的新技术和网络应用，给互联网内容监管、版权保护不断提出了新课题。据调研了解，当前网络文学侵权盗版的重灾区主要集中在贴吧、浏览器、移动 APP 和搜索引擎等方面，论文数据库、微信公众号、有声读物、论坛、网盘也是网络文字作品侵权盗版的重要表现形式。一些大网站往往利用法律薄弱环节，不恰当利用“避风港”原则规避法律责任，而一些小网站利用新技术大肆进行恶意侵权盗版。针对网络文学版权乱象，国家版权局版权管理司司长于慈珂表示，“剑网 2016”要将网络文学纳入网络版权重点监管工作，开展打击网络文学侵权盗版专项整治行动，加强对文学网站的版权执法监管力度，严厉打击通过网站、贴吧、微博、微信等方式未经授权非法传播网络文学作品的侵权盗版行为，规范通过浏览器、搜索引擎等方式传播文学作品的行为。

“剑网 2016”专项行动将网络广告联盟作为查处的重点。此次专项行动中开展了规范网络广告联盟专项整治行动，加强对网络广告联盟在版权保护方面的监督管理，推动网络广告联盟落实企业主体责任、建立版权保护工作机制，推动版权执法监管机构与网络广告联盟建立切断侵权盗版黑色经济链条的工作机制，严厉打击故意为侵权盗版提供支持的网络广告联盟，切实有效打击网络文学侵权盗版行为，维护网络版权正常秩序。在8月16日通报的“剑网2016”专项行动第一批8起网络侵权盗版案件中，就有4起为侵犯网络文学著作权案件，分别是包括江苏苏州“风雨文学网”涉嫌侵犯著作权案、重庆“269小说网”涉嫌侵犯著作权案、四川双流“轻之国度”“轻之文库”网站涉嫌侵犯著作权案、广西南宁“皮皮小说网”涉嫌侵犯著作权案。其中，涉嫌侵权网站大多是通过广告联盟或广告来获利。如江苏苏州“风雨文学网”涉嫌侵犯著作权案中，张某通过广告联盟获利100万余元；广西南宁“皮皮小说网”涉嫌侵犯著作权案中，涉嫌侵权人通过广告获利，仅2014年3月至2015年10月，获利达150万余元。

9月1日下午，由中国文字著作权协会主办的“2016剑网行动·原创文字作品保护月”启动发布会在北京举行。本次活动主题为“尊重原创、许可使用、依法维权”，旨在号召原创媒体机构和原创个人大胆声明原创，呼吁社会公众积极保护正版，呼吁网络内容聚合平台等媒体尊重原创，提升互联网版权秩序正能量。

“原创文字作品保护月”活动由中国文字著作权协会主办，是中国文字著作权协会贯彻落实“2016剑网”专项行动的重要举措，已列入国家版权局“剑网行动”系列活动安排。本次活动月于9月1日启动，为期一个月。活动旨在号召原创媒体机构和原创个人大胆声明原创，呼吁社会公众积极保护正版；呼吁网络内容聚合平台等媒体尊重原创，提升互联网版权秩序正能量。

中国文字著作权协会将结合自身职责定位、广大文字作品权利人和产业发展需要，针对网络转载、传播文字作品版权保护的难点，联合东方雍和国际版权交易中心和北京版银科技公司，运用较为成熟的数字授权许可技术，开展“原创文字作品保护月”活动。中国文字著作权协会总干事张洪波表示，希望通过这次活动，探索建立网络传播文字作品的版权许可与维护机制，继续发挥著作权集体管理组织的作用。

12月22日下午，国家版权局、国家网信办、工信部、公安部在北京联合召开“剑网2016”专项行动总结会。会议认为，通过5个月的专项治理，网络文学领域大规模侵权盗版现象基本得到遏制，版权秩序进一步规范，网络版权环境进一步净化。“剑网 2016”行动集中力量整治网络文学乱象，加强对网络文学网站的监管力度，严厉打击通过网站、贴吧、微博、微信等方式未经授权非法传播网络文学作品的侵权盗版行为，规范通过浏览器、搜索引擎等方式传播文学作品的行为，并在广告联盟、APP 等领域推行“黑白名单”制度，建立重点保护作品“白名单”库，公布侵权盗版企业“黑名单”，在国内外产生了很好的影响，网络文学版权生态得到很大改善，网络版权治理初见成效，为进一步依法管网治网奠定了良好的基础。行动期间，各地共查处行政案件 514 件，行政罚款 467 万元，移送司法机关刑事处理 33 件，涉案金额 2 亿元，关闭网站 290 家，重点通报了 21 起较为典型的网络侵权盗版案件。

2. 政协委员加强网络版权保护的联名提案

2016 年 3 月 8 日，全国政协委员、韬奋基金会理事长聂震宁在两会之前，来到中国文字著作权协会等机构调研，与作家、网络平台、新媒体运营人员座谈，最终完成了《关于加强网络版权保护，促进数字文化创意产业发展的提案》，获得著名电视节目主持人白岩松、全国政协教科文卫体委员会副主任李从军、新华社副社长龙新南、中国作协副主席何建明、中国新闻文化促进会会长李东东、中国出版集团党组书记王涛、人民出版社社长黄书元等委员的赞同，共有 32 位新闻出版界别委员联署后，由聂震宁委员提交大会。

提案重点关注了我国当前网络盗版行为猖獗的现象及危害，并提供了多条就“打击网络侵权盗版行为，规范网络版权秩序”的具体建议。这份提案无疑是一次对“重视版权”的呼吁，更是一次为“键盘上的写手”们的发声。该提案提出：

第一，巨大的商业潜力与零成本的网络盗版。据艾瑞咨询统计，截至 2015 年 12 月，网络文学移动端月度覆盖人数达 1. 48 亿人，其中，腾讯旗下的阅文集团在综合竞争力上遥遥领先，PC 和移动两端月度覆盖人数高达 6407. 7 万人。随着《琅琊榜》《花千骨》《寻龙诀》等一批由网络文学改编而来的高口碑、高收益作品的出现，令网络文学的商业潜力初显，也令其版权保护问题变得更为迫切。提案中提到，目前我国网络版权侵权盗版主要有“网络站点”“文档分享平台”“云储存”“应用软件 APP”等途径传播。其中，“网络站点”甚至形成了一条由盗版商、搜索引擎、盗版网络站点、广告商等多方构成的完整的利益链条。这些侵权行为不仅损害到作者和正版网络平台的利益、网络文化创意产业的利益，更是阻碍数字文化创意产业市场的发展的绊脚石。《中国网络文学版权保护白皮书》显示，2014 年盗版网络文学如果全部按照正版计价，PC 端付费阅读收入损失将达到 43.2 亿元，移动端付费阅读收入损失达 34.5 亿元，衍生产品产值损失 21.8 亿元，行业损失近 100 亿元。

第二，网络版权侵权盗版三大危害。提案指出，网络侵权盗版不仅损害了作者以及网络平台的利益，更给整个数字文化创意产业带来不可估量的损害。具体说来，直接表现在三方面：1. 损害作者和正版网络平台的利益。2. 损害网络文化创意产业的利益。3. 阻碍数字文化创意产业市场的发展。

第三，从严保护知识产权，才能保障和激励创业创新。提案从规范行业秩序、规范搜索引擎、完善著作权法律制度、加大司法力度、推动跨行业合作五个方面给出了切实详细的建议。具体包括：

（1）规范行业秩序，倡导和鼓励网络文学版权登记和建立网络平台备案制度。逐步规范互联网行业秩序的同时，应倡导和鼓励权利人进行版权登记、鼓励正版网络平台自愿向版权监管机构进行登记备案，以便甄别盗版网站站点。

（2）规范搜索引擎的检索功能，完善事后审核机制及惩戒机制。搜索引擎在互联网盗版中起着媒介的作用，在逐步建立起正版网络平台登记备案制度后，版权监管机构通过甄别，可以向提供搜索引擎服务商提供“白名单”或“黑名单”，以便屏蔽和剔除盗版网站链接。健全搜索引擎服务商的事后审查机制。

（3）制定《信息网络传播权保护条例实施细则》或《信息网络传播权保护办法》，尽快完成《著作权法》第三次修改，完善著作权法律制度，为数字文化创意产业提供法律制度保障。

（4）加大司法机关查处网络侵权盗版的力度，让侵害版权的网络企业受到应有的法律制裁。比如对侵害著作权作品数量较多、社会影响较大的网络平台企业引入惩罚性赔偿，鼓励对网络侵权行为实行诉前禁止令规则等。

（5）推动新媒体、传统媒体与著作权集体管理组织开展合作，搭建集网络作品及时备案、网络转载稿酬转付、网络盗版监测监督和网络版权纠纷调处为一体的综合性平台。开展对权利人和产业界版权信用体系研究，探索建立“黑名单”“白名单”制度，扶持正版。

这些建议将有助于全面构建数字文化创意产业的版权保护机制，为打击网络盗版行为指出具体路径。

3. 其他网络文学版权管理活动

（1）50余家重点文学网站签署网络文学行业自律倡议书

2016年7月20日，中国作协网络文学委员会与中国音像与数字出版协会数字阅读工作委员会联合发布网络文学行业自律倡议书。倡议书全文如下：

网络文学行业自律倡议书

全国网络文学界朋友们：

近年来，我国网络文学蓬勃发展，深受广大文学爱好者及青少年读者喜爱。为深入学习贯彻习近平同志在文艺工作座谈会上的重要讲话精神，响应李克强总理“倡导全民阅读”的号召，落实《中共中央关于繁荣发展社会主义文艺的意见》及国家新闻出版广电总局《关于推动网络文学健康发展的指导意见》提出的各项任务和措施，逐步克服网络文学发展中存在的品位不高、抄袭模仿、粗制滥造、片面追求点击率等不良倾向和问题，推出更多思想性、艺术性和可读性有机统一的精品力作，中国作家协会网络文学委员会和中国音像与数字出版协会数字阅读工作委员会，向全国网络文学界发出如下倡议：

一、坚持以人民为中心的创作导向。人民群众的伟大实践和火热生活是文学创作取之不尽、用之不竭的源泉。人民需要文艺，文艺需要人民。广大网络文学创作者、从业者要心怀祖国和人民，牢固树立为人民服务、为社会主义服务的方向，把满足人民精神文化需求作为出发点和落脚点，始终坚持为人民抒写、为人民抒情、为人民抒怀。网络文学企业要坚持把创作生产优秀作品作为中心环节，运用新媒体技术，组织、传播、推介更多人民喜爱的优秀网络文学作品。

二、坚持把社会效益和社会价值放在首位。坚守文学的责任和理想，坚持社会主义先进文化前进方向，任何时候都要把社会效益和社会价值放在首位，努力实现社会效益和经济效益相统一，社会价值和市场价值相一致。网络文学企业要建立健全综合评价体系，把好内容质量关，要把服务群众和引领风尚结合起来，克服浮躁心态，讲品位，讲格调，坚决抵制趋利媚俗之风。网站发表的作品要经得住人民评价、专家评价、历史评价和市场检验。

三、坚持培育和弘扬社会主义核心价值观。弘扬社会主义核心价值观，体现中国精神，是网络文学的根本属性，也是衡量网络文学价值的基本标准。网络文学界要高扬爱国主义旗帜，传递中华民族共同的理想追求。要以高度文化自信，传承和弘扬中华优秀传统和中华美学精神，讴歌真善美，发挥正能量，推出更多人民喜闻乐见的优秀作品，坚定人们对美好生活的憧憬和信心，鼓舞中国人民为实现中华民族伟大复兴中国梦而团结奋斗。

四、坚持把创新精神贯穿于创作生产过程。创新是文学的生命。互联网技术和新媒体正在带来文学形态的重大变革。网络文学创作者要树立创新意识，紧跟时代潮流，提高艺术修养，增强原创能力，拒绝跟风写作，避免同质化倾向，努力实现在中西合璧、融会贯通基础上的个性创造，创作思想精深、艺术精湛的作品。网络文学企业要注重技术创新，积极推动创作与传播方式的变革和进步。网络文学界要深入研究、大胆探索民族的、大众的、面向未来的文化生产规律，勇立潮头，在世界性大众文化交流和竞争中，彰显中国风格和中国精神。

五、坚持完善编辑制度，把好网络文学品质关。内容品质是网络文学企业的生命所在。要积极探索内容质量管理的长效机制，高度重视编辑的特殊作用，建立完善有利于精品力作不断涌现的编辑制度，提升网络文学作品的思想艺术水准和品位格调。要在政府相关部门指导下，加大对编辑的培训力度，逐步解决现实难题，提高编辑专业化水平，以更好地满足行业需求，适应网络文学持续健康发展的需要。

六、坚持版权保护观念，抵制侵权盗版。侵权盗版是网络文学发展道路上的“阴霾”，网络文学创作者应积极维护自身合法权益，坚决抵制侵权盗版。网络文学企业要一如既往地保障作者合法权益，积极构建网络文学版权保护长效机制，在企业内部加强完善版权管理，加快应用版权保护技术。网络文学界要齐心协力，在全行业、全社会树立和强化版权保护意识，推动形成崇尚原创、尊重版权的社会氛围。

七、坚持依法经营，努力营造良好发展环境。法律是网络文学发展的有力保障。网络文学企业要自觉遵守国家法律、法规和政策，积极配合政府管理部门，共同打击利用网络文学传播有害内容的违法违规行为。要恪守行业规范，加强自律，主动抵制市场乱象，共同建立健全公平竞争的市场秩序，维护行业形象和声誉，积极营造网络文学健康有序的发展环境。

网络文学界朋友们，风好正是扬帆时。我们坚信，在实现中华民族伟大复兴中国梦的征程中，网络文学一定能够发挥应有的作用。让我们团结起来，共同努力，为网络文学创造一个清朗的生态环境，用更多有筋骨、有道德、有温度的作品回馈时代，回馈人民，弘扬中国精神、凝聚中国力量、鼓舞全国各族人民朝气蓬勃迈向未来！

中国作协网络文学委员会

中国音像与数字出版协会数字阅读工作委员会

2016 年 7 月 20 日

（2）“网络文学版权保护”论坛

2016 年 4 月 26 日，由国家版权局版权管理司主办的中国网络版权保护大会“网络文学版权保护”专题分会在北京工大建国饭店茉莉厅举行。“网络文学版权保护”专题分会，会议邀请了社会各界网络文学人士一同讨论网络文学版权保护相关问题。

随着中国互联网的发展，网络文学已成为网络重要组成部分，广受网络爱好者和学生的喜爱。值得注意的是，网络文学不仅可以通过付费阅读完成产业的经济循环，也可以通过网络文学原创作品的 IP 深度开发和多重运用，为网络文学出版产业带来更大价值。与此同时，网络文学里面的盗版也层出不穷，侵权盗版已成了网络文学产业发展挥之不去的阴霾。

最高人民法院民三庭法官马秀荣：网络著作权案件出现新特点。近年来，网络著作权案件有以下特点：第一，案件数量特别巨大，全国著作权案件的 60% 是网络著作权案件。第二，案件的广度和维度不断扩张，案件的分布仍然出现比较集中的态势，主要在北上广。第三，文字作品和摄影作品的案件仍然占了很多，赔偿标准不一。第四，新的商业情况层出不穷，出现了网络直播、电视剧目、聚合网站等方面的案件。第五，涉及著名影视作品的案件很多。第六，网络环境下，举证和证据采信比较困难。

北京知识产权法院法官张玲玲指出，网络文学是网络盗版的“重灾区”。北京法院在 2015 年共审计了 2.62 万件案件，里面 70% 是网络著作权案件。北京知识产权法院 2015 年共审计著作权案件 1497 件，其中只有 192 件是一审案件，其他都是二审案件。网络文学作品侵权有三个特点：第一，案件数量非常大，串案非常多。一般以作品不同进行分案，所以有些案件往往是成批量的，有几十件甚至上百件，因为涉及的侵权行为是一模一样的，只是涉及不同的作品。第二，被诉的主体与经营模式是紧密相关的。一开始各大网站成为被告，接下来是专门的文学网站，而现在更多的是专门做阅读的 APP。第三，被诉行为与网络技术发展息息相关。我院所审理的网络文学案件，主要涉及信息网络权和改编权。

塔读文学副总经理坚持认为，对侵权盗版者要重罚重责。希望版权主管部门建立一个联动机制，鼓励公众举报盗版内容，加大对盗版者的处罚力度。一定要重罚重责，让侵权盗版者有所顾忌。

艾瑞互娱研究院院长陆玮娜认为，影响网络文学发展的因素主要有政策法规、技术、经济和文化等，而网络盗版猖獗最大的因素是经济因素，而这与读者的阅读习惯有关，一切都应该是免费的，难以接受付费使用内容，这是一个国际化的问题。艾瑞集团一组调研统计数字显示，就阅读习惯来看，目前用户中有 26% 的人表示只会看正版网络小说；66.7% 的用户表示，只要有盗版就觉得没有必要花钱去看正版的。所以从目前情况来看，在互联网环境之下获取盗版的成本太低了，导致用户觉得只要能看到免费的内容，就不太愿意花钱看正版内容。

其实，网络文学盗版除了造成用户付费收入减少外，还有其他多种危害，对社会也造成比较大的损失。特别是对于社会公众版权保护的危害，对于我们开展社会版权意识教育引导比较不利。我们要看到，网络文学跟其他网络内容不太一样，它会涉及青少年群体。由于目前盗版内容的延伸产生了一些不良内容，对青少年健康成长造成了不良影响。所以说，互联网要建立有序的良性竞争机制，网络文学产业强烈呼唤健康的版权生态环境。

（3）网络文学版权保护研讨会

2016 年 5 月 31 日，网络文学版权保护研讨会在北京召开。本次研讨会由中国作协作家法律服务团与网络文学委员会联合举办，针对目前网络侵权盗版现象严重，特别邀请文学网站代表、网络作家与法律专家，开展深入对话，了解和掌握网络文学版权的基本情况，交流网络文学维权的经验与困惑，探讨在当前互联网环境下如何有效加强网络文学版权保护。

参加研讨会的文学网站代表和网络作家一致表示，中国作协召开这次研讨会意义重大。侵权盗版是困扰网络文学已久的问题。随着互联网和新媒体技术不断发展，网络文学侵权盗版形式也变化多端，目前常见的有几种：一是个人盗版网站，通过流量和广告来赚钱的，很多服务器在国外，不好处理；二是阅读器中有盗版资源；三是以用户分享名义传播侵权盗版作品的网站平台比如百度贴吧；四是手机APP，有大量免费的侵权资源。

栗洋认为，网络文学盗版已形成产业生态链，盗版最大的价值是用户和流量变现，网站的收入靠流量，流量就是靠广告，因此网络文学盗版背后有巨大的利益驱动。加上网络文学盗版速度快，水平高，而且是免费的，网络文学正版和盗版相比，缺乏核心竞争力。作家高楼大厦表示，网络作家无法以个人身份去打击盗版网站，作家个人维权，成本高，力度小。晋江文学城副总裁、总编刘旭东表示，打击网络文学侵权盗版的法律程序复杂，对证据要求高，作者自己根本打不起。

关于今后如何加强网络文学版权保护，治理侵权盗版现象，与会的网站代表、作家与法律专家进行了深入探讨。

首先，政府各部门应联合执法，从源头上治理网络文学侵权盗版。一方面可以从广告联盟入手，广告联盟在互联网上有唯一的身份识别码，可以通过广告联盟投放的广告查找盗版网站；另一方面应加强对搜索引擎的管理，网民搜索不到盗版网站，网络盗版自然就不复存在。许超表示，也可以借鉴国外做法，由国家有关部门出台规定，治理和打击为盗版网站提供广告和金融服务的关联企业。蒋志培建议，国家打击网络文学侵权盗版应设立目标，比如每年做10个重点案件，以此对盗版产业形成震慑。

其次，增加网络运营商的审查义务，必要时采取政府约谈方式加强对各大网络运营商的监管。何坤南建议，国家应出台行业内的网络文学维权的处理办法和具体流程。张雪松建议，应当降低作家维权的成本，提高侵权者的代价，比如法院遇到侵权严重的案件时，判决原告的律师费全部由侵权人承担，这样可以缓解网络文学维权诉讼难的问题。

再次，网络文学版权保护应从个体维权向行业维权转变。马晓刚表示，综观版权法的发展，每一项新技术的出现，都对版权法构成挑战，网络文学的发展也不例外，法律法规不可能对每一项新技术的版权保护规定得太细。他建议，网络文学维权可借鉴音乐著作权人的维权思路，形成团队优势，向有关部门呼吁，效果比网站或作家独自去打官司要好。

最后，加大对网络文学版权保护意识和典型案例的宣传，提高公众阅读正版的习惯和尊重版权的意识。与会者一致认为，盗版从根源上说，一是法律问题，二是道德问题。目前大多数中国网民仍旧认为，网络内容免费，天经地义。在国家鼓励文化创新、重视知识产权的大环境下，中国作协应加强宣传，充分利用作家两会代表等多种途径，发出声音，反映作家的利益与诉求，继续呼吁形成从个人、企业到全社会都尊重知识产权的良好氛围，网络盗版侵权现象才能从根本上得到遏制。

（4）中国网络文学版权联盟宣布成立

2016 年 9 月 19 日，由国家版权局指导、中国版权协会主办，《中国版权》杂志社、掌阅科技股份有限公司、阅文集团、咪咕数字传媒有限公司共同承办的“网络文学版权保护研讨会”在北京举行。在本次会议上，国家版权局就发布加强网络文学作品版权管理有关通知征求意见，中国网络文学版权联盟宣布成立。

赵杰代表国家版权局发布了《关于加强网络文学作品版权管理的通知（征求意见稿）》（以下简称通知）。他介绍说，按照“剑网 2016”行动部署，国家版权局在调研的基础上草拟了《通知》，目的就是广泛吸收产业界的智慧，提高版权执法的效能。《通知》对通过信息网络提供文学作品以及提供相关网络服务的网络服务商版权监控管理、侵权作品处理机制、版权审查和注意义务等方面都做出了详细规定。对于业界关注的搜索链接、深度链接以及编辑、转码、聚合等方式，《通知》明确指出：“不得以上述方式传播侵权文学作品。”而针对提供贴吧、论坛等信息存储空间服务的网络服务商，《通知》规定：“服务商应当审核并保存吧主、版主等的姓名、账号、网络地址、联系方式等信息，确认用户提供的文学作品系权利人本人，或者已经取得权利人许可。”这些具体措施，无疑是割除网络文学领域侵权盗版毒瘤的“手术刀”。

在研讨会上，由 33 家单位共同发起的中国网络文学版权联盟宣布成立，并发布《自律公约》。33 家联盟成员包括掌阅科技股份有限公司、阅文集团、咪咕数字传媒有限公司、阿里巴巴文学网、北京红袖添香科技发展有限公司、起点中文网等。联盟成员在会上共同承诺：坚持网络文学正确导向，坚持社会主义核心价值观，大力弘扬主旋律，传播正能量；增强版权保护意识，坚持“先授权、后使用”的版权保护原则，切实尊重网络文学著作权人的合法权利；自觉抵制侵权盗版行为，坚决不用侵权盗版网络文学作品，不为任何侵权盗版网络文学作品提供接入、存储、搜索、链接等网络技术服务；积极配合政府部门开展网络反盗维权活动，努力营造良好的网络文学版权保护社会氛围等。

（5）互联网法律记者沙龙聚焦“IP价值：网络文学的版权保护”

3月26日，主题为“IP价值：互联网文学的版权保护”的第八期互联网法律记者沙龙在法制日报社召开。

网络文学作家“蛇发优雅”吐槽，能够卖出版权的网络文学作者“绝对是金字塔的塔尖”，大多数写作者的收入来源靠网络订阅付费，但因盗版损失惨重，网络作家的付出和回报相差甚远。“现在网络上最大的盗版来源是贴吧，贴吧有一批人叫‘手打团’，在正版作品出来后，他们一边看正版一边打字，几分钟内就可以在贴吧里连载。”业内有一个词叫“秒盗”，即网络文学的盗版速度可以用秒计算，盗版与正版在时间上接近同步也使大量用户选择盗版网络文学内容。在此次沙龙上，聂震宁对我国网络文学的侵权模式进行分析，指出其表现为网络站点侵权模式、文档分享平台侵权模式、云储存侵权模式、应用软件（APP）侵权模式等几大类。其中，网络站点侵权模式和文档分享模式属于较为传统的网络版权侵权模式，而随着云技术的发展，新型网络技术中出现了云存储侵权、应用软件（APP）侵权。聂震宁认为，如果网络版权的乱象任其蔓延下去，最终将导致网络传播及数字文化创意产业的崩盘，“长此以往，业将不业”。

移动互联时代，由于侵权的多样化，“找不到维权的对象”“缺乏维权的渠道”“维权成本过高”等依旧是摆在网络文学作家面前的难题。在规范搜索引擎的检索功能上，中国文字著作权协会总干事张洪波呼吁，关注《著作权法》和《信息网络传播权保护条例》修改和完善，出台可操作性的规范文件。聂震宁认为，要完善事后审核机制及惩戒机制，在逐步建立起正版网络平台登记备案制度后，版权监管机构通过甄别，可以向提供搜索引擎的服务商提供“白名单”或“黑名单”，以便屏蔽和剔除盗版网站链接。健全搜索引擎服务商的事后审查机制，并明确其应承担侵权的补充责任，如明知是盗版网站或盗版行为仍将其推送或置顶的，应承担共同侵权责任。

中国青年政治学院讲师刘晓春建议，应更多从传播渠道去保护版权。从传播渠道主体的侵权种类来看，分成两种，一种是提供链接服务的，即搜索引擎；另一种是提供文件存储空间的，比如网盘、文档分享、文库等。“这两种在著作权的治理体系下，都属于我们通常所说的ISP，对他们可以适用所谓的‘避风港原则’，权利人可以通知他们删除链接。但法律上也要求ISP承担合理的注意义务，也就是一定程度上的主动审查，如果平台或者软件对于侵权存在明知或者应知，存在过错，即使删除，也要承担赔偿责任。”

三、年度网络侵权盗版案例举隅

1.21起典型的网络侵权盗版案件①

2016年12月22日，国家版权局等四部门联合发布“剑网2016”专项行动成果，重点通报了21起较为典型的网络侵权盗版案件，这些案件是：

（1）北京“顶点小说网”侵犯著作权案。根据权利人投诉，北京市东城区公安部门对“顶点小说网”侵犯著作权案进行调查。经查，余某某等人未经权利人许可，在“顶点小说网”上传播非法采集的文学作品，并通过广告联盟非法获利42.8万元。2016年8月16日，北京市东城区人民法院以侵犯著作权罪判处余某某有期徒刑3年，并处罚金22万元；判处余某有期徒刑1年，缓刑1年，并处罚金3万元。

（2）广西南宁“皮皮小说网”涉嫌侵犯著作权案。根据权利人投诉，广西壮族自治区版权行政执法部门会同公安部门对“皮皮小说网”涉嫌侵犯著作权案进行调查。经查，自2012年4月起，魏某某、覃某和陈某某未经权利人许可，在其开设网站上向公众提供涉嫌侵权文字作品，并通过广告联盟非法获利150万余元。2016年5月，案件已移送检察机关审查起诉。

（3）重庆“269小说网”涉嫌侵犯著作权案。根据举报线索，重庆市版权部门会同公安部门对“269小说网”涉嫌侵犯著作权案进行调查。经查，自2013年起，步某未经权利人许可，在其开设网站上向公众提供2万余部涉嫌侵权文字作品，并通过广告联盟非法获利。目前，该案正在进一步查办中。

（4）江苏苏州“风雨文学网”涉嫌侵犯著作权案。根据权利人投诉，江

① 《“剑网2016”专项行动通报21起典型网络侵权盗版案件》，新华网，http：//news.xinhuanet.com/politics/2016－12/22/c_129416401.htm，2017年1月25日查询。

苏省张家港市版权行政执法部门对“风雨文学网”涉嫌侵犯著作权案进行调查。经查，自2013年5月起，张某未经权利人许可，在其开设网站上向公众提供涉嫌侵权文字作品，并通过广告联盟非法获利100万余元。目前，该案已移交公安部门。

（5）四川成都“轻之国度”“轻之文库”网涉嫌侵犯著作权案。根据权利人投诉，四川省成都市、双流区两级版权行政执法部门会同公安部门对“轻之国度”“轻之文库”网涉嫌侵犯著作权案进行调查。经查，该网站未经权利人许可，向公众提供涉嫌侵权小说作品5000余部。目前，2名犯罪嫌疑人已被批捕，案件正在进一步查办中。

（6）北京“一点资讯”客户端软件侵犯著作权案。2016年8月，根据权利人投诉，北京市版权行政执法部门对北京一点网聚科技有限公司侵犯著作权案进行调查。经查，该公司未经权利人许可，通过其运营的“一点资讯”客户端软件提供文字作品的资讯阅读服务。2016年8月北京市文化市场行政执法总队对该公司做出罚款5万元的行政处罚。

（7）江苏常州“99770漫画”网等涉嫌侵犯著作权案。2016年6月，江苏省常州市版权行政执法部门对“99770漫画”网等网站涉嫌侵犯著作权案进行调查。经查，张某开办“99770漫画”“可可漫画”等5个漫画网站，未经权利人许可，传播大量漫画作品，并通过广告联盟非法获利。2016年7月江苏省常州市文化广电新闻出版局对张某做出没收违法所得、罚款17万元的行政处罚。

（8）天津“吉吉影院”网涉嫌侵犯著作权案。2015年7月，根据权利人投诉，天津市版权行政执法部门会同公安部门对“吉吉影院”网涉嫌侵犯著作权案进行调查。2016年11月，办案部门锁定网站服务器地址，现场查获服务器一台及笔记本电脑、电脑主机、移动硬盘等设备。经查，该网站未经权利人许可，向公众提供涉嫌侵权影视作品近7万部，涉案金额4000万余元，并通过广告联盟非法获利近100万元。目前，2名犯罪嫌疑人已被刑事拘留，案件正在进一步查办中。

（9）江苏淮安“BT天堂”网涉嫌侵犯著作权案。2016年7月，根据日常巡查线索，江苏省淮安市版权行政执法部门会同公安部门对“BT天堂”网涉嫌侵犯著作权案进行调查。经查，该网站未经权利人许可，向公众提供影视剧作品播放、下载服务，并通过广告联盟非法获利 90 万余元。目前，犯罪嫌疑人袁某某已被抓获，案件正在进一步查办中。

（10）江苏镇江“迅播影院”网涉嫌侵犯著作权案。2016 年 10 月，根据日常巡查线索，江苏省镇江市版权行政执法部门会同公安部门对“迅播影院”网涉嫌侵犯著作权案进行调查，现场扣押电脑 4 台、服务器 19 台。经查，姜某等未经权利人许可，通过“迅播影院”等 5 个网站向公众提供侵权影视剧作品 2 万余部，并通过广告联盟非法获利 100 万余元。目前，3 名犯罪嫌疑人已被刑事拘留，案件正在进一步查办中。

（11）湖北黄石“汇梦影视茶吧”侵犯著作权案。2015 年 12 月，湖北省黄石市版权行政执法部门对“汇梦影视茶吧”涉嫌侵犯著作权案进行调查。经查，卫某某通过从网上下载、向他人购买以及到电影院盗录电影等方式，在未经著作权人许可的情况下复制大量影片，在其经营的汇梦影视茶吧进行播放，并将其非法获得的影片在互联网上进行销售，非法经营数额 11 万余元。2016 年 2 月，犯罪嫌疑人卫某某被批捕。2016 年 9 月，湖北省黄石市黄石港区人民法院以侵犯著作权罪判处卫某某有期徒刑 10 个月，并处罚金 5000 元；追缴违法所得 11 万余元。

（12）上海“echo 回声”客户端软件侵犯著作权案。2016 年 4 月，根据权利人投诉，上海市版权行政执法部门对“echo 回声”客户端软件侵犯著作权案进行调查。经查，上海青声网络科技有限公司自 2014 年 9 月起经营客户端软件“echo 回声”，未经权利人许可，通过该软件向公众提供大量音乐作品。案发后，该公司立即整改，删除了侵权音乐作品。2016 年 6 月上海市文化市场行政执法总队对该公司做出责令停止侵权行为、罚款 20 万元的行政处罚。

（13）重庆“音乐一号”客户端软件侵犯著作权案。2015 年 12 月，根据权利人投诉，重庆市版权行政执法部门对“音乐一号”客户端软件侵犯著作权案进行调查。经查，音乐一号科技有限公司自 2015 年 9 月起，未经权利人许可，通过其经营的“音乐一号”客户端软件传播大量音乐作品。2016 年 4 月重庆市文化市场行政执法总队对该公司做出没收非法所得 3000 元、罚款 3 万元的行政处罚。

（14）河北保定卫某某涉嫌侵犯网络游戏著作权案。2016 年 9 月，根据举报线索，河北省保定市公安部门对卫某某涉嫌侵犯“火影忍者 OL”网络游戏著作权案进行调查，现场查获电脑、手机、银行卡等作案工具。经查，卫某某未经著作权人许可，私自架设“火影人忍者 OL”私服，非法获利 18 万元。目前，犯罪嫌疑人卫某某已被刑事拘留，案件正在进一步查办中。

（15）重庆“8 · 05”系列侵犯网络游戏著作权案。2015 年至 2016 年，根据举报线索或权利人投诉，重庆市版权行政执法部门会同公安部门对系列侵犯网络游戏著作权案进行调查。经查，林某某等私自架设“至尊合击”“回忆传奇”等多款游戏私服，并搭建游戏充值平台收取充值款，涉案金额 3000 万余元；周某某等私自架设“极焰天下”等 8 款游戏私服，涉案金额 2500 余万元；唐某某等私自架设“热血荣耀”（赤月版）游戏私服，通过第三方平台收取充值款，涉案金额 260 万元。目前，犯罪嫌疑人周某某已被批捕，林某某等 8 名犯罪嫌疑人已被抓获，案件正在进一步查办中。

（16）福建厦门“系统大全”网侵犯著作权案。2016 年 8 月，根据权利人投诉，福建省、厦门市版权行政执法部门对“系统大全”网涉嫌侵犯著作权案进行调查。经查，黄某某未经权利人许可，通过其运营的“系统大全”网为用户免费提供“Beyond Compare”和“Coreldraw”两款软件的下载，软件点击量合计 22632 次，软件下载量合计 98 次。2016 年 9 月，福建省厦门市文化市场综合执法支队对黄某某做出删除侵权链接、罚款 1 万元的行政处罚。

（17）北京“亿梦春田”等 6 家淘宝网店涉嫌侵犯著作权案。2016 年 1 月，根据举报线索，北京市版权行政执法部门会同公安部门对北京亿梦春田文化有限公司涉嫌侵权著作权案进行调查，现场查获涉嫌侵权盗版图书 38 种、8140 册。经查，该公司先后通过“亿梦春田”等 6 家淘宝网店销售侵权盗版图书，销售金额 400 万元。目前，4 名犯罪嫌疑人已被抓获，案件正在进一步查办中。

（18）江苏苏州“12 · 15”侵犯著作权案。2015 年 12 月，根据举报线索，江苏省苏州市、昆山市版权行政执法部门会同“扫黄打非”部门和公安部门对“永恒之光 777”淘宝网店涉嫌销售侵权盗版图书进行调查，捣毁一个非法出版物仓储窝点，现场查获涉嫌侵权盗版出版物 3 万余册，涉案金额 3000 万余元。2016 年 8 月，江苏省昆山市人民法院以侵犯著作权罪判处邹某有期徒刑三年六个月，并处罚金 36 万元。

（19）江苏镇江“10·26”侵犯著作权案。2015年9月，根据举报线索，江苏省镇江市公安部门对“剑锋时代图书专营店”淘宝网店涉嫌销售盗版图书案进行调查。经查，张某某等人通过网络销售盗版图书110余种、52万余册，涉案金额300万余元，现场查获盗版图书2.5万余册。江苏省版权行政执法部门会同“扫黄打非”部门和公安部门进一步调查，捣毁两处侵权盗版图书藏匿窝点，现场查获图书340余种、百万余册，及大量半成品图书。目前，犯罪嫌疑人王某某和赵某已被批捕，其他6名犯罪嫌疑人已被刑事拘留，案件已移送检察机关审查起诉。

（20）江西南昌“6·04”侵犯著作权案。2016年5月，根据浙江省杭州市余杭区市场监督管理部门转移线索，江西省南昌市版权行政执法部门会同公安部门对南昌国云科技服务有限公司涉嫌侵犯著作权案进行调查。经查，南昌国云科技服务有限公司经营的“火课旗舰店”淘宝网店未经权利人授权，销售图书电子版，供付费用户通过百度云链接下载。2015年3月至案发，该网店销售1114次，传播文字作品2万余部，销售金额超过30万元。目前，犯罪嫌疑人廖某某已被批捕，案件已移送检察机关审查起诉。

（21）广东佛山“12·23”网络批销盗版图书案。2015年12月，广东省佛山市、南海区文化市场综合执法部门会同公安部门，根据相关线索对佛山市南海区大沥镇3个涉嫌盗版图书销售及储存窝点进行查处，现场抓获犯罪嫌疑人12名，查获涉嫌盗版图书19万余本（册）、总码洋近1100万元，并查获12台用于网络销售的电脑。2016年4月，南海区检察院对4名犯罪嫌疑人提起公诉。

2. 百度贴吧盗版网络文学事件

2016年4月25日“4·26”世界知识产权日前夕，《南方都市报》推出独家深度报道《贴吧疯狂盗版网络文学，作家当不上作品的吧主》，曝光百度贴吧运用各种盗版手法，向网友提供大量侵犯版权的原创网络文学作品，网络作家通过多种方式维权艰难，引起舆论哗然。

据文章爆料，在百度搜索网络作家“愤怒的香蕉”的小说《赘婿》，除了相关文学网站的搜索结果外，百度优先推荐盗帖吧“赘婿dt吧”而不是合法的“赘婿吧”，即使读者做出选择进入“赘婿吧”，仍会被提醒“可以去赘婿 dt 吧（赘婿小说最新进展）”。除《赘婿》外，在百度搜索人气较热的网络小说，在搜索首页就可以找到与其相对应的贴吧，且页面同时显示贴吧中的最新章节及“全部章节”，方便网友点击进入。而在贴吧中，吧主一般将最新内容在吧内首页，通过采取“置顶”“加精”并将标题换为“红色字体”等推荐方式，以吸引用户浏览阅读贴吧未取得版权的作品。

网络作家纷纷采取多种方式维权，如申请自己作品的贴吧吧主、发帖禁止盗帖等，一些作家还想出了推防盗章节这一办法，即作者先发布错误章节，待盗版者抓取后，将章节改为正式章节给正版用户观看。

由于双方实力悬殊，在这场版权较量中，网络作家往往占据下风，甚至受到打压和人身攻击。如今随着网络技术的进步，盗帖者已能通过一些抓取软件，直接从正版网站主动且实时抓取书的章节内容，盗帖更新的速度逐步加快，速度最快的离首发网站发布时间仅 1 分钟。

报道当日中午 1 点左右，百度贴吧发出声明：在 12 小时内清除相关侵权内容。百度贴吧的声明显示，针对报道中反映的“赘婿 dt 吧”存在由用户上传的未经版权所有方授权的盗版内容，百度贴吧会立即进行排查处理，在 12 小时内清除相关侵权内容。此外，百度贴吧方面表示：“网络 UGC 平台上的文学侵权问题长期以来一直存在，也是全社会、版权所有方、平台方共同面对的难题。”

2016 年 5 月初，国家版权局约谈百度贴吧问题。5 月 23 日凌晨，百度公司发布公告，宣布将分批次暂时关闭“百度贴吧”文学目录下的全部贴吧，对其中的盗版侵权内容进行全面整顿和清查，并开设 2 条发帖投诉举报绿色通道“全民举报吧”和“贴吧曝光台”，一旦接到举报，核实后在 12 小时内删除相关的盗版侵权内容。百度贴吧发布公告宣布全面展开清查盗版侵权行动，对侵权内容进行排查整顿，文学目录下的全部贴吧将分批次给予暂关，已有 3000 多个文学类贴吧被暂时关闭，热门小说《城市猎人》《鬼吹灯》《盗墓笔记》等人气贴吧已经被封，只显示出“抱歉，根据相关法律法规和政策，本吧暂不开放”的留言。

百度此次整改文学类贴吧的行动，反映了百度公司尊重版权、关切权利人利益的态度，在一定程度上遏制了盗版文学肆意生长的温床，为互联网企业尊重、保护版权起到带头作用，是网络文学版权保护迈出的一大步，对规范版权管理市场、维护网络文学良性发展意义重大。

3.《锦绣未央》《花千骨》原著抄袭风波

2016年11月，正值热播的电视剧《锦绣未央》原著小说《庶女有毒》被曝抄袭200多本小说，民间自发组成的志愿者团队历时3年制作“调色盘”，将该小说中涉嫌抄袭的内容与原创小说进行对比，抄袭之处以彩色突出显示。经发现，《庶女有毒》共抄袭209本小说，全书抄袭近290章。

对此抄袭争议，作者秦简（本名周静）曾回应：情节基本属于原创，如有雷同，实属巧合。然而早在2013年8月25日，当时小说的连载网站潇湘书院就发布了公告，称《庶女有毒：锦绣未央》一文确有借鉴行为，要求秦简删除借鉴部分语言描述，对作品进行整改。

现在，中闻律师事务所和九英律师事务所受11位作家委托并签订了法律服务合同，就《锦绣未央》涉嫌侵犯11部小说著作权组成律师团代理起诉维权，案件已于2017年1月4日在北京市朝阳区人民法院立案。

随后，11位网络小说原创作家将《锦绣未央》原著作者周静（笔名秦简）和当当网告到法院，要求其停止侵权、赔礼道歉，并索赔200万余元经济损失及维权合理支出，该院已受理11位作家的起诉。

《啸剑指江山》的作者郭女士（笔名紫舞玥鸢）便是11位原告之一。她是晋江原创网的签约作者，2009年1月其首发在签约网站的作品《啸剑指江山》，于2010年12月30日网络完结，最后一次修改时间是在2014年4月。和郭女士一同起诉的还有另外10名网络小说作家，此次维权的作品包含《身历六帝宠不衰》《胭脂泪妆》《一世为臣》《公子无耻》《啸剑指江山》《一斛珠》《庶女生存手册》《世婚》《流水迢迢》等共计11部权利作品。

无独有偶，卷入抄袭风波的还有电视剧《花千骨》原著《仙侠奇缘之花千骨》，根据网友爆出的与其他网络小说内容的对比图，不存在大规模的文字复制，多是一小段或几句话相同，或是一句话中存在部分成语相同的情况。在“《花千骨》原著是否涉嫌抄袭”的争论中，网友各执一词，意见不一。中国文字著作权协会总干事张洪波认为，图片显示的《花千骨》原著小说中的那些内容，涉嫌构成通常意义所说的“抄袭”，“它的一些语言、段落与其他小说都相同或者相似，有的是改了个别字句”。

受行业利益驱使，加之互联网本身的隐匿性、便捷性，在网络文学发展过程中网文抄袭现象长期毒害着整个行业，随着优秀网络小说逐渐成为影视剧争抢改编的热门 IP，网络文学版权纠纷成为亟须解决的问题。除了完善法规、加大惩处力度外，提高作家专业素养，形成尊重原创，保护正版的行业风气才是根本之道。

4. 电影《九层妖塔》著作权纠纷案

2015 年 11 月，《鬼吹灯》系列小说原作者张牧野（笔名天下霸唱）以“侵犯作者署名权及保护作品完整权”为由状告《九层妖塔》侵权，将电影《九层妖塔》出品方中国电影股份有限公司、梦想者电影（北京）有限公司、发行方乐视影业（北京）有限公司、第三人该电影联合出品方北京环球艺动影业有限公司四家公司告上法庭，要求被告停止侵权、公开道歉并赔偿人民币 100 万元。

其代理律师王韵透露，《九层妖塔》的电影和海报中仅标注了“根据《鬼吹灯之精绝古城》改编”，但均没有为天下霸唱署名，是“署名权”侵权行为所在；影片除了人名源自原著外，情节、人设、背景均与原著相差甚远，超出了“必要的改动”的范围，被认为是侵犯了天下霸唱的“保护作品完整权”。此外，“影片改编出来后，有些霸唱的书迷批评他，也影响到了霸唱的声誉”。

其实，2015 年 10 月 20 日，天下霸唱就曾在微博发布声明，强调自己从未参与过电影《九层妖塔》的任何创作环节，要求相关网站更正信息。10 月 26 日，他再度发布“严正声明”，强调自己拥有鬼吹灯系列作品（1 ~ 8 册）完整的著作人身权，并已经着手准备相应修改工作，“任何机构或个人未经本人许可不得肆意修改或改编上述作品，否则将侵害本人的保护作品完整权”。

2016 年 5 月 28 日，北京西城法院对本案做出一审判决。法院认定《九层妖塔》侵犯的是原著作者的署名权，但没有侵犯作品的完整权，判决电影方今后在传播该片时为张牧野署名，并就涉案侵权行为刊登声明，赔礼道歉，但导演陆川无责。而张牧野索赔百万精神损失费的要求未获支持。

从北京西城法院的一审判决来看，法院支持了张牧野的第一个诉求。即中影公司等四家被告公司侵犯了原告的署名权，判令四位出品方在传播电影

《九层妖塔》时为张牧野署名，并就侵权行为刊登声明赔礼道歉。但法院驳回了第二个诉求，认为没有证据证明电影让小说的社会评价降低，损害作者声誉，因此并未侵犯作者保护作品的完整权，导演陆川无责，张牧野的百万精神索赔也没有获支持。

除了此案外，2015 年大热古装剧《芈月传》也因著作权纠纷闹上法庭。近年来随着影视 IP 热的升温，原来有很多的网络小说被影视公司购买版权改编为影视作品。由于影视作品在播出时与文学作品有不同层次的内容审核标准，再加上影视人物形象正面化需要，在拍摄前期会对原著进行不同程度的改编，这其中就涉及了影视制作方与原著作者在著作权之间的博弈，从而引发诸多著作权纠纷案。热门 IP 改编为影视剧，面临版权纠纷的可能性更大，也比传统的作家、编剧维权更复杂。版权维护无法做到一蹴而就，需要法律的完善，行业协会的努力，社会各界版权意识的增强，也需要影视剧从业者自身素质的提高。

（王加力、叶贝贝　执笔）

第九章　少数民族网络文学

少数民族网络文学主要是指少数民族作家在网络上创作或发表的原创作品，他们的创作主体、创作内容和创作语言具有少数民族特性。我国少数民族网络文学是在网络文学快速发展的形势下应运而生的，这对促进少数民族文学的发展和繁荣做出了巨大贡献，一方面使少数民族创作迅速获得大家的认同和了解，另一方面也促使少数民族文学得以健康发展。

一、我国少数民族网络文学发展概况

1. 总体面貌

我国少数民族网络文学是借助互联网的联动而快速发展起来的，从 1999 年至今，我国少数民族网络文学已有 17 年的历史，中途也经历了萌芽、发展、转型等阶段，现今无论是创作主体、创作内容，还是创作语言都逐渐趋向成熟稳定。在这 17 年历程中，创作主体不断壮大，创作内容不断丰富，创作语言也由最初的本民族语言逐渐多样化，不仅有本民族语言创作，还有本民族语言与汉语双语化创作，目前以汉语创作的写手占据较大部分，无形中展现了少数民族网络文学强大的生命力和强盛的发展势头。

文学网站是推动网络文学发展不可或缺的平台，正是有了这个平台，网络文学才得以快速发展，并获得人们的认同与推广。少数民族文学网站中，非营利性网站占大多数，目前，我国 55 个少数民族中，已有 27 个少数民族建立了自己民族的文学网站（论坛），有蒙古族、藏族、土家族、苗族、侗族、彝族、保安族、回族、维吾尔族、壮族、布依族、满族、瑶族、白族、哈尼族、傣族、傈僳族、佤族、畲族、拉祜族、水族、撒拉族、裕固族、黎族、羌族、鄂温克族、京族。与少数民族相关联的网站（论坛）有近 100 个，如中国民族文学网（http：//iel. cass. cn/# story1）、叶梅文学网（http：//

www. yemei. org/）、西域风文学网（http：//xjhtzxgx. 2003y. net/）、端庄网（http：//www. mslwx. com/portal. php？ mod = list&catid = 30）、甘肃文联网（http：//www. gsarts. org. cn/wlweb/sysIndex！ index. do）、玉溪文学艺术网（http：//www. ynyxwl. cn/）、西北文学网（http：//www. xbwenxue. com）、毕节文学艺术网（http：//www. bjwxys. gov. cn/）、昭通文学艺术网（http：//www. ztwx. net/）、西部文学网（http：//www. xbwxw. com/index. html）、梵净山艺术网（http：//www. fjwyw. cn/）、广西文联网（http：//www. gxwenlian. com/index/index. asp）、新疆作家网（胡杨林文学）（http：//www. xjzjw. com/portal. php）、中国西部散文网（http：//cnxbsww. com/）、云南文艺网（http：//www. ynwy. org/）、《民族文学》（http：//mzwx. qikan. com/）、《回族文学》（http：//hzwx. qikan. com/）、《满族文学》（http：//mziw. qikan. com/）、《西藏文学》（http：//xiza. qikan. com/）、《贵州民族研究》（http：//gymz. qikan. com/）、《花的原野》（http：//www. ywbk. com/cn/index. php？ doc - view - 160. html）等。除此之外，收录少数民族作家作品的专业性文学网站也日益增多，例如起点中文网（http：//www. qidian. com/）、晋江文学城（http：//www. jjwxc. net/）、新浪读书（http：//book. sina. com. cn/）、榕树下（http：//www. rongshuxia. com/）、红袖添香（http：//www. hongxiu. com/）等。由此可见，少数民族网络文学已经在我国网络文学中占据了举足轻重的地位。少数民族文学网站的出现，不仅为少数民族文学的发展提供了平台，而且让更多的研究者将目光转向少数民族文学。

文学网站的出现和完善为少数民族作家队伍的壮大提供了一个契机。随着互联网的快速普及，越来越多的人们倾向于在网络上进行文学创作，文学创作的繁荣进一步推动少数民族文学的发展，文学网站也成为少数民族写手们精神寄托的摇篮，一大批民族写手在这里成长与成熟。2016 年，一大批蒙古族、回族、土家族、苗族、藏族、维吾尔族、哈萨克族、侗族、壮族、彝族等少数民族的文学爱好者、诗人、作家们在少数民族文学网站（论坛）和专业性文学网站上发表作品，以乐于在网络上创作的青年写手居多，目前，多数少数民族已经创建了自己的作家群。其中，比较具有代表性的网络作家有苗族的血红、蚩尤浪子、姚筱琼；壮族的忽然之间 ~、施定柔；藏族的刚杰·索木东、阿来、旺秀才丹、扎西才让、次仁罗布、格央、雍措、王小忠、泽仁达娃；回族的石彦伟、夜有轻寒、兰喜喜、老榕；彝族的王国清、沙辉、余继聪、吉克阿嘉莫；维吾尔族的帕蒂古丽、迪尼孜；满族的雁九、携爱再漂流、公里、劳马、金子；土家族的当金垭、李缨、向维军；白族的施怀基、和菜头等。

少数民族网络文学作家群的队伍在不断壮大，如蒙古族、满族、侗族、保安族、回族、壮族、藏族、维吾尔族、彝族、朝鲜族、白族、侗族、苗族、哈萨克族、土家族、哈尼族、布依族等多数少数民族已建立了自己的作家群。少数民族网络文学的发展势头迅猛，但是，还有一些少数民族在网络文学这块仍处于空白状态，如门巴族、珞巴族、基诺族、景颇族、布朗族、仡佬族、阿昌族、普米族、怒族、德昂族、独龙族、鄂伦春族等少数民族。

少数民族文学作品也日渐丰富，目前，少数民族网络文学的作品体裁比较集中，以诗歌、散文、小说居多。如诗歌类的作品有刚杰·索木东的《2016 年自选诗（10 首）》《风，都朝着故乡的方向吹（组诗）》《在生活温软的枝头（组诗）》《大地上残存的神性（组诗）》《岁月深处的幽暗（组诗）》等多首原创诗歌；扎西才让的《2016 年自选诗（10 首）》《引领者（组诗）》等。散文类的作品有次仁罗布的《西藏的故事》；扎西才让的《杨庄：双江河畔的臧村》；格央的《让爱情依旧年轻》《你就是我的水晶鞋》《感悟》《我的温柔被辜负》《爱情太遥远了就会飞走》等多篇原创散文；吴跃军的《雪峰战神，粟裕不朽》。小说类的作品有携爱再漂流的《寻爱千年》《办公室风声》《谁将流年抛却》《fighting，不认输》等多部畅销小说；雍措的《凹村》；扎西才让的《理想的蝴蝶》；泽仁达娃的《盛开的妙音》；金子的《梦回大清》；王小忠的《他们的苦衷》；格央的《要不，我嫁给你》；吉克阿嘉莫的《“疯子”乌呷莫》；夜有轻寒的《一品夫人》《一品闺秀》等。

2. 少数民族代表性网络作家

在中国，由于少数民族众多，少数民族文学网站规模庞大，参差不齐，作家风格多样，作品类型丰富。但总的来说，我国少数民族作家队伍的构成主要以实力名家和后起新秀为主，依托互联网的优势，后起新秀们的队伍逐渐壮大，形成了很多的作家群，代表性作家有：

血红，原名刘炜，男，苗族，湖南常德人，是当前起点中文网网络玄幻领域最具人气的作家之一。2003 年起，开始从事网络小说的创作，2004 年，成为起点中文网唯一一位年薪超过百万的网络写手，代表作有流氓四部曲《我就是流氓》《流氓之风云再起》《流花剑录卷》《龙战星野》《升龙道》《逆龙道》《邪风曲》《神魔》《巫颂》《人途》《天元》《道行纪》《邪龙道》《偷天》《光明纪元》等多部小说。目前，在起点中文网上的创作字数达到 3322.4 万字，被读者誉为“网络写手第一人”。

忽然之间～，原名韦小丽，女，壮族，广西人，现居武汉，是晋江文学城创造销量奇迹的一位超人气作者。代表作有《暧昧》《若即若离》《柔道爱情》《一生只要一个你》等多部原创作品。忽然之间～被读者誉为“最温暖的写手”，因其擅长用简单细腻的文字表达内心的强烈感动，通过笔尖将生活中随处可见的温暖与幸福呈现于读者面前而获此称号。

金子，女，满族，70 年代出生，生长于四川大凉山，成长于重庆，毕业于四川美术学院油画系。其代表作有《梦回大清》《夜上海》《绿红妆之军营穿越》《我不是精英》《水墨山河》《女人心中有魔鬼》等。2004 年 7 月 1 日，《梦回大清》首先在晋江文学网上开笔，作品以其清新、幽默、含蓄、曲折的文风，逐渐受到广大读者的喜欢。2005 年，《梦回大清》开始被各文学网站竞相转载，并被网民评为“时空穿越文巅峰之作”“网络十年最恢宏曲折、越看越好看的爱情故事”。《夜上海》是金子 2006 年以《梦回大清》一战成名，引领全国书市“穿越”风暴之后，潜心雕琢的第二部“女人书”。

雁九，女，满族，真实姓名苗研，曾用笔名晏九，1980 年出生于内蒙古，现居北京，自由撰稿人，网络写手。钟爱传统文化，喜欢红学与明清历史，偏爱老北京民俗研究，腾讯文学旗下创世历史类小说作者。作品以架空历史类小说为主，语言文字平实，喜欢用细节描写刻画人物性格，推动故事情节。作品风格偏向历史纪实，用古老的民俗展示来还原尘封的历史，用人物的成长痕迹来做串线，将故事融为一体。代表作品有《天官》《罗斯福传》《红楼梦中人》《重生于康熙末年》等。活跃于起点中文网、腾讯文学等文学网站，其历史长篇小说《大明望族》仍处于连载中。

虹玲，女，苗族，1978 年生，云南省作协会员。2009 年开始网络文学创作，在《文艺报》《民族文学》《边疆文学》《云南日报》《红河日报》等报刊上发表作品十余万字。代表作品有《情陷俏丽女主播：市长红颜》《情殇：

权力旋涡中的女人》《越南总裁：月光下的凤尾竹》《女主播爱情故事》等。她的代表作《情殇》曾在新浪读书网创下三天点击突破百万的纪录，这部小说成就了其网络金牌作家身份，2011 年出版，字数达到 28.8 万字。目前，虹玲都市小说《女主播爱情故事》正在晋江文学城连载中。

米米七月，女，土家族，原名黄菲，1986 年生于湘西，湖南张家界人，做过野导游、小报记者、酒吧歌手、人体模特。16 岁开始在天涯崭露头角，18 岁写出轰动文坛的小说《他们叫我小婊子》（后改名为《他们叫我小妖精》），2008 年毕业于鲁迅文学院第八届高级研讨班，2009 年签约榕树下。代表作品《他们叫我小妖精》《小手河》、长篇小说《肆爱》。2009 年 9 月 25 日，《肆爱》首发于起点中文网。2010 年 1 月，其散文《德夯——拟我所失的语言跟故乡》入选《芙蓉花开——2009 湖南作家网作品精选》，由湖南文化音像出版社出版。米米七月出众的才华被格非、虹影、王跃文、慕容雪村、孔庆东、白烨、张颐武等众多知名作家和评论家推崇，被公认为“张爱玲之后最具才情的中国女作家”，其作品被吴虹飞、春树、蒋方舟等同辈作家高度评价为“80 后最具名著气质的作品”。

夜有轻寒，女，回族，是晋江文学城异军突起的少数民族当红青年网络作家。目前活跃于晋江文学城，2008 年开笔，先后在网站上发表有《一霎移魂变古今》《狼牙》《重楼难锁相思梦》《一品闺秀》《一品夫人》等多部原创言情小说。目前《一品夫人》仍在网站上连载。

携爱再漂流，女，满族，本名宋丽晅，首届言情大赛最佳文字奖获得者，红袖添香的当红女作者之一。代表作有《办公室风声》《普兰誓言》《寻爱千年》《fighting，不认输！——赫连娜职场蜕变计》《香水女王》《谁将流年抛却》《再见，爱》等多部长篇火爆小说。2008 年 5 月开始，在红袖添香发表作品。2008 年 12 月，其网络作品《fighting，不认输！——赫连娜职场蜕变计》入围第二届华语言情大赛决赛，该书被喻为《杜拉拉》和《浮沉》的混合体，被天涯、新浪、腾讯等数十家网站转载。《fighting，不认输》是第一本在网络上连载并进行 VIP 收费阅读的都市职场类小说，携爱再飘流堪称网络当红职场 VIP 写作第一人。

苍苍子，男，侗族，80 后，早期曾是榕树下青春校园网络写手，目前活跃于晋江文学城。其代表作有《明日将来》（又名《青春正传》）、《离殇：不是红尘如一梦》等青春长篇小说。2011 年 1 月 7 日，《明日将来》发表于榕树下。2012 年 1 月 4 日，《离殇：不是红尘梦一场》再次发表于榕树下。其作品大多展示教育的批判、青春的沉思、爱情的挽歌、世态的烟云，通过小人物的命途走向，测窥时代的变迁。

石彦伟，男，回族，1985 年生于黑龙江哈尔滨。代表作品有散文集《面朝活水》、短篇小说《把我的钱给我》、组诗《呼兰河畔的生死种种》。2003 年开始文学创作，有散文、小说、评论多篇散见于《民族文学》《回族文学》《山东文学》《文艺报》等多种报刊。目前其仍在连载中的长篇小说《谁的月亮爬上来》已列入中国作协少数民族文学重点作品扶持项目。

蚩尤浪子，原名古文松，男，苗族，70 年代生人，四川泸州人，活跃于三苗网文学论坛。截止到 2016 年 12 月，共收录和发表原创诗歌《我的四个名字》《罪恶》《祈祷词（组诗）》《草命》《绝望的词》《火烧山》《黄叶述》《清溪颂》《吹响芦笙》《乡村九月》等共计 122 首。三苗网论坛人物素描对蚩尤浪子的介绍是“最爱诗歌，其次是烈酒和美女、兰草、长江石和通向苗山的地图”。在诗歌的海洋中，其创作受到推崇的一大原因就是真实性，朴实直叩击人的心灵。

王国清，男，彝族，彝名曲木伍合，曲目尼乃家族，现居四川大凉山。中国少数民族作家学会会员，擅用彝汉双语写作。有诗作散见于《中国诗歌》《中国文学》《民族文学》《彝族人网》《凉山日报》等报刊，有诗作入选《中国当代短诗选》《中国彝族现代诗歌全集》。彝族现代诗歌《一棵树的宿命》入选《彝族经典作品选》已出版诗集《听呼吸的声音》。目前活跃于彝族人网、新浪博客等文学网站和论坛。2016 年，王国清的《西域之行（短章）》入驻《当代诗卷》，同年创作《诗歌大凉山（组诗）》并将其发布在新浪博客和彝族人网，并被《凉山日报》转发。有学者指出“（他）是一位富有才气和个性突出的彝族诗人，他的诗歌一直都保持着传统的基因与现代的元素”，王国清的诗歌大多呈现其豪迈豁达的胸襟和恬淡洒脱的心境。

沙辉，男，彝族，70 后，大凉山人，青年诗人、文学评论家，“祖先情结写作”的提出和践行者。发表诗歌、散文诗、散文、小小说、评论文若干，作品入选《中国诗歌选》《中国实力诗人作品选读（1940—2015）》《中国散文诗》《中国彝族现代诗全集》等十多个选本。已出版诗集《漫游心灵的蓝天》和爱情抒情长诗《心的方向》。活跃于彝族人网文学论坛，2015 年凭借诗歌《我曾经活于天堂之下地狱之上的祖先就是我的神明》《唯有时光和我知道我有一颗精致的心》以及《禅语》获得“中国诗歌奖”铜奖。

帕蒂古丽，女，维吾尔族，1965 年出生于新疆塔城地区沙湾县老沙湾镇大梁坡村，作家，记者。其作品大多散见于《民族文学》《人民日报》《浙江日报》等报刊。2010 年以来，出版有散文集《跟羊儿分享的秘密》《混血的村庄》《隐秘的故乡》《失散的母亲》等著作，散文《我们在稻谷上睡了一个冬天》入选《中国散文 2012 年年度佳作》。2015 年 9 月，《思念的重量》作为新疆维吾尔自治区成立 60 周年献礼作品出版。2014 年开始，帕蒂古丽就开始准备其长篇小说——《最后的库车王》，小说以第十二代“库车王”达吾提为主线和重点，并将追溯第十一代王乃至第十代王其时的期间汗青，全篇估量 25 万字。帕蒂古丽精通汉语和维吾尔语，其文字在两种文化间游走，她说要用自己的文字，准确传达维吾尔族文化和汉文化的精妙。

旺秀才丹，男，藏族，出生于甘肃省天祝藏族自治县。2004 年创办“西藏文化的中文平台”藏人文化网，2005 年创办藏族历史上第一个中文博客“藏人文化博客”，现任藏人文化网 CEO。旺秀才丹主要活跃于藏人文化网、藏人文化博客、中国诗歌网等文学网站（论坛）。2016 年，旺秀才丹在中国诗歌网、藏人文化网、个人博客等网络平台上先后创作发表了《互助：十二盘（长诗）》《夏天：一只鹰》《鲜花颂》《风吹草地（组诗）》《丰收季节》《魔幻春秋（长诗）》《心灵风水》等多首原创诗歌。旺秀才丹自称“一匹胸怀蓝天白云的狼”“汉字喂大的藏獒”，诗歌创作具有强烈的内心力量，其诗歌也被誉为“梦幻者的精神牧场”，他在自己的诗歌王国中畅游，同时表达出了作者内心的力量。

刚杰·索木东，男，藏族，1974 年冬天生在安木多藏区卓尼，当代诗人，甘肃省作家协会会员。藏人文化网文学频道主编。21 世纪初接触网络文学，最早活跃于藏人文化网，任文学极地版主（藏巴哇）。在《民族文学》《星星诗刊》《诗歌报月刊》《诗神》《诗选刊》《西藏文学》《飞天》《青海湖》等报纸杂志发表诗文 400 余首（篇）。建有个人文学博客，作品入选《2000 年中国诗歌精选》等多部集子。

王小忠，男，藏族，80 后作家，中国作家协会会员，甘南藏族自治州文联《格桑花》编辑。代表作有诗集《甘南草原》《小镇上》，散文集《红尘往事》及长篇非虚构散文《静静守望太阳神——行走甘南》等。作品散见于《散文》《民族文学》《大家》《诗刊》《星星》《青年文学》《北京文学》《山花》《长江文艺》《飞天》《芳草》《朔方》《红豆》等刊，入选《2013 青春文学》《中国小说排行榜》等十余种年选。参加过全国散文诗笔会，多次入围华文青年诗人奖。获得“甘肃少数民族文学奖”“黄河文学奖”等。2015 年，其中篇小说《羊皮围裙》获得《红豆》杂志社首届文学奖年度小说奖。目前，活跃于藏人文化网等文学网站，建有个人文学博客。

兰喜喜，男，回族，1982 年生于宁夏，北京写家文学院第二届签约作家，2010 年成为“国际写家联盟终身制会员”。代表作有长篇小说《零度青春》《再见，松岛枫》《天堂里没有苦难和悲伤》，电影剧本《家书》《成长的十七岁》《少女槿卖血记》，短篇集《被遗忘的幸福时光》等。其中《零度青春》获 2009 年新浪原创“十佳优秀作品奖”。同年，短篇集《被遗忘的幸福时光》独家首发于新浪文化读书频道原创工作。

唐玉文，男，瑶族，笔名腾龙刀客，1957 年生人，广西富川县人。1981 年开始发表作品，1994 年加入中国作家协会。早期在起点中文网、幻剑书盟发表《神探钟仆》《瑶乡传奇》《神奇的特种兵》等 6 部中长篇电子图书。著有长篇小说《神探钟仆》《乡酒醉人》等多部，诗集《误过花期》《野渡》，散文诗集《青春风景线》，小说集《血箫》，小说《腾龙刀客》《红封酒》等，共发表各类作品 1300 多篇。其中集《腾龙刀客》《酒系家族》《梦雪》等 300 余部中短篇为一体的“郎蛮山系列”小说和故事，被有关专家和报刊誉为“瑶族风情史诗”。诗集《误过花期》获全国第四届少数民族文学奖，《茶情缘》获全国第二届少数民族题材戏剧创作团结奖，长篇小说《神探钟仆》获全国网络文学创作创新奖。

余继聪，男，彝族，云南楚雄人，1971 年 6 月生，1994 年毕业于云南师范大学中文系，现为中国作家协会会员，兼任中国散文家协会副会长，云南楚雄彝族自治州作家协会副秘书长。2005 年创办《中国美文网论坛》，4 次推荐原创散文在散文选刊发表专辑“中国美文网小辑”。文章多次入选《民族文学》《散文选刊》《中华散文》《北京文学》《青年文学》《青年文摘》等报刊。代散文集《炊烟的味道》创作于 2003 年，获得第六届云南省政府文学奖二等奖、天津市第十八届文化杯全国孙犁散文奖优秀散文集奖，第四届全国冰心散文奖优秀奖，云南省文联“边疆文学奖”，云南日报文学奖，中共楚雄州委、楚雄州人民政府第二届“马樱花文艺创作奖”一等奖，中共楚雄州委宣传部“楚雄州四个一批人才奖”。

金仁顺，女，朝鲜族，吉林省白山人，1970年出生，毕业于吉林艺术学院戏剧系，70后代表作家，2013年7月当选吉林省作协副主席。著有小说集《爱情冷气流》《月光啊月光》；散文集《仿佛一场白日梦》《时间的化骨绵掌》；长篇小说《春香》；短片小说《拉德茨基进行曲》《城春草木深》；影视作品集《绿茶》《妈妈的酱汤馆》等。1996年年底在《作家》杂志上发表《爱情试纸》，同年在《收获》杂志第三期发表了第一个“小长篇”《春香》。2012年《春香》获得第10届全国少数民族文学创作“骏马奖”长篇小说奖。

花明居士，男，侗族，原名杨旭昉，1959年生于湖南通道侗乡山寨，湖南宁乡华明楼人，曾经下过放、当过兵、打过仗、开过车、做过法官、干过理教、搞过新闻，这一辈子大部分时间从事文化工作，现就职于湖南通道县文联，有300余篇作品见于诸报纸杂志，系中国侗族文学会会员，湖南省作家协会会员、湖南省民间文艺家协会会员、怀化市文联委员、作协理事，县文联主席。目前，红袖添香文学论坛收集其文集《侗乡明月夜》共96篇文章，涵盖散文、小说、杂文、诗歌、散文以及歌词等多个文类。目前活跃于侗族风情网，担任侗族文学版版主。

宋炳龙，男，白族，是云南省洱源县炼铁乡田心村人，诗人，小说家，也是一位爱好文学的农民，目前是云南省作家协会会员。出版自由诗集《山魂》、古体诗集《不鸣居诗钞》、长篇言情小说《迷失边城》等多部作品。2011年，其原创武侠类小说《郁刃浪剑》在云南文艺网发布，讲述南诏国前期，苍山洱海间各诏争雄、部落纷争的故事。被誉为大山里的诗人，诗论家评述其“宋炳龙赋予古体诗新的生命，竖起了唐宋以后古体诗历程的又一个丰碑”。

鲁格曼，是端庄网（前身是中国穆斯林文学网）原创诗歌板块的领军人物。据统计，截止到2016年12月，端庄网文学栏目的“诗歌”板块共发布了463个帖子，其中，鲁格曼发布了139个，占据了四分之一。如《秋思》《尊重生命》《纪念沙甸时间》《冬末即事》《献给斯巴达克思》《沉默的歌》

《一时念起》《信仰与梦想》《古风》《我们是漂泊者》《雨落傍晚》等209首原创诗歌。另外也活跃于“散文”板块，发表了《飞起何落》《上海杂记（一）》《忽然想起》《记梦》《自嘲赋》《随想录》《我的理想我的梦》《归来秋雨夜》等23篇原创散文。

3. 少数民族代表性网络作品

我国网络文学作品类型多样，形式多变，体裁多以小说为主，少数民族网络文学体裁多是以诗歌、散文和小说为主，文学创作也大多以展现本民族文化和魅力为特点。

（1）小说

《巫神纪》，是苗族知名网络文学作家血红继《光明纪元》《三界血歌》之后的又一力作，是史诗级著作《巫颂》《邪风曲》《逍行纪》的前传，首发于阅文集团旗下的起点中文网和创世中文网。目前仍在连载中。

《谁的月亮爬上来》，是回族网络作家石彦伟的代表作品之一，这是一部具有描写回族生活的长篇小说，2016年6月18日首发于《端庄文艺》网络周刊，目前仍在连载中。

《我在彝乡的故事》，是彝族网络作家荷溪的自传小说，2015年6月8日开始在彝族人网开始连载。小说主要讲述了荷溪因偶然机缘遇见了来自红河的彝族小伙向阳，荷溪和向阳相识相知相爱，最后来到向阳的家乡，开始走入了彝人的生活，亲身体验和感悟彝乡的点点滴滴的故事。

《大明望族》，满族网络女作家雁九所著历史网络小说，于2013年7月26日开始在创世中文网首发，目前在移动“和阅读”连载。

《女主播爱情故事》，苗族女作家虹玲的代表作品之一，2013年11月26日开始在晋江文学城发表，最后更新为2013年12月15日，目前处于连载与弃更状态中。

《一品夫人》，回族网络作家夜有轻寒2016年5月31日首发于晋江文学城的言情小说，目前仍在网站上连载。文章主要讲述了一个现代女医生穿越后历经磨难自强不息，以一身本领打破命运诅咒，俘获极品忠犬大将军的故事。

《晚祷》，穆斯林大学生马潇的首部长篇作品，2014年10月25日首发于榕树下原创文学网。主要讲述的是拥有蓝色眼睛的挪威学者遗孤被中国商人敏启梵收留带回中国，却被误以为是敏启梵的私生女。生命之路渐行渐艰难，信仰之路也越来越深刻和久远，但是始终保持童话梦想的默荨，最终在中国的土地收获了她最美的信仰以及爱情的故事。

《跑街的女人》，蒙古族网络作家恒心永在（原名孙树恒）2014 年 8 月 26 日首发于江山文学网的短篇小说。小说荣获第二届全国金融文学二等奖。

《金刚四拿》，网络作家田耳发表于《梵净山》2015 年第 3 期的短篇小说，该作品获中国小说学会 2015 年度中国小说排行榜短篇小说奖。2016 年 10 月 10 日在梵净山文艺网转发。

《丈夫的微笑》，网络作家武坊（原名晏武芳），早期发表于《山花・下半月》2015 年第 7 期，荣获 2016 年第五届梵净山年度文学奖短篇小说奖。

《郁刃浪剑》，白族网络作家宋炳龙 2011 年 7 月 27 日在云南文艺网发布原创长篇小说，小说共 24 章，于 2012 年 7 月更新完毕。该文章总长 53000 余言，以扣人心弦的故事情节，讲述了南诏国前期，苍山洱海之间各诏争雄、部落纷争的故事，并巧妙地将洱源山水、饮食、风物和民歌等地域元素融汇于小说之中。作者以读者颇为喜爱的武侠语言，轻松地完成了对唐朝初年六诏逐鹿苍洱大地的历史记述，深受读者好评。

《蚩尤大帝》，苗族网络作家西子于 2012 年 6 月 30 日在三面网论坛发布《蚩尤大帝》长篇小说，是目前世界历史题材最古老的长篇小说，作者花了 10 年的时间去收集整理苗族历史资料，创作难度很大，作品有较大影响。

（2）散文

《蚩尤的女人》，是苗族网络作家沉香如故 2015 年 5 月 19 日发表于三苗网文学论坛的一篇散文。截止到 2016 年 12 月底，查看率达到 3666 次，被文学版版主蚩尤浪子加入精华。

《凹村》，藏族作家雍措创作的一部散文集。《凹村》收录了作家创作的 79 篇散文，30 万余字，以故乡凹村为舞台布景，以土地、亲情为主线，让熟稔的人物一个一个地“出场”。作者从凹村讲述者的角度出发，讲述凹村的人和事，并将这份对凹村的热爱传递给外面的世界。作品原刊于《西藏文学》2016 年第六期“实力站台”栏目，2016 年 8 月获得第十一届少数民族文学创作“骏马奖”散文奖。

《黄土情，家乡情，同心情》，彝族青年女作家创作的散文，2016 年 10 月 30 日发表于彝族人网。作品大多以描述家乡的生活为主，文笔朴实，情感真切。

《诗边札记：在甘南》，藏族诗人扎西才让的代表作之一，原载《文学港》2016 年第 10 期。作者以札记方式描写，是一个集诗性、神性和世俗于一体的实验性文本。在这篇作品中，诗人摒弃了传统的抒情方式，采用洞察和反思的态度，以沉郁的文风，给我们展现了藏地甘南的历史文化、宗教风物和百姓生活。2016 年该作品获储吉旺文学奖优秀作品奖。

（3）诗歌

《四象乌罗镇》，苗族青年作家石一鸣 2016 年 4 月 26 日发表于三苗网文学论坛的一个组诗，全诗由四小篇章组成，分别是“象形潜龙洞”“象征乌罗司”“象化天马寺”“象意桃花源”。2016 年 4 月 26 日由文学版版主蚩尤浪子将其作品加入精华。

《诗歌大凉山（组诗）》，是彝族网络作家王国清用汉语创作的，2016 年 8 月 29 日发表于彝族人网文学专栏的诗歌。随后，被《凉山日报》转发。组诗由“拉布俄卓”“喜德拉达”“依木德昌”“尼木昭觉”四部分组成，分别是彝族的四个代表地点，作者将自己对彝族的感情付诸笔触，通过语言的方式表达了对于自己民族的热爱与眷恋。

《刚杰·索木东 2016 年自选诗（10 首）》，藏族作家刚杰·索木东于 2016 年 1 月 12 日至 2012 年 12 月 12 日在藏人文化网文学栏目陆续发表的一个诗歌系列。该诗选由《雪夜，一只鹰飞过梦中》《零度以下绽放的花》《一只鹰隼滑过暗夜》《抱残，或者守缺》《七月的庄稼，是大地的眼睛》《晨间，想到村落和其他》《给父亲》《风，都朝着故乡的方向吹》《这些年我离高原越来越远》《逐渐明白高度的含义》10 篇诗歌组成。

《这个世界——闻罗兴亚穆斯林营地被风所袭躲入山中》，活跃于端庄网（前身是中国穆斯林文学网）的少数民族网络作家鲁格曼 2015 年 9 月 20 日发表于端庄网的最新诗歌。

二、不同少数民族网络文学概述

在我国 55 个少数民族中，每个民族都有自己独特的文化特色和风俗习惯，各民族的文学发展不尽相同，不同民族文学呈现出多姿多彩的状态。不同民族的网络作家们以自己民族独特的文化形式来表达自己的感情，推动了本民族文化与文学的发展和繁荣，扩大了本民族文学的影响。下面以汉语拼音26个字母为序，介绍几个少数民族的网络文学发展情况。

1. 保安族网络文学

保安族网络文学具有鲜明的地域性特色，民族作家创作的作品几乎离不开保安族的地域形态、民族文化以及风俗习惯等，地方特色显著，文化特性鲜明。保安族主要聚居在甘肃省积石山，少数散居青海与新疆等地。甘肃省的保安族人数占保安族人口的91%以上，这些地方的保安族网络作家在创作时立足本地域，作品常以描述对家乡的热爱为主。如保安族文化网下设的文化殿堂专栏中的大多数作品，《保安族赋》《积石山赋》《石海》《黄草坪》《黄河石》《瑶露泉》《胡杨》《天净沙·故乡》《天净沙·积石雄观》《念奴娇·大墩峡》《大河家》《保安腰刀》等，这些作品从标题中就已明显表露出作者对于家乡的眷恋，通过对保安族自然景观、民族特色的描述，表达了创作者们对故土的深深情感。

保安族文化网（http：//www. baoanzu. com/）是保安族人的网站，也是专业的保安族文化网站。2008年12月举行了开通仪式，保安族青年学者马沛霆担任站长兼总编。保安族文化网旨在利用数字化技术和网络平台宣传中国保安族政治、经济、社会等各项事业发展状况，展示保安族丰富的文化遗产资源，凝聚民族文化保护实践的观念和理论共识，充分调动和利用全社会的学术、经济、舆论资源及社会公众的参与，以促进保安族各项事业的繁荣发展。保安族文化网，内容设置了民族概况、岁月钩沉、民族人物、文化论坛、民族友人、保安腰刀、民族语言、文学殿堂、传统村落、时事快讯等19个栏目，每部分都设计了详细的格式，内容也较充分。其中文学殿堂栏目下设了口头文学、诗歌选粹、田野笔记、文圃新苗、小说散文频道。保安族文化网的建立为外界了解保安族提供了一个窗口，也为保安族文化与外界的交流，同时也为民族文化的发展繁荣创建了一个有效的平台。

保安族网络文学的网络作家们大多活跃于保安族文化网，还有各自建立的文学博客中。他们创作的作品大多立足于自己生活的地域以及民族的文化特性，具有鲜明的地域性和民族性。马尚文、马世仁、绿旗、马沛霆等民族作家，他们的作品始终立足于乡土，大多以描述故乡的自然景物、民族的信仰以及自己对故乡的热爱、眷恋为主，如马尚文的《保安族赋》《积石山赋》《石海》《黄草坪》《黄河石》等原创诗歌作品；王爱玲的《积石山下的保安族食俗》；马沛霆的《再说“仁义巷”》；马世仁的《信仰的力量》等小说散文作品。保安族网络文学的数量虽然不多，但是质量有保证，很多作品都在《民族日报》《新民晚报》等报纸和期刊上发表。

2. 朝鲜族网络文学

朝鲜族网络文学具有鲜明的民族特色，作家们在继承传统文学与民间文学的基础上，不断开拓新的发展道路，与时俱进，注重创新。另外一个大的特点是，朝鲜族网络作家大多擅长双语创作，即汉语与朝鲜语完美结合。作品的内容大多具有鲜明的文化意识和理性思考色彩，风格上大多较为节制，有着深厚的人文情怀和终极追问，是典型的历史学家与文人结合。如朝鲜族第六代小说女作家朴草兰，1996 年开始发表作品，著有中短篇小说《少女的祈祷》《翅膀》《朝鲜鳜》《人的香气》等，有作品发表于《延边文学》《民族文学》《道拉吉》等报纸杂志。其作品以时代性与民族性的融合为主要特征，通过小说表现对时代与人生的感悟，给人以某种启迪。

朝鲜族有自己本民族的官方网站，即朝鲜语网站（http://www.dujiza.com/）和延边朝鲜族网站（http://www.ybcxz.com/）。朝鲜语网站以母语贯穿始终，一方面致力于本民族语言的传播与发展，另一方面又不限于本民族语言，双语表达有助于扩大读者面。延边朝鲜族网站是双语为主的朝鲜族网站，2011 年 9 月 28 日注册域名，2012 年 1 月 1 日正式建立“延边朝鲜族网”。主要开设导航、直播、电影、音乐、汇率、交友、百姓信息等栏目，栏目分类粗略，文学类栏目不够丰富，有待进一步建设和发展。

3. 侗族网络文学

侗族文学历来以民间文学的形式在大众中流传，近年来，逐渐向作家文学转型，形成了一支创作实力和创作潜质相当不错的作家队伍。侗族网络文学则以草根文学著称，主要是因为创作主体大多是农民、学生以及在城市边缘生活的打工者们。他们大多没有经历过专业的写作培训，文化水平有限，受教育程度不高，只是借助网络平台，将自己生活的点点滴滴进行简单的加工改造，抒发自己对生活的态度与情感，作品大多充满乡土气息，蕴含生活共识。如侗族风情网开设的侗乡文学板块中，截至目前，原创帖子已有1583个，内容大多是展现侗族的文化风俗、想念家乡和父母、抒发打工生活的辛酸苦累等。如姚老庚的《浅唱低吟，笔走滚贝侗乡赋》《滚贝吉祥鼓楼赋》等原创作品，jackywu337的《东莞十年》、菜刀上的思想的《故乡》、语桥的《家乡的小溪》、陶然的《父母恩情海洋深》等。草根文学的发展，在某种程度上推动了侗族文学的发展，但是作品的质量参差不齐，文学水平有待进一步提高。

侗族文学网站中，影响比较大的有侗族风情网（http：//www. dongzu8. com/forum. php）、侗人网（http：//www. dongzulm. com/）、中国侗族网（ht-tp：//www. dongzuwang. com/portal. php）等。侗族风情网，被誉为侗族地区最大的侗族主题社区网站，是站长吴盛兴1999年创建的，最早是吴盛兴（无声行）的个人主页，经过无数次的改版和换域名，目前基本定型。侗族风情网划分的专栏非常详细，设有侗族新闻、侗乡人物、侗人随笔、侗族论坛、侗人日记、侗乡旅游、侗族摄影、侗族图片、自然村落、精品鉴赏、侗族网站等20个专栏，涉及侗族文化的方方面面。截至2016年12月21日，侗族论坛下设的侗族文学共发布了1583篇原创文学。

侗族网络文学的发展逐渐从以草根文学为主，过渡到草根文学与精英文学共同发展的转型期，目前文学网站中的活跃会员仍以农民、学生和打工者为主，但是实力作家也在不断注入，作品质量也有了很大提升。诗人柴棚早期是侗族风情网的活跃分子，个人还开设了文学博客，今年，她在网络上创作的多部诗歌在报纸和期刊上发表，如2016年，她的诗歌《楚风里锻造自己》发表在《创作与评论》的第2期；《一个人的雪峰》发表在《星星诗刊》的第5期；《雪峰山女猎手》发表在《诗刊》的第6期等。另外，很多侗族作家们不仅在本民族网站活跃，范围也逐渐扩大至其他专业性文学网站，如80后的苍苍子是榕树下青春校园网络写手，其代表作青春长篇小说《明日将来》和《离殇：不是红尘如一梦》均发表于榕树下。

4. 哈萨克族网络文学

哈萨克族网络文学的一大特点是“双语者”书写引人注目，在城市化和全球化快速发展时代，双语创作能够清晰展现哈萨克身份，其作品创作既挣脱了单纯用哈萨克民族语言表达内心情愫的做法，也突破了汉语词语搭配的固定习惯。这种文学表达，实现了汉哈语言的融合交流，它让文学真正体现多元解读、耐人寻味的“陌生化”。哈萨克族人习惯游牧生活，其创作特别是诗歌充满浪漫情怀，文字描述大方热情，作品的情感是火热的、浪漫的，追求陌生又神往的精神“乌托邦”。内容大多表达对草原、对牧场、对流动的毡房的天然迷恋。如哈萨克族女诗人阿依努尔·毛吾力提致力于诗歌、散文创作，其作品既有都市文明，又包含哈萨克文化，她在《散文选刊》《绿风》《西部》《芳草》《绿洲》等报纸期刊上发表大量诗歌散文作品，另翻译有诗集《唐加勒克诗歌集》。

哈萨克网站（http：//elares. net/）是以哈萨克民族语言或者中文编写的，主要介绍哈萨克历史文化和风俗习惯，或者为哈萨克网民提供服务的网站。哈萨克网站创建于 1997 年，是历史最早的哈萨克网站，当时他们以 awil. net 的域名为广大网民提供服务，后来注册了 awil. org 的域名，现在 awil. net 的域名停用，采用 awil. org 域名。哈萨克族另一大特点是除了拥有本民族的官方网站外，还有属于自己民族的网址大全——哈萨克网址大全。哈萨克网址大全，即 Kz321 哈萨克网址大全，集合了哈萨克门户网址，包含搜索哈萨克音乐、哈萨克娱乐、哈萨克小说、哈萨克财经、哈萨克图片、哈萨克游戏、哈萨克邮箱、哈萨克短信、哈萨克社区、哈萨克相册、哈萨克通信、哈萨克博客，以及国内外天气、实用工具等栏目，是纯绿色网址导航网站。哈萨克网站致力于让广大哈萨克网民享受更多资讯，服务，共同营造良好的网络环境。Kz 是哈萨克族 Kazakh 的简称，321 代表着 2009 年 3 月 21 日此网站成立。

5. 蒙古族网络文学

“草原文学”是蒙古族网络文学的核心内容之一，虽然不能将蒙古族网络文学笼统地归纳为“草原文学”，但是“草原”在蒙古族网络文学创作中占有举足轻重的地位。谈到“草原”，人们就会想到蒙古，“草原”这一意象在文学网站和文学作品中表现得尤为突出，如蒙古文化网下设的文学专栏中，文章标题就多包含“草原”，如《蒙古人于草原》《我与草原》《草原，我永远的母亲》等作品。另外近年来，“水”“胡杨”“马”“蒙古袍”等一系列代表蒙古族草原雄鹰网中直接设有草原文学专栏，作家创作的作品也与草原息息相关，如阿古拉的《天堂草原》、那木太苏荣的《翁牛特草原》、葛·呼和少布的《草原放歌》、孙树恒的《春天的草原散记》《北望草原》《草原与你有个约定》《草原怪柳》《草原女人》《父亲的草原》等一系列作品都与草原密切相关。作者们创作时不自觉地向具有草原文化内涵、草原文化特点、草原文化气派的文学作品转向，民族特色的意象也成为网络作家追求的目标。

蒙古族文学网站中，影响比较大的是蒙古文化网（http：//www. mgzwhw. com/）、草原雄鹰网（http：//www. burgud. com/cn/）。蒙古文化网是一个展示蒙古文化精粹、阐释蒙古文化内涵的互动平台，也是一个面向不同年龄层次、不同学术和知识需求的专业性门户网站。该网站集知识性、学术性和趣味性于一体，内容翔实全面，形式活泼多样，语言不仅有蒙古语，还有汉语。其宗旨是“通过网站展现民族政策和改革开放的成果，通过互联网真实、全面、系统地介绍民族文化知识、繁荣民族文化，推动民族团结进步”，给蒙古族文学语言爱好者提供了交流平台。蒙古文化网设有民俗、语言、宗教、文学、历史、地理、环保、那达慕、医学、音乐、美术、图片、人物、蒙古国专题、成吉思汗、爱心、专题、女性、旅游、动漫、教育、博客、BBS、博文、相册、蒙古学、电影等频道，涵盖蒙古文化的方方面面，目前，蒙古文化网的域名已过期，只有续费方可延续。

蒙古族网络文学的发展，得益于一批网络作者的辛勤创作，他们将蒙古族的民族特色、风俗习惯、风土人情、生活习性付诸自己的笔尖，再通过互联网平台传播出去，最大限度地让读者们快速了解蒙古族，在某种程度上传播了蒙古族文化，促进了蒙古族文学的发展，也让研究者们关注蒙古族文学，进而形成一个环形循环。如格日勒其木格·黑鹤、沙·布和、韩静慧、萨娜、阿古拉、孙树恒等一批蒙古族网络作家。他们的作品大多呈现出一股浓浓的草原风情和蒙古族情怀，字里行间表现了自己对本民族的热爱与细致的观察，让读者在阅读其作品时，感触颇多。

6. 苗族网络文学

苗族网络文学的特点正如三苗网文学论坛的宗旨一样，秉承“文学爱好者的乐园，独立思想者的天地”的原则，注重苗族主题，展现苗族特色。三苗网下设的文学论坛可说是苗族网络文学创作的基地和缩影，从设置论坛开始，管理者们就鼓励原创，谢绝灌水。只有原创才可以加精，在很大程度上，为苗族网络文学的发展和兴盛提供了一个契机与高台。苗族网络作者们可以自由地进行文学创作，抒发自我内心的真情实感，展现苗族独特的文化风俗、生活习性、风土人情等。目前，文学论坛中的原创帖子多与苗族有关且标题中常代有“苗”字，一目了然，如蚩尤浪子的《历史涛声：苗族》、子易的《苗山秋韵（组诗）》、石一鸣的《苗族人》、江源的《巴梭苗寨：桐子花记事》、沉香如故的《城墙、苗绣、女人》等，作品数量在增多的同时，质量也在不断提升，部分帖子已被报纸、期刊转载使用。

苗族文学网站中，大多数是非营利性网站，影响比较大的网站有苗人网（http：//www. hmongbq. com/）、苗族文化网（http：//www. chinamzw. cn/）、苗族在线（http：//www. zwbk. org/MyLemmaShow. aspx？lid = 79015）、三苗网（http：//bbs. 3miao. net/）、文山苗族网（http：//www. 3 - hmong. com/）、中国苗族网（http：//www. chinamzw. com/）等。例如三苗网，1999 年由中国社会科学院民族研究所副研究员石茂明博士创办，是目前中国最大以社区为主体的苗族主题门户网站。三苗网的文学专栏下设文艺新闻、评论与研究、散文随笔、小说戏剧、诗歌韵文、游记文学、摄影、美术栏目，众多文学爱好者聚集于此，不仅为苗族文学爱好者提供了一个交流平台，也便利于扶持后起之秀。三苗网不仅有论坛、微博、QQ 群，目前三苗网开通了“三苗网 X 智慧苗族”的微信公众号，其目标是“链接每一个苗族地区、每一个苗族人，运用互联网、物联网技术为需要的机构或人群服务，为民族文化弘扬、民族团结发展、国家精准扶贫做贡献”，在苗族圈、民族圈备受瞩目。另外苗族文学爱好者张鸿早期创建的 QQ 群——“三苗网论坛文学委员会”，其群成员已扩充至 122 个。

少数民族专题网站的成熟发展为苗族作家的创作提供了平台，无论是实力名家还是后起新秀都有了一个精神家园。例如三苗网的文学论坛，以“文学爱好者的家园，独立思想者的天地”为宗旨，聚集了一批文学爱好者，如蒙伍、蚩尤浪子、沉香如故、李雪、谐爱、石一鸣等苗族网络作家，其创作的作品主题也几乎与苗族的风土人情、风俗习性密切相关，目前蚩尤浪子是文学版版主。另外还有一些苗族网络作家分散于其他专业文学网站，如血红是起点中文网玄幻领域最具人气的白金签约作家，出版了十来部作品，目前仍有人气小说《巫神纪》在起点上连载，且点击率已破700多万。

7. 土家族网络文学

土家族主要聚居于湘、鄂、渝、黔毗连地带的武陵山地区，是一个古老又年轻的民族。土家族传统文学具有鲜明的民族特性，以武陵文化、湘西文化、巴人文化为主题，而土家族网络文学继承传统文学的特性，内容大多以独具自身地域风貌、风土人情、文化风俗等为主，展现了土家族文化中蕴藏的民族精神、民族心理和民族习俗，也表达了网络作家们对本民族传统文化与发展的主题思想和理念。从土家族传统文学开始到网络文学的繁荣发展，一定程度上促进了土家族社会经济的发展，带动了土家族文化的传播，在短暂的时间内，让中国乃至世界的人们了解这个独具特色的民族，土家风情展露无遗。土家族网络文学具有明显的土家风情，富有民族和地方特色及感染力。

土家族文学网站中，影响比较大的是土家族文化网（http：//www. tujiazu. org. cn/）、武陵网（http：//www. tujiazu. org. cn/）。土家族文化网2008年9月开始上线运行，是一个以“传播土家族文化，传承土家族文明，传递土家族信息”为宗旨的宣传土家族文化的公益性网站。网站秉承“科学发展文化，创新为民服务，共建生态文明新农村”的理念，融新闻性、学术性、知识性和服务性于一体，深入研究探讨土家族的传统文化，多视角、多维度、多层面地反映土家族的发展成就，充分展示土家族的文化特色和时代风貌。土家族文化网的土家文艺专栏下设文艺动态、访谈特写、评说天地、散文诗歌杂谈随笔、小说纪实等与文学相关的小栏目。武陵网于2011年3月开始运行，网站以“引领武陵山片区各族人民与全国人民同步实现小康”为目标，以“展示武陵社会进步的窗口、促进武陵经济发展的平台、推动武陵文化繁荣的阵地”为宗旨，力争早日成为武陵山片区对外宣传的重要窗口和综合服务武陵山片区的门户网站。武陵网的武陵文艺专栏下设文艺动态、活动公告、艺苑生活、期刊推荐、专题专栏、诗词歌赋、散文随笔、真访谈、评论特写等频道。土家族文化网和武陵网均为现任北京瑞武陵峰文化发展中心主任朱峰自费创建的非营利性网站，用以传播优秀的民族文化，打造传播民族文化的新窗口。

土家族网络文学在传统文学发展强盛的势头上借力发展，网络作家们主要活跃于土家族文化网和武陵网。如土家族文化网下设的土家文艺专栏，郑登全的《在他乡，想起细沙河》《离乡途中，路过梦里的阿蓬江》等原创诗歌；冉霞的《土家山歌与那情窦初开的年华》、张云霞的《梦萦故乡》《桐子花开，四月春尽》等散文；赵凌峰的小说《梵净山剿匪记》、纪实《八大拐记忆》等作品。这些标题带有土家族地域特有的自然景物、山川河流以及文化风俗，表达了少数民族网络作家们对自己家乡、民族的热爱，以及民族精神和时代风貌。

8. 彝族网络文学

彝族网络文学具有鲜明的民族特色，创作主体多以故乡、土地、亲情为主题，创作者在进行文学创作时，频频使用土地、村庄、牛、羊、河流、湖泊、山地、田野等意象，并将其展现在标题中，意图明显。内容多表达对爱情生活的向往、对故乡父母的想念、民族的情怀、人生观价值观的思考、信仰的追求，以及日常生活的感悟。彝族人网下设的文学专栏中的作品大多对此有所体现，如田媛媛的《黄土情，家乡情，同心情》；田园的《黄土·父亲·柔水》；孔令山的《乡情》《红军井》《孝心是金》《孝不等人》《母亲的山岗》；井吾都瓦的《故乡的冬天（组诗）》《故乡的村庄（组诗）》；吉额木呷的《回归》；勒尔尔且的《回望彝乡》；阿比次土的《故乡的启示》；石勇的《行走的故乡》等。这些作品不仅表达了作者对故乡、民族和亲情的眷恋和热爱，也表达了随着时代进程的发展和推进，作者对民族文化的逐渐退化和消逝的感伤。

彝族文学网站中，影响比较大的有中国彝族网（http：//www. yizucn. com/）、彝族人网（http：//www. yizuren. com/）、彝族文化艺术网（http：//www. yzuwhw. com/）、彝族青年网（http：//www. yizuqn. com/）。中国彝族网被誉为中国彝族第一门户网站，其文学栏目下设诗词歌赋、散文随笔、杂文评论、小说故事、其他文体、精品阅读等频道，为更好地弘扬彝族文化、发展中国彝族网提供了有利条件。彝族人网是2001年由在京彝人黄平山创建的，是目前最大的彝族文化门户网站。网站聚知识性、学术性、大众性于一体，以“宣传彝族，展示彝族！弘扬中华民族文化，增进民族团结！”为办站宗旨，展现彝族文化和彝族地区的风光人文。建站以来，经过50多次大小改动和升级，最终以海量内容、鲜明的特色、前瞻性的视角赢得了极高的社会反响和人气黏滞力，也是不可替代的彝族文化信息集散地、宣传阵地和彝族文化信息首选发布媒体。彝族人文的文学栏目下设文苑之声、文学评论、诗歌、散文、小说/纪实文学/剧本、随笔·小品、作家等频道。

目前，彝族网络文学发展兴盛，创作队伍不断壮大，作品的数量和质量也不断增多和提升，尤其是诗歌的发展势头迅猛，彝族网站中出现了一批活跃的文学爱好者，主要以王国清、沙辉、余继聪、孔令山等实力名家以及一批90后新秀为代表。如王国清的《诗歌大凉山（组诗）》《西域之行（短章）》；沙辉的《吉狄马加和吉狄马加诗歌：一个时代的民族记忆》；孔令山的《嘱托》《孔令山诗选》；李代珠的《哑神舞》《石门关》《洱海，那半轮月光》；吉木五乃的《阿达（组诗）》、尔且的《再见·牧羊女》《目光》等。

9. **藏族网络文学**

藏族文学既包括源远流长的民间文学，也包括传统悠久的作家文学。一说到藏族文学，大家想到的就是“豪放”“壮阔”“神秘”等。藏族网络文学在主题及内容方面，沿袭了传统文学的特点，充满了“豪放美”“壮阔美”。藏族传统文学体裁丰富，形式多样，包括神话、传说、故事、史诗、民歌以及民间戏曲等多种门类，藏族网络文学体裁则比较固定，多以诗歌、散文、小说、随笔居多。藏族网络文学的意象多样，包括藏族的山川景物、民族风俗以及生活习性等各方面。如“石头”“雄鹰”“雪山”“高原”“大河”“湖泊”“牦牛”等，在藏族文化中都有着特殊的寓意，随处可见于藏族作家的作品中。他们通过将这些意象付诸作品中来表达自己对藏族文化的感悟与思考，追求自由与飞翔。另外，宗教文化也是其民族的一大特色，作品中常用来表达宗教情怀、修养道德和尊崇教义等。

藏族文学网站中，影响比较大的有藏人文化网（http：//www.tibetcul.com/）、琼迈藏族文学网（http：//www.tibetcm.com/）、中国藏族网（http：//www.zangzu.com/index.html）。藏人文化网创办于2004年4月20日，定位为“西藏文化的中文平台”，也是目前全世界范围内最大、最权威、最具影响力的西藏文化的中文门户网站之一。藏人文化网的文学专栏设有文学动态、经典文库、作家档案、专题专访、名家力作、三区大地、博文选粹、社区美文栏目，不仅汇聚了藏文化文学爱好者，为他们提供了一个交流的平台，也为推广藏文化影响力的繁荣发展做出了卓越的贡献，满足了“网上西藏心灵家园”的称号。藏人文化网团队荟萃了全藏区的藏族文化精英，如才旦卓玛、降边嘉措、扎西才让、阿来、泽旺等藏族顶尖学者担任顾问及特约编辑，另外日访问量最高时达 50 多万人次。琼迈藏族文学网是首个藏族文学门户网，也是藏族青年作家加卜青·德卓于 2007 年主持的首个藏族母语文学网。藏文博客的开通，将给广大藏族母语爱好者带来一个发表言论、建言献策、张扬个性的新平台。网站还开通了名人博客，著名诗人江瀑、佳布庆·德卓等已经入驻开博。新开通的藏文博客开设有情感与诗歌、故事与小说、杂记与散文、见解与论述、信仰与宗教、商业与科技、娱乐与时政、心情与教育、人物与艺术 9 个主栏目。提供个性化藏式风格的模板，支持网民张贴文字、图片、音乐、视频等多种形式的内容，用户也可根据个人的兴趣选择自己博客所属的栏目以及板块。中国藏族网是青海藏族研究会于 2003 年注册，2004 年正式运营的藏族官方网站，中途经历资金投入不足而关闭过，于 2010 年重新投入资金和改版而重新运营，是介绍藏族历史文化、发表藏族研究学术成果，以及国内外政府机构、民间团体、经济组织、文化学者、旅游爱好者在线交流、沟通互动的网络平台。中国藏族网的文化专栏下设文化、民俗文化、藏族历史、藏学研究、民族工艺、文学艺术、科教频道等栏目，对藏族文化的发展和保护，以及宣传民族传统美德有积极意义。

10. 其他少数民族网络文学

目前，很多少数民族都有自己民族的专题网站，但部分少数民族还没有创建自己的文学网站。少数民族作家作品逐渐成为一个庞大的群体，很多作品在本地区和跨地区均具有很大影响力，但仍有一些少数民族的网络文学处于空白状态，有待扶持发展。少数民族网络文学的兴盛发展，在某种程度上推动了民族社会经济发展，推广了民族文化的繁荣，可以让更多的研究者将目光转移至这些少数民族文化以及文学。除了上述简介的保安族、朝鲜族、侗族、哈萨克族、蒙古族、苗族、土家族、彝族、藏族等少数民族网络文学，其他少数民族网络文学的发展也各具特色。如布依族的网络文学善于用母语进行创作，展现本民族的特色；水族网络文学以转载作品抢占优势，让人们在借鉴好作品的同时，创作出优质且具有本民族特色的原创作品；回族网络文学注重宗教情怀，网络作家们创作的作品常带有鲜明的宗教特色，风格以“纯净”为主等。少数民族网络文学的发展现状参差不齐，但是大多以本民族地域特色、自然景物、风土人情和文化习俗为方向，作品中的民族情怀明显，表达了作者对于民族、家乡的热爱和眷恋。另外，作品所体现的时代感，带入鲜明的现代气息，有助于民族与世界，历史与现代的融合与发展。

很多少数民族网络作家除了在本民族的网站论坛上发表作品外，也在一些综合性且影响力大的文学网站发表作品并签约。如起点中文网、创世中文网、晋江文学城、新浪读书、榕树下、天涯、红袖添香等文学网站都有众多少数民族网络作家发表作品，有的还是签约作家甚至是大神级写手。如苗族的血红是起点中文网极具人气的白金签约作家，满族的金子最早也是在晋江文学城开笔，满族公里的代表作也是在晋江文学城首发，壮族的忽然之间~现今仍是晋江文学城的签约作家，苗族的虹玲早期活跃于新浪读书、晋江文学城等各大文学网站，土家族的米米七月最初也是活跃于起点中文网、榕树下、天涯、红袖添香等文学网站。

三、我国少数民族网络文学的特点、意义和局限性

自 1999 年至今，我国少数民族网络文学发展迅速，建立了一大批专题网站（论坛）和专业性文学网站（论坛），培养了大量民族作家，出现实力名家与文学新秀并驾齐驱的发展势头，大量文学原创作品层出不穷。少数民族网络文学从兴起到快速发展再至转型，在创作主体、创作语言、创作内容以及文体方面，都呈现出自己与众不同的面貌。

1. 我国少数民族网络文学的特点

（1）在创作主体方面，少数民族身份是这一作家群体的显著标志

网络文学的一大特点就是创作主体的虚拟化，网民们注册账号时不需真实姓名和真实信息，他们可随意隐藏自己的真实面貌，在网络上自由地发表自己的内心想法以及抒发自己的真情实感。与网络文学不同的是，无论是少

数民族传统文学，还是现今流行的少数民族网络文学，少数民族身份都是作家们的一个显著标志。我国少数民族建立的多个专题网站，早期在注册登录时，“民族”一项是必填项目，方便管理，突出民族特色，也便于作家们在发表文论时能够迅速引起共鸣，展现民族归属感。例如苗族建立的三苗网，“民族”一项被认为是与“用户名”“密码”“E-mail”“QQ”同等重要的信息，被星级标注，是必填项目，5项内容缺一不可。三苗网活跃着一大批苗族网络作家，他们的创作内容与苗族的自然景物、民族习俗、民族精神等息息相关。文学版版主蚩尤浪子从2011年开始持续更新近年来发布在文学板块的经典作品，例如张鸿的《我骄傲，我是苗族》、江源的《麻山记行》、风的尽头的《悲情苗族》、虹玲的《永不消逝的城池》、蚩尤浪子的《纸上回乡》、湘西凤凰苗游子的《边墙小镇廖家桥》等，这些作品一方面表达了作者对民族和故乡的眷恋和热爱，另一方面也为大家呈现了苗族的地域特色和民族精神。再如藏人文化网，注册登录时虽然没有将“民族”一项设为限定条件，但是其文学专栏下设的作家档案栏目中主推的48位作家，如泽仁康珠、端智嘉、多杰卡、伊丹才让、何延华、永基卓玛、拉加才让、斯琴卓玛、班玛南杰、刘期荣、萧清、海日卓玛、白玛央金、泽仁达娃、尼玛松保、扎西措、扎西尼玛等都是藏族人。彝族人网中活跃的大多是彝族人，如蒋志聪、吉连成拉、吉木五乃、普驰达岭、阿苏越尔、贾巴甲哈、孔令山、田园等一批文学爱好者。在侗族风情网中活跃的花明居士、蝙蝠霞、无声行、吴子烈、语桥、侗寒山、冰临诚下等都是侗族人。现今，很多网站已将“民族”必填项取消，便于网民们更好地共同交流不同民族文化，实现民族文学大融合。另外还有一批少数民族网络作家活跃于其他专业性文学网站，如苗族的血红和土家族的米米七月活跃于起点中文网；满族的金子、公里，苗族的虹玲和壮族的忽然之间~活跃于晋江文学城等。

（2）在文学语言上，双语化的创作方式较为普遍

我国少数民族网络文学的一大特点就是民族语言的独特性。每个少数民族几乎都有自己独特的民族语言，很多网络作家在进行创作时就擅长用自己本民族的语言进行创作，这对于传承本民族语言是十分重要的。如藏族、朝鲜族、蒙古族等就是擅长本民族语言创作和双语创作的少数民族。语言是文学创作的基础，语言的构建与表达体现了作者的写作水平，也影响着作者的思想能否更好地引起读者共鸣。如琼迈藏族文学网是藏族首个文学网站，也是由藏族青年作家加卜青·德卓主持的母语文学网，网站内聚集了大批藏语文学爱好者，他们用藏语进行表达和交流。再如文山苗族网，网站内设有专门的苗文空间，大部分作品以苗文创作和苗文与汉语双语创作为主。如张元奇纯苗语创作发表的短篇小说《YAWG CUA QOOB LOO SAU PUV TXHAB（老风家里丰收了）》《KEA HLUB IB VUAG DUA（过眼云烟一段情）》《KEA HLUB HAUV KOB NAG（雨中情）》等，都是以描写苗族的地域风情、苗家阿哥姑娘情感为主的小说，从文章中可以体会到少数民族语言的独特性。少数民族的母语是一个民族的显著标志，也是一个民族历史和文化发展的助推力。少数民族母语的活跃在文化传承中占据着举足轻重的地位，人们用语言表达、交流以及记录辉煌，代代相传，让后辈们可以真切地感受中国博大精深、历史悠久的传统文化，梳理时代进程。少数民族作家将母语应用于创作中，一方面有利于少数民族文化的传播和传承，另一方面也让少数民族文学加快走入人们的视野中。

（3）在创作内容上，民族和地域特色鲜明

我国少数民族的居住状况向来以大杂居，小聚居的形式著称。每个民族都有自己特定的居住地域，少数民族网络文学的主题基本上以“乡土”为主，内容大多描写本民族、本区域的自然景物、民族风俗、民族精神以及作者对家乡的热爱和眷恋，具有鲜明的地域性。如蒙古族网络文学以“草原文学”著称，“草原”是蒙古族的显著标志，也是其生活领地，网络作家们在创作时常常以此为背景，一方面解读本民族文化，让更多的人了解和接触，传播民族文化，弘扬民族文学；另一方面也表达了作者对本民族的热爱和关切。草原雄鹰网中直接设有草原文学专栏，作家创作的作品也与草原息息相关，标题表露无遗，如阿古拉的《天堂草原》、那木太苏荣的《翁牛特草原》、葛·呼和少布的《草原放歌》、孙树恒的《春天的草原散记》《北望草原》《草原与你有个约定》《草原怪柳》《草原女人》《父亲的草原》等一系列作品都与草原密切相关。侗族网络文学因其网络作家们以市民、学生和打工者为主，创作主体的限制，使其创作内容以草根文化为主。侗族风情网开设的侗乡文学板块中，如姚老庚的《浅唱低吟，笔走滚贝侗乡赋》《滚贝吉祥鼓楼赋》等原创作品；jackywu337 的《东莞十年》、菜刀上的思想的《故乡》、语桥的

《家乡的小溪》、陶然的《父母恩情海洋深》等作品，大多表达作者们对故乡和父母的眷恋、抒发打工生涯的苦累以及生活的点点滴滴等。苗族网络文学十分重视苗族主题，内容围绕苗家的建筑、音乐、绣品、生活等展开，自从2012年3月30日，三苗网公告栏贴出“对发布原创的‘苗族’相关帖子进行奖励的新规定”以来，苗族网络作家们在进行创作时，创作内容仅仅围绕“苗族”展开，如蚩尤浪子的《历史涛声：苗族》、子易的《苗山秋韵（组诗）》、石一鸣的《苗族人》、江源的《巴梭苗寨：桐子花记事》、沉香如故的《城墙、苗绣、女人》等一系列作品，从标题到内容，都清晰地表达了作者对于苗族的推崇和热爱，充分展现了苗族的风土人情。另外，其他少数民族也重视以本民族为主体，植根本民族文化进行创作，在民族文化的土壤中继往开来，传承发展。如藏族白姆措的《高原上孩子的自信》，次仁罗布的《西藏的故事》，格央的《拉萨，我在这里路过爱情》；彝族孔令山的《乡情》、井吾都瓦的《故乡的村庄（组诗）》，吉额木呷的《回归》，勒尔尔且的《回望彝乡》，阿比次土的《故乡的启示》，石勇的《行走的故乡》等作品都充分体现了这一点。

（4）从文体看，诗歌、小说、散文仍占据主流地位

目前，汉族网络文学文体以小说为主，诗歌、散文次之。而少数民族网络文学则与之不同，诗歌的发展势头远远领先于其他文体，形成以诗歌、散文和小说三巨头共同发展的趋势。出现这种现象主要是受创作主体民族身份和创作内容地域性的影响，诗歌的短小篇幅方便少数民族作家们表情达意。在藏人文化网中，诗歌的数量是远远多于其他文体的，更新速度和更新率也是远远快于其他文体的，2016年一整年，诗歌的更新率达到四个页面，其中包括很多组诗，而散文、小说、随笔等其他文体的更新在一个页面左右。如刚杰·索木东在2016年发表了《甘南屋檐下（组诗）》《岁月深处的幽暗（组诗）》《大地上残存的神性（组诗）》《在生活温软的枝头（组诗）》《风，都朝着故乡的方向吹（组诗）》等10多首原创诗歌。在彝族人网中，文学栏目划分更加精细，分为文苑之声、文学评论、诗歌、散文、小说/纪实文学/剧本、随笔·小品、作家七大类，诗歌在页面数量和更新率上仍然远远多于其他文体，2016年12月就发表了七首诗（包括组诗），如井吾都瓦的《故乡的村庄（村庄）》、吉时拉根的《乐在美姑（组诗）》、阿比次土的《故乡的启

示（组诗）》、加主布哈的《他的，遗言》、李代珠的《石门关》、罗勇的《行走的故乡》、吉则彝步的《假如我即将死去》等原创诗歌作品。另外类型化转型趋势明显，出现都市言情、历史穿越、玄幻武侠等多种类型小说。如土家族米米七月的《肆爱》，苗族虹玲的《女主播爱情故事》《越南总裁：月光下的凤尾竹》，壮族忽然之间~的《算你狠，腹黑男》《一生只要一个你》《柔道爱情》《若即若离》，侗族苍苍子的《离殇：不是红尘如一梦》等多部作品都是都市言情类小说。满族金子的《梦回大清》，满族雁九的《重生于康熙末年》等属于历史穿越类小说。而苗族血红的《巫神纪》《光明纪元》《偷天》《升龙道》《神魔》《邪风曲》《龙战星野》等多部作品都是玄幻武侠类。

2. 我国少数民族网络文学的意义

少数民族网络文学因其完备的文学网站，庞大的创作主体和大量的作品，展现了其与传统文学的不同之处，少数民族网络文学在互联网的推动下发展，一方面为文学爱好者们提供了零门槛自由表达的机会，另一方面也为民族文化的传播和发展做出了巨大贡献。

（1）少数民族作家新的灵魂港湾

文学是语言文字的艺术，是社会文化的一种重要表现形式，也是作家运用独特的语言艺术表现其独特的心灵世界的作品，它代表一个民族的艺术和智慧。少数民族网络文学有着数千年的悠久历史，以特殊的内容、形式和风格构成了自己的特色，有自己的审美体系、理论体系和批评体系。它以优秀的历史、众多的作家、丰富的作品、独特的风格、鲜明的个性而成为中华民族的瑰宝。建立文学网站的少数民族几乎都设有文学专栏，它们对文学的定义大同小异，如三苗网文学天地栏目的宗旨是“文学爱好者的乐园，独立思想者的天地”；穆斯林文学网的宗旨是“端庄举意，书写清洁、信仰表达、关怀心灵”；西北文学网的宗旨是“心灵圣地，精神家园”等。他们通过宗旨的形式表达自己对于本民族文化的认同。很多民族作家在表达自己的创作动机时表明，文学创作的目的在于表达自己的精神诉求，也是为精神寻找寄托所的一种方式，民族性的创作有利于寻找归属感，获得民族认同感，创作时更加自由和随行。如彝族诗人王国清早期在谈到创作动机时说过：“我之所以写诗，是想找到一种倾吐心事的方式，而这种方式，我毫不犹豫地选择了诗歌。

想以诗歌为载体，吸一口淳朴的民风，去聆听时代的自然的呼吸；尽可能地去收录一些对身边事物乃至对民族的印记，试着去寻找自己应有的精神归宿。”与他相同的其他民族作家仍然很多，都在创作过程中寻找心灵的栖息地，精神的聚居所。如小河边的思人的《故乡是一剂解药》、菜刀上的思想的《故乡》、云子清的《回家的路》、沉香如故的《山的情丝》、陶贵英的《梦中的苗乡与童年》等。

（2）文学新秀兴起和发展的摇篮

现今的少数民族网络作家大多是随着网络文学发展而形成的，以年轻人居多，他们最初只是在网络上自我倾诉，逐渐演化成肩负民族责任感的作家。从兼职写作、业余写作到全职写作，内容也从表达本民族的自然、景观、建筑、音乐、习俗上升到民族精神、时代风貌。在表达自我的同时，也传承了本民族的文化，也传播了民族文学。

在蒙古文化网、草原雄鹰网、藏人文化网、三苗网、彝族人网、侗族风情网、土家族文化网、壮族在线等民族网站上活跃着一批少数民族文学爱好者，如苗族的血红、蚩尤浪子、姚筱琼；壮族的忽然之间～、施定柔；藏族的刚杰·索木东、阿来、旺秀才丹、扎西才让、次仁罗布、格央、雍措、王小忠、泽仁达娃；回族的石彦伟、夜有轻寒、兰喜喜、老榕；彝族的王国清、沙辉、余继聪、吉克阿嘉莫；维吾尔族的帕蒂古丽、迪尼孜；满族的雁九、携爱再漂流、公里、劳马、金子；土家族的当金垭、李缨、向维军；白族的施怀基、和菜头等网络作家。他们最初都是在民族网站中开始创作，随后转战汉族专业性文学网站，并且成为签约作家。如苗族的血红，是当前起点中文网网络玄幻领域最具人气的作家。2003 年起，开始从事网络小说的创作，2004 年，成为起点中文网唯一一位年薪超过百万的网络写手。壮族的忽然之间～，是晋江文学城创造销量奇迹的一位超人气作者，目前，在晋江文学城仍有作品连载。满族的金子最早也是在晋江文学城开笔、满族公里的代表作也是在晋江文学城首发、土家族的米米七月最初也是活跃于起点中文网、榕树下、天涯、红袖添香等文学网站等。另外还有很多少数民族网络写手由业余爱好者成为中国少数民族作家协会会员，如彝族的王国清、苗族的刘燕成、藏族的丹增、侗族的苗延秀等人。

（3）民族文化传承和发展的集散地

民族文化是各民族在其历史发展过程中创造和发展起来的具有本民族特点的文化。民族文化反映该民族历史发展的水平，也是本民族赖以生存发展的文化根基所在。互联网的快速发展，推动了少数民族网络文学的发展，少数民族建立了大量的文学网站，打破了之前因交通不便等外在因素而产生的沟通障碍，传播了本民族文化，破除了人们对少数民族的怀疑和误解。少数民族作家们通过文字的形式，让更多的人们了解少数民族的文化习俗、历史进程以及民族精神，加快各民族文化交流，促进各民族文化融洽发展。少数民族作家们大多是本民族文化的爱好者，他们乐于做文化的传承者和传输者，将民族的神秘感和特殊性展露在大众面前，更好地促进民族文化的传播，破除疑虑引发的误解。如侗族的吴兴盛，彝族的王国清，藏族的旺秀才丹、旦巴亚尔杰、德本加，蒙古族的特·官布扎布、达来、海鹰，苗族的石茂明等，充分借助互联网这一平台，有意识地运用母语进行创作，弘扬本民族文化，为少数民族文化的传承和发展做出了巨大贡献。三苗网特别设置了母语亭栏目，鼓励大家用苗语进行创作和交流，其论坛标签就是“为什么要说我们的语言，为什么要着我们的装束？要问这是为什么，只因为我们的名字叫苗族。”文山苗族网设有专门的苗文空间栏目，下设语文教学、文章作品、研究探讨、图说苗文四项，方便感兴趣的苗族人们或者其他民族的人们学习苗语、了解苗族文化、欣赏苗族文章。另外琼迈藏族文学网是藏族首个纯藏语的网站，目的就在于传承藏族文化，留住民族语言。

3. 我国少数民族网络文学的局限性

虽然我国少数民族网络文学取得了很大成绩，但少数民族网络文学自身的劣势仍然存在，如写手多，名家少；作品多，精品少；理论批评陈旧等局限性。

（1）网络写手多，知名作家有待成长

相比于少数民族传统文学而言，少数民族网络文学的一大发展局限性在于网络写手群体庞大，实力名家只占少数，这与创作主体的虚拟化有关，首先，网络主体的水平参差不齐，网络写手们来自各行各业，只要你有想法、有时间、有电脑，你就可以成为一名网络写手，就可以将自己的想法写出来，发布到网上。在传统文学中，作家是个受人尊敬的职业，只有高文化、接受过高教育培养的人才有可能成为作家。他们不只需要具备生活经验和发现美的眼睛，还需要很高的文化素养。现今，网络写手们不再受职业、教育背景等的局限，作家依然是个高尚的职业，他们作为知识分子的形象也依然广受人们的尊敬，但是创作不只属于他们，每个人都有可能成为创作者，都有将自己想法表达出来以获取认同感的可能。其次，很多写手将网络写作当作生活的娱乐。少数民族网站众多，活跃的民族作家只是少数，很多人将在网站上发表文章作为生活的调剂品，没有全身心地将写作作为一门事业经营，他们只是利用业余时间写作，描述本民族的自然景物、民族精神、风土人情、爱情观念、生活习性等，表达自己对家乡、民族的热爱和思念，展现少数民族与众不同的精神风貌。最后，借助互联网发展起来的网络文学，具有“快餐”特性，更新换代迅速，以适应性强的70后、80后、90后的年轻作家居多，少数民族网络文学也是这种现象。近年来比较知名的少数民族网络作家有：苗族的血红、蚩尤浪子、姚筱琼；壮族的忽然之间~、施定柔；藏族的刚杰·索木东、阿来、旺秀才丹、扎西才让、次仁罗布、格央、雍措、王小忠、泽仁达娃；回族的石彦伟、夜有轻寒、兰喜喜、老榕；彝族的王国清、沙辉、余继聪、吉克阿嘉莫；维吾尔族的帕蒂古丽、迪尼孜；满族的雁九、携爱再漂流、公里、劳马、金子；土家族的当金垭、李缨、向维军；白族的施怀基、和菜头等。

（2）作品丰富，精品力作尚不多

互联网的兴起与快速发展给网络文学的发展提供了平台，少数民族网络写手们借助这个平台创作了大量的作品，以诗歌、散文、小说居多。由于创作主体的低门槛性，民族作家们的水平参差不齐，作品在数量上蔚为壮观，在质量上却差强人意。网络文学以“快”著称，很多作家一天可“码字”成千上万，甚至更多，质量上却有待考究，真正保质保量的作家凤毛麟角。少数民族网络作家大多活跃于本民族文学网站，能与之交流的读者相对较少，在作品的阅读方面有失先机。很多网站的作品发布后，阅读量不大，读者留言更少，作家很难实现与读者的实时沟通，错失了网络文学发展起来的新特性。大多数民族作家都是先在网站上发表作品，然后被报纸或期刊转载，知名度上去了，然后在出版社出版作品。另外还有一批少数民族网络作家活跃于汉族专业性文学网站，他们的作品类型以都市言情、历史穿越、玄幻武侠等为主，在网络文学领域内短时间获得超高人气。

（3）理论批评有待加强

少数民族网络文学自1999年发展以来，已有17年的历史。文学网站健全，民族作家庞大，作品数量与日俱增，但是相关的文学理论与批评不多。少数民族网络文学的研究意识已经觉醒，但是相关的研究人员稀缺。回族的马季是最早关注和研究少数民族网络文学的研究者，他在2009年至2014年间陆续发表了《网络时代的民族文学创作》《网络时代的少数民族文学》《网络时代的民族文学生态》《少数民族网络文学的价值与意义》《中国少数民族文学与网络传播》等文章。文章表明少数民族地区是网络文学发展的最大受益者，民族作家是民族文化的传承者，也是民族精神的守护者。随着互联网变革，少数民族网络文学应运而生并借势发展，网络化加快了民族文学的发展，让更多的人们了解少数民族文化和精神。侗族的石曼婷对少数民族网络文学做了系统的研究，其先后发表的《少数民族文学网站对民族文学发展的影响》《少数民族网络文学研究综述》《我国少数民族网络文学研究》等期刊和论文，对我国少数民族网络文学的产生、发展、特征、意义和局限性做了系统全面的研究。由于题目过大，研究者的研究不够深入，但是这对后来者研究和关注少数民族网络文学提供了捷径。龚举善先后发表了《少数民族网络文学对于当代文学史的建构功能》和《少数民族网络文学的文化生态价值论》等相关文章，简要介绍了少数民族网络文学的发展概况，阐述了少数民族网络文学的文化价值以及文化生态建构特征。另外刘大先、苏日娜、杨玉梅等人也对少数民族网络文学的理论和批评研究做出了巨大贡献。

总而言之，文学创作的两翼是创作与评论，无论哪一边弱化都会对文学理论和批评研究产生影响。目前，我国少数民族网络文学的研究意识初步形成，但是成果少，研究人员稀缺，需要对其加大力度，以保证文学创作与理论批评协同发展。

（张俊　执笔）

第十章　年度纪事

一、2016年网络文坛大事记

一月

1月1日

梦入神机新作《龙符》首发于纵横中文网，打破了此前流传半年多的“跳槽”乃至“封笔”传言。2015年2月，《星河大帝》完结，此后梦入神机新书多次“跳票”，到8月更发微博表示“因为种种原因，新书没和网站谈拢，我暂时离开”，直到12月30日，才表示此前的各种变故都是因为网站动荡。据悉，百度在2015年一度想将纵横中文网出售给阅文集团，后经由梦入神机及其团队运作，最终完美世界注资百度文学并实现控股。

1月4日

易观智库发布《2015—2016：中国网络文学IP价值研究及评估报告》该报告以网络文学IP为研究视角，综合网易云阅读在网络文学内容方面的储备研究，以及易观智库的第三方专业研究成果，交叉分析了2015年作为IP全版权井喷之年背景下，泛娱乐行业现状和受众用户分析，梳理2016年各大平台的潜力IP。报告指出，网文IP读者在多个领域的消费意愿和比例都非常高，从文学迁移至影视剧和手游领域后将形成巨大的粉丝经济效应，这对于全版权泛娱乐产业将形成巨大的价值空间。

1月6日

湖南日报推出“聚焦网络文学湘军”专栏，展示湖南网络文学作家群体鲜为人知的一面，至1月14日共发稿7篇。湖南的网络文学创作在全国有着重要的影响力，中国作协重点管理的网络作家中湖南占了近40人。

1月6日

2015年度福布斯·中国原创文学风云榜颁奖盛典在上海展览中心完美收

官，2015年度中国最具价值的原创文学作品权威数据最终排名发布，改编奖、新锐作家奖等其他年度大奖揭晓。作家耳根的《我欲封天》与苏小暖的《邪王追妻》荣登榜单第一。由阅文集团主持发起的“正版联盟”揭牌。

附榜单：

“2015年福布斯·中国原创文学风云榜颁奖盛典”各奖项获奖名单

2015年福布斯·中国原创文学风云榜

男生作品TOP10

1.《我欲封天》（作者：耳根　类型：仙侠）

2.《造化之门》（作者：鹅是老五　类型：仙侠）

3.《一世之尊》（作者：爱潜水的乌贼　类型：玄幻）

4.《天域苍穹》（作者：风凌天下　类型：玄幻）

5.《星战风暴》（作者：骷髅精灵　类型：科幻）

6.《超品相师》（作者：九灯和善　类型：都市）

7.《大宋的智慧》（作者：孑与2　类型：历史）

8.《三界独尊》（作者：犁天　类型：玄幻）

9.《完美世界》（作者：辰东　类型：玄幻）

10.《择天记》（作者：猫腻　类型：玄幻）

女生作品TOP10

1.《邪王追妻》（作者：苏小暖　类型：古代言情）

2.《国民老公带回家》（作者：叶非夜　类型：现代言情）

3.《金陵春》（作者：吱吱　类型：古代言情）

4.《惊世毒妃》（作者：白天　类型：古代言情）

5.《炮灰攻略》（作者：莞尔wr　类型：古代言情）

6.《诛砂》（作者：希行　类型：古代言情）

7.《绝世神医》（作者：夜北　类型：古代言情）

8.《征服游戏》（作者：公子如雪　类型：现代言情）

9.《倾世宠妻》（作者：寒武记　类型：古代言情）

10.《爆笑宠妃》（作者：梵缺　类型：古代言情）

2015年度人气作家

男性作家：忘语（代表作：《魔天记》）

女性作家：叶非夜（代表作：《国民老公带回家》）

2015 年度新锐作家

男性作家：全金属弹壳（代表作：《黄金渔场》）

女性作家：北川云上锦（代表作：《史上第一宠婚》）

2015 年度原创作品改编奖

2015 年度原创最佳电影改编：《寻龙诀》（原著作者：天下霸唱　出品方：万达影视）

入围作品：《九层妖塔》《寻龙诀》《左耳》《何以笙箫默》

2015 年度原创最佳电视剧改编：《琅琊榜》（原著作者：海宴　出品方：正午阳光）

入围作品：《何以笙箫默》《琅琊榜》《花千骨》《芈月传》

2015 年度原创最佳动画改编：《择天记》（原著作者：猫腻　出品方：阅文集团）

入围作品：《莽荒纪》《择天记》《灵域》

2015 年度最佳游戏改编：《莽荒纪》（页游）（原著作者：我吃西红柿　发行商：妙聚网络）

入围作品：《武极天下》（手游）、《莽荒纪》（页游）、《九天星辰诀》（页游）、《大主宰》（手游）

2015 年度最佳网络剧改编：《盗墓笔记》（原著作者：南派三叔　出品方：欢瑞世纪、爱奇艺）

入围作品：《无心法师》《盗墓笔记》《校花的贴身高手》《纳妾记》

2015 年度最具改编潜力作品：《谁与争锋》（作者：乱）

入围作品：《谁与争锋》（作者：乱）、《国民老公带回家》（作者：叶非夜）、《全职法师》（作者：乱）、《从前有座灵剑山》（作者：国王陛下）

1 月 7 日

艾瑞咨询发布《中国网络文学版权保护白皮书》。报告显示，网络文学盗版给版权所有者造成巨大损失，仅 2014 年 PC 端付费阅读收入损失达 43.2 亿元，移动端付费阅读收入损失达 34.5 亿元，衍生产品产值损失 21.8 亿元，行业损失近 100 亿元。

1 月 14 日

国家新闻出版广电总局数字出版司召开 2015 年度重点网络文学网站作品阅评工作总结会。2015 年，总局对 26 家重点网络文学网站及其客户端作品进行了跟踪阅评，共收到阅评意见46份，涉及重点网络文学作品520部。2016年，总局将不断完善工作方法、机制，继续开展好阅评工作，督促企业建立完善符合自身特点的质量评估体系和控制机制，促进网络文学健康有序发展。

1月15日

近期掌趣科技曾先后公布对体育之窗、掌上纵横的投资，1月15日晚间，公司再度宣布拟耗资3.03亿元参股掌阅科技。掌阅科技实为中国数字阅读领域龙头企业，旗下拳头产品“掌阅 iReader”在2015年国内数字阅读市场份额排名中位列榜首，并计划耗资10亿元围绕泛娱乐领域展开投资。

1月22日

CNNIC发布《第37次中国互联网络发展状况统计报告》分析称以知识产权为核心的网络娱乐产业链在2015年展现出巨大商业价值，由热门网络文学作品改编的影视作品不仅屡创收视新高，改编的游戏也能迅速获得忠实粉丝的关注，而影视和游戏的改编成功又反哺了网络文学本身的发展，促使其商业模式由单纯向用户收费转变为利用免费模式扩大受众群体进而培养优质IP（Intellectual Property，知识产权）。与此同时，随着视频直播业务的发展，网络音乐节目的视频直播成为一种正在探索的新商业模式，在吸引用户的同时为音乐从业者提供了新的发展机会。

1月23日

由中国作协网络文学委员会主办、中国作家网承办的2015年度中国网络小说排行榜揭晓。《奥术神座》《回到过去变成猫》《木兰无长兄》等10部作品入选精品榜，《原始战记》《诛砂》《修真四万年》等10部作品入选新书榜。2015年第四季度中国网络小说排行榜经过网上投票、预审、专家终审等环节，也在同日从147部参选作品中选出20部上榜作品。

附榜单：

2015年度中国网络小说排行榜精品榜

（以得票多少为序，得票相同者以首发时间先后为序）

序号	作品名称	作者	推荐单位
1	《奥术神座》	爱潜水的乌贼	起点中文网
2	《回到过去变成猫》	陈词懒调	起点中文网
3	《木兰无长兄》	祈祷君	晋江文学城

续表

序号	作品名称	作者	推荐单位
4	《匹夫的逆袭》	骁骑校	中文在线
5	《从前有座灵剑山》	国王陛下	创世中文网
6	《烽烟尽处》	酒徒	中文在线
7	《凤倾天阑》	天下归元	潇湘书院
8	《唐砖》	孑与2	起点中文网
9	《紫阳》	风御九秋	中文在线
10	《女户》	我想吃肉	晋江文学城

2015年度中国网络小说排行榜新书榜

（以得票多少为序，得票相同者以首发时间先后为序）

序号	作品名称	作者	推荐单位
1	《原始战记》	陈词懒调	起点中文网
2	《诛砂》	希行	起点女生网
3	《修真四万年》	卧牛真人	起点中文网
4	《穿越者》	骁骑校	中文在线
5	《碎星物语》	罗森	中文在线
6	《厨娘当自强》	欣欣向荣	晋江文学城
7	《巫神纪》	血红	起点中文网
8	《万古仙穹》	观棋	中文在线
9	《他知道风从哪个方向来》	玖月晞	晋江文学城
10	《灭世之门》	黑暗荔枝	起点中文网

1月26日

第二届首都青少年最喜爱的网络文学作品评选大赛结果出炉，《白狼》等10部作品获奖。此次大赛由团中央宣传部、团市委、市作家协会、市网信办等部门共同举办，历时两个月，面向全国21家文学网站，共征集到105部作品。网络投票持续一个月，总投票数达203688票。经专家评审，《白狼》《女帝本色》《烽烟尽处》《青果青》《锦绣良婚》《他知道风从哪个方向来》《京门风月》《驭兽斋》《浪花一朵朵》和《紫阳》10 部作品脱颖而出。

1 月 29 日

中国作家网发布肖惊鸿撰写的《2015 年网络文学：最是一年春好处》年度综述。认为 2015 年的网络文学，呈现出新格局。网络文学布局的改变是从追求长度到增强表现力，新趋势是以人为本的现实题材增多。

1 月

北京大学网络文学研究论坛的“2015 中国年度网络文学排行榜”发布，该榜单坚持学院派研究者立场，所推选作品“蕴含某些经典的要素和指向，或者某种对既有类型的突破性和颠覆性”，同时又是“建立在不错的商业成绩和圈内口碑之上”的。榜单分男频、女频各 10 部。

附榜单：

男频小说 10 部分别是：

《清客》（贼道三痴，创世中文网）

《宰执天下》（cuslaa，纵横中文网）

《从前有座灵剑山》（国王陛下，创世中文网）

《异常生物见闻录》（远瞳，起点中文网）

《重生潜入梦》（第十个名字，起点中文网）

《回到过去变成猫》（陈词懒调，起点中文网）

《问镜》（减肥专家，纵横中文网）

《一世之尊》（会潜水的乌贼，起点中文网）

《剑王朝》（无罪，纵横中文网）

《择天记》（猫腻，创世中文网）

女频小说 10 部分别是：

《木兰无长兄》（祈祷君，晋江文学城）

《制霸好莱坞》（御井烹香，晋江文学城）

《快穿之打脸狂魔》（风流书呆，晋江文学城）

《诛砂》（希行，起点女生网）

《帝师》（来自远方，晋江文学城）

《女帝本色》（天下归元，潇湘书院）

《他与月光为邻》（丁墨，腾讯云起书院）

《我家徒弟又挂了》（尤前，起点女生网）

《红楼之宠妃》（Panax，晋江文学城）

《金玉王朝》（风弄，米国度）

二月

2月5日

经过初审、复审、终审、公示等程序，北京市新闻出版广电局近日最终确定14部作品为2015年度优秀网络文学作品，并特发通知向读者推荐。这14部作品包括晋江文学城、中文在线、铁血网、大佳网、红袖添香、掌阅、小说阅读网、天下书盟、豆瓣阅读、百度文学等网络文学网站的《战起1938》《花千骨》《家园》《世代枪王》《星星亮晶晶》《天歌，三生不负三世》《驭兽斋》《龙王令：妃卿莫属》《白狼》《好想喜欢你》《灭秦》《南下打工记》《百草媚》《驭兽斋无仙》等。

2月18日

速途研究院发布《2015年网络文学市场年度综合报告》，报告从中国网络文学市场现状、中国网络文学市场结构、中国网络文学版权现状、中国网络文学作家现状、中国网络文学用户习惯、中国网络文学版权价值趋势分析等几方面，进行了数据分析，并称2015年是互联网巨头争相布局网络文学市场，希望通过改编网络文学产品，向影视作品、手游、动漫等行业扩展。泛娱乐产业的快速发展，拉动网络文学市场的持续高速增长，并给作家带来更多的收益。

2月22日

三福互娱完成千万级人民币Pre-A轮融资；本轮由晨曜资本领投，Unity游戏产业基金、国灏创投和青锐创投跟投。资金将主要用于团队组建、移动端产品开发及品牌运营等方面。该公司还曾获得来自几位业内人士的数百万人民币天使轮融资。三福互娱是一个以漫画为核心的原创IP内容提供商。

2月27日

由中国作家出版集团中国诗歌网、中国作家协会诗歌委员会主办的“2016年新旧诗论暨中国诗歌网恳谈会”在北京举行。与会专家学者认为，网络平台和文学期刊是文学发展繁荣的重要土壤，发掘好作品和好作者是网络平台和文学期刊义不容辞的责任。在网络时代，文学期刊不仅没有过气，更显出其独特价值，需要大家以更敬业的精神投入这一事业。

三月

3月1日

《2015中国年度网络文学（男频卷、女频卷）》由漓江出版社出版。该书由邵燕君和庄庸主编、北京大学网络文学研究论坛选编而成，选收2015年完结或已连载主体部分并有更新的作品，在参照各主要文学网站榜单和粉丝圈口碑的基础上，筛选具有较高文学性乃至经典性指向的作品。在关注大神红文的同时，特别关注引发网文新类型、新潮流的小众流行作品。

3月1日

墨香铜臭在晋江文学城连载的《魔道祖师》完结（2015年9月开始连载，2016年8月更新精修版），伴随作品人气的上升，网络上出现大量同人小说、漫画、视频等二次创作，为原作聚集了超高人气。随后，晋江论坛等平台陆续爆出墨香铜臭种种营销炒作手段，引发了关于网络文学推广营销的巨大争议，成为2016年女频网文的热门事件。同年11月4日，晋江文学城公布《魔道祖师》与非天夜翔的《二零一三》共同列入腾讯动漫百万级改编计划，一定程度上肯定了这部作品的IP价值。

3月2日

被读者戏称为“能把读者看太监的神作”的“有史以来最长网络小说”《从零开始》（雷云风暴，起点中文网）完结，该作从2005年2月15日开始连载，连载时间长达11年之久。共3429章，2018.08万字。在起点累计获得了超过1300万张推荐票。

3月2日

鲁迅文学院第九届网络文学作家培训班开学典礼在北京举行。据介绍，本届培训班为期21天，共有全国35个文学网站和单位推荐的61名学员参加。根据网络文学、网络作家的特点，结合本届培训班学员的具体情况，鲁迅文学院进行了精心筹备，力求通过多种多样的教学形式，使培训班达到最佳的学习效果。

3月3日

全国人大代表、腾讯公司董事会主席兼首席执行官马化腾在北京召开媒体见面会，介绍他在今年两会上带来的5个建议，吸引了200多名记者的关注。其中在《关于以创新为驱动，促进我国数字内容产业发展的建议》中，马化腾呼吁，重拳打击网络盗版，制定促进网络文学发展的管理办法、措施和发展规划。

3月4日

艾瑞咨询发布《2016年中国网络文学行业研究报告》，对网络文学发展动态、发展现状、核心企业布局、用户行为以及行业趋势进行了深入探讨。报告指出，我国网络文学用户已经在逐渐向移动端迁移，网络文学3个“巨无霸”企业也已经呈现三足鼎立的态势。此外，报告还对未来网络文学的行业发展趋势进行了预测。

3月10日

由中国作家协会网络文学委员会、鲁迅文学院、天津市作家协会与南开大学共同主办的“天津首届全国网络作家创作论坛”在南开大学举行。本次活动由网络作家与高校师生座谈会和网络文学专题报告会两部分组成。

3月18日

2016第12届TFC全球移动游戏产业大会——阅文集团企业专场在北京召开，阅文集团副总裁罗立出席了本次专场，围绕阅文集团构建以IP为核心的泛娱乐战略以及在泛娱乐领域的优势等方面发表精彩演讲。阅文集团版权营销授权总监谢正瑛在发言中着重指明了网络文学与移动游戏的深刻羁绊，并就阅文成熟优质IP做了推介。

3月21日

由中国出版集团主办、大佳网和台湾图书出版事业协会、台湾电子书协会共同承办的第二届“海峡两岸网络原创文学大赛”在北京正式启动。本届大赛立足大陆，面向两岸及海外使用汉语写作的作者，借助互联网及网络文学传播特点，深入发掘蕴藏在广大人民群众中的创作活力。

3月22日

第二届广西网络文学大赛启动。这项比赛得到了区内外文学爱好者特别是高校学子的积极响应。大赛较之去年取得了更好的成绩，截止到9月10日收到了来自区内外文学爱好者的3222篇稿件，一批优秀的作者和高质量的作品也从中脱颖而出。

3月24日

悬疑女王七根胡新作《零度偶像》亮相阿里文学。阿里文学提出了IP联合培养计划和IP联合开发计划并与北京电视艺术中心率先尝试这种合作模式。此次阿里文学签约作家七根胡的新作悬疑小说《零度偶像》，其影视开发将与北京电视艺术中心深度合作。《零度偶像》在阿里文学平台上连载后，剧本的改编工作将在2016年一季度启动，七根胡也将深度参与剧本改编。

3月24日

由青罗扇子的《重生之名流巨星》（2009—2010，晋江原创网）改编的同名网络剧播出，该作是较早的女频“重生”之作，开启了晋江延续至今的“重生”风潮，也是女频“娱乐圈文”的早期代表作，同年11月被2016中国泛娱乐指数盛典评选为“中国网生内容榜—网络剧榜TOP10”。

3月25日

由华西都市报和作家榜团队大星（上海）文化传媒打造的“第十届作家榜”子榜单“网络作家榜”发布，榜单前三继续被上届三甲唐家三少、天蚕土豆、辰东占据，其中唐家三少被曝年度版税收入达1.1亿元，成为第一位年度版税过亿的中国作家。

3月26日

在第8期互联网法律记者沙龙上，主办方以“IP价值——网络文学的版权保护”为主题，让与会嘉宾就此进行了全面深入的探讨。

3月28日

由国家新闻出版广电总局组织开展的“2015年优秀网络文学原创作品推介活动”日前公布了推介作品名单。经初审、复评、终审等程序，最终遴选出《烽烟尽处》《芈月传》《星星亮晶晶》等21部作品。据了解，本次推介活动自2015年10月启动以来，共收到13个省（区、市）报送的323部作品，申报作品主题丰富、题材多元、体裁多样，基本涵盖网络文学所有类型。

获得推荐的作品包括：酒徒的《烽烟尽处》、蒋胜男的《芈月传》、骁骑校的《匹夫的逆袭》、陈词懒调的《回到过去变成猫》、唐慧琴的《日头日头照着我》、万派的《网络英雄传1艾尔斯巨岩之约》、萧炳正的《萧家媳妇》、苏诗桂的《宁子墨那代人》、天下尘埃的《星星亮晶晶》、邱德昌的《郭公传奇》、林跃奇的《黄道周》、古筝的《青果青》、三月王屋的《宝贝，向前冲》、携爱再漂流的《因为相爱才上演》、宁国涛的《两个人的婚姻，七个人的饭桌》、小如的爱情的《装修毁了我十四年婚姻》、我吃西红柿的《莽荒纪》、唐家三少的《斗罗大陆2：绝世唐门》、风舞天下的《不朽神瞳》、沧月的《忘川》、笑谈天涯的《古瓷谜云》。

3月28日

2016春季北京电视节目交易会开幕，北京版权保护协会网络出版工作委员会组织属地12家网络文学会员单位集中参展，旨在沟通网络文学产业链上下游市场，让网络文学创作有的放矢。据了解，今年是北京网络文学企业首次参加这样的交易会，这也是近年来北京市新闻出版广电局推动北京网络文学健康发展的又一新举措。

3月29日

由大众网、山东文学、齐鲁晚报共同主办的“中国第三届网络文学大奖赛”自3月29日起全面启动，并将持续到10月底。

3月29日

由广州市文联主办的“广州市迎接网络文艺的黄金时代”研讨会在广州召开，与会专家围绕网络文艺的发展态势、网络文艺与传统文艺之比较、网络文艺从业者生存环境、广州网络文艺发展现状，以及如何打造广州网络文艺品牌、利用网络文艺提升广州文化产业等方面的话题，进行了认真热烈的探讨和深入精辟的分析。

3月

上海浦东新区人民法院对上海玄霆娱乐（阅文集团旗下起点中文网）起诉神马搜索及UC浏览器侵权一案做出一审判决：一、判决认定UC浏览器内搭载的神马搜索提供转码阅读是侵权行为；二、由被告神马搜索立即停止对原告阅文集团文学作品13部小说的网络传播权，判决被告神马搜索赔偿原告侵权损失及其合理支出共计54万元。

愤怒的香蕉正在连载的历史小说《赘婿》在当月仅更新十二章、更新量只有正常作品三分之一甚至五分之一的情况下，获得起点中文网月票榜第六名，这一反网文一般商业规律的成就，正是《赘婿》在网文评价体系内部“巅峰”地位的最佳注脚。

四月

4月6日

上海文化发展基金会发布公告，增设和调整今年第一期资助申报项目。这是上海为贯彻落实习近平同志在文艺工作座谈会上的讲话和《中共中央关于繁荣发展社会主义文艺的意见》《关于支持戏曲传承发展的若干政策》等相关文件精神，促进文艺健康繁荣发展而推出的新举措。其中，试行对网络文艺创作实施资助，文化资助向网络文学创作伸出橄榄枝，在国内开创先河，堪称亮点。

4 月 7 日

由羊城晚报主办的“2016 年花地文学奖”公布获奖名单，酒徒以《烽烟尽处》获年度网络小说大奖。

4 月 7 日

为繁荣网络文学，帮助网络作家更好地提升写作水平，在网络文学创作中大力宣传社会主义核心价值观，由广东网络作家协会和阅文集团合办的“2016 广东网络作家高级研习班”于 4 月 7 日至 10 日在广州举办。

4 月 8 日

根据八月长安的小说《最好的我们》（2010 年 3 月起在晋江文学城连载时名为《流水混账》，实体出版改名为《最好的我们》）改编的同名网络剧在爱奇艺播出。11 月，该剧荣获 2016 中国泛娱乐指数盛典“中国网生内容榜—网络剧榜 TOP10”。

4 月 8 日

企鹅智酷发布了新一期的《IP 热潮与泡沫：网络文学 IP 价值判断报告》。据报告显示，应重视口味，年轻与成年群体，男性与女性，对不同 IP 的情感偏好，改编倾向性，应被纳入 IP 决策中。同时，IP 修补方面，应保持题材的一致性以维系原始受众群体；通过影视创作的增量元素，吸引其他受众。

4 月 9 日

全国公安网络文学学会在江苏无锡成立。

4 月 11 日

上海首份网络文学批评电子刊物《网文新观察》上线。

4 月 12 日

跳舞现身知乎社区对一个询问起点白金作家跳舞是否已经封笔的帖子进行回应，并解释封笔的原因和心态。据跳舞介绍，在其创作的过程当中，虽然有很多充满善意和友爱的铁杆粉丝一直在身边陪伴，但也遭遇了很多的黑粉，有些还以谩骂、诅咒、命令的形式进行催更，对其本人的写作动力和创作心态造成了非常大的打击。不过，跳舞目前已经删除了回应帖。

4 月 12 日

刚登陆新三板的中汇影视在北京公布了 2016—2017 年片单。在片单中，既有东野圭吾《嫌疑人 X 的献身》这种全球最顶级 IP，也有二次元、cosplay 顶级作品《长安幻夜》《艳势番》，风靡校园的《头条都是他》《快把我哥带走》，以及网文经典作品《神游》《九功舞》《孤城闭》等。全部片单都是IP改编作品。

4月13日

主题为“创新·共享·绿色”的2016年第二届中国数字阅读大会于4月12—13日在杭州举行。

4月16日

由南方都市报、南都周刊发起主办的第十四届华语文学传媒盛典颁奖典礼揭开帷幕。典礼上阅文集团与南都传媒达成战略合作，并举行了阅文平台文学大数据授权仪式。还评选出了六位“年度网络作家”：纳兰内拉、叶非夜、吱吱、圣者晨雷、定离、若菀。

4月15日

《九层妖塔》侵权案在西城法院开庭。陆川导演的电影《九层妖塔》在2016年赚得高票房，它就是根据“天下霸唱”（真名张牧野）的小说《鬼吹灯》改编而来。而作者认为电影《九层妖塔》歪曲、篡改原著小说，将中国电影股份有限公司及导演陆川诉至法院，索赔100万元。应陆川申请，法院追加出品方梦想者电影（北京）有限公司、乐视影业（北京）有限公司为共同被告。4月15日上午，该案在西城法院开庭审理，四名被告均否认侵权，并拒绝赔偿。

4月15日

由上海市作家协会、劳动报社、上海网络作协联合主办的“2015·中国网络文学年度好作品”评选活动在劳动报社召开新闻发布会，公布得奖作品名单。《战狼旗》《战起1938》等10部作品获得年度好作品优秀奖，另有10部作品获得佳作奖，20部作品获得入围奖。

附名单：

优秀奖10部

1.《战狼旗》火树

2.《战起1938》疯丢子

3.《男儿行》酒徒

4.《东上海的前生今世》吴正

5.《他与月光为邻》丁墨

6.《落英缤纷之际》李歆捷

7.《宝鉴》打眼

8.《诛砂》希行

9.《沈清寻》杨知寒

10.《超级农业霸主》贪狼独坐

佳作奖 10 部

1.《江山为聘，二娶弃妃》暗香

2.《不敢问来人》林桑榆

3.《酌风流，江山谁主》寂月皎皎

4.《他知道风从哪个方向来》玖月晞

5.《剑王朝》无罪

6.《对不起，我爱你》期海飞鱼

7.《骄偶》73 分吴千语

8.《深度催眠》百里途

9.《三界血歌》血红

10.《御宠医妃》姒锦

4 月 18 日

根据阿耐的小说《欢乐颂》（该作于 2010 年 9 月 28 日在阿耐的新浪博客和晋江文学城上连载，2012 年由四川文艺出版社出版实体书）改编的同名电视剧在浙江卫视、东方卫视首播，引发热捧。

4 月 19 日

国务院新闻办公室在北京举行新闻发布会，介绍 2015 年中国知识产权发展状况。国家版权局副局长阎晓宏认为虽然版权秩序在改善，但网络文字作品传播中存在的版权问题仍不少，特别是网络文学领域依然是侵权盗版的“重灾区”，还需要持续加大治理力度。

4 月 19 日

网易云阅读发布了《2016 网络文学原创作者生存报告》调查报告，探寻网络原创文学行业蓬勃发展环境下，原创作者的职业生存、创作习惯、收入及身心现状，以及对于网文 IP 领域的信心指数等，并首次对中国当下原创文学创作群体的全面生活与职业状态进行了画像。

4 月 21 日

愤怒的香蕉在微博上贴出自称“免费章节承包商联合体”的盗版者发布

的公开消息的截图，声讨盗版。愤怒的香蕉称自己曾考虑过：“等到下本书专为赚钱而写的时候，就拿出一半的钱来，专门请律师跟盗帖者打官司，不告组织，就告个人，告到他没有办法正常生活，告破产一个算一个。”

4 月 24 日

中国作协副主席、网络文学委员会主任陈崎嵘一行来到湖南，专题调研网络文学发展情况，并举行调研座谈会。陈崎嵘充分肯定了湖南作协针对网络文学所开展的工作，以及中南大学在网络文学理论研究上所做出的贡献，也肯定了作为创作个体的湖南网络文学作家在创作上所取得的成绩。

4 月 25 日

由中国作家协会网络文学委员会、湖南省作家协会、中南大学三方联合设立的“中国作家协会网络文学委员会中南大学研究基地”挂牌成立，这是首家国家级网络文学研究基地。由欧阳友权教授领军的中南大学网络文学研究团队是我国最早开展网络文学研究的学术群体。该团队 1999 年即涉足网络文学研究领域，2000 年开始发表论文，2004 年建立湖南省社科重点研究基地“网络文学研究基地”，2012 年、2013 年先后组建成立湖南省和全国网络文学研究会，成为这两个学会的会长单位和秘书处单位。16 年来，该研究团队已出版 5 套网络文学研究丛书，有 25 位教师发表网络文学研究论文 250 余篇，出版该领域著作 43 种。

4 月 26 日

中国网络版权保护大会“网络文学版权保护”专题分会在北京举行。新闻出版广电总局数字出版司副司长宋建新以“推动网络文学发展”为题，讲述网络文学的版权保护。

4 月 23 日

重庆市网络作家协会在九龙坡区正式成立。重庆活跃着一支几千人的网络作家队伍，其中不乏在全国有知名度和影响力的大神级作家。他们创作成果颇丰，同时引领和团结了一大批网络作家。重庆市网络作协的成立得到了重庆市各级政府特别是九龙坡区区委、区政府的大力支持，小桥老树任名誉主席，静夜寄思任主席。

4 月 26 日

由国家版权局主办的“中国网络版权保护大会”在北京举行。工信部、公安部、国家网信办等相关部门负责人及来自版权产业界的代表，探讨了网络转载版权保护、网络文学版权保护等议题。国家新闻出版广电总局数字出版司副司长宋建新提出了五条工作思路。北京知识产权法院法官张玲玲在专题分会上指出，目前，网络文学是网络盗版的“重灾区”。北京法院在2015年共审计了2.62万件案件，里面70%是网络著作权案件。

4月27日

著名网络作家耳根的《一念永恒》影视版权以1000万元高价被买走，刷新了武汉网络文学IP版权交易纪录。据悉，耳根背后的“东家”——武汉唯道科技有限公司，2015年9月落户光谷，是全国首家全产业链网络作家经纪公司，其整合了国内原创文学“巨轮”阅文集团旗下超一线的作家资源。

五月

5月6日

视频网站爱奇艺同时启动了“爱奇艺文学”和“中国好故事文学大赛”，宣布“未来一年里，将以1个亿的资金寻找100个好故事。”爱奇艺文学的成立意在打通IP从文学创作到后续改编的产业链，将爱奇艺从IP开发的下游改编平台，转型为兼具上游源头功能、能够自主创造IP的“一体机”。

5月6日

2016第二届滇云网络文学大赛在昆明启动，5月6日起至8月31日，大赛将面向广大网络文学爱好者征集昆滇文化题材作品，大赛设“滇云网络文学大赛”年度大奖，奖金为5000元。

5月10日

由河南省作协主办的第二届杜甫文学奖公布获奖名单，庚新以《宋时行》(2012—2013，起点中文网）获杜甫文学网络文学奖。

5月11日

由中国社会科学院文学研究所、社会科学文献出版社共同主办的《文学蓝皮书：中国文情报告（2015—2016)》发布会在北京举办。该报告指出，在小说创作尤其是长篇小说创作中，小人物的描写出现新的艺术突破。一些涉及贪腐与反腐题旨的小说有所深化。在网络文学中，创作与运营的双向异动推动着网络小说一路奋力前行。在理论批评中，理论的反思与批评的检省成为自觉的行动。

5月18日

《收获》杂志与“赞赏”IP平台共同开发推出写作出版社区“行距”

APP。《收获》主编程永新把这个互联网空间形容为“《收获》园林”，除了在线接受投稿，还尝试直接把一些作品输送到影视公司，使这个平台在一定意义上成为剧本工厂。

5 月 20 日

前盛大文学 CEO 侯小强创立的“火星小说网”上线测试版 PC 端，重回数字阅读市场。网站域名备案为“北京金影科技有限公司”。

5 月 23 日

百度发布公告，宣布将陆续关停“百度贴吧”文学目录下的全部贴吧，进行全面整顿并清查其中的盗版侵权内容。

5 月 23 日

改编自常书欣小说《余罪》（2013—2014，创世中文网）的同名网络剧在爱奇艺播出。该剧不仅收获了良好的口碑，还斩获了金骨朵网络影视最佳网络剧、2016 中国泛娱乐指数盛典网络剧榜 TOP10、第七届澳门国际电视节金莲花优秀网络剧大奖等多项荣誉。

5 月 26 日

二次元宅文平台“欢乐书客”获得 500 万元 Pre－A 轮融资，清科创投、童石网络、掌玩互娱投资。欢乐书客是一个二次元网络小说平台，加入了好玩的弹幕功能，主打好玩有趣的网络文学，前期主要盈利方式为卖内容和道具。

5 月 28 日

在法兰克福书展及德国图书信息中心举办的 2016 年故事大会暨第四届故事驱动大会上，跨文化、跨媒体讲故事成为故事驱动大会关注的热点。德国法兰克福书展主席岳根·博思说，故事驱动尤其关注内容的跨媒体转换和跨文化传播，其目的就是要在不同的媒体领域搭建桥梁，不仅是出版和影视之间的单边桥梁，还要搭建一些多边桥梁。

5 月 31 日

网络文学版权保护研讨会在北京召开。本次研讨会由中国作协作家法律服务团与网络文学委员会联合举办，针对目前网络侵权盗版现象严重的状况，特别邀请文学网站代表、网络作家与法律专家，开展深入对话，了解和掌握网络文学版权的基本情况，交流网络文学维权的经验与困惑，探讨在当前互联网环境下如何有效加强网络文学版权保护。

六月

6 月 3 日

由中国文艺评论家协会青年委员会、中国当代文学研究会新媒体文学委员会、中国文艺理论学会网络文学研究会主办的“首届网络文艺评论大赛”启动。大赛于 2016 年 11 月 30 日截稿，收到稿件 446 篇。

6 月 7 日

由猫腻小说《择天记》（2014—，创世中文网）改编的同名电视剧在上海举办开机发布会，这是腾讯影业成立后，推出的首部电视剧作品。《择天记》成为腾讯互娱打造泛娱乐生态链的突破之作。

6 月 11 日

国家新闻出版广电总局发出《关于开展 2016 年优秀网络文学原创作品推介活动的通知》，继续遴选一批思想性、艺术性有机统一的优秀网络文学原创作品向社会推介。通知要求，申报参评网络文学作品要坚持以人民为中心的创作导向，以马克思主义文艺观为指导，把人民作为创作表现的主体；要把社会效益放在首位，坚持社会主义先进文化前进方向；要弘扬社会主义核心价值观，聚焦中国梦的时代主题；要唱响爱国主义主旋律，传承和弘扬中华优秀传统文化；要秉持创新精神，在题材、体裁、形式上有创新，在观念、内容、风格上有特色。

6 月 20 日

在电视剧《亲爱的翻译官》圆满结局之际，由中国作协网络文学委员会、广东网络作家协会和蔷薇书院联合主办的网络小说《翻译官》作品研讨会在中国现代文学馆举行。与会专家认为，《翻译官》成功地将青春与梦想融入文字之中，以现代的观念诠释了“灰姑娘”的故事，情节曲折，人物饱满，文笔细腻优美，节奏恰当，富有积极向上的正能量，具有较好的励志作用。作为一部已经面世 10 年的作品，能够一版再版，并在当下引发热议，其品质得以印证。

6 月 22 日

辽宁中青年作家学习“讲话”精神座谈会在辽宁文学院举行。辽宁省作家协会第十届签约作家、省内重点网络作家进行了座谈交流。座谈会上，作家纷纷发言，围绕自身的创作现状畅谈创作体会，交流对传统文学写作以及新媒体文学写作的见解和体会。网络文学和传统文学相互竞争、互为补充，为文学提供了丰富的生态。无论哪种创作形式的作家，都应提高自身素质，担当社会的责任。

6 月 24 日

起点中文网时隔数年之后再次进行页面整体改版，网站整体架构趋于扁平化，有利于增强移动端读者的体验。

6 月 26 日

江苏省网络作家协会成立。陈彬（跳舞）为江苏省网络作家协会主席，副主席（以姓氏笔画为序）为：丁凌滔（忘语）、马季、王辉（无罪）、卢菁（天下归元）、朱洪志（我吃西红柿）、刘晔（骁骑校）、刘华君（寂月皎皎）、杨晨（314）、吴正峻、徐震（天使奥斯卡）。江苏省网络作家协会将重点做好以下几方面的工作，一是履行联络、协调、服务、指导的职能。二是加强网络文学理论研究和文学批评。三是积极开展作品推介。四是组织作家培训和文学采风活动。五是保护会员权益。

6 月 28 日

西城区人民法院对电影《九层妖塔》著作权纠纷案做出一审判决，判令被告中国电影股份有限公司、梦想者电影（北京）有限公司、乐视影业（北京）有限公司和第三人北京环球艺动影业有限公司在发行和传播电影《九层妖塔》时，署名“天下霸唱”为原著小说作者，并就涉案侵权行为刊登声明，向原告张牧野公开赔礼道歉，消除影响，驳回原告其他诉讼请求。目前，本案还在上诉期，一审判决尚未生效。

6 月 29 日

中国作协在北戴河召开网络文学工作交流会。中国作协副主席李敬泽在致辞中说，目前，全国越来越多的省市已经设立了网络文学工作机构，中国作协也将加强与各省市网络作协的合作共享，发挥互联网思维，团结广大网络文学作家，与各个文学网站积极沟通，搭建平台，达成共识，为网络文学创造良好的生态环境。

6 月中旬

包括潇湘书院、小说阅读网、红袖添香、言情小说吧在内的阅文集团旗下多家子公司 CEO 集体离职，目前，阅文集团多位核心高管已分别接管各网站。

6 月下旬

由天津市群众艺术馆、天涯文学联合主办的“微时代”全国网络短篇小说大赛正式启动，在天涯社区“舞文弄墨”版建立专栏页面，并发布征稿公告。

七月

7月1日

由杭州市文联、浙江省网络作协、杭州市网络作协共同主办的《网络英雄传Ⅰ：艾尔斯巨岩之约》研讨会在杭州举行。研讨会上还举行了《立于时代之巅——〈网络英雄传Ⅰ：艾尔斯巨岩之约〉评论集》撰稿启动暨作家签约仪式。

7月3日

掌阅文学创作大赛于7月3日正式启动，2016年11月23日征稿截止。大赛大奖超过15万元，总奖金也将达到百万元以上。

7月4日

百度宣布，旗下百度文学业务引入完美世界集团的战略投资，双方将以文学为连接点，在文学业务、版权业务、影游投资开发、影游产业链联动等方面展开深度合作。这是国内领先的互联网巨头携手泛娱乐文化产业领军企业的强强联合，有望为中国文化产业全新供给侧的构建带来变革性影响。

7月4日

根据南派三叔的同名作品改编的电视剧《老九门》在东方卫视和爱奇艺同步上映，截至2016年9月27日，《老九门》网络播放量突破100亿人次，成为全网史上首部播放量破百亿的自制剧。11月，该剧荣登2016中国泛娱乐指数盛典“中国网生内容榜—网络剧榜TOP10”。

7月12日

国家版权局、国家互联网信息办公室、工业和信息化部、公安部在北京联合召开“剑网2016”专项行动新闻通气会，下发《关于开展打击网络侵权盗版“剑网2016”专项行动的通知》，启动“剑网2016”专项行动。

7月12日

由南派三叔创办的南派泛娱有限公司在北京举办了“Fun娱大计划”发布会。发布会上，王晋康宣布将携百部科幻IP，牵手南派泛娱进军科幻影视领域；《花千骨》作者Fresh果果所属果派联合也宣布与南派泛娱展开全面合作，组成“上天入地、天外飞仙”的全新概念。

7月12日

由河北省作协主办的“坚持以人民为中心的创作导向”青年网络作家主

题研修班在石家庄开班。此次主题研修班集中了全省多所高校的硕士研究生、博士研究生中的网络文学作者 90 人，分三期连续举办，每期 30 人，为期 12 天，其间将举办专题讲座、作品分析、创作经验交流等活动。

7 月 15 日

手机阅读品牌掌阅近日公布了在其 iReader 电纸书上的相关阅读数据，并对掌阅电纸书用户的阅读倾向进行了分析。数据显示，电纸书给用户提供了一个不被打扰的阅读空间，令其阅读量攀升。在阅读内容方面，电纸书用户表现出了丰富的兴趣，体现出了年轻人关注度广泛的特点，其中出版书籍和网络文学并驾齐驱，而漫画内容则稳居季军位置。在出版书籍方面，《最好的我们》《翻译官》《三体》等作品十分受欢迎，体现出电纸书用户对文学作品的更高关注。在网络文学方面，女频作品比男频作品具有更高的关注度，这可能由于女性用户比男性用户更多，且对网络文学作品更为关注的原因。比较令人意外的是，还有很多读者喜欢使用电纸书看漫画、玄幻等题材，符合年轻人的喜好特点。

7 月 18 日

中国作协在其官方网站中国作家网公布了中国作协 2016 年新会员名单，其中包括 29 名网络作家及从业者，阅文集团负责作家与内容方面的两位副总裁林庭锋（宝剑锋）与侯庆辰（意者）也同时入会。

7 月 19 日

中国作家网发布《2016 年中国网络小说排行榜征集作品启事》，据了解 2016 年中国网络小说排行榜分半年榜、年榜两个榜单。每次评选 20 部作品，分为已完结作品（10 部）、未完结作品（10 部）。

7 月 20 日

网络文学行业自律倡议书新闻发布会在中国现代文学馆举行。倡议书涉及三方面内容，一是网络文学必须坚持以人民为中心的创作导向，必须把弘扬社会主义核心价值观作为内在核心；二是网络文学需要永远保持创新能力，不断出现优秀作品；三是各方要齐心协力共同推动形成有助于网络文学健康发展的制度环境和生态条件。

7 月 20 日

“IP 一体化共创多赢生态”主题论坛在 2016 年北京数博会期间举办。著名导演尤小刚，作家石钟山、人海中、赵凝，原创作家黑夜 de 白羊，乐华影业总经理张志远、合一集团优酷土豆动漫中心总经理葛仰骞、人民文学出版社副总编辑周绚隆等嘉宾出席，并分别就“IP 一体化共创多赢生态”这一议题发表了观点。

7 月 20 日

第 27 届香港书展开幕，作为近几年香港书展的一个传统项目，书展首日都会邀请嘉宾在“国际出版论坛”上就某个出版业的话题进行探讨。2016 年的论坛以网络文学和大数据挖掘作为切入点，探讨如何重新定义阅读以及传统出版业应该如何利用大数据来寻求出路的问题。

7 月 31 日

在全球范围内都具有重要影响力的女性文学网站——晋江文学城在北京召开了第三届作者大会，数百名作者与读者同贺网站十三周年庆典，盛况空前。

7 月 31 日

根据萧鼎小说《诛仙》（2003—2007，幻剑书盟）改编的古装仙侠剧《青云志》在湖南卫视超级独播剧场播出。

八月

8 月 2 日

中国文联网络文艺评论家协会成立。协会主任为尹鸿，副主任为欧阳友权、关玲，秘书长为庄庸。

8 月 2 日

河南省网络文学学会在郑州成立。通过会议选举，何弘当选为省网络文学学会会长，会议通过了《河南省网络文学学会章程》。

8 月 3 日

中国互联网络信息中心（CNNIC）发布第 38 次《中国互联网络发展状况统计报告》。报告显示，我国网络文学用户规模稳定增长，移动端增速较高。截至 2016 年 6 月，网络文学用户规模达到 3.08 亿人，较 2015 年年底增加 1085 万人，自 2015 年 6 月以来增长率保持在 3.5% 以上。手机网络文学用户规模为 2.81 亿人，较 2015 年年底增加 2209 万人，增长率达到 8.5%。

8 月 5 日

电影《盗墓笔记》在大陆上映。是由上海电影（集团）有限公司、乐视影业（北京）有限公司、南派泛娱有限公司联合出品的动作探险片，由李仁港执导，鹿晗、井柏然、王景春、马思纯等主演。该片改编自南派三叔的同名小说，讲述了醉心于古建筑的吴邪在三叔的带领下，与张起灵、阿宁、潘子、王胖子，开始了一场前所未有的冒险故事。

8月5日

日前，来自上海、北京、河南、杭州等地30余位学者齐聚上海大学网络文艺发展论坛。本次论坛由中国文联文艺资源中心和上海文化发展基金会指导，“电影产业与中国故事创新”上海市社科创新研究基地、网络文艺智库百人论坛、杭州师范大学文化创意产业研究院、上海大学妇女研究中心联合主办，立足中国网络文艺丰富而庞大的成就、现状、未来发展趋势与前景展望，从网络文艺创作实践与创新风潮、产业商业变革与演变、文艺形态业态与生态发展、重大理论与决策管理建议等多角度、多层次展开研讨，积极回应青年文艺社群新组织与文化生态演进、网络文艺管理、网络舆情应对、社会文化治理与国家治理模式新理念等热点问题。

8月13日

“中国文艺理论学会网络文学研究会2016年会”在怀化学院召开。此次年会由中国文艺理论学会网络文学研究会、中国文联文艺评论中心、湖南省文联主办，同时举行了“网络文学评价体系构建学术研讨会”，受邀出席的多位专家学者先后做了发言。与会专家学者认为，构建网络文学评价体系对于推动网络文学的生产和批评，具有重大意义。有专家指出，构建网络文学评价体系，不能停留于对现有网络文学的回顾与总结，应树立符合网络文学特性的规则。还有专家认为推动网络文学发展，应加强大众评点、学术评论、媒体评介。大家对网络文学的未来充满信心，认为“网络文学将成为今后数十年文学创作和文学研究的热点，也可能带来中国文学的古典形态与现代形态的真正分野”。

8月16日

阅文集团宣布与科幻世界杂志社达成战略合作，并签署“银河奖”冠名协议，从2016年起连续三届冠名“银河奖”。

8月19日

咪咕阅读、温州市网络作家协会、温州网等联合发起了一场“温州网络文学作家沙龙”，现场邀请到善水、紫钗恨等一大批温州网络文学作家，探讨网络文学的大事记和爆款红文如何产生。

8 月 25 日

由上海市新闻出版局指导，阅文集团主办的“2016 年网络文学会客厅暨网络文学现实题材征文大赛推进活动”成功举办。

8 月 26 日

广东省作家协会主办的“广东网络作家看粤东西北振兴发展”主题采风活动第一站日前在梅州拉开序幕，25 位网络作家在为期两天的主题采风中，先后到中国客家博物馆、黄遵宪故居等地，感受客家文化，在传统中寻找创作灵感，并召开文学创作座谈会，与梅州本地网络作家交流今后创作的思路。

8 月 29 日

灼识咨询发布 2016 年《中国 IP 行业蓝皮书》。研究显示，中国网络文学 IP 市场规模从 2011 年的 1. 0 亿元增长至 2015 年的 3. 4 亿元，年复合增长率为 34. 6%。作为内容产业的重要创意源泉，网络文学 IP 市场预计会进一步增长，在 2020 年达到 11. 2 亿元左右。

8 月 29 日

无锡市作协网络文学分会成立，王辉当选为分会主席。会上发布《致全市网络作家的倡议书》，呼吁全市网络作家书写理想、弘扬正气，传递正能量，多出精品，把社会效益放在首位，遵法护权，营造生态良好的网络空间。

8 月 31 日

烽火戏诸侯的东方玄幻小说《雪中悍刀行》完结。这部首发于 2012 年，共 450 万余字的小说是以挖坑不填、被戏称为“大内总管”的烽火戏诸侯迄今为止最长的完本小说。

九月

9 月 1 日

由中国文字著作权协会发起的“2016 剑网行动，原创文字作品保护月”在北京启动，活动为期一个月。治理网络文学侵权盗版是“剑网 2016”专项行动的工作主线。前不久，国家版权局通报了首批网络侵权盗版案件查办情况，引发社会关注。“原创文字作品保护月”活动即意在号召原创媒体机构和原创个人积极主张权益，呼吁社会公众保护正版，呼吁网络内容聚合平台等媒体尊重原创，规范互联网版权秩序。

9 月 1 日

由成都市互联网文化协会、成都古羌科技有限公司（看书网）、博瑞集团天骄文化传播有限公司（8 号平台）联合发起的“成都市网络文学联盟启动仪式暨联盟 IP 对接转化会”在成都举行。据悉，成都市网络文学联盟将为作家和影视公司搭建线上、线下最便捷的平台，让作家与影视公司面对面交流，让网络文学 IP 交易成本降低、更有效率。

9 月 3 日

中国网络作家重走长征路采风活动在江西赣州启动，来自全国各地的、年轻的网络作家和网文编辑，将从这里踏上真实的奇迹之路，感受与“穿越”“架空”不同的另一种历史情境。

9 月 8 日

网络作家重走长征路总结会在甘肃兰州举行。这是采风团继在江西瑞金、四川马尔康两地座谈之后举行的第三次座谈会。在为期 7 天的紧张行程中，采风团在江西参观“二苏大”旧址、沙洲坝红井等具有标志性的革命旧址，到华屋村、敬老院、红军出发渡口和纪念馆，了解鲜活具体的革命故事，感受今昔革命老区的强烈对比；在四川，采访团行车在阿坝州的莽莽大山中间，实地了解长征途中最为艰难的爬雪山、过草地；在甘肃会宁，采风团登上红军会师楼，体会革命历经艰难坎坷后终得胜利的欢欣鼓舞。

9 月 9 日

越南 2016 年秋季图书展在河内开幕，60 家出版发行、邮政和教育培训单位参展，每天吸引上千名图书爱好者前往参观并购买图书。除中国古典名著《三国演义》《孙子兵法》外，中国的网络小说备受青睐。近 5 年来，越南翻译出版中国图书 800 余种，其中翻译自中国网络文学的占 70% 以上。

9 月 11 日

掌阅举办大型线下活动“阅饼狂欢节”，主办方公布了一组数字：广东省读者阅读网络文学频率最高；当下网络文学的主要受众都集中在 30 岁以下的年轻人中；都市言情类仍是最受欢迎的主流作品。根据掌阅文学提供的数据显示，网络文学的受众在男女比例方面相差无几，男性读者略多于女性读者。从年龄分布上来看，21 岁以下的读者占 39%，22 岁到 29 岁的读者占 38%，29 岁到 39 岁的读者占 13%，39 岁以上的读者约占 10%。

9 月 13 日

由清华大学《传媒蓝皮书》课题组编撰的《2016 中国 IP 产业报告》在北京公布。报告选取目前已公开的 IP 影视项目，通过数据分析模型，对 IP 的影响力进行评估，并推出了“中国超级 IP—TOP100 影响力榜单”，前三甲分别是漫画《19 天》、小说《盗墓笔记》和《西游记》。榜单中，网络小说有 61 部，传统小说为 29 部。课题组组长卢金珠表示，传统原创编剧项目所占比例大幅下降，网络小说已成影视 IP 最重要的来源，漫画改编影视或成为新的增长点。继《十万个冷笑话》大电影取得佳绩之后，有 9 部漫画作品进入中国超级 IP—TOP100 排行榜。

9 月 13 日

由中国作协网络文学委员会主办、中国作家网承办的 2016 年度中国网络小说排行榜半年榜揭晓。《将夜》《余罪》《我欲封天》等 10 部作品入选已完结作品榜，《择天记》《慕南枝》《儒道至圣》等 10 部作品入选未完结作品榜。

附榜单：

2016 年度中国网络小说排行榜半年榜（已完结作品）

（以得票多少为序，得票相同者以首发时间先后为序）

序号	作品名称	作者	首发日期	所属网站
1	《将夜》	猫腻	2011 年 8 月 15 日	起点中文网
2	《余罪》	常书欣	2013 年 8 月 19 日	创世中文网
3	《我欲封天》	耳根	2014 年 3 月 1 日	起点中文网
4	《全职高手》	蝴蝶蓝	2011 年 2 月 28 日	起点中文网
5	《最后的王公》	缪娟	2012 年 3 月 16 日	蔷薇书院
6	《大宋的智慧》	孑与 2	2014 年 1 月 9 日	起点中文网
7	《一世之尊》	爱潜水的乌贼	2014 年 8 月 16 日	起点中文网
8	《有匪》	priest	2015 年 11 月 15 日	晋江文学城
9	《莫负寒夏》	丁墨	2015 年 11 月 1 日	云起书院
10	《我有特殊沟通技巧》	青青绿萝裙	2015 年 4 月 6 日	晋江文学城

2016年度中国网络小说排行榜半年榜（未完结作品）

（以得票多少为序，得票相同者以首发时间先后为序）

序号	作品名称	作者	首发日期	所属网站
1	《择天记》	猫腻	2014年5月28日	创世中文网
2	《慕南枝》	吱吱	2016年3月28日	起点女生网
3	《儒道至圣》	永恒之火	2014年5月12日	起点中文网
4	《雪鹰领主》	我吃西红柿	2015年6月14日	起点中文网
5	《听说你喜欢我》	吉祥夜	2015年12月16日	红袖添香
6	《人皇纪》	皇甫奇	2016年7月4日	中文在线
7	《君九龄》	希行	2015年12月30日	起点女生网
8	《奋斗在盛唐》	牛凳	2015年12月16日	看书网
9	《冠军之心》	林海听涛	2015年10月18日	起点中文网
10	《别怕我真心》	红九	2016年5月9日	晋江文学城

9月13日

13—14日，全国第二届网络文学论坛在佛山召开，该论坛由中国作协主办、广东省作家协会承办，聚集主流文学界、网络作家、网站负责人、网络文学专家等多方人士，是目前由官方主办的网络文学界最高规格最大规模的会议。此次会议讨论了加强网络文学规范管理、IP转化、网络版权保护等话题。

9月14日

网易云阅读联手网络作家更俗独家发布了都市商战小说《大地产商》，并在杭州做了读者见面会。《大地产商》自9月12日在网易云阅读平台上线至今总点击已近千万，连续占据新书榜、点击榜、男生榜前三甲。书评区讨论主题近2000条，打赏突破50000阅点。网易云阅读负责人范少卿则表示，除了加大作品本身的推广与包装力度，网易云阅读还将与作者一起，围绕《大地产商》的小说进行全版权IP衍生开发，包括实体出版、有声小说、话剧开发、影视剧开发等，作者则会深度参与到作品的衍生开发方案中来。

9 月 19 日

“网络文学版权保护研讨会”在北京举行，会上国家版权局发布了《关于加强网络文学作品版权管理的通知》（征求意见稿）（以下简称《通知》）。《通知》（征求意见稿）第十条明确提出：国家版权局建立网络文学作品版权“黑白名单制度”，公布文学作品侵权盗版网络服务商“黑名单”、网络文学作品重点监管“白名单”。

9 月 19 日

在网络文学版权保护研讨会上，由 33 家单位共同发起的中国网络文学版权联盟宣布成立，并发布《自律公约》。33 家联盟成员包括掌阅科技股份有限公司、阅文集团、咪咕数字传媒有限公司、阿里巴巴文学网、北京红袖添香科技发展有限公司、起点中文网等。联盟成员在会上共同承诺：坚持网络文学正确导向，坚持社会主义核心价值观，大力弘扬主旋律，传播正能量；增强版权保护意识，坚持“先授权、后使用”的版权保护原则，切实尊重网络文学著作权人的合法权利；自觉抵制侵权盗版行为，坚决不用侵权盗版网络文学作品，不为任何侵权盗版网络文学作品提供接入、存储、搜索、链接等网络技术服务；积极配合政府部门开展网络反盗维权活动，努力营造良好的网络文学版权保护社会氛围等。

9 月 21 日

阅文集团 CEO 吴文辉，兴格传媒创始合伙人、董事长杨文红，阅文集团总经理杨晨，白金作家、上海网络作家协会副会长骷髅精灵做客 2016 年上海网络视听季“IP 产业沙龙”，以“IP 与改编剧的相互成全”为主题展开讨论。杨文红表示，抢到一个特别大的 IP 是一把双刃剑，怎么才能把好的 IP 开发好，不让它的粉丝成为对立面，这是非常具有考验的事情。

9 月 21 日

北京市新闻出版广电局召开北京地区网络文学出版工作会，部署网络文学作品阅评工作。会上下发了《北京市新闻出版广电局关于开展网络文学作品阅评工作的通知》。《通知》要求，北京地区各网络文学出版服务和试点单位，要严格遵守《网络出版服务管理规定》等国家有关规定，对登载的网络文学作品彻底梳理，杜绝内容粗俗、格调低下的作品上线。北京将于 10 月开始组织专家进行审读和阅评，定期归纳整理阅评意见并及时反馈。各网站要根据反馈意见，切实加强管理，坚持弘扬主旋律，创作优秀作品，传播正能量，促进网络文学健康发展。北京市新闻出版广电局副局长张苏说，北京首次对网络文学作品开展阅评工作，是把握网络文学正确导向，鼓励原创，培育精品，创新网络文学管理工作的一项具体举措。

9 月 25 日

由中国作协主办、广东省作协承办的“第二届中国网络文学论坛”在广东佛山举行。开幕式上还举行了“广东网络文学新举措”发布仪式。同时，广东省作协还推出了促进广东网络文学繁荣发展的三大举措：一是《网络文学评论》新刊发布，创办全国第一份网络文学评论学术期刊，并现场聘请 11 位全国知名文学评论家担任刊物专家顾问，提升网络文学话语权，引导网络文学健康发展；二是省作协与全国 14 家有影响力的大型文学网站签署战略合作协议，努力开拓文学界优势互补、合作共赢的新局面；三是创办“广东网络文学基地”，举行基地授牌仪式，落户南海，并与珠江电影集团、南方报业传媒集团、广东省广电网络股份有限公司、国艺影视城签署五方合作共建基地协议，共同打造网络文学创作与影视产业转化的新高地。

9 月 27 日

浙江 2016 年度优秀文学作品扶持项目正式出炉。据悉今年入选的文学选题共有 24 部，为历年最多。其中《芈月传》作者蒋胜男的新作《萧燕燕》入选，成为首次入选扶持项目的网络文学选题。

9 月 29 日

由张嘉佳的《从你的全世界路过》同名改编的电影在大陆上映，其票房迅速突破 8 亿元，刷新了国产爱情片的票房纪录。《从你的全世界路过》（湖南文艺出版社，2013）是张嘉佳 2013 年 7 月开始在新浪微博上连载的“睡前故事”的实体版。

十月

10 月 8 日

吉林省作家协会网络文学委员会成立，王永庵当选主任。

10 月 10 日

金庸状告江南，认为江南的小说《此间的少年》（2001，清韵书院）涉嫌侵犯其著作权。

10月10日

根据烽火戏诸侯的《陈二狗的妖孽人生》（2009—2010，起点中文网）改编的同名网络剧在腾讯视频上线播放。

10月11日

由陕西省作协和省委网信办主办的全省首次网络文学创作研讨会暨“文学陕军”微信公众号发布会在西安召开。会上，省作协主席贾平凹公布了“文学陕军”微信公众号，并号召全社会在阅读纸质书的同时，能够拿起手机，关注陕西文学。中国作协创研部研究员肖惊鸿做了题为《中国网络文学发展情况与中国作协相关工作》的发言，腾讯公司文化总监张英做了题为《移动互联网时代的文学》的讲座。省作协党组书记黄道峻为网络文学出版服务、孵化基地成立揭牌。

10月12日

国家新闻出版广电总局数字出版司就网络文学现实主义题材作品开展了专题阅评。阅评认为，在政府主管部门持续倡导和阅读市场需求变化的推动下，目前网络文学现实主义题材创作出现了积极趋向，创作主题涵盖改革历程、社会热点、生活变迁、文化传承、职业生涯、个人奋斗等多个方面，洋溢着生活和时代气息的优秀作品不断涌现，有的作品以广阔的视角和翔实的资料抒写家国情怀，展现时代风貌；有的作品紧扣社会热点，以“平凡之人”“平凡之事”彰显关注社会现实的本质，越来越多的网络文学创作者注重贴近社会现实，积极深入生活、深入群众。阅评同时发现，仍有大量网络文学现实题材取材于都市言情、青春校园和职场等，偏向“小世界”和“小时代”的生活化、个体化的展示，真正以宏大视角抒写国家发展、民族富强、人民命运的现实主义题材作品数量不多。

10月13日

改编自秦明的小说《第十一根手指》（2013年7月开始在新浪博客连载，2014年由湖南文艺出版社出版）的《法医秦明》在搜狐视频上映。《第十一根手指》曾荣获2015年首届网络文学双年奖。

10月14日

网易云阅读在杭州为更俗新作都市小说《大地产商》召开发布会，证实更俗已从纵横中文网转战网易云阅读。

10 月 23 日

由上海网络作家协会主办，上海作家协会与静安区文化局共同倡议的“陕西北路网文讲坛”举行首场交流会。上海作协副主席、上海网络协会会长陈村，“中国第一悬疑作家”蔡骏，起点中文网白金作者血红，阅文集团总经理杨晨作为首场嘉宾，共议当下的网络文学。据悉，“陕西北路网文讲坛”计划 2016 年每月举办一期，列入邀请的既有网络大咖也有知名作家。网文讲坛设在陕西北路，也是静安区文化局推广陕西北路历史文化名街的一个举动，意在将“陕西北路网文讲坛”打造成网络作家与读者见面交流、网络作家与各领域专家跨界互动的线下文化平台。网文讲坛也将长期为上海网络作家协会会员提供写作、交流、展演便利，成为他们线下的“会客厅”。

10 月 24 日

根据丁墨小说《如果蜗牛有爱情》（2013，晋江文学城）改编的同名网络剧在腾讯、东方卫视上映。至 12 月 12 日大结局时，收视率持续排名同时段第一，网络播放量突破 19 亿。

10 月 25 日

北京市新闻出版广电局在光明网以网络直播的形式在线发布了《军旅长歌》《守望》《不在别处》等 20 部“北京市 2016 年向读者推荐优秀网络文学原创作品”入围作品，北京市新闻出版广电局党组书记、局长杨烁等出席了活动，并为入选作品代表颁发证书。

10 月 25 日

主题为“众神归位，世界开创”的向上互娱成立发布会在北京举行。包括网文小说、影视以及游戏在内的“IP 界”人士对于这场发布会可谓期待已久，围绕重量级股东背书的“文漫影游”的业务布局与五位大神级作家带来的世界观超级 IP“云穹世界”。

10 月 26 日

水千澈的《重生之国民男神》（2015 年 6 月 1 日开始在潇湘书院连载）完结，该作第一次把目光从舞台上的明星转向了舞台下的粉丝，把“饭圈”生态搬进“娱乐圈文”，给近年来在青少年间火爆升温的“爱豆（idol）”文化以文学赋形，成为粉丝追星文的成功开端。

10 月 31 日

中国出版集团原创 IP、纸书出版、音频、影视版权推荐会在北京举行，向各个影视、有声读物等制作单位推荐了优质 IP 260 余部，其中 70 多部来自“海峡两岸网络原创文学大赛”的精品网络文学作品。这是中国出版集团第一次以网络原创版权推荐为主的活动。据悉，未来中版集团将每年举办两次推荐会。

10 月中旬

阿里旗下移动阅读 APP 书旗小说上线直播功能，定位于“作家直播”。

艺恩数据报告显示，截至 10 月 7 日，2016 年网络剧 TOP50 中 IP 改编数量为 21 部，比重上升至 42%，流量在 20 亿以上的 5 部网络剧《老九门》《太子妃升职记》《最好的我们》《余罪》《重生之名流巨星》全部由网文 IP 改编。

十一月

11 月 3 日

河北省网络作家协会在河北省石家庄市成立。河北省网络作家协会第一次代表大会同日召开。大会讨论通过了协会章程，选举王万举任主席，成龙（九戈龙）、苏明哲（随轻风去）、寇广平（梦入洪荒）、崔浩（何常在）、张伟（录事参军）、聂丹（聂昱冰）任副主席。王万举表示，将积极带领协会开展工作，使河北网络文学创作落向实处，推动网络文学冀军更好地发展。河北省网络作家协会定位为省作协的职能部门和团体会员单位，暂不实行独立法人制。

11 月 3 日

由天津市群众艺术馆、天涯文学联合主办的“微时代”全国网络短篇小说大赛获奖作品正式出炉，来自安徽省马鞍山市的作者康籍（天涯 ID）投稿的《我曾经去过首都北京》一文，以沧桑的文风与不俗的文字功底博得评委的一致认可，摘得万元大奖。

11 月 4 日

国家版权局发布了《关于加强网络文学作品版权管理的通知》。《通知》进一步明确了通过信息网络提供文学作品以及提供相关网络服务的网络服务商在版权管理方面的责任义务，细化了著作权法律法规的相关规定。

11 月 9 日

作家王小磊发布新作《斗战狂潮》部分章节，与此同时，同名动画开始制作，影视、游戏的合作改编也已启动。以往“先有作品再谈衍生产品开发”的操作惯例，已经被与文本创作几乎同步的前置开发打破。

11 月 11 日

根据秦简的同名小说（2013 年连载于潇湘书院，起初书名是《庶女有毒》，后更名《锦绣未央》）改编的电视剧《锦绣未央》在北京卫视、东方卫视播出，立即在网络上陷入“抄袭门”争议。早在 2013 年 2 月小说连载期间就已经陆续出现质疑小说抄袭的声音，但纸质书仍于 2013 年 7 月由江苏文艺出版社出版，2013 年 8 月有网友贴出了《庶女有毒》与 21 部其他网文作品的调色盘对比，至 2016 年 7 月根据新浪微博账号“言情小说抄袭举报处”的整理，《锦绣未央》涉嫌抄袭的书目已经增加到 219 部。书目整理微博被网友转发数万次，并得到了著名编剧汪海林的声援，开始走法律诉讼程序，但电视剧仍如期播出。网文抄袭，进行 IP 改编的影视剧制作方是否需要负担相应的责任，开始成为网文圈不得不考虑并解决的问题。后来，《身历六帝宠不衰》《胭脂泪妆》《一世为臣》《公子无耻》《啸剑指江山》《一斛珠》《庶女生存手册》《世婚》《流水迢迢》等 11 部小说的作者将《锦绣未央》作者秦简诉至北京市朝阳区人民法院，2017 年 1 月 4 日，该法院正式立案。

11 月 12 日

重庆市网络作家协会举行了大型采风活动，组织了众多网络作家齐聚九龙坡区。据悉，协会自今年 4 月成立以来，大大小小的活动举办了 20 多场。而以后，协会决定每个季度定期开展形式、主题不同的采风活动，让作家们的写作质量有所提高。

11 月 14 日

国家版权局发布了《关于加强网络文学作品版权管理的通知》（以下简称《通知》)。《通知》进一步明确了通过信息网络提供文学作品以及提供相关网络服务的网络服务商在版权管理方面的责任义务，细化了著作权法律法规的相关规定，是国家版权局加强网络文学版权保护的一项重要举措，对规范网络文学版权秩序具有重要的意义。

11 月 16 日

第三届世界互联网大会在浙江乌镇举行。

11 月 21 日

国家新闻出版广电总局数字出版司和人事司在上海启动了 2016 年网络文学网站主要负责人暨骨干编辑培训班，来自全国 43 家网络文学网站的 80 多名负责人、骨干编辑参加了培训。据了解，本次培训班将持续至 25 日，培训期间，学员将深入学习习近平同志在文艺工作座谈会上的重要讲话精神，进一步认识和把握当前网络文学面临的形势和任务，提高导向意识和内容把关能力。同时，通过对网络出版服务相关法律法规、网络文学知识产权保护管理和出版管理要求、内容审读与质量管理等内容的学习，引导企业建立完善内部编辑制度和作品审发机制，把创作优秀作品作为中心环节，不断推出思想性、艺术性、可读性有机统一的网络文学精品佳作。

11 月 29 日

由艺恩主办的 2016 中国泛娱乐指数盛典 ENAwards 颁奖典礼在北京举行，艺恩根据泛娱乐大数据平台的多元洞察分析，结合近一年来中国文化娱乐产业发展的整体态势，发布了“企业榜”“明星榜”“内容榜”三大榜单，“内容榜”中有许多网文作品。

中国网生内容榜—网络大电影榜 TOP10：

《山炮进城 2》

《死神的假期》

《猎灵师之镇魂石（上）》

《老九门番外之二月花开》

《宠灵实验室 I 狸奴艾莉》

《拯救汪星人大作战》

《深宫遗梦》

《僵尸英雄之魔王与公主》

《超能联盟》

《痞子兵王之特种使命》

中国网生内容榜—网络剧榜 TOP10：

《法医秦明》

《最好的我们》

《余罪》

《太子妃升职记》

《超少年密码》

《九州天空城》

《十宗罪》

《一起同过窗》

《重生之名流巨星》

《老九门》

中国 IP 价值榜—网络文学榜 TOP10：

《完美世界》

《微微一笑很倾城》

《最好的我们》

《盗墓笔记》

《诛仙》

《择天记》

《三生三世十里桃花》

《斗破苍穹》

《大主宰》

《太子妃升职记》

11 月 30 日

中国作协第九次全国代表大会在北京召开，中国作协党组书记、副主席钱小芊在工作报告中透露中国作协将成立全国性网络作家组织。唐家三少、蒋胜男、血红等 8 名网络作家被选举成为中国作协第九届全国委员会委员，唐家三少更被选举成为主席团委员。

十二月

12 月 2 日

由中国新闻出版传媒集团有限公司、中国全民阅读媒体联盟主办，浙江升华拜克生物股份有限公司联合主办的“首届中国网络 IP 大数据发展研讨会”在北京举行。

12 月 5 日

国内版权领域的最高奖项“中国版权金奖”在广州颁发，《琅琊榜》获得金奖。

12 月 5 日

12 月 5 日至 9 日，第十一届联合国互联网治理论坛（IGF）在墨西哥开幕，来自全球政府组织、国际组织、互联网企业的 3000 多名代表参加了论坛，各国代表就如何更好地利用互联网传播文化展开了深入的交流和探讨。北京时间 8 日上午，在主题为“保护网络文化多样性，促进交流互鉴”的论坛上，作为中国唯一受邀的互联网文化企业——掌阅科技海外业务部副总裁周弘璟发言表示：“每个人只能拥有一次人生，但是通过阅读却可以体验不同的人生，获得更多的人生感悟。阅读对每个人都是公平的，是无国界的。”

12 月 6 日

由上海市新闻出版局指导，阅文集团旗下多家知名原创文学网站主办的首届“网络原创文学现实主义题材征文大赛”颁奖典礼在沪举办。大赛共评出 14 部获奖作品，其中“Wanglong”直面国企改革主题的《复兴之路》荣膺特等奖，唐四方书写相声界几十年兴衰变迁的《相声大师》斩获一等奖。

12 月 9 日

第七十六次全国网络文学重点园地工作联席会议在北京举行。会议主要围绕深入学习贯彻习近平同志在中国文联十大、中国作协九大开幕式上的重要讲话精神展开。

12 月 9 日

福建网络作家高级研修班在福州举行。这是福建省第一次举办网络作家高级研修班，主办方称，网络文学发展趋势引发关注，今后将加强引领作用。

12 月 13 日

中国作协网络文学委员会上海研究培训基地在上海大学挂牌，上海研究培训基地第一期网络文学高级研修班同日开班。此次上海研究培训基地第一期网络文学高级研修班是中国作协网络文学委员会与上海作协贯彻落实习近平同志在中国文联十大、中国作协九大开幕式上讲话精神的重要举措。此次第一期网络文学高研班也是专项培训班，聚焦历史类网络文学创作，阅文集团、云文学网、翼书网、天涯、17K、爱阅读、铁血、云起、掌阅、凤凰等全国各大网络文学机构共选派24名优秀学员参加。为期一个星期的"高研班"特邀了中国作家协会、上海作协优秀作家及编辑、知名网络作家、文物鉴定家、历史学家及学者进行学术研讨、专业授课和导师传带。

12月15日

第二届广西网络文学大赛在南宁举行颁奖典礼，在本届大赛中，以史实为基础书写汉朝薄太后传奇苍凉一生的《薄姬传》问鼎小说组一等奖；而承载着数代人记忆，展示在外游子心灵港湾的《老厅堂》夺得了散文组头魁。据了解，本次大赛获奖作品切合了网络文学创作的特点，更多地考虑了当下读者的喜好，更注意文学作品中休闲娱乐的目的。

12月15日

山东省作协成立网络文学创作委员会。经过向有关专家广泛征求意见和研究讨论，最终确定了高楼大厦（曹毅）、风凌天下（张荣会）、周志雄、飞天（徐清源）等19人为省作协网络文学创作委员会成员。

12月19日

起点中文网与美国一家以翻译中国网络小说为主的网站Wuxiaworld（武侠世界）宣布合作，签署十年翻译和电子出版合作协议，初步达成20部作品的合作协议，开启了中国网络小说对外输出的新模式。

12月19日

根据天下霸唱的《鬼吹灯》（2006，起点中文网）改编的《鬼吹灯之精绝古城》在腾讯视频首播，同月26日在东方卫视播出。

12月22日

国家版权局、国家网信办、工信部、公安部在北京联合召开"剑网2016"专项行动总结会。会议认为，通过5个月的专项治理，关闭网站290家，网络文学、影视、音乐等领域大规模侵权盗版现象基本得到遏制，版权秩序进一步规范，网络版权环境进一步净化。

12月23日

由中国文艺评论家协会网络委员会、光明网文艺评论编辑室、中国青年出版社新青年读物工作室联合策划，资深网文研究者庄庸与著名网文“土著”评论家安迪斯晨风共同主持的“中国网络小说好看榜”开始发布。该榜单的评选标准为“好看”，具体是“文笔要好”“情节要精彩”“人物要写活”。榜单作品将陆续发布于微信公众号《网络文艺日报》，已入选作品包括《末日乐园》《拔魔》《修真门派掌门路》《七根凶简》《文艺时代》《有匪》等，所选作品多数来自安迪斯晨风组织的“晨曦杯”所评选出的2016年内更新或完结的作品。

12月27日

国家新闻出版广电总局公布《全民阅读“十三五”时期发展规划》。规划指出，“十三五”时期（2016—2020）将做好“中国好书”“向全国青少年推荐百种优秀出版物”“优秀老年人出版物”“大众喜爱的50种图书”“优秀民族图书”“中华优秀传统文化普及图书”“优秀少儿报刊”“精品文学期刊”“优秀网络文学原创作品”等推荐工作。“十三五”期间将建设3至4家国家级公益性数字化阅读推广、优质阅读内容数字化传播、移动阅读数字化传播平台，与各类图书馆、农家书屋等终端联网，向读者提供数字化阅读服务。

12月30日

经由18位评委严格初审，11位终评委实名投票后，12月30日，由大众网、山东文学、齐鲁晚报联合主办的中国第三届网络文学大奖赛拟获奖名单公布，20个奖项（含2个特别大奖）荣誉出炉，并对评选结果进行公示。自3月29日活动启动以来，“中国第三届网络文学大奖赛”共收到参赛作品17709篇，其中不乏优质内容。拟获奖的陈琢瑾长篇小说《石库门》、刘伊的《睡城》，以曲折起伏的故事情节，流畅鲜活的叙述语言及鲜明的网络文学特征，受到终评委一致好评，因得票数相同，陈琢瑾、刘伊将分享20万元特等奖，各得奖金10万元。在公示的小说奖名单中，有《爱情不流浪》《国泽情殇》《金陵警察》《晴川》等作品在列，《捕蛇人》《邢小俊十章》《醉令迷书》《爹》《坊中一日》等美文拟获散文奖，同时7个网络人气奖也由网友投票选出。

2016年度，中国网络小说的海外传播成为热门话题。2015年年初，中国网络小说就开始在北美流行，并以北美为基地辐射全球，在一年半的时间里就征服了百万级的英文读者。中国网络小说在北美的翻译和传播，目前的主要阵地是专门翻译中国网络小说的网站 Wuxiaworld。该网站自 RWX 于 2014 年 12 月 22 日建站至今，在不到两年时间里，Wuxiaworld 就成为全球 Alexa 排名前 1500 的大型网站，每日来访人数在 30 万以上。网站的读者来自全球 100 多个不同国家和地区，其中人数排在前五位的国家分别是美国、菲律宾、加拿大、印度尼西亚和英国，而北美读者约占总数的 1/3。

年底，网络文学的海外传播的情况引发媒体的关注。起点中文网与 Wuxiaworld（武侠世界）宣布合作，签署十年翻译和电子出版合作协议，初步达成 20 部作品的合作协议，开启了中国网络小说对外输出的新模式。

二、2016 年网络文学研究资料辑要

1. 年度网络文学理论著作

作者/编者	书名	出版社	出版时间
王小英	《网络文学符号学研究》	中国社会科学出版社	2016 年 1 月
胡淑琴等	《中国当代网络文学研究》	吉林出版集团有限责任公司	2016 年 2 月
张　立	《网络文学发展现状及其评价体系研究》	中国书籍出版社	2016 年 3 月
梅　红	《网络文学（第二版）》	西南交通大学出版社	2016 年 4 月
邵燕君	《网络文学经典解读》	北京大学出版社	2016 年 3 月
邵燕君　庄　庸	《中国年度网络文学（男频卷、女频卷）》	漓江出版社	2016 年 5 月
唐迎欣	《网络文学及其批评研究》	人民日报出版社	2016 年 6 月
夏　烈	《华语网络文学研究》	湖北教育出版社	2016 年 8 月
浙江省作家协会、浙江省网络作家协会	《华语网络文学研究》	山海经杂志社	2016 年 8 月
周　斌	《数字阅读与文学接受研究》	中华工商联合出版社	2016 年 8 月
张邦卫 杨向荣等	《网络时代的文学书写》	中国社会科学出版社	2016 年 8 月

2. 年度学术期刊论文代表作（51 篇）

①“茅奖”视野中的网络文学，欧阳友权，小说评论，2016 年 01 期。

②茅盾文学奖，何时颁给网络文学，汪代明、赵明，小说评论，2016 年 01 期。

③“茅奖”与网络文学发展路向，欧阳婷，小说评论，2016 年 01 期。

④去“经典化”的网络写作，徐岱，浙江社会科学，2016 年 01 期。

⑤关于网络文学经典化问题的思考，周波，东岳论丛，2016 年 01 期。

⑥网络“悦读”的合理性及其局限，陈定家，湘潭大学学报，2016 年 01 期。

⑦互联网时代的类社会互动：中国网络文学的社会学分析，田晓丽，清华大学学报，2016 年 01 期。

⑧网络小说入史与中国当代文学史价值取向的思考，汤哲声，小说评论，2016 年 02 期。

⑨草稿化与媒介转移：网络小说性质及经典化路径之探讨，石娟，小说评论，2016 年 02 期。

⑩网络文学产业化研究综述，欧阳文风、都鹏飞，云梦学刊，2016 年 02 期。

⑪大数据时代“微批评”的文化表征——以“微评莫言”的“网络事实”为中心，陈定家，社会科学辑刊，2016 年 02 期。

⑫包容与糅杂：创新中的网络武侠小说，陈玉蛟，小说评论，2016 年 03 期。

⑬网络文学在新形势下的经典化出路，丁乐，文学教育（上），2016 年 03 期。

⑭网络文学批评史的建构逻辑，欧阳友权，求是学刊，2016 年 03 期。

⑮网络文学批评标准的多维性，禹建湘，求是学刊，2016 年 03 期。

⑯网络文学批评的学术梳理，欧阳婷，求是学刊，2016 年 03 期。

⑰《芈月传》：网络文本与传统文本的同构，马季，南方文坛，2016 年 03 期。

⑱网络超文本与互文性的诗学阐释，陈定家，温州大学学报（社会科学

版），2016 年 03 期。

⑲隐匿的写作：《图雅的涂鸦》及其文学史意义，陈风、陈定家，武陵学刊，2016 年 03 期。

⑳在喧嚣中寂寞前行——2015 年湖南网络文学创作综述，向娟，创作与评论，2016 年 04 期。

㉑网络小说隐喻解读，徐红艳，小说评论，2016 年 04 期。

㉒新媒体时代文学的跨界异变及未来走势，钟丽茜，文学评论，2016 年 04 期。

㉓新媒体凝视着我们——新媒体带给文艺评论的三大变化，黄鸣奋，艺术广角，2016 年 04 期。

㉔网络小说的叙事维度与艺术可能，欧阳友权，小说评论，2016 年 05 期。

㉕网络文学批评主体的衍变，曾繁亭，小说评论，2016 年 05 期。

㉖网络文学批评的修辞术，吴英文，小说评论，2016 年 05 期。

㉗媒介文艺学的数字化探寻，欧阳友权，文艺理论研究，2016 年 05 期。

㉘网络文学发展与文学主体性问题——网络文学与商业“联姻”之忧，汤俏，当代文坛，2016 年 05 期。

㉙网络文艺的主流化与新格局，马季，中国文艺评论，2016 年 06 期。

㉚网络文学中的女性历史书写，乌兰其木格，当代文坛，2016 年 06 期。

㉛智慧传播时代的网络文艺传播机制，陈积银，甘肃社会科学，2016 年 06 期。

㉜网络文学理论与批评现存问题及其应对策略，陈定家，阅江学刊，2016 年 06 期。

㉝从后现代主义到“数字现代主义”——新媒介文学文化逻辑问题研究反思与新探，单小曦，浙江社会科学，2016 年 06 期。

㉞建构网络文学批评论纲，孙书文，百家评论，2016 年 06 期。

㉟网络文学创作症候分析，刘迎新，文艺争鸣，2016 年 07 期。

㊱浅析网络文学中的后女权主义，柯艾，文学教育（上），2016 年 08 期。

㊲如何撰写网络文学史的几点思考，陈定家，文艺争鸣，2016 年 08 期。

㊳从乌托邦到异托邦——网络文学“爽文学观”对精英文学观的“他者化”，邵燕君，中国现代文学研究丛刊，2016 年 08 期。

㊴网络时代的文学，李敬泽、邵燕君、陈晓明，中国现代文学研究丛刊，2016 年 08 期。

㊵网络文艺微评论：媒介融合与文体意识的建立，胡海迪，中国文艺评论，2016 年 08 期。

㊶我国网络文学的学科开创——评欧阳友权的网络文学研究，陈定家，创作与评论，2016 年 08 期。

㊷网络文学研究的挑战与启示，黄发有，文艺争鸣，2016 年 11 期。

㊸通俗文学版图中的网络小说，周志雄，文艺争鸣，2016 年 11 期。

㊹IP 的实质：网络文学知识产权漫议，马季，文艺争鸣，2016 年 11 期。

㊺《红楼梦》网络同人小说与文学经典，罗鹏，文艺争鸣，2016 年 11 期。

㊻口袋妖怪：新媒体与艺术形态的变革，黄鸣奋，文艺争鸣，2016 年 11 期。

㊼口语文学 · 书写文学 · 网络文学，杜书瀛，文艺争鸣，2016 年 12 期。

㊽网络文学批评的困境与选择，欧阳友权，中州学刊，2016 年 12 期。

㊾性别视域下的爱情书写——新世纪网络女性写作浅探，刘琳、王侃，名作欣赏，2016 年 22 期。

㊿从少女之“心”到女“王”天下——蒋胜男《芈月传》“小儿女大历史”的书写冒险，庄庸，名作欣赏，2016 年 22 期。

51打开网络文学迷宫的锁钥在哪里，欧阳友权，人民论坛，2016 年 24 期。

3. 年度报纸文章代表作

作者	文　章	媒　体	时间
马　季	2015 年网络文学迎来丰收之年	人民日报海外版	1 月 1 日
马　季	2015 年：网络文学纵深发展谋新局	光明日报	1 月 4 日
杨　早	网络文学的繁盛和荒凉	人民日报	1 月 5 日
张　柠	建构中国文学格局的“新常态”	文艺报	1 月 6 日
郑周明	新世纪文学：更新观念，聚焦细部	文学报	1 月 7 日
周　倩	“互联网 +”文学，还是文学的“互联网 +”？	工人日报	1 月 11 日

续表

作者	文　　章	媒　　体	时间
吴月玲	融通传统经典和网络文艺的评价体系	中国艺术报	1月15日
李国斌等	网络文学湘军报道广受关注	湖南日报	1月15日
刘　杨	改编时代的网络小说路在何方？	文学报	1月21日
艾　翔	新的载体需要文学新的定位	文艺报	1月22日
马　兵	移动互联媒介视野下的微信文学及其可能	文艺报	1月22日
马　季	2015年网络文学扫描	太原日报	1月26日
吴学安	网络文学版权保护离不开法制力量	民主与法制时报	1月28日
肖惊鸿	年度综述——2015年网络文学：最是一年春好处	中国作家网	1月29日
兰世秋	重庆网络文学如何长成“参天大树”	重庆日报	2月3日
任晓宁	阿里文学：让网络文学找到最大价值	中国新闻出版广电报	2月4日
邵燕君等	2015年网络文学：顺势而为与内力所趋	文艺报	2月19日
杨　早	“IP热”背后：网络文学的商业逻辑	团结报	2月20日
聂昱冰	网络文艺新业态蕴藏巨大潜能	光明日报	2月20日
舒晋瑜	网络文学新气象：大学的榜单，国家的榜单	中华读书报	2月24日
邵燕君	研究网络文学就是研究当代文学	文学报	2月25日
桫　椤	彰显文学立场　推介网络精品	文艺报	2月26日
高建旺	从传统戏曲遭遇看网络文学引导	中国社会科学报	2月29日
党云峰	文学发展：探索网络　接续传统	中国文化报	3月1日
陈定家	媒介作为文学“要素”的合理性——兼论单小曦“媒介文艺学”的创新意义	中国社会科学报	3月7日
赵新乐	网络文学盗版猖獗　版权保护迫在眉睫	中国新闻出版广电报	3月10日
赵　依	“微”察秋毫	文艺报	3月16日
尹　琨	让推介活动发挥“指示灯”效应	中国新闻出版广电报	3月28日

续表

作者	文　章	媒　体	时间
郝　雨 李如冰	全媒体时代文学的精神突围	文艺报	3月28日
韩　莉	网络文学也需要掌声	河北日报	3月29日
方习文	论文学发展的新空间	安徽日报	4月1日
董　航	中国的奇幻文学大师何时出现？——访中国作家网副主编马季	文汇报	4月3日
钱　好	古典文学才是网络小说的大IP	文汇报	4月12日
姜　旭	加大网络文学版权保护刻不容缓	中国知识产权报	4月12日
曾念群	《生命中的好日子》：IP改编的上乘之作	中国文化报	4月14日
龚牟利	第十三次全国国民阅读调查报告	中国出版传媒网	4月19日
贺予飞	再现网络文学发展的立体图景	中国艺术报	4月25日
欧阳友权	媒介文艺学的理论开拓	人民日报	4月26日
高海英	网络文学应成主流文艺孵化器	光明日报	4月27日
周根红	网络参与的文化焦虑与认同危机	中国教育报	4月28日
陈前进	做好网络文学管理　助力全民阅读	新华书目报	4月29日
萧惊鸿	网络文学与传统文学殊途同归——我看网络小说《芈月传》	光明日报	5月2日
肖　欣	网络文学要有标杆和底线	湖南日报	5月6日
马　季	网络文学主流化及其前景	文艺报	5月6日
张　丽	促进网络文艺健康发展，需过几道关？	人民政协报	5月9日
金　涛	当下文坛发展问题与难点	中国艺术报	5月20日
夏　琪	网络文学版权保护战打响了	中华读书报	5月25日
郑海鸥	网络文学，找回被盗走的尊严	人民日报	5月26日
钱　好	震惊！热文发布1分钟，盗版上线	文汇报	5月27日
王艳丽	“互联网+”时代重塑女性主义文学批评	中国社会科学报	5月30日
向志强	网络文艺不会取代传统文艺	光明日报	5月30日

续表

作者	文　章	媒　体	时间
袁跃兴	底层网络作家的守与弃	文学报	6月2日
岳　中	网络文学亟须法律“施肥”	中国文化报	6月3日
卢　扬	揭秘网络文学的“秒盗”经济链	北京商报	6月7日
何　平	我们在谈文学，他们在谈IP	文汇报	6月10日
祖铁刚	网络文学出版管理应“抓大放小”	中国新闻出版广电报	6月16日
于洋等	网络内容　同质化严重	人民日报	6月16日
李　树	疏瀹源流，开启新声	中国艺术报	6月20日
单小曦	中国当代纯文学的网络化道路	中国社会科学报	6月20日
黄　玮	网络文学，拓展人的自我想象	解放日报	6月25日
程海威	“集成”网络文学的学术资源	文艺报	6月29日
肖惊鸿	缪娟网络小说《翻译官》：谁的青春不梦想	文艺报	6月29日
桫　椤	回到本体看网文	文学报	6月30日
王　杨	加强合作与共识，推动网络文学健康发展	文艺报	7月6日
禾　刀	被网络改写的文化基因密码	文学报	7月7日
曹华飞	网络文学亟待加强正面引导	光明日报	7月12日
杨雅莲等	网络文学不应成为IP附属品	中国新闻出版广电报	7月15日
鹿道铭	不能忽视网络文学存在的问题	大连日报	7月27日
饶　翔	自律是网络文学主流化的必由之路	光明日报	7月28日
李敬泽	网络文学有自律才有大繁荣	中国新闻出版广电报	8月4日
郭　悦	网络文学用户3.08亿　产业生态化逐渐形成	中国新闻出版广电报	8月11日
杜　浩	“玄幻化”让文艺失去什么?	河北日报	8月12日
欧阳友权	关于文学未来的一种预测	文艺报	8月19日
钱　好	网络创作现实题材增幅100%　玄幻独大被打破	文汇报	8月28日

续表

作者	文　　章	媒　　体	时间
欧阳婷	网络文学评价体系构建刻不容缓	中国艺术报	8月29日
马　季	网络文学现实情怀逐步增强	人民日报海外版	9月3日
夏　烈	网络文艺批评的三个学理支柱	光明日报	9月3日
包晓光	网络文学应为书香社会传递正能量	中国教育报	9月8日
刘皓明	谈谈数字化书写	文汇报	9月14日
茅　硕	前行在于理念创新	中国新闻出版广电报	9月22日
李梦媛	营造健康的网络文学生态环境	中国社会科学报	9月26日
王梓涵	多维视角看女性网络文学	文学报	11月10日
晁　星	莫让抄袭耗干网络文学泉源	北京日报	11月25日
欧阳友权	网络文学应发挥新媒体优势	光明日报	11月26日
夏　烈	网络文学共同体正在形成	人民日报	11月29日
王坤宁等	网络文学价值重塑　融合发展是趋势	中国新闻出版广电报	12月1日
马　季	网络文学迎来变革黄金期（文学新观察）	人民日报海外版	12月15日
张　贺	中国网络文学冲出国门闯世界	人民日报	12月15日
薛世君	网络文学“精英通吃”之后?	广州日报	12月16日
欧阳友权	网络文学也要有高峰	光明日报	12月21日
黄楚婷	网络小说“越洋”访问量暴涨　闯世界仍待版权护航	通信信息报	12月23日

（张若玉　执笔）

编后记

这是我国第一部网络文学年鉴。因为是第一次做，没有经验，也没有可资借鉴的对象，因而只能“摸着石头过河”。网络文学信息海量，如何抽绎精练，以鉴志史，是件颇费思量的事。我们组成了年鉴编委会，征求中国作协网络文学委员会领导和相关专家的意见，几经调整，最后确定了年度综述、文学网站、活跃作家、热门作品、理论与批评、网络文学的文化产业、研讨会议与社团活动、网站法规与版权管理、少数民族网络文学，以及网络文学年度纪事10方面的基本框架。在具体内容收录上，本年鉴聚焦于2016年度的网络文学信息，但我们在清理过程中发现，有许多内容离不开前因后果和史实关联，如文学网站、作家作品、政策法规等，必将涉及此前累积的信息，它们是“历史”，也是“当下”，并且是年度信息的重要内容，吸纳它们，才能用真实的“信息链”体现年鉴信息的历史衔接、前后相续。不仅如此，由于文学存在的“过程性”特点，有些2016年度的网络文学信息可能是在2017年年初发布的，而在2016年年初也可能会出现某些2015年度的信息。对此，我们在收录时遵循“信息最大化”原则，既注意辑览2016年度内的信息（如年度内发布的上一年度的信息），也尽可能采集在下一年度（2017）出现的本年度（2016）的信息，以确保有效信息的衔接与完整性。

参与本年鉴调研、讨论与执笔的学人很多，核心团队是中国作协网络文学委员会中南大学研究基地的成员。全书由主编拿出初步构想，编委会组织讨论并确立年鉴大纲，研究基地具体组织实施了资料收集、网站调研和任务分工，由基地教授指导的部分博士和硕士研究生参与了工作。具体执笔情况是：第一章年度综述由欧阳友权、贺予飞、邓祯执笔，第二章文学网站由李树执笔，第三章活跃作家由聂庆璞执笔，第四章热门作品由王寓之、游兴莹执笔，第五章理论与批评由苗雪宁执笔，第六章网络文学的文化产业由禹建湘、袁丹丹、宋春婷、刘小荣执笔，第七章研讨会议与社团活动由曾照智执笔，第八章政策法规与版权管理由王加力、叶贝贝执笔，第九章少数民族网络文学由张俊执笔，第十章编年实录由张若玉执笔，全文统稿由欧阳友权负责，禹建湘教授提供协助。中国作协网络文学委员会陈崎嵘主任为本年鉴把关，提出了很好的建设性意见，中国作协的马季、肖惊鸿、程天翔等同志为年鉴的编撰出版提供了许多帮助，中国作协为本年鉴的撰写和出版提供了项目资助，在此一并深致谢忱！初次编撰，年鉴体例是否得当，有待行家评说，内容信息存在的错讹疏漏之处，更期待睿智读者的指罅批评。

谨此为记。

编　者

2017 年 3 月 16 日